ANNE RAMPLING es el pseudónimo con que Anne Rice, siguiendo la tradición literaria de Anaïs Nin y Henry Miller, se permitió su prosa más intensa. En *Belinda*, Rice nos sumerge en una historia de amor prohibido para descubrir los oscuros recovecos de la pasión. Igual que *Historia de O* escandalizó en la década de los sesenta expresando lo que hasta ese momento se mantenía velado, Anne Rampling pone de manifiesto los deseos sexuales de nuestro tiempo.

Novelas eróticas de Anne Rice en Zeta Bolsillo

Con el pseudónimo de Anne Rampling:
Hacia el Edén
Belinda

Con el pseudónimo de A.N. Roquelaure (de próxima publicación):
El rapto de la Bella Durmiente
La liberación de la Bella Durmiente
El castigo de la Bella Durmiente

ZETA

Título original: *Belinda*
Traducción: Lourdes Ribes
Ante la imposibilidad de contactar con el autor de la traducción, la editorial pone a su disposición todos los derechos que le son legítimos e inalienables.
1.ª edición: septiembre 2011

para el sello Zeta Bolsillo
Consell de Cent, 425-427 - 08009 Barcelona (España)
www.edicionesb.com

Printed in Spain
ISBN: 978-84-9872-545-2
Depósito legal: B. 22.103-2011

Impreso por LIBERDÚPLEX, S.L.U.
Ctra. BV 2249 Km 7,4 Polígono Torrentfondo
08791 - Sant Llorenç d'Hortons (Barcelona)

Belinda

ANNE RICE
con el pseudónimo de
ANNE RAMPLING

ZETA

A la memoria de

JOHN DODDS
1922-1986

Estimado editor, mentor y amigo

ESTA NOVELA
ESTÁ DEDICADA
A MÍ

Bend down, bend down. Excess
is the only ease,
so bend. The sun is in the tree.
Put your mouth on mine. Bend down
beam & slash, for Dread is dreamed-up-scenes
of what comes after death. Is being
fled from what bends down in pain.
The elbow bends in the brain, lifts the cup.
The worst is yet to dream you up,
so bend down the intrigue
you dreamed. Flee the hayneedle in the brain's tree.
Excess allures by leaps. Stars burn clean. Oriole
bitches and gleams. Dread is the fear of being less
forever. Son bend. Bend down and kiss
what you see.

Excess Is Ease
STAN RICE

Abandónate, abandónate. El exceso
es el único alivio,
así que abandónate. El sol está en el árbol.
Pon tu boca sobre la mía. Abandónate al
rayo y al ardor, pues el miedo son escenas soñadas
de lo que sucede tras la muerte. Es ser rechazado por
lo que se inclina con dolor.
En la mente el codo se dobla, alza la copa.
Lo peor está todavía por soñarte,
así que doblega la intriga que
soñaste. Huye de la aguja de heno en el árbol
del cerebro.
El exceso atrae por oleadas. Las estrellas se consumen.
La oropéndola
se asoma y se lamenta. El miedo es el temor a ser
menos
para siempre. Así que abandónate. Inclínate y besa
cuanto veas.

El exceso es alivio
STAN RICE

I

EL MUNDO DE JEREMY WALKER

I

EL MUNDO DE JEREMY WALKER

[illegible]

[illegible]

[illegible]

[illegible]

[illegible]

[illegible]

[illegible]

Sin embargo, algo extraño en ella me hacía suponer

1

Lo primero que me vino a la mente cuando la vi en la librería fue: «¿Quién será?» Jody, la publicista, la señaló y me dijo:

—Mira allí tienes una admiradora entusiasta. —Y añadió—: La rubita.

Rubio era ciertamente el cabello que le caía sobre los hombros. Pero ¿quién era ella en realidad?

Pensé fotografiarla, pintarla, tocar sus sedosos muslos desnudos bajo la cortita falda plisada de colegio católico. Sí, pensé en todo eso, debo admitirlo. Hubiera querido besarla, saber si su piel era tan suave como me parecía en aquel momento, como la de un bebé.

Sí, estaba allí desde el principio, me di cuenta en cuanto me miró con una sonrisa incitante y llena de experiencia que hizo que sus ojos fueran, por un momento, los de una mujer.

Llevaba zapatos planos y con cordones, bolso colgado al hombro y calcetines blancos que le cubrían la pantorrilla. Tenía que ser una alumna de colegio privado, arrastrada por la cola que se formaba fuera de la librería, mientras trataba de ver qué estaba sucediendo.

Sin embargo, algo extraño en ella me hacía suponer

que debía tratarse de «alguien». No era su porte necesariamente, ni la manera en que estaba de pie con los brazos cruzados, mirando con tranquilidad cuanto sucedía en la presentación del libro. La juventud de hoy día parece haber heredado ese aire, que es tan enemigo suyo como lo fue la ignorancia de mi generación.

A pesar de la arrugada blusa estilo Peter Pan que llevaba y del jersey anudado con desenvoltura en torno a los hombros, ella tenía un resplandor que hacía que pareciese recién salida de Hollywood. Su piel estaba demasiado homogéneamente dorada por el sol (habida cuenta de sus sedosos muslos y de que llevaba una falda muy corta) y su cabello largo y suelto era casi del color del platino. Se había aplicado lápiz de labios con mucho cuidado, y muy probablemente con la ayuda de un pincel. Todo ello hacía que sus ropas escolares se convirtieran en una especie de disfraz elegido con esmero.

Podía muy bien haber sido una niña actriz, desde luego, o una modelo de las que yo había fotografiado a menudo y que podían comercializar su imagen juvenil hasta los veinticinco o los treinta años. Ciertamente no le faltaba belleza. Tenía los labios carnosos, algo fruncidos, como los de un niño de pecho. Tenía la imagen perfecta. Dios mío, era preciosa.

Sin embargo, esta observación tampoco me parecía correcta. De cualquier manera ella se me antojaba demasiado mayor para ser una de las pequeñas lectoras de mis libros que, acompañadas de sus madres, se agolpaban ahora a mi alrededor. Aun así, no tenía la sensación de que fuese lo bastante mayor para formar parte de mis fieles lectoras adultas, que con suaves y avergonzadas disculpas seguían comprando todas mis nuevas obras.

No, ella no encajaba bien allí. Y a mí, bajo la suave iluminación eléctrica que a la luz del día reinaba en la abarrotada librería, me parecía estar viendo a un ser imaginario, una alucinación.

Parecía haber algo inmaterial en ello, y sin embargo ella era muy real, quizá más de lo que yo lo haya sido nunca.

Me obligué a mí mismo a no mirarla fijamente. Tenía que seguir escribiendo en los ejemplares de *En busca de Bettina*, según me los iban dejando a mano las chiquillas con las caritas levantadas.

«Para Rosalind, la del precioso nombre», «Para Brenda, la de las lindísimas trenzas» o «Para la bonita Dorothy, con mis mejores deseos».

—¿Es cierto que usted también escribe los diálogos de las historias?

Sí, claro.

—¿Hará usted más libros sobre Bettina?

Lo intentaré. Pero éste es el séptimo. ¿Acaso no son suficientes? ¿Qué crees tú?

—¿Bettina es una chica real?

Lo es para mí, ¿y para ti?

—¿Hace usted también los dibujos del programa del sábado por la mañana de Charlotte?

No, los hace la gente de televisión. Aunque deben esmerarse en hacerlos iguales a los míos.

Hacía mucho calor para ser San Francisco, aun así la cola llegaba hasta la puerta y, según me comentaron, incluso hasta la esquina. En San Francisco nadie está preparado para el calor. Me volví para ver si ella seguía en el mismo lugar. Sí, allí estaba. Y de nuevo sonrió de aquella manera reservada que no admitía discusión.

Venga, Jeremy, pon atención en lo que estás haciendo, no defraudes a todo el mundo. Dedícale una sonrisa a cada una. Escúchalas.

Aparecieron dos niñas más, salidas del colegio; llevaban pintura al óleo en las sudaderas y en los tejanos, y traían el enorme libro *El mundo de Jeremy Walker*, que había sido publicado en Navidad.

Cada vez que veía el ostentoso volumen me sentía confuso, pero ¡cuánto había significado! Un gran testimonio, después de tantos años, cuyo contenido no sólo estaba repleto de soberbias comparaciones con Rousseau, Dalí y hasta con Monet, sino también lleno de análisis mareantes.

«Desde el principio el trabajo de Walker ha trascendido la mera ilustración. Aunque sus pequeñas protagonistas sugieren en un primer momento la dulzura sacarosa de Kate Greenaway, el complejo entorno en que se hallan las hace tan originales como el desasosiego que producen.»

Hacer que alguien pague cincuenta dólares por un libro me parece obsceno.

—Sabía que era usted un artista desde que tenía cuatro años..., solía recortar las páginas de sus dibujos, las enmarcarba y las colgaba en la pared.

—Gracias.

—Valen cada penique que he pagado. Vi su obra en la Rhinegold Gallery de Nueva York.

Sí, Rhinegold siempre ha sido bueno conmigo, hacía exposiciones de mi trabajo cuando todo el mundo decía que yo no pasaba de ser un autor para niñas. El bueno de Rhinegold.

—Cuando el Museo de Arte Moderno esté dispuesto a admitir...

Es el viejo dicho, ya se sabe. Cuando haya muerto. (No hay que mencionar el trabajo expuesto en el Centre Pompidou de París. Eso sería demasiado arrogante.)

—Quiero decir que vaya porquerías consideran ellos que son trabajos serios. ¿Ha visto usted?

Sí, porquerías, tú lo has dicho.

No dejes que se vayan con la idea de que no soy como esperaban que fuera, haz como si no hubieras oído lo que murmuraban sobre «sensualidad velada» y «luz y sombra». Esto refuerza el ego, no cabe duda. Todos los actos de firma de libros lo hacen. Aunque también sea un purgatorio.

Se acercó otra madre joven con dos copias ajadas de

ediciones antiguas. A veces he acabado firmando más ejemplares de viejas ediciones que de la recientemente aparecida y bien dispuesta en pilas sobre las mesas de la entrada.

Naturalmente, cada vez me llevo a toda esa gente metida en la cabeza cuando me voy a casa, la tengo presente en el estudio en cuanto cojo el pincel. Están tan presentes como las paredes.

Las quiero. Sin embargo, tenerlas frente a frente me resulta siempre muy penoso. Prefiero leer las cartas que me llegan de Nueva York en dos paquetes cada semana y mecanografiar cuidadosamente las respuestas en soledad.

Querida Ginny:

Sí, todos los juguetes que aparecen en las escenas de la casa de Bettina se hallan en la mía, es cierto. Y las muñecas que dibujo son antiguas, aunque los viejos trenes Lionel pueden comprarse todavía en muchas tiendas. Quizá tu madre puede ayudarte a encontrarlos, etc.

—No podía irme a dormir a menos que ella estuviera leyéndome Bettina.

Gracias, sí, gracias. No sabes cuánto significa para mí oírte decir eso.

El calor ya estaba resultando insoportable. Jody, la bonita publicista de Nueva York, me susurró al oído:

—Dos libros más y se habrán agotado.

—¿Quieres decir que ya puedo emborracharme?

Se oyó una sonrisa reprensora. A mi lado, una jovencita de cabellos negros me miraba con una expresión de lo más transparente; tanto podía ser de miedo como de vacío. Jody me pellizcó el brazo.

—Sólo era una broma, querida. ¿Te he dedicado ya el libro?

—Jeremy Walker nunca bebe —dijo la madre, que

estaba a su lado, con una sonrisa irónica pero franca. Se oyeron más risas.

—¡Se han agotado los libros! —indicó el dependiente haciendo un gesto con las manos—. ¡Agotados!

—¡Vámonos! —dijo Jody, cogiéndome del brazo con fuerza. Y acercando sus labios a mi oído, añadió—: Para tu información han sido mil ejemplares.

Otro empleado se ofreció para ir a la esquina a por más ejemplares, a Doubleday; de hecho, ya estaba alguien llamándole.

Me di la vuelta. ¿Dónde estaba mi chica rubia? La tienda iba quedándose vacía.

—Diles que no lo hagan, que no traigan más libros. No puedo firmar ninguno más.

La rubita se había ido. Pero yo no la había visto moverse de su sitio. Me vi escudriñando el lugar, buscando un parche de tartán en la muchedumbre, el sedoso cabello del color del maíz. Nada.

Con mucho tacto, Jody estaba diciendo a los dependientes que íbamos a llegar tarde a la fiesta del editor en el Saint Francis. (Se trataba de la gran fiesta que daba la American Booksellers Association en honor de la editorial.) No podíamos llegar tarde.

—La fiesta..., había olvidado que teníamos que asistir —dije. Hubiese deseado aflojarme la corbata pero no lo hice. Cada vez que se publicaba uno de mis libros, me juraba a mí mismo que asistiría a firmarlos vestido con un suéter y con el cuello de la camisa desabrochado, y que por supuesto gustaría igual a todo el mundo, pero nunca me decidía a hacerlo. Así que ahora me hallaba atrapado en medio de una ola de calor con mi chaqueta de paño de lana y mis pantalones de franela.

—¡Se trata de la fiesta en la que puedes emborracharte! —susurró Jody, mientras me empujaba hacia la puerta—. ¿De qué te quejas?

Cerré los ojos durante unas décimas de segundo tratando de visualizar a la muchacha rubia tal como era:

con los brazos cruzados y apoyada en el mostrador de los libros. ¿Había estado masticando chicle? Recuerdo sus labios rosados, del color de los caramelos de fresa.

—¿Es necesario ir a la fiesta?

—Oye, mira, habrá muchos otros autores en ella.

Lo cual significaba que estaría Alex Clementine, el autor y también estrella de cine de esta temporada (y mi gran amigo), así como Ursula Hall, la reina de los libros de cocina, y también Evan Dandrich, el autor de novelas de espionaje. Es decir, los supervendedores. Los pequeños autores respetables y los que escribían cuentos cortos no aparecerían por ningún lado.

—Puedes limitarte a estar.

—¡A estar yéndome a mi casa, por ejemplo!

Fuera era mucho peor, el olor de la gran ciudad se elevaba desde las aceras de un modo poco habitual en San Francisco, y un cierto aire viciado soplaba entre los edificios.

—Podrías hacerlo incluso dormido —comentó Jody—. Son los mismos reporteros de siempre, los mismos columnistas.

—¿Entonces por qué asistir siquiera? —pregunté. Aunque conocía bien la respuesta.

Llevaba diez años colaborando con Jody en ese tipo de asuntos.

Habíamos pasado de aquellos primeros tiempos, en los que prácticamente nadie quería entrevistar a un autor de libros para niños y hacer promoción significaba una o dos dedicatorias en alguna tienda infantil, a la locura de las últimas presentaciones, en que cada libro aparecido traía consigo peticiones de entrevistas en programas de televisión y radio, charlas sobre las películas de dibujos animados en producción, artículos intelectuales en las revistas; y la pregunta incansablemente repetida: ¿Cómo se siente al tener libros infantiles en las listas de los libros más vendidos para adultos?

Jody siempre había trabajado mucho, al principio

obteniendo publicidad y ahora tratando de protegerme de ella. No estaría bien desaparecer si ella deseaba que asistiera a esa fiesta.

Atravesamos la Union Square con su sucio asfalto, sorteando los acostumbrados grupitos de turistas y vagos, bajo un cielo de luminiscencia descolorida.

—Ni siquiera tienes que hablar —dijo ella—. Sonríe y deja que coman y se tomen sus copas. Tú siéntate en un sofá. Tienes los dedos manchados de tinta. ¿Has oído hablar alguna vez de los bolígrafos?

—Querida mía, le estás hablando a un artista.

Me asaltó un sentimiento de tristeza y de pánico a la vez cuando volví a pensar en la chica rubia. Si pudiera ir a mi casa ahora, probablemente podría pintarla o por lo menos trazar un esbozo antes de que los detalles desaparezcan como por encantamiento. Había algo en su nariz, su naricita respingona, y en la forma de sus labios llenos y pequeños. Tal vez serían así durante toda su vida, y bien pronto llegaría a odiarlos, pues sin duda ansiaba parecer una mujer hecha y derecha.

¿Pero quién era ella? Como si hubiera una respuesta concreta, me hacía de nuevo la pregunta. Era posible que la fascinación tan fuerte que emanaba crease siempre una sensación de reconocimiento. Alguien que debía conocer, con quien debía de haber soñado o de quien siempre había estado enamorado.

—Estoy muy cansado —comenté—. Será este maldito calor, no pensé que acabaría cansándome tanto.

La verdad es que me sentía agotado, incapaz de sonreír y deseoso de cerrarle sencillamente la puerta a todo.

—Bueno, pues deja que los demás sean el centro de atención. Ya conoces a Alex Clementine. Mantendrá a todo el mundo hipnotizado.

Sí, es bueno que Alex esté allí. Y todo el mundo ha dicho que la historia que ha escrito sobre la vida en Tinseltown es maravillosa. Desearía poder apartarme de todos e irme con Alex, encontrar un rincón en el bar y respirar tranquilo, pero a Alex le gustan mucho estas fiestas.

—Quizá tenga una segunda oportunidad.

Según avanzábamos hacia Powell Street una bandada de palomas se lanzó en nuestra dirección. Un hombre que llevaba muletas quería dinero suelto. Una especie de mujer fantasma llevaba un ridículo casco plateado con las alas de Mercurio y cantaba suavemente una espantosa canción con un amplificador casero. Alcé la mirada y vi el viejo edificio del hotel, siniestro e impasible, con su fachada gris como el carbón y sus torres elevándose con toda limpieza por detrás.

Me vino a la memoria una especie de vieja historia de Hollywood que me había contado Alex Clementine sobre el actor de cine mudo Fatty Arbuckle, que había lastimado a una jovencita en este hotel: un escándalo de alcoba que sucedió en un tiempo anterior al nuestro y que arruinó la carrera de aquel hombre. En este momento, Alex debía de estar contando esa historia unos pisos más arriba. Seguro que no dejaría pasar la oportunidad de hacerlo.

Un trolebús abarrotado pitó a los taxis que estaban interfiriendo en su camino y nosotros atravesamos precipitadamente la calle por delante de él.

—Jeremy, sabes que puedes estirarte durante unos minutos, descansar los pies y cerrar los ojos, entre tanto yo te llevaré un poco de café. De hecho hay una habitación disponible allí arriba, la *suite* presidencial.

—De modo que puedo dormir en la cama del presidente —le dirigí una sonrisa—. Creo que te haré caso.

Me gustaría haber captado el modo en que su rubio cabello bajaba hacia los hombros formando un triángulo de bucles. Creo que en parte lo llevaba recogido atrás, aunque tenía muy buena caída y espesor. Estoy convencido de que ella creía que era demasiado rizado y eso es lo que me habría respondido si yo le hubiese dicho lo bonito que lo tenía. Aunque todo aquello se refería a la apariencia. ¿Qué decir de la tormenta en mi corazón cuando vi su mirada? Con tantas caras vacías a derecha e izquierda, vislumbré un hogar en aquellos ojos. ¿Cómo podría yo reproducir eso?

—Una buena siesta presidencial y te sentirás perfectamente para la cena.

—¿Cena? ¡No me hablaste de ninguna cena!

Me dolía el hombro. Y también la mano. Había dedicado mil libros. Estaba mintiendo y lo sabía muy bien. Se me había avisado de todo.

Fuimos tragados por la dorada penumbra del vestíbulo del Saint Francis y alcancé a oír el inevitable ruido de la muchedumbre mezclándose con los débiles compases de una orquesta. Enormes columnas graníticas se remontaban hasta sus capiteles corintios. Se oía la porcelana y la plata. Se percibía el aroma de un recipiente lleno de flores caras. Todo parecía moverse, los dibujos de la moqueta incluidos.

—No me hagas eso —me estaba diciendo Jody—. Le diré a todo el mundo que estás molido, yo hablaré por los dos.

—Sí, cuéntalo todo tú, sea lo que sea.

¿Y no hay nada nuevo que contar? ¿Cuántas semanas lleva ya el libro en la lista de superventas del *New York Times*? ¿Es cierto que yo tengo una buhardilla llena de pinturas que nadie ha visto nunca? ¿Habrá pronto alguna exhibición en un museo? ¿Qué me dices de las dos obras expuestas en el Centre Pompidou? ¿Me apreciaban más los franceses que los americanos? Y por supuesto habría que hablar del enorme libro publicado sobre mi obra, así como de las diferencias entre el programa matinal del sábado de Charlotte y las películas animadas que probablemente iban a realizarse en Disney. Y sin duda harían la pregunta que más me irritaba: ¿Qué hay de nuevo o diferente en el último libro, *En busca de Bettina*?

Nada. Ése es el problema. Absolutamente nada.

El temor estaba creciendo dentro de mí. No puedes decir las mismas cosas quinientas veces sin acabar como un muñeco abandonado. La cara y la voz se te vuelven mortecinas, y ellos lo saben. Además se lo toman como algo personal. Últimamente había dejado escapar alguno de esos comentarios inoportunos. La semana anterior estuve a punto de decirle a un entrevistador que me importaba un bledo el programa de los sábados por la mañana de Charlotte, ¿por qué tuvo que hacer que me sintiera avergonzado?

Bueno, catorce millones de jovencitas miran el programa y Charlotte es mi creación. ¿Entonces de qué estaría yo hablando?

—¡Oh!, no mires ahora —susurró Jody—, pero ahí está de nuevo tu entusiasta admiradora.

—¿Quién?

—La rubita. Está esperándote junto a los ascensores. Me libraré de ella.

—¡No, no lo hagas!

Allí estaba, desde luego, apoyada contra la pared como por casualidad, igual que junto al mostrador de libros. Pero, en cambio, esta vez llevaba uno de mis libros bajo el brazo y un cigarrillo en la otra mano, al que le dio una corta calada, despreocupadamente, como una chiquilla callejera.

—Vaya por Dios, ha robado ese libro, sé que lo ha hecho —afirmó Jody—. Ha estado por allí toda la tarde y no ha comprado nada.

—Déjalo —le respondí con un hilo de voz—. No somos la policía de San Francisco.

Acababa de apagar el cigarrillo en la arena del cenicero y se dirigía hacia nosotros. Llevaba en la mano el libro *La casa de Bettina*; se trataba de un ejemplar nuevo de un viejo título. Lo debí de escribir en la época en que ella nació. No quise pensar en ello. Apreté el boton del ascensor.

—Hola, señor Walker.

—Hola, señorita rubia.

De su boquita de niña pequeña salió una voz suave que se parecía a la de una mujer adulta y que me trajo a la mente el chocolate líquido, el caramelo, todas las cosas deliciosas. Me resultaba muy difícil de soportar.

Sacó su pluma de un bolso de piel como los de correos.

—Tuve que comprar éste en otra tienda —explicó. Sus ojos eran de un increíble color azul—. Los de la presentación se agotaron antes de que me diera cuenta.

¡No es una ladrona, lo ves! Cogí la pluma de su mano. Sin ningún éxito intentaba situar su voz geográficamente. Escogía las palabras como si fuera británica, pero no tenía acento inglés.

—¿Cómo te llamas, señorita rubia? ¿O quizá debo escribir «señorita rubia»?

Tenía pecas en la nariz y un ligero toque de máscara gris en las pestañas. De nuevo aparecía su destreza. Los labios pintados de un rosa color chicle, perfecto en su pequeña boca besucona. Y vaya sonrisa. ¿Todavía respiro?

—Belinda —respondió—. Pero no tiene que escribir nada. Sólo firme con su nombre. Eso será suficiente.

Seguía con su aplomo, utilizando palabras moduladas y espaciadas con regularidad, para hacer más clara la articulación. La fijeza de su mirada me dejaba pasmado.

Ahora me parecía tan joven... Si no fuera porque a cierta distancia no cabía duda de su edad, en esos momentos me parecía una niña. Acerqué la mano para acariciarle el cabello. Nada ilegal en este gesto, creo. Aun teniéndolo espeso, cedió bajo mi mano como si estuviera lleno de aire. Además tenía hoyuelos, exactamente dos y pequeños.

—Muy amable de su parte, señor Walker.

—Es un placer, Belinda.

—He oído decir que iba usted a venir aquí. Espero que no le haya molestado.

—De ninguna manera, querida. ¿Quieres venir a la fiesta?

¿Había dicho yo eso?

Jody me lanzó una mirada de incredulidad. Mantenía abierta la puerta del ascensor.

—Claro, señor Walker, si usted quiere que vaya.

Sus ojos eran azul marino, entonces lo vi. No podrían ser de otro color. Dirigió la mirada hacia el ascensor de cristal, tras de mí. Tenía huesos pequeños y la postura erguida.

—Por supuesto que quiero —repliqué. Las puertas silbaron al cerrarse—. Es una fiesta para la prensa y estará llena de gente.

Todo muy oficial, como se ve, yo no abuso en absoluto de los niños, y nadie va a llenarse las manos al coger tus preciosos cabellos. Cuyas mechas de color amarillento, de no ser tan claras de manera natural, no serían del color del platino.

—Creía que estabas agotado —dijo Jody.

El ascensor comenzó a elevarse y a atravesar silenciosamente el techo del viejo edificio permitiendo que viéramos a nuestro alrededor la ciudad hasta la bahía, con tanta claridad que resultaba sobrecogedor. La Union Square se iba quedando más y más pequeña.

Cuando bajé la vista vi que Belinda me estaba mirando, y al dirigirme otra vez una sonrisa, de nuevo aparecieron sus hoyuelos por un segundo.

Con la mano izquierda sostenía el libro cerca de sí. Y con la derecha cogió otro cigarrillo corto del bolsillo de su blusa. Llevaba un paquete azul de Gauloises totalmente arrugado.

Busqué mi encendedor.

—No hace falta, mire —dijo, dejando que el cigarrillo colgara de su labio y cogiendo una caja de cerillas de su bolsillo con la misma mano.

Conocía el truco. Pero no creía que ella fuese a hacerlo. Con una mano abrió la caja de cerillas, cogió una, la dobló, cerró la caja y frotó la cerilla con el pulgar.

—¿Lo ve? —añadió, al tiempo que acercaba la llama al cigarrillo—. Lo he aprendido hace poco.

Me eché a reír. Jody, vagamente sorprendida, se quedó mirándola.

Y yo no podía dejar de reírme.

—Sí, está muy bien —dije—. Lo has hecho perfectamente.

—¿Eres lo bastante mayor como para fumar? —le preguntó Jody, y dirigiéndose a mí, añadió—: No creo que tenga edad suficiente para fumar.

—Dale un respiro —la espeté—. Vamos a una fiesta.

Belinda estaba todavía mirándome y se deshacía en risitas entrecortadas sin el más mínimo sonido. Acaricié de nuevo su cabello y el pasador que lo sujetaba hacia atrás.

Era un pasador grande y plateado. Tenía suficiente cabello como para dos personas. Hubiera querido acariciar su mejilla, sus hoyuelos.

Entonces ella miró hacia abajo, mientras el cigarrillo volvía a colgar de su labio, y metiendo la mano en el amplio bolso sacó unas enormes gafas de sol.

—No creo que sea lo bastante mayor como para fumar —repetía Jody—. Además, no debería fumar en el ascensor.

—Pero si no hay nadie más que nosotros.

Belinda llevaba las gafas puestas cuando se abrieron las puertas.

—Ahora estás en lugar seguro —le dije—. Nadie va a reconocerte.

Me lanzó una corta mirada sorprendida. Bajo la montura cuadrada de las gafas, su boca, sus mejillas y aquella piel tan tersa me parecían todavía más adorables.

No podía soportarlo.

—Nunca se es demasiado precavido —reconoció sonriente.

Mantequilla, así era su voz, como mantequilla derretida, que a mí me gusta más que el caramelo.

La sala estaba abarrotada y llena de humo. La profunda voz de actor de cine de Alex Clementine podía oírse por encima del resto de conversaciones. La reciente reina de los libros de cocina, Ursula Hall, estaba siendo totalmente acosada. Tomé el brazo de Belinda y, al tiempo que respondía al saludo de unos y otros, me abrí paso a empujones en dirección al bar. Pedí un whisky con agua y ella me susurró que quería lo mismo. Decidí correr el riesgo.

Sus mejillas se veían tan llenas y suaves que hubiese querido besarlas y también su boca de azúcar.

Llévatela a una esquina, pensé, y dale conversación hasta que memorices cada detalle y así puedas pintarla más tarde. Dile que eso es lo que estás haciendo y ella lo entenderá. No hay nada lascivo en querer pintarla.

El hecho es que podía estar viéndola ya en las páginas de un libro, y su nombre provocaba en mi mente un encadenamiento de palabras que tenían que ver con un viejo poema de Ogden Nash: «Belinda vivía en una pequeña casita blanca...» Se sujetó las gafas y su fino brazalete de oro emitió un destello. Los cristales de las gafas eran de un rosa lo bastante claro como para dejarme ver sus ojos. En el brazo un ligero bello blanquecino resultaba prácticamente invisible. Miraba a su alrededor como si no le gustara estar allí, y al poco comenzó a atraer las inevitables miradas. ¿Cómo podía alguien evitar mirarla? En un gesto que demostraba lo incómoda que se sentía, bajó la cabeza. Por vez primera me fijé en sus pechos bajo la blusa blanca, bastante grandes por cierto. El cuello de la camisa se abrió ligeramente y pude entrever su piel morena...

Pechos en un bebé como ella, imagínate.

Cogí las dos bebidas. Era mejor apartarse de la vista del camarero antes de darle a ella su vaso. Ahora deseaba haber pedido ginebra. No había modo de simular que las que llevaba eran bebidas refrescantes.

Alguien me tocó el hombro. Era Andy Fisher, columnista del *Oakland Tribune* y viejo amigo. Yo tenía problemas para no derramar las dos bebidas.

—Sólo quiero saber una cosa, una sola —dijo, mientras le dirigía una mirada a Belinda—. ¿Acaso te gustan los niños?

—¡Qué chistoso eres, Andy! —Belinda se estaba alejando y yo la seguí.

—Te lo pregunto en serio Jeremy, nunca me lo habías dicho, ¿de verdad te gustan los niños? Eso es lo que quiero saber...

—Pregúntale a Jody, Andy. Jody lo sabe todo.

Capté una mirada de Alex a través del gentío.

—En el piso duodécimo de este mismo hotel —estaba diciendo Alex—, y ella era un verdadero encanto de jovencita; se llamaba Virginia Rappe. Y, por supuesto, Arbuckle era famoso por estar bebido en circunstancias como...

¿Dónde demonios estaba Belinda?

Alex se volvió, me vio mirándole y me saludó. Le devolví un breve saludo. Pero había perdido a Belinda.

—¡Señor Walker!

Allí estaba ella. Me hacía señas desde la puerta, indicándome un pequeño pasillo. Parecía que estuviera escondiéndose. De nuevo alguien me había cogido por la manga, se trataba de un columnista de Hollywood que me desagradaba bastante.

—¿Qué hay de la posible película, Jeremy? ¿Has cerrado el trato ya con Disney?

—Eso parece, Barb. Pregúntale a Jody, ella lo sabe. Aunque puede que no sea con Disney, probablemente será con Rainbow Productions.

—He visto esa pequeña dedicatoria dulzona que te han escrito esta mañana en el *Bay Bulletin* haciéndote la pelota.

—Pues yo no.

Belinda me dio la espalda, se fue con la cabeza gacha.

—Bien, pues he oído que la negociación para la película ha naufragado. Creen que eres demasiado difícil, que tratas de enseñar a dibujar a sus artistas.

—Estás equivocado, Barb. —Que te den morcilla, Barb—. No me importa lo más mínimo lo que hagan.

—El artista concienzudo.

—Por supuesto que lo soy. Los libros son para siempre. Ellos pueden quedarse con las películas.

—Por el justo precio, tengo entendido.

—Y por qué no, me gustaría saberlo. ¿Pero por qué pierdes el tiempo con esto, Barb? Puedes seguir escribiendo tus mentiras habituales sin necesidad de oír la verdad de mis labios, ¿no?

—Creo que estás un poco bebido para participar en una fiesta publicitaria, Jeremy.

—No estoy bebido en absoluto, ése es el problema.

Sólo hacía falta que me diera la vuelta para que ella desapareciese.

Belinda se acercó y tiró de mi brazo. Gracias, querida. Nos dirigimos hacia el otro lado del pequeño corredor. Había un par de baños juntos y una habitación que, según pude ver por la puerta abierta, tenía su propio baño. Ella miró hacia su interior y después en dirección a mí; sus ojos eran oscuros y decepcionantemente adultos tras los cristales rosa. En ese momento podría haber sido una mujer, salvo por las gafas rosa que hacían juego con los labios de caramelo de fresa.

—Escucha, quiero que creas lo que voy a decirte —le dije—. Quiero que comprendas que soy sincero.

—¿Sobre qué?

Otra vez los hoyuelos. Su voz hacía que desease besarla en el cuello.

—Quiero hacer tu retrato —proseguí—, única y exclusivamente pintarte. Me gustaría que vinieras a mi casa. No hay nada más en ello, te lo juro. He utilizado modelos en innumerables ocasiones. Me las envían agencias especializadas. Me gustaría pintarte...

—¿Por qué no debería creerle? —preguntó, casi con una carcajada. Pensé que se repetirían las risitas del ascensor—. Lo sé todo sobre usted, señor Walker, he leído sus libros toda mi vida.

Con su ajustada falda plisada, que mostraba los muslos desnudos por encima de las rodillas, y balanceando las caderas, se dirigió a la habitación que tenía la puerta abierta. Me deslicé tras ella, manteniendo una corta distancia, sin dejar de mirarla. Su cabello era largo y le cubría la espalda.

El sonido de fondo se iba amortiguando y el aire resultaba un poco más fresco. Un muro de espejos producía la sensación de un espacio increíblemente grande.

Se volvió hacia mí.

—¿Puedo coger mi whisky? —preguntó.

—Naturalmente.

Dio un pequeño sorbo y miró de nuevo a su alrededor. Entonces se quitó las gafas, las metió en el bolso abierto y volvió a mirarme. Me pareció que sus ojos nadaban en la luz de las tenues lámparas y en los reflejos que hacían en los espejos.

La habitación, llena de telas y almohadones, me pareció excesivamente recargada; además parecía extenderse hacia el infinito a través de los espejos. No había ángulos en ningún sitio. La luz era suave como una caricia. La cama cubierta con satén dorado parecía un gran altar. Las sábanas eran sin duda suaves y frescas.

Apenas advertí en qué momento había dejado el bolso y apagado el cigarrillo. Volvió a sorber el whisky sin parpadear. No estaba disimulando. Tenía una calma extraordinaria. No creo siquiera que supiese que la estaba observando.

De pronto me invadió una tristeza que seguramente tenía que ver con su juventud, con lo bonita que se la veía bajo cualquier tipo de luz y con el hecho de que al parecer a ella no le importaba la iluminación que hubiera. Me di cuenta de lo viejo que yo era, y de que toda la gente joven, hasta la más anodina, había comenzado a parecerme hermosa.

No sabía a ciencia cierta si aquello era una bendición o todo lo contrario. Sólo sé que me entristecía. No quería pensar en ello. Y tampoco quería estar allí con ella. Era demasiado.

—¿Así que vendrás a casa, entonces? —pregunté.

Ella no respondió.

Se fue hacia la puerta, la cerró y dio la vuelta al pestillo; el ruido de la fiesta simplemente desapareció. Se quedó de pie apoyada en la puerta y tomó otro sorbo de su bebida. No sonrió ni soltó más risitas. Lo único que había allí eran sus pequeños y adorables labios besucones, sus ojos de mujer adulta y sus pechos presionados bajo la blusa de algodón.

Sentí cómo mi corazón se cerraba de repente. A continuación me subió un doloroso calor a las mejillas y un cambio de engranajes me convirtió de hombre en animal. Me pregunté si ella tenía la más remota idea de aquella transformación, si cualquier jovencita podía en realidad saberlo. De nuevo pensé en Arbuckle. ¿Qué había hecho? Había arrancado y hecho trizas las ropas de la predestinada y sorprendida Virgina Rappe, o algo parecido. Había destrozado su carrera, probablemente en menos de quince minutos...

Su cara era tan fervorosa como inocente. Sus labios estaban húmedos por el whisky.

—No me hagas esto, querida —dije entonces.

—¿Así que no quieres? —preguntó.

Dios mío. Creí que fingiría no entenderme.

—Esto no es demasiado inteligente —repuse.

Tenía la certeza absoluta de que no iba a ponerle la

mano encima. Con cigarrillo o sin él, con whisky o sin whisky, ella no era ninguna chica de la calle. Las perdidas no eran así; no, de ningún modo. Yo sólo había recurrido a ellas alguna vez en mi vida, lo había hecho en las pocas ocasiones en que el deseo y la oportunidad se habían unido con más calor de lo que yo hubiera deseado. La vergüenza nunca desaparecía, y la que sentiría ahora habría de ser insoportable.

—Vamos, querida, abre la puerta —le insté.

No hizo nada. No podía imaginar qué le estaría pasando por la cabeza. La mía parecía estar abandonándome. De nuevo volvía a mirar sus pechos, sus calcetines tan ajustados a la pantorrilla. Hubiese querido quitárselos, como se desprende la piel de un fruto. Bueno, exactamente creo que debe decirse destriparlos. No quería pensar en Fatty Arbuckle. No se trata de asesinato, sólo es sexo. ¡Ella tendrá unos dieciséis años! No, sólo es otro apartado del código criminal, eso es todo.

Ella puso su vaso sobre la mesa y se me acercó despacio. Levantó los brazos, los puso alrededor de mi cuello y sentí sus suaves mejillas de niña junto a mi cara, sus pechos contra mi pecho, mientras entreabría sus acaramelados labios.

—¡Oh! Mi rubita —susurré.

—Belinda —replicó quedamente.

—Mmmmmm... Belinda.

La besé. Levanté su falda plisada y deslicé las manos hacia sus muslos, que eran tan finos como su cara. Sentí bajo las braguitas de algodón sus nalgas prietas y suaves.

—Vamos —me dijo al oído—. ¿No deseas hacerlo antes de que vengan y lo estropeen todo?

—Querida...

—Cómo me gustas.

2

Desperté cuando oí el chasquido del pestillo de la puerta al cerrarse. El reloj digital de la mesilla de noche me indicó que había dormido durante media hora por lo menos. Ella se había ido.

Encontré mi billetero sobre los pantalones, y el dinero seguía en el clip sujeta-billetes de plata, dentro del bolsillo.

O no lo había encontrado o no había tenido intención de robarme en ningún momento. No pensé mucho en ello. Me hallaba demasiado atareado vistiéndome, peinándome, alisando la cama y tratando de llegar a tiempo a la fiesta para encontrarla. También estaba muy ocupado sintiéndome culpable.

Naturalmente ella se había ido de allí.

Ya había recorrido parte del camino hacia el primer piso cuando me di cuenta de que aquello era inútil. Ella me llevaba una buena ventaja. Aun así, estuve buscando en los pasillos enmoquetados y tenuemente iluminados, y entré y salí de las elegantes tiendas de ropa, e incluso de los restaurantes.

Traté de comprobar preguntando al portero de la entrada si la había visto o le había conseguido un taxi.

De nuevo había desaparecido. Y yo estaba allí, de pie y pensando, a última hora de la tarde, que lo había hecho con ella, que seguramente sólo tendría dieciséis años y que debía ser la hija de alguien. El hecho de que hubiera sido maravilloso no me servía de consuelo.

La cena fue especialmente desagradable. Por más Pinot Chardonnay que sirvieron, en nada la mejoraron. Sólo se habló de grandes contratos, mucho dinero, agentes, televisión y películas. Y Alex Clementine no estaba allí para aportar algo de su encanto. Le estaban reservando para la cena que, en su nombre, se celebraría durante la semana.

Cuando el tema de mi nuevo libro salió a colación, me escuché a mí mismo diciendo:

—Pues mira, es lo que mis lectoras querían.

Y dicho esto me callé.

Un escritor serio, artista, o lo que sea que quiera que yo sea, debe ser lo bastante listo como para no decir esas cosas. Y lo más sorprendente es que haberlo hecho me cogió desprevenido. Quizás había empezado a creer en mi propia inspiración, o a creer que la mía era la inspiración. En cualquier caso, cuando la cena hubo terminado, yo ya me sentía despreciable.

Estuve pensando en ella. Cuán tierna y frágil me había parecido y al mismo tiempo qué segura de sí misma. Independientemente de su ternura, no me pareció que le resultara nuevo hacer el amor. Y sin embargo había sido muy delicada y romántica en el modo de besarme, tocarme y dejar que la acariciara.

No sentía el más mínimo remordimiento de conciencia, ni la anticuada vergüenza o provocación que aquél pudiera producir. No, nada de eso experimentaba.

Me enloquecía pensar en ello. No podía creerlo.

Había sucedido demasiado deprisa. Y después, el haber dormido un poco con mi brazo rodeándole el cuello. No había advertido que ella se fuera sigilosamente. Sentía odio hacia mí mismo y rabia hacia ella.

Estaba convencido de que era una niña rica que quizás había hecho novillos en la escuela y que ahora, a salvo en su mansión de Pacific Heights, le contaba por teléfono a alguna de sus amiguitas todo lo que había estado haciendo. No, aquello no encajaba. Ella era demasiado dulce para hacer eso.

Antes de abandonar el centro de la ciudad compré una cajetilla de Gauloises: muy fuertes, sin filtro, demasiado cortos. Eran exactamente los que a una chiquilla le resultarían románticos. Los de mi generación *beat* fumábamos Camel. Así que ella prefería Gauloises.

Fumé uno de aquellos cigarrillos durante el trayecto a casa en el taxi al tiempo que la buscaba con la mirada por todas las calles.

Era verdaderamente extraño en San Francisco pero todavía hacía calor después de anochecer. Por suerte las grandes habitaciones con techo alto de mi vieja casa victoriana seguían manteniendo una temperatura fresca.

Preparé un café, me senté durante un rato y, mientras fumaba otro de aquellos desagradables pitillos, recorrí con la vista el salón en penumbra, y seguía pensando en ella.

Había juguetes por todas partes. El polvo y el desorden de una tienda de antigüedades reflejado en las usadas alfombras orientales. Estaba bastante harto de todo aquello. Sentí el deseo irrefrenable de tirarlo todo a la calle, de dejarlo todo vacío y las paredes desnudas. Pero estaba seguro de que lo lamentaría después.

Me había costado veinticinco años coleccionar aquellas cosas y me gustaban mucho. Constituían toda la decoración en su momento, cuando yo empezaba. Compré la primera muñeca de anticuario cuando escribí *El mundo de Bettina*, también compré el primer viejo tren de ancho de vía normal, así como la primera casa de muñecas victoriana, grande y caprichosa, porque éstas eran las cosas de Bettina, y yo necesitaba tenerlas ante mí cuando realizaba las pinturas.

Primero las fotografiaba en blanco y negro desde todos los ángulos y posibles combinaciones. Después llevaba las fotos al estudio y desarrollaba el trabajo en óleo sobre tela a partir de las pautas que me daban estas fotografías.

Con el tiempo me empezaron a gustar los juguetes por sí mismos. Cuando encontré la nada frecuente muñeca francesa, de gran belleza hecha de porcelana, con ojos almendrados y arrugadas ropas de encaje, se me ocurrió construir el libro *Los sueños de Angelica* en torno a ella. Y a medida que transcurrían los años seguía funcionándome el sistema: los juguetes contribuían a crear libros, los libros devoraban juguetes, y así sucesivamente.

El carnaval celestial lo escribí a partir del viejo caballo de tiovivo que había fijado al suelo y al techo con su eje de latón. Creé la serie llamada *Charlotte en el ático* inspirado en el payaso mecánico y en el caballo mecedor hecho de cuero y con ojos de cristal. A continuación hice *Charlotte en la playa*, para el que compré el cubo y la vasija oxidados, así como el vagón antiguo. Y después realicé un conjunto de libros bajo el título genérico de *Charlotte en el espejo oscuro*, en los que hice aparecer casi todas mis posesiones, transformando los colores y realizando nuevas mezclas.

Charlotte era mi mayor éxito hasta la fecha y tenía su propio programa de dibujos animados en televisión los sábados por la mañana. Los juguetes aparecían bien reproducidos en los fondos. También aparecían en los dibujos, así como en el resto de mis libros: el reloj de pared de mi abuelo y el conjunto de muebles de anticuario que había esparcido por toda mi casa. Yo vivía dentro de mis pinturas, siempre lo había hecho, incluso antes de haber pintado la primera, supongo.

En algún lugar entre el polvo tenía también reproducciones de Charlotte hechas en plástico, se trataba de muñecas que tenían mucha salida en las tiendas y que se vendían con pequeños y vulgares vestidos de época en un lote. Sin embargo, esta menuda creación rígida no podía compararse con las bellezas del siglo diecinueve que se amontonaban en el cochecito de mimbre o que recubrían la parte superior del gran piano del salón comedor.

No me gustaba ponerme a mirar el programa del sábado por la mañana, porque a pesar de que la animación era excelente y los detalles minuciosos —bien se habían asegurado mis agentes de que lo fueran—, no me gustaban las voces.

Ninguno de los que hacían el programa tenía la voz de Belinda, con aquel tono meloso que poseía su propia música. Y era una pena, pues Charlotte debería haber tenido una buena voz. Era Charlotte la que de verdad me había hecho famoso, con la pequeña ayuda de Bettina, naturalmente, de Angelica y de todas mis otras chicas.

Muchos otros escritores y dibujantes para niños habían rehecho cuentos de hadas, al igual que yo con *La bella durmiente*, *Cenicienta* y *El sastrecillo valiente*. Y aun otros habían creado preciosas ilustraciones, historias de suspense y divertidas aventuras. Pero mi don particular había sido el de inventar jóvenes heroínas y el de conformar cada página dibujada de acuerdo con sus personalidades y emociones.

Muy al principio mis editores habían insistido en que pusiera chicos en mis libros, para ampliar el número de lectores, decían; pero yo nunca caí en la tentación de hacerlo. Cuando estaba con mis chicas sabía donde me hallaba y podía aportar a cada historia toda mi pasión. Solía mantener el enfoque ajustado. Y no me importaban ni lo más mínimo los críticos que tanto ahora como entonces trataban de ridiculizarme.

Cuando Charlotte apareció en escena, las cosas que sucedieron me cogieron por sorpresa. En efecto, a diferencia de las otras, Charlotte se fue haciendo mayor en los libros. Pasó de ser una tierna niña abandonada de siete años a una adolescente. Lo cual nunca sucedió con las otras.

Mi mejor trabajo era Charlotte, teniendo en cuenta que incluso ella dejó de crecer y mantiene la edad de trece años aproximadamente, desde que firmé el contrato con la televisión.

A partir del momento en que empezó a emitirse la serie, y a pesar de la gran demanda de libros sobre ella, no he podido volver a pintarla. Se ha ido. Ahora es de plástico. Y lo mismo puede llegar a ocurrirle a Angelica si por fin se firma el acuerdo para la película de dibujos animados.

Es posible que nunca llegue a terminar el libro de Angelica que empecé hace un par de semanas.

Esa noche nada de esto me importaba: Bettina, Angelica..., ya estaba cansado de ellas. Estaba harto de todo y la convención de vendedores de libros contribuía a que lo afrontase. El agotamiento venía de lejos. *En busca de Bettina*, ¿qué significaba? ¿Ni siquiera yo podía ya encontrarla?

Fumé otro Gauloises y me relajé.

La fiesta, la cena, el ruido y el bullicio estaban dejando por fin de afectarme. Y tal como había de ser, la sombría quietud de la habitación me estaba reconfortando. Dejé que mis ojos miraran de un lado a otro, del descolorido papel de la pared a las polvorientas lágrimas cristalinas de la lámpara de araña, cuyos fragmentos de luz atrapaban los espejos oscuros.

No, todavía no estaba preparado para tirarlo todo a la calle, no en esta vida desde luego. Tengo necesidad de todas estas cosas cuando vuelvo de los hoteles, librerías y reporteros...

Imaginaba a Belinda montada en el caballo del tiovivo, o sentada con las piernas cruzadas junto al óvalo de la pista del tren de juguete, con su mano sobre la oxidada locomotora. Me la imaginaba reclinada en el sofá entre todas las muñecas. ¿Cómo había dejado que se marchase de aquel modo?

En mi pensamiento volví a desnudarla. Vi la marca en forma de reja que habían dejado los ribetes de los calcetines en sus doradas pantorrillas. Había temblado de placer cuando recorrí suavemente esas marcas con mis uñas para coger finalmente sus desnudos pies por el suave empeine. La luz no le importaba. Fui yo quien la apagó cuando empecé a desabrocharme la camisa.

¡Al diablo con todo!

Tendrás suerte si no acabas en la cárcel algún día por culpa de estas cosas, y aún te permites enfadarte con ella por haberse ido sin que te enteraras. Y también por ir con mujerzuelas, aunque te digas a ti mismo que está bien porque después les das un montón de dinero. «Toma, compra el billete de autobús para irte a casa.» «Anda, ten esto hasta que puedas comprarte un billete de avión.» ¿Qué comprarán con el dinero? ¿Bebida, cocaína? Es su problema, ¿no?

Mira, te has librado otra vez, eso es todo.

Sonaron las diez en el reloj de pared del abuelo. Los platos pintados situados sobre los mantelillos del salón comedor resonaron a su vez con una suave música. Había llegado el momento de intentar pintarla.

Me serví otra taza de café y subí las escaleras hacia el estudio, en el ático. El olor familiar del aceite de linaza, de las pinturas y de la trementina me pareció maravilloso. Eran aromas que significaban el hogar y la seguridad del estudio.

Antes de encender las luces, bebí un poco de café y miré, por los grandes ventanales sin cortinas, en todas direcciones. Aunque esa noche no había niebla, seguramente la habría al día siguiente. Era lo lógico después de un día caluroso. En la habitación trasera tendría frío al levantarme. Pero por el momento, la ciudad brillaba con una misteriosa y espectacular nitidez que no se reducía a un mero mapa de luces.

Se percibía cierto color apagado en las torres rectangulares, desde el centro de la ciudad hasta el techo picudo de las casas de Queen Anne, bajando hacia Noe Street y en el Castro.

Las telas apiladas por todas partes parecían descoloridas y raídas.

Cambié el aspecto general al encender las luces. Me arremangué, puse una pequeña tela en el caballete y comencé a esbozarla.

Raramente realizo esbozos, y cuando lo hago significa que no sé por dónde voy. Tampoco empleo un lápiz. Acostumbro hacerlo con un pincel fino al que le he escurrido la pintura al óleo en la paleta, casi siempre utilizo tierra de sombra natural o tierra siena tostada. Muchas veces lo hago cuando estoy cansado y en realidad no deseo pintar, otras porque tengo miedo.

Esta vez era una ejemplo de lo último. No podía recordar los detalles. No podía ver en absoluto los rasgos de su cara. Era incapaz de reproducir aquel encanto que había sido la causa de que lo hiciera con ella. No se trataba sólo de su disponibilidad. No, no soy tan estúpido ni despreciable, ni estoy tan moralmente podrido. Quiero decir que soy un hombre adulto y que podría haber luchado para evitar aquella situación.

Braguitas de algodón, rojo de labios y azúcar. ¡Mm!

No estaba bien. Había conseguido la pirámide que formaban sus cabellos, desde luego, y el espeso y suave nido de cabellos. También había resuelto bien las ropas, pero no era Belinda.

Decidí volver a trabajar en la gran tela que estaba haciendo para mi siguiente libro, se trataba de un jardín exuberante por el que Angelica iba de un lado a otro buscando al gato que se había perdido. Me dediqué a las brillantes y amplias hojas verdes, a las ramas abultadas de los robles, al musgo que caído sobre el alto césped, había dado paso al gato que ahora mostraba una mueca de odio —cuidado Angelica— como la del tigre de Blake.

A mí todo me parecían clichés, mis clichés. Al rellenar de pintura el cielo ominoso del fondo y los árboles sobresalientes, era como si yo fuera un piloto automático a alta velocidad.

Estuve a punto de no contestar cuando a medianoche sonó el timbre de la puerta de entrada.

Después de todo, podía ser uno de mis cinco o seis amigos beodos, y era más que probable que fuese el artista sin éxito que quería pedirme cincuenta dólares prestados. En aquel momento deseaba haber dejado cincuenta dólares en el buzón del correo. Seguro que él hubiera dado con ellos, pues estaba acostumbrado.

El timbre volvió a sonar, pero no tanto tiempo ni tan fuerte como él solía hacerlo. De modo que podía ser Sheila, mi vecina de la puerta de al lado, que había venido a decirme que su compañero de habitación homosexual estaba peleándose con su amante y que necesitaban que fuese allí al momento.

¿Para qué?, diría yo. Pero si atendía la llamada seguro que iría con ella. O peor aún, les invitaría a entrar. Y oiría su discusión, y beberíamos hasta que acabásemos borrachos. Al final Sheila y yo terminaríamos yendo juntos a la cama, ya fuera por hábito, soledad o compulsión. No, no esta vez, no después de Belinda, eso quedaba fuera de dudas, no debía responder.

Tercera llamada, tan corta y educada como las demás. ¿Por qué no juntaría Sheila las manos en torno a su boca, gritando mi nombre y contándomelo todo de modo que pudiera oírlo desde arriba?

Entonces se me ocurrió: Belinda, habría encontrado mi dirección en mi cartera. Ésa era la razón por la que estaba encima de mis pantalones.

Bajé los dos tramos de escaleras corriendo, abrí la puerta de la entrada y la vi cuando se estaba alejando; llevaba el mismo bolso de piel colgado del hombro.

Llevaba el pelo recogido, los ojos con un contorno negro y rojo oscuro en los labios. Si no hubiera sido por su bolso, como los de correos, no la hubiese reconocido de inmediato.

En cierto modo parecía incluso más joven, probablemente a causa de su cuello largo y sus mejillas de bebé. Me pareció muy vulnerable.

—Soy yo, Belinda —dijo—. ¿Recuerdas?

Le preparé una sopa de lata y puse un bisté en la parrilla. Me dijo que se sentía confundida, alguien había roto el cerrojo de la puerta de su habitación y tenía miedo de quedarse a dormir allí esa noche. La atemorizaba que alguien pudiera irrumpir en su habitación, como había sucedido otras veces. Le habían robado la radio, que era la única cosa de valor que podían llevarse. Estuvieron a punto de robarle las cintas de vídeo.

Se comió una rodaja de pan untado de mantequilla con la sopa, pues estaba muerta de hambre. Pero en ningún momento dejó de fumar o de beber el whisky que le había servido. Esta vez los cigarrillos eran negros con una bandas doradas: Sobranie Black rusos. Se pasó el tiempo mirando a su alrededor. Le gustaban mucho los muñecos. Lo único que le hizo ir a la cocina fue el hambre.

—¿Dónde está esa habitación con cerrojo? —le pregunté.

—En el Haight —respondió—. Se trata de un viejo piso grande, un lugar que podía parecerse a éste si alguien quisiera conservarlo. Pero es sólo un sitio donde las chicas alquilan habitaciones. Está lleno de colillas. No hay agua caliente. Yo tengo la peor habitación porque fui la última en llegar. Compartimos el baño y la cocina, pero se necesita estar loco para cocinar allí. Podré conseguir otra cerradura mañana.

—¿Por qué vives en un sitio así? —le pregunté—. ¿Dónde están tus padres?

Bajo la luz vislumbré reflejos rosa en su cabello. ¡Llevaba las uñas pintadas de negro! Y todos aquellos cambios desde la tarde. Un disfraz sustituyendo a otro.

—Es muchísimo más limpio que cualquiera de los albergues de los barrios bajos —contestó. Dejó con cuidado la cuchara y no trató de sorber el resto de la sopa. Tenía las uñas tan largas que parecían las de un muerto—. Sólo necesito estar aquí esta noche. Hay una ferretería en el barrio de Castro en la que puedo encontrar un nuevo cerrojo.

—Es peligroso vivir en un sitio como ése.

—¿Lo dices en serio? Tuve que poner yo misma unas barras en la ventana.

—Te podrían violar.

—¡Eso ni lo digas! —repuso visiblemente agitada. A continuación elevó la mano en petición de silencio. ¿Había pánico detrás de su maquillaje? El humo del cigarrillo formó una nube.

—Bien, y por qué demonios no...

—Oye, no pierdas el sueño por este asunto, ¿vale? Lo que quiero es pasar aquí la noche.

El tono melodioso casi había desaparecido. Voz pura de California. En aquel momento podía ser oriunda de cualquier parte. Sin embargo todavía me sonaba melosa.

—Debe de haber algún sitio mejor que ése.

—Es barato y es mi problema. ¿De acuerdo?

—¿Eso crees?

Partió otro trozo de pan francés. El trabajo que había hecho con el maquillaje no estaba nada mal, sólo que era escandaloso. Y el suave vestido negro de tela de gabardina era de tienda clásica barata. O bien lo había heredado de su abuela. Se ajustaba perfectamente sobre sus pechos y bajo sus brazos. De la cinta que llevaba en el cuello se habían caído algunas lentejuelas.

—¿Dónde están tus padres? —pregunté de nuevo, mientras le daba la vuelta al bisté.

Masticó el pan, lo tragó y su cara adquirió una expresión bastante severa cuando me miró. El espeso maquillaje en los ojos la hacía parecer aún más dura.

—Si no quieres que me quede me marcharé —repuso—. Lo comprenderé perfectamente.

—Pues claro que quiero que te quedes —le dije—, lo único que quiero es saber...

—Entonces no me preguntes por mis padres.

No respondí.

—Si vuelves a mencionar eso me marcharé. —Lo dijo con suavidad y educación—. Es la forma más fácil de librarte de mí. Nada de sentimientos contrariados. Solamente me iré.

Saqué el bisté de la parrilla, lo puse en un plato y apagué el fuego.

—¿Vas a volver a hablar de ello? —me preguntó.

—No. —Le puse el plato en la mesa, así como un cuchillo y un tenedor—. ¿Quieres un vaso de leche?

Me dijo que no. El whisky le parecía lo bastante bueno, sobre todo por tratarse de un buen escocés. A menos, claro, que tuviera bourbon.

—Tengo bourbon —repuse con un hilo de voz. Aquello era delictivo. Fui a por el bourbon y le preparé una bebida suave.

—Ya has puesto bastante agua —dijo.

Mientras daba rápidos mordiscos al bisté no dejaba de mirar alrededor de la cocina, a los bocetos que yo había apilado y a las muñecas que habían acabado en algún estante. Una de mis primeras pinturas estaba colgada entre los armarios. No era muy buena pero se trataba de la casa de Nueva Orleans donde yo crecí, la casa de mi madre. Ella se detuvo a contemplarlo. Miró también la vieja y usada estufa de hierro con la baldosa en blanco y negro.

—Tienes una casa de ensueño, ¿no crees? —comentó—. Y éste es también un buen bourbon.

—Puedes dormir en una cama de cuatro columnas si lo deseas. También tiene un dosel. Es muy vieja. La traje de Nueva Orleans. La pinté en mi libro *La noche antes de Navidad*.

Se quedó encantada.

—¿Es donde tu duermes?

—No, yo duermo en la habitación de atrás con la puerta abierta a la terraza. Me gusta el aire de la noche. Utilizo un jergón en el suelo.

—Dormiré donde tú quieras —respondió. Comía con increíble rapidez. Me apoyé en el fregadero y me quedé mirándola.

Tenía las piernas cruzadas y las tiras de sus pequeños zapatos que cubrían el empeine eran muy bonitas. La servilleta formaba un cuadrado perfecto en su falda. Pero lo más exquisito era su cuello. Eso y la suave caída de sus hombros bajo la gabardina negra.

Ella pensaría que parecía una adulta. Pero tanto el esmalte de uñas como el maquillaje y el vestido de cóctel la hacían parecer en realidad una joven actriz porno.

Ver como se levantaba de esa forma, bebiendo bourbon y fumando aquel cigarrillo, era como ver a la pequeña actriz Tatum O'Neal fumando pitillos en la película *Luna de papel*. Los niños no necesitaban ir desvestidos para resultar sexuales. Bastaba convertirles en mayores, indicarles que hicieran cosas de adultos.

El problema era que ella me había parecido igual de atractiva con su uniforme de escuela católica, desde el instante en que la vi.

—¿Por qué no duermes conmigo en la cama de cuatro columnas? —me preguntó. Utilizó la misma voz sencilla y fervorosa que en la *suite* del hotel.

Yo no le respondí nada. Miré en la nevera, cogí una cerveza y la abrí. Bebí un trago largo. Aquí acaba mi actividad de pintor por esta noche, pensé de un modo un poco estúpido, pues sabía que no iba a pintar. Aunque todavía podía fotografiarla.

—¿Cómo te las has apañado para seguir viva tanto tiempo? —le pregunté—. ¿Sólo eliges escritores famosos?

Me estuvo estudiando un rato largo. Cogió la servilleta y se limpió los labios con fastidio. Hizo un pequeño gesto despectivo con la mano derecha agitando sus delgados dedos.

—No te preocupes por eso.

—Pero alguien debería preocuparse —dije yo.

Me senté frente a ella. Casi había terminado su bisté. La pintura en sus ojos le daba cierto dramatismo cuando miraba hacia abajo o hacia arriba. Su cabeza parecía una tulipa.

—Yo soy muy juiciosa —repuso, mientras separaba con cuidado la grasa de la carne—. He de serlo. Quiero decir que estoy en la calle, con habitación o sin ella. Yo voy..., ya sabes..., sin rumbo fijo.

—No parece que te guste.

—Y no me gusta —asintió, ligeramente incómoda—. Es como el limbo, no es nada... —se calló—. Ir así a la deriva es un enorme desperdicio de todo.

—¿Cómo lo haces? ¿De dónde obtienes todos tus ingresos?

No respondió. Dejó esmeradamente el cuchillo y el tenedor sobre el plato vacío y encendió otro cigarrillo. En esta ocasión no repitió el truco de la caja de cerillas. Utilizó un pequeño encendedor de oro. Se reclinó y puso un brazo cruzando el pecho y el otro levantado con la mano inclinada sujetando el cigarrillo con dos dedos. Una pequeña dama con el cabello teñido con mechas rosa y boca rojo ardiente. Sin embargo su cara era totalmente opaca.

—Si necesitas dinero puedo dártelo —le dije—. Podías habérmelo pedido esta tarde. Te lo hubiera dado.

—¡Y tú piensas que yo vivo peligrosamente!

—Recuerda lo que te he dicho sobre hacerte fotos —dije, y cogí uno de los cigarrillos de su paquete que prendí con su encendedor—. Estrictamente material digno. No estoy hablando de desnudos. Me estoy refiriendo a hacer de modelo para mis libros. Puedo pagarte por ello...

No dijo nada. La imperturbabilidad de su cara me ponía un poco nervioso.

—Me paso el tiempo fotografiando chicas jóvenes por mi trabajo. Les pago siempre. Me las envían agencias especializadas. Les saco fotos con vestidos antiguos. Después utilizo las fotografías para hacer mis pinturas en el estudio de arriba. Muchos artistas trabajan de esta forma hoy día. No encaja con la idea romántica del artista que pinta partiendo de cero, pero el hecho es que los artistas siempre han...

—Ya sé todo eso —murmuró—. He pasado toda mi vida entre artistas. Bueno, como si fueran artistas. Y, por supuesto, puedes fotografiarme y pagarme igual que a las otras modelos. Pero no es eso lo que quiero de ti.

—¿Qué es lo que quieres?

—A ti. Hacer el amor contigo, desde luego.

La estuve mirando un largo rato.

—Alguien llegará a hacerte daño —le dije.

—No tú —repuso—. Tú eres exactamente como yo siempre pensé que serías. O incluso mejor. En realidad eres más loco.

—Soy el hombre más aburrido del mundo —repliqué—. Todo lo que hago es pintar, escribir y recoger chatarra.

Ella sonrió, una larga sonrisa esta vez. Casi como una carcajada irónica.

—Todos esos cuadros —dijo—, con esas chicas paseándose por oscuras mansiones y jardines exuberantes, esas puertas secretas...

—Has estado leyendo a los críticos. Les encanta

poder ir a la ciudad a costa de un hombre de pelo en pecho que hace libros llenos de chicas jóvenes.

—¿Acaso hablan también de eso? Resulta todo tan siniestro y tan erótico...

—No es erótico.

—Sí lo es —insistió—. Tú sabes que lo es. Cuando yo era pequeña solía quedarme hechizada al leer tus libros. Sentía como si me ausentara de este mundo.

—Bien. ¿Qué hay de erótico en eso?

—Tiene que ser erótico. En ocasiones ni siquiera quería empezar a leer, ¿sabes?, no quería deslizarme dentro de la casa de Charlotte. Tenía sentimientos extraños sólo con mirar a Charlotte subiendo por las escaleras con aquel camisón de noche, llevando un candelabro en la mano.

—No es erótico.

—¿Entonces cuál es la amenaza? ¿Qué hay detrás de las puertas? ¿Por qué las chicas están mirando todo el tiempo por el rabillo del ojo?

—No soy yo quien las persigue —le dije—. No quiero levantar sus vestidos largos.

—¿No eres tú? ¿Y cómo es eso?

—Odio todo esto —repuse educadamente—. Trabajo seis meses en un libro, vivo en él, sueño con él. No lo cuestiono. Me paso doce horas diarias pintando y repintando las telas. Y entonces alguien quiere tratar de explicarlo en quinientas palabras o en cinco minutos. —Alargué el brazo y le cogí la mano—. Trato de evitar este tipo de discusión con la gente que no conozco. La gente a la que conozco nunca me hace esto.

—Desearía que te hubieras enamorado de mí —me dijo.

—¿Por qué?

—Porque eres alguien de quien vale la pena estar enamorada. Y si estuviera enamorada ya no viviría sin rumbo. Empezaría a ser alguien. Por lo menos mientras estuviera contigo.

Pausa.

—¿De dónde eres? —pregunté.

No hubo respuesta.

—Estoy todo el tiempo tratando de situar tu voz.

—Nunca lo conseguirás.

—Un momento, es de California. Pero después se mezcla un cierto deje..., un acento.

—Nunca lo adivinarás.

Retiró su mano.

—¿Quieres que duerma en la cama grande contigo? —inquirí.

—Sí —repuso inclinando la cabeza.

—Entonces haz algo por mí.

—¿Qué quieres que haga?

—Límpiate todo ese *glamour* —contesté—. Y ponte el camisón de Charlotte.

—¿El camisón de Charlotte? ¿Lo tienes aquí?

Asentí con la cabeza.

—Hay varios arriba. Son de franela blanca. Seguro que alguno te va bien.

Rió suavemente, con deleite. Pero había en su risa algo más que satisfacción.

Yo permanecía silencioso, sin admitir nada.

—Por supuesto, me encantaría ponerme el camisón de Charlotte —respondió por fin. Y, con gracia, procedió a encender un cigarrillo haciendo reflejos con sus uñas de color negro.

No me sorprende que creyera que el truco de la caja de cerillas era una comedia. Ella era mayor, pulida y suave, e incluso un poco irascible. Al mismo tiempo era joven y tierna. Se movía en las dos direcciones ante mis propios ojos. Aquello me resultaba muy incómodo y me preguntaba: ¿cuál de las dos desea ser ella?

—Eres preciosa —le dije.

—¿Lo crees de veras? ¿No preferirías una mujer morena, mayor que yo y misteriosa?

Le dirigí una sonrisa.

—He estado casado con dos de ellas. Fue interesante. Pero tú eres algo más.

—En otras palabras, quieres que yo sepa que no estás siempre con jovencitas.

—Sí, quiero que sepas eso y también quiero recordármelo a mí mismo. Pero no puedo imaginar nada de ti. Tienes que darme una pista sobre tus orígenes, de dónde eres, una pista sobre tu voz.

—He crecido en todas partes y en ninguna: Madrid, Los Ángeles, París, Londres, Dallas, Roma, cualquier sitio que se te ocurra. Por eso no puedes situar mi voz.

—Es maravillosa —le dije.

—¿Eso crees? —Sonrió haciendo una mueca—. Un día tendré que contarte la fea historia. Y seguro que crees que Bettina lo pasa mal en aquella vieja casa.

—¿Por qué no empiezas a contármela ahora?

—Porque no se podría hacer con ella ningún bonito libro de dibujos —respondió.

Se empezaba a sentir incómoda. Se limpió los labios otra vez y devolvió la servilleta a la falda con esmero. Terminó su bourbon. Definitivamente aquella chica sabía cómo soltarse.

Sus orejas tenían los lóbulos diminutos. Los tenía perforados pero no llevaba pendientes. Sólo se veía la pequeña marca dolorosa. Tenía la piel muy tersa alrededor de los ojos, y un pequeño ribete bordeaba las pestañas. Esa clase de tersura se ve únicamente en la cara de los niños muy pequeños. Casi siempre desaparece cuando a partir de los trece años la cara empieza a modelarse. Sus cejas eran suaves, poco marcadas, de modo que las había maquillado con un color gris para oscurecerlas. A pesar de toda la pintura que se había aplicado, su cara seguía siendo virginal, como únicamente puede serlo la de las rubias. Su nariz era respingona sin lugar a dudas. Lo más seguro es que llegase a odiarla cuando se hiciera mayor. En cambio yo iba a quererla siempre, con su deliciosa y prieta boca besucona incluida.

Sentía deseos de acariciar el cabello suelto que formaba finos rizos ondulados junto a sus orejas.

—¿Dónde están tus padres? Tú tienes padres, ¿no es cierto?

Me miró alarmada. Acto seguido palideció. Me pareció que tragaba con dificultad. De hecho se había quedado de piedra, como si le hubiese dado una bofetada. Después empezaron a llenársele los ojos de lágrimas. Me quedé petrificado.

Sentí una puñalada interior mientras la observaba.

—Gracias por todo —dijo. Recogió su bolso—. Has sido muy amable. —Dejó la servilleta sobre la mesa junto al plato, se levantó y se fue hacia el recibidor.

—Belinda, espera —dije yo. La alcancé cuando llegaba a la puerta de entrada.

—Tengo que irme, señor Walker. —Tenía la mano en el tirador de la puerta. La vi a punto de estallar en sollozos.

—Vamos, querida —dije tomándola por los hombros. Al margen de lo que yo sentía o deseaba, me resultaba impensable que ella saliera por la puerta a aquella hora y sola. Simplemente, no iba a suceder.

—Entonces no vuelvas a hablar de eso otra vez —protestó, con voz grave—. Lo digo en serio. Échame si lo deseas, me iré al centro y pagaré cien billetes por una habitación o lo que sea. Tengo dinero. No he dicho que no lo tuviera. Pero no vuelvas a hablarme de padres ni nada.

—Muy bien —repuse—. De acuerdo. Belinda no tiene padres. Nadie está buscando a Belinda. —Junté mis manos alrededor de su cuello y traté de levantarle la cara.

Estaba a punto de llorar.

Y entonces me dejó que la besara y era toda calor y melosa dulzura de nuevo. La misma entrega y el mismo ardor.

—Cristo, ten piedad —susurré.

—¿Dónde está el camisón? —preguntó.

[illegible]

[illegible]

[illegible]

[illegible]

[illegible]

[illegible]

[illegible]

[illegible]

[illegible]

3

Por la mañana, tan pronto como abrí los ojos, supe que se había ido. Sonaba el teléfono, y mientras intentaba articular palabra al descolgarlo, vi que el camisón estaba en un gancho situado en la puerta del baño.

La que llamaba era Jody y me decía que querían que asistiese a un programa de entrevistas en Los Ángeles. Se trataba de una cadena con cobertura nacional. Pensaban alojarme en el Beverly Hills por supuesto.

—No tengo que ir, ¿verdad?

—Por supuesto que no, Jeremy, pero date cuenta de que te quieren en todas partes. Los representantes de ventas me dicen que quieren que vayas a firmar libros a Chicago y a Boston. ¿Por qué no piensas un poco en ello, y me llamas tú?

—Ahora no, Jody. Todo me sale mal.

—Te estoy hablando de ir en primera clase en el avión y en *suites* y limusinas todo el tiempo.

—Ya lo sé, Jody. Lo sé y quiero cooperar, pero éste no es el momento adecuado, Jody...

Incluso el botón del cuello del camisón de dormir estaba abrochado. Olía a perfume. Pegado al camisón había un cabello dorado.

En el piso de abajo encontré el cenicero y los platos lavados, y todo apilado en el armario del escurridor. Todo estaba limpio.

Vi que había encontrado el artículo escrito sobre mí en el *Bay Bulletin*, que se hallaba ahora abierto en la mesa de la cocina. Había una foto mía grande que habían tomado en las escaleras de la biblioteca pública.

TRAS HABER ESCRITO QUINCE LIBROS,
WALKER SIGUE URDIENDO
UN HECHIZO MÁGICO

Jeremy Walker, de cuarenta años, metro noventa de estatura y cabello rubio, es un gigante amable entre las pequeñas admiradoras que se agolpan en la sala de lectura para niños de la biblioteca principal de San Francisco. Un hombre que es como un oso de peluche de ojos grises para las entusiastas jovencitas que le atosigan con preguntas sobre cuál es su color favorito, su comida preferida o la película que más le ha gustado. Como personificación de cuanto hay de saludable, él nunca ha dejado de proporcionar a sus lectoras imágenes tradicionales y clásicas, como si los mundos extravagantes de los *Dragones y mazmorras* y de la *La guerra de las galaxias* no existiesen...

Cómo se habría reído de todo ello. Tiré la revista a la basura.

No había dejado nada que le perteneciese en casa. Ninguna nota, ninguna dirección escrita o número de teléfono. Lo comprobé y volví a comprobar.

Pero qué había sido de las fotos en blanco y negro que le saqué, ¿estarían todavía en la cámara? *Imágenes tradicionales y pasadas de moda*. Efectué una llamada para anular una cena de compromiso aquella noche y me fui directo al sótano a trabajar en el cuarto de revelado inmediatamente.

Por la tarde ya tenía buenas copias. Elegí las mejores y las esparcí por las paredes del ático, escogí mis favoritas y las puse en el cable situado frente al caballete. Constituían un lote satisfactorio y tentador.

Ella había tenido razón al decir que no era como las jovencitas que yo empleaba. No lo era. Su cara no acababa de tener la apariencia de moneda sin acuñar que tenían mis modelos. Y sin embargo sus facciones eran convencionalmente lindas y aniñadas.

De hecho se parecía a un fantasma. Ciertamente misteriosa. Quiero decir que sugería una imagen de alguien que no estaba entre las cosas que la rodeaban, alguien que había visto y hecho cosas que los demás ni siquiera conocían.

Precocidad, sí, pudiera ser, pero también un ligero cinismo. Podía verlo ahora en las fotos y en cambio no lo vi cuando se las hacía.

Antes de ponerse el camisón se había duchado. Tenía el cabello suelto y lleno de pequeños zarcillos que en las fotografías mostraban una luminosidad con la cual ella había sabido jugar de manera natural. Se había mostrado extraordinariamente relajada ante la cámara; parecía haber caído en trance mientras le hacía fotos, adaptando ligeramente su postura en la medida que percibía los clics de las tomas y mi mirada sobre ella.

Había un ligero exhibicionismo seductor en torno a ella. Y parecía saber cómo resultaba en fotografía. De vez en cuando me hacía alguna pequeña indicación sobre un cierto ángulo, o sobre la luz. Su actitud, sin embargo, no me resultaba intrusiva. Me dejaba hacer todo lo que yo quería. Casi con seguridad, yo nunca había tenido ningún objeto parecido a ella. No estaba rígida ni adoptaba una pose forzada; parecía adecuarse en el acto a la situación. Y aquello me resultaba especialmente maravilloso y extraño.

La mejor foto era una en que ella se había sentado de lado, en la silla de montar del caballo de feria del salón comedor, con sus tobillos desnudos debajo del dobladillo del camisón. La luz principal la alumbraba desde arriba. También había una buena fotografía de ella en la cama de las cuatro columnas, en la que estaba arrodillada y sentada sobre los pies, con las rodillas separadas.

Agrandé y reproduje estas dos al tamaño de un póster y mantuvieron su calidad.

Otra toma excelente era la del salón comedor, arrodillada junto a la vieja casa de muñecas, con la cara al lado de las torrecillas, las chimeneas y las ventanas con cortinas de brocado; y todo un surtido de juguetes esparcidos a su alrededor.

Yo habría terminado la sesión con esta última foto de los juguetes. Deberíamos haber ido a acostarnos incluso antes de empezar. Hubiera deseado hacer el amor con ella en la misma moqueta del salón comedor, allí mismo, pero no quise asustarla; aunque quizá no lo hubiera hecho de habérselo sugerido. Sin embargo yo sí estaba asustado.

Suponía que las fotos de la escalera, con el candelabro, iban a reproducir a la misma Charlotte. Yo iba por delante de ella, disparando a medida que ella se me acercaba.

La luz era mínima. Realmente allí era como una niña, como una chiquilla que había pintado cientos de veces, excepto que había algo en sus ojos, algo que... Casi no llegamos a la cama.

Llevarla a la cama del dosel era algo demasiado bueno para perdérmelo. Fue perfecto, porque estaba mucho más relajada, menos ansiosa y más dispuesta a que la satisficieran de cuanto lo había estado en el hotel. No creo que la primera vez le hubiera ido realmente bien; ahora sabía que sí había disfrutado. Y fue muy importante para mí. Había deseado que ella tuviera un orgasmo y así fue, a menos que se tratase de una fuera de serie en disimular. De hecho, lo hicimos dos veces. La segunda fue mejor para ella, aunque a mí me dejó completamente agotado y sólo deseaba dormir a continuación, la noche estaba a punto de terminar.

Dormir junto a ella, debo admitirlo, sentirla desnuda en aquella cama casi siempre vacía, la fría cama llena de memorias borrosas de mi infancia en Nueva Orleans... ¡ah!, eso sí que estuvo bien.

La piel de su rostro se veía tersa en la mayoría de las fotografías. No sonreía pero era tierna, receptiva, abierta.

Cuando tuve las fotos colgadas en la pared, empecé a darme verdadera cuenta de cómo era su anatomía: los anchos pómulos, la mandíbula ligeramente cuadrada, la infantil tirantez de la piel en torno a los ojos. No pude ver las pecas en estas fotografías, pero yo sabía que estaban allí.

No era la cara de una mujer. Aun así yo había besado sus pechos, sus pezones, el ahumado bello púbico de su sexo, había sentido sus nalgas con mis manos abiertas. ¡Mmmmmm! Una verdadera mujer.

Pensé en una historia que había oído años atrás en Hollywood.

Fui allí a cerrar un trato para volver a hacer la producción televisiva de una de las novelas de mi madre (mi madre había muerto años atrás), y estaba celebrándolo con mi agente de la Costa Oeste, Clair Clarke, con una comida en el Ma Maison que era nuevo y estaba de moda.

Toda la ciudad hablaba entonces del director de cine polaco Roman Polanski, que había sido arrestado bajo acusaciones de estar saliendo con una menor.

—Bueno, ya conoces el chiste, ¿no? —dijo mi agente—. ¡Tendría trece, pero su cuerpo era el de una niña de seis años!

Me había muerto de risa.

En el caso de Belinda, su cara se asemejaba a la de una niña de seis años.

Me hubiera gustado empezar a pintar a partir de estas fotos; ya me venía toda una serie a la mente, pero estaba demasiado preocupado por ella.

Sabía que volvería, por supuesto que lo haría, tenía que volver aquí. Pero ¿qué le estaría sucediendo ahora? No creo que ningún padre pudiera estar más preocupado por ella de lo que yo lo estaba ahora, incluso aunque conociera su relación conmigo.

Hacia el final de la tarde del sábado ya no podía soportar más. Me fui hacia el barrio de Haight para buscarla.

La ola de calor no había acabado, y la niebla todavía no había aparecido, con lo que yo había bajado la capota de mi viejo MG-TD, y circulaba despacio por las calles que van de Divisadero al parque en ambos sentidos, rastreando entre la multitud: los que iban de compras, los mirones, los vendedores ambulantes y los que paseaban.

La gente dice que el Haight está volviendo a ponerse de moda, que las nuevas boutiques y restaurantes están haciendo resurgir al vecindario que había llegado a ser muy pobre, tras la gran invasión hippie al final de los sesenta; que una nueva era había comenzado. Yo no lo veo. Alguna de las mejores casas victorianas se hallan en esta parte de la ciudad, sí, y cuando las restauran son magníficas, y es cierto que algunas tiendas de ropa de moda, jugueterías y librerías están trayendo el dinero.

Pero todavía hay barras en las ventanas de las fachadas. Los drogados y los idos todavía se paran en las esquinas y sueltan obscenidades. Gente hambrienta y peligrosa ronda las entradas de las casas y ocupa las escaleras de acceso. Las paredes están llenas de insípidos graffiti. Y los jóvenes que se amontonan en los cafés y heladerías van vestidos con trapos de tiendas baratas, frecuentemente sucios y desaliñados. Incluso estos lugares tienen una apariencia desolada. Las mesas están grasientas. No hay calefacción. Se mire hacia donde se mire, todavía se aprecia la evidencia de las dificultades y de la negligencia.

El lugar es interesante, puedo admitirlo. Pero no hay vitalidad alguna que lo haga hospitalario.

Y en cierto modo nunca lo ha sido.

En los tiempos en que yo tuve mi primer estudio de pintura en el Haight, antes de que la generación de las flores lo inundara, ésta era una parte de la ciudad fría e inhóspita. Los comerciantes no daban conversación. Nunca llegabas a conocer a tus vecinos. Los bares eran peligrosos. El vecindario estaba constituido por gente que alquilaba los pisos a propietarios que vivían fuera de la ciudad.

El Castro District del centro, en el que por fin me afinqué, era un lugar totalmente distinto. El Castro siempre había tenido un ambiente de ciudad pequeña, donde las familias que lo habitaban poseían sus casas desde hacía al menos cien años. Y la afluencia de mujeres y hombres homosexuales que se ha producido en años recientes ha constituido sólo una comunidad más dentro de las existentes. En el Castro prevalece cierta melosidad, un ambiente de gente que quiere conocerse entre sí. Y por supuesto hay calor, está el sol.

La niebla que día a día cubre San Francisco muere habitualmente en lo alto de Twin Peaks, encima del Castro. Puede suceder que llegues de algún lugar próximo, con frío, y te encuentres en casa bajo un cielo azul.

Resulta difícil decir lo que el Haight llegará a ser. Escritores, artistas y estudiantes todavía lo habitan, buscando en él los alquileres bajos, las lecturas de poesía, las tiendas económicas y las librerías. Tiene un montón de tiendas de libros. Y puede ser divertido rondar por el barrio los sábados por la tarde.

Si no vas buscando a una joven fugitiva, se convierte en la jungla. Cualquier vagabundo es un violador o proxeneta en potencia.

No la encontré. Aparqué el coche, cené en uno de los miserables y pequeños cafés —comida fría, servicio indiferente, una chica con morados en la cara hablando consigo misma en un rincón— y di una vuelta. No me decidí a enseñar las fotografías que de ella tenía a las jovencitas que vi, ni les pregunté si la habían visto. No me sentí con derecho a hacerlo.

Cuando volví a casa, me di cuenta de que pintarla era el mejor modo de apartar mi mente de ella. Me dirigí a la buhardilla, contemplé las fotografías y me puse a trabajar en un cuadro a escala real inmediatamente. *Belinda en el caballo de tiovivo*.

A diferencia de otros artistas, yo no preparo mis pigmentos. Compro el mejor material disponible en los comercios y utilizo la pintura tal como sale del tubo, puesto que suele llevar la cantidad suficiente de óleo. Añado un poco de trementina para diluir cuando lo necesito, pero no mucha. Me gusta la pintura espesa. Me gusta que lo pintado quede denso y húmedo, y al mismo tiempo que la pintura pueda correrse cuando yo quiero. En lo que se refiere a las telas, trabajo casi exclusivamente en tamaños grandes, sólo utilizo algunas más pequeñas para pintar en el parque o en el patio. Las hago tensar e imprimar por encargo. Siempre tengo un buen número de ellas a mano, porque a menudo trabajo en más de un proyecto.

Así que ponerme a trabajar en una pintura a escala real me hizo preparar una paleta completa de colores terrosos: ocre amarillo, siena tostada, tierra sombra natural, rojo indio y rojo de Venecia; y alcanzar uno de los cien pinceles que tengo a punto. Había pensado esbozar un poco al principio, pero probablemente no lo haría. Trabajaría *alla prima*, pintándolo todo al mismo tiempo, cubriendo por completo la superficie en cuestión de unas horas.

Representar algo tal como se ve me resulta automático. Incluso antes de saber qué hacer con ello, aprendí a resolver la perspectiva, el equilibrio y la ilusión del espacio tridimensional. Me fue posible dibujar lo que veía desde los ocho años. A los dieciséis ya podía pintar un buen retrato al óleo de un amigo en una tarde o cubrir, con verdadero realismo, una tela de metro y pico por dos metros con caballos, vaqueros y tierra de labor, todo ello en una noche.

La rapidez siempre ha sido crucial. Quiero decir que trabajo mejor, en todos sentidos, cuando lo hago rápido. Si me paro a pensar en cómo me está quedando un tranvía abarrotado de gente que desciende la colina bajo árboles agitados por el viento podría quedarme bloqueado, perder el nervio, por decirlo de algún modo. Así que me sumerjo. Ejecuto. Y en una hora y media, ya está: tranvía resuelto.

Y si luego no me gusta, lo tiro. En mi caso el tiempo iguala el rendimiento. Y uno de los signos más claros de que estoy haciendo algo mal, de que estoy en el camino equivocado creativamente hablando, es que tarde demasiado tiempo en terminar algo.

Un profesor de arte que había tenido, un pintor frustrado que veneraba las telas más abstractas de Mondrian y Hans Hofmann, me dijo que debería romperme la mano derecha. O bien que debería comenzar a pintar sólo con mi mano izquierda.

No le escuché. Por lo que a mí respecta aquello era como decirle a un joven cantante con un timbre perfecto que aprendiera a cantar en tono bajo para darle a su voz el sentimiento adecuado. No lo consigue.

Como todo artista figurativo, yo creo en la elocuencia de la imagen reproducida con precisión. Creo en esa habilidad fundamental. La sabiduría y la magia de un trabajo provienen de mil elecciones no articuladas que tienen que ver con la composición, la luz y el color. La reproducción minuciosa no hace que el cuadro pierda vida. Pensar eso es estúpido. En mi caso lo misterioso es inevitable.

Incluso con mi habilidad manual, nadie me ha llamado anodino o estático. Al contrario, se me ha etiquetado de grotesco, barroco, romántico, surrealista, excesivo, inflado, insano, inflamado y desde luego, aunque yo no quise admitirlo con Belinda, mucha gente me ha llamado siniestro y erótico. Pero jamás estático, nunca sobrexperimentado.

Pues bien. Me lancé. Me puse a abarcarla toda, sus espesos cabellos dorados, su camisón blanco, sus preciosos piececitos asomando bajo el mismo y las grandes capas de resplandor ambarino rodeándola y envolviéndola, y me estaba saliendo bien; resolver el caballo fue tan magnífico como siempre, y su manita...

Sucedió algo completamente inesperado.

Quería pintarla desnuda.

Pensé en ello durante unos momentos. ¿Qué significado tenía que ella estuviera sentada en aquel encantador juguete vestida con un camisón blanco de franela? ¿Qué demonios estaba haciendo ella allí? No se trataba de Charlotte. Hasta ese momento era una pintura perfecta. De hecho era más que perfecta, y al mismo tiempo todo estaba mal. Era una desviación.

Bajé la tela del caballete. No. No a ella.

Y entonces, sin pensarlo mucho, di la vuelta a las telas de Angelica que preparaba para el nuevo libro. Me reí cuando me di cuenta de lo que estaba haciendo.

—No mires, Angelica —dije—. De hecho, ¿por qué no haces las maletas y te largas, querida? Vete con la Rainbow Productions a Hollywood.

Miré a mi alrededor.

No era en absoluto necesario dar la vuelta a las otras telas. Aquéllas eran las grotescas, sobre las que los reporteros siempre me preguntaban pero que nadie ha visto nunca, ni en los libros ni en galería alguna.

No tenían nada que ver con el trabajo mío publicado ni con las imágenes. Sin embargo las había estado haciendo durante años: cuadros de mi vieja casa de Nueva Orleans y del Garden District en el que se hallaba, mansiones languidecientes, seres abandonados en habitaciones con el papel de las paredes despegándose y con el yeso caído, paisajes frecuentados por ratas gigantes y cucarachas. Todas ellas me causaban un cierto vértigo. Quiero decir que más bien me gustaba ver a mis amigos boquiabiertos cuando venían. Es infantil.

Por supuesto que la lozanía de Nueva Orleans se encuentra en todo lo que hago. Los setos de hilo de alambre siempre están ahí, las flores amedrentando con su profusión, los cielos violeta de Nueva Orleans transparentes a través de la maraña de ramas llenas de hojas.

Pero en estas pinturas secretas los jardines son verdaderas junglas y las ratas e insectos son gigantes. Escudriñan a través de las ventanas. Merodean por las chimeneas cubiertas de enredaderas. Vagan entre los estrechos pasajes como túneles, bajo los robles.

Estos cuadros son deslucidos y oscuros, y el rojo empleado en ellos es siempre del color de la sangre, casi una mancha. El truco consiste en no utilizar nunca el color negro puro puesto que en realidad ya son muy negros.

Realizo estos cuadros en determinados estados de ánimo, y el pintarlos me hace sentir como ir en mi coche a ciento sesenta kilómetros por hora. Voy al doble de mi pasmosa velocidad habitual.

A causa de ellos, mis amigos me toman el pelo a menudo.

—Jeremy se ha ido a casa a pintar ratas.

—El nuevo libro de Jeremy se llamará *Las ratas de Angelica*.

—No, no, no, se llamará *Las ratas de Bettina.*

—La rata del sábado por la mañana.

Clair Clarke, mi agente de la Costa Oeste, subió una vez al estudio, vio las ratas y dijo:

—¡Dios mío! No creo que podamos vender los derechos para hacer una película con éstas, ¿no crees? —Y volvió al piso de abajo inmediatamente.

Rhinegold, mi representante, las contempló todas una tarde y me dijo que quería al menos cinco de ellas para exhibir de inmediato. Deseaba tres para Nueva York y dos para Berlín. Se había mostrado muy entusiasmado.

Aunque nada replicó cuando le dije que no.

—No creo que tengan sentido suficiente —expliqué.

Se produjo un largo silencio y a continuación inclinó la cabeza.

—Cuando empieces a hacer que tengan el suficiente sentido, me llamas.

Nunca han comenzado a tener el sentido necesario. Han seguido siendo fragmentos, que pinto con una hilaridad vengativa. Aun así, siempre he sabido que estos cuadros tienen una belleza desconcertante. Y sin embargo la falta de sentido en ellos me parece inmoral, de una horripilante inmoralidad.

Mis libros, incluso teniendo en cuenta sus limitaciones, tienen sentido y son morales. Son un asunto completo.

Eso se pierden las pinturas de ratas y cucarachas.

No me preocupé en darles la vuelta cuando comencé a pintar a Belinda desnuda en el caballo de tiovivo. Ello tampoco se debía a que creyese que pintarla desnuda fuese inmoral.

No, no pensé nada parecido. Todavía podía oler su dulce femineidad en las puntas de mis dedos. Ella lo era todo desnuda, y era dulce y hacía que me sintiera bien en aquel momento. Ella no era inmoral y tampoco esto lo era, estaba lejos de serlo.

Tampoco tenía nada que ver con los cuadros de ratas y cucarachas. Pero algo estaba pasando, algo que me confundía y era peligroso, de algún modo era malo para Angelica.

Me detuve y refexioné sobre ello por un momento. El sentimiento más loco me recorrió el cuerpo, y vaya cómo me gustaba. Me estaba gustando mucho aquel sentimiento, aquella sensación de peligro. Estuve pensando en ello un buen rato, pero no importaba. No había que analizar.

Por ahora, deseaba captar una característica muy específica de Belinda: la facilidad con que había venido a la cama conmigo, la franqueza con la que ella lo había disfrutado. Ésta era la razón de la desnudez. Y la franqueza y facilidad le proporcionaban poder.

Ella no debe preocuparse nunca por estas pinturas porque nadie va a verlas. Tenía que asegurarme de decírselo. Vaya risa el pensar lo que le sucedería a mi carrera si alguien las viera, ¡uf!, demasiado ridículo; pero no, no sucedería nunca.

Reproduje su cara de nuevo sin esfuerzo a partir de las líneas y las proporciones de la fotografía. Y estaba trabajando a doble velocidad como me sucedía cuando pintaba las telas oscuras. Todo hacía que me sintiera muy bien. Estaba haciendo más y más pinturas cremosas, densas y brillantes; el parecido con ella era deslumbrante y mi pincel corría resolviendo detalles, y toda aquella habilidad surgía sin el menor obstáculo por parte de mi conciencia.

Por supuesto, sólo tenía mi memoria como referencia para reproducir su cuerpo, pechos un poco grandes para un marco pequeño como el suyo, los pezones pequeños, suavemente rosados, y escaso bello púbico, de tamaño no mayor que un discreto triángulo y un color como de humo. Tenía que haber inexactitudes. Pero la cara era el quid; la cara sostenía el carácter. Mientras pensaba cómo me había sentido al acariciarlas y besarlas, revisaba las líneas descendentes de sus hombros desnudos y la curva pronunciada de sus pantorrillas.

Me estaba saliendo muy bien.

Hacia las doce de la noche casi había completado una tela gigante con ella y el caballo, y estaba tan agotado que ya no podría pintar más si no tomaba un café, fumaba un cigarrillo y me movía un poco. Añadí los últimos detalles hacia las dos de la madrugada. El caballo entonces había quedado tan bien como ella. Había conseguido resolver la crin tallada, los ollares acampanados, las bridas con las joyas engarzadas y la pintura dorada que se desconchaba.

Lo había terminado, estaba acabado. Y era más real que cualquier pintura que hubiera hecho nunca; la forma en que estaba sentada bajo una suave luz de bronce a lo Rembrandt, alucinantemente vital y sin embargo estilizada con sutileza por la constante atención a todos los detalles, daba fe de ello.

Aunque ella hubiera venido en aquel momento a posar desnuda para mí, no hubiera cambiado nada del cuadro. Estaba muy bien. Era Belinda —la jovencita que había hecho el amor conmigo dos veces, aparentemente porque le apetecía— quien estaba sentada allí, desnuda, mirándome fijamente y ¿preguntándome qué?

«¿Por qué te sientes tan culpable de acariciarme?»

Porque te estoy utilizando, querida. Porque un artista lo utiliza todo.

La tarde siguiente, al volver de mi ronda en coche por el Haight, había una nota suya en el buzón del correo.

«He venido y me he ido. Belinda.»

Por primera vez en toda mi vida casi doy un puñetazo a la pared. Inmediatamente puse las llaves de casa en un sobre, escribí su nombre en él y lo dejé en el buzón. Ella tendría que encontrarlo. Alguna otra persona podía encontrarlo, por supuesto, y saquear la casa, pero no me importaba lo más mínimo. Había un cerrojo con llave en el estudio de la buhardilla, donde estaban las pinturas, y otro en el sótano. Por lo que respecta al resto, muñecas y todo, por mí podían llevárselo.

Cuando hacia las nueve no había vuelto ni había llamado, comencé a trabajar de nuevo.

En esta ocasión ella estaba arrodillada y desnuda junto a la casa de muñecas. La pintaba un poco a ella y luego la casa. Reproducir el techo entejado de la buhardilla, las ostentosas ventanas y las cortinas de blonda, me ocupó mucho tiempo, como de costumbre. Pero eran tan importantes como ella. Asimismo, todo lo que se hallaba a su alrededor debía ser reproducido, hasta el mismo fondo con los juguetes llenos de polvo, el borde del sofá de terciopelo y el papel floreado de las paredes.

Cuando la luz de la mañana se filtraba ya por las ventanas, terminé. Rasqué la fecha en la húmeda pintura al óleo con el cuchillo de paleta, susurré: «Belinda» y me quedé dormido allí mismo en el catre bajo el ardiente sol de la mañana, demasiado cansado para hacer otra cosa que no fuera cubrirme la cabeza con el almohadón.

4

La última recepción importante de la convención de libreros iba a tener lugar aquella noche en un viejo y pintoresco hotel de la ladera de la montaña en Sausalito. Era una cena con mantel y cubiertos en celebración del lanzamiento de la autobiografía de Alex Clementine, la cual había escrito con orgullo —por sí mismo y sin necesidad de un fantasma—, y donde yo sólo tenía que hacer acto de presencia.

Alex era mi más viejo amigo. Fue protagonista de las películas más exitosas que se habían hecho de las novelas históricas escritas por mi madre: *Evelyn* y *Martes de carnaval carmesí*.

A través de los años habíamos compartido mucho juntos, tanto bueno como malo. Y recientemente, con motivo de su nuevo libro, le había puesto en contacto con mi agente literario y con mi editor. Hacía semanas que le había propuesto pasar a recogerle al hotel Stanford Court en lo alto de la ciudad y llevarlo por la bahía a la cena en Sausalito.

Por fortuna se mantenía el clima cálido y diáfano, los neoyorquinos envidiaban la maravillosa vista de San Francisco reflejándose en el agua, y Alex, con su cabello cano, tostado por el sol e impecablemente vestido, nos abrumaba con cuentos góticos californianos sobre asesinatos, suicidios, travestismo y locura en Tinseltown.

Por supuesto, él había visto a Ramón Novarro sólo dos días antes de que fuera asesinado por buscavidas homosexuales, había hablado con Marilyn Monroe unas pocas horas antes de que se suicidase, se encontró con Sal Mineo la noche antes de que le matasen, una belleza anónima le había seducido a bordo del yate de Errol Flynn, había estado en el vestíbulo del London Dorchester cuando sacaron en camilla a Liz Taylor de camino al hospital por la casi fatal neumonía que contrajo, y «casi había asistido» a una fiesta en la casa de la esposa de Roman Polanski, Sharon Tate, la misma noche que el grupo de Charles Manson la asaltó y asesinó a todos sus ocupantes.

Todos le perdonamos estas cosas, pues nos contó innumerables anécdotas de la gente que sí conocía. Su carrera se remontaba a cuarenta años atrás, eso era un hecho, desde su primer papel protagonista con Barbara Stanwyck hasta un papel constante en el nuevo serial nocturno, *Champagne Flight*, junto a la indómita estrella de cine erótico Bonnie.

Champagne Flight era el frívolo éxito de la temporada. Y todo el mundo quería saber lo que le sucediera a Bonnie.

En los años sesenta ella fue la tejana que conquistó París, la preciosa chica de Dallas de cabello oscuro que había llegado a ser reina de la nueva ola francesa junto a Jean Seberg y Jane Fonda. Seberg había muerto. Fonda estaba de regreso en casa. Pero Bonnie se quedó en Europa, recluida a lo Brigitte Bardot, tras años de participar en malas películas españolas e italianas que nunca se habían estrenado en este país.

Sus películas de pornografía dura, como *Garganta profunda*, *Tras la puerta verde* o *El diablo y la señorita Jones*, habían matado aquellas películas que, con estilo y a menudo profundamente eróticas, protagonizó en los años sesenta, y que la apartaron, como a la Bardot y a otras, del mercado americano.

Todo el mundo en la mesa estuvo de acuerdo en recordar con cariño viejas películas.

Bonnie, la Marilyn Monroe morena, asomándose desde detrás de las grandes gafas de montura de hueso y hablando de existencialismo y angustia en su suave francés con acento americano a los fríos e insensibles amantes europeos que la destruían. Nunca Monica Vitti se mostró más perdida, ni Liv Ullman más triste, ni Anita Ekberg fue más voluptuosa.

Comparamos nuestros recuerdos en torno a los teatros, verdaderas ratoneras para artistas donde habíamos visto las películas, y los cafés en que las habíamos comentado a continuación. Bonnie, Bardot y Deneuve habían obtenido aprobación intelectual. Cuando se desnudaban ante las cámaras eran valientes y saludables. ¿Existía actualmente alguien que pudiera comparárseles? Alguien tenía el *Playboy* en que Bonnie apareció por vez primera llevando sólo sus gafas de montura de hueso. Otro comentó que *Playboy* estaba reimprimiendo las fotos. Todo el mundo recordó el famoso anuncio que hizo para Midnight Mink con el abrigo abierto completamente por delante.

Y todos admitimos, no sin cierta vergüenza, haber sintonizado la elegante pero pésima serie *Champagne Flight*, por lo menos en una ocasión, sólo para darle un vistazo a Bonnie. Ella tenía ahora cuarenta años pero todavía era la Bonnie de primera clase que había sido.

Y aunque las pocas películas que hizo en Hollywood fueron desastrosas, compartía en la actualidad las páginas de la revista *People* y el *National Enquirer* junto a Joan Collins de *Dinastía* y a la estrella de Dallas, Larry Hagman. Su biografía podía encontrarse en ediciones en rústica por todos los quioscos. Se podían encontrar muñecas a la venta, realizadas con su imagen, en todas las tiendas de fruslerías. La serie se hallaba entre las diez de mayor audiencia y sus viejas películas volvían a proyectarse.

Era la Bonnie de Texas, la Bonnie con alma.

Bien, el domingo anterior, por la tarde, Alex la había rodeado con sus brazos; ella era un «amor» de mujer; sí, verdaderamente necesitaba las gafas con montura de hueso, no veía nada a más de medio metro de distancia; sí, desde luego leía todo el tiempo, pero no a Sartre, a Kirkegaard o a Simone de Beauvoir y «todas aquellas viejas ridiculeces». Se trataba de misterio, era adicta a las novelas de misterio. Y no, ya no bebía, la habían liberado de la bebida. Y tampoco tomaba drogas. ¿Quién había dicho tal cosa?

¿Y, por favor, podíamos dejar de hablar mal de *Champagne Flight*? Era la mejor oportunidad que Alex había tenido durante años, y no le importaba confesárnoslo. Había actuado en siete episodios y le habían prometido trabajar en dos más. Su carrera nunca había tenido una inyección igual de adrenalina.

En los seriales nocturnos estaban volviendo a actuar todos los talentos que valían la pena: John Forsythe, Jane Wyman, Mel Ferrer, Lana Turner. ¿Dónde demonios estaba nuestro buen gusto?

Bien, muy bien. Pero queríamos un verdadero plato fuerte sobre Bonnie. ¿Qué había de cierto en lo del tiroteo del pasado otoño cuando confundió a su nuevo marido, el productor de *Champagne Flight* Marty Moreschi, con un merodeador y le disparó cinco balas en su habitación de Beverly Hills? Incluso yo me fijé en dicha historia en las noticias. Y ahora, venga, Alex, tiene que haber algo que nos puedas contar, debe de haberlo.

Alex movió la cabeza. Según él podía jurar, Bonnie era tan ciega como un topo. Ella y Marty se comportaban como polluelos enamorados en el rodaje de *Champagne Flight*. Y Marty era el director, productor y escritor de *Champagne Flight*. Todo el mundo le quería. Y eso era cuanto Alex podía contarnos.

La versión oficial, refunfuñamos.

No, protestó Alex. Además, el plato fuerte sobre Bonnie era material antiguo, la historia de cómo eligió un padre para su hijo cuando ella todavía cobraba una fortuna en el cine internacional. ¿Acaso no habíamos oído hablar de ello?

En el momento en que Bonnie se decidió a tener un hijo, se fue a buscar el espécimen de macho perfecto. Y el hombre más guapo y atractivo que ella había visto jamás era el peluquero rubio de ojos azules George Gallagher, más conocido como G.G., con dos metros de estatura y un cuerpo que quitaba la respiración hasta en el más mínimo detalle. (Se produjeron inclinaciones de cabeza afirmativas por parte de todos los que habían visto los anuncios de champú de G.G. Y todos los neoyorquinos le conocían. Para tener cita había que hacer la reserva con tres meses de antelación.) El único problema era que él fuese homosexual, absoluta, completa e incurablemente homosexual; nunca se había acostado con una mujer. De hecho, la versión más veraz que se conocía sobre su desahogo sexual —si me perdonan la expresión— era que se masturbaba mientras permanecía arrodillado a los pies de un semental de color, vestido en traje de cuero y calzando botas negras.

Bonnie le trasladó a su *suite* en el hotel Ritz de París, le llenó de vinos de añada y comidas exquisitas, le hacía llevar y traer de su trabajo en los Campos Elíseos en su limusina, y se lamentaba con él durante horas de sus problemas sexuales; todo ello sin el más mínimo avance, hasta que dio con la clave de modo accidental.

La clave era hablar mal. Utilizar palabras verdaderamente obscenas de manera constante. Háblale mal a G.G. y ya no le importa quién seas, ¡puede hacerlo! El hecho de susurrarle al oído, hablándole de maniatarle con esposas, de botas de cuero, látigos negros y miembros negros, hizo que Bonnie consiguiera que él fuese a la cama con ella y lo «hicieran» toda la noche; y consiguió también que «lo hiciera» con ella durante todo el tiempo que estuvo filmando en España su último gran éxito, *Muerte al sol*. Por cierto que él también la peinaba, la maquillaba y la vestía. Y ella siguió diciéndole palabras soeces, e incluso llegaron a dormir juntos en su camerino. Pero cuando se hubo convencido de haber quedado embarazada, le plantó un billete de regreso a París en la mano, le dio un beso de despedida y le dijo adiós.

Nueve meses más tarde, él recibió una postal desde Dallas, Texas, con una fotocopia del certificado de nacimiento con su nombre impreso como padre natural del bebé. La criatura era preciosa.

—¿Y cómo es ella en la actualidad?

¡Eso ni se pregunta!

La verdad es que era una pequeña muñeca aquella niña, ciertamente era preciosa. Alex la había visto en el festival de cine de Cannes del año pasado en el mismo aperitivo que se ofreció en la terraza del Carlton donde Marty Moreschi, en busca de actores para *Champagne Flight*, había «redescubierto» la mujer que poco después se convirtió en su esposa, a la sola y única Bonnie.

Y resultó, por lo que se refiere a G.G., que estaba encantado de ser el padre de la pequeña muñequita, y persiguió a Bonnie y a la criatura por toda Europa con el objeto de estar cinco minutos con la niña aquí y allí, poder llevarle un oso de peluche y sacarle un par de fotos para colgar en la pared de su peluquería, hasta que al final Bonnie se hartó y encargó a sus abogados que echaran a G.G. de Europa, de modo que él acabó abriendo la caprichosa peluquería de Nueva York.

Cuéntanos otra, Alex.

Alex se emborrachaba más y más, pero a medida que la noche se iba consumiendo y las historias iban siendo más sabrosas y divertidas, una interesante verdad se hizo palpable: ninguna de las anécdotas jugosas aparecía en la autobiografía de Alex. No había nada escandaloso sobre Bonnie o cualquier otra persona. Causar daño a sus amigos no era propio de Alex.

Estábamos escuchando un número uno en ventas que nadie leería jamás. No era de extrañar que tanto mi querida publicista Jody como la editora de Alex, Diana, estuvieran sentadas frente a sus bebidas sin haber tomado un sorbo y mirando a Alex en un estado catatónico.

—¡Me estás diciendo que nada de esto aparece en el libro! —le susurré a Jody.

—Ni una sola palabra.

—¿Entonces qué hay? —le pregunté.

—¡No me preguntes!

Me tomé tres tazas de café para estar sobrio y fui a la cabina telefónica a llamar a casa, en la esperanza de que Belinda hubiera encontrado las llaves y se hubiera instalado, o para comprobar si había dejado algún mensaje en el contestador automático.

Ni una cosa ni otra. Sólo había una llamada de mi ex mujer, Celia, desde Nueva York, diciéndome en sesenta segundos, o quizá menos, que necesitaba que le prestase quinientos dólares inmediatamente.

Más tarde regresé con Alex, y estuvimos hablando los dos a un tiempo mientras nos daba el viento en la cara sentados en el descapotable de las razones por las que no había incluido aquellas historias reales en su autobiografía.

—¿Pero qué pasa con las que son sabrosas? No harían daño a nadie —insistí de nuevo—. No es necesario que incluyas a Bonnie y a George Peluquero, o como quiera que se llame, pero conoces todo tipo de cosas...

—Demasiado arriesgado —repuso, meneando la cabeza—. Además, a la gente no le gusta la verdad, y tú lo sabes.

—Alex, estás anticuado —le dije—. La gente está tan enganchada a la verdad en estos días como lo estaba a la mentira en los años cincuenta. Y ya no te puedes cargar la carrera de nadie, absolutamente de nadie, con un pequeño escándalo.

—Vaya si puedes —me contestó—. Puede ser que estén más preparados para admitir la porquería que no querían conocer antes. Pero debe tratarse de la suciedad justa en la medida correcta. Se trata de una nueva sarta de espejismos, Jeremy.

—No lo creo, Alex. Pienso que no sólo es cinismo, sino una mala observación. Créeme, las cosas ahora son diferentes. Los años sesenta y setenta cambiaron a todo el mundo, incluso a la gente de las ciudades pequeñas, que nunca ha oído hablar de la revolución sexual. Las ideas de aquellos tiempos elevaron el nivel del arte popular.

—Pero ¿de qué demonios estás hablando, Walker? ¿No has visto nada de televisión últimamente? *Champagne Flight*, te lo digo, es una porquería. Es un hijastro de la serie de los cincuenta, *Peyton Place*. Sólo ha cambiado el estilo de los peinados.

Me reí. Hacía una hora escasa que la había estado defendiendo.

—Muy bien, puede ser —comenté—. Pero cualquier programa televisivo de hoy habla de incesto, prostitución y temas tabú, de los que ni siquiera se podía hacer mención veinte años atrás. La gente no está del todo atemorizada por el sexo en estos días. Se sabe que muchas de las grandes estrellas son homosexuales.

—Sí, claro, y se lo han perdonado a Rock Hudson porque murió de cáncer, del mismo modo que le perdonaron a Marilyn Monroe que fuera una reina del sexo porque acabó suicidándose. Sexo, por supuesto, mientras vaya acompañado de muerte y sufrimiento, eso les proporciona el tono moral que todavía han de tener. Mira los dramas documentales y los programas sobre policías. Te lo digo, se trata de sexo y de muerte, igual que siempre ha sido.

—Alex, se sabe que las estrellas beben. La gente sabe que se tienen hijos sin pasar por el matrimonio, como hizo Bonnie. Los tiempos en que echaron a Ingrid Bergman de la ciudad por tener un bebé de un director italiano con quien no se había casado han pasado hace mucho.

—No. Probablemente durante un corto tiempo hubo una verdadera apertura, mientras la generación de las flores fue importante, pero hoy la rueda vuelve a girar a su posición inicial, si es que alguna vez cambió de posición. Sí, claro, tenemos a un joven homosexual en *Champagne Flight* porque en *Dinastía* habían incorporado a uno antes, pero adivina quién hace el papel, un actor hecho y derecho, y aun así se trata de poca cosa, además se puede oler la enorme cantidad de desinfectante que utilizaron desde un kilómetro de lejos. Te digo que sólo la porquería justa en la medida adecuada. Hay que tener tanto cuidado en las proporciones ahora como en el pasado.

—No, podías haber llenado tu libro con la verdad y la gente todavía te querría, tanto a ti como a todos aquellos sobre los que has escrito. Además es tu vida, Alex, eso es lo que tú has visto, se trata de tu recuerdo.

—No, no es así, Jeremy —repuso—. Es otra cosa que se llama escritor-estrella de cine.

—Eso es demasiado frío, Alex.

—No. Es un hecho. Y les he proporcionado lo que querían como siempre. Léelo. Es una representación extraordinariamente buena.

—¡Mierda! —exclamé. Me estaba enfadando. Nos hallábamos en la ciudad, tras haber cruzado el puente por la vía rápida y dejado atrás el fantasmagórico Palace of Fine Arts, y yo ya no tenía que hablar tan alto—. Y suponiendo que tuvieras razón, sabes bien que las historias son buenas, son entretenidas, Alex. La verdad siempre tiene fuerza. El mejor arte se basa siempre en la verdad. Así debe ser.

—Oye, Jeremy, tú haces esos libros para jovencitas. Ellas son dulces, saludables, preciosas...

—Me estás poniendo enfermo. Esos libros son exactamente lo que yo quiero hacer, Alex. Ellos son la verdad para mí. Algunas veces desearía que no fuera así. No es como si hubiera algo mejor que yo escondo y paso por alto.

—¿No hay nada escondido? Jeremy, te conozco desde hace años. Podrías pintar cualquier cosa que te propusieses ¿y qué es lo que haces? Jovencitas en casas encantadas. La verdad es que las pintas porque eso vende...

—No es cierto, Clementine, y tú lo sabes.

—Las pintas porque tienes un público y deseas que te quiera. No me hables de la verdad, Jeremy. La verdad no tiene nada que ver con esto.

—No es así. Te estoy diciendo que la gente nos quiere más por la verdad —le solté, y casi me salía humo de la cabeza—. Eso es lo que trato de explicarte. Hoy día, las estrellas lavan la porquería de sus asuntos amorosos escribiendo libros, y el público los devora porque son auténticos.

—No, hijo, no — contestó—. Limpian la suciedad de algunos asuntos, y sabes muy bien de lo que te estoy hablando.

Se produjo un silencio de muerte. A continuación, mientras ponía la mano sobre mi hombro, volvió a reír. Me di cuenta de que debíamos intentar animarnos.

—Venga, Walker...

Pero yo no podía quedarme así. Me atormentaba demasiado que hubiera estado arengando en la fiesta y que ninguna de aquellas historias estuviera en el libro. Y yo, ¿qué le había dicho a aquel reportero dos noches atrás en la cena de promoción? ¿Que había escrito *Buscando a Bettina* porque mis lectoras lo deseaban? ¿Había querido decir aquello? Aquel patinazo iba a volver una y otra vez a mi cabeza, y quizá también me lo merecía.

Se trataba de un punto crucial, algo que era demasiado crítico para mi vida. Sin embargo, yo había bebido probablemente en exceso y estaba muy cansado para darme verdadera cuenta.

—No sé lo que me pasa esta noche. No lo sé —le dije—. Pero te digo que si pusieras todo lo que sabes en ese libro les gustaría todavía más, incluso harían una película con él.

—Harán una película con él, tal como está ahora, Jer —repuso, con una risa todavía más estentórea—. Hay dos empresas que nos han hecho ofertas.

—Vale, vale —contesté—. El dinero está detrás siempre, y todo eso. ¡Como si yo no lo supiera! ¡Me voy a dedicar a hacer algunas pinturas que den dinero!

—Tú también venderás a tu pequeña Angelica, o como se llame, para hacer una película, ¿no es cierto? Escúchame bien, hijo, están diciendo que eres un genio por tu libro *En busca de Bettina*. Lo he visto en un escaparate en el centro. En el mismo centro. No en una tiendecita para críos. Genio, Jeremy. Tengo que admitirlo. Lo he leído en la revista *Time*.

—Que le den por el saco. Hay algo que está mal, Alex. Hay algo equivocado en mí y es por eso que discuto contigo. Algo que está muy mal.

—Ah, venga, Jeremy, tú y yo, los dos estamos bien —dijo espaciando las palabras—. Siempre hemos estado bien. Lo has hecho todo por esas jóvenes, y cuando escribas tu vida, les contarás mentiras, y tú lo sabes.

—No es culpa mía que esos libros sean saludables y dulces. Es la carta que he elegido, por Dios bendito. Cuando eres un artista no escoges tus obsesiones, ¡maldita sea!

—¡Bueno, bueno, bueno! —dijo él—. Espera un minuto chico listo. Deja que te explique por qué no puedo contar las verdaderas historias. ¿Quieres que le diga a todo el mundo que cuando tu madre se estaba muriendo fuiste tú quien escribió sus dos últimas novelas?

No le contesté. Me sentí como si alguien me hubiera aporreado la cabeza.

Nos paramos en el semáforo del solitario cruce de Van Ness con California. Sabía que estaba mirando furioso la calle que tenía frente a mí, totalmente colérico, pero no podía mirarle a él.

—No tenías ni idea de que yo lo supiera, ¿verdad? —preguntó—. Que tú fuiste el que escribió todas las páginas de *Avenida San Carlos* y *Martes de carnaval carmesí*.

Puse la primera y giré, cometiendo una infracción, hacia la izquierda por California. Alex era quizá mi más próximo amigo en el mundo, y no, no sabía que compartiese aquel viejo secreto.

—¿Te han dicho eso los editores? —inquirí. Habían editado también la obra de mi madre, veinticinco años atrás. Pero todo el equipo editorial de entonces se había marchado ya.

—Nunca me has contado nada de ellos —prosiguió Alex, haciendo caso omiso de mi pregunta—. Nunca. Pero tú escribiste esos dos útimos libros porque ella estaba muy enferma y tenía demasiados dolores para hacerlo. Y la crítica dijo que eran sus dos mejores obras. Y tú nunca se lo has dicho a nadie.

—Eran sus personajes y sus ambientes —repuse.

—No lo creas —dijo él.

—Le leía los capítulos cada día. Ella lo supervisaba todo.

—Ah, claro. Y ella estaba preocupada por dejarte con todas las facturas del médico.

—Hacía que olvidara sus dolores —comenté—. Era lo que ella quería.

—¿Y tú lo querías? ¿Escribir dos libros con el nombre de ella?

—Estás haciendo una montaña de algo que ahora no tiene ninguna importancia, Alex. Hace veinticinco años que ella murió. Además, yo la quería mucho. Lo hice por ella.

—Y esos libros están todavía a la venta en todas las librerías de este país —me dijo—. Y *Martes de carnaval carmesí* es representada en televisión, de madrugada, en alguna parte del país, por lo menos una vez cada semana.

—Vamos, Alex. Qué tiene eso que ver con...

—No, ése es el punto exacto, Jeremy, y tú lo sabes. Tú nunca lo dirás por respeto a ella. Aquella biografía sobre ella, ¿cómo se llamaba?, la leí años atrás y no había una sola referencia al tema.

—Escoria populachera.

—Desde luego. Y te voy a decir la verdadera tragedia que encierra, Jeremy. Es sin duda la mejor historia que nadie pueda contar sobre tu madre. Y probablemente es la única historia sobre su vida que vale la pena contar.

—Bueno, y de eso es de lo que estoy hablando, ¿no es cierto? —dije. Me di la vuelta y le miré con indignación—. Eso es lo que estoy tratando de decirte, Alex. La verdad está donde está, por Dios bendito.

—Eres un pelmazo, ¿lo sabes? Mira por dónde vas.

—Sí, pero ése es el punto que quiero resaltar —insistí. Y le grité—: ¡La verdad es comercial!

Estábamos ya entrando en el pasaje del Stanford Court y yo me sentía aliviado de que el trayecto llegara a su fin. Estaba deprimido y atemorizado. Hubiera deseado estar ya en casa. O bien ir en busca de Belinda. O también beber peligrosamente con Alex en el bar.

Paré el coche. Alex seguía sentado. A continuación presionó el encendedor y sacó un cigarrillo.

—Te quiero mucho, ya lo sabes —me dijo.

—Vete al infierno. Además, ¿a quién le preocupa esa historia? Cuéntala.

Pero sentí igual que si me aguijonearan por dentro cuando lo dije. El secreto de mamá. El maldito secreto de mamá.

—Esas criaturas te mantienen joven, inocente.

—Bah, cuántos disparates —dije yo. Y me reí, pero me sentía fatal. Pensé en Belinda, en poner la mano bajo el camisón de Charlotte y percibir la calidez del pequeño y suculento muslo de Belinda. El cuadro de Belinda desnuda. ¿Era ésa la verdad? ¿Eso era comercial? Me sentí como un orate. Estaba exhausto.

Tengo que irme a casa a esperar que llame o que venga, luego quitarle la ropa. Acostarla sobre el camisón de franela arrugado en la cama del dosel, sacarle las ajustadas medias y penetrarla suave, suavemente..., como si de un guante nuevo se tratase...

—Fue tu madre, ¿sabes?, la que me contó que tú escribiste los libros —comentó Alex, mientras su voz se elevaba con facilidad hasta el tono que tenía durante la cena. Luces, cámaras, acción. Me di cuenta de cómo se arrellanaba en el asiento—. Y nunca me dijo que tenía que mantenerlo en secreto.

—Sabía quién era un caballero en el momento en que lo veía —repuse conteniendo la respiración mientras le miraba.

Sonrió y soltó el humo. Se le veía extremadamente atractivo incluso ahora que se acercaba a los setenta años. Su cabello blanco era muy espeso y lo llevaba al estilo de Cary Grant. Y el poco peso que había ganado a lo largo de los años lo llevaba con autoridad, como si los demás fuésemos ligeramente delgados. Tenía los dientes perfectos, un bronceado perfecto.

—Fue después del estreno de *Martes de carnaval carmesí* —me reveló, entrecerrando los ojos y poniendo la mano en mi hombro—. Recordarás que intentamos llevarla en avión a California y que no pudo venir, era imposible para ella en aquellos momentos, pero tú viniste, y yo después volé a Nueva Orleans para visitarla.

—Nunca lo he olvidado.

—Jeremy, no sabes lo difícil que me resultó aquel viaje al sur.

—Tienes mi agradecimiento.

—Mi coche se acercó a aquella casa gigantesca, pintada de color rosa, en la avenida Saint Charles, con todas los cerrojos de color verde oliva pasados y la verja de estacas que impedía que las adelfas cayesen sobre la acera. Teníamos que empujar los dos para que la puerta de entrada se abriera.

—No hay nada como el hogar —comenté.

—Y luego me adentré por aquel frío pasillo con la siniestra cabeza de pirata hecha en bronce sobre la columna, y el gran cuadro oscuro pintado al óleo de..., ¿quién era, Robert E. Lee?

—Lafayette —le aclaré.

—Aquellos techos debían de tener más de cuatro metros de altura, Jeremy, y las tablas de madera de ciprés viejo que cubrían el suelo eran enormes. Subí y subí por aquellas escaleras de estilo Scarlet O'Hara. Recuerdo que las fijaciones para lámparas de gas estaban todavía en la pared.

—No funcionaban.

—Y sólo colgaba un minúsculo candelabro en el corredor de lo alto de las escaleras.

—Cambiar las bombillas era complicadísimo.

—Y allí estaba ella, nuestra Cynthia Walker, en aquella caverna con una habitación que daba a la calle. Y el papel de la pared , Jeremy, ¡aquel papel de hojas doradas!

»Un diseñador de decorados hubiera dado cualquier cosa por obtener un papel así. Con todo, era como estar en una casa sobre un árbol cuando mirabas a través de las tablillas de las persianas. Se veían únicamente las ramas del roble llenas de hojas verdes. Cuando te asomabas a la fachada, apenas podías ver el tráfico moviéndose por la calle, sólo se veían pequeñas manchas de color y el tranvía de madera oscilando al pasar. Hacía un gruñido como el del mar en una concha.

—Tienes que escribir otro libro, Alex, una historia de fantasmas.

—Y en la cama vieja y pasada de moda estaba ella, con tanques de oxígeno a su lado, tanques de oxígeno justo en medio de todo aquel papel de oro y los muebles caoba. Una cómoda de patas altas, ¿no es cierto?, con las patas curvadas de estilo reina Ana y uno de esos viejos armarios franceses de puertas con espejo.

—Repleto de bolas de naftalina.

—Puedes imaginarte lo que me pareció a mí aquella habitación. Y las pastas de los libros, las fotografías y los recordatorios por todas partes, y el tintineo de las campanillas deprimentes de latón ...

—En realidad eran de cristal...

—... y aquella mujer menuda, aquel mito de mujer, estaba sentada apoyándose en los cojines bordados.

—Seda.

—Ya, seda. Llevaba puesto un salto de cama de seda color lavanda, Jeremy, una cosa preciosa, y también unos camafeos. Los llevaba colgados del cuello, en los dedos y en las pulseras. Nunca olvidaré aquellos camafeos. Me dijo que se los habían traído de Italia.

—De Nápoles

—Y una peluca, una peluca de color gris; pensé que debía tener mucha clase para encargar que le hicieran una peluca como aquélla, de color gris natural y con una trenza larga de cabello, nada que se viera muy moderno o falso en ella. Y estaba tan consumida..., quiero decir que no quedaba nada de ella.

—Treinta y siete kilos.

—Aun así era muy vivaz, Jeremy, muy aguda, y sabes muy bien que todavía era bonita.

—Sí, todavía era hermosa.

—Me pidió que me sentara con ella a beber una copa de champán. Tenía el cubo de plata con cubitos de hielo allí mismo. Y me estuvo explicando que en martes de carnaval el rey de la procesión Rex se paraba en todas las casas de la avenida Saint Charles, donde había vivido un rey anterior, y el que lo había sido ascendía por una escalerilla de madera hasta el trono del nuevo rey en la carroza, y ambos brindaban con una copa de champán mientras el resto del desfile esperaba.

—Ah, sí, hacían eso.

—Bueno, ella dijo que el hecho de que yo hubiera ido a visitarla a Nueva Orleans era como si fuera el rey de la procesión Rex a beber champán con ella. Por supuesto yo le dije cuán gran escritora era, qué gran privilegio había sido para mí el representar el papel de Christopher Prescott en *Martes de carnaval carmesí* y cómo había ido la presentación. Se rió y me dijo en ese mismo momento que la habías escrito al completo tú. ¡Ni siquiera sabía quién era el tal Christopher Prescott! ¡Cómo se rió! Me dijo que confiaba en que el tal señor fuera un caballero, y que deseaba que brindase con champán con el rey de Rex en el transcurso de la obra. Me explicó que tú habías escrito los dos últimos libros en su nombre y que ibas a hacer más, muchos más. Cynthia Walker estaba en tus manos, viva y bien. Cynthia Walker no iba a morir nunca. Incluso te dejaba su nombre en el testamento. Tú harías libros de Cynthia Walker toda la vida, diciendo que habías encontrado los manuscritos en sus archivos y en las cajas fuertes de los bancos, después de su muerte.

—Bueno, y no los hice —dije yo.

Suspiró y aplastó el cigarrillo. Se produjo un profundo silencio.

No había más sonido que el del tranvía de Saint Charles en mis oídos. Se hallaba a dos mil seiscientos kilómetros pero lo oía perfectamente. Incluso el olor de aquella habitación.

—Recibí la llamada en Nueva York cuando ella murió —proseguía—. Debió de ser dos meses después de mi visita. Brindamos a su salud en el Stork Club. Ella era auténtica y genuina.

—Sin duda alguna. Ahora sal de mi coche, vagabundo borrachín —le dije— . Y la próxima vez que escribas un libro, acuérdate de llenarlo con la historia que contiene.

—Me gustaría verte a ti haciendo eso mismo —repuso.

Pensé durante unos instantes.

—¿Y qué pasaría si lo hiciera? — pregunté—. Alguien se me acercaría con intención de hacer una película para la televisión utilizando esa misma historia. Y las ventas de todos sus libros ascenderían...

—Pero tú no lo contarías.

—Y también subirían las ventas de mis libros, y todo porque la gente obtendría una pequeña verdad. La verdad crea arte y la gente lo sabe. Y ahora ve adentro, borrachín, algunos tenemos que trabajar para vivir.

Me miró durante un largo instante y me dedicó una de sus fáciles y amplias sonrisas de película. Estaba bien conservado como si alguien le hubiera repasado con un cristal de aumento y le hubiera quitado todas las imperfecciones, todas las arrugas y cabellos no deseados.

Me preguntaba si estaría pensando en la otra parte de la historia, o incluso si la recordaría.

Aquella tarde en que se había acercado a la parte posterior, donde yo tenía el estudio de pintura, y le invité a pasar, cerró la puerta y como por casualidad le dio la vuelta al pestillo. Cuando se sentó en el catre me hizo gestos para que me sentara junto a él. Estuvimos haciendo el amor —creo que así es como se diría— durante quince minutos, más o menos, antes de que él se fuera en la gran limusina.

Se había comportado como el hombre que toma decisiones en todo su esplendor, tenía una estructura grácil y el cabello rizado de un negro lustroso. Recuerdo que llevaba un traje blanco de lino y un clavel rojo en el ojal, también llevaba una gabardina blanca sobre los hombros que recordaba vagamente las capas que siempre se ponía para los papeles de época en la pantalla. Tenía un encanto natural. Cualidad que no había perdido en absoluto.

—Cuando vengas al oeste te quedarás en mi casa —me había dicho. Escribió su número de teléfono particular en una caja de cerillas y me la dio.

Tres meses después, cuando decidí dejar la casa, marqué aquel número.

Durante una semana como máximo tuvimos una breve aventura en aquella espléndida y nítida casa de Beverly Hills, hasta que un día me dijo: «No tienes que hacer esto por mí, chico. Me gustas mucho tal como eres.» Al principio no le creí, pero lo había dicho honestamente.

El sexo era algo que podía conseguir en cualquier parte, y no le importaba si era con el pequeño y encantador jardinero japonés o con el nuevo camarero de Chasen's. Lo que en realidad ansiaba tener en casa era un chico de buen ver, que fuera honesto y que pudiera encajar como si de un hijo se tratase.

Lo comprendí un poco mejor cuando su esposa, Faye, volvió de Europa y me quedé con ellos varias semanas; les quería mucho a ambos y creo que entonces pasé los mejores días de mi vida.

Asistíamos a fiestas, íbamos al cine, jugábamos a cartas hasta altas horas de la madrugada, bebíamos, hablábamos, salíamos a dar paseos por la tarde, hacíamos excursiones para ir de compras, y todas aquellas cosas las hacíamos con facilidad y comodidad; la cuestión del sexo se olvidó por completo, como si en realidad yo lo hubiera imaginado. Cuando hube pintado el retrato de Faye, que todavía sigue colgado en la chimenea del salón, me marché.

Ella había sido una de esas estrellas bastante cómicas, de las que nadie se acuerda ahora, y su carrera y su vida fueron absorbidas por Alex, y a pesar de la cantidad de «hijos» o amantes que él llegase a tener a través de los años, ella fue la única y verdadera primera dama. Cuando ella murió él sufrió un verdadero infierno.

Aunque alguna vez tuve la fuerte tentación de hacerlo, siendo aún muy joven, después de aquello nunca he vuelto a irme a la cama con un hombre. Y si bien Alex había perdido interés en muchos de sus «hijos», nosotros nos convertimos en grandes amigos.

Desde aquellos tiempos habíamos compartido algunos momentos muy difíciles y seguramente soportaríamos otros en el transcurso de los años.

—No te preocupes, chico —me estaba diciendo ahora—. Nunca contaré aquella historia de Nueva Orleans o ninguna otra. Decir la verdad no es lo que me interesa. Nunca lo ha sido.

—Ya, muy bien —le dije con amargura—, quizá tengas tú razón.

Se rió con cierta incomodidad.

—Esta noche estás de mal humor. Estás un poco ido. ¿Por qué no te alejas de la niebla durante un tiempo y te vienes al sur conmigo?

—No en este momento —repuse.

—Vete a casa a pintar jovencitas, entonces.

—Has dado en el clavo.

Encendí uno de aquellos horribles Gauloises porque eran los únicos que me quedaban, y me puse a conducir en dirección al Haight, bajando por Nob Hill, para buscar a Belinda.

Pero no podía liberarme de la historia con Alex. Él tenía razón en decir que a mí no me era posible contar aquel episodio. Ninguna de mis esposas lo conocía, ni mis amigos más íntimos tampoco. Y yo habría odiado a Alex si lo hubiera puesto en uno de sus libros. Me preguntaba qué pensaría él si supiese que desde el día en que abandoné la casa de mamá para coger el avión hacia California no había puesto el pie en ella. Por lo que yo sabía, la casa seguía exactamente igual a como él la había descrito.

Durante algunos años alquilé el piso de abajo, por medio de una agencia local, para recepciones de bodas y otras reuniones. Si tenías una mansión en la avenida Saint Charles podías permitírtelo. Pero cuando insistieron en que había que redecorarla, dejé de hacerlo.

En el momento presente tenía una ama de llaves irlandesa y mayor que cuidaba de la casa, se llamaba miss Annie y yo sólo la conocía por la voz al teléfono. La mansión ya no aparecía en las guías turísticas, y los autobuses de turistas no hacían una parada frente a ella. Aunque me contaron que alguna dama mayor llamaba a la puerta de vez en cuando preguntando si podía ver donde había escrito sus libros Cynthia Walker. Miss Annie siempre las dejaba entrar.

Finalmente estos pensamientos oscuros fueron desvaneciéndose a medida que cruzaba el Haight nocturno. Pero otros pensamientos, igual de oscuros, empezaron a acudir a mi mente.

¿Por qué habría yo dejado a Alex y a Faye tan pronto para ir a San Francisco? Una y otra vez me habían pedido que me instalara en el sur, cerca de ellos.

Pero yo tenía que crecer y hacerme independiente, por supuesto. Sentía mucho miedo del amor que profesaba tanto a Alex como a Faye, y de la comodidad absoluta que sentía estando en su casa. ¿Y cómo llegué a ser independiente? ¿Acaso fue pintando chicas jovencitas en borrosa imitación de las mujeres victorianas de San Francisco que me recordaban la vieja casa de mi madre en Nueva Orleans?

Fue en el Haight, en una casa victoriana de la calle Clayton, donde la editora de mi madre intentó persuadirme, sin éxito, de que escribiera más libros de Cynthia Walker; donde descubrió mis pinturas y me hizo firmar un acuerdo para publicar mi primer libro para niños.

El último cuadro que realicé de una mujer adulta fue el de Faye, que se quedó en la pared de Alex.

Olvídalo. Quítatelo todo de la cabeza como siempre has conseguido hacer. Piensa en el regocijo que tienes cuando pintas a Belinda. Sólo en eso.

Belinda.

Crucé todo el Haight lentamente desde Masonic a Stanyon y la busqué en ambos lados de la calle, bloqueando en ocasiones el poco tráfico existente hasta que alguien tocaba la bocina.

Esa noche el vecindario parecía inusualmente abandonado y claustrofóbico. Las calles eran demasiado estrechas, las casas tenían las redondas ventanas frente a la bahía raídas y descoloridas. Había basura en las cunetas. No era romántico. Sólo estaban los perdidos, los descalzos, los locos.

Volví a tomar la calle Masonic. Y de nuevo por Stanyon, y a través del parque observé todas las figuras femeninas que pasaban.

Para entonces estaba completamente sobrio. Debí de hacer el mismo circuito seis veces antes de que una criatura llegara hasta mí como una exhalación, se apoyara en el coche y me besara mientras yo aguardaba en el semáforo de Masonic.

—¡Belinda!

Allí estaba ella bajo un revoltijo de maquillaje.

—¿Qué estás haciendo aquí abajo? —preguntó. Llevaba los labios rojos, cercos negros alrededor de los ojos y máscara color oro. Su cabello estaba lleno de tiznes color magenta. Absolutamente horrible. Pero yo lo adoraba.

—Te estaba buscando —contesté—. Métete en el coche.

La miré mientras daba la vuelta al coche por delante. El abrigo era de feísima piel de leopardo y los tacones de cristal en imitación de diamante. Lo único que me resultaba familiar era el bolso. Podía haberme cruzado con ella mil veces y nunca la hubiera visto.

Se deslizó hacia el asiento de piel a mi lado y echó sus brazos alrededor de mi cuello de nuevo. Cambié de marcha, pero en realidad no podía ver nada.

—Éste es el mejor coche —me dijo—. Apuesto a que es tan viejo como tú.

—No exactamente —murmuré.

Se trataba de un MG-TD del 54, el deportivo con la rueda de recambio en el maletero, una pieza de coleccionista igual que los malditos juguetes, y me alegré mucho de que a ella le gustase.

De hecho, no podía creer que la tenía de nuevo conmigo.

Di una vuelta brusca hacia Masonic y subí la loma en dirección a la calle Diecisiete.

—Y bien, ¿adónde nos dirigimos? —preguntó—. ¿A tu casa?

El perfume tenía que ser Tabú, Ambush o algo parecido. Un olor tan propio de una mujer adulta como lo eran los enormes pendientes de imitación de diamante y el vestido de cuentas negro. En cambio, estaba masticando un trozo de chicle que olía deliciosamente a menta.

—Sí, a mi casa —repuse—. Tengo que enseñarte algunas telas que he pintado. ¿Por qué no pasamos por tu habitación y recogemos tus cosas para que puedas quedarte algún tiempo? Es decir, si no te enfadas con lo que he pintado.

—Sobre pasar por mi habitación tengo malas noticias —contestó. De pronto, hizo un chasquido con el chicle, y a continuación lo hizo dos veces más. Yo di un respingo—. El hombre que vive en la habitación trasera y su novia se estaban peleando. Si no paran, seguro que alguien llamará a la policía. Mejor nos largamos, ¿vale? Llevo mi cepillo de dientes. Por si no lo sabes he estado en tu casa hace un par de horas. El taxi me ha costado cinco dólares. ¿Has encontrado la nota que te he dejado?

—No. ¿Cuándo me vas a dar una dirección y un numero de teléfono ?

—Nunca —repuso—. Pero estoy aquí ahora, ¿no? —Hizo el chasquido de nuevo tres veces seguidas—. Acabo de aprender a hacerlo. Todavía no sé cómo hacer un globo con el chicle.

—Es encantador —dije yo—. ¿De quién lo has aprendido, de un camarero? No, no me lo digas, te lo ha enseñado el mismo del truco de las cerillas.

Se rió del modo más dulce. Después me dio un beso en la mejilla y otro en la boca. En realidad, me tenía atrapado con suavidad y firmeza al mismo tiempo, con las pestañas como un alambre, con su boca jugosa, sus mechones de cabello y sus mejillas como melocotones.

—Basta o vamos a salirnos de la carretera —dije, mientras nos dirigíamos por la calle Diecisiete en dirección al Market, donde una manzana más allá está mi casa—. Y además, es muy posible que te irrites mucho conmigo cuando veas las pinturas que he hecho de ti.

5

Sabía que lo primero que hubiese tenido que hacer era subir con ella a la buhardilla y hacerle confesar qué pensaba de que la hubiera pintado desnuda, así como hacerle todo tipo de promesas de que nunca nadie vería aquellos cuadros. (Tienes toda la razón, Alex.)

Pero cuando entró, se me adelantó y pasó a la polvorienta sala de estar, fue como si se produjera un encantamiento. Desde la cocina y el vestíbulo se proyectaba una suave luz, y a pesar de ello estaba oscuro y los muñecos parecían fantasmas. Con sus medias de encaje, los relumbrantes tacones de cristal tallado, el cabello con mechas y la cara maquillada, parecía una bruja. Rozó con la mano el techo de la casa de muñecas y se arrodilló para mover el tren sobre los raíles. Me gustaba más que cuando iba vestida con el camisón.

Se deshizo del horrible chaquetón de imitación de piel de leopardo y se subió al caballo de tiovivo. Pude darme cuenta de que el vestido que llevaba, antiguo, negro y con faldones, era escotado, y sólo unos tirantes cubrían sus hombros. Las sucesivas capas de cuentas y flecos temblaban ligeramente.

Cruzó los tobillos y se arremangó la tela en la falda. Entonces apoyó la cabeza en el eje de latón, asiéndolo con los dedos por encima de su cabeza. Se puso a mirar alrededor, a los objetos de la habitación, de la misma forma en que yo lo hacía a menudo. Era la misma pose que la del camisón, la del cuadro del desnudo.

—No te muevas —le dije.

Apreté el interruptor de la pared para encender la pequeña luz que se hallaba sobre el caballo. Me siguió con mirada soñadora.

—No te muevas —insistí, mientras contemplaba la luz sobre su cuello, la curva de su barbilla y sus senos apoyados en la curvatura del cuello del caballo. Sus pestañas y sus cejas brillaban por la purpurina. Sus ojos, rodeados por máscara dorada, eran más azules que nunca.

Fui a buscar la cámara fotográfica.

Le hice fotos desde dos ángulos diferentes. Ella estaba muy quieta y sin embargo no se la veía rígida. Se limitó a participar dejándose llevar a medida que yo iba haciendo fotos; sus ojos me seguían de vez en cuando, según le indicaba mientras la iba rodeando.

De pronto me quedé de pie, parado y mirándola.

—¿Querrías quitarte el vestido? —le pregunté.

—Pensaba que nunca me lo ibas a pedir —contestó, con un ligero tono de sarcasmo.

—Nadie verá estas fotos nunca, te lo juro.

Se rió.

—Creo que ya he oído eso antes.

—Lo digo en serio.

Me miró fijamente durante un momento. A continuación dijo:

—Eso sería una verdadera lástima, ¿no crees?

No contesté.

Tiró los zapatos a un lado, se bajó y, de pie en la moqueta, se sacó el vestido por la cabeza. No llevaba braguitas, ni sujetador, ni medias hasta la cintura. Si hubiera puesto la mano bajo el vestido, me habría encontrado con el secreto bello púbico húmedo. Era demasiado para mí, mejor no pensarlo.

Llevaba sólo un portaligas de satén que le sujetaba las medias de encaje y que se desabrochó para quitárselas. Volvió a subirse al caballo, se situó en la misma posición sentada de lado, cruzó las piernas con gazmoñería y se sujetó con la mano derecha al eje de latón. Se la veía contenta, como si fuera una aniñada *punk*. Estaba casi sonriente. Al final sonrió de verdad.

Parecía totalmente desinhibida.

Durante un momento no pude hacer una sola foto. Estaba paralizado mirándola.

De pronto tuve una corazonada, una premonición de desastre que parecía más fuerte que cualquier amenaza que hubiera conocido en años y años.

Me sentía culpable de mirarla. Me sentía avergonzado de estar con ella y de hacer aquellas fotos. Pensé en lo que le había dicho a Alex, tan a la defensiva, que la carta que yo había elegido era la del talento aplicado al arte para las jóvenes, y que para mí no había nada mejor. Ahora creía que eso no era cierto. Los cuadros de desnudos que tenía en el piso de arriba eran mejores. Muchísimo mejores...

Ella seguía inocentemente segura de sí misma, y estaba preciosa.

Su sonrisa era dulce. No había nada más en ella. Y era correcto desde todos los puntos de vista el haberle pedido que posara de aquella manera, su sonrisa. Todos los elementos eran cruciales: su dulzura, el maquillaje decadente que llevaba, el caballo de feria, su cuerpo de mujer e incluso sus pequeñas mejillas, más rollizas debido a la sonrisa.

—Vamos, Jeremy —dijo—. ¿Qué te pasa?

—Nada —contesté. Seguí sacándole fotografías y le pregunté—: ¿Puedo hacer cuadros con éstas?

—Claro, Jeremy. —Masticó unos instantes el chicle, lo hizo chasquear y añadió—: Por supuesto que puedes.

Me metí en la ducha con ella. Y mientras ella estaba con la cabeza inclinada bajo el chorro del agua, dejando que ésta resbalara por su cara, con los ojos cerrados y con una expresión de total placidez, yo la enjabonaba y le pasaba con suavidad la esponja.

Su cabello se volvía más y más suave. Entonces empecé a aplicarle champú. Mientras la espuma se iba formando la oí gemir como si le estuviera proporcionando un profundo placer. Ella presionó sus pechos contra mí. La deseaba tremendamente. Todavía no la había llevado arriba, pero me había dicho que le parecía bien que la pintara desnuda. Y puesto que estaba de acuerdo, esperaba subir con ella a la buhardilla más tarde.

Después de secarla con una toalla, nos sentamos juntos en la cama con dosel y le cepillé el cabello con cuidado. Se había puesto una de mis camisas almidonadas de algodón. La llevaba desabrochada, y con ella me parecía muy pequeña.

—¿Podrías hacerte trenzas por mí? —le pedí—. Yo no sé cómo hacerlas.

Sonrió y me dijo que sí. La estuve contemplando mientras se hacía las trenzas, y me sorprendió que sus dedos pudieran hacerlas tan rápida y fácilmente. Comenzó desde muy arriba, cogiendo el cabello de sus sienes, echándolo hacia atrás y hacia arriba. Estaba muy bonita. Tenía una frente suave y adorable. Puesto que yo no disponía de ninguna cinta, atamos las trenzas con gomas elásticas.

Cuando hubo terminado parecía que tuviese seis años. La camisa de algodón ocultaba sus senos. Apenas podía ver la agradable hinchazón de su carne en esa zona o la suavidad de su ombligo.

Debí haberla fotografiado así vestida, pero podía esperar a la mañana siguiente para hacerlo. Ahora me estaba volviendo loco con sus trencitas y su directa mirada.

Primero besé su frente y luego sus labios. Y de ese

modo terminó la noche, juntos en la cama. No había otra luz que la de los coches al pasar, y el calor de la habitación nos envolvía.

Cuando más tarde se dio la vuelta y hundió la cabeza en el almohadón, pude ver su cabello por detrás y el modo en que lo había dividido en proporciones iguales para hacerse las trenzas. También aquello me parecía irresistible.

Luego, estando yo a punto de dormirme, la así con fuerza por la muñeca.

—Ni se te ocurra marcharte de aquí sin decirme nada —le dije.

—Átame a las columnas y entonces no podré irme —me susurró al oído.

—Muy divertido

Risitas.

—¡Lo prometes!

—No me iré. Quiero ver los cuadros.

Por la mañana corté un par de viejos tejanos míos para ella. Le iban demasiado grandes, así que cogió uno de mis cinturones y se lo ciñó al cuerpo, también se ató las puntas de la camisa por delante. Así vestida y con sus trenzas parecía una de las chicas masculinizadas de Norman Rockwell. Yo todavía llevaba puesto el batín cuando decidí llevarla arriba.

Le saqué varias fotos a medida que íbamos subiendo y a continuación dejé que se paseara por la buhardilla y descubriera los dos desnudos.

Durante un largo tiempo guardó silencio. El sol entraba por las ventanas y ella se protegió los ojos con la mano. El escaso bello de sus brazos y piernas morenas era dorado.

—Son espléndidos, Jeremy —dijo—. Son maravillosos.

—Pero lo que tienes que comprender es que estás a

salvo —comenté—. Lo dije de veras cuando te prometí que nadie los vería nunca.

Me miró con el ceño fruncido y un gesto que resaltaba sus labios.

—Te refieres a que no los verán aún, mientras yo esté por aquí.

—No. Nunca —repetí.

—Pero yo no voy a tener siempre dieciséis años.

Tal como me temía. Supongo que incluso ahora, a sabiendas de que no era posible, confiaba en que tuviera dieciocho.

Me miró con ira.

—Quiero decir que no seré toda mi vida una menor, Jeremy. ¡Más adelante podrás enseñarlos a quien tú quieras!

—No —repuse con calma, un poco alarmado por su tono de voz—. Con el tiempo serás una mujer que se reprochará haber posado desnuda para alguien...

—¡Oh!, basta ya. ¡No tienes ni idea de lo que estás diciendo! —Lo dijo casi a voz en grito. Se le enrojeció la cara y las trenzas la hacían parecer una niña pequeña que estuviera a punto de cerrar los puños y ponerse a patalear—. Esto no es *Playboy*, por el amor de Dios —dijo—. Y no me importaría si lo fuera. ¿No te das cuenta?

—Belinda, lo único que trato de hacerte saber es que aun si cambias de idea más adelante estás protegida. Yo no podría enseñar estos cuadros aunque quisiera.

—¿Por qué no?

—¿Estás bromeando? Arruinaría mi carrera si lo hiciera. Dañaría a la gente. Yo soy un autor para niños, ¿recuerdas? Hago libros para jovencitas.

Estaba tan enfadada que se puso a temblar. Di un paso en dirección a ella y se apartó.

—¡Eh! Mira, no entiendo nada de esto —dije yo.

Y elevando la voz me espetó:

—¿Por qué demonios pintaste esos cuadros? ¿Por qué me sacaste fotografías en el piso de abajo?

Yo no podía acabar de entender lo que pasaba.

—Porque quería hacerlo —contesté.

—¿Y nunca le enseñarás todo eso a nadie? ¿No vas a mostrarles estas telas? No puedo soportarlo. ¡No puedo soportarlo de ninguna manera!

—¡Puede que no siempre lo sientas así!

—No vuelvas a decirme eso; te estás escaqueando y tú lo sabes.

Pasó por mi lado, me empujó y se fue escaleras abajo después de dar un portazo.

Cuando entré en la habitación ya se había quitado los tejanos y la camisa. Se estaba volviendo a poner el vestido negro de lentejuelas. Con las trenzas parecía una niña pequeña jugando a disfrazarse.

—¿Por que estás enfadada?, quiero que me lo expliques —le dije.

—¡Quieres decir que aún no lo sabes! —repuso.

No estaba sólo enfadada, estaba indignada.

Se subió la cremallera con relativa facilidad, después se abrochó las medias al portaligas y agarró el chaquetón de leopardo.

—¿Dónde están mis zapatos?

—En la sala de estar. ¿Quieres hacer el favor de estarte quieta? ¿Hablarás conmigo? Belinda, de verdad, no te entiendo.

—¿Qué crees que soy? —estalló—. ¿Algo sucio? ¿Algo de lo que te tengas que avergonzar? Vienes a buscarme. Me dices que tienes que enseñarme unos cuadros. Se trata de esos dos cuadros tan preciosos míos, y a continuación me dices que nunca se los vas a enseñar a nadie. Porque arruinarían tu asquerosa carrera si lo hicieras. Bien, pues puedes largarte con viento fresco de mi lado, si así es como lo ves. Esta basura se está marchando de tu vida, ¡apártate!

Pasó por mi lado a toda velocidad hacia el descansillo. Fui a cogerla del brazo y se apartó furiosa.

La seguí hasta la sala de estar en la que encontró sus

zapatos de tacón cristalino y se los puso acto seguido. Todavía tenía el rostro alterado y sus ojos brillaban encolerizados.

—Oye, ¡no te marches así! —le rogué—. Tienes que quedarte aquí. Tenemos que hablar de este asunto.

—¿De qué quieres hablar? Yo soy algo malo para ti, eso es lo que me estás diciendo. Soy una menor. Soy algo ilícito y sucio y...

—No, no, estás equivocada. Eso no es cierto. Esto es... es demasiado importante... Escucha, tienes que quedarte.

—No, no lo haré.

Abrió la puerta de entrada.

—¡No te marches así, Belinda!

Me sorprendió el tono enfadado de mi voz. Me sentía destrozado. Deseaba ponerme de rodillas para rogarle.

—Lo digo en serio, si te vas así dejaré de ir a buscarte o de esperarte. Te olvidaré. Te lo digo de veras.

Estuve convincente. Casi me lo creía yo mismo.

Se dio la vuelta, me miró enfurecida y a continuación rompió en sollozos. La expresión de su cara cambió por completo y las lágrimas comenzaron a caer. Yo no podía soportarlo.

—Te odio, Jeremy Walker —me dijo—. Te odio.

—Muy bien, yo no te odio. Te quiero, pequeña malcriada.

Quise abrazarla y se apartó de nuevo. Se alejó hacia el porche.

—Pero no intentes hacer que me arrastre —continué—. Venga, vuelve aquí.

Me miró fijamente por un instante a través de las lágrimas.

—¡Que te jodan! —me soltó.

Acto seguido corrió hacia las escaleras de la entrada, las bajó y se fue en dirección a la calle Castro.

Las tres de la madrugada y yo sentado en la buhardilla, mirando las pinturas y acabándome sus malditos cigarrillos. No podía trabajar. No podía dormir. No podía hacer nada. Me las había apañado de algún modo para acabar, por la tarde, con el trabajo de las fotos que había tomado en el entorno del caballo de tiovivo, en el cuarto de revelado. Lo estuve haciendo hasta que no pude soportarlo más.

Me senté en el suelo con las piernas cruzadas y la espalda apoyada contra la pared, mientras contemplaba las fotografías con atención. Por momentos, pintaba mentalmente el nuevo desnudo en el carrusel, el desnudo *punk*. Pero no podía mover el cuerpo. Me sentía demasiado desdichado.

Cuando simulaba estar pensando, podía verlo desde su punto de vista. Ella no se sentía culpable en absoluto por hacer el amor, por posar, por nada. Y yo le había dicho que los cuadros arruinarían mi carrera. ¡Ah! ¿cómo pude haber sido tan estúpido? No es que hubiera caído en el vacío generacional, me había estrellado en la brecha de la culpabilidad, había supuesto que ella esperaba mis garantías. Pero, Dios mío, para mí ella era un verdadero rompecabezas.

¿Por qué se sentiría tan dolida, tan ofuscada? ¿Por qué habría estallado de aquel modo? ¿Y por qué no habría yo intentado aproximarme a ella de una manera más dulce? Había mucho en que pensar.

Subyacía un dolor intenso en todo aquello. Un dolor extraño que no sentía desde hacía años. Era igual que el que se siente cuando se es muy joven, quizá cuando se es tan joven como lo era ella.

Tal vez no volvería nunca, nunca, nunca. No; tenía que regresar. Tenía que hacerlo absoluta y definitivamente.

Entonces sonó el teléfono. Las tres y cuarto. Se trataría de algún borracho o de algún loco.

Me puse en pie, me fui a la habitación y levanté el auricular.

—Hola.

Por un instante sólo pude oír un ruidito extraño, como un jadeo. Como una tos. Al momento me di cuenta de que se trataba de un llanto. Una mujer o una niña que lloraba.

—Papá...

—¿Belinda?

—¡Papá, soy Linda! —Estaba llorando. Pero se trataba de ella, sin duda.

—Linda...

—Sí, papá, Linda. Despiértate papá, por favor, te necesito. —Seguía llorando—. Te acuerdas de que te lo dije, te conté lo de ese hombre y su novia en la habitación de atrás. Bien, pues ha sucedido. Ha pasado. Él... él...

—Lo entiendo, querida. Cálmate. Sólo dime...

—La ha apuñalado, papá, y ella está muerta y la policía está aquí. No se creen que tengo dieciocho años —gimió—. Les he dado mi carnet de conducir con mi antigua dirección. Les he dicho que tú vendrías a buscarme, papá, por favor, ven. Han pasado mi permiso de conducir por el ordenador, pero no han encontrado ninguna multa. ¡Papá, ven!

—¿Donde estás?

—Si no estoy en la esquina de Page y Clayton, estaré dentro. Date prisa, papá.

Page y Clayton estaba a una manzana del Haight.

Había dos coches patrulla aparcados en segunda fila en la calle Page cuando llegué. Todas las luces del edificio viejo y gastado se hallaban encendidas, era imposible dejar de verlo, y en aquel preciso momento estaban sacando un cuerpo sin vida en una camilla. Aun teniendo en cuenta la cantidad de veces que se ve en los noticiarios televisivos, la visión no era menos espeluznante: la camilla de reluciente cromo sobre ruedas y el cuerpo bajo la sábana sujetado con esparadrapo como si de repente fuese a levantarse y empezar a pelear. Lo estuve mirando mientras lo ponían en la parte trasera de una ambulancia pública.

También había un par de periodistas, aunque no parecían muy interesados en el asunto. Esperaba y rogaba que no se tratase de alguien que me hubiera entrevistado alguna vez. Me pareció que eran fotógrafos de periódico, de los pasados de moda; no detecté ninguna cámara de televisión.

—Por favor, tengo que entrar —le dije al policía uniformado que estaba en la puerta—. Tengo que recoger a mi hija.

En la deprimente luz, se parecía a un muñeco de cera que hubiesen hecho de él mismo, con la porra y la pistola demasiado brillantes, demasiado visibles.

—¡Ah! ¿esa niña que está dentro es su hija? —me dijo con cierta displicencia. Entre tanto, Belinda salió al vestíbulo, corrió en dirección a mí y se refugió en mis brazos.

Estaba histérica. Tenía la cara colorada y emborronada y llevaba el cabello suelto y enmarañado. Llevaba puesto el mismo chaquetón de leopardo, el mismo vestido y hasta los mismos zapatos, pero no llevaba medias.

La estreché durante un segundo con la vaga conciencia de que el lugar era muy sucio, se desconchaban las paredes y hedía a orina; de que la gente nos empujaba entrando y saliendo del vestíbulo y nadie se estaba fijando en nosotros. De la pared colgaba un teléfono público. Debajo había una pila de periódicos y también un saco de basura. La moqueta que cubría el suelo estaba hecha jirones.

Le acaricié el cabello para retirárselo de los ojos. No llevaba maquillaje, estaba pálida como un fantasma.

—Vamos, cojamos tus cosas. Vayámonos de aquí —le dije.

Una multitud se agolpaba a la entrada de la habitación del fondo. Un hombre, de puntillas, trataba de ver por encima de los demás. Se oyó el ruido de una radio de la policía, que venía de la calle.

Al empujarme hacia el interior de su habitación, me agarró tan fuerte del brazo que sus uñas me hicieron daño.

Era un agujero perfecto, con una cama de desván en un rincón y una pequeñísima ventana con listones de madera clavados. Las paredes estaban cubiertas con pósters de estrellas de cine, y había una maleta marrón en la cama junto a un saco de plástico. De éste sobresalían cintas de vídeo. Tanto la silla como la lámpara provenían de una tienda de trastos. Las carpinterías estaban desconchadas y sucias.

Iba a coger el saco y la maleta cuando ella me agarró del brazo.

—¿Es usted el señor Merit? —dijo alguien detrás de mí.

—¡No! —repuso secamente ella—. Jack Merit es mi marido. Estoy divorciada, ya se lo dije. Éste es mi papá. Él no se llama así. Lo que pasa es que en el permiso de conducir todavía soy Linda Merit.

Me di la vuelta y vi a otro policía en el umbral de la puerta. Era mayor que el anterior. Tenía la cara llena de arrugas y una boca sin forma. Estaba exhausto, pero expresaba desaprobación.

—Bien, necesito saber dónde se lleva usted a su hija —me dijo. Tenía un pequeño cuaderno de notas en la mano y un bolígrafo.

—Por supuesto —repuse. Y le di mi dirección.

—Y desde luego a mí no me parece que ella tenga dieciocho años —continuó diciendo, y mientras escribía mi dirección en el pequeño cuaderno añadió—: Y tenía suficientes botellas de alcohol en la habitación como para regentar un bar. —Señaló el cubo de la basura. Estaba lleno de botellas de bourbon y de whisky escocés—. Como usted sabe no está permitido beber hasta los veintiún años.

—Le he dicho que era de Jack —susurró ella, con una voz áspera que se esforzaba por salir —. Jack todavía viene por aquí, tú lo sabes, papá. —Cogió un pañuelo de papel del bolsillo de su abrigo y se sonó la nariz. Estaba completamente aterrorizada. Parecía que sólo tuviera doce años.

—Mire, esto ha sido una verdadera pesadilla para ella, y me gustaría poder llevármela a casa ahora —dije yo, intentando no parecer asustado. Cogí el saco y la maleta.

—A usted le conozco yo de algo —comentó el policía—. Seguro que le he visto en televisión. ¿Me ha dicho usted en la calle Diecisiete o en la avenida Diecisiete? ¿Dónde le habré visto?

—Calle Diecisiete —repuse tratando de contener mi voz.

Una persona se le acercó por la espalda. Aparentemente estaban trasegando algo desde la habitación trasera. Me pareció que era un sofá. Los fogonazos de las cámaras fotográficas eran constantes.

—Y si la necesitamos, ¿la encontraremos en esta dirección?

—Pero yo no los conocía —dijo Belinda intentando no llorar—. Y tampoco oí nada.

—¿Puede mostrarme algún documento que le identifique —me preguntó el policía— con estas señas?

Cogí mi billetera y le enseñé mi carnet de conducir. La mano me temblaba. Noté cómo me resbalaba el sudor por la cara. La miré a ella. Se encontraba en un mudo estado de pánico.

Pensé que si me preguntaba por la fecha de su nacimiento me encontraría de verdad en apuros. No tenía ni la más remota idea de cuál podía ser, y mucho menos de la que les había podido decir a ellos. Y este tipo está anotando mis datos en esa pequeña libretita. Y yo aquí de pie mintiendo y diciendo que ella es mi hija. La mano con que sujetaba la maleta me sudaba.

—Ya sé quién es usted —dijo de pronto el policía, mientras levantaba la cabeza para mirarme—. Usted es el que escribió *Sábados por la mañana con Charlotte*. Mis niñas están locas por sus libros. Mi mujer los adora.

—Muchas gracias, le estoy muy agradecido. Ahora dejará que me la lleve a casa, ¿verdad?

Cerro su cuaderno de notas y me miró con bastante frialdad por un momento.

—Sí, creo que es una buena idea —dijo desdeñosamente. Me miraba como si yo fuera algo sucio—. ¿Sabe usted en qué clase de lugar ha estado viviendo su hija?

—Un terrible error, terrible...

—El tipo de ahí atrás ha acuchillado a su chica, la ha contemplado mientras moría y después nos ha llamado. Nos ha explicado que Dios le dijo que lo hiciera. Cuando llegamos estaba totalmente drogado. Tenía marcas en las piernas y en los brazos. No recordaba habernos llamado y ni mucho menos haberla matado. ¿Y sabe usted lo que hay al otro lado del vestíbulo?

—Lo único que quiero es sacarla de aquí...

—Dos buscavidas completamente apaleados que se trabajan a los morbosos en la calle Polk. ¿Adivina usted quien vive arriba? Traficantes sin importancia, señor, del mismo estilo de la que encontramos muerta con una bala en la parte posterior de la cabeza disparada después de que hubiera sido violada.

No me quedaba otro remedio que esperar a que acabara.

Me quedé de pie allí, rígido y sintiendo como me subía el calor a la cara.

—Caballero, tal vez escriba usted libros maravillosos, pero en lo que se refiere a hacer de padre de esta pequeña, necesita usted leer algunos.

—Tiene usted toda la razón, absolutamente toda —murmuré.

—Lárguese de aquí.

—Sí, señor.

Ella se derrumbó cuando nos metimos en el coche. No podía entender lo que me estaba diciendo porque sus sollozos me lo impedían. Pero lo que sí me quedó claro es que el asesino era el mismo tipo que le había robado la radio, un verdadero hijo de puta que la estaba persiguiendo todo el tiempo, que aporreaba y daba patadas a la puerta de su habitación cuando ella se negaba a abrirla.

En cuanto a su permiso de conducir, a nombre de Linda Merit, se trataba de una falsificación. La policía no pudo probarlo porque ella lo había conseguido con el certificado de nacimiento perteneciente a una chica muerta de Los Ángeles, cuyo nombre ella había leído en los periódicos viejos de la biblioteca.

Sin embargo la policía siguió diciendo que no la creía. Le dijeron que esperase mientras comprobaban el nombre en los ordenadores. Ella no dejó de rezar para que la chica muerta no hubiera dejado ninguna multa de tráfico pendiente de pago en San Francisco. Sólo la dejaron en paz cuando dijo que tenía un padre y que vendría a buscarla.

Le aseguré una y otra vez que había hecho lo correcto y que ahora estaba a salvo. Hacía esfuerzos por no pensar en el policía que anotó mi nombre y dirección y que me reconoció.

Cuando llegamos a casa, prácticamente la entré en volandas. Todavía lloraba. La senté en la cocina, le limpié la cara y le pregunté si tenía hambre.

—Lo único que quiero es que me abraces —contestó.

Ni siquiera dejó que le diese un vaso de agua.

Al cabo de un tiempo se tranquilizó. Ya eran casi las cinco y la luz de la mañana empezaba a entrar a través de las cortinas de la cocina. Se la veía agotada y aturdida. Comenzó a hablarme de una redada de narcotraficantes en que los agentes habían aporreado las puertas de los pisos del rellano superior. Todos los muebles del lugar fueron convertidos en astillas. Me dijo que tenía que haberse marchado entonces.

—Deja que te prepare algo —sugerí.

Sacudió la cabeza y me pidió que le diera algo de beber.

La besé.

— No es eso lo que quieres, ¿verdad? —pregunté.

Se levantó y pasó por mi lado para coger la botella de Chivas Regal y servirse un vaso hasta arriba. La estuve mirando mientras lo bebía con calma, como siempre le había visto hacer, como si no le hiciera ningún efecto. Ver como le bajaba el whisky por la garganta me resultaba doloroso.

Se secó los labios, puso la botella y el vaso de nuevo en la mesa, y se volvió a sentar. Parecía atemorizada, vulnerable y preciosa, todo a un tiempo. Cuando por fin posó sus ojos azules sobre mí, la encontré irresistible.

—Quiero que te mudes aquí —le dije.

Guardó silencio. Me miró aturdida. La seguí con la mirada mientras se servía otro vaso de whisky.

—No te emborraches —susurré con suavidad.

—No me estoy emborrachando —repuso fríamente—. ¿Por qué quieres que venga a vivir aquí? ¿Por qué quieres que una cualquiera viva contigo?

Me puse a estudiar el perfil exacto de su rabia. Sacó del bolsillo un paquete de Garams y se puso uno en la boca. La caja de cerillas que había dejado durante el desayuno todavía estaba en el mismo sitio. La abrí, cogí una cerilla, la rasqué y le encendí el cigarrillo.

Se arrellanó en la silla con el vaso en una mano y el pitillo en la otra, el cabello suelto y enredado. Todavía llevaba el abrigo puesto, y entre las solapas se veían algunas lentejuelas; tenía casi el aspecto de una mujer.

—Y bien, ¿por qué quieres que me quede aquí? ¿Te doy pena? —Su voz era lisa y llana.

—No.

—Puedo encontrar otro sitio para vivir —explicó. Una voz dura y adulta salía de su boca de bebé. Soltó humo. El cigarrillo olía a incienso.

—Eso ya lo sé —le dije—. Deseé que te quedaras desde la primera noche que estuvimos juntos. Quería que te quedases esta mañana cuando saliste disparada. Te lo hubiese pedido antes o después. Y me sienta como me sienta (ya sabes, culpabilidad o ese tipo de cosas) estoy seguro de que estás mejor aquí conmigo que viviendo en un sitio como en el que vivías.

—¡Ah! Así que piensas que todo este barullo te saca del apuro, ¿se trata de eso?

Respiré profundamente.

—Belinda —le aclaré—, soy un tipo muy transparente y honesto cuando se me conoce. Puedes llamarlo aburrido, sin sofisticación, como quieras, pero yo creo que una chica de tu edad debería estar en su casa. Pienso que hay alguien en alguna parte que está llorando por ti, buscándote...

—¡Si tú supieras! —repuso con un tono de voz bajo y agrio.

—Pero nada puedo saber a menos que tú me lo digas.

—Yo no pertenezco a mi familia —dijo con dureza—. Yo me pertenezco a mí misma. Y estoy contigo porque así lo quiero. Además la condición todavía está en vigor. Si me preguntas por mi familia me marcharé por donde he venido.

—Eso es lo que me temía. Me estás diciendo que no volverás a tu casa, ni siquiera después de lo que ha sucedido esta noche.

—Ni siquiera me planteo la posibilidad —contestó.

Durante un instante miró en otra dirección, al tiempo que se mordía ligeramente las uñas, algo que no le había visto hacer hasta entonces, las pupilas de sus ojos bailaban de un lado a otro mientras miraba la habitación. Entonces dijo:

—Como niña americana con mayúsculas soy un fracaso.

—¿Cómo dices?

—Eso no va conmigo porque no soy una niña. Tengo que salir adelante a mi manera, no contigo, ni sin ti. Y eso es lo que voy a hacer. ¡Tengo que hacerlo! Si me traslado a vivir aquí contigo, no será porque tenga miedo. Lo haré porque..., porque quiero hacerlo.

—Lo sé, querida, lo sé.

Me incliné sobre la mesa. Le cogí la mano con que sostenía el vaso, que ella depositó en la mesa, y se la apreté con firmeza. Adoraba su pequeñez, su tersura y la forma en que entrelazaba sus dedos con los míos. Acto seguido, me dolió ver como sus ojos se cerraban y resbalaban las lágrimas por sus mejillas, igual que había sucedido antes, cuando le dio el arrebato en la puerta de entrada.

—Yo también te quiero, ¿sabes? —dijo todavía llorando—. Me refiero a que quería haber sido una chica americana de verdad, realmente lo deseé. Quería serlo por encima de todo. Pero tú eres como un sueño, ¿sabes?, eres como una fantasía que yo hubiera inventado, y eso es lo mejor de todo, y...

—También lo eres tú, pequeña —dije yo.

Cuando se hubo ido a acostar en la cama de dosel, puse su maleta y sus cosas en la habitación de invitados. Aquél podía ser su espacio privado.

A continuación me dirigí arriba a trabajar en el desnudo de la niña punk en el carrusel, en la versión del cabello de hechicera; estuve trabajando sin parar hasta primera hora de la tarde, y sin dejar de pensar todo el tiempo en las cosas extrañas que había dicho.

Me maravillaba pensar cómo quedarían los tres cuadros del carrusel.

En algún que otro momento pensaba en el policía que me había reconocido. Me lo figuraba escribiendo mi nombre y dirección en su pequeña libreta de notas. Debería haberme sentido atemorizado. De hecho, tendría que sentirme como un náufrago pensando en todo aquello. Yo era un hombre que jamás había cometido una infracción superior a exceder el límite de velocidad establecido.

Aquello me excitaba. De alguna manera recóndita y oscura me estremecía de emoción. Ahora ella estaba conmigo y yo sabía que era bueno para ella, tenía que serlo, y yo estaba pintando con una rapidez y con un poder que me resultaban desconocidos después de tantos años. Para mí todo era maravilloso.

6

Hacia las once de la mañana Belinda se despertó gritando. Bajé tan rápido como pude. Por un instante no supo dónde se hallaba o quién era yo. Después cerró los ojos y me rodeó con sus brazos.

Me senté allí mismo, junto a la cama, hasta que volvió a dormirse. Encogida bajo la colcha, parecía muy pequeña. Me fumé un cigarrillo, pensé mucho en nosotros, en enamorarme de ella, y luego volví a pintar.

Serían las dos en punto cuando subió a la buhardilla.

Su aspecto era relajado y animado.

Se quedó de pie mirándome en silencio mientras yo estaba completando un detalle de su imagen punk desnuda sobre el caballo de carrusel. La mayor parte del cuadro estaba acabada y yo pensaba que era espectacular. Ella permaneció en silencio.

La rodeé con mi brazo y la besé.

—Oye, estoy invitado a la inauguración de la exposición de un amigo mío en una galería de arte —le dije—. Es un buen escultor que se llama Andy Blatky. Se trata de su primera exposición en solitario, Union Street, será extravagante, estará muy bien. ¿Quieres venir conmigo?

—Desde luego, me gustaría mucho —contestó. Sabía a galleta de vainilla.

Me puse a limpiar los pinceles.

Se alejó de mi lado y pasó un buen rato escudriñando las pinturas de las ratas y de las cucarachas. Parecía un ángel, con los pies desnudos y el camisón de franela. Creo recordar que, tiempo atrás, las niñas de mi iglesia parroquial iban vestidas así en la misa del Gallo. Lo único que le faltaba a ella era llevar alas de papel.

Tampoco hizo comentario alguno sobre las pinturas de ratas y cucarachas. Sentía su dulce y cálida presencia y tenía el convencimiento, la agradable certeza de que estaba allí para quedarse.

Le dije que había puesto sus cosas en la habitación de los invitados. Que aquél podía ser su lugar privado. Me contestó que sí, que lo había visto todo. Hay una preciosa cama de latón allí. Como una cuna grande con barandillas laterales. Todo lo que había en la casa era precioso, como si se tratara de decorados para una obra de teatro antigua.

Sonreí, aun cuando su comentario hizo que me sintiera incómodo. Decorados para una obra. Alex había hablado de la habitación de mamá en Nueva Orleans..., hubiese deseado apartar de mi mente de todo aquello.

Después de una ducha rápida, llegó al piso inferior con una apariencia espléndida. Se había puesto un bonito traje sastre de lana que, aunque se veía gastado en algunas partes, estaba exquisitamente realizado. Estaba muy elegante con la pequeña y estilizada chaqueta. Debajo llevaba un jersey de cuello cisne, blanco como la nieve. También llevaba unos zapatos de salón de piel de cocodrilo, probablemente confeccionados antes de que ella naciera.

Nunca la había visto como ahora, sin un disfraz. Volvía a ser la niña rica y brillante que vi de reojo la primera tarde, con el cabello cepillado y suelto, un poco de maquillaje en las mejillas y el pintalabios color caramelo perfectamente aplicado.

Devoró un bol de cereales sin dejar de fumar, a pesar de mis protestas se sirvió un escocés, con un poco de agua, y a continuación salimos bajo un sol de mediatarde hacia Union Street.

Me sentía excitado a causa de las pocas horas de sueño. Me sentía maravillosamente, tan bien como parecía estarlo ella.

—Deseo que sepas una cosa —le dije, mientras circulábamos junto al mar por Divisadero Street—. A pesar de lo que he dicho sobre no enseñar nunca las pinturas, a mí me produce una enorme satisfacción el pintarlas.

Silencio.

La miré de reojo y la vi sonriéndome con cierta complicidad; su cabello flotaba suavemente alrededor de su cara empujado por la brisa y sus ojos me miraban relucientes. Dio una calada al cigarrillo y el humo desapareció.

—Mira, tú eres el artista —dijo por fin—. Yo no puedo decirte lo que debes hacer con tus pinturas. No debí ni siquiera intentarlo.

Yo percibí un ligero tono de derrota. Se había trasladado a vivir conmigo y no estaba dispuesta a pelear otra vez, sentía que no le era posible.

—Di exactamente lo que sientes —le insté.

—Muy bien. ¿Cuál es la gran excusa que tienes para no enseñar nunca esos dibujos a nadie? Me refiero a los de los locos y las ratas.

Ya volvemos otra vez, pensé. Todo el mundo tiene que preguntarlo. Parece que se ven obligados. Y, por supuesto, ella no podía ser menos.

—Conozco todo tu trabajo —añadió—. He visto las exposiciones de Berlín y de París, y tenía el gran libro sobre ti antes de...

—Irte de casa.

—...Exacto. Y tenía todos tus libros, incluidos los primeros, *La noche antes de Navidad* y *El cascanueces*. En ellos nunca he visto ninguna de esas cosas grotescas que tienes en casa, esas pinturas con las casas desmoronadas. Y me he fijado en que todas tienen fecha. Las haces desde los años sesenta. ¿Por qué las has mantenido escondidas?

—No son aptas para ser expuestas —contesté.

—Arruinar la vieja carrera porque las jovencitas se pondrían a gritar: «¡Aaaaah, un ratón!»

—¿Sabes mucho de pintura? —le pregunté.

—Quizá más de lo que crees —contestó con una bravata de quinceañera. Su pose adulta se resquebrajaba ligerísimamente.

Mientras exhalaba el humo alzó su suave barbilla de bebé.

—¿Ah, sí?

—Para empezar crecí en El Prado —dijo—. Iba allí cada día con mi cuidadora. Casi memoricé la obra de El Bosco. Pasé un par de veranos en Florencia con una niñera a quien lo único que le gustaba era ir a la galería de los Uffizi.

—¿Y te gustaba?

—Me encantaba. Me gustó también el Vaticano. A los diez años solía rondar por el Jeu de Paume en París. Me gustaba más ir allí o al centro Pompidou que al cine. Estaba harta de películas. El cine me daba asco. Cuando estaba en Londres iba al Tate y al Museo Británico. En todo momento he demostrado que arte, para mí, se escribe con A mayúscula.

—Verdaderamente impresionante —comenté.

Encontrábamos todos los semáforos en verde, y las tristes y oscuras casas victorianas, daban paso ahora a las restauradas mansiones de la Marina. Más adelante estaba la vista que nunca deja de sorprenderme, las distantes montañas Marin bajo un cielo perfecto, que parecían mecer la brillante agua azul de la bahía de San Francisco.

—Lo que trato de decirte es que no soy ninguna muchacha de los valles que no puede distinguir un Mondrian de un mantel.

—Pues eso te pone muy por delante de mí —estallé—. Yo no sé qué demonios pensar del arte abstracto. Nunca lo he sabido.

—Tú eres muy primitivo, ¿lo sabes? Un hombre primitivo que sabe cómo dibujar. Pero volviendo a los cuadros con las ratas y las cucarachas...

—Te pareces a la revista *Newsweek*. Y estás hiriendo mis sentimientos. Las chicas jóvenes no deberían hacer eso con los hombres mayores —le dije.

—¿De verdad escribió eso la revista *Newsweek*?

—Lo han dicho *Newsweek*, *Time*, *Artform*, *Artweek*, *América*, *Vogue* y *Vanity Fair*. Y Dios sabe quién más. Y ahora incluso lo dice el amor de mi vida.

Me dirigió una pequeña sonrisa educada.

—Y te voy a decir una cosa más —continué—. No entiendo las esculturas de Andy Blatky ni más ni menos de lo que entiendo a Mondrian. Así que no me hagas intervenir en discusiones pesadas en la galería porque haré el más espantoso ridículo. El arte abstracto no significa nada para mí.

Se rió de la manera más dulce y natural, pero estaba muy sorprendida por mis palabras. Entonces dijo:

—Deja que dé una vuelta por la galería y te contestaré todas las preguntas que quieras hacerme.

—Gracias, sabía que era bueno juzgando a las personas. Tengo la habilidad de detectar que una chica ha dado la vuelta al mundo en cuanto la veo. Y me apuesto lo que quieras a que pensaste que sólo me percaté de tus encantos.

Union Street estaba repleta de la gente que suele ir a hacer compras caras en un día soleado. Las tiendas de flores, las de regalos y las heladerías estaban llenas de personas bien calzadas, turistas y gente del lugar. Era el sitio adecuado para comprar tanto toallas estampadas a mano como todos los tipos de queso semiseco que se conocen en el mundo occidental, e incluso algún huevo pintado. Hasta la tienda de ultramarinos de la esquina había convertido sus frutas y vegetales en objetos de decoración, y los ordenaba en cestos haciendo pilas en forma de pirámide. Tanto los bares como las cafeterías estaban repletos.

Las puertas de la galería estaban abiertas. La muchedumbre compuesta de la habitual mezcla de bohemios y gente de bien al completo, bloqueaba la transitada acera y sostenía los inevitables vasos de plástico que contenían vino blanco. Reduje la marcha en busca de un lugar adecuado para aparcar.

—Muy bien —dijo ella dándome una palmada en el brazo—. He dado la vuelta al mundo y conozco el ambiente. Y ahora volviendo a las pinturas de ratas y cucarachas: ¿por qué las tienes bajo llave?

—De acuerdo —le respondí—. El material parece bueno, pero le falta algo. Se trata de una fealdad fácil. Los cuadros no tienen el contenido que tienen mis libros.

Ella no dijo nada en ese momento.

—Es seductor, pero no está terminado, y si te fijases te darías cuenta de que tengo razón.

—No es sólo seductor, Jeremy, también es más interesante.

Encontré un sitio para aparcar en la misma Union Street. Ahora sólo se trataba de meterse en él. Mientras yo hacía la maniobra hacia delante, hacia atrás y en ángulo, y rozaba el parachoques del coche delantero un par de veces, ella permanecía en silencio.

Apagué el motor. Me estaba dando cuenta de que me sentía muy incómodo.

—Eso no es cierto —le dije.

—Jeremy —repuso ella—, todo el mundo sabe lo

que has hecho con la literatura infantil, que has trascendido los simples libros para niños, que has hecho arte y todo eso.

—La revista *Newsweek* de nuevo —comenté.

—Pero las jovencitas de tus libros ni siquiera son originales en la forma de vestir. De alguna manera es como si estuvieran travestidas, todas van de niñas victorianas, todo el entorno lo es, igual que lo son Lang, Rackham y Greenaway, y tú lo sabes.

—Vigila lo que dices, Belinda —le dije yo. Estaba bromeando pero en el fondo no me gustaba nada que estuviera retándome—. Las chicas no van travestidas —continué—, llevan vestidos de ensueño. Todo el contenido está formado por imágenes de ilusión. Cuando llegues a comprenderlo, sabrás por qué los libros funcionan a su manera.

—Muy bien, pero todo lo que sé es que las pinturas de ratas y cucarachas son originales. Son absurdas y totalmente nuevas.

De nuevo permanecí en silencio. Nos hallábamos sentados bajo un cielo azul y nítido, con un cálido sol que caía sobre el salpicadero de cuero negro del pequeño coche. Yo deseaba discutir aunque, como en otras ocasiones, no lo hice.

—Sabes —le dije—, a veces pienso que todo esto es endemoniadamente complicado. Me refiero a todo: los libros, las editoriales, los críticos. Creo que se trata de una serie de trampas. Y lo que me vuelve loco de mis amigos cuando elogian esos cuadros de ratas y cucarachas hasta el infinito es que yo sé que no funcionarían. Y nadie más que yo desearía que lo hicieran. Si yo supiera que esas pinturas me iban a descubrir, las habría mostrado mucho tiempo atrás.

El hecho de haber admitido todo aquello fue como un respiro.

—¿Qué quieres decir con «me iban a descubrir»? —preguntó.

Estuve pensando un instante. La contemplé mientras encendía otro de los cigarrillos olorosos y le hice un gesto para que me diera uno. Me lo dio después de haberlo encendido.

—No lo sé exactamente —contesté, mientras la miraba a los ojos e intentaba que no me distrajera su belleza—. En ocasiones siento que me precipito con todo esto. Me da la sensación de que quiero vomitarlo todo.

—¿Pero de qué manera?

—Ya te lo he dicho. No lo sé. Es como si deseara que sucediera algo violento, algo irreflexivo y extravagante. Desearía poder evadirme de todo, ya sabes, irme como cualquiera de esos pintores que simulan suicidarse o algo parecido, con objeto de desaparecer y volver al principio, de modo que puede disponerse a ser otra persona. Si yo fuera escritor, me inventaría un seudónimo. Me largaría.

Ella me observaba sin decir palabra. Pero yo no creo que entendiese nada. ¿Cómo podía comprender? Ni siquiera yo sabía de qué estaba hablando.

Durante un momento estuvo dudando, y a continuación inclinó la cabeza.

—Y lo que me vuelve loco —proseguí— es que la gente señale dónde está el fallo como si yo no lo supiera. Que no reconozcan el poder del arte que he creado.

Todo esto pareció encajarlo. Y acto seguido dijo:

—O sea, que lo que me estás diciendo es que abandone tu caso.

—Probablemente. Quizá lo que trato de decirte es que si vamos a estar juntos durante mucho tiempo, deberás acostumbrarte a mí. Tendrás que habituarte a la evasión. Así es como yo soy.

Ella sonrió de nuevo, bajó la cabeza y dijo :

—Muy bien.

Salí del coche y, cuando hube dado la vuelta a fin de abrirle la puerta, ella ya se había bajado. La besé. Me cogió del brazo y nos dirigimos hacia la multitud que estaba en la entrada de la galería. Me estaba aficionando a aquellos malditos cigarrillos.

A través de las puertas abiertas pude ver las blancas salas espartanas y las gigantescas esculturas esmaltadas de Andy Blatky, que se hallaban sobre pedestales cuadrados y blancos bajo una iluminación exquisita. Pensé en lo doloroso que debía resultarle a Andy ver que la multitud rondaba y se movía de espaldas a las obras y con miradas casi furtivas como si no fuese adecuado admirar la exhibición. Sentí la urgencia de dar media vuelta y marcharme. En cambio sabía que no iba a hacerlo.

Recorrimos la primera sala y nos encontramos con un patio abierto; en él había una escultura enorme que, cocida hasta que su superficie quedó perlada, parecía viva bajo el sol, y cuyos brazos bulbosos estaban abrazándose casi con ternura. Arte moderno, pensé con amargura. Me gusta porque Andy lo ha hecho, y es hermoso, sí que lo es; se trata de una cosa que atrae poderosamente la mirada, es enorme y musculosa, pero ¿qué demonios significa?

—Desearía comprenderlo de verdad —susurré, mientras seguía agarrando a Bettina—. Me gustaría poder conectar. Desearía no ser primitivo sólo para estas personas, un ser primitivo que sabe dibujar. Cucarachas, ratas, muñecas, jovencitas...

—Jeremy, no es eso lo que quise decir —dijo ella de pronto, con ternura.

—No, querida, ya sé que no era eso. Pensaba en las otras dos mil personas que también lo han dicho. Estaba pensando en cómo me siento siempre en momentos como éste, siento que estoy fuera.

Deseaba tocar la escultura de Andy, recorrerla con mis manos, pero no sabía si estaba permitido. En aquel momento vi al mismísimo Andy en el salón contiguo al atrio, estaba como repantigado contra la pared. Cualquiera hubiese adivinado que él era el autor. Se trataba del único que llevaba zapatillas deportivas y cazadora.

Estaba acariciándose su pequeña barba negra como de rabino, tenía una mirada vaga tras las gafas con montura de fino alambre, no más grandes que una moneda. Parecía muy enfadado.

Me dirigí hacia él con la vaga sensación de que Belinda se iba en otra dirección, y cuando estreché la mano de Andy, ella se había perdido entre la multitud.

—Andy, es fantástico —le dije—. El montaje es maravilloso, todo. Incluso la concurrencia parece excelente.

Él sabía que yo en realidad no comprendía su obra, que nunca la había comprendido. A pesar de ello estaba contento de verme, así que se puso a murmurar sobre la maldita galería y cómo estaban dando reprimendas a la gente por apagar los cigarrillos en los malditos vasos de plástico. Al parecer lavaban y reutilizaban los estúpidos vasos. ¿Cómo podía ser que les afectara una cosa como aquélla, los vasos de plástico? Había llegado a pensar en darles veinte dólares por ellos y hacerles callar, pero no tenía los veinte dólares.

Le dije que yo sí los tenía y que con gusto se los daría, pero entonces él temió que se enfadasen.

—Sé que debería resultarme indiferente —me estaba diciendo mientras sacudía la cabeza—, pero maldita sea, ésta es mi primera exposición en solitario.

—Bueno, el material no puede estar mejor presentado —volví a decir—, y yo te compraría aquella gran madre del jardín si no fuera porque tendría que esconderla en el patio trasero de mi casa para que nadie la viera.

—¿Me estás tomando el pelo, Jeremy?

Nunca le había comprado nada como aquello porque, tal como sabíamos los dos, no iba con la decoración victoriana y cursi ni con los damasquinados, muñecas y otras porquerías de mi casa. (¡Un verdadero decorado de escenario para una obra!) Entonces mi propia actitud me hizo sentir enfermo. Siempre había querido una de sus piezas. ¿Y por qué demonios no ponía mi dinero donde estaba mi cabeza, aunque fuera una sola vez?

—Sí —le dije—, ésa es la que quiero. Me gusta ésa. La podría poner sobre el césped, detrás, junto a la terraza. Me gustaría ver cómo se refleja el sol en ella. Es preciosa, hasta ahí llega mi entendimiento.

Me miró tratando de averiguar si yo sólo estaba divagando.

Me preguntó si quería comprarla para poder prestársela después con mi nombre escrito en ella: cortesía de Jeremy Walker, para exposiciones futuras. No le preocupaba si la ponía o no en el baño. Para él sería maravilloso.

—Entonces, está vendida. ¿Se lo digo a ellos o vas y se lo dices tú?

—Díselo tú, Jeremy —me pidió. Ahora estaba sonriendo y acariciándose la barba todavía más deprisa—. Aunque quizá tendrías que pensarlo durante un par de días, ya sabes, tal vez ahora no estás en tus cabales.

—Andy, últimamente he estado trabajando en algo nuevo —le comuniqué—. Estoy haciendo cosas nuevas y salvajes.

—¿Ah, sí? Bueno, he conseguido una copia de *En busca de Bettin*a, y lo has vuelto a hacer, Jeremy, me has proporcionado un par de verdaderos momentos que...

—Olvídate de eso, Andy. No estoy hablando de ese tipo de trabajo, en absoluto. Un día de éstos, pronto, quiero que vengas y veas... —no continué.

¿Un día de éstos, pronto?

Me dejé llevar por un momento. Sí, aquella pieza quedaría perfecta allí fuera, en el jardín.

Vislumbré a Belinda, estaba lejos de mí. Se había puesto las gafas rosas para ocultar sus ojos y llevaba un vaso, ilegal, de vino blanco. Mi Belinda. También vi a otros amigos, Sheila, un par de escritores que conocía y mi abogado, Dan Franklin, que estaba en un rincón, en amena conversación con una bella mujer diez centímetros más alta que él.

La gente se fijaba en Belinda, en su boca de bebé, el vaso de vino blanco y sus gafas color rosa.

—¿Decías? —Andy estaba esperando que terminara la frase—. ¿Trabajo nuevo de qué clase, Jeremy?

—Más tarde, Andy, después. ¿Dónde está el dueño? Quiero comprar esa escultura ahora.

7

Nos quedaba tiempo para pasar por las tiendas de Union Street. Ella no quería que yo gastase dinero, no dejaba de protestar, pero a mí me resultaba muy divertido llevarla de una tienda elegante a otra y comprar todas aquellas prendas que quería verle llevar puestas: falditas plisadas de lana, chaquetas y blusas de delicado algodón.

—Alumna de escuela católica para siempre —me decía en tono de provocación. Al cabo de un rato, también ella se lo pasó bien, y se olvidó de protestar por los precios.

Fuimos en coche al centro de la ciudad y visitamos los establecimientos Neiman Marcus y Saks. Le compré vestidos frívolos, perlas, las prendas de bonito frufrú que las nuevas estrellas del rock femeninas habían puesto de moda. Pude comprobar que tenía buen ojo, que estaba acostumbrada a las cosas de calidad y que le traía sin cuidado la atenta vendedora que cloqueaba en torno a ella.

Pantalones, biquinis, blusas, abrigos de ante y todas las prendas de entretiempo que se pueden usar todo el año en San Francisco fueron a parar a las bonitas cajas y a las bolsas.

Incluso le compré perfumes —Giorgio, Calandre,

Chanel—, los aromas suaves e inocentes que me gustaban.

También le compré pasadores de plata para el cabello y un montón de cosas de las que jamás se hubiera preocupado en tener, como guantes, pañuelos de cachemir y boinas de lana; pequeños toques, se podría decir, que la harían parecer una de esas chicas de los cuentos ingleses, que llegan a ser preciosas.

También encontré un bonito abrigo de princesa, con el cuello vuelto de terciopelo, con el que ella tanto podía parecer una niña de siete años como de diecisiete. Le compré un manguito de visón que le hiciera juego, aunque me dijo que estaba loco y que desde un invierno helado en Estocolmo, cuando tenía cinco años, no había vuelto a llevar manguitos.

Acabamos en el restaurante Garden Court del hotel Palace. El servicio era lento y la comida no era extraordinaria, pero la decoración era deliciosamente bonita. Deseaba verla en aquel escenario, en medio de la elegancia del viejo mundo, reflejándose en las puertas francesas de espejo y en las columnas doradas. Por otra parte, el Garden Court siempre hace que me sienta bien. Quizá me recuerda Nueva Orleans.

A ella le trajo a la memoria Europa. Le encantaba el lugar. En aquel momento parecía cansada, se veía que la noche pasada la estaba afectando. Pero también se la notaba excitada. Aunque robó algunos sorbos de vino de mi copa, sus modales en la mesa eran exquisitos. Sostenía el tenedor con la mano izquierda como se hace en Europa. También pidió un cuchillo de pescado y lo utilizó, lo cual yo no había visto hacer a nadie con anterioridad. Y no se dio cuenta apenas de que yo lo había notado.

Estuvimos charlando abiertamente de nuestras vidas. Yo le hablé de mis matrimonios, de que mi ex esposa Andrea, la profesora, se sentía inferior a causa de mi carrera, y de Celia, que trabajaba por cuenta ajena y siempre estaba viajando. Le expliqué que de vez en cuando se reunían en Nueva York, se tomaban unas copas y me llamaban para decirme lo cabrón que yo era. Eran para mí lo que en California llaman la familia.

Se rió. Me estaba escuchando de esa manera seductora y maravillosa en que sólo las mujeres jóvenes pueden escuchar a los hombres, y el hecho de que me diera cuenta no me hacía sentir menos importante.

—¿Pero las quisiste de verdad? —preguntó.

—Desde luego, las quise a las dos. Y todavía las quiero, en cierto modo. Cualquiera de los dos matrimonios hubiera podido durar toda la vida si no hubiesen sido californianas modernas.

—¿Qué quieres decir?

—Aquí, cuando el matrimonio representa el más mínimo inconveniente, el divorcio es de rigor. Tanto los psiquiatras como los amigos te convencen de que estás loco si no te separas, aunque sea por las razones más insignificantes.

—Hablas en serio, ¿no?

—Absolutamente. He estado observando lo que pasa aquí durante los últimos veinticinco años. Estamos todos disfrutando de nuestros estilos de vida adquiridos, y pon atención, pues la palabra clave es «adquirir». Somos todos avaros y egoístas, todos nosotros.

—Parece que te estés lamentando de haber roto con ellas.

—No me lamento. Ésa es la tragedia. Soy tan egoísta como todos los demás. Nunca les di a mis esposas ni el cincuenta por ciento de las emociones. De modo que, ¿cómo puedo acusarlas de marcharse? Además, yo soy un pintor.

Ella sonrió.

—¡Pero mira que estás loco! —exclamó afectuosamente.

—Bueno, oye —dije yo—, no quiero hablar de mí. Deseo hablar de ti. No me estoy refiriendo a tu familia y todo eso. Tenemos un acuerdo al respecto, puedes estar tranquila.

Esperó.

—¿Por qué no hablamos de ti ahora? ¿Qué quieres, aparte de llevar ropa punk y que no te arresten? —pregunté.

Estuvo mirándome por un momento como si la pregunta la divirtiese. Después, una sombra cruzó por su cara.

—¿Sabes? Hablas como si escribieses a lápiz en letras mayúsculas.

Me reí.

—No era mi intención hablar con aspereza. Lo que quiero saber es qué es lo que tú quieres, Belinda.

—No, no me sonaba áspero. Me gustaba. Pero no importa demasiado lo que yo quiera, ¿no crees? —preguntó.

—Por su puesto que importa.

—¿El hecho de hacerte feliz no es suficiente? —Estaba tratando de provocarme un poco.

—No, no creo que lo sea.

—Mira, trato de decirte que no puedo hacer lo que quiera hasta que cumpla dieciocho años. No puedo ser nadie. Ya sabes, seguro que me cogerían si hiciese algo que se notase.

Pensé en ello por un instante.

—¿Qué pasa con la escuela? —inquirí.

—¿Qué pasa?

—Tú sabes que podríamos organizar algo. Me refiero a que podrías ir a alguna escuela privada. Tiene que haber algún modo: mentir, cambiar el nombre, cualquier cosa...

—Estás loco —se rió—. Lo que quieres es verme otra vez con una de esas faldas de pliegues.

—Por mí vale, me apunto a eso. Pero en serio...

—Jeremy, yo ya tengo una educación ¿no te das cuenta? He tenido niñeras y tutores, he visto las grandes obras, he tenido todo eso. Puedo leer y escribir en francés, italiano e inglés. Podría ir a Berkeley ahora mismo, o a Stanford, con sólo pasar un examen.

Se encogió y tomó otro sorbo de mi vino.

—Muy bien, ¿qué pasa con Berkeley o con Stanford? —pregunté.

—¿Qué pasa con ellas? ¿Quién sería yo? ¿Quién acumularía los méritos, la persona que pretendo ser, Linda Merit?

Su voz se desvanecía. Se la veía muy agotada. Deseaba estrecharla entre mis brazos y llevarla a casa, a la cama. Era evidente que el largo día transcurrido estaba haciendo mella.

—Además —continuó—, aunque no me hubiese escapado, no iría al colegio.

—Muy bien, ésa es mi pregunta. ¿Qué querrías hacer? ¿Qué deseas? ¿Qué necesitarías ahora?

Me miró con desconfianza. Y volví a percibir en ella una cierta frustración, igual que la que había percibido en el coche de camino a Union Street. Era una tristeza mayor que la que produciría el cansancio o el hecho de no conocerme todavía muy bien.

—Belinda, ¿qué puedo darte además de ropas bonitas y un techo? —le pregunté—. Dime, cariño. Sólo tienes que decírmelo.

—Oye, tío absurdo. Ahora mismo esto es como tener la Luna y las estrellas.

—Vamos, querida, toda esta historia me va bien, incluso es demasiado buena. Obtengo lo que quiero y lo que necesito, pero tú...

—Todavía te sientes culpable por mí, ¿no? —Parecía estar a punto de llorar, sin embargo sonrió de la manera más dulce y amable—. Sólo... quiéreme —dijo. Volvió a encogerse y a sonreír. En la penumbra divisé otra vez sus pecas, muy tenues, muy coquetas. Deseaba besarla.

—Yo te quiero —le dije. Tenía un nudo en la garganta. Se me apagaba la voz. ¿Pensaría ella que sonaba como si se lo estuviera diciendo un chaval de dieciséis años?

Nos miramos durante un largo e íntimo momento, olvidándonos de la abarrotada e iluminada sala, con camareros que se movían entre mesas de blancos manteles. Las velas, los candelabros y la luz que emitían se mezclaban y diluían a nuestro alrededor. Con sus labios esbozó un beso silencioso. A continuación sonrió haciendo una mueca y enderezó la cabeza.

—¿Puedo oír música rock muy alta y poner pósters en las paredes de mi habitación?

—Desde luego, y también puedes tener toda la goma de mascar que quieras si dejas el whisky y los cigarrillos.

—¡Ah, vaya!, ya estamos.

—Bien, ¿no crees que debía decirlo, tarde o temprano? ¿Quieres que te dé una conferencia sobre nutrición juvenil y sobre las necesidades del cuerpo de una hembra en fase de desarrollo?

—Yo sé muy bien lo que este cuerpo joven necesita —ronroneó mientras se inclinaba para besarme en la mejilla—. ¿Por qué no nos vamos de aquí?

Cuando estábamos a mitad de camino de casa, recordé la llamada telefónica de Celia, a la que no había contestado, y que tenía que enviarle quinientos dólares inmediatamente. Volvimos hacia Western Union pasando por el centro de la ciudad.

Tan pronto hubimos entrado en casa, ella cogió el whisky. Sólo me tomaré uno, dijo. Mientras la miraba, descendía por su joven y preciosa garganta medio vaso de whisky. Bien, tráelo a la cama, le dije.

Después encendí el fuego en la chimenea y bajé a por una botella de jerez y dos vasos de cristal. Pensé que si ella tenía que beber, por lo menos que no fuera whisky. Le serví un vaso de jerez y nos sentamos, arrimados los cojines de la cama de cuatro columnas, mientras contemplábamos el fuego en la oscuridad.

Le repetí que podía hacer lo que quisiera en la habitación del piso de abajo, junto al rellano. Teníamos que habernos llevado los pósters de películas de su habitación en la calle Page.

Se rió. Me dijo que conseguiría otros. Estaba a mi lado y podía sentir su suavidad, su calor y cómo se adormecía.

—Si quieres un aparato estereofónico, puedes comprártelo —le dije. Abriría una cuenta bancaria para ella, para Linda Merit. Me dijo muy quedamente que Linda Merit tenía una. Muy bien, pues yo pondría dinero en ella.

—¿Tienes un aparato de vídeo? —me preguntó. Tenía algunas cintas que no había podido ver en mucho tiempo.

Le dije que sí, que tenía dos; uno arriba, en el cuarto de trabajo, y otro abajo, en mi despacho. Quise saber de qué cintas se trataba y me contó que eran viejas, cosas sueltas. Le expliqué que había tiendas grandes de alquiler de cintas en el barrio de Market.

Estuvimos sentados y callados durante un rato. Entre tanto yo hice recopilación mental de todas las cosas que ella me había contado sobre sí misma. Me parecía un galimatías.

—Tienes que decirme una cosa —le rogué. Estaba recordándome a mí mismo que debía ser amable.

—¿Qué?

—¿Qué significa lo que dijiste anoche sobre haber fallado como chica americana?

Por un instante no respondió. Bebió medio vaso más de jerez.

—Ya sabes —dijo por fin— cuando vine por primera vez, me refiero a América, pensé que iba a ser como cualquier otra joven americana por un tiempo y que sería maravilloso. Mezclarme con las chicas de aquí, ir a conciertos de rock, fumar un poco de hierba, sencillamente estar en América...

—¿Y no fue así?

—Incluso antes de escaparme, sabía que era una tontería. Era una pesadilla. Incluso las chicas de piel lisa y brillante, ya sabes, las ricas mojigatas que siguen yendo al colegio, todas son unas delincuentes y unas mentirosas.

Su voz era pausada, no se trataba de una salida de tono juvenil.

—Explícate.

—A los nueve años tuve la regla. Para cuando cumplí los trece llevaba sujetador con aros. El primer chico con el que me acosté se afeitaba diariamente a la edad de quince años, podíamos haber tenido incluso bebés. Y aquí descubrí que los jóvenes estaban igualmente desarrollados. Yo no era ninguna rareza, ¿sabes? ¿Y qué es una chica joven aquí?, ¿qué puede hacer? Incluso si eres de las que van a la escuela, de las buenas nenas de zapatitos limpios que estudian todas las noches, ¿qué puedes hacer con el resto de tu vida?

Asentí con la cabeza y esperé.

—No puedes fumar, según la ley, no puedes beber, empezar una carrera ni casarte. Legalmente ni siquiera puedes conducir un coche hasta que cumples los dieciséis años, y esto dura años y años sin importar que seas físicamente adulta. Por si te interesa, todo lo que puedes hacer hasta que cumples los veintiún años es jugar. En eso es en lo que consiste la vida de los jóvenes de aquí: en jugar. Jugar al sexo, a amar; jugar a cualquier cosa. Jugar a quebrantar la ley cada vez que tocas un cigarrillo, bebes o estás con alguien que sea tres o cuatro años mayor que tú.

Tomó otro sorbo de jerez. Sus ojos estaban iluminados por el color rojo del fuego.

—Todos somos delincuentes —prosiguió—. Así es como está montado; así es como la gente quiere que sea. Y déjame decirte una cosa, si juegas de acuerdo con las reglas acabas siendo superficial, una persona absolutamente superficial.

—Así que tú rompes las reglas.

—Todo el tiempo. Lo he hecho viniendo aquí. Y me di cuenta, cuando traté de integrarme y ser una más en la multitud, de que los demás estaban quebrantando las normas. Es decir, que ser una chica americana significaba ser una mala persona.

—De modo que te escapaste.

—No. Quiero decir, sí; pero ésa no es la verdadera razón. —Pareció dudar—. Acabó siendo así, pero... —dijo vacilante—. Todo estalló. En realidad no había sitio para mí.

Me di cuenta de que se envaraba, de que se alejaba. Me serví otro vaso. Tendré que contenerme, pensé, tomármelo con más calma. Sin embargo, ella continuó hablando.

—Te diré más. Cuando por primera vez me eché a la calle, pensé: bien, esto va a ser una aventura. Me refiero a que imaginé que me juntaría con los chicos duros, los de verdad, no con los listos niños ricos que siempre andan mintiendo. Eso fue estúpido, créeme. Quiero decir que los chicos ricos eran, en realidad, adultos que pretendían ser niños de cara a sus padres. Y los chavales de la calle son chicos que pretender ser adultos para sí mismos. Todos son unos parias. Todos unos impostores.

Sus ojos empezaron a moverse mirando ansiosamente la habitación, también se mordió un poco las uñas de los dedos, como le había visto hacer la noche anterior.

—No me sentía parte de los de la calle, más de lo que me sentía parte de los anteriores —prosiguió—. Te hablo de los chicos que roban cada día aparatos de radio de los coches para poder comprar comida y droga; de las chicas que se venden como carne tierna y las que, Dios mío, tratan de convencerse a sí mismas de que es una gran cosa que algún tipo las lleve a un elegante hotel durante una hora y las invite a cenar. Era como poseer el mundo, pasar sesenta minutos en el hotel Clift, ¡imagínate! Igual que con los chicos ricos: todo era ilusorio. Todo irreal. Además la policía no está muy interesada en encerrarte. No tienen dónde ponerte. Confían en que crecerás y desaparecerás.

—O que papaíto vendrá...

—Claro, papaíto. Bien, lo único que deseo es crecer. Quiero recuperar mi propio nombre. Quiero que toda esta mierda acabe.

—Para ti ya ha terminado —le dije.

Me miró fijamente.

—Porque ahora estás conmigo. Y porque ahora estarás bien.

—No —dijo ella—. No ha acabado. Lo único que está pasando ahora es que los dos somos delincuentes.

—Bueno, ¿y por qué no dejas que yo me preocupe de eso? —Me incliné para besarla.

—De verdad que estás muy loco —dijo con cariño. Levantó el vaso y añadió—: Brindo por tus pinturas de la buhardilla.

Las cinco de la madrugada. Vi que las manecillas fosforescentes del reloj despertador de la mesita de noche marcaban esa hora casi antes de estar despierto. Al momento el carillón de mi abuelo daba las campanadas, y a continuación en el vibrante silencio que siguió, pude oír su voz que sonaba muy lejos. En el piso de abajo. ¿Estaría hablando con alguien por teléfono?

Me levanté muy despacio y fui al descansillo del final de las escaleras. La luz del vestíbulo, abajo, estaba encendida. Y pude oír como se reía con una risita fácil y animada. «El Príncipe Azul», oí que decía, y acto seguido se perdieron las palabras. Un coche pasaba por la calle, y el tictac del reloj de mi abuelo se interponían entre nosotros. «¡No dejes que te hagan daño!», decía. ¿Con rabia? Después la voz se convirtió en un murmullo otra vez. Y entonces la oí decir: «Yo también te quiero.» Y colgó el auricular.

¿Qué estaba haciendo yo? ¿La estaba espiando? ¿Debería regresar sigilosamente a la cama como si no hubiera llegado tan lejos? La vi atravesar el distribuidor de abajo, y entonces ella me vio a mí.

—¿Está todo bien, querida mía? —pregunté.

—¡Por supuesto! —Subió en dirección a mí con los brazos abiertos y me rodeó la cintura. Su cara estaba diáfana, llena de simple y llano afecto—. Sólo estaba hablando con un viejo amigo mío, tenía que decirle que estoy bien.

—Es muy temprano —dije con voz soñolienta.

—No donde él está —repuso de manera espontánea—. Pero no te preocupes, le he llamado a cobro revertido.

Me condujo de regreso a la cama, y nos cubrimos con la colcha. Se acurrucó en mis brazos.

—Ahora está lloviendo en Nueva York —me dijo con la voz baja y perezosa.

—¿Debería estar celoso de ese amigo? —le pregunté en un susurro.

—No, nunca —contestó con un suave tono de mofa—. Sólo es el más viejo camarada del mundo, supongo... —Su voz se iba apagando.

Silencio.

Sólo se percibía su calor, y poco después su profunda y armoniosa respiración.

—Te quiero —le dije en voz muy baja.

—Príncipe Azul —susurró desde el más profundo de sus sueños.

8

Al día siguiente por la tarde ya tenía las paredes de la habitación de invitados llenas de pósters: Belmondo, Delon, Brando y Garbo junto a caras más nuevas como Aidan Quinn, Richard Gere y Mel Gibson. En la radio se oía a Madonna todo el tiempo y a toda potencia. Hacía juegos con las prendas recién adquiridas, las plegaba y guardaba con cuidado en el armario, planchaba las blusas, cepillaba viejos zapatos y experimentaba con las nuevas botellas y tarros de los caros maquillajes.

De vez en cuando, al pasar en dirección a la cafetera que estaba en la cocina, me paraba a mirarla. Las tres pinturas del carrusel estaban casi acabadas y me dispuse a poner los títulos en la base de las telas, como había hecho años atrás con mis primeros cuadros: Belinda en el caballo de tiovivo, uno, dos y tres. El efecto del tríptico puesto a secar me producía vértigo.

Me puse a hacer la comida para los dos hacia las seis de la tarde: bistés, ensalada y vino tinto, la única comida que sé cocinar. Cuando bajó llevaba el cabello trenzado y formando un cruce con las trenzas atadas en lo alto de la cabeza. La besé durante un buen rato antes de empezar a comer.

—¿Por qué no miras las cintas esta noche? —le pregunté. Le dije que podía disponer de mi cuarto de trabajo todo el tiempo que quisiera. Yo casi nunca lo utilizaba. Me dijo que quizá lo haría. Si yo tenía que trabajar, ella vería la televisión o leería alguno de mis libros de pintura.

Después de ordenar la cocina, mientras yo estaba sentado frente a la mesa, dejaba que el café contrarrestara los efectos del vino que había bebido y me disponía a subir a trabajar de nuevo, ella bajó a la biblioteca del sótano y oí el sonido de las bolas de billar. Me proponía dar unos toques a los fondos de los tres cuadros y los daría por terminados.

Toda la casa olía a su perfume.

Cuando bajé, la encontré profundamente dormida en la cama de las cuatro columnas. Se había quitado el camisón de franela, había apartado la colcha, y estaba acostada boca abajo, los labios entreabiertos y la larga y fina mano reposando relajada sobre el almohadón, junto a la cara.

Tenía el culito pequeño, casi infantil, y se le veía un asomo de bello púbico dorado. Acaricié las sedosas curvas de sus rodillas, aquellas pequeñas arrugas que eran tan sensibles al tacto cuando estaba despierta. Pasé la mano por las suaves plantas de sus pies. No se movió. Dormía con la confiada entrega de la infancia.

—¿Quién eres tú? —susurré. Pensé en todo lo que me había estado contando.

Durante la cena mencionó algo sobre un viaje que había hecho a Cachemira, atravesando en tren toda la India con dos estudiantes ingleses que fueron sus compañeros aquel verano.

—Pero de lo único que hablamos fue de Estados Unidos. Imagínate, estábamos en uno de los lugares más maravillosos de la Tierra, Cachemira, y de lo único que sabíamos hablar era de Los Ángeles y de Nueva York.

Me incliné y le besé la nuca, en el único sitio que se veía un trozo de piel por debajo de su espesa melena.

Dieciséis.

Pero cómo puedo darte permiso, mi amor, ¿cómo puedo autorizarme a mí mismo? Si de verdad no hubiese nadie más, nadie a quien le importara. Aunque entonces, tú no estarías huyendo, ¿verdad?

El pasillo estaba oscuro.

En la habitación de invitados, que ahora era la suya, vi un montón de caras mirándose una a la otra a través de la oscuridad, la cama de latón brillaba, su bolso estaba abierto y todas sus cosas esparcidas. Había un cepillo para el pelo.

El baño tenía la puerta abierta.

Estaban las cintas de vídeo. ¿Por qué las llevaba consigo a todas partes si además tenía tan pocas cosas? Un saco y una maleta. ¿Tendrían algo que ver con su vida pasada? ¿Qué habría en la maleta?

Estaba de pie en el umbral de su habitación. Por supuesto que no tenía intención de forzar ningún cerrojo, ni siquiera iba a levantar la tapa de ninguna maleta. Sabía que aquéllas eran sus cosas. ¿Qué pasaría si ella despertase, bajase al distribuidor y me encontrara allí?

Miré en el armario. Ahora estaba repleto de ropa nueva.

La maleta estaba en el suelo, cerrada con llave. Las cintas de vídeo estaban apiladas y ordenadas en un estante, detrás de un bolso vacío de ropa interior plegada y de un secador de cabello.

Las estuve examinando a la luz del descansillo.

Las etiquetas de las cintas me parecían extrañas. Sólo estaba escrito el nombre de un distribuidor de Nueva York: Video Classics. En uno de ellos distinguí una marca de comprobación rascada sobre el plástico negro, quizá con la ayuda de un bolígrafo o una horquilla para el pelo. No había nada más que mostrara qué contenían o por qué las conservaba.

Las revistas que tenía formaban una buena pila. Muchas de ellas eran extranjeras. En primer lugar *Cahiers du Cinéma*, después *L'Express* y también varios ejemplares de la alemana *Stern*, había algunas francesas y también italianas. El único tema era el cine. Las inglesas eran *Film Arts*, *American Cinematographer* e *Interview* de Andy Warhol.

Me pareció que para una chica de su edad eran muy sofisticadas. Por otra parte, con su historial, tal vez no fuese tan extraño.

Muchas de aquellas revistas eran viejas. De hecho, algunas tenían etiquetas con precios de venta de segunda mano. La única revista nueva era *Film Arts*, con una foto en la portada de «La directora de cine de Tejas, Susan Jeremiah, que pega fuerte». Dentro de ésta había un artículo recortado de la revista *Newsweek*, también sobre la señora Jeremiah —«Tormenta en el Sudeste»—, una mujer alta de Houston, con el cabello negro ondulado y profundos ojos negros, que sorprendentemente llevaba sombrero y botas de vaquero. Nunca pensé que la gente de Tejas se vistiera con aquel atuendo.

Por lo que se refiere a las otras revistas, no había ninguna pista inmediata de por qué las había comprado. Cine, cine y más cine. Algunas se habían publicado hacía diez años. No detecté ninguna marca en ellas.

Volví a poner todo aquello con cuidado en su sitio. Sólo entonces me di cuenta de que había una vieja revista de televisión debajo de las cintas. Cuando la saqué, vi a Susan Jeremiah de nuevo, sonreía bajo la sombra que hacía el sombrero blanco de vaquero. Era una mujer atractiva. La edición era de dos meses atrás. La hojeé deprisa en busca del artículo.

La primera película para la televisión de la señora Jeremiah, que se llamaba *Persecución implacable*, se había estrenado en abril. El artículo era corto, decía que ella pertenecía a la nueva generación de mujeres con talento en el cine. Su primera película, *Jugada decisiva*, había obtenido una importante ovación en el festival de Cannes del pasado año. Se había criado en un rancho de Tejas. La señora Jeremiah creía que el cine americano estaba abierto a las mujeres.

Había más, pero yo me estaba poniendo nervioso. Pensaba que Belinda podía despertarse. Me pareció oír un ruido y creí que me había descubierto. Puse la revista de nuevo en su sitio y cerré el armario.

Era posible que la llave de la maleta estuviera en su bolso. Éste se hallaba sobre la cama de latón. Pero me había arriesgado ya demasiado. Tampoco me autorizaba a mí mismo a fisgar en su bolso, no, tenía que haber un límite para lo que estaba haciendo.

Estos pequeños descubrimientos eran tentadores. Igual que lo eran sus relatos sobre Europa. Exactamente igual que lo era ella, quienquiera que fuese.

No me sorprendía que una chica de su edad estuviera interesada por el cine, como tampoco me extrañaba que sus gustos fueran buenos. ¿Pero por qué se interesaba por aquella directora de cine?

Por descontado que era la clase de tema que podía interesar a una chica moderna: la mujer de Tejas fuerte e independiente que se hace directora de cine y no actriz. La mujer irresistiblemente americana por excelencia. A la prensa le gustaba que llevara el sombrero y las botas, eso era obvio.

El hecho seguía siendo que todo aquello no contribuía a explicar nada sobre Belinda. Sólo añadía nuevas preguntas a las que yo me hacía.

Cerré la casa con llave por la noche, apagué las luces, me metí en el baño y me toqué la cara. A esa hora de la noche tenía la barba muy rasposa, como siempre. Decidí afeitarme.

No quería que cuando se despertase entre mis brazos, por la mañana, mi cara arañase sus mejillas.

Recostado en la cama en la oscuridad, seguía pensando: ¿quién la estará buscando?, ¿quién estará llorando por ella? Dios mío, si fuese mi pequeña removería cielos y tierra para encontrarla.

Por otra parte, ella es mi pequeña. ¿Y de verdad quiero que, quienquiera que sea, la encuentre?

No, no puedes devolverla. No ahora.

A las nueve de la mañana yo estaba sentado en mi oficina y ella seguía durmiendo. Cogí el teléfono de la mesa y llamé a mi abogado, Dan Franklin. Su secretaria me informó de que no esperaba que volviera de los juzgados hasta las once, pero que, en efecto, tal vez me recibiera a esa hora. Me invitó a ir.

Debo decir que mi abogado y yo fuimos juntos a la escuela. Es quizás el mejor de mis amigos y la persona en quien más confío.

Los agentes, por mucho que te quieran y trabajen para ti, son siempre intermediarios. Muchas veces conocen incluso mejor a la gente del cine y a los editores que a sus autores. A menudo, también, les gustan más que éstos. Tienen más en común con ellos.

En cambio mi abogado trabaja sólo para mí. Cuando estudia un contrato o una oferta de derechos, se pone de mi lado. Y es uno de los pocos abogados buenos en el mundo del espectáculo que no ha abierto despacho en Nueva York o en Los Ángeles.

Además de tener confianza en mi abogado, también me gusta, me agrada como persona. Confío en su juicio y le considero un hombre amable.

Ahora me estaba dando cuenta de que durante la exposición de Andy Blatsky le estuve evitando por no explicarle lo de Belinda.

Confirmé la cita para verle a las once. A continuación me duché, me volví a afeitar, cogí dos buenas fotos de las que le había hecho a Belinda, las metí en un sobre de papel manila y puse éste en mi maletín.

Para empezar hubiera deseado tener algo más. Pero tal vez ese más lo tuviera después.

Cuando bajé, Belinda estaba comiendo patatas fritas y bebiendo una coca-cola. Había ido al otro lado de la calle a comprarlas mientras yo estaba en la ducha.

—¿Es ése el desayuno? —le pregunté.

—Sí, claro, puede atravesar el humo —repuso, al tiempo que me mostraba el cigarrillo encendido.

—Eso es una porquería —dije yo.

—Los cereales tienen la misma cantidad de sal, ¿lo sabías?

—¿Y qué les pasa a los huevos, las tostadas y la leche? —insistí yo. Me puse a preparar desayuno para los dos.

Sí, bueno, vale, agradecía los huevos pero estaba llena por culpa de las patatas fritas. Abrió otra lata de coca-cola y se sentó para explicarme lo maravilloso que era estar allí.

—Esta noche he podido dormir; quiero decir que he dormido profundamente, sin pasarme todo el tiempo pensando que alguien iba a entrar por la ventana o se iba a poner a tocar el tambor en el pasillo.

Tuve una idea.

—He de ir al centro a ver a mi abogado —le dije—. Por un asunto que tiene que ver con un libro de mi madre, un contrato para una película.

—Parece emocionante. No se si sabrás que me gustaban mucho los libros de tu madre.

—Me estás tomando el pelo, tú nunca los has leído.

—¡Estás equivocado! Los he leído todos, me gustó muchísimo *Martes de carnaval carmesí*.

Nos miramos durante un instante.

—¿Qué es lo que anda mal? —preguntó.

—Nada —repuse—. Tengo los negocios metidos en la cabeza. Voy a coger la furgoneta para ir al centro. ¿De verdad sabes conducir un coche?

—Por supuesto, ¿cómo crees que obtuve la licencia falsa? Es decir, el nombre es falso, pero yo conducía en... yo llevaba coche en Europa cuando tenía once años.

—¿Quieres que te deje las llaves del MG, entonces?

—Jeremy, no lo dirás en serio.

Se las lancé.

Tragó el anzuelo.

Volvió abajo en menos de diez minutos, se había puesto un par de pantalones de gamuza blancos como la nieve y un jersey también blanco. Era la primera vez que la veía con aquella prenda desde que se había puesto, para estar por casa, los pantalones míos que recorté para ella. Me cogió desprevenido. No quería que saliera de casa vestida así.

—¿Sabes lo que estás provocando en mí con esa ropa? —le dije guiñándole el ojo.

—¿Qué? —No entendió la indirecta y, mientras se cepillaba el cabello frente al espejo del vestíbulo, dijo—: ¿Cómo estoy?

—Violable.

—Gracias.

—¿Vas a ponerte algún abrigo?

—Ahí fuera hace casi treinta grados, debes estar bromeando. Es la primera vez que la ciudad está a una temperatura civilizada desde que he llegado.

—No durará. Coge un abrigo.

Lanzó sus brazos en torno a mi cuello y me dio un beso. Sentí la suave presión de su cuerpo y de sus mejillas; su boquita era suculenta y suave.

—No necesito un abrigo.

—¿Adónde vas?

—Al salón de belleza a ponerme bajo los rayos

UVA durante quince minutos —me dijo señalándose la mejilla con un dedo—. Es la única manera de mantener la piel morena en esta ciudad. Luego iré a montar a caballo a los establos de Golden Gate Park. He hecho la reserva por teléfono. He querido hacerlo desde que llegué aquí.

—¿Y por qué no lo habías hecho?

—No lo sé. De la manera que vivía no me pareció apropiado, como te puedes imaginar. —Se puso a buscar un cigarrillo en su bolso—. Como sabes, estaba en la calle y todo eso. No me pareció apropiado combinarlo con montar a caballo.

—Pero sí hacía buena combinación con los rayos UVA.

—Desde luego. —Se rió. Tenía el cabello voluminoso a causa del cepillado. No se había maquillado, sólo llevaba el cigarrillo en los labios.

—Así que ahora puedes volver a montar a caballo.

—¡Sí! —sonrió con absoluta franqueza, de la manera más deliciosa.

—Eres preciosa —le dije—. Pero los pantalones son demasiado ajustados.

—¡Ah, no!, me van perfectamente —repuso. Encendió el mechero.

Cogí varios billetes de diez dólares y se los di junto con las llaves de casa.

—No tienes que hacerlo, de verdad... —me dijo—. Tengo dinero...

—Oye, no te tomes la molestia de volver a decirme eso —dije—. Es como cuando te hago preguntas sobre tus padres. No me hables de dinero. No me gusta.

Me dio otro abrazo cálido y suave, y se marchó; salió volando por la puerta como cualquier jovencita americana.

Y probablemente con la llave de su maleta en el bolso. Pero...

Esperé hasta oír el motor del coche calle arriba antes de subir a abrir su armario.

La llave estaba en la maldita maleta, y ésta estaba abierta.

Respiré hondo, me arrodillé, di la vuelta a la tapa y empecé a mirar lo que había.

¡Había un pasaporte falso a nombre de Linda Merit! Dios mío, qué detallista era. Había dos libros de una biblioteca pública de Nueva York, uno era una novela de Vonnegut y el otro de Stephen King. Bastante típico, me dije. También estaba la copia de mi libro *La casa de Bettina*, firmado por mí, y una foto mía sobre una noticia recortada del *San Francisco Chronicle*, de una sesión de dedicatorias organizada por el gremio de libreros.

También había ropa íntima que parecía de segunda mano, como enaguas antiguas de tafetán azul marino y sujetadores de encaje con varillas, que no creo que la gente joven use en la actualidad. Preciosas braguitas de algodón por ser tan sencillas. Había un sobre de papel marrón que contenía programas de varias representaciones musicales de Broadway, como *Cats*, *A Chorus Line*, *Dolly Rose* de Ollie Boon y otras cosas. El programa de Ollie Boon había sido autografiado, pero no tenía ninguna dedicatoria escrita al lado de la firma.

No había nada que fuera personal.

Quiero decir, que no encontré ninguna pista sobre su identidad. Y por alguna razón, eso hacía que me sintiera más culpable por lo que estaba haciendo.

¿Habría destruido ella su pasado deliberadamente? ¿O se había precipitado en el presente de improviso?

Me puse a mirar todas las prendas del armario, las viejas que ella había traído consigo.

Excepto por los uniformes de colegiala, de los que había tres, toda la ropa tenía mucha clase, tal como yo había imaginado. Los trajes de lana eran de Harris o Donegal, las faldas y los chaquetones de Brooks Brothers, Burberry y Cable Car. No había nada frívolo como lo que habíamos comprado la tarde anterior en nuestro pequeño paseo por el centro. Incluso los zapatos eran respetables.

Sin embargo, todo lo que había era ropa usada, eso estaba claro, incluso era posible que alguna de las prendas fuese confeccionada antes de nacer ella.

Lo más probable era que nada de aquello hubiese sido suyo antes de lanzarse a la calle. Todo resultaba demasiado confuso.

En los bolsillos encontré pedazos de entradas de teatro de Nueva York, y algo de un concierto reciente en San Francisco.

Tenía cajas de cerillas de los grandes hoteles. El Fairmont, el Stanford Court y el Hyatt Regency.

Esto último me preocupaba. No quería ni pensar en lo que hubiera podido estar haciendo en aquellos hoteles. Quizá sólo se pasease por los vestíbulos y, al tratarse de sitios similares a aquellos en los que había vivido, se sintiese como en casa. Seguramente intentaba volver la mirada hacia el mundo de los adultos.

Aunque el pasado reciente no era lo que me preocupaba. Juntos íbamos a destruir todo aquello. Lo que me importaba era el verdadero pasado de ella. No había nada entre lo que estaba mirando que me aclarara en lo más mínimo quién era ella. Me resultaba muy alarmante.

Incluso las cintas tenían sólo aquellas etiquetas comerciales.

La mejor pista hasta ese momento era Susan Jeremiah.

Saqué las revistas, me senté en la cama de latón y me puse a hojearlas.

Bien, aquélla era una mujer ciertamente interesante. Había nacido en un rancho de Tejas, había ido a la escuela en Dallas y después en Los Ángeles. Hacía películas con una cámara familiar a la edad de diez años.

Cuando era jovencita trabajó en una cadena de televisión de Dallas. *Jugada decisiva*, que había recibido elogios de la crítica en Cannes, era descrita como una película de atmósfera, de ritmo rápido y filosófica. Rodada en las islas griegas, trataba de un grupo de jóvenes tejanos nihilistas que traficaban con narcóticos. Eran comentarios entusiastas en torno a cómo manejaba la cámara, cuánto debía a Orson Welles artísticamente hablando, a la Nouvelle Vague, el punto de vista filosófico y todo ese tipo de cosas. Una información demasiado escasa. El mismo artículo continuaba hablando de otra directora de cine de Nueva York.

El recorte de *Newsweek* no era mucho mejor. Hablaba de la película para la televisión *Persecución implacable*, que se había estrenado en abril, la cual elogiaba por «tratarse de una película con un alto porcentaje de belleza visual, que rara vez puede verse en productos realizados para el medio televisivo». Jeremiah iba a dirigir dos más para la United Theatricals, pero no quería ser estigmatizada como una directora de televisión. Se hacían sombríos elogios a la estrella de la película, una chica de Dallas llamada Sandy Miller, que también había hecho de protagonista en la «artística y a menudo autocomplaciente película erótica» *Jugada decisiva*, que nunca se estrenó en este país. Pero extrañamente, la única película de la que hablaba la revista era la de Jeremiah. Creo que se sentían atraídos por el atavío tejano y la enjuta cara fronteriza. Una pena para Sandy Miller.

Me quedé más confuso que nunca, sintiéndome verdaderamente culpable.

Deseaba llevarme las cintas abajo y pasarlas en el aparato de vídeo de mi oficina. O mejor aún, en el que tenía arriba en el cobertizo. Por lo menos allí la puerta tenía cerrojo.

Y de ese modo si ella volvía...

Pero ¿cómo podría perdonarme si se enteraba de lo que estaba haciendo? También podría yo sacar a colación las cintas en una charla con ella. Pudiera ser que ella me explicara de qué iban. No era necesario que llegara a traicionarla hasta ese punto, porque probablemente nada de esto tenía que ver con su identidad.

Eran las once menos cuarto. Tenía que irme.

Dan no se presentó hasta mediodía. Le pedí disculpas por impedirle ir a comer.

—Mira —le dije—, éste es un asunto privado entre un cliente y su abogado.

—¿Qué se supone que debo entender? ¿Has matado a alguien? —Se sentó frente a mí al otro lado de su mesa de despacho—. ¿Quieres comer algo? Voy a pedir que me traigan un bocadillo.

—No. Intentaré ser tan rápido como me sea posible. Quiero que hagas de detective para mí.

—Estarás bromeando.

—Tienes que hacerlo tú personalmente. No puedes encargárselo a ninguna agencia. Debes hacer todo lo que puedas por teléfono, y si luego tienes que viajar, yo me haré cargo de todo.

—¿Sabes cuánto te va a costar eso?

—No me importa. Tienes que averiguar una cosa para mí.

—¿Qué?

—La identidad de esta chica —le dije. Le entregué las fotos que le había sacado a ella.

Las observó un momento.

—Esto es confidencial —continué—. No debes dejar que nadie se entere de quién está pidiendo la información.

—Venga —dijo agitando la cabeza con impaciencia—. Dímelo todo. ¿Qué es lo que estoy buscando?

—Tiene dieciséis años.

—¡Ajá! —Se detuvo a estudiar la foto.

—Hasta hace un par de días estaba en la calle. Me ha

dicho que se llama Belinda. Lo cual puede ser cierto o no. Ha recorrido toda Europa, se crió en Madrid, según dijo, y pasó algún tiempo en París y en Roma. El pasado invierno estuvo en Nueva York, de eso estoy bastante seguro. No sé cuándo llegó aquí.

Le describí los programas de los teatros y los trozos recortados de las entradas.

—Medirá metro sesenta y cinco. Debe de pesar unos cuarenta y cinco kilos o un poco más. El cabello y la cara ya los puedes ver. Su cuerpo está muy desarrollado. Tiene el busto de mujer. Su voz es también la de una adulta, muy adulta, pero no tiene ningún acento, a excepción de un dejo que no he podido situar. En fin, no sé si esto puede ser de mucha ayuda.

—¿Y qué tienes tú que ver con ella?

—Estoy viviendo con ella.

—¿Que estás... qué?

—No quiero oír lo que estás pensando. Quiero saber quién es ella, de dónde viene...

—¡Que no quieres saber lo que pienso! ¡Tiene dieciséis años! ¿Y tú no quieres oír lo que tengo que decirte?

—En realidad quiero saber más que eso. Quiero saber por qué se marchó de su casa, qué pasó. Estoy convencido de que el dinero tiene algo que ver. Ella tiene una educación demasiado buena, sus gustos son demasiado exquisitos. En alguna parte tiene que haber una familia con dinero. Sin embargo esto no añade nada. Es extraño. Quiero saber todo lo que puedas...

—Jeremy, esto es una locura.

—No hables todavía, Dan, no he terminado.

—¿Tienes idea de lo que significaría que te atraparan con esa jovencita?

—Quiero saber por qué acabó donde está ahora. ¿De quién se esconde? Te voy a decir una cosa muy extraña: he revisado todas sus pertenencias y no he encontrado ni una sola pista de su verdadera identidad.

—Eres un loco hijo de... ¿Te das cuenta, en serio, de

lo que esto puede perjudicarte? Jeremy, ¿te acuerdas de lo que le pasó a Roman Polanski?

—Lo recuerdo.

¿Qué estaba pasando con toda aquella porquería que le había contado a Alex Clementine a propósito de que el escándalo no le hacía daño a nadie? Él me respondió que sólo la cantidad adecuada en la medida justa. Bueno, en mi caso sabía que era la porquería equivocada y no importaba la cantidad ni la medida.

—A Polanski lo condenaron por pasar una asquerosa tarde con una menor. ¿Y tú me dices que estás viviendo con ésta?

Le expliqué con toda calma y detalle lo que pasó en la dirección de la calle Page; le hablé de la policía, de que anotaron mi dirección y el nombre falso de Linda Merit en su libreta.

—Desearía que el poli no me hubiera reconocido.

—Ponla en un avión con destino a Katmandu. ¡Inmediatamente! Sácala de tu casa, idiota.

—Dan, averigua quién es. No me preocupa lo que vaya a costarme. Tiene que haber gente a la que puedas preguntarle, en absoluto secreto, sin revelar nada por tu parte; debe de haber algún modo de averiguar algo en la calle. Estoy convencido, casi al ciento por ciento, de que alguien la está buscando.

—También yo lo estoy. Europa, dinero, educación... —Comprendí que se había formado la idea adecuada—. ¡Cristo! —murmuró.

—Pero recuerda, tengo que saberlo todo, quiénes son sus padres, qué hicieron, por qué se escapó ella.

—Supón que no le hicieron nada y que es una rica majadera que decidió buscar algo excitante.

—Eso está fuera de la cuestión. No podrías decir tal cosa si hubieses hablado con ella. En realidad, lo gracioso es que ella es demasiado amanerada para ser rica, y sin embargo tiene que serlo.

—No lo entiendo.

—Las niñas ricas están resguardadas. Son tiernas. A pesar de lo precoces que puedan ser, siempre traslucen cierta candidez. El aplomo que muestra es profundo, casi duro.

»Me trae a la memoria a las pobres chicas que conocí cuando era niño, me refiero a las que llevaban grandes anillos de diamantes de compromiso en sus dedos a los catorce años y que tenían dos hijos con un transportista de pianos cuando cumplían los veinte. Tú sabes a qué tipo de chica me refiero. A la que apenas sabe leer o escribir, pero que puede llevar una caja registradora por la noche en una tienda de artículos varios, y que durante cinco horas seguidas ni siquiera se rompe una de sus largas uñas pintadas. Bien, pues hay algo viejo, triste y difícil en esta chica que me recuerda eso. En cambio, es demasiado educada, demasiado refinada para encajar en el resto de la imagen.

Al tiempo que estudiaba la foto me lanzaba miradas furibundas.

—La he visto en alguna parte —me dijo.

—En la exposición de Andy del otro día —le indiqué—. Estaba conmigo.

—No, ni siquiera me di cuenta de que estabas allí. No te vi en absoluto...

—Pero ella estuvo dando vueltas y llevaba unas gafas de color rosa...

—No, no, te digo que conozco a esta chica; he visto su cara, la conozco de alguna parte.

—Bien, pues entonces ponte a ello, Dan. Porque yo tengo que saber quién es y qué le ha sucedido.

—Y ella no quiere decírtelo.

—Nada, ni una palabra, me pidió que le prometiese que nunca le preguntaría o de lo contrario se marcharía. Ya sé que es terrible.

—Quieres decir que confías en que se trate de algo horrible para quitarte el peso de tu conciencia.

—Es probable. Quizá sea eso.

—Tú crees que te sentirás liberado por el hecho de colgarle el sambenito a otro. Estás loco.

—Dan, lo único que quiero es saber...

—Mira, me ocuparé de ello. Pero a cambio tienes que escucharme. Esto podría destrozar tu carrera. Demolerla, aniquilarla, desintegrarla, ¿me entiendes? Tú no eres ningún director de cine europeo, tú eres un autor de libros para jóvenes.

—No me lo recuerdes.

—Si esto trasciende a la prensa, te lo habrás jugado todo, hasta el último centavo. Y si sus padres son ricos, además de todo lo anterior te acusarían de rapto. Podría haber cargos en los cuales ni siquiera he tenido tiempo de pensar. Tengo que estudiar esto muy bien. Tengo que...

Tendrías que ver los cuadros, pensé. Pero dije:

—Dan, eso puede esperar. Averigua todo lo que puedas sobre ella.

Sí, decididamente, estaba actuando de la forma más equivocada posible.

¿Pero por qué sentía yo aquella alegría, aquel calor interior, aquella sensación de estar vivo de repente? Igual que el día en que me dirigí al avión en el aeropuerto de Nueva Orleans, a sabiendas de que me iba a California.

—¡Mírame, Jer! Te van a dar el premio Lewis Carrol al Viejo Verde del Año, ¿te das cuenta? Sacarán todos tus libros de las estanterías y les prenderán fuego. Las librerías del Sur y las de las regiones del Medio Oeste ni se molestarán en almacenarlos. Y a cualquier trato que estés negociando con Disney le puedes dar un beso de despedida. ¡No me estás escuchando!

—Dan, yo tengo inventiva. Me pagan por imaginar cosas. Amo a esa jovencita. Y tengo que saber si hay alguien por ahí que la esté buscando, necesito saber qué le hicieron.

—No estamos en los años sesenta, Jeremy. La generación de las flores se ha ido. En estos días tanto las feministas como la Moral Majority unen fuerzas contra los que molestan a las niñas y los que hacen pornografía. No es el momento de...

No pude evitar reírme. Era la misma historia de Alex Clementine.

—Dan, no estamos en el juzgado. Estoy impresionado. Se me han leído mis derechos. Llámame tan pronto tengas algo... cualquier cosa.

Cerré el maletín y me dirigí hacia la puerta.

—¡Cancelarán el programa del sábado por la mañana!

—Un asunto privado entre un abogado y su cliente, Dan.

—Disney está pujando en este mismo momento contra Rainbow para obtener los derechos de Angelica.

—Ah, me has recordado una cosa. A Belinda le interesan las películas, y mucho. *Cahiers du Cinéma* y revistas así. Cháchara sobre cine.

—Tiene dieciséis años y quiere ser una estrella, también lo quiso ser Lolita. Líbrate de esa pequeña bruja.

—Vamos, Dan, no hables así de ella. Te estoy diciendo que lee cosas serias sobre cine. Y tiene un interés especial en una mujer que dirige películas, alguien que se llama Susan Jeremiah.

—Nunca he oído hablar de ella.

—Es de Tejas, nueva y en rápido ascenso. Hizo una película de televisión para United Theatricals en abril. Puede que haya alguna conexión ahí.

—Voy a ocuparme de esto, desde luego. Es mejor que me creas, de verdad, ¡voy a demostrarte lo peligroso que es!

—Ten mucho cuidado cuando me llames. Ella está allí todo el tiempo.

—No me digas...

—Si dejas algún mensaje en el contestador, asegúrate de que parezca un asunto de libros.

Estuve parado en el vestíbulo el tiempo suficiente para respirar profundamente. Me sentía como un completo traidor. Por favor, que sea algo muy sucio. Por favor que sean corruptos. Que ella pueda quedarse conmigo.

Me dirigí a una cabina telefónica de Market Street y busqué la dirección de una tienda de ropa para practicar equitación. La encontré en Divisadero.

Me acordaba de las tallas del día antes y la mujer me aseguró que podría devolver lo que a ella no le gustase. Así que le compré de todo. Una chaquetilla de lana roja de cochero, una chaqueta de caza negra y dos preciosos sombreros rígidos de terciopelo negro con barboquejo. Pantalones de montar, guantes y un par de fustas. Algunas blusitas preciosas y otras cosas. Tenía muy claro que no era el tipo de cosas que la gente se pone para montar a caballo. Eran para demostraciones. Pero yo deseaba vérselas puestas y esperaba que a ella le gustasen.

Entonces volví a casa, puse todo aquello sobre la cama y fui al piso de arriba. Todavía había pintura fresca de la noche anterior en la paleta, y también los pinceles seguían húmedos, de modo que me puse a trabajar al instante. Añadí el último toque dorado a las letras del último cuadro: el de la punk abandonada.

Apenas me detuve a mirar el trabajo realizado. Tenía pintura por todos los pantalones, pero no me importaba.

Sólo me paré al mirar la imprecisa V entre sus piernas, entonces tuve que apartarme. Ella estaba demasiado viva para mí. Di un paso atrás, y cuando vi la cantidad de trabajo que había hecho —el tamaño de las tres telas, el detalle y el nivel de resolución— me sentí intimidado. Incluso para mí el ritmo era maravilloso.

Hacia las cuatro me dirigí al mercado de la esquina y compré un poco de cerveza, leche y las nimiedades que necesito habitualmente.

Le compré cinco marcas distintas de cigarrillos extranjeros: Jasmine, Dunhill, Rothmans y otras marcas raras que pudiesen gustarle. Compré también un montón de manzanas, naranjas, peras y otras cosas saludables para que las comiese en sustitución de tanta porquería.

Así que allí estaba yo comprando cigarrillos para una chiquilla. Doblé la cantidad de leche y cogí unas cuantas cajas de cereales.

El coche estaba en el pasaje cuando regresé.

Cuando hube cerrado la puerta, la vi de pie en lo alto de las escaleras.

La escasa iluminación provenía de una ventana que había con cristales ahumados, y mis ojos tuvieron que habituarse a las sombras antes de poder verla con claridad.

Se había puesto el sombrero de terciopelo negro de montar y las botas altas de piel.

Era la pose de un cuadro pasado de moda: una mano reposaba en la cadera y con la otra asía la fusta de piel negra. En cuanto al resto, estaba desnuda. Golpeó un lado de la bota con el látigo.

Al pie de la escalera me arrodillé. Me desembaracé de las bolsas de la compra.

Mantuvo la pose tanto tiempo como le fue posible, pero al final acabó agitándose por las risitas que trataba de contener. Me partía de risa al acercarme a su lado.

Me puse encima de ella en lo alto de las escaleras y comencé a besarla.

—No, en la cama —me dijo—. En la cama es mucho mejor.

La levanté y me la llevé a cuestas. Todavía se reía cuando la dejé en la cama. La besé y le rocé la barbilla con la cinta del barboquejo; podía sentir sus botas contra mis piernas, la dureza del cuero y la suavidad de sus muslos.

—Dime que me quieres, brujita mía —le decía—. Vamos, dímelo.

—Sí —contestó devolviéndome los besos—. Va a ser más que perfecto ¿no crees?

Antes de que dejara de pensar en cualquier cosa que fuese racional, me dije: ya tengo el próximo cuadro.

9

También me encontraba bien con ella en la buhardilla. Mientras trabajaba en el cuadro de montar a caballo, durante tres noches, ella estuvo leyendo *French Vogue* o *Paris Match*, dormitando o mirándome. Iba vestida con tejanos ajustados y camisetas de algodón; le gustaba llevar el cabello recogido con trenzas, decía que le resultaba más fácil cuidárselo así. Cuando le compré los pasadores de plástico para las colas de las trenzas en la tienda de baratijas se rió de mí. Pero los utilizaba.

(No mires las apretadas arrugas formadas por la tela entre sus piernas, o sus pezones que sobresalen a causa del fino sujetador bajo la blusa. Cuando se inclina sobre el suelo pulido de madera y le cuelga el pecho, no te vuelvas loco. Ella golpea el suelo con los pies, cruza las piernas. Aplasta un cigarrillo, se acaba la bebida de coca-cola que, gracias a mi insistencia, no lleva nada de whisky. No la mires. La marca de lápiz de labios es Bronze Bombshell.)

Con y sin aquella inspiración, me encontré terminando el cuadro antes de la medianoche del tercer día.

Quedó con el mismo resultado que sugería la pose que ella había adoptado en lo alto de las escaleras. Las botas, el sombrero, la mano en la cadera, la desnudez, por supuesto, y la fusta. Espléndido.

Había utilizado más de la mitad de un rollo de película. Aunque tenía la cadera estrecha, había algo en el cuadro que sólo podía describirse como voluptuoso. Pero lo importante era su cara, siempre su cara, ése era el tema. La boca como un cogollito, la nariz respingona. En cambio en los ojos había una extremada madurez.

Las doce de la noche. El reloj del abuelo enviaba sus campanadas hacia arriba a través de los viejos suelos.

Me dolía el brazo derecho. La luz que reflejaba el cuadro me estaba fatigando. Empezaba a sentirme cansado de pintar los detalles con el pequeño pincel rígido de pelo de camello. Por otra parte no podía dejarlo. Deseaba oscurecer el color de las telas del fondo: era esencial para obtener la textura rugosa de terciopelo antiguo en esa zona. Unos toques mágicos y algo de brillo en la bota derecha. Algún loco se pararía algún día a mirarlo en la galería de arte —¿la galería?, ¿algún día?— y se preguntaría: ¿cómo es posible que parezca que va a salir del cuadro y tocarte?

O besarte. Tomarte entre sus brazos y aplastar tu cara contra su pecho como lo hace conmigo. Correcto. Exacto.

Estaba descansando sobre su espalda y mirando al techo. Bostezó. Me dijo que tenía que irse a la cama, y que por qué no iba con ella.

—Pronto.

—Bésame. —Se levantó, y con el puño cerrado me tocó el pecho—. Venga, déjalo ya, párate durante el tiempo suficiente para besarme.

—Hazme un favor —le pedí—. Duerme en la cama de latón en la habitación del medio. Más tarde quiero hacer algunas fotos. —Pensaba en las barandillas laterales que podían subirse, como las de una cuna aunque un poco más bajas.

De acuerdo, dijo, siempre y cuando después fuese a la cama con ella.

La acompañé abajo.

Había una vieja lámpara de bronce, que había sido de aceite y a la que ahora se le había adaptado una bombilla, la cual proporcionaría una luz muy suave para fotografiarla.

Yo mismo le puse el camisón y le abroché los botoncitos perlados hasta el cuello.

La estuve contemplando mientras se deshacía las trenzas para peinarse el ensortijado cabello. La mezcla del color blanco de la tela y de las perlas me sonó a *déjà vu*, sentí que me desvanecía, tenía que ver con iglesias y velas.

Durante unos instantes no podía relacionarlo con nada, después, una multitud de cosas olvidadas me vinieron a la memoria, aquellas largas y suntuosas ceremonias que había presenciado un millón de veces siendo niño en Nueva Orleans. Bancos llenos de gladiolos blancos junto al altar, vestiduras de satén cuidadosamente bordadas que incluso a veces parecían pintadas. Moaré. El púrpura, el verde oscuro, el oro, todos los colores tenían su propio sentido litúrgico.

En aquel momento no sabía si en la Iglesia católica seguían confeccionándose prendas como aquélla o si en California las habrían realizado alguna vez. Recuerdo una noche en que pasé por delante de una iglesia católica y oí que cantaban *God Bless America*.

Veni Creator Spiritus era lo que oía ahora. La cantaban voces infantiles. Era algo relacionado íntimamente con el pasado, con las molduras de las viejas casas en la calles del Garden District, con las gigantescas iglesias góticas y romanas que habían sido construidas por amorosos inmigrantes de la vieja Europa y en las que se habían utilizado grandes cantidades de cristal teñido importado y estatuas finamente talladas.

Aquello quedaba muy lejos, sin embargo había una cierta afinidad que se me escapaba, y estaba en la forma en que la luz iluminaba la piel tersa y virginal de su cara, de sus pequeños labios.

Su cabello se esparcía sobre la franela blanca. El cepillo lo levantaba, parecía estirarlo y luego enderezarlo para dejarlo caer después, mientras las ondas rizadas absorbían de inmediato las mechas.

Podía casi revivir aquellos momentos en la iglesia, con todas las niñas vestidas de encaje y lino blanco esperando fuera en el claustro para poder entrar. Nosotros llevábamos trajes blancos.

Sin embargo lo que recordaba bien eran las niñas, las niñas con sus sonrosadas mejillas y labios, el crujir del tafetán, los rizos, las cintas de satén.

Y las procesiones. Las niñas tiraban pétalos de rosa que llevaban en cestitos blancos de cartón piedra a lo largo del pasillo de mármol de la iglesia, antes de que el cura lo recorriese bajo el dosel que se balanceaba. O las hileras que, en la procesión de mayo al anochecer, se movían por las calles estrechas en torno a la parroquia, donde una clase tras otra desfilaban formando un conjunto, todos vestidos de blanco, cantando avemarías con ímpetu. Entretanto la gente nos contemplaba de pie en sus porches, y las ventanas de las estrechas casitas bajas de dos plantas estaban adornadas con pequeños altares con velas titilantes que habían puesto en honor de la Virgen. Las mujeres lucían vestidos sueltos llenos de flores y andaban por las aceras detrás de nosotros, rezando el rosario.

No, creo que se trataba de algo diferente, algo distinto en la misma iglesia, y aquella lucecita me lo decía: la comunión.

Una idea se estaba abriendo paso, otro cuadro. Y me parecía que iba a ser más extraño que todo lo que había hecho hasta ahora: el caballo del tiovivo, la casa de muñecas o las botas de montar. Pero sabía que si era capaz de hacerlo sería extraordinario, fascinante.

Y probablemente a ella no le daría miedo. No a ella.

En aquel momento estaba descansando sobre el almohadón y yo elevé los laterales de latón de la cama. Barras estrechas la rodeaban. Era como si estuviera en una cama vieja de hospital o en una jaula de oro.

En realidad estaba como en un pesebre.

Me dedicaba una suave y pacífica sonrisa de ensueño. Una extraordinaria sensación de felicidad, la certeza de ser feliz y de sentirme completo, me recorrió el cuerpo.

Su cabello estaba esparcido por la almohada, creando un color amarillo pálido. Me hizo saber que no le importaba quedarse dormida con la lámpara encendida, que no se despertaría cuando viniese a fotografiarla.

—Buenas noches, mi amor —me dijo. Mi pequeña. Se le había ido el rojo de labios y su boca me parecía irresistible y deliciosa. Nunca tendría la boca de una mujer. Prometía toda una vida de besos perversos.

A la una de la mañana ya estaba dormida.

Me pasé una hora haciéndole fotos a través de las barras de latón de la cama. Seguía percibiendo la sensación de felicidad, una rotunda percepción.

No creo que sea algo que suceda a menudo en la vida; por lo menos, a mí no me ha pasado a menudo. Por lo común la sensación de felicidad viene después, está en la memoria junto a una tardía apreciación del momento. Este sentimiento se parecía al placer. Amarla y pintarla completaban un círculo, cerrado por completo al mundo exterior.

El mundo me parecía menos real que las caras de los pósters que cubrían las paredes, sus actores y actrices. En la penumbra los estuve observando un momento. Susan Jeremiah estaba ahora colgada con su sombrero blanco de vaquero, igual que en las improvisadas fotografías de la revista *Newsweek*. Susan Jeremiah entrecerrando los ojos por causa del sol ¿de Tejas?

Desapareció en el instante en que miré en dirección a la luz de la lámpara y ajusté el objetivo.

No, yo no era un traidor por lo que había hecho, por hacer que investigaran quién era ella. Más bien tenía la certeza de que nada de lo que averiguase nos separaría. Estaba seguro de descubrir cosas sobre ella que harían que desease tenerla junto a mí para siempre.

Anduve de puntillas alrededor de la cama, me arrodillé para enfocarla entre los barrotes, para producir el efecto de una enorme cuna de latón. Si deseaba que cambiara de posición mientras dormía, lo único que tenía que hacer era inclinarme y besar sus labios o sus ojos, entonces se movía y adoptaba otra postura lánguida y maleable. En una ocasión le cubrí la cara con el cabello para que sólo los ojos quedaran al descubierto. Luego se lo aparté, le volví la cabeza y conseguí un perfil perfecto.

Siempre que los botones perlados reflejaban la luz, me asaltaba aquel fuerte sentimiento relacionado con la iglesia. Flores, incienso, vestidos blancos. Debía tratarse de la primera comunión o de la confirmación. Llevábamos trajes blancos otra vez, quizá los vestíamos por última vez. Las chicas se parecían a pequeñas novias, estaban asombrosas. El obispo puso aceite en nuestras frentes, hablaba latín.

A partir de aquel momento éramos todos iguales, tanto los niños como las niñas, éramos todos soldados de Cristo. Me parecía una mezcla enfermiza de imaginería y de metáforas.

Le subí el camisón muy, muy despacio, hasta que la suave franela estuvo recogida en mis manos y sus pechos quedaron al descubierto. Entonces los besé y me quedé mirando cómo los pezones se hacían pequeños, tiesos, erectos. Me pareció que se volvían ligeramente oscuros.

—Jeremy —me dijo mientras dormía. Me cogió el brazo y, pese a estar aturdida y con los ojos cerrados, me cogió la cabeza para acercársela.

Le besé la boca muy suavemente, y a continuación noté que se perdía de nuevo en el sueño.

Yo todavía no tenía sueño.

Bajé al sótano y abrí uno de los baúles que había traído de Nueva Orleans. Era uno de aquellos en que yo guardaba viejos objetos personales. Hacía muchos años que no lo había abierto.

El olor de alcanfor era muy desagradable. Pero encontré lo que buscaba. El libro de plegarias de mi madre. Era un misal en latín que ella utilizaba cuando era niña, la cubierta imitaba el acabado de las perlas y había un crucifijo dorado impreso en ella. Las páginas tenían los bordes dorados. El rosario se encontraba en una pequeña cajita de joyería. Lo saqué y lo sostuve bajo la luz. El papel azul había evitado que las uniones de plata se ennegrecieran. Las cuentas del avemaría eran perlas, los padrenuestros eran diamantes, y todos estaban montados sobre plata.

A mi madre no le habían gustado mucho aquellas cosas. Recuerdo que una vez me dijo que desearía poder tirarlas todas, pero le resultaba extraño deshacerse de rosarios y de libros de oraciones. De modo que yo los conservé.

La foto de mi padre también estaba en el baúl, se trataba de la última que le habían hecho antes de zarpar. El doctor Walker en uniforme. Se hizo voluntario el día que bombardearon Pearl Harbour, y murió en el sur del Pacífico. Eso sucedió dos meses después de nacer yo, y me parece que mi madre nunca se lo perdonó. Vivíamos en la gran casa del doctor Walker de la avenida Saint Charles. Y sin embargo yo no llegué a conocerle.

Devolví la foto a su sitio, cerré el baúl, cogí el rosario y el libro de oraciones y me los llevé arriba.

De nuevo me sentí poseído por el regocijo, por la sensación de estar vivo, estimulado.

[illegible], conquistador
[illegible]

[illegible] de los indios que había
[illegible] Grecia, [illegible] en que
[illegible] muchos
[illegible]

El [illegible]
[illegible]
[illegible] la [illegible] que ella utilizaba cuando era
[illegible] de las [illegible]
[illegible]
[illegible]
[illegible]
[illegible] las [illegible] de [illegible]
[illegible]
[illegible]

[illegible]
[illegible]
[illegible]
[illegible] De modo que [illegible]

[illegible]
[illegible]
[illegible]
[illegible]
[illegible]
[illegible]
[illegible]
[illegible]

[illegible]
[illegible]
[illegible]

Entre [illegible]
[illegible] de uno de los grandes almacenes del
centro, el pago de lo que necesitaba. Tenían a la venta

10

Cuando me desperté ella ya estaba preparada para ir a montar.

Con la chaquetilla roja y los pantalones de amazona estaba adorable. Me explicó que había encontrado un establo en Marin donde le alquilarían un caballo de salto.

Perfecto, coge el coche. Vuelve para cenar.

La estuve mirando mientras se iba en el coche. Estaba muy elegante acurrucada en el asiento de piel negra del MG-TD verde oscuro. Cuando puso la tercera, las marchas ya reclamaban piedad. Criaturas, pensé.

La cocina estaba inundada con el humo de sus cigarrillos. El embrague se iba a caer en pedazos al cabo de una semana. Y yo tenía cinco pinturas arriba. Me sentía estupendamente bien.

Cogí la furgoneta para ir al centro y me llevé uno de sus zapatos.

Tenía un plan en la cabeza que estaba relacionado con la tela blanca y los botones perlados. Pero no estaba seguro de poder llevarlo a cabo. No tenía claro dónde podía encontrar todo lo que necesitaba.

En cuanto hube dado un par de vueltas al departamento de novias de uno de los grandes almacenes del centro, vi parte de lo que necesitaba. Tenían a la venta no sólo velos de novia de un blanco pristino, sino también delicadas coronas de flores blancas. Demasiado perfecto. Estuve mirando todo aquello en uno de los rincones apartados de los grandes almacenes, que están suavemente iluminados, y a los que no llega el ruido porque las moquetas lo absorben. El ambiente de iglesia me envolvió de nuevo con un poder agridulce. Cosas que había perdido, que se habían ido para siempre.

Compré un velo y una corona de inmediato, pero los vestidos no se adecuaban a mis propósitos. Y los que había en el departamento para jovencitas no podían sentarle bien.

En el departamento de lencería encontré de modo inesperado lo que quería: preciosos saltos de cama europeos de lino blanco, con acabados de encaje blanco y cintas. Había una extensa variedad de estilos y largos. Y todos respondían al mismo efecto general: muy sofisticado, puro y pasado de moda.

Elegí un camisón corto que no estaba entallado ni llevaba frunces. Tenía un canesú exquisitamente bordado y, sí, llevaba botones perlados, justo lo que yo quería. Y las mangas, las mangas se ajustaban demasiado a lo que había soñado para ser de verdad. Eran cortas y abombadas, y terminaban en frunces hechos con cinta de satén. También tenían cintas en la sisa. Era lo que yo quería. Un vestidito.

Para asegurarme, compré las dos tallas pequeñas. También adquirí un montón de batines. Prendas que nunca estarían de más en mi casa.

Para los zapatos tuve que ir al departamento de jovencitas. Descubrí que en apariencia hay pocas chicas jovencitas con pies muy largos. Número treinta y ocho. Conseguí lo que deseaba. Un sencillo zapato de piel blanca con una banda en el empeine. Me pareció demasiado ancha, pero pensé que ella no tenía que utilizarlos para andar.

Conseguir medias blancas no fue problema. Compré unas que eran de encaje pero no me pareció que fueran muy adecuadas. Las que yo recordaba eran blancas y lisas.

Llamé a la florista de la calle Dieciocho que estaba a la vuelta de la esquina de mi casa y le pedí las flores. Me proponía pasar a recogerlas yo mismo con la furgoneta. Sólo quería que las tuvieran preparadas. Deseaba lirios, gladiolos y rosas, todas blancas. Claveles, perfecto, también, pero sobre todo flores de iglesia.

Tomé una comida ligera en el restaurante del piso de arriba de Saks, compré las velas de cera que necesitaba y, cuando estaba a punto de coger un taxi, pensé que quizá debía llamar a Dan. No tenía muchas ganas de hacerlo, pero pensé que debía.

Por suerte Dan estaba en los juzgados. No regresaría hasta el día siguiente. Pero su secretaria me dijo que él había estado muy interesado en encontrarme y que mi contestador automático no estaba conectado. ¿Me había yo dado cuenta de ello?

Le dije que lo sentía, que no me había dado cuenta. ¿Sabía ella lo que Dan tenía que decirme?

—¿Algo relacionado con su advertencia?

¿Qué significaba? Estuve a punto de decirle a la secretaria que le transmitiese a él que lo dejara todo. Pero no lo hice. Colgué. Tuve una corazonada y traté de encontrar a Alex Clementine.

Había dejado ya el hotel Stanford Court y continuaba su ronda de presentaciones del libro hacia San Diego.

Llamé a Jody, la publicista, a Nueva York. Me informó de que Alex tenía una agenda muy apretada. Pero que ella le diría que yo quería hablar con él.

—No es importante, no le molestes.

—Ya sabrás que esta semana su libro está en el número ocho de la lista de ventas. Ni siquiera se queda en los almacenes... —me dijo.

—Maravilloso.

—Está siendo solicitado por todos los programas de coloquios del país. Te digo que todo tiene que ver con esa horrible *Champagne Flight*, quiero decir que esas telenovelas nocturnas han enganchado a todo el mundo. Incluso muñecas de esa actriz, Bonnie, están vendiendo aquí, ¿puedes creerlo? Las de plástico las venden a veinticinco dólares y las de porcelana a ciento veinticinco.

—Hazle un contrato a Bonnie para un libro —le dije—. Y asegúrate de que lo llenas de fotografías de sus viejas películas.

—Claro, claro. Por qué no quedáis con ella Alex y tú, os tomáis unas copas y le decís que escriba un libro con la historia de su vida.

—Eso está fuera de mi alcance. Haz que sea Alex quien realice esa entrega.

—*En busca de Bettina* sigue vendiendo una cifra constante de cinco mil copias a la semana —me dijo.

—Lo sé, lo sé.

—Así que, ¿por qué no te sueltas un poco y recorres algunas librerías más? ¿Recuerdas que me prometiste pensarlo?

—Sí... Oye, dale recuerdos a Alex en caso de que yo no le localice.

—Me están llegando peticiones de que vayas a Berkeley y Marin. Sólo a una hora de distancia, Jeremy.

—No puede ser ahora, Jody.

—Te enviaremos una gran limusina alargada y un par de nuestras más dulces duendecillas para que se encarguen de todo.

—Es posible que pronto.

—La señora del *Chronicle* está furiosa porque cancelaste la entrevista con ella.

—¿Qué señora? Ah, sí. Ya. No puedo hablar con nadie en este momento.

—Muy bien, tú eres el jefe.

Cuando regresé a casa, ella todavía no había vuelto. La casa estaba silenciosa y calentita por el sol de la tarde, tal vez todo lo calentita que podía estar, al margen del tiempo que hiciese.

Olía de forma diferente y no me refiero sólo al olor de cigarrillos. Su perfume y su jabón. Olía a lencería, a miel, era un olor diferente.

Todos los muñecos de la sala de estar reposaban bajo un velo de polvo y de sol, y había ciertos cambios también en ellos. En algún momento, ella ordenó las muñecas, las puso en el carrito de mimbre y las esparció por el sofá. Abrió las puertas de cristal de la casa de muñecas de tres plantas y ordenó todo el mobiliario del interior. Limpió el cristal. Sacó el polvo de todas las piezas, de las pequeñas mesas y sillas de madera, de los pequeños parches de alfombras orientales tejidas a mano. Incluso había puesto a la gente del interior de la casita de muñecas china en posiciones distintas. Ahora el hombrecito estaba de pie junto al reloj de péndulo y su esposa encorsetada estaba sentada con mucho decoro en la mesa del comedor. En la buhardilla, la muñeca jugaba con el pequeño trenecito que podía correr de verdad por la vía si apretabas el botón que se hallaba en la pared.

En el pasado, aquel interior sugería más una escena de la Segunda Guerra Mundial.

Deseaba haber podido fotografiarla con la cámara cuando lo hizo. Cazarla cuando estaba de lleno en ello, con su cabello mezclándose con el sol de la tarde, como el que había ahora, y con sus pies calzados sólo con calcetines, y tal vez con aquella faldita plisada puesta.

Bueno, ahora tendría tiempo para todo.

Colgué mi abrigo y a continuación metí todas las cosas que había dejado en el porche, las flores, los paquetes; me lo llevé todo arriba y empecé a ordenarlo.

Puse una vieja colcha blanca de felpilla en la cama de las cuatro columnas. Las adorné con las guirnaldas de flores blancas. Puse velas a los candelabros de plata que traje de la sala de estar y los puse sobre las mesillas de noche. Las guirnaldas ocultaban casi por completo las mesillas. Con las cortinas tiradas y las velas encendidas, el efecto del conjunto era como me lo había imaginado: la iglesia durante la misa. Incluso se percibía el delicioso aroma floral, el cual, sin embargo, nunca sería tan dulzón y tan poderoso como el que reinaba en Nueva Orleans. Aquello nunca podría ser reproducido con exactitud.

Puse la cámara sobre el trípode a los pies de la cama, sobre la que deposité lo que acababa de comprar junto con el misal y el rosario de perlas. Me puse de pie para inspeccionarlo todo. Tuve una segunda ocurrencia y bajé a buscar una botella de buen vino de borgoña que estaba en el armario, la abrí y la subí junto con dos vasos. Lo puse a un lado, sobre una de las mesillas de noche ahora ocultas.

Sí, era lujuriante y magnífico. Pero me sentí impresionado al momento por la locura que representaba.

Las otras fotografías que le había hecho habían surgido de manera espontánea. Los decorados ya estaban allí. Y el cuadro del caballo había sido idea suya.

Esto había sido planeado de una manera casi demente.

Y tal como yo estaba, allí de pie, mirando las flores y el titilar de las velas reflejándose en el blanco satén del pabellón —o como le solíamos llamar, del dosel—, me preguntaba si no iba a asustarla. Me decía a mí mismo que sin duda estaba equivocado.

Era enfermizo llegar tan lejos, ¿no? Tenía que serlo. Y aquellas guirnaldas de flores sostenidas por soportes de alambre negro eran adornos para un funeral. Nadie utilizaba nunca esas flores, ¿no es cierto? Sin embargo no estaban allí por eso.

Pero una persona que llegaba a hacer aquello, a verla así, quizá podría hacerle daño.

Pensar que ella podría estar contándome que había hecho todo aquello con un hombre. «Y entonces él compró un velo blanco y zapatos blancos y...»

Yo le hubiera dicho que tal hombre estaba loco, que se alejara de él. No te puedes fiar de una persona que es capaz de hacer eso.

Pero no se trataba sólo de la maquinación. También estaba la evidente blasfemia. El misal, el rosario.

Mi corazón latía demasiado deprisa. Me apoyé en la pared durante un momento, y crucé los brazos. ¡Me encantaba!

Bajé, me serví una taza de café y la llevé a la terraza de atrás. Una cosa es evidente, pensé, yo nunca le haría daño. Es una locura el pensar de otro modo. No le estoy haciendo daño si le pido que se ponga esas ropas, ¿o sí? Se trata sólo de un cuadro. Y encaja perfectamente, ¿no?

Hasta ese momento, con las telas pintadas podía hacerse un libro: el caballo de carrusel, el de la indumentaria de montar a caballo, y ahora la comunión.

Cuando oí el ruido de la puerta de la entrada al cerrarse, no me moví. En unos momentos verá esas cosas. Vendrá aquí abajo y me dirá lo que piensa. Esperé.

Oí el correr del agua en el piso de arriba. Las tuberías que pasaban junto a la estrecha casa cantaban al unísono. Ella se estaba duchando. Pensé en ella entre el vaho, deliciosamente rosada...

Después el agua dejó de correr. Yo percibía hasta la más mínima vibración que ella causaba al moverse por la casa.

Me dirigí al interior con mucha cautela y dejé la taza.

Ningún sonido.

—¿Belinda?

Ella no contestó.

Subí. No había luz en ninguna parte a excepción de la del dormitorio, la de los candelabros cuyo reflejo titilaba sobre el papel de la pared y sobre el techo blanco.

Entré en la habitación.

Ella estaba de pie junto a los pies de la cama, vestida con todo el atuendo, con la corona blanca rodeándole la cabeza y el velo cubriéndole la cara. Sostenía el misal y el rosario. Sus pies estaban uno junto al otro, los tacones de los zapatos blancos se tocaban. Y el corto camisón le llegaba hasta las rodillas como si se tratara de un vestido de primera comunión muy antiguo. Ella sonreía a través del velo. Sus brazos desnudos bajo las mangas abombadas eran muy redondos, sin embargo sus dedos, entre las perlas de las cuentas del rosario, eran finos, delgados y afilados.

Me quedé absorto, sin poder respirar. Sus graves ojos azules brillaban a través del velo, sus labios de capullito estaban a punto de sonreír. Lo único que tenía de mujer eran sus manos. Es decir, hasta que me di cuenta del volumen de su pecho bajo el canesú y de los pezones rosados que se transparentaban bajo el delicado lino.

Sentí cómo la pasión subía de entre mis piernas. La sentí cómo iba, al instante, directa a mi cabeza.

Me acerqué a ella. Levanté el velo y lo puse hacia atrás sobre sus cabellos, por encima de la corona blanca. Esa era la posición adecuada. Las chicas jovencitas nunca habían llevado el velo cubriéndoles la cara. Siempre hacia atrás. Sus ojos azules brillaban a la luz de las velas.

La estreché entre mis brazos, apretando su trasero a través del suave lino. La levanté y la dejé sobre la cama. Fui empujándola hasta situarla sobre los almohadones. Tenía las piernas estiradas y sostenía el libro de oraciones y el rosario sobre su falda. Le besé las rodillas y acaricié las corvas con mis manos.

—Ven aquí —me dijo con ternura. Juntó ambas manos para indicarme que subiera a la cama. Subí y ella volvió a ponerse sobre los almohadones—. Vamos —dijo otra vez. Abrió la boca y comenzó a besarme muy deprisa, con mucha impaciencia. Podía percibir cómo sus ojos se movían bajo los párpados cerrados. Acaricié sus cejas con mis pulgares, seda. Su cuerpo vibraba suavemente bajo el mío.

Estuve a punto de tener un orgasmo antes de penetrarla. Me quité los pantalones y la camisa, y a continuación le saqué las medias blancas con un gesto rápido y agresivo.

Allí estaba su sexo bajo la pila de lino arrugado, aunque no estaba escondido, con los tímidos labios pequeños bajo la sombra del bello ceniciento. Una veta de carne rosa oscuro como el melocotón, que me asustaba. Un corazón que deseaba acariciar...

Su cara estaba sonrosada. Me empujó para acercarme a ella y a continuación se recostó y se subió el vestido para que pudiera verle los pechos. Apreté mi cara contra su estómago y después me apoyé en mis brazos para moverme y acariciar sus pechos, besarlos y chuparlos. Sus pezones eran pequeños y estaban duros como la piedra. Ella emitía suaves gemidos. Tenía las piernas abiertas.

Alcancé el vaso de cristal que contenía vino y que había puesto encima de la mesilla. Dejé caer unas pocas gotas en su sexo y miré cómo resbalaban entre sus secretos y húmedos pliegues. Lo esparcí con suavidad con mis dedos, sintiendo cómo ella se abría más, percibiendo su invitación y cómo sus caderas se elevaban apenas. Vertí el vino sobre ella, vi cómo manchaba el cubrecama blanco y ella se agitaba.

Y allí estirado, con mis manos rodeando sus muslos, bebí el vino en ella. Empujé la lengua hacia su interior y bebí el vino, sintiendo las tirantes contracciones de sus músculos. Sus muslos se cerraban contra mi cara, calientes y apretados. Ella se estremecía y temblaba.

—Vamos —dijo.

Tenía la cara muy colorada, movía la cabeza de un lado a otro sobre su cabello revuelto. El velo estaba debajo de ella.

—Vamos, Jeremy —volvió a decir en un susurro.

La penetré y pude sentir que esta vez sus piernas me encerraban en un verdadero abrazo. Pero yo tenía que liberarme para poder moverme con fuerza dentro de ella, así que me soltó y se arrellanó, se dejó ir mientras su cabeza aplastaba el amasijo de velo blanco y las blancas flores de seda.

Me di cuenta de que estaba teniendo un orgasmo, lo supe cuando me apretó con fuerza, entonces me abandoné dentro de ella.

Uno, dos, tres, cuatro, cinco, seis, siete. Los niños buenos el cielo merecen.

11

Dormimos mucho tiempo. Después me di cuenta de que las velas se habían gastado mucho. En el exterior reinaba la oscuridad. Cuando abrí lo ojos, ella estaba sentada junto a mí, contemplándome. Se había quitado el vestido y las medias, pero seguía con la corona y el velo puestos, y este último caía hacia la cama formando un triángulo de luz blanco que la cubría. Su busto de perfil y su pierna doblada eran divinos. Le acaricié la pierna con la mano. El tono rosa de sus pezones era idéntico al de sus labios.

Mirarla a los ojos me asustaba un poco. Estaba asomándose desde aquel cuerpo y no creo que se diera cuenta de lo maravilloso que era. ¿Cómo podía saberlo? ¿Cómo podía saberlo cualquier criatura?

—Vamos a hacer las fotos —me dijo con ternura.

—¿No hay ninguna cosa que te dé miedo? —le pregunté con suavidad.

—Por supuesto que no. ¿Acaso tendría que tener miedo?

La expresión de su cara no tenía precio, era mucho mejor de lo que yo la había podido pintar.

Y allí estaba la cámara, mirándonos fijamente desde los pies de la cama.

Yo me sentía muy soñoliento, absolutamente drogado. Estábamos inundados por el olor de las flores. En el techo podía ver sombras que danzaban, sombras delicadas como las de los pétalos ondulados de los claveles, todo parecía temblar al ritmo del centelleo de las velas.

—¿Me alcanzarías el vino? —le pedí—. Allí, sobre la mesilla. Eso me despertará, ¿no crees?

La miré mientras vertía el vino de borgoña en el vaso. Cuando miraba hacia abajo era cuando más joven parecía, más que en ningún otro momento, porque se veían la rubias cejas peinadas y suaves y su labio inferior sobresaliendo un poquito. Tan pronto como volvió a mirar de frente y su cara se relajó, me pareció que no tenía edad alguna: como la ninfa que ha tenido ese mismo cuerpo durante cien años.

Estaba sentada a mi lado con una rodilla levantada, el cabello le caía sobre los hombros y sobre los pechos. Parecía refulgir a la luz de las velas.

—La comunión —dije yo.

Ella sonrió. Se dobló con el vino rojo en sus labios, me besó y susurró:

—Éste es mi cuerpo. Ésta es mi sangre.

Cuando Dan llamó todavía estábamos haciendo las fotos. Al oír su voz a través del teléfono que estaba junto a la cama, mientras la tenía a ella al lado, sentí que la sangre me subía a la cara.

—Oye, no puedo hablar ahora —le dije.

—Muy bien, pues entonces escúchame, estúpido. Hay alguien que está buscando a tu pequeña. Y toda la historia me parece muy extraña.

Ella estaba hojeando el libro de plegarias. Con su hombro me tocaba el brazo.

—Ahora no. Te llamaré más tarde —insistí.

—Sal de ahí y telefonéame ahora mismo.

—Imposible.

La miré de reojo, y ella me devolvió la mirada. Había una cierta conmoción en su mirada. No pude oír lo que él me estaba diciendo. Me sentí como si no supiera qué hacer con mi boca para parecer natural.

—... una fotografía de ella es lo que quiero que veas.

—¿Qué? Mira, en este momento tengo que dejarte. Ahora mismo.

—En mi oficina, a las ocho en punto, antes de que me vaya al juzgado. ¿Me estás escuchando?

—A las doce —respondí—. Trabajo hasta tarde.

—Jeremy, esto es muy extraño, te lo digo yo...

—Por la mañana, muy bien.

Colgué. Tenía la cara ardiendo. Sabía que ella me estaba mirando.

Darme la vuelta y volver a mirarla era lo más difícil del mundo. Sabía que ella estaba percibiendo algo, y que de ésta no me libraba nadie.

Acto seguido vi que la sospecha estaba allí mismo, tenía los labios apretados y también se le había enrojecido la piel.

—¿Qué pasa? —me preguntó. Directa al grano, por supuesto.

—Nada. Era sólo mi abogado. Negocios de libros.

—Bien, bien, di algo parecido a la verdad y así parecerás convincente.

Estaba manoseando con torpeza la cámara. ¿Qué había estado yo haciendo? ¿Había cambiado la velocidad del nuevo rollo de película? ¿Qué?

Ella me observó durante un momento.

—Hagamos un descanso —propuse—. No puedo trabajar después de esta interrupción. —Bajé, me eché encima del contestador automático de llamadas y quité el sonido. Aquello no iba a volver a suceder.

Para cuando salimos a cenar ella ya había estado bebiendo durante un rato. Era tal vez la primera vez que la veía un poco borracha. Se había recogido el pelo en un moño y se había puesto un traje de terciopelo y una blusa blanca. Muy madura. El cenicero estaba lleno de colillas. No dijo nada cuando sugerí que fuéramos a un pequeño restaurante a la vuelta de la esquina. Apuró el whisky escocés y se levantó lánguidamente.

Las mesas eran de mimbre, había ventiladores en el techo y la comida era buena. Seguí insistiendo en entablar conversación. Ella estaba como una piedra.

Y Dan, ¿qué había dicho de una foto de ella? ¿Otra foto?

—¿Quién te ha llamado? —me preguntó de repente. Acababa de encender otro cigarrillo. No había tocado las gambas.

—Mi abogado, ya te lo he dicho. Cuestiones de impuestos o algo así. —Sentí de nuevo el calor en mi cara. Sabía que parecía un mentiroso. De pronto dejé el tenedor en la mesa. Aquello era demasiado feo.

Me estaba mirando abierta y fríamente.

—Tengo que ir al centro, tengo que verle a mediodía y me fastidia.

Ella no respondió.

—Todo ese asunto de mis libros, el hecho de que Disney esté pensando en comprar los de Angelica. Rainbow Productions también los quiere. —Muy bien, sigue enganchándote a ese pequeño quiebro a la verdad—. No tengo muchas ganas de pensar ahora en ello. Mi mente está en ti, está a un millón de kilómetros de todas esas cosas.

—Mucha pasta —dijo ella elevando un poco las cejas—. Rainbow es una empresa nueva. Realizan unos dibujos animados en que la animación es exquisita.

¿Cómo podía saber ella todo aquello? Y el tono de voz, todo trazo de deje californiano había desaparecido. Volví a oír aquella forma crujiente de articular palabras que ya había notado la primera vez que la vi. Sus ojos eran extraños. El muro había vuelto a cerrarse.

¿Y cuál era la impresión que yo le estaba causando?

—Ya, Rainbow..., hicieron un... —No podía pensar.

—*Los caballeros de la mesa redonda*. La vi.

—Sí, exacto. Bueno, pues quieren hacer un par de películas con Angelica.

Pero aquello no estaba funcionando. Ella notaba que algo sonaba absurdo.

—Aun así, Disney es Disney —continué—. Y quienquiera que lo haga, debe asegurarse de que la animación es fiel reflejo de los dibujos. Ya sabes, si desean añadir personajes tendrán que encajar bien con el resto.

—¿No tienes agentes y abogados que se encargan de todo eso?

—Claro. Ése es el que llamó. El abogado. Al final soy yo quien tiene que firmar la línea de puntos. Nadie puede hacer eso en mi lugar.

Sus ojos estaban asustándome. Ella estaba bebida. Realmente bebida.

—¿Eres feliz conmigo? —me preguntó en un tono de voz muy bajo.

No había dramatismo en su actitud. Aplastó el cigarrillo encima de la comida del plato, la cual no había tocado. No acostumbraba hacer cosas como aquella.

—¿Eres feliz? —insistió.

—Sí, feliz —respondí. Levanté la cabeza despacio para mirarla—. Soy feliz, quizá más feliz que en toda mi vida. Creo que ahora podría escribir una nueva definición de feliz. Quiero ir a casa a revelar las fotografías. Quiero estar despierto toda la noche y pintar. Me siento como si volviese a tener veintiún años, si te interesa saberlo. ¿Crees que estoy loco?

Se produjo una larga pausa. Entonces vino la sonrisa, incipiente, y a continuación se hizo más amplia, como una luz que estuviera iluminando un pasadizo oscuro.

—Yo también soy feliz —dijo ella—. Esto es tal como yo lo había soñado.

Al infierno con Dan. Al infierno con todo, pensé.

Revelé el rollo de las fotos de la comunión antes de irme a la cama. Durante un ratito ella estuvo en el cuarto oscuro del sótano conmigo, con una taza de café en la mano.

Le expliqué paso por paso lo que hacía y ella lo estuvo mirando con interés. Me preguntó si la vez siguiente podría ayudarme. Parecía agotada por todo el whisky que había estado bebiendo antes, pero por lo demás estaba bien. Casi bien.

Estaba fascinada por el proceso, por el modo en que las fotos se volvían mágicamente visibles en su paso por la bandeja de revelado. Le expliqué cómo lo haría un verdadero profesional, cómo en realidad se tomaría mayor tiempo en cada paso. Para mí sólo se trataba de una preparación, igual que el apretar el tubo de pintura para depositarla sobre la paleta o como limpiar los pinceles.

Hice tres ampliaciones y nos las llevamos a la buhardilla. Sabía que aquélla iba a ser la mejor tela que había pintado. *La comunión* o *Belinda ataviada para la comunión*. Sólo vestida con el velo y la corona, por supuesto, sin ninguna otra prenda. También incluiría el misal y el rosario en sus manos. Sería tan formal como el cuadro en que iba vestida para montar a caballo, como las pequeñas fotografías en blanco y negro que tomaban las madres de las niñitas que salían de la iglesia, antes de ir a la procesión. El truco estaba en la forma que adquirirían los fondos.

En una primera mirada debería parecer que se veían claustros o arcadas góticas. Quizá también las flores de un altar con velas. Más tarde se daría uno cuenta de que estaba viendo una habitación, una cama de cuatro columnas y dosel, papel en la pared. Tenía que crear esta ilusión sin que hubiera costuras: se trataba de jugar bien con la textura así como con la iluminación. Tenía que ponerme a pintar yendo más allá de la simple aplicación y de la práctica adquirida con mi talento, tenía que crear una nueva forma de engaño de los sentidos.

Quería empezar en aquel mismo instante; mantener el ritmo en acción. Pero ella me pidió que fuera a la cama con ella, que nos relajásemos y nos abrazásemos.

Vi desesperación en sus ojos y en su voz.

—Muy bien, querida mía —le contesté.

Cuando la rodeé con mis brazos la noté rígida.

—Sabes, hay un sitio al que podríamos ir —dije yo de repente—. Quiero decir que nos podríamos ir de San Francisco por un tiempo. Tengo una casa en Carmel que rara vez utilizo. Tendríamos que limpiarla, pero es muy pequeña, no sería pesado. Está a una manzana del océano.

—Pero nosotros ya nos hemos ido, ¿no? —me preguntó con una voz fría y distante—. Quiero decir que ¿de quién nos estaríamos alejando?

Hacia las cuatro de la madrugada me desperté y me di cuenta de que ella estaba llorando. Había empezado a darme empujones para que me despertase. Estaba de pie junto a la cama y estaba sollozando, se limpiaba las lágrimas con un pañuelo de papel.

—Despiértate —me estaba diciendo.

—¿Qué te pasa? —dije yo.

Encendí la lamparilla que estaba junto a la cama. Ella sólo llevaba puesta una braguita de algodón. Ahora estaba borracha. No sólo podía verlo, sino también oler el whisky. Llevaba un vaso en la mano, estaba lleno de cubitos de hielo y de whisky, y la mano que lo sostenía era una mano de mujer.

—Quiero que me escuches con atención. —Estaba haciendo rechinar los dientes y tenía los ojos enrojecidos. Estaba muy asustada.

—¿De qué se trata? —le dije tomándola entre mis brazos. Estaba tan enfadada que se estaba asfixiando.

—Quiero que comprendas una cosa —dijo ella.

—¿El qué?

—Si llamas a la policía por mí, si tratas de averiguar quién soy, si encuentras a mi familia y les dices dónde estoy, quiero que sepas..., quiero que sepas que les diré todo lo que hemos estado haciendo. No quiero hacerlo, preferiría morirme antes. Pero te lo digo en serio, si alguna vez me traicionas, maldita sea, si en alguna ocasión lo haces, si llegas a traicionarme de ese modo, si alguna vez haces eso, lo haré, te lo juro, lo haré, se lo diré...

—Pero yo no lo haría, nunca haría...

—Nunca me traiciones; nunca lo hagas, Jeremy.

Sollozaba entre espasmos. Yo la abrazaba con firmeza y ella no hacía más que temblar contra mi pecho.

—Belinda, ¿cómo se te ocurre pensar que yo voy a hacer eso? —Aquello no estaba bien, de ningún modo.

—Yo no quiero decir cosas horribles, me siento morir por el mero hecho de decir que te haría daño. Me moriría si tuviera que decir cosas que te hiciesen daño, significaría que cambiaría todo esto por su sucia moralidad y su estúpida e idiota estrechez. Pero lo haría, créeme que lo haría; lo haría si me traicionases...

—No tienes que decir eso, lo comprendo. —Acaricié sus cabellos y la mantuve abrazada con fuerza. Le besé la cabeza.

—Pero si tú me traicionas, te juro que...

Nunca, nunca, nunca.

Cuando por fin se hubo calmado, nos recostamos y nos abrazamos. Todavía estaba oscuro en el exterior. Yo no pude volver a conciliar el sueño. No dejaba de repetirme que con lo que hacía no la estaba traicionando. Le mentía, sí, pero no la traicionaba.

Ella susurró:

—No quiero volver a hablar de ello jamás. No quiero tener que pensar nunca, nunca, de nuevo en ello. Yo nací el día en que tú me viste. Nací entonces, y tú también.

Sí, sí, sí.

Lo único que yo seguía queriendo saber es lo que le había sucedido, de modo que los dos pudiéramos dejarlo atrás, que los dos supiéramos que todo estaba bien, bien, bien...

—Jeremy, abrázame. Abrázame fuerte.

—Vamos, levantémonos, vistámonos y salgamos de aquí —dije yo.

Estaba como aturdida. Saqué la faldita de lana y el chaquetón, y la vestí. Yo mismo le abroché la blusa blanca hasta el cuello, y la besé. Cogí el pañuelo de cachemir y se lo puse alrededor del cuello. También le puse los guantes de piel.

Vestida así parecía una muñeca, una chiquilla inglesa. Incluso le cepillé el cabello y le puse el pasador de forma que se viese la impecable lisura de su frente. Adoraba besar su frente.

Me estuvo contemplando en silencio mientras recogía las fotografías de *La comunión*, llevaba las telas al sótano, abría la furgoneta y las metía por la parte de atrás.

Luego la ayudé a subir y sentarse en el asiento delantero.

En la oscuridad del amanecer, me dirigí a las afueras de San Francisco por el sur, y mientras recorríamos el vacío y silencioso tramo de autopista en dirección a la península de Monterey, la mañana se abría paso entre nubes grises.

Ella estaba sentada a mi lado, y con el pelo recogido y los brazos cruzados se la veía majestuosa. La solapa de la chaqueta se movía un poco a causa del viento y rozaba la curva de su cuello por debajo de la mandíbula.

Después de hora u hora y media, el cielo empezó a iluminarse por detrás de las nubes. De repente el sol traspasó el parabrisas y sentí un agradable calorcillo en las manos.

Giré en la dirección del viento, hacia el océano, en

dirección a Monterey, para luego atravesar los bosques de pinos de Carmel hacia el sur.

No creo que ella supiese dónde estábamos. No había visto nunca esa pequeña y extraña ciudad costera que antes de que los turistas llegasen parecía un escenario hecho ex profeso; seguro que nunca había visto las casitas de campo con techo de paja, tras blancas y selectas cercas y bajo cipreses grises con ramas de corteza rugosa, de Monterey.

La dejé junto al camino de gravilla que llegaba hasta la puerta redondeada de la casita de campo.

La tierra era arenosa, y las prímulas rojizas y amarillas estaban desparramadas y entremezcladas con montoncitos de césped.

El sol entraba por las pequeñas ventanas de la casita de tablas de madera rojiza natural y de suelo hecho de piedra. Las altas hojas verdes se transparentaban en el cristal emplomado.

Subí por la escalerilla del desván con ella, nos metimos en la cama y nos hundimos bajo las húmedas mantas.

La luz del sol en forma de haces penetraba por entre las plantas que cubrían el tragaluz.

—Dios mío —dijo ella. Volvió a llorar y a temblar de repente, y sin prestarme atención, miró hacia la luz que venía de arriba—. Si no puedo confiar en ti, ya no me queda nadie.

—Te quiero —le dije—. No me importa nada más, te lo juro. Te quiero.

—La comunión —dijo, y apretó los ojos mientras le caían más lágrimas.

—Sí, la comunión, querida mía —repetí.

12

—Lo que aquí se necesita es una decisión —dijo ella—. Quiero decir, un compromiso. Que tú quieres esto, que yo esté aquí, y que yo quiero estar aquí. Que lo que vamos a hacer ahora es vivir juntos, estar juntos. Entonces todo estará arreglado.

—Muy bien, está arreglado, ya está decidido.

—Tienes que verme como a una persona libre, que tiene el control sobre lo que le está sucediendo...

—Pero seamos francos. Sabes lo que a mí me preocupa. Que alguien esté sufriendo, volviéndose loco, preocupándose por ti. Que piensen que has muerto...

—No. Así no va a funcionar. Así no funcionará. Tienes que entender que yo me he escapado de ellos. Tomé la decisión de marcharme. Les dije a ellos y me dije a mí misma que aquello no podía continuar. Y entonces decidí que me marcharía. Tomé una decisión.

—Pero ¿puede una chiquilla de tu edad tomar esa decisión?

—Lo hice —contestó—. ¡Éste es mi cuerpo! Ésta soy yo. Tomé este cuerpo y me fui con él. —Silencio—. ¿Lo entiendes? Porque si no, me voy otra vez.

—Lo he comprendido —repuse—. Y tú también.

—¿Qué?

—El compromiso. La decisión.

13

Cuando llevábamos tres días en Carmel, empezamos a discutir sobre los cigarrillos.

¿De qué demonios le estaba hablando? Morir de cáncer, toda aquella porquería. ¿Por qué no trataba de escuchar mis propias palabras? Parecía un padre, por Dios. ¿O sea que pensaba yo que ella había nacido ayer? Y tampoco era verdad que se fumara dos cajetillas diarias o lo hiciera sin parar, cigarrillo tras cigarrillo, en la calle. ¿Acaso no sabía yo que ella estaba en la edad de experimentar cosas, que éste era su momento en la vida para pasarse de la raya, para cometer errores? ¿O es que yo no podía entender que ella no iba a pasarse la vida aspirando y sacando humo como una estufa, y que la mayoría del tiempo ni siquiera inhalaba la mitad del humo?

—Muy bien, si no quieres escuchar, si quieres tener la prerrogativa de cometer las mismas estupideces de todo el mundo, entonces hemos de implantar ciertas reglas. Yo no veré cómo tú te envenenas continuamente ni en la cocina ni en la habitación. No se podrá fumar ni donde tomamos nuestras comidas ni donde nos tomamos el uno al otro. Bien, eso es juego limpio, ¿no crees?

Me miró con expresión encolerizada, casi da un portazo en la cocina, aunque sin duda lo pensó mejor. Dio patadas con los pies al subir por la escalerilla del desván. Puso una cinta de Madonna a un volumen ensordecedor (¿tendría que comprarle un aparato tanto para Carmel como para San Francisco?)

Se oyó el tictac del reloj de cuco. Era terrible, terrible.

Oí el crujido de la madera cuando ella volvió a bajar la escalera.

—Muy bien, es verdad que tú no quieres que fume ni en la habitación ni en la cocina.

—La verdad es que no...

Me fijé en que su labio inferior sobresalía deliciosamente; retrocedió hacia el umbral de la puerta, llevaba unos tejanos cortados muy ajustados a sus muslos morenos, se veían los pezones a través de la camiseta de algodón negra con el espantoso logotipo del grupo de rock Grateful Dead impreso en ella.

Bajó la voz.

—De acuerdo, si eso te hace feliz.

Noté el tacto sedoso del interior de sus brazos al rodearme el cuello, su cabello cayó sobre mí antes de que me atrapara con un beso.

—Me hace muy feliz.

La tela de la comunión estaba saliendo. Toda la sala de estar de la casita de campo se había convertido en un estudio, el caballete estaba abierto sobre la arrugada tela que utilizaba para evitar que las gotas de pintura mancharan el suelo. El aire era nuevo, el cielo también, incluso el café era nuevo y estimulante. Nada se interponía entre mí y aquel cuadro. Estuve pintando hasta que no pude sostener el pincel.

La discusión sobre su hábito de beber en exceso se produjo en el séptimo día.

Muy bien, ahora me estaba pasando de la raya, ¿quién

me creía que era?, primero el tabaco y ahora aquello. ¿Acaso me creía yo que era la voz de la autoridad, que podía decirle lo que debía hacer? ¿También les hablaba así a Cecilia o a Andrea o como se llamasen?

—¡Ellas no tenían dieciséis años y no bebían media botella de whisky escocés para desayunar el sábado por la mañana! Ellas no bebían tres latas de cerveza mientras conducían la furgoneta hacia Big Sur.

Aquello era ultrajante, era muy injusto, aquello no era lo que había sucedido.

—¡Encontré las latas en la furgoneta! ¡Todavía estaban frías! Anoche te pusiste un cuarto de litro de ron en la bebida de cola cuando leías, tú crees que yo no me doy cuenta, pero te estás bebiendo más de un litro de alcohol cada día en esta casa.

Yo estaba tenso, muy puritano, ido. Y si de verdad quería saberlo, el que ella bebiese o no, no era de mi incumbencia ¿Acaso creía yo que era su dueño?

—Mira, no puedo cambiar el hecho de que tengo cuarenta y cuatro años, y a mi edad uno no acostumbra ver cómo una chica joven...

Quieto ahí. ¿Se suponía que ella iba a formar parte de Alcohólicos Anónimos sólo porque yo no conocía la diferencia entre beber dos tragos y ser alcohólico? Bien, ella sí sabía en qué se diferenciaban. Ella se había pasado la vida rodeada de alcohol y de gente que bebía, desde luego. Podía contarme muchas cosas sobre la bebida, podía incluso escribir un libro sobre bebidas alcohólicas y sobre lo que es limpiar vómitos y arrastrar borrachos a la cama, decirles mentiras a los botones, al servicio de habitaciones y a los médicos de los hoteles, yo no tenía nada que decirle sobre gente bebida...

De repente calló y se quedó mirándome.

—¿Así que tú también vas a pasar por lo mismo? ¿De qué estas hablando, de ser leal o algo así, con esa persona borracha quienquiera que sea? ¿Acaso esa persona ha muerto para merecer esa clase de lealtad?

Lloraba. No decía nada. Estaba perpleja.

—¡Déjalo ya! —exclamé—. Abandónalo todo, el whisky, el vino en la cena, las malditas cervezas que crees que no te veo beber.

¡MUY BIEN, MALDITA SEA! ¿TODOS ESOS OBSTÁCULOS, ERA ESO LO QUE YO DESEABA? ¿Le estaba diciendo que se fuera de mi casa, era eso?

—No, y tú no te marcharás porque me quieres y sabes que yo también te quiero, y lo dejarás, yo sé que lo dejarás. ¡Sé que dejaras de beber ahora!

—¡Te crees que sólo tienes que ordenarme que lo deje!

Salió por la puerta delantera. Se dirigió hacia el océano. ¿Acaso iba hacia la autopista a esperar que parara un coche y se la llevara PARA SIEMPRE?

Acerqué la luz que pendía sobre mi cabeza y me quedé mirando *La comunión*. Si éste no es el objetivo de mi carrera, entonces es que no tengo ninguno. Todo lo que sé sobre realidad e ilusión está aquí.

¿Pero qué maldito sentido tenía aquello? Yo mismo nunca había deseado tanto emborracharme.

Las ocho, las nueve. Se ha ido para siempre. Estoy dejando huellas en la arena al caminar para nada. Nadie parecido a Belinda se acerca caminando por la arena blanca como el azúcar.

Las diez y media. Estoy en el desván sin ella, aquí repantigado sobre el blando colchón y el edredón.

Oigo cómo se abre la puerta de abajo.

A continuación la veo aparecer en lo alto de la escalerilla, se apoya en los lados, hay demasiada oscuridad para que le vea la cara.

—Estoy contento de que estés en casa. Estaba preocupado.

Olía a Calandre, el aire era fresco. Su mejilla olería a viento del océano si se acercase y me besase.

Se sentó casi al final de la escalerilla, su perfil se recostaba contra la pequeña ventana.

La luz a través de la claraboya es fría y lechosa. Puedo ver el color rojo del pañuelo de lana de cachemir. También veo uno de sus guantes de piel negros cuando tira de una punta del pañuelo.

—Hoy he acabado la tela de la comunión.

Silencio.

—Tienes que comprender que antes nadie se había preocupado tanto por lo que yo hago —me dijo.

Silencio.

—No estoy acostumbrada a que me den órdenes.

Silencio.

—Si quieres que te diga la asquerosa verdad, no le he preocupado nunca a nadie, me refiero a que ellos se imaginaban que yo podía manejar cualquier cosa que estuviera haciendo, ya sabes, a ellos yo no les importaba en lo más mínimo.

Silencio.

—Quiero decir que tenía maestros y toda la ropa que quisiera y nadie me fastidiaba. Cuando tuve mi primera relación amorosa, pues bien, me llevaron a París para que me recetaran la píldora, ya sabes, como si nada, algo así como «no te quedes embarazada» y todo eso. Nadie...

Silencio. Los mechones de pelo se veían blancos a la luz de la luna.

—Y no es, como tú dices, que yo no pueda manejarme, ¡porque puedo! Puedo hacerme cargo de mí misma. Siempre lo he hecho. Lo único que estás diciendo es que preferirías que yo no bebiese tanto, y de ese modo tú no te sentirías tan culpable.

Silencio.

—Es eso lo que estás diciendo, ¿no?

—Puedo estar de acuerdo con eso.

De repente sentí que se ponía junto a mí con suavidad, olí el frío viento salado y percibí su boca voluptuosa, tal y como yo sabía que había de ser.

Eran las ocho de la mañana.

Había preparado rodajas de manzana, naranja y melón en una bandeja de porcelana, así como huevos revueltos y un poco de queso.

—Esto tiene que ser una alucinación. ¿Estás preparándote comida de verdad para desayunar? ¿Dónde están la coca-cola y las patatas fritas?

—Sé honesto, Jeremy. Abandona mi caso. Ya sé que nadie puede vivir sólo bebiendo coca-cola y comiendo patatas fritas.

No digas nada.

—Y hay otra cosa sobre la que quiero hablar contigo, Jeremy.

—¿Sí?

—¿Qué te parece si dejas que yo te compre un par de chaquetas de lana que te sienten bien?

Un comentario inocente como aquél, dicho en un lugar como Carmel, puede convertirse en una maratón de compras. Fue lo que sucedió.

14

Tan pronto como volvimos a la casa de San Francisco, ya tenía otra pintura. El siguiente paso después de *La comunión*. Lo supe en el momento de entrar en la sala de estar y ver las muñecas. *Belinda con muñecas*.

El buzón estaba lleno de papelotes de Dan, de Nueva York y de Hollywood. Los tiré sobre la mesa del despacho sin abrir los sobres, desconecté el contestador automático, desconecté todos los teléfonos y me puse de nuevo a trabajar.

—Quítate la ropa, ¿quieres? —le dije a Belinda. Íbamos a hacerlo allí mismo en el salón, sobre el sofá de estilo reina Ana, el mismo que salía en todos los libros de Angelica.

Se rió.

—¡Otra de esas pinturas magníficas que nunca va a ver nadie! —comentó al tiempo que se sacaba los tejanos y el jersey.

—Sujetador, braguitas, todo fuera, por favor —le dije mientras chasqueaba los dedos.

Aquello produjo otro ataque de risa. Lanzó todas sus ropas al vestíbulo y a continuación se quitó el pasador del cabello.

—Sí, perfecto —dije yo mientras ajustaba las luces y el trípode—. Lo único que tienes que hacer es sentarte en el centro del sofá y yo pondré todas las muñecas a tu alrededor.

Estiró los brazos para recibirlas.

—¿Tienen nombres? —preguntó.

—Mary Jane, Mary Jane y Mary Jane —contesté. Le dije cuáles eran francesas y cuáles alemanas. Aquélla era la Bru, que no tiene precio, y la otra era el bebé sonriente, lo que se había dado en llamar el bebé con carácter. Esta explicación también le hizo sonreír.

Se puso a jugar con sus pelucas enmarañadas y con sus vestiditos descoloridos. Le gustaban las muñecas grandes, las que tenían largos bucles. Comentó que tenían la expresión de la cara muy seria y las cejas pintadas muy oscuras. Tanto las medias como los zapatos de algunas de ellas se habían extraviado. Dijo que tendría que repararlas. Comprarles nuevas cintas para el pelo.

En realidad, para lo que yo las quería, estaban en perfecto estado sin zapatos ni medias, la mayoría estaban bastante sobadas y parecían viejas con sus tules marchitos, pero no le dije nada a ella.

Estuve mirando sus dedos, que tenían dificultades con los diminutos botones.

Sí, aquello era lo que yo quería.

Empecé a hacer fotografías. Ella me miró sobresaltada. La capté. A continuación la gran muñeca Bru de ojos azules y cabellos largos estaba apretada contra sus senos desnudos, las dos me estaban mirando, sí. Entonces ella las reunió todas sobre su falda, tomé la imagen. Después se desdobló despacio y se estiró sobre el sofá, las muñecas caían a su alrededor, los gorritos y las plumas de los sombreros se confundían, ella tenía la barbilla apoyada sobre el hombro que reposaba en el terciopelo de color castaño rojizo; su trasero era fino como el de un bebé. Le hice la foto.

Acto seguido se apoyó en su espalda y mantuvo una rodilla levantada, cogiendo la muñeca más grande, la Bebe alemana que tenía los rizos pelirrojos y los zapatos abotonados hasta arriba. A todas las muñecas que estaban a su alrededor les relucían los ojos brillantes de cristal.

Ella entró en el trance habitual a medida que sonaba el obturador.

Y después, cuando se había relajado cayó del sofá sobre sus rodillas y se dio la vuelta sin dejar de abrazar a la muñeca Bru, mientras las otras caían amontonadas detrás de ella, ahí supe que había conseguido el cuadro. Estaba en la expresión soñadora de su cara.

Aquélla junto a la tela de la cama de latón era el futuro. Lárgate mundo.

A la tarde siguiente ella apareció temprano; iba a ver una nueva película japonesa.

—No hay nada que pueda apartarte de esos cuadros que nunca va a ver nadie ¿verdad?

—Yo no soy capaz de leer todos esos subtítulos. Ve tú.

—Eres increíble, ¿lo sabes? Te quedas dormido en medio de una sinfonía, crees que Kuwait es una persona, no puedes seguir películas extranjeras y te preocupas de que yo obtenga una educación. ¡Madre mía!

—Es terrible, ¿no crees?

Se fijó en todas las fotos de muñecas.

—Esa en la que estás de rodillas —le dije—. Y la serie que te hice en la cama de latón. Voy a hacer seis paneles, como si fuera la página de un tebeo; todo serán ángulos distintos de ti tras las barras.

—Fantástico. —Hizo ruido con el chicle, tenía las manos en las caderas y llevaba el suéter negro ajustado en torno a los pechos—. Y todo esto acabará encerrado bajo llave en alguna parte, ¿o al final los quemas?

—No seas tan sabionda. Vete al cine.

—Estás loco, ¿lo sabes? Lo digo en serio esta vez, de verdad.

—¿Y qué pasaría si finalmente acabase enseñándolos? —le pregunté—. ¿Qué pasaría si el mundo entero las viera? ¿Qué sucedería si apareciesen por todas partes, en *Time*, en *Newsweek* y en los periódicos, en *Artforum* y *Art in America*, en el *National Enquirer* o en cualquier otro que se te ocurra, y si entonces dijesen que soy un genio y uno que abusa de las niñas; la reencarnación de Rembrandt y también un secuestrador? ¿Entonces qué te sucedería a ti, la señorita Belinda sin apellido, familia o pasado, con tu foto en todos los periódicos del país? Y no te confundas. Es así como sería. Ese tipo de historia.

Y allí estaba, con aquella mirada fija. No tengo dieciséis años. Soy lo bastante mayor para ser tu madre, salvo cuando hago el chasquido con el chicle.

—¿Tendrías tú el valor de hacer eso? —preguntó. No utilizó una voz arisca, sino su tono natural.

—¿Qué pasaría si te dijese que es sólo una cuestión de tiempo? ¿O que ningún artista trabaja como yo lo estoy haciendo si no tiene interés en enseñárselo a alguien? ¿Qué pensarías si te digo que es como acercarse más y más a un precipicio, a sabiendas de que en algún momento, en cuanto te descuides, vas a caerte? No estoy hablando de mañana. No digo que será la semana que viene o el mes que viene, puede que ni si quiera el año próximo. Quiero decir que hay muchísimo trabajo en estos cuadros para ser desperdiciado, un importante período de vida para que acabe siendo destruido, y se necesita valor, sí, valor, pero antes o después...

—Si dijeras todo eso consideraría que tienes más valor del que dejas entrever en ocasiones.

—Pero sigamos hablando de ti. ¿Qué pasa si esos padres, o quienesquiera que sean, abren la revista *Time* y ven tu cuadro en ella pintado por Jeremy Walker?

Se puso a reflexionar, solemne.

—¿Qué demostraría? —me preguntó—. ¿Que nos hemos conocido? ¿Que he posado para algunos cuadros? No tendrían nada contra ti a menos que yo lo dijera y yo nunca voy a decírselo.

—Todavía no me entiendes. ¿Qué te pasaría a ti? ¿Vendrían a buscar a su niña a toda prisa para apartarla del sucio viejo que ha estado pintando su retrato?

Entrecerró los ojos. La boca se le estaba endureciendo.

Me miró y luego apartó la vista para, finalmente, volver a mirarme.

—¡Un año y medio! —La voz era tan bajita que parecía que hablase otra persona desde el interior de su cuerpo—. Falta menos en realidad para que cumpla los dieciocho años, ¡y entonces no podrán hacerme nada, absolutamente nada! ¡Y entonces podrás enseñar esos cuadros! ¡Podrás colgarlos en las paredes del museo de Arte Moderno y no podrán hacer nada, absolutamente nada, contra nosotros!

—Pero ¿quiénes son ellos? Quiénes son y qué han hecho contigo.

Ningún ruido.

—¡Muéstralas! —dijo ella—. Tienes que enseñarlas.

Silencio.

—No, retiro lo que he dicho. Si se trata de caer por un precipicio, entonces será tu decisión. Pero cuando llegue el momento ¡no me utilices a mí como excusa!

—No, lo que haré será sólo seguir utilizándote. Punto —dije.

—¿Utilizándome? ¿Tú? ¿Que tú me utilizas?

—Eso es lo que cualquiera que estuviese en su sano juicio opinaría. —Miré a mi alrededor a las telas que nos rodeaban. Y luego la miré a ella.

—¿Así que piensas que ya está todo dicho y redicho? —preguntó—. Tú crees que como eres un adulto y todo eso, soy yo la utilizada. Bien, pues eres tonto.

—Me asusta, eso es todo. La manera en que acepto tu palabra, que está bien que estés conmigo...

—¡Y qué otra palabra ibas a aceptar!

Silencio

—No te enfurezcas —proseguí—. Tenemos años por delante para discutir eso.

—¿Tenemos?

No contesté.

—Deja de hablar de ti como de un secuestrador o del que abusa de las jóvenes. ¡Yo no soy una niña! Por el amor de Dios, no lo soy.

—Ya lo sé...

—No, no lo sabes. Los únicos momentos en que no te sientes culpable son cuando estamos en la cama y cuando tienes un pincel entre las manos, ¿lo sabes? ¡Por favor, empieza a creer en nosotros!

—Yo creo en nosotros. Y te diré algo más. Si no me caigo por ese precipicio, con libros o sin libros, nunca seré nada.

Ella seguía quieta.

—¿Nunca serás nada? ¿Jeremy Walker, la voz del dueño de la casa?

—Exacto, eso es lo que he dicho.

—Entonces deja que te diga una cosa —me dijo. Dudó un momento, y añadió—: No puedo explicártelo, pero acuérdate. ¿La gente que me está buscando? Ellos no se atreverían a hacer nada contra ti.

¿Qué demonios podía significar aquello?

El día en que vinieron a instalar la escultura de Andy Blatky a ella le dio por desaparecer. No supe que se iba hasta que oí el motor del MG.

La obra de enormes hombros de Andy quedó muy bien en el patio de atrás. Parecía querer alzarse hacia las terrazas y la casa; las líneas fluidas de la pieza destacaban en contraste con los ladrillos oscuros que tenía debajo y con la recién limpiada valla blanca que la rodeaba por tres lados.

Andy y yo tardamos una hora o más en instalar de

forma provisional los pequeños focos nocturnos. Después nos instalamos en la mesa de la cocina y nos pusimos a hablar y a beber cerveza.

—¿Qué te parece si me enseñas ese nuevo trabajo? —me preguntó.

Estuve casi tentado de enseñárselo. Seguí sentado y pensé: pronto, muy pronto.

[illegible] —dijo [illegible]. Da-
[illegible]
[illegible] la cabeza.
—[illegible]
[illegible]
—[illegible]
[illegible]

18

15

Tres días después Dan se presentó aporreando la puerta.

—¿Dónde demonios has estado? ¿Por qué no has contestado mis mensajes?

—Oye, mira, estoy trabajando —contesté. Tenía el pincel en la mano porque estaba casi terminando la tela de la cama de latón—. No quiero que ahora entres en mi casa.

—¿Qué?

—Dan, mira...

—¿Está ella aquí?

—No, se ha ido a montar a caballo, pero volverá en cualquier momento.

—¡Eso es fantástico!

Entró en el vestíbulo como un trueno.

—Cuando ella esté aquí, ni siquiera quiero venir a esta casa.

—Pues no lo hagas.

—¡Mira esta fotografía, idiota! —exclamó. La llevaba en un sobre de papel manila y la sacó. Cerré la puerta tras él y encendí la luz del recibidor.

Sin duda se trataba de Belinda. Era una fotografía, hecha en papel Kodachrome de doce por diecisiete, en la que ella llevaba un vestido blanco y estaba apoyada en una barandilla de piedra de una terraza. Tras ella el cielo era azul. Me resultó chocante verla en otro lugar. Aborrecí tener que mirarla.

—Dale la vuelta —dijo él.

Leí la notita escrita con rotulador en el reverso: su altura, su peso..., su edad, dieciséis años. No había ningún nombre. «¿Ha visto usted a esta chica? Se la busca para participar en una película de cine con un papel importante. Se remunerará cualquier información sobre su paradero. No se harán preguntas. Póngase en contacto con la agencia de Eric Sampson.» Había una dirección de Beverly Hills.

—¿De dónde has sacado esto?

Cogió la foto y la volvió a meter en el sobre.

—De una posada que está en el Haight —repuso—. Ese tipo, Sampson, parece que ha venido hasta aquí y ha repartido esto por la calle, entre los jóvenes que se hospedan en ella. Cualquiera que encuentre a la prometedora actriz será recompensado. Sólo hay que llamar a su número de teléfono. Yo le llamé. Me dijo que uno de los grandes estudios la está buscando, que hizo una prueba para un papel y que después desapareció. Él no sabe su nombre.

—No me lo creo.

—Yo tampoco. Pero ese tipo es duro. Y sabe muchas cosas respecto a ella, es todo lo que te puedo decir. Enseguida hice dos nuevos intentos por teléfono. No, la chica es muy educada, trilingüe, como él dice. Y su cabello no está teñido en absoluto. Y hay algo más. Hice un par de llamadas a Nueva York y allí sucedía lo mismo, tal como me había imaginado. Sampson ha estado en la Costa Este distribuyendo estas mismas fotografías.

—¿Y cuál es tu conclusión?

—Dinero, Jer, mucho dinero. Quizás un apellido importante. Esta gente quiere recuperarla desesperadamente, y está gastando un montón de dinero, pero no lo están haciendo público. He hecho comprobaciones una y otra vez con personas desaparecidas, jóvenes que faltan de sus casas, y no saben nada.

—Eso es de locos.

—No tienen intención de colgarle un cartel encima que diga: «Secuéstreme.» Pero eso no significa que ellos no vayan a gastar su dinero para llevarte a juicio con todos los cargos morales imaginables...

—Ya hemos hablado de eso.

—Por cierto, también he hecho comprobaciones sobre el tal Sampson y no es ningún agente, es un abogado que tiene una agencia de esas que manejan negocios. Es la clase de personas que no bromean.

—Lo que resulta extraño es...

—¿Qué?

—No es del todo imposible. Podría tratarse de una estrella de cine o algo así. Me refiero a que no es algo descabellado.

—Entonces ¿por qué no le han dicho su nombre? No, todo es mentira desde el principio.

—¿Qué sabes de Susan Jeremiah, la directora de cine que te mencioné?

—No tiene nada que ver. Bueno, sí, ella está de moda, muy de moda, hizo algo muy artístico que enardeció al público en Cannes y que la convirtió en una famosa directora de televisión, allí la consideran un genio. Pero no ha comunicado la desaparición de ninguna hermana, prima, sobrina o hija. Pertenece a una gran familia de Houston, de esas que tienen una fortuna en tierras. Es una niña de papá, y aunque no te lo creas conduce un enorme y reluciente Cadillac. Es una mujer que sigue su propio camino.

—Pero nada...

—Ni lo más mínimo.

—Muy bien. Has hecho todo lo que has podido. Pero ahora deberíamos olvidarnos de todo este asunto.

—¿Qué? ¿Has perdido la cabeza? Sal de este embrollo, Jeremy. Dale dinero, dile que se vaya a hacer su vida y quema todo cuanto deje tras de sí. A continuación coges un avión, te vas a Katmandu y te tomas unas largas y bonitas vacaciones donde nadie te encuentre. Si ella lo explicase todo, sería tu palabra contra la suya. Créeme, ni sabes nada ni la conoces.

—Te estás pasando, Dan. Ella no es Mata-Hari. Sólo es una chiquilla.

—Jer, ese tipo, Sampson, reparte billetes de cien dólares por la calle, se los da a cualquiera que le dé una pista del paradero de ella.

—¿Y ha conseguido alguna?

—Si las tuviera a estas horas estarías acabado. ¡Pero este mes ha estado aquí dos veces! Lo único que tiene que hacer es conocer a algún joven de los que viven en la calle Page, o encontrase con el policía que puso tu nombre en la libretita...

—Sí, claro, pero no es tan fácil como parece, Dan.

—Escucha, Jer, ¡los polis que estaban allí te vieron con ella! Escribieron tu dirección. Elige a otra fugitiva, hazme caso, hazte con cualquier cría abandonada de la que nadie quiera oír hablar. La policía ni siquiera se molesta en detenerlas si no las encuentra robando en las tiendas. Hay un montón de criaturas ahí fuera para escoger, sólo tienes que bajar a los barrios de Haight o Ashbury y tender la mano.

—Mira, Dan. Por el momento tienes que pensar que hemos terminado.

—No.

—¿Acaso te gusta trabajar sin cobrar? Te estoy diciendo que el caso está cerrado.

—Jeremy, tú no eres sólo un maldito cliente para mí, ¿me oyes?, tú eres mi amigo.

—Sí, Dan, y ella es mi amante. Y yo no puedo hacer nada más en este asunto a espaldas suyas. No puedo. No quiero saber todo lo que sé y no poder decirle nada. ¿Cómo puedo decirle que he tratado de hacer averiguaciones?

—Jer, ese tipo puede seguirla con facilidad hasta la puerta de tu casa.

—Está bien, es posible. Y si lo hace, bueno, pues ella no irá a ninguna parte con él o con ningún otro a menos que ella quiera.

—¡Te estás pasando! Estás jodidamente ido de la cabeza. Tendría que hacer que te encerrasen por tu propio bien. Debes de creerte que ésta es una historia más de tus libros, estás...

—Oye, Dan, tú eres mi abogado. Te digo que estás fuera del caso. Rompe la foto y olvídate de todo lo que te dije. Cuando esté preparada, ya me contará ella misma todo lo que haya que saber. Sé que lo hará. Hasta entonces..., bien, tenemos lo que tenemos como casi todo el mundo, supongo.

—No me estás escuchando, amigo mío. Tus agentes han estado tratando de localizarte durante toda una semana para hablarte del negocio con Rainbow Productions para Angelica y tú lo estás estropeando. Estás reventándolo todo. No se acostumbra hacer películas de dibujos animados en libros escritos por secuestradores o por los que abusan de las niñas.

—Te estoy escuchando. La quiero. Eso es lo que verdaderamente me importa en este momento.

»Y lo que me está sucediendo me importa, el cuadro que está arriba en la buhardilla en este momento es importante, maldita sea, y ahora quiero seguir trabajando en él.

—¡No me vengas a mí con ésas, Jer! Dios mío, ¿acaso esa chica es una bruja? ¿Y qué vas a hacer a continuación?, ¿cirugía estética, teñirte el pelo gris?, ¿vas a empezar a vestirte con camisas abiertas hasta la cintura, llevarás cadenas de oro y pantalones tejanos ajustados a la cintura?, ¿o es que vas a tomar cocaína para que te haga sentir tan joven como ella?

—Dan, mira, tengo confianza en ti y te respeto. Pero no puedes hacer nada para cambiar lo que está sucediendo aquí. Has cumplido con tu deber. Ahora te libro de toda responsabilidad.

—Ni hablar.

Estaba echando humo de veras. Dio una mirada alrededor del recibidor y la sala de estar llena de juguetes. Miraba con actitud crítica las cosas que había visto antes más de mil veces.

—Jer, voy a ir tras ese tal Sampson, voy a desmontar la pequeña historia que está contando, lo haré aunque tenga que ir al sur yo mismo, en persona.

Abrió la puerta delantera. Se oyó el ruido del tráfico de la calle Diecisiete. Ella podría aparecer por la esquina en cualquier momento.

—Oye, Dan. Hay una cosa que comprendí hace algún tiempo. En realidad no quiero saber la verdad sobre Belinda. Lo único que quiero es oír algo que me confirme que hago bien teniéndola conmigo.

—No te molestes, Jer, me di cuenta de eso desde el momento en que viniste a verme.

—Bueno, Dan, cuando uno sólo puede aceptar una clase de respuesta para una pregunta, es mejor no hacerla.

—En cuanto sepa algo más te llamaré —dijo él—. Y tú harás el favor de contestar el maldito teléfono. Y llama a tu agente, por el amor de Dios. Ha estado tratando de localizarte durante tres días.

Parecía como si la casa todavía estuviese vibrando a causa de su furor. Me quedé allí de pie, con el pincel en la mano. Bien. Una llamada. Habían pasado casi tres semanas. Entré en casa y llamé a Clair Clarke. Destapa el champán.

El negocio se había cerrado con Rainbow Productions, e incluía ocho de los libros de Angelica para hacer dos películas de dibujos animados. Estuvieron de acuerdo en aceptar nuestras condiciones. Las películas se basarían en la trama de los libros y todos los derechos sobre los personajes seguían en nuestras manos. Los contratos estarían listos dentro de una semana.

—Por cierto, ¿cómo te está quedando? —dijo ella.

—¿El qué?

—El nuevo libro.

—¡Oh! No sé, Clair. Celebremos este pequeño giro de los acontecimientos durante un tiempo, no aceleremos las cosas.

—¿Sucede algo malo?

—¡No! Todo marcha bien, y si me apuras, mejor que nunca. —Consideré que había terminado y colgué.

Volví a la buhardilla, y a los seis paneles: *Belinda en la cama de latón.*

Belinda aparecía siempre tras las barras y dormía con un camisón en el primero. En el segundo había cambiado de posición y se había subido el camisón. En el tercero el camisón estaba arrugado y se veían los pechos desnudos. En el cuarto estaba totalmente desnuda. Una vista más próxima de cintura para arriba constituía el quinto. Y en el sexto el enfoque era sólo de su cara girada hacia el observador, enmarcada entre las barras y durmiendo sobre el almohadón.

El pincel se movía como si mi mano derecha tuviese su propia mente. Yo decía: hazlo. Y mi mano lo hacía.

No pensaba en ninguna otra cosa.

Eran las cuatro de la madrugada. Ella estaba otra vez en la cocina. Podía oír su voz muy lejana.

Me fui a la buhardilla igual que lo había hecho la vez anterior. No dejaba de pensar en las cosas que Dan me había dicho.

Oí que ella se reía ligeramente. Contenta como días atrás. Bajé despacio las escaleras hasta el lugar en que se hallaba el pilar y pude verla a través de la puerta de la cocina. Dijo algo muy deprisa al teléfono y a continuación colgó.

—Te he vuelto a despertar, ¿no es cierto? —me preguntó mientras venía hacia mí.

—No le digas donde estás —le pedí.

—¿A quién? —Una sombra cruzó por su cara, el labio le tembló un poco y su mirada era distinta a las que había visto antes.

—Al chico con el que estabas hablando, a tu mejor y más viejo amigo en el mundo, al que está en Nueva York. Se trataba de él, ¿no?

—¡Ah, sí! Había olvidado que te he hablado de él. —Tenía la mirada triste y perdida. Si era una mentirosa, se merecía el premio Sarah Bernhardt.

—Puede que alguien te esté buscando, algún detective privado. Podría hacer preguntas a la gente. Podrían darle explicaciones.

—Estás medio dormido —dijo ella—. Tienes la voz de un oso. Venga, volvamos arriba. —Parecía cansada, como si le doliera la cabeza, tenía esa clase de pesadez en los ojos.

—No le habrás dado a él la dirección, ¿verdad?

—Te estás poniendo nervioso por nada —susurró—. Él es mi mejor amigo, nunca le contará a nadie lo que le digo.

—Lo que no tienes que hacer es juntarte con los chicos de la calle, ¿de acuerdo? No tienes que verles más ni llamarles, ¿vale?

Ella no me miraba. Me estaba empujando, estaba intentando que yo volviera a subir las escaleras.

—No quiero perderte —le dije. Cogí su cara entre mis manos y la besé despacito.

Cerró los ojos y dejó que la besase, abrió la boca y su cuerpo se quedó relajado entre mis brazos.

—No tengas miedo —me dijo con el más suave de los susurros, enarcando las cejas—. No te sientas culpable y no tengas ningún temor.

16

El 15 de agosto había terminado la provisión de telas tensadas. Cogí el cubo de pintura blanca y pinté las dos telas que había comenzado para el libro de Angelica. Me resultó extraño ver las imágenes cubiertas por la espesa capa de pintura blanca y ver a Angelica desaparecer. Tuve que pararme un momento y mirar todo el proceso con calma.

Angelica a través de un velo blanco. Adiós, querida.

Inventarié lo que había hecho hasta entonces.

Uno, dos y tres: *El tríptico del caballo de tiovivo*: Belinda vestida con camisón sobre el caballo; Belinda desnuda en el mismo y Belinda con el cabello y el maquillaje al estilo punk, desnuda sobre el caballo.

Cuatro: *Belinda con una casa de muñecas*.

Cinco: *Belinda con prendas de montar*.

Seis: *La comunión*.

Siete: *Belinda en la cama de latón*.

Ocho: *Belinda con muñecas*.

Nueve: *Artista y modelo*, una tela pequeña, nada buena, que no estaba terminada. El artista no puede pintarse a sí mismo desnudo. No le excita en lo más mínimo. Una escena de amor es una estafa. Además, el artista no podría posar y hacer la foto al mismo tiempo. Belinda sí podría.

(«No comprendo tu obsesión por el sexo, sólo sexo, ya sabes. Me gustaría poder hacer que desapareciese, poder besarte del mismo modo que el príncipe encantado besa a la bella durmiente y que abrieses los ojos y todo el dolor hubiera desaparecido.»)

Diez: *Belinda bailando*, otra tela pequeña en la que ella está desnuda, lleva el cabello con trenzas y perlas alrededor del cuello, aletea por toda la cocina al ritmo de la música rock. Espectacular. ¡Muy, muy bueno!

Había seguido pintando sobre los títulos mismos, de modo que formasen parte del cuadro. Y ahora los estaba repasando y añadiendo los números. El conjunto debía resultar inseparable de las partes.

El único milagro no era el de la velocidad. Yo había tenido explosiones como ésta en otras ocasiones, como por ejemplo después de haber publicado mi primera obra, cuando hice tantos libros que llegué a convertirme en mi propia industria.

No, esta vez se trataba de la profundidad del estilo. Los cuadros eran más nítidos, más contrastados y se habían liberado de los estereotipos de Jeremy Walker, que lo habían impregnado todo hasta ahora. Las sutilezas que habían sido automáticas, la inevitable suciedad y el consabido deterioro, ya no aparecían más.

Aun así, yo no había pintado nunca nada tan oscuro y amenazador como estas telas de Belinda. Ella resplandecía como una aparición entre objetos sólidos. Era como un fuego vivo que apareciese de pronto en la penumbra claustrofóbica.

Adoptaba una actitud reprobatoria hacia quien contemplase el cuadro, con su franqueza y su inocencia, de eso se trataba. Con su velo de primera comunión anunciaba: éste es el sacramento y es puro; si no te gusta es tu problema. Todos los cuadros comunicaban aquel mensaje.

¿Y cuál será el siguiente paso? Seguía mirando fijamente el de *Belinda bailando*. Trenzas y perlas. Impresionante, casi como una mujer, salvo por las trenzas que producían el efecto contrario...

Estuve casi a punto de telefonear a Andy Blatky y decirle: «Oye, ven aquí y mira estos malditos cuadros», pero no lo hice.

Aproximadamente una hora después tomé otra decisión. Salir durante un día y organizarme para ir a alguna parte, ir a la presentación de un libro en algún sitio, aceptar una de las ofertas para ir a firmar libros. Sí, ya era hora de que hiciera eso.

Telefoneé a Jody a Nueva York.

—Si los de Splendor in the Grass de Berkeley todavía están interesados, puedo ir a firmar libros. —Ella estaba encantada e iba a llamarles para concretar la fecha. Todavía estábamos en el número siete de las listas de ventas del *New York Times*.

—Sabes, Jeremy, si hicieses ahora un recorrido de presentaciones y firmas, podríamos ampliar esa cifra...

—Empieza con los de Splendor in the Grass, porque ahora estoy muy ocupado. Iré en la limusina, resulta mucho más fácil...

—Tendrás tratamiento de estrella todo el tiempo.

No hacía ni cinco minutos que había colgado el teléfono cuando me llamó Dan desde Los Ángeles. Estuve a punto de no cogerlo. Pero Belinda no estaba, se había ido por la mañana. Y él había empezado a soltarle las habituales amenazas al contestador automático. Cogí el auricular.

—¿Quieres saber lo que he averiguado o no?

—Muy bien, ¿qué? —repuse.

—Este asunto resulta cada vez más extraño. Ese tal Sampson es sincero cuando dice que no sabe quién es ella. Él cree que los ejecutivos del estudio que le enviaron a esta cacería están locos, pero la orden ha venido dada por la cumbre de la United Theatricals. Encontrarla en el más estricto secreto, sin reparar en gastos.

United Theatricals era una empresa monstruo. Tan

vieja como Tinseltown. Habían hecho tres de las películas basadas en los libros de mi madre. Hacían desde espectáculos en televisión hasta distribución de películas extranjeras, estaban en todo.

Años atrás había visitado sus estudios cinematográficos con Alex; vi la famosa Big City Street, un decorado en el que habían filmado miles de escenas de Nueva York, que yo creía que se filmaron en la verdadera ciudad. También vi la laguna en que rodaban las escenas de barcos con un interminable cielo azul como fondo.

—Estoy tratando de obtener el nombre del ejecutivo de más alta jerarquía que pueda estar involucrado —seguía diciendo Dan—, pero ese tipo ni siquiera se suelta cuando está bebido. El estudio le manda los cheques. Incluso podría ser que no supiera para quién trabaja. Es una endemoniada locura.

—¡Jeremiah!, ¿sabes si ella trabaja para United Theatricals? —pregunté—. En alguna parte creo haber leído algo...

—Sí, pero también otros miles de personas lo hacen, y ella no forma parte del alto mando. Ahora no es más que la película de los lunes por la noche, nada más. Y además, Sampson ni siquiera sabe quién es, la mencioné casi como de pasada. Nunca había oído hablar de ella. Y no puedo localizarla porque en este momento está en Europa haciendo la película de los lunes por la noche. Y por lo que respecta a Sampson, no parece tener la menor idea de dónde pueda encontrarse Belinda.

—¿Cómo sabes eso?

—Se va a Nueva York el próximo viernes con más fotografías. Luego va a Miami, ¿puedes creerlo?, Miami, y después a San Francisco otra vez. También está pasando a Los Ángeles por el tamiz, es todo lo que sé, aunque se muestra prudente en lo que se refiere a ésta. Quiero decir que en Los Ángeles tiene que actuar con mucha discreción. Y él no sabe por qué. O sea que no se le ve tratando de entrevistarse con jóvenes de la calle en

Sunset. Dice que Los Ángeles es una parte especial del caso.

—¿Y qué significa eso, por el amor de Dios?

—¿Quieres saber lo que yo sospecho? Que su familia está aquí. ¿Qué otra cosa podría ser?

—¿Pero quieren encontrarla o no quieren? A ver, ¿qué es esto?

—Buena pregunta. Porque lo que te puedo asegurar es que el departamento de policía de Los Ángeles no sabe nada sobre una chica fugada que reúna esas características.

—No tiene sentido.

—Bueno, si quieres mi opinión, tú tampoco.

—Oye, Dan, lamento esta manera de comportarme. Yo sólo... estoy jodidamente confuso, si quieres saberlo.

—Mira, voy a estar aquí, en el hotel Beverly Wilshire, las próximas semanas. Te volveré a llamar cuando sepa algo nuevo. Pero escucha mi consejo, por favor, deja este asunto antes de que conozcamos toda la historia.

Llegó a casa entrada la tarde. Traía un montón de paquetes. Yo estaba sentado frente a la mesa de la cocina, en un estado casi comatoso. Había pensado en las cintas de vídeo que tenía en su habitación. Por lo que había podido observar nunca las había puesto en ningún aparato de vídeo. Nunca. Éstos funcionaban noche y día con cintas de alquiler. Las cintas sin título estaban escondidas tras sus jerseis. Lo sabía porque lo acababa de comprobar.

—He gastado un montón de pasta —proclamó mientras subía las escaleras.

—Eso espero —dije yo. Pero ¿había vuelto a poner los jerséis bien en su sitio?

Unos pocos minutos después estaba conmigo.

—¿Así?

¡Oh!, sí. Llevaba un enorme jersey negro de lana que la engullía y una faldita, muy espectacular. Las botas negras, altas, desaparecían bajo el dobladillo. Se había puesto un pasador que le recogía el cabello de tal modo que le caía sobre los hombros desde detrás de las orejas. Seda color maíz sobre lana negra. Una estrella. United Theatricals.

—No llevas ningún pincel lleno de pintura entre las manos, ¿te has dado cuenta? —me preguntó.

Moví la cabeza. *Belinda bailando*. Era distinto a todos los demás, como en el cuadro del desnudo punk sobre el carrusel. No era parte...

—Vamos a tomarnos un café —propuso—. Venga.

Me encogí de hombros. Por supuesto. Eso me gustaría. Tenía la mano un poco rígida por haber estado pintando aquellos números en el ático; por haber estado escribiendo en aquellos cuadros. Me sentía liviano, un poco alocado. Demasiadas noches sin dormir más de cinco horas. Frente al espejo del vestíbulo se puso unos pendientes de perlas. Después buscó en el bolso y sacó una varilla de color plateado, le quitó el tapón y se la pasó por debajo de las pestañas. Estaba preciosa, parecía una dama. ¿De verdad era una estrella? ¿La estaban buscando para el papel de su vida?

Me puse la chaqueta, fui a mi despacho y cogí la cámara de fotos. Le saqué tres frente al espejo.

—Quiero que nos llevemos la cámara, ¿te parece?

Me miró.

—¡Ah, sí!, por supuesto —contestó—. Para hacer algunas sin todas esas cosas infantiles, ¿es lo que quieres? Sí, claro que sí, ahora mismo.

Sí, ahora mismo. Me pareció tan inmediato, tan irreflexivo. De cualquier manera, mi corazón latía con fuerza.

Bajamos al café Flore, en la esquina de Market y Noe, y le saqué varias fotos, con una taza de café; en una de las mesas con encimera de mármol. Tenía entre los dedos uno de los cigarrillos Black Russians. No se la veía afectada, más bien natural, con mucho encanto.

La gente nos miraba. Un par de amigos míos escritores estaban allí, personas excelentes, pero me resultaban pesados. No se la presenté. No dejaban de hacer comentarios chistosos para captar su atención, con lo que hacían todo el tiempo el ridículo. Ella se comportó educadamente, quizá demasiado. Por fin, abandonaron y se marcharon. Terminé el rollo de película.

—¿Quieres que me quite la ropa ahora? —susurró.

—Cállate. —Contesté.

Por supuesto, en la tela número once —*Belinda en el café Flore*— ella no llevaba nada puesto. A excepción de las altas botas negras. Hacían juego con el cigarrillo.

Empecé el cuadro con la misma energía apresurada, fantástica e innegable. Hacia las doce de noche comprendí que se trataba del siguiente paso.

—¿Quieres oír una cosa divertida? —le pregunté cuando subió a la buhardilla.

—Desde luego, dime.

Hice un gesto señalando la pintura.

—Ésta es la primera vez en veinticinco años que pinto algo tan parecido, aunque sea ligeramente, a una mujer adulta.

17

Splendor in the Grass era la clase de establecimiento que a los niños les parece de ensueño, estaba lleno de pósters de unicornios blancos y animales de peluche gigantes para los que aún gatean; también había pequeñas mesas y sillas para leer, así como cualquier libro que pudiera interesar a chicos y chicas desde la infancia hasta la edad de veinte años.

La limusina apareció a las tres de la tarde del último viernes del mes de agosto.

En circunstancias normales, la multitud hubiera satisfecho del todo mi ego. Había por lo menos ciento cincuenta personas entre padres y niños inundando las cuatro salas comunicadas del establecimiento, que había sido el piso bajo de una casa particular, por lo que todavía conservaba hogares para el fuego, revestimientos de madera y bancos en las ventanas.

Me senté en la poltrona que estaba junto al fuego de leña de la primera sala y durante una hora estuve firmando y contestando sus rápidas y fáciles preguntas.

Los niños de Berkeley suelen ser muy brillantes. Sus padres son profesores en la universidad o ellos mismos asisten a ella en calidad de estudiantes. O bien son sólo el tipo de gente que vive en una comunidad radical famosa en todo el mundo, es decir aquellos que prefieren las elegantes y antiguas casas grandes a las casas nuevas de comunidades recientes; también prefieren las calles con árboles en las aceras, que tienen un tráfico ligero, a las más remotas y protegidas carreteras de las montañas de las zonas periféricas, como es el caso del condado de Contra Costa en California.

La chiquillería me hizo preguntas muy bonitas tanto de las ilustraciones como de las historias. Formularon quejas inteligentes sobre el espectáculo televisivo de Charlotte, los sábados por la mañana; también se mostraron suspicaces por la siguiente película de dibujos animados.

Sus padres, que eran bohemios, iban limpios, vestían pantalones de algodón y llevaban sandalias, e incluso bebés en modernas mochilas, hablaban de Jung con naturalidad y se referían a las jovencitas de mis libros como a la representación de mi alma femenina, lo cual, a su vez, consideraban una «alegoría» muy simpática.

Pero mi alma lleva mucho tiempo rondando por estas oscuras habitaciones, ya está durando demasiado. Se ha convertido en un comportamiento que ya es en sí mismo una habitación oscura.

—Sabes, a veces creo que esto debe terminar —me escuché diciendo en voz alta—. Las viejas casas de los libros tienen que derrumbarse y yo tengo que dejar de insistir en esta búsqueda de la libertad. Tengo que salir afuera.

Se produjeron asentimientos de cabeza, me dieron palmaditas en la espalda y algunos padres atentos formaron un círculo a mi alrededor por si mostraba el más mínimo indicio de seguir con aquella arenga.

—¿Y qué hay fuera? —preguntó un estudiante pelirrojo, con gafas de abuelo y tejanos.

Estuve pensando un momento.

—¡La vida contemporánea! —exclamé—. ¡Vida, sólo la vida! —Lo dije en una voz tan baja que apenas pude oírme a mí mismo.

—Pero usted puede ser toda su vida un artista que personifica un paso más en el desarrollo humano.

—Cierto, muy cierto, y eso es lo que hay en mis libros, por supuesto. Pero para mí ya no es suficiente.

Me hicieron muchas preguntas tratando de indagar sobre aquello.

En ese momento comprendía por qué había querido asistir a la presentación. Les estaba diciendo adiós a aquellas niñas. Me estaba despidiendo de sus proverbiales caras relucientes, de su desenmascarada confianza y de su entusiasmo inocente, decía también adiós a sus padres que habían leído mis historias para ellos.

—Me gusta el modo en que pinta usted las manos, tienen tanto detalle.

—Y cómo la sombra de Angelica cambia de tamaño a cada nuevo escalón que sube en dirección a la buhardilla de su padre.

—Balthus, no, mucho más florido que Balthus, ¿no crees? Pero usted ha de obtener a la fuerza alguna compensación por este trabajo...

—Claro, por supuesto.

Más café, gracias.

Durante todos estos años, mientras me escondía tras la máscara, os he estado utilizando. Y sí, esto es un adiós. ¿Pero qué pasará si ahora, simplemente, no soy lo bastante buen artista para ser pintor?

Tenía miedo. Pero, por encima de todo, sentía aquel enorme regocijo. Quería irme a casa, trabajar.

Y al mismo tiempo al ver a aquellos niñas sentía tristeza. ¿Qué pasaría si se sintiesen heridas por los cuadros de Belinda? ¿Si se sintieran traicionadas? ¿Qué negrura sentirán interiormente cuando alguien en quien confiaban resultaba ser malo y sucio? ¿Tenía yo derecho a hacer aquello?

«Bueno, pero tu trabajo siempre ha sido erótico.» Erótico, erótico, erótico.

Sólo la porquería exacta en la medida adecuada.

Era muy importante para mí que el mundo, quienquiera que fuese el mundo, comprendiera lo que yo hago y cuándo lo hago. Pero aquello era un adiós a todas las niñas a las que les había dicho lo correcto durante tanto tiempo, las jovencitas a las que yo jamás había tocado de manera indecente ni tampoco besado o atemorizado.

Bien, había ido allí a decir adiós y tenía mucho miedo. Aun así me sentía mejor de lo que me había sentido en mi vida.

Ella no llegó a casa hasta bien entrada la noche; me comentó que se había divertido mucho en los establos de Marin. Había ido a caballo hasta lo más alto de los verdes montes. Pero a mí me pareció angustiada, cansada. Se sentó frente a la mesa de la cocina y comenzó a trenzarse el cabello, los dedos se movían con nerviosismo a medida que hacía y volvía a hacer las apretadas trenzas. Me preguntó si podíamos ir otra vez a Carmel. ¿Podíamos coger las pinturas húmedas, ponerlas en la rejilla de la furgoneta e ir a Carmel y así alejarnos, irnos, marcharnos de aquí?

—Por supuesto, querida mía —le contesté. Para eso había instalado la rejilla en la furgoneta. Hace tiempo que la hice poner para poder trasladar los cuadros en que trabajaba. Pero tenía que ayudarme a bajar la tela del café Flore para que no se estropease.

Pareció calmarse a medida que nos alejábamos de la ciudad. Iba apoyada sobre mi hombro y agarrada a mi brazo. Al cabo de un rato de ir por la autopista, le pregunté:

—¿Qué pasa, Belinda?

—Nada —contestó en voz baja y sin dejar de mirar fijamente a la calzada frente a nosotros. Después, al

#10 04-14-2016 2:01PM
Item(s) checked out to NARANJO, ROSA MAR

DUE DATE: 05-05-16
TITLE: Belinda
BARCODE: 33090020636868

DUE DATE: 05-05-16
TITLE: Las perlas de la novia
BARCODE: 33090015597562

DUE DATE: 05-05-16
TITLE: El vestido de la novia
BARCODE: 33090015597430

DUE DATE: 05-05-16
TITLE: Batman. Hush, Volume 1
BARCODE: 33090009896244

DUE DATE: 05-05-16
TITLE: Batman, the man who laughs
BARCODE: 33090022178646

Main Library
Renewal Line: 570-5496 or 570-5498

cabo de un momento dijo—: Nadie sabe que existe la casa de Carmel, ¿verdad?

—Nadie.

—¿Ni siquiera tus abogados, tus contables y toda esa gente?

—Llamo a mi contable, le doy la cifra de impuestos sobre bienes y él la deduce. Es todo lo que sabe. Compré esta casa hace muchos años. Pero ¿por qué me preguntas todo eso? ¿Qué pasa?

—Nada. Sólo que me resulta muy romántico que sea tan secreta, ya sabes. Sin teléfono y sin buzón de correos —añadió con tono indiferente.

Se echó a reír cuando le dije que la gente de Carmel no tenía números en las casas, que si lo deseaban se iban a la oficina de correos a recoger la correspondencia. Yo no recordaba haber ido allí nunca a buscar nada.

—Sí, es perfecto para esconderse —le dije—. Para ti y para mí.

Sentí cómo apretaba los dedos en torno a mi brazo. Sus labios rozaron mi mejilla.

Me preguntó si había pensado alguna vez en volver a la vieja casa de mi madre en Nueva Orleans.

Le expliqué que en realidad no deseaba hacerlo, no había visto la casa desde 1961. Sería un impacto demasiado fuerte volver a entrar allí.

—¡Estaríamos tan lejos! —dijo ella.

—¿De quién estamos huyendo, Belinda? —inquirí. Intenté aparecer atento.

—De nadie —repuso en un tono tan suave que parecía un suspiro.

—Entonces nadie nos amenaza, sólo...

—Yo no permitiría que eso ocurriera —me interrumpió. Tenía un cierto dejo de preocupación, pero ¿por quién?

Después estuvo callada y se durmió un rato en mi hombro. El fuerte motor de la furgoneta producía un aburrido y silencioso rugido y el paisaje más allá de la interminable carretera apenas podía verse a causa de la oscuridad.

—Jeremy —dijo de pronto con voz soñolienta, al tiempo que tensaba el cuerpo—. Te quiero, ¿lo sabes?

—Pero algo no va bien, ¿verdad? —le pregunté—. Algo ha sucedido.

¿Qué estaría yo pensando? ¿Tenía secretos con ella y ella no tenía derecho a hacer lo mismo conmigo? Pero yo tengo secretos a causa de los suyos. Si me lo explicase todo...

—No te preocupes —repuso en un susurro.

—Pero tú tienes miedo de algo. Me doy cuenta.

—No, tú no lo entiendes —dijo ella. ¿Le costaba hablar o se trataba sólo de mi imaginación?

—¿No tienes la suficiente confianza en mí para explicármelo? No estoy rompiendo las normas, ¿verdad? Sólo te estoy preguntando por qué tienes miedo.

—No es miedo —contestó. Estaba a punto de llorar—. Sólo es que a veces..., a veces me siento muy triste.

A la mañana siguiente estaba de un humor excelente. Durante toda la semana asistimos a los conciertos locales, fuimos al cine y al teatro por las noches. Cenamos en restaurantes con velas y candelabros, y paseamos por la nítida y blanca playa de Carmel por las mañanas al amanecer. La casa olía todo el tiempo al fuego de la chimenea, que permanecía siempre encendida.

También dedicamos mucho tiempo a hablar.

Cuando me lo preguntó, le expliqué todo lo referente a la casa de Nueva Orleans, que la había mantenido como si de un museo se tratase, más por desidia que por otra razón. Ni mis esposas ni mis amigos la habían visto nunca, excepción hecha del actor Alex Clementine, quien había conocido a mi madre mucho tiempo atrás.

Estuve incluso a punto de contarle el viejo secreto, que había escrito libros con el nombre de mi madre.

Pero cuando iba a hacerlo, me arrepentí. No fui capaz. Alex tenía razón en lo que me había dicho a este respecto.

Otra cosa que ella dijo fue que la casa de Nueva Orleans sería un lugar maravilloso para escondernos.

—Algún día —dije yo.

Cuando regresamos al norte, el cuadro del café Flore estaba ya terminado.

[illegible]

[illegible]

—[illegible]

[illegible]

—Nada [illegible]

No se [illegible]

—Estoy [illegible] la televisión [illegible] lado [illegible] música [illegible] que [illegible]

—No [illegible] mujer [illegible]

—Por [illegible]

—Oye, [illegible] tu amigo?

—¿Por qué [illegible]

—Mira, [illegible] es [illegible] aparecer en [illegible] Nunca [illegible] hablando de [illegible] en la historia del [illegible]

—¿Y qué piensas de [illegible] toda esa gente? ¿[illegible] soy tu sobrina de Kansas City que acaba de venir a visitar

18

—No lo entiendo —dije yo—. Pensé que te gustaría conocerle.

No es sólo porque sea famoso, sino también porque es encantador. Y además es mi mejor amigo.

—Estoy segura de que es fantástico, le he visto en la televisión y en el cine, pero no quiero ir. —Se estaba enfadando—. Y quiero ir a ese concierto, te dije que quería asistir, tú nunca vienes conmigo a los conciertos de música rock, siempre te niegas a venir y siempre tengo que ir sola.

—No me gusta. No quiero que vayas, y además ¡tú nunca has hecho eso antes!

—¡Pero lo deseaba! Mira, tengo dieciséis años, ¿no?

—Oye, ¿estás enfadada porque me voy a cenar con un amigo?

—¿Por qué debería estar enfadada?

—Mira, no quisiste ir a la recepción del museo, te escapaste cuando Andy vino a instalar su escultura, desapareces en tu habitación siempre que viene Sheila. Nunca coges el teléfono cuando suena. Y aquí estamos hablando de Alex, uno de los más famosos actores en la historia del cine, y tú ni siquiera...

—¿Y qué piensas decirle a toda esa gente? ¿Que soy tu sobrina de Kansas City que acaba de venir a visitarte? Lo que quiero decirte, por Dios, Jeremy, es que tienes que tener un poco de juicio. ¿Estás escondiendo el mejor trabajo que has hecho nunca en la dichosa buhardilla y al mismo tiempo quieres enseñarme a tus amigos?

—¡Pero si a Alex Clementine es a la única persona a quien no tengo que dar explicaciones! Alex nunca revela la verdad sobre nadie. Precisamente acaba de escribir un libro en el que no ha dicho la verdad sobre una sola persona de las que conoce.

Pero lo repetiría siempre sin cesar después de la cena y de tomar unos cócteles, ¿no es cierto? «Deberías haber visto a la bandidilla que llevaba Jeremy a su lado en San Francisco..., sí, Jeremy.» No, no si le dijese que no lo hiciera.

—Ven conmigo...

—Mira —le dije—. Todo lo que te preocupa son las películas y...

—El cine, Jeremy, el cine, no las películas, y tampoco los actores y estrellas.

—Vale, el cine. Pero él sabe un montón de cosas de cine. No sólo habladurías y lo que aparece en las revistas. Ha trabajado con los mejores, si consigues que hable de...

—No iré, Jeremy

—Entonces quédate en casa. Pero no vayas a esa maldita cosa del rock. No quiero que vayas. No quiero que te veas con los chavales de la calle, porque si alguien estuviera buscándote...

—Jeremy, te estás comportando como un loco. ¡Voy a ir! —Dio un portazo en el dormitorio.

Bajé las escaleras impetuosamente. El aire olía a laca de cabello pegajosa, y se oía el tintineo de la bisutería que se había puesto cuando entraba y salía de la habitación y del baño.

—Para ir ahí no quiero que cojas el coche yendo sola —le grité.

—Puedo coger un taxi —repuso con una prontitud enloquecedora.

—Yo te llevaré en coche.

—Eso es estúpido. Vete a cenar con tu amigo y olvídate por completo de mí.

—¡Qué tontería!

Bajó vestida con tejanos de color negro, una reluciente blusa de seda, los zapatos de tacón imitando el diamante y una chaqueta de cuero.

Se había coloreado el cabello con un torrente de salpicaduras rojizas y doradas, se había maquillado los ojos como un agujero negro en el espacio y la boca como una herida de guerra.

—Dónde está mi abrigo de leopardo, ¿lo has visto?

—Por Dios bendito —dije yo—. ¡Ese abrigo no!

—¡Venga, Jeremy! —dijo con un destello de dulzura. Puso sus brazos alrededor de mi cuello. Olí el perfume dulzón y sentí el ronroneo de las perlas. Me resultó insoportable la suavidad de sus senos bajo la seda. ¿Llevaría sujetador o no? Al tacto su cabello parecía de alambre. Su boca olía como el chicle de fresa.

—Supón que hay alguien allí que te está buscando.

—¿Quién? —preguntó, y se puso a buscar en el armario del vestíbulo—. Aquí está, vaya, lo has llevado a la tintorería. Eres una persona de lo más extraña, Jeremy.

—Supón que hay allí algún detective contratado para encontrarte. —Sentí cómo el cabello de la nuca se me electrizaba. ¿La estaría amenazando o poniéndola en guardia? Ella tenía derecho a saberlo, ¿o no?—. Igual hay alguien que te está buscando.

Me miró con ojos resplandecientes. ¿Llevaría pestañas postizas? Quizá sólo se trataba de máscara pegajosa. Se puso el abrigo, se ajustó el cuello y se miró en el espejo. Con los tacones altos y los tejanos parecía un niño vagabundo.

Tragué saliva y respiré profundamente.

—Un concierto de rock es un buen sitio donde buscar —dije yo—. Si tú fueras mi hija, enviaría alguien a buscarte.

—Jer, nunca me reconocerían vestida así, ¿no crees?

Estábamos a medio camino del auditorio cuando me decidí a hablar de nuevo. Ella estaba tarareando una cancioncilla para sí misma y daba palmaditas con una mano para seguir el ritmo.

—¿Te comportarás ahí dentro? No fumes yerba. No intentes comprar cerveza. No hagas nada que pueda provocar que te encierren.

Se rió.

Se apoyó en la puerta y me miró, tenía una rodilla levantada, el arco de los pies me parecía imposible de sostener con un tacón tan alto. Llevaba las uñas de los pies pintadas y se transparentaban bajo las medias. Los brazaletes parecían una armadura en sus muñecas.

—No quiero que te encuentren, sabes, quienesquiera que sean.

¿Suspiró? ¿Murmuró alguna cosa?

Se movió hacia mí, puso sus brazos alrededor de mi cuello y sentí de nuevo el olor del perfume.

—Yo ya he tomado todo eso: yerba, ácido, éxtasis, cocaína, lo que se te ocurra. Eso pertenece al pasado.

Di un respingo. ¿Acaso todo aquello pertenecía al pasado?

—No hagas nada para atraer la atención —le dije.

Bajo las luces de los coches que pasaban me pareció verla relumbrar a mi lado. Hizo estallar el chicle de modo ostentoso cuando la miré.

—Me confundiré con el entarimado —repuso.

Me atrapó en otro de sus suaves y sedosos abrazos y luego salió del coche, aunque éste aún no se había detenido completamente.

Oía las pisadas de sus tacones sobre el asfalto cuando me envió un beso por encima del hombro, no dejé de mirarla hasta que alcanzó la muchedumbre frente a las puertas.

¿Y si fuéramos a alguna parte donde pudiéramos casarnos legalmente? ¿A algún Estado del sur donde se la considerase lo bastante mayor? Así podría contárselo al mundo entero.

Así se acabaría el peligro en ese mismo momento, ¿no? AUTOR DE LIBROS PARA NIÑAS TOMA POR ESPOSA A UNA QUINCEAÑERA. Ni siquiera sería necesario enseñar las pinturas. Además está su familia, faltaría saber lo que haría cuando sumara dos y dos: secuestro, coacción. ¿Podrían anular el matrimonio y enviarla a algún asilo privado, de esos en que la gente encierra a los miembros de la familia que causan problemas? ¡Maldito sea todo!

Alex ya había comenzado a beber vino cuando llegué. Se había pasado el día en el valle de Napa haciendo el anuncio de un champán.

Estábamos en su habitación, los dos solos cenando, lo cual a mí me iba bien. El lugar estaba repleto de flores, enormes claveles rojos de exposición en vasijas de cristal. Él llevaba puesto uno de esos largos y sugestivos batines con solapa de satén que yo siempre he asociado a los caballeros ingleses o a las fotos en blanco y negro de los años cuarenta. No le faltaba ni el pañuelo blanco en torno al cuello, bajo el batín.

—Sabes, Jer —me dijo cuando estaba sentándome en la silla reservada para mí al otro lado de la mesa—, hubiésemos podido filmar toda esa cosa sobre champán en el patio trasero de mi casa en el sur. Pero si quieren que vuele a San Francisco, que haga un recorrido por el país de los vinos y que me aleje en una pequeña suite con decoración de anticuario en el hotel Clift, ¿quién soy yo para oponerme?

Los camareros acababan de servir el caviar y el limón. Alex se dispuso a dar cuenta de él con las tostadas al momento.

—Bueno, ¿qué hay de nuevo? —pregunté—. ¿Sigues atado a la filmación de *Champagne Flight*, o qué?

Trata de no pensar en ella en ese campo entre esa muchedumbre de bárbaros. ¿Por qué no habrá querido venir conmigo?

—No, ya me han sacado de la trama. Bonnie se busca un enamorado joven, un punk, ya sabes, ahora le toca el turno al lado masoquista, y yo desaparezco en el ocaso y lo acepto con filosofía. De ese modo siempre pueden volver a incluirme. Y es posible que lo hagan. ¿Y a mí qué? Este anuncio de champán es una de las ventajas adicionales. Estamos filmando diez anuncios, y las cifras son perfectamente absurdas. También haremos anuncios para revistas. Y me están hablando de hacer publicidad de automóviles. Te digo que es una locura este asunto.

—Te conviene —le dije—. Sácales todo lo que puedas, que tú lo vales.

Probé el caviar. Estaba tan bueno como siempre.

—Tú lo has dicho. Venga, toma un poco de este champán, no está nada mal para ser de California —comentó. Un camarero que había estado pegado a la pared volvió de repente a la vida y me llenó la copa—. Y por cierto, ¿cuál es ese secreto que me has estado ocultando?

—¿De qué estás hablando? —pregunté. Estoy convencido de que me puse colorado.

—Bueno, para empezar te has puesto una loción para después del afeitado que es muy cara, algo que en realidad a ti nunca te ha preocupado, y además ésta es la primera vez en mi vida que te veo llevando un traje decente. Así que, ¿quién es la mujer misteriosa?

—¡Ah, sí! Bueno, ya me gustaría a mí tener un gran secreto que contarte. —Y fue ella efectivamente quien compró el traje y la loción de afeitar—. Pero lo cierto es que de lo único que tengo que hablarte es de lo que comentamos la última vez que te vi... de la verdad.

—¿De la qué? ¿De la verdad? ¿Hemos conversado alguna vez sobre eso?

—Vamos, Alex, que no estabas tan bebido.

—Tú sí que lo estabas. ¿Has podido leer mi libro?

—Si quieres que te lo diga, la verdad no son más que castillos en el aire. Y creo que ya es hora de que utilice todas las mentiras que he contado para hacerles una plataforma a los castillos.

—Estás bien loco. Y ésa es la clase de insensatez que me esperaba. Nadie en el sur habla como tú. ¿Me estás diciendo que vas a dejar de hacer niñas jóvenes vestidas en camisón?

—Sí, y ya les he dado el beso de despedida. Les he dicho a todas adiós. Si ahora salgo adelante, será única y exclusivamente como pintor.

—Mientras puedas mantener tus privilegios —comentó—. Pero si piensas dedicarte a esas cosas horribles, a las cucarachas y a las ratas que solías pintar...

—Con abundancia de detalle —continué—. Es mucho peor que eso. Me siento poseído por algo, Alex. Y estoy muy contento de que la revelación se haya producido ahora y no dentro de veinte años, cuando sea...

—Tan viejo como yo.

Sí, había estado a punto de decirlo pero me di cuenta y me contuve. De pronto tuve aquella pesadilla horrible. ¿Qué sería de mí si estuviese muriendo y lo único que viese al mirar atrás fuesen a Charlotte, a Bettina y a Angelica?

Entonces me dedicó una enorme y generosa sonrisa, en la que incluso sus dientes parecían brillar.

—Jer, deja de hablar ya de arte, ¿quieres? ¿Has probado este champán? Acabo de decirles a setenta y cinco millones de posibles televidentes que es excelente. ¿Qué le parece a tu paladar?

—Ni lo sé ni me importa. Consígueme un poco de whisky, ¿quieres? ¡Ah!, oye, hay una cosa que quiero saber. Susan Jeremiah. Directora de cine. ¿Te dice algo ese nombre?

—Claro, está de moda y es buena: es decir, si es que la United Theatricals no le arruina la vida obligándole a hacer películas para televisión. No se puede aprender nada en ese medio. Los niveles son demasiado bajos. Se trata de gente muy loca. Salen para filmar un número determinado de páginas diarias y lo hacen, no importa lo que pueda resultar.

—¿Sabes algo interesante sobre Jeremiah que nadie más pueda saber?

Sacudió la cabeza.

—Eso que presentó en Cannes, *Jugada decisiva*, o como quiera que se llame, estaba repleto de escenas de lesbianismo, muy sospechoso. Pero ya sabes, todo eso es confidencial. Sabes a lo que me refiero, ¿tu pequeña verdad frente a lo que el público quiere? Bueno, nadie ha cambiado de actitud tan rápido como Jeremiah para conseguir un contrato con la United Theatricals. Salió directa de la categoría del mundillo del arte al de la hora de más audiencia. ¿Por qué me preguntas por ella?

—No lo sé, sólo estaba pensando en ella. He visto su fotografía en una revista, en alguna parte.

—¡Ah!, la prensa la adora. Creo que es por el sombrero y las botas de vaquero, y es que además las utiliza de verdad. También le gusta mucho fanfarronear.

—Y también te adoran a ti en este momento, ¿no?

Asintió.

—De verdad, Jer, las cosas no han ido nunca también. Y ahora profundicemos en esta parte de la verdad por un segundo. Mi libro está ahí arriba en la posición quinta, ¿lo sabías? Y después de este anuncio para champán, tengo dos participaciones televisivas en espera, una de ellas es un especial de tres horas para un domingo. Hago el papel de un cura que ha perdido su fe y la recupera cuando su hermana muere de leucemia. Y ahora, ¿puedes mirarme a los ojos y decirme que debería haber dicho toda la verdad en mi libro? ¿De qué me hubiese servido?

Pensé en ello durante un minuto.

—Alex —repuse—, si lo hubieras dicho todo, quiero decir todo, quizá te contratarían para hacer películas y no papeles para la televisión.

—¡Eres un advenedizo!

—Y te pedirían que anunciases un champán francés y no uno americano que tiene sabor de gaseosa.

—Nunca te das por vencido.

En aquel momento se llevaron el caviar y comenzaron a servir el segundo plato de una de las pesadas bandejas de plata que todavía se usan en los viejos hoteles. Pollo asado. El preferido de Alex. A mí también me apetecía, pero no estaba demasiado hambriento. No dejaba de pensar en ella vestida con aquella indumentaria punk, mientras atravesaba las puertas del auditorio.

Tenía un presentimiento. Me di cuenta de que estaba mirando nuestro reflejo en el espejo. Vestido con aquel batín de satén de color crema, Alex tenía un aspecto decadente. Sus patillas grises no le favorecían. Nunca antes se había parecido tanto a una réplica de sí mismo en un museo de cera.

—¡Eh! Jer, vuelve —dijo él con un ligero chasquido de los dedos—. ¡Pones una cara! Igual que si alguien estuviese caminando sobre tu tumba.

—¡Ah!, sólo estaba pensando. A mí me da lo mismo si la verdad vende o no vende. La verdad es nada más que la verdad, eso es todo, y lo es aunque te conduzca al fracaso.

Se echó a reír.

—Sigues siendo muy chistoso —me dijo—. Sí, la verdad, Dios, el ratoncito Pérez y Santa Claus.

—Alex, dime una cosa, ¿conoces a alguno de los ejecutivos importantes de la United Theatricals?

Estoy convencido de que cualquier jovencita en América desearía conocer a Alex Clementine. Y ella ni siquiera quiso oír hablar de ello, ni siquiera... Había algo en la expresión de su cara cuando pronuncié el nombre de él.

—¿Qué tiene eso que ver con la verdad, Jeremy?

—¿Conoces a alguno?

—Los conozco a todos. Son unos imbéciles. Todos vienen de la televisión. Te lo digo Jeremy, la televisión apesta. El mismo Moreschi, el productor de *Champagne Flight*, ese muchacho podría haber sido alguien en la vida de no ser por la televisión.

—Sabes de alguien... que tenga problemas familiares, niños que se hayan extraviado o que se hayan escapado, ese tipo de cosas.

Me miró fijamente.

—Jer, ¿de qué va todo esto?

—En serio, Alex. ¿Has oído alguna cosa? Ya sabes, ¿hay alguna historia sobre niños desaparecidos?

Sacudió la cabeza.

—Ash Levine tiene tres hijos, todos son buenos chicos, por lo que he oído. Sidney Templeton no tiene hijos. Tiene un ahijado con el que juega al golf. ¿Por qué?

—¿Y el tal Moreschi?

Volvió a mover la cabeza.

—Sólo su ahijada, la hija de Bonnie, está internada en alguna parte, en una escuela suiza. He oído hablar bastante de eso a Susan Jeremiah.

—¿A qué te refieres?

—Susan contrató a esa criatura para una película en Cannes. Ella deseaba tenerla por encima de todo, la quería para un tema nuevo de televisión, pero la chiquilla está en un convento suizo, nadie puede ponerse en contacto con ella. A Jeremiah le dio una pataleta.

Me incliné hacia delante. En mi cabeza algo me puso en guardia.

—Ésta es la chiquilla de la que me hablaste, la que tenía un padre peluquero...

—Sí, una chiquilla preciosa. Cabello rubio y carita de bebé, igual que su padre, George Gallagher..., si me hablaras de alguien irresistible, ése sería él. ¡Mmmmm! Insoportable. Come algo, Jeremy, se te está quedando fría la comida.

—¿Qué edad puede tener?

—¿Quién?

—¡La chiquilla! Como se llame.

—Es jovencita, tendrá unos quince o dieciséis, algo así. No creo haber oído nunca su nombre.

—¿Estás seguro de que está en una escuela suiza?

—Sí, todo el mundo quiere a esa chiquilla desde lo de Cannes, y tanto su nombre como su dirección son absoluto secreto. Marty llegó incluso a echar a Jeremiah fuera de su despacho por insistir tanto sobre el tema. Pero no la despidió, y eso significa que la señora es importante...

Sentí que mi corazón iba a la carrera. Intenté mantener una voz normal.

—¿Y tú no viste la película en Cannes?

—No, puedo soportar algo de Fellini o de Bergman si he bebido lo bastante, pero... ¿Qué te pasa, Jer? Parece que estés mareado.

—Sabes de alguien que pueda conocer el nombre de la chica, alguien a quien pudiéramos llamar ahora, alguna persona...

—Bueno, podría llamar a Marty o a Bonnie, por supuesto, pero eso no sería normal. Quiero decir, con un montón de agentes que les están yendo detrás por esa chiquilla...

—¿Y qué te parece a Gallagher o a Jeremiah?

—Sí..., quizá pueda hacerlo mañana. Veamos, Gallagher tiene que estar en alguna parte en Nueva York, viviendo con un director de Broadway, Allie Boon, creo que se llama, sí; Ollie...

Nueva York. Mi mejor y más viejo amigo... Está lloviendo en la ciudad de Nueva York.

—Jeremiah está en París, puede que consiga averiguar dónde. Jer, podrías decirme algo, yo soy Alex, ¿te acuerdas?

—Tengo que hacer una llamada telefónica —le dije. Casi desmonté la mesa al levantarme.

Alex se encogió y me hizo gestos en dirección a la habitación.

—Sírvete tú mismo. Y si es a tu novia a quien llamas, dale las gracias de mi parte por haberte llevado a un barbero decente. Yo nunca lo conseguí.

Telefoneé al Beverly Wilshire. Dan había salido pero regresaría a las nueve.

—Déle este mensaje —le expliqué a la operadora—: *Champagne Fligh*t. Bonnie. Comprueba la edad de su hija, el nombre, la fotografía y dónde puede encontrarse ahora. Firmado J.

Colgué. El corazón me iba a estallar. Me paré un momento frente a la puerta para serenarme. Resultaría no ser Belinda, por supuesto, no lo sería. La escuela suiza, o sea que esta chiquilla, quienquiera que sea... ¿Por qué me tiemblan así las piernas? ¿Y a mí qué diablos me importa si lo es o no?

—Hazme un favor, hijo —le estaba diciendo Alex a uno de los camareros, uno que era muy atractivo—, ve al refrigerador de ahí y saca todas esas botellas de champán. Quédatelas tú o dáselas a alguien, no me importa lo que hagas con ellas, y consígueme una buena botella fría de Dom Pérignon ahora mismo, ¿de acuerdo? Esa cosa es un asco.

19

Si vuelves a mencionar a mis padres me marcharé... es la forma más fácil de que te libres de mí. No me sentiré dolida. Sólo me marcharé.

Puse la cadena en la puerta de entrada tan pronto estuve dentro y me dirigí a su habitación. Estaban los mismos pósters, revistas, bolsos vacíos y la vieja maleta. Susan Jeremiah miraba de reojo bajo el ala de su sombrero vaquero. Susan Jeremiah con un pie en el larguísimo Cadillac, el mismo sombrero, las mismas botas, idéntico guiño y su preciosa sonrisa.

Las cintas seguían bajo los jerséis. ¡Una de vosotras tiene que ser *Jugada decisiva*!

A pesar de que mis manos estaban temblorosas (¡pero amigo, si éstas son sus cosas!) las recogí todas, bajé a mi oficina y me encerré. La televisión de mi despacho era pequeña pero nueva, y el vídeo que había allí era tan bueno como cualquiera de los de la casa.

Odiaba aquello, lo aborrecía, pero ahora ya no había vuelta atrás. Tenía que saber la respuesta, no me importaba lo que le hubiera dicho a ella o lo que hubiera dejado de decirle. Tenía que averiguarlo por mí mismo.

Puse la primera cinta en el aparato de vídeo y a continuación me arrellané con el mando a distancia en la mano.

Es una película vieja. La mitad de los textos de los créditos han desaparecido y la calidad es deplorable. Casi con seguridad se trata de una película pirata o grabada durante una transmisión televisada.

El director es Leonardo Gallo. Se ven antiguas calles romanas llenas de hombres musculosos medio vestidos y encantadoras bellezas semidesnudas. La música tiene un tono melodramático. Lo más seguro es que se trate de una de esas feas producciones francoitalianas mal dobladas.

Presioné el botón del *scanner* para adelantar la cinta. Claudia Scatino, bien, la reconozco, también salía una estrella sueca de cuyo nombre no me acuerdo. Y Bonnie, sí, ¡ahí está ella, por supuesto!

Sentí el corazón en un puño. Así que era cierto, sabía que tenía que serlo independientemente de lo que hubiera dicho Alex sobre una escuela suiza, pero sospechar era una cosa y saber era algo muy distinto. Bonnie estaba allí. ¿Y por qué otra razón conservaría Belinda aquella cinta tan mala?

La saqué y puse una nueva.

Otra chapuza. Leonardo Gallo. Otra vez Claudia Scartino, otras dos viejas estrellas de Hollywood, la monada sueca —cuyo nombre es Eve Eckling— y otra vez Bonnie. ¿Pero qué otra cosa podrían significar para ella las cintas? ¿Tanto le importaban las viejas películas de su madre?

Adelanté la cinta. Bien. Se ven un montón de pechos internacionales. Hay una buena escena de lesbianismo entre Bonnie y Claudia en una cama romana. En otros tiempos se me hubiera endurecido.

Volví a adelantar la cinta.

Los bárbaros rodean la aldea. Un actor americano, de mandíbulas cuadradas, vestido con pieles de animales y con un casco que lleva cuernos, coge el tierno brazo de Claudia Scartino, a quien se ve muy lozana porque acaba de tomar un baño y lleva como única indumentaria una toalla. Un grupo de esclavos diseminados gritan. Hay vasijas relucientes en el suelo. Se ve con claridad que han sido hechas con caucho. A una chiquilla, vestida con una túnica romana transparente, se le cae una muñeca de madera y se lleva las manos a la cabeza. Un brazo la coge por la cintura y la saca de escena.

Una chiquilla. ¡Una chiquilla! Rebobiné la cinta hasta que volvió a aparecer, más, más cerca, congelé la escena. No, no... Sí, era Belinda.

Volví a rebobinar, otro encuadre, y todavía otro; aumenté el tamaño de la imagen, la congelé. Belinda estaba allí, tendría seis años, quizá siete. Llevaba el cabello con una raya en medio como ahora. ¡Oh!, sí, las cejas, la boquita besucona, sí, sin duda era Belinda.

Durante un momento me encontraba demasiado atónito para hacer ninguna otra cosa que no fuera mirar las imágenes borrosas y granuladas que aparecían en la pantalla.

Si había tenido la más mínima duda, en aquel momento acababa de desaparecer.

Presioné de nuevo el botón y miré la cinta en silencio, hasta el final. No volvió a aparecer. No había ningún nombre en los créditos. Me había quedado un extraño sabor en la boca.

Me levanté de forma mecánica, me serví un vaso de whisky escocés, volví al despacho y me senté de nuevo.

Pensé que tenía que hacer algo, pero ¿qué? ¿Llamar a Alex? ¿Llamar a Dan? Ahora sabía la verdad, sabía que era cierto. Pero no podía pensar en lo que significaría para ella o para mí. Simplemente no podía reflexionar.

Estuve mucho tiempo sin poder moverme, ni siquiera para beber del vaso de whisky, a continuación puse la siguiente cinta en el aparato y volví a pasarla con rapidez hacia delante, mirando las escenas.

Muy bien, el mismo grupito de participantes internacionales. En esta ocasión en un ambiente del Renacimiento, y la mujer sueca está más llenita. Aun así queda bien en el papel de una Medici. Muy bien, adelante, vamos. ¿Dónde está Belinda?

Al cabo de un rato volvió a aparecer durante unos instantes preciosos, era uno de los dos niños que entraban en escena para que se les diera un beso de buenas noches. ¡Ah, qué redondez la de sus bracitos, qué visión la de los hoyuelos de su manita abrazando una muñeca!

Me resultaba insoportable. Hice que avanzara el resto de la cinta a toda velocidad sin tratar de ver si volvía a aparecer ella. Pasé a la siguiente.

Más basura. Esta vez se trataba de una película del Oeste, el director era diferente, Franco Manzoni, pero tanto Claudia como Bonnie volvían a aparecer, así como los mismos chicos americanos. Estuve tentado de saltármela. Pero al mismo tiempo quería averiguar tanto como me fuese posible. La película parecía más nueva, el color era más contrastado. No tuve que esperar mucho. Aparecía en escena la sala de estar de un rancho y en ella una niña de diez u once años con trenzas, que parecía llevar un bordado en la mano. Sí, era Belinda. La preciosa Belinda. Tenía el cuello más largo y su cintura era muy estrecha. En las manos todavía tenía hoyuelos. Claudia Scartino estaba sentada junto a ella en un sofá y la abrazaba. Ralenticé la imagen. No se oía su voz, ya que estaba doblada en italiano. Era horrible.

Me permití pasar despacio una escena tras otra, encuadrando y enfocando a Belinda, durante un par de minutos, mientras bebía unos sorbos. Empezaba a tener pecho, sí, y aún seguía con aquellas manitas de bebé. Irresistible. Los dedos eran todavía regordetes y los ojos eran enormes pues había empezado a afinársele la cara, a hacérsele un poco más larga.

Volví a adelantar la cinta.

Belinda está en la calle llena de polvo durante el tiroteo. Coge a Claudia para detenerla y que no vaya a impedir el duelo. Bonnie aparece con sombrero negro, botas negras, muy al estilo de Sade, y dispara a Claudia.

¿Se trataba de una actuación? No tenía la tranquilidad necesaria para opinar. Con aquel vestido de algodón estampado y su lazo, las manos en alto y la espesa melena al viento, parecía un bomboncito. Cuando se arrodilló volví a ver sus pechitos incipientes.

Tampoco aparecía su nombre en los créditos.

Así que la verdad es que esta niña, mi pequeña chiquilla, mi Belinda, ha estado en el cine toda su vida. Esta quinceañera que da el pego con los pósters en su habitación, ha sido una estrella.

Las dos siguientes eran películas del Oeste francoitalianas, deplorables. Ella tiene más o menos la misma edad, hace el mismo tipo de papel; Claudia y Bonnie vuelven a salir, pero en la segunda ella sale durante unos cinco preciosos minutos en los que es raptada por un vaquero que va a violarla y al que ella aporrea en la cabeza con una jarra de agua.

Si esto no es actuar, por lo menos es algo. Madera de estrella, ¿es ésa la forma vulgar de decirlo? Si Alex Clementine viera esto, lo sabría. Yo no podía ser objetivo. La encontraba adorable. Seguía sin aparecer en los créditos, a menos que su verdadero nombre no fuese Belinda.

Me estaba imaginando pinturas al óleo de todo esto, por supuesto. Belinda en una película francoitaliana.

¿Pero en qué estaré yo pensando? ¿En que continuamos desde aquí, sin más?

Puse otras dos cintas.

Y de pronto todo cambió. La textura granulada volvía a estar allí, pero el color era reciente, sutil. Se trataba del auténtico estilo europeo, pero el titular estaba escrito en inglés:

FINAL SCORE

¡Perfecto, *Jugada decisiva*!

Varios nombres americanos que no conozco van desfilando despacio bajando por un fondo de montañas junto al mar, los inconfundibles edificios blancos de una aldea en una isla griega.

CON LA PARTICIPACIÓN DE BELINDA

La sangre me golpeaba las sienes. La sorpresa me recorrió el cuerpo como si se tratara de un escalofrío. Es su nombre, desde luego, sólo ése, Belinda; no había apellido, de la misma manera en que siempre habían puesto a Bonnie. Bien.

DIRIGIDA POR SUSAN JEREMIAH

En un estado de ansiedad que rozaba la catatonia, seguí mirando. Dejé que la cinta pasara a velocidad normal.

Aparece en escena una isla griega. Un grupito de gente de Tejas, cuyo acento es auténtico, son al parecer aprendices de traficantes de droga y se esconden en la isla hasta el momento de llevar el alijo a casa. Dos hombres agrios y sofisticados, igual que las mujeres, compiten por caernos simpáticos gracias a lo que sueñan hacer con el dinero. Muy artístico, con ritmo rápido, la actuación es excelente, se habla mucho. La apariencia es muy profesional. La textura es pésima, aunque quizá sea debido a que se rodó en dieciséis milímetros, o bien a que la cinta es mala. No puedo soportarlo. ¿Dónde aparece ella? Adelanto la cinta.

Hay peleas, sexo. Las relaciones no son lo que aparentan. La mujer pelirroja se pelea con un hombre, se aleja sola al amanecer. La playa. La salida del sol. Exquisito. La mujer se para, ve una pequeña figura que cabalga hacia ella a lo largo de la orilla del mar, donde rompen las olas.

Sí, por favor, acércate. Paro la cinta. Se oye el rugido del agua. «Con la participación de Belinda.» Sí. No hay ningún error. Ahí está ella vestida con uno de esos diminutos biquinis que es infinitamente más seductor que la misma desnudez. Es más feo que el que se pone cuando está aquí.

Y está montando un caballo sin silla.

A medida que se va acercando a la pelirroja se puede apreciar cuán voluptuosa es. La pelirroja es todavía bonita, muy bonita. De hecho tiene una gran belleza. Pero ahora queda eclipsada por mi amada.

La mujer del pelo rojo le habla a ella en inglés. Belinda sólo sacude la cabeza. La mujer le pregunta si ella vive allí. De nuevo, Belinda mueve la cabeza. A continuación se dirige a la pelirroja en griego. Tiene un acento precioso, el idioma es tan suave como el italiano y sin embargo parece aún más sensual. Detecto en él un cierto dejo de la Costa Este. Le toca el turno de sacudir la cabeza a la mujer pelirroja. Se percibe que existe una amistad latente.

Belinda señala una casita arriba en la costa rocosa, le hace una patente invitación. Acto seguido ayuda a la mujer a subir al caballo con ella. El caballo parte con elegancia en dirección al escarpado camino.

Los cabellos flotan en el viento, ellas sonríen, intentan comunicarse con palabras pero no lo consiguen. El fácil balanceo de las caderas de Belinda que siguen el movimiento del caballo y la luminosidad de su vientre me resultan insufribles. Tiene el cabello más largo de lo que lo lleva ahora, desciende por su espalda hasta casi cubrirle el trasero.

Dentro de la casita blanca, Belinda pone comida en la mesa.

Todo respira el aire de simplicidad de un cuadro de Morandi. A través de la ventana cuadrada de la pared blanca, el mar es un rectángulo de color azul. La cámara se acerca a la cara de Belinda y va creando hábilmente una sensación de simplicidad y de ingenuidad que ella en la vida real nunca sugiere. La mujer pelirroja, por primera vez en lo que va de película, parece contenta.

No creo que haya que estar enamorado de Belinda para encontrarla inmensamente cautivadora, para mirar paralizado cómo señala las cosas de la habitación, cómo le enseña a la mujer sus nombres correspondientes, cómo sonríe a causa de la malísima pronunciación de la mujer y hasta cómo sirve un vaso de leche con una jarrita o unta el pan con mantequilla.

Toda la escena se ha convertido en algo sensual. La mujer pelirroja aparta el cabello de su cara como en una danza. Después vuelve a aparecer la expresión de preocupación y de tensión. Se desmorona cuando Belinda pasa con suavidad la mano por su cabello rojizo, acariciándola.

El volumen que adquiere el pecho de Belinda bajo su cara aniñada es demasiado para mí. No puedo sufrirlo. Ardo en deseos de quitarle los triangulitos de tela blanca y ver sus pezones dentro de este nuevo marco.

La mujer levanta la mirada, y en ese momento se produce el cambio que hemos visto miles de veces entre hombres y mujeres en las películas: la intimidad se transforma alquímicamente en pasión. Empiezan a abrazarse y de pronto se besan. No se oye ninguna música inoportuna. Sólo el sonido del mar de fondo.

¿Por qué no me habré dado cuenta de que estaba pasando esto? Entre un hombre y una mujer hubiese sido lo habitual. Se levantan de la mesa, entran en la habitación, desaparece el biquini, la blusa de la mujer pelirroja y los pantalones. No parecen estar muy seguras de lo que deben hacer, pero sí de que tienen la intención de hacer algo.

Y no se produce en absoluto la urgencia de las típicas películas eróticas, ni tampoco el difuso misticismo del cine popular. La mujer pelirroja besa el vientre de Belinda, le besa los muslos. Todo es muy recatado. No hay nada explícito en absoluto. La cámara enfoca de cerca la cara de Belinda que está sonrojada de modo encantador. Ése es el momento en que la película puede ser etiquetada como erótica, justamente por ese colorcillo en la cara.

Corte. Aparecen de nuevo los traficantes aficionados, la mujer pelirroja entra. El hombre está contento de verla, quiere reconciliarse, se siente fatal. Ella le tranquiliza, no siente ningún rencor. Él ya está tranquilo. Se percibe que ella está distante.

Apreté el botón de parada de la imagen y permanecí sentado un momento, intentando relajarme. He estado viviendo con esta chica, y ¿es éste su secreto? Es una actriz, la audiencia de Cannes la ha aplaudido, y tanto el director de la película como su agente la están buscando; y voy yo y la saco de una asquerosa pocilga de Page Street, donde la policía le está haciendo preguntas, y además me entero de su historia gracias a que ella se ha ido a un concierto de rock, y...

Vuelve a mirar. No pienses.

Los de Tejas se están peleando, hay mucha confusión, los hombres pegan a las mujeres, la mujer pelirroja interviene y recibe un tortazo, ella a su vez abofetea al hombre. Paré, volví a pasar un trozo de película, volví a parar. De este modo iba siguiendo la cinta, el meollo de la misma; en todo momento se fumaba, se bebía mucho y se reanudaban las disputas. Parecen no saber en realidad qué desean hacer con el dinero de la cocaína. Eso es lo que pasa. No se sienten salvados por la jugada decisiva que significa la ganancia de la droga.

La pelirroja es la más dominante y se hace cargo de las cosas a medida que se van deteriorando. Hacia el final todo el mundo está ocupado en esconder la descomunal cantidad de cocaína dentro de unas estatuillas blancas. Las bases han de sellarse con emplastes de yeso y después han de cubrirse con felpa de color gris. La paz sobreviene gracias a que se dedican a realizar un trabajo simple.

Muy bien, parece que tiene sentido, quizá sea una buena película, pero en este instante lo único que yo deseo es ver a Belinda.

Finalmente se dedican a empaquetarlo todo. La cinta adhesiva casi se ha terminado.

¿Van a marcharse de esta isla abandonando a Belinda?

No. Antes del amanecer la mujer pelirroja sale, encuentra la casita y llama a la puerta. Belinda abre.

El sonido se eleva, son las olas del mar. Belinda reclama silencio con un gesto. Un hombre viejo está durmiendo en la otra habitación. Las mujeres se dirigen hacia el agua juntas. Congelo la imagen una docena de veces mientras se quitan la ropa y se abrazan la una a la otra. Esta vez la escena dura mucho más, ellas sienten mayor deseo, están más calientes, sus caderas se mueven al unísono, las bocas se atrapan mutuamente, aun así se transmite recato y cierta timidez. Las caras son tan importantes como el resto del cuerpo. Belinda se tumba de espaldas y se apoya en los codos. Ése es el mismo éxtasis que he visto innumerables veces en mi compañera en la cama.

Sale el sol.

El barco se lleva al cuarteto de condenados americanos. Belinda, a la que no se ve, les está contemplando desde lo alto del risco. La mujer pelirroja está en el puente y mantiene su secreto en un hastiado silencio, la cara se le va volviendo gradualmente pálida.

Sonó el teléfono.

Dejé la cinta parada en la última secuencia, los derechos de reproducción eran del año pasado.

—¿Dígame?

¿Por qué no dejé que el contestador automático atendiese la llamada? Pero ya tenía el auricular en la mano.

—¡Jeremy, escúchame!

—Dan...

—El nombre de la hija de Bonnie es ¡Belinda! Tiene dieciséis años, es rubia, toda la descripción coincide. Para estar seguro no me falta más que una foto, pero esto no tiene ningún sentido.

—Ya lo sé

—¡Nadie ha denunciado la desaparición de la chica! Los agentes de toda la ciudad creen que está en una de esas lujosas escuelas europeas.

La sangre me golpea la cabeza. No puedo hablar. Habla.

—Jeremy, esto es peor que cualquier cosa que yo hubiese imaginado. Esa gente te matará, Jer. ¿No te das cuenta? Me refiero tanto a Bonnie como a Moreschi, aparecen cada dos semanas en la portada del *National Enquirer*.

Deseaba decir algo, de verdad lo hubiese querido. Pero sólo podía mantener la mirada fija en las cintas, mirando hacia atrás en el tiempo, recordando el primer momento en que la vi en la librería. Estaba recapacitando sobre todo ello. ¿Cuál había sido el peor de mis miedos? No era ni el escándalo ni la ruina, puesto que había estado coqueteando con ambos desde el principio. En cambio sí lo era el que la verdad se la llevase de mi lado, temía con todas mis fuerzas que la verdad dictase alguna acción que nos separara para siempre, y que entonces ella volviese a sentirse perdida, igual que una niñita que había pintado con mi imaginación; que no pudiera volver a sentir el calor y la vitalidad que disfrutaba entre mis brazos.

—Jeremy, esto es una maldita bomba que puede explotarte en la cara en cualquier momento.

—Dan, haz el favor de averiguar dónde demonios está esa escuela suiza y si es cierto que ellos creen que está allí, maldita sea, y trata de saber si le ha tomado el pelo a su madre en su misma cara.

—Desde luego que no lo ha hecho. Es una mascarada, tiene que serlo. Sampson ha de estar trabajando para Moreschi, y es por eso por lo que está repartiendo de manera subrepticia todas esas fotos de la chiquilla, y seguro que también por eso el asunto es tan secreto en Los Ángeles.

—¿Es eso legal? ¿Que ni siquiera hayan denunciado su desaparición? ¿Qué clase de gentuza es? ¿Ella desaparece y ni siquiera hacen una llamada al departamento de policía de Los Ángeles?

—Escucha, tú no estás en la mejor posición para tirar piedras.

—¡No me jodas!, ¡estamos hablando de su madre!

—¿Te parece que ellos debieran haber llamado al departamento de policía? ¿Estás loco?

—Tienes que averiguar...

—Y tú tienes que deshacerte de ella, Jeremy, antes de que Sampson consiga seguir su rastro hasta tu casa.

—No, Dan.

—Mira, Jer. ¿Te acuerdas de que te dije que me parecía haberla visto antes? Seguro que la había visto en revistas, Jer, pero incluso podía haber sido en el metro. Esa chica es famosa. La prensa sensacionalista va detrás de su madre a cualquier parte de esta ciudad. Podría destaparse todo el asunto antes de que el tal Sampson la encuentre. ¿No te das cuenta de lo que eso significaría?

—Que la actitud de los padres merece un cero absoluto. Averigua cuándo tuvo lugar la desaparición. Tengo que saber qué sucedió.

Colgué antes de que él pudiera añadir nada más.

Moverme me parecía imposible, por no hablar de recoger las cintas y llevarlas arriba. Pero lo hice.

Me quedé allí como aturdido, todavía me pesaba el corazón cuando miraba los estantes del armario.

Las viejas revistas de cine estaban apiladas en el fondo mismo. La que estaba encima de todas en la pila era Bonnie que sonreía desde la portada de *Cahiers du*

Cinéma. Bajo ésta volvía a aparecer Bonnie en un viejo *Paris Match*. Y, sí, otra vez estaba allí Bonnie, en la tapa de *Stern*, y cómo no, también era Bonnie la que salía en la cubierta de *Ciné-Revue*. Todas las revistas donde no aparecía Bonnie en la portada tenían su nombre escrito en alguna parte.

Sí, todas y cada una de las revistas tenía algo que ver con Bonnie.

Y en cuanto abrí la revista más reciente, un número de *Newsweek* del año anterior, me encontré con la enorme foto a todo color de la diosa del amor de ojos oscuros, que posaba con un brazo alrededor de un elegante hombre de cabellos negros y el otro en torno a la radiante niña-mujer rubia que yo amaba:

«Bonnie con su marido, el productor Marty Moreschi, y con su hija, Belinda, posando junto a su piscina de Beverly Hills mientras *Champagne Flight* se prepara para el lanzamiento.»

20

Eran las seis de la madrugada. El cielo estaba gris. Hacía un viento frío.

No estaba muy seguro de hacia dónde me dirigía, estaba caminando por la calle Powel en dirección a Union Square, desde la estación de metro, y no sabía qué quería hacer. Estaba buscando un sitio para descansar, para pensar.

La había dejado durmiendo en la cama de dosel, con las históricas colchas apiladas encima de ella, tenía la cara apoyada de lado y el cabello esparcido por todo el almohadón. Se había desmaquillado, y había eliminado todo resto del concierto de rock y de la imagen de chica callejera punk.

Dejé una nota junto a la cama.

«He ido al centro de la ciudad por un asunto de negocios. Volveré bien entrada la tarde.»

Negocios. ¿Qué negocios? Palabras calculadas para herir y confundir. No había nada abierto a excepción de algunos bares y restaurantes nocturnos deslustrados. ¿Qué iba yo a hacer? ¿Qué quería hacer?

Una cosa estaba clara, después de lo de la noche anterior, no podía continuar a menos que tomara una resolución.

Cuando volvió del concierto de rock tuvimos una discusión a gritos.

En esta ocasión era yo el que había bebido demasiado whisky, y ella la que estaba sobria y cautelosa. Se quedó mirándome a través de la máscara de maquillaje punk.

—¿Pero qué pasa?

—Algunas veces no puedo soportarlo, eso es todo.

—¿Soportar qué?

—No saber nada. No sé de dónde vienes, qué te ha pasado, por qué te has ido de casa. —No dejaba de pasear por la cocina. Mi voz estaba llena de rabia, de una rabia ardiente.

¡Maldita sea, eres una asquerosa estrella de cine!

—Me prometiste que no volverías a preguntarme nunca nada de este asunto. —Masticaba chicle. Tenía los ojos tan brillantes como las joyas llamativas.

Deja de interpretar Lolita.

—No te estoy preguntando nada. Lo único que te digo es que en ocasiones me resulta insoportable, que a veces me siento como si estuviera predestinado al fracaso, ¿no me entiendes? —Estrellé el vaso en el fregadero. Se quedó pasmada mirando el vaso roto.

—¿Qué es lo que va a fracasar sin remedio, por qué te estás comportando así?

—Tú, yo. Porque todo esto no es correcto. No está bien, de ninguna manera.

—¿Por qué no es correcto? ¿Acaso te persigo yo con preguntas sobre tus esposas, tus antiguas novias o sobre las veces que te has ido a la cama con hombres? Desaparezco un momento para ir sola a un concierto de rock y tú te emborrachas, y de repente estamos condenados.

—Lo que estás diciendo no tiene nada que ver. Me estoy volviendo loco, como si te hubieras apoderado de mi vida aun sin conocerte, ni saber de dónde vienes, durante cuánto tiempo te vas a quedar o hacia dónde vas...

—¡No voy a ninguna parte! ¿Por qué habría de desear marcharme? —De pronto estaba dolida. Parecía quedarse sin voz—. ¿Es que quieres que me vaya, Jeremy? ¿Eso es lo que quieres? Pues me marcharé esta noche.

—No quiero que te vayas. Vivo atormentado por la idea de que puedas marcharte. Maldita sea. Haría cualquier cosa con tal de que no te fueses, pero te estoy diciendo solamente que a veces...

—Nadie dice «solamente» nada. Yo estoy aquí, puedes tomarlo o dejarlo, pero ése es el trato. Y por Dios, ya hemos hablado de esto una y otra vez. Estás hablando de nosotros, Jeremy. ¡Nos pertenecemos!

—¿De la misma manera que tu cuerpo te pertenece a ti?

—Por el amor de Dios, ¡sí! —Tenía un acento californiano un poco seco, una voz elegante y cortante estaba apareciendo, la de la verdadera Belinda, la señorita actriz internacional.

Pero la verdad es que estaba llorando. Había bajado la cabeza, había salido a toda velocidad del vestíbulo y corría escaleras arriba.

La alcancé cuando estaba en la entrada de la habitación, la estreché en mis brazos.

—Te quiero. Por lo tanto nada me importa, te lo juro...

—Lo dices, pero no lo piensas. —Trataba de apartarse—. Ve arriba y contempla tus malditas pinturas, de eso te sientes culpable, de lo que estás haciendo, de que esos cuadros sean mil veces mejores que las malditas ilustraciones que has estado haciendo hasta ahora.

—¡Al infierno los cuadros, ya sé todo eso!

—¡Suéltame! —Me estaba empujando y la agarré.

Levantó la mano, pero no llegó a abofetearme. Dejó caer la mano.

—Oye, dime qué quieres. ¿Quieres que invente algo para ti, para que te resulte fácil? No les pertenecía, ¿es que no lo entiendes? ¡No soy una maldita propiedad suya, Jeremy!

—Ya lo sé.

Y también se quiénes son «ellos», y maldita sea, no comprendo cómo puedes mantenerlo en secreto. ¿Cómo puedes soportarlo, Belinda?

—No, ¡no sabes nada! Si lo supieras, me creerías cuando te digo que estoy donde yo quiero estar. Y te ocuparías de esas malditas pinturas y de por qué son mucho mejores que todas las cosas empalagosas que hacías antes.

—No digas eso.

—Siempre has querido pintar lo que había bajo los vestidos de las jovencitas...

—No es cierto. ¡Lo que quiero es pintarte a ti!

—Sí, bien, lo que hay ahora ahí arriba es la obra de un genio, ¿no es cierto? Dilo tú, tú eres el artista. Yo sólo soy una niña. ¿Es genial o no? Por primera vez en toda tu vida no son sólo ilustraciones para un libro. ¡Se trata de arte!

—Puedo manejarme muy bien con eso. Puedo muy bien hacerme cargo de mi vida. Lo que no soporto es no saber si tú puedes hacerte cargo de lo que te pasa a ti. Yo no tengo ningún derecho...

—¡Ningún derecho! —Se acercó a mí, y esta vez creí que iba a pegarme de lo furiosa que estaba. Tenía la cara completamente enrojecida—. ¿Quién dice que no tienes derecho? ¡Yo te di el derecho, maldita sea! ¿Qué te crees que soy yo?

Me resultaba imposible soportarlo: aquella expresión de su cara, su inocente malicia.

—Una chiquilla. Una chiquilla según la ley. Eso es lo que tú eres.

Hizo un extraño sonido, como si fuese a llorar. Sacudió la cabeza.

—Sal de aquí —dijo en un susurro—. ¡Lárgate de mi lado, vete, largo!

Me empujaba, pero yo no me iba. La cogí por las muñecas, la acerqué a mí y la rodeé con mis brazos. Empezó a darme patadas, a pisarme los pies.

—Suéltame —gruñía. Y acto seguido pudo desasirse de una mano y me abofeteó una y otra vez, sus bofetadas eran dolorosas, seguro que se estaba lastimando la mano.

Hundí mi cabeza en su cuello. Me silbaban los oídos. Su cabello me rascaba. Me empujaba con sus manos. Pero yo seguía sujetándome a ella.

—Belinda —le dije—. Belinda.

Y seguí diciéndolo hasta que ella dejó de revolverse.

Por fin se relajó. Podía percibir en mi pecho el calor de sus senos. A causa de las lágrimas, le caían chorretones negros de máscara por las mejillas. Trataba de contener los sollozos. Con una voz frágil y suave me dijo, como en un ruego:

—Jeremy... Te amo. De verdad. Te amo. Y deseo que sea para siempre. ¿Por qué no es suficiente para ti?

Las dos de la madrugada. Había supuesto que era esa hora. Sin embargo no había mirado el reloj. Llevaba rato sentado frente a la mesa de la cocina fumando sus cigarrillos. Probablemente a esa hora ya debía estar sobrio. Por lo que recuerdo tenía dolor de cabeza. Un fuerte dolor de cabeza. Me dolía la garganta.

¿Por qué me habría puesto a mirar las películas? ¿Por qué habría telefoneado a Dan? ¿Por qué le habría hecho preguntas a Alex? ¿Por qué no habría dejado en paz todo el asunto, tal y como le había prometido a ella? Y si ahora se lo contase, si le confesase que había estado metiendo la nariz, curioseando, y le explicase que había encargado una investigación, ¿qué haría ella? ¡Dios mío!, no podía ni pensar en perderla; era horrible pensar que deseara alejarse de mi lado, que pudiera irse por la puerta.

¿Y qué hay de las otras piezas del rompecabezas? La parodia sobre la maldita escuela suiza, y por supuesto la pregunta del millón. Sí, ¿por qué?, ¿por qué había abandonado ella todo aquello?

Bajó a donde yo estaba, vestida con camisón. Ya no llevaba el de Charlotte, ahora llevaba uno suyo. Se sentó junto a mí, alargó las manos y acarició la mía.

—Lo siento mucho, querida —dije yo—. Lo lamento, lo siento, lo siento mucho.

Pero tú no estás dispuesta a contármelo ¿verdad? No piensas decirme nada de Bonnie, de Susan Jeremiah, de *Jugada decisiva*. Y yo no puedo mirarte a los ojos.

Ahora el cabello, que le caía sobre los hombros, se veía suelto y ligero como la espuma a la luz de la lámpara que pendía sobre nuestras cabezas; tras la ducha se le veía limpio y agradable.

—Jeremy —me había dicho ella—, escúchame. ¿Qué te parecería que nos fuéramos lejos? Imagínate, lejos de verdad.

No respondí.

—¿A algún sitio como Europa, Jeremy? Podríamos ir a alguna parte de Italia o del sur de Francia.

—Pero tú eras la que deseaba estar en América —le susurré.

—Yo puedo esperar para estar en América, Jeremy. Si estuviésemos en Europa, tú no te preocuparías tanto por los detectives o la policía o quienquiera que sean los que te preocupan. Estaríamos tranquilos y tú podrías pintar, y podríamos estar los dos solos, juntos.

—Querida, ¿no puedes decirme quién eres?

—Yo soy yo, Jeremy. Yo soy Belinda.

Nuestros ojos se encontraron y volví a sentir la amenaza de la ira, el horrible y tortuoso calor de la pelea otra vez, pero yo me aferré a ella y la atraje hacia mí. No, no quiero más de eso. No, ya basta.

Había dejado que la besara. Se había abandonado a

la ternura e incluso, durante un momento, se había entregado.

Pero después se apartó. Se puso de pie y me miró; en sus ojos había una expresión helada y adulta que nada tenía que ver con las lágrimas.

—Jeremy, te lo digo por última vez, toma una decisión. Si vuelves a preguntarme por mi pasado, saldré por la puerta y no volverás a verme nunca más.

Seis de la madrugada. Estaba en el centro de la ciudad. Había taxis frente a la puerta del Saint Francis. No pasaban trolebuses en aquel momento.

¿Y por qué estás tan enfadado con ella? ¿Por qué caminas dando patadas al suelo por Powell Street y lejos de ella, como si te hubiese hecho algo? La primera vez que la viste, te diste cuenta de que no era una chiquilla como las demás. Lo sabías. Y por eso la quieres. No era necesario que nadie me lo recordara.

Y además, ¡ella nunca te ha mentido al respecto! No ha hecho como tú, que le has mentido con lo de Dan, que te has metido en su habitación y has estado hurgando en las cintas de vídeo. Sus condiciones han sido siempre: no me preguntes. Y tú las has aceptado, ¿o no?

Y lo que es más, sabes muy bien que no te lo hubieras perdido por nada del mundo.

Pero todo se está viniendo abajo. Ésa es la verdad subyacente en este momento. No puedes continuar hasta que lo hayas resuelto. Tienes que tomar una decisión, eso es lo que dijo ella.

Subí las escaleras del hotel Saint Francis, atravesé la pesada puerta giratoria y me encontré en el dorado silencio del vestíbulo. En aquel lugar no existía ni la noche ni el día. La quietud era fascinadora. Me vino a la mente la imagen de ella el día en que la vi apoyada junto a los ascensores, tan fríamente elegante como todo lo que nos rodeaba. Ha estado haciendo cine desde los seis años, o quizá desde mucho antes. Y la superestrella Bonnie es su madre, imagínate.

Caminé por el largo corredor y pasé frente a la tienda de flores que estaba cerrada y frente a los escaparates de las tiendas de ropa. Era como adentrarse en una pequeña ciudad.

¿Qué era lo que yo quería? ¿Estaba buscando el quiosco? ¿Buscaba libros, periódicos?

¡Oh!, aquello resultaba demasiado fácil.

Allí estaba la biografía en tapa blanda de la diosa madre, en el expositor de libros. Se trataba de una publicación hecha deprisa, para las masas, sin bibliografía ni índice; las letras eran enormes y toda la información que contenía había sido obviamente copiada de las entrevistas y artículos de otra gente. Muy bien. Quiero tenerla. No voy a ir ahora con subterfugios.

En la mitad del libro había fotos en blanco y negro impresas con puntitos:

Uno: Bonnie está sonriendo de manera forzada y lleva gafas de sol en la terraza de su casa de una isla de Grecia.

Dos: conocido desnudo de Bonnie en la revista *Playboy* publicada en el sesenta y cinco. Sí, excepcional. Buenos genes para heredar.

Tres: la famosa foto de Bonnie con gafas, junto a un hombre con la camisa blanca abierta hasta el pecho, que le hicieron para el anuncio del perfume Saint Esprit.

Cuatro: Bonnie desnuda junto a perros dálmatas de Eric Arlington, se trataba del póster que acabó colgado en las paredes de miles de dormitorios.

Cinco: foto de la boda de Bonnie en Beverly Hills, que tuvo lugar el año pasado, con Marty Moreschi, el productor de *Champagne Flight*, y ¿quién está a su lado con un vestido de cuello alto y mangas transparentes, tan preciosa como la novia? Belinda.

Seis: la misma situación pero con la madre y la hija junto a la piscina de rigor.

Todo eso está aquí, en un libro que ella sabe muy bien que yo no compraría nunca. ¡Podría haberlo dejado ella en cualquier sitio de la casa! Incluso podía haber estado leyéndolo delante de mí. Jamás le hubiera echado siquiera una mirada por encima del hombro.

Ah, y las números siete y ocho: Bonnie en algunas escenas de *Champagne Flight*, por supuesto, ¿y con quién? con Alex Clementine. Mi viejo amigo.

Saqué los tres dólares que costaba aquel inapreciable retal de basura y me puse a hojear las revistas. Había visto la cara de Bonnie en las del año pasado, tan a menudo que ahora me resultaba invisible. *National Enquirer*, muy bien, la presentación de la historia en la cubierta era muy jugosa: BONNIE DICE QUE LOS AMANTES ITALOAMERICANOS SON LOS MEJORES. «Y YO LOS HE PROBADO TODOS.» También me la quedé. ¿Puedes creer que estás comprando el *National Enquirer*?

También compré un cepillo, una maquinilla de afeitar de plástico y un poco de espuma de afeitado, y me dirigí al mostrador principal para alquilar la habitación más barata que tuvieran disponible. ¿Equipaje? Los pintores están trabajando en mi casa, y los vapores casi me matan. Aquí tiene las tarjetas más conocidas del mundo civilizado. ¡No necesito equipaje!

Lo único que quiero es el desayuno servido en mi habitación. Y una jarra de café, por favor.

Me estiré en la cama y abrí la estúpida biografía. Tal como había pensado estaba llena de datos y citas cuya procedencia no se mencionaba en ningún sitio. Deberían quemar las editoriales que publican este tipo de cosas. Sin embargo, en aquel momento me estaban proporcionando justo lo que yo quería.

21

Nació en Dallas, Tejas, en octubre de 1942. Se llamaba Bonnie Blanchard. Había crecido en Highland Park y era hija de un acomodado doctor en cirugía plástica. Su madre murió cuando ella tenía seis años. Después, tras la inesperada muerte de su padre, se fue a vivir con su hermano, Daryl, que tenía un rancho en las afueras de Denton. Se especializó en filosofía en North Texas.

«La gente siempre pensó que Bonnie era sólo una bonita y estúpida chica de Dallas», decía el hermano, Daryl Blanchard, que era abogado de Dallas y el gestor financiero de Bonnie. «Nada más lejos de la realidad. Era una estudiante excelente en el Highland Park High. Mi hermana siempre tenía la nariz metida en algún libro. Y en realidad no puede ver nada sin sus famosas gafas.»

El departamento de música del estado de North Texas fue el responsable del cambio en la vida de Bonnie.

«Aquí se encuentra esta aburrida ciudad de estudiantes —decía su vieja amiga de Highland Park, Mona Freeman—, me refiero a que para comprar una cerveza debes hacer cincuenta kilómetros al sur o al norte; y sin embargo vienen estos músicos beatnik de jazz con el pelo largo, de la ciudad de Nueva York, y se desplazan hasta aquí para tocar con lo que ellos llaman la banda del laboratorio. ¿Sabía usted que se trajeron la poesía beatnik y las drogas también?»

«Sucedió después de que la banda del laboratorio ganase el premio del festival de jazz de Newport —decía su hermano, Daryl—. North Texas estaba muy de moda. Stan Kenton solía venir a seleccionar músicos para su conjunto. En la ciudad estábamos muy orgullosos. Por supuesto que Bonnie nunca había escuchado jazz antes, pero de repente empezó a vestirse con medias negras, a leer a Kierkegaard y a traer a casa a aquellos tipos que decían ser escritores o músicos. Acto seguido te dabas cuenta de que se habían puesto a improvisar, según lo llamaban ellos, y despúes todos se iban a Francia.»

«Estábamos sentados en Les Deux Magots cuando sucedió —comentaba el músico de saxo Paul Reisner—. Por allí venía un grupo de franceses que transportaba su equipo sobre los hombros. Y de pronto resultó que aquel tipo, André Flambeaux, miró a Bonnie y doblando una rodilla frente a ella, se puso a decir con un cerrado acento francés: "¡Brigitte! ¡Marilyn! ¡Afrodita! Te necesito en mi película".»

Dulce Oscuridad convirtió a Bonnie en lo más admirado de la Nouvelle Vague parisiense, junto a Jean Seberg y más tarde a Jane Fonda.

«Estaban todos haciendo cola en la plaza de Denton para ver aquellas primeras dos películas —explicaba Mona Freeman—. Aunque naturalmente eso es lo mínimo que esperas de la ciudad que te vio nacer. Supimos que era famosa cuando la vimos en la cartelera de *Times Square*. Luego vino aquel sensacional anuncio en *Vogue* para Midnight Mink.»

«Bonnie fue la responsable del reconocimiento que obtuvo la campaña de Midnight Mink —decía Blair Sackwell, presidente de esta compañía—, y aquella primera foto también lanzó a la fama al fotógrafo Eric Arlington, tanto si él lo quiere reconocer como si no. Recuerdo que corríamos de un lugar a otro como locos, tratando de decidir cuál era el abrigo que debíamos utilizar, no nos poníamos de acuerdo en si debían vérsele los zapatos, en cómo debía llevar el cabello y todo lo demás; entonces alguien se dio cuenta de que ella se estaba quitando la ropa, se había puesto el abrigo largo y había posado sin abrochárselo, un poco de lado, de modo que no se viera nada, aunque todos sabíamos que iba desnuda, así que la oímos decir: "¿Qué hay de malo en llevar los pies descalzos?"»

«Por supuesto que la gente reprodujo el anuncio en todas partes —comentaba Mona Freeman—. Era toda una noticia, Bonnie descalza y con pieles blancas. Después de eso los Midnight Mink eran los más buscados.»

Tras hacer diez películas en diez años llegó a ser conocida en todos los hogares tanto de Estados Unidos como de Europa. *The New York Times*, *Variety*, *Time* y *Newsweek* la adoraban. Tras protagonizar la película italiana *Mater Dolorosa*, que rompió todos los récords de taquilla americanos, Hollywood le pagó lo suficiente para hacerla volver y realizar dos películas con un reparto de excelentes estrellas y con enorme presupuesto, ambas fueron grandes fracasos. «Nunca más», dijo Bonnie al regresar a Francia para realizar *Of Love and Sorrow* con Flambeaux, la última de sus películas «artísticas» estrenadas en este país.

En 1976, Bonnie se trasladó a España con su hija Belinda, de seis años, dejando la maravillosa *suite* en el Palace Hotel para hacer películas con el director Leonardo Gallo, que por aquel entonces era su amante.

«¿Por qué ha de casarse una mujer para tener un hijo? Yo educaré a Belinda para que sea tan independiente como yo.»

Las películas de Gallo nunca se distribuyeron en Estados Unidos, pero hicieron una fortuna en el continente europeo.

En 1980 Bonnie fue hospitalizada en Londres durante la filmación de una película para la televisión con el actor americano Alex Clementine.

«No se trató de un intento de suicidio. No sé cómo empezaron esos rumores. Yo nunca haría tal cosa. No es necesario creer en Dios para poder creer en la vida.»

A continuación participó en otra docena de películas internacionales. Trabajó en Inglaterra, España, Italia, Alemania, e incluso en Suecia. Eran películas de terror, del Oeste, históricas y películas de asesinatos misteriosos. Sus papeles fueron muy variados, desde regentar un *saloon* y defenderlo con pistola, hasta hacer de vampiro.

«Independientemente de lo que pueda opinarse de las películas —decía la publicista Liz Harper de la United Theatricals—, Bonnie siempre actuaba de un modo maravilloso. Y no hay que olvidar que incluso en los peores momentos conseguía que le pagasen de doscientos mil a quinientos mil dólares por película.»

«Era una locura —decía Trish, la más vieja amiga de Bonnie y buena compañera durante muchos años—. En una ocasión fuimos a Viena a visitarla mientras participaba en el rodaje de una película. No nos enteramos ni de qué iba la película, ni de si el papel de Bonnie era de persona buena o mala. Pero siempre se ganó lo que le pagaban. Hacía en todo momento lo que el director le pedía.»

Después de otras dos misteriosas hospitalizaciones, una en Viena y otra en Roma, Bonnie se retiró para descansar en el paraíso que era su isla privada, Saint Esprit. La había comprado años atrás a un magnate griego del transporte marítimo.

«Me han hecho más fotografías los *paparazzi* por las inmediaciones de la costa de Saint Esprit en los últimos dos años, que en toda mi vida. Me levanto y salgo a pasear por la terraza y acabo viéndome en un periódico italiano.»

Su anterior agente en Europa, Marcella Guitron, comentó que en ese tiempo Bonnie ni siquiera echaba un vistazo a los guiones que le enviaban.

«El tipo de cine erótico que había hecho con Flambeaux estaba muerto. Se habían ocupado de ello las películas de porno duro. Y los directores europeos con los que trabajaba ya no hacían películas. Y por supuesto, si la hubiese llamado Polanski, Fellini o Bergman, el asunto hubiera sido diferente.»

«En ese tiempo, importantes directores de cine americanos se habían hecho famosos por su cuenta —explicaba el crítico de cine neoyorquino Rudy Meyer—. Altman, Coppola, Scorsese, Spielberg y Lucas eran los que estaban en boca de todo el mundo.»

«Fue muy inteligente al irse cuando lo hizo —decía un actor con quien ella trabajó en Hollywood—. En Saint Esprit llegó a ser un misterio y adquirió un nuevo valor de mercado. Aquélla era la época en que los grandes libros de fotografías de ella empezaron a aparecer en las cadenas comerciales de todo el país. "La leyenda de Bonnie", ya sabéis a qué me refiero. Por descontado, ella no recibió ni un penique por ellos, pero la mantuvieron en la fama, especialmente en lo que respecta a la juventud en edad escolar. Se crearon varios festivales Bonnie, uno en New Haven, otro en Berkeley e incluso uno en una pequeña asociación de artistas en Los Ángeles.»

En la revista *Arquitectural Digest*, en 1982, apareció: Saint Esprit: una villa de quince habitaciones, dos piscinas, establo, pista de tenis, un yate y dos botes de vela. Organizaba reuniones, fiestas y cenas con regularidad, a las que asistían, desplazándose en avión, sus amigos de Tejas. Jill Fleming y Trish Cody, en un tiempo compañeras de estudios en Highland Park, se instalaron allí definitivamente en 1981.

Jill Fleming:

«Nunca se ha visto nada parecido. Allí estábamos, en medio de todo aquel lujo, y Bonnie era la chica de Tejas que siempre habíamos conocido y a la que siempre habíamos amado; nos servía barbacoas y cerveza en la terraza, y hacía que todos nos sintiéramos como en casa. Su idea de pasarlo en grande consistía en estar con viejos amigos, mirar la televisión y leer un buen libro.»

Travis Buckner, su amigo de Tejas:

«No había nada que pudiera sacar a Bonnie de aquella isla. Había montado un sistema que le iba bien. Daryl le enviaba cada semana montones de cintas de vídeo, libros y revistas. Jill y Trish iban a París o a Roma a comprarle a Bonnie la ropa. El único medio que tuvo la compañía de perfumes de llegar a ella fue a través de Daryl. Bonnie rodó el anuncio desde aquel balcón, del que no se movía más que para ir al baño o a la cama.»

Trish Cody:

«Bonnie era la mercadería y Daryl la inteligencia oculta. Cualquiera que fuera la cifra que Bonnie obtuviera por actuar en una película, la mitad era para Daryl, y éste invertía cada penique en tierras en Tejas. Ella enviaba a casa incluso la mitad del importe de los cheques que le daban para cubrir gastos. Daryl fue el que tuvo la idea de comprar la casa de Beverly Hills, ya en los años sesenta, antes de que los precios se pusieran por las nubes. A Bonnie no le interesaba tener una casa en California. Y fue Daryl quien la alquiló durante todos esos años a gente del cine y quien les sacó el dinero para hacer la nueva piscina, poner la moqueta nueva, rehacer el jardín y comprar pinturas buenas, hasta convertir el lugar en una bombonera para el momento en que Bonnie volviese a casa.

Jill Fleming:

«Por supuesto que el que estaba detrás de la famosa foto con los dálmatas era Daryl. Eric Arlington no hubiese conseguido que Bonnie posase de no haber sido porque Daryl lo llevó a la isla en avión con él. Toda esa gente no tenía más remedio que acercarse a través de Daryl.»

Eric Arlington, fotógrafo:

«No la había visto desde los viejos tiempos de Midnight Mink. Con franqueza, no tenía la menor idea de qué me iba a encontrar. Sin embargo, allí estaba ella, descansando en la terraza, tan bonita como siempre, y con todos aquellos preciosos perros de color blanco y negro a su alrededor. Entonces me dijo:

»—Señor Arlington, posaré para usted si no tengo que moverme de aquí.

»—Bueno, pues sólo tienes que quitarte la ropa, querida, igual que hiciste la otra vez —le dije—, y dejar que los perros se te acerquen y abrazarlos.»

Trish Cody:

«Por descontado que Bonnie amaba a aquellos perros. No pensó en ningún momento que no fuese natural dejar que se subieran encima de ella. Jamás se le ocurrió que a alguien pudiera parecerle rebuscado.»

Daryl:

«A la chiquillería en edad escolar simplemente le entusiasmó.»

Eric Arlington:

«Es la mujer más exhibicionista que he fotografiado jamás. Le encanta la cámara. Y se confía en ella por completo. Se recostó allí con los animales, los acarició, les canturreó y dejó que se arrellanaran con naturalidad junto a ella. Sucedió sin la más mínima artificiosidad. Ni siquiera llegué a pedirle que se cepillara el pelo.»

Lauren Dalton, columnista de Hollywood:

«Que la llamasen la Marilyn Monroe morena estaba muy mal. A Bonnie nunca la utilizaron en las películas de la misma manera que a la Monroe, no la obligaban a hacer de mujer estúpida que no tiene ni idea de su poder sobre los hombres. Al contrario, Bonnie conocía y utilizaba su poder. A la que imitaba y admiraba era a Rita Hayworth. La tristeza de Marilyn no tiene nada que ver con Bonnie, ni ahora ni nunca.»

Samuel Davenport, crítico neoyorquino:

«Cuando pusieron la escandalosa cartelera en los años sesenta en Time Square, Bonnie admitió haber dado su aprobación. No hacía escaramuzas como las otras diosas del sexo en aquellos días. Fue Bonnie quien dejó entrar a los fotógrafos de *Playboy* al rodaje cuando estaban filmando *La Joyeuse*. Aquello sorprendió incluso a Andre Flambeaux. Pero Bonnie le dijo: "Necesitamos la publicidad, ¿no es eso?"»

Su hermano Daryl:

«Tejas siempre ha querido a Bonnie. Creo que hicieron muchas bromas sobre Jane Mansfield. Les daba vergüenza. Pero a mi hermana la adoraban.»

Trish:

«Naturalmente, ella dijo que no quería regresar a Hollywood jamás. Deberíais haber visto la cantidad de guiones que le enviaban a su agente. A menudo, tanto Jill como yo cogíamos unos cuantos en París y los llevábamos a Saint Esprit. Era el mismo tipo de papeles que los de las películas que habían resultado antes un desastre, similares a las de Arthur Hailey, del estilo de *Airport*. Se trataba de filmaciones que la habrían hecho parecer estúpida.»

Daryl:

«En Hollywood nunca supieron qué hacer para utilizar a Bonnie. Tenían miedo de ella; ¿cómo decirlo?, de sus encantos femeninos. En aquellas películas no parecía ser más que una enorme muñeca.»

Joe Klein, reportero de Houston:

«Si no llega a ser por Susan Jeremiah, Bonnie nunca hubiese ido a Cannes. Algunos jóvenes realizadores de cine habían ido tras Bonnie para que les financiase algo, por supuesto; pero en este caso se trataba de una mujer, y de una mujer de Houston, también de Tejas, y además la película tenía un aire similar a las de la Nouvelle Vague, que a Bonnie siempre le habían gustado. No le enseñó ningún guión, ninguna trama. Ni siquiera le dio pistas. Tenía sólo una cámara manual. Un montón de jóvenes lo habían intentado, pero Susan Jeremiah sabía lo que hacía. Siempre lo ha sabido.»

Susan Jeremiah, directora,
en una entrevista que le hicieron en Cannes:

«Cuando fui a Saint Esprit a ver a Bonnie, estaba convencida de que me echarían de la isla al cabo de una hora. Habíamos filmado más de la mitad de *Jugada decisiva* en Míkonos y ya nos habíamos quedado sin dinero y sin nadie que nos quisiera prestar ni un penique.

Desde luego había visto las películas francesas de Bonnie. Sabía que era una artista. Confiaba en que comprendiese lo que estábamos tratando de hacer.»

Barry Flint, cineasta, entrevistado en Cannes:

«Bien, pues durante seis días nos dedicamos a ser sus invitados, lo único que hacíamos era comer y beber cuanto nos apetecía. Entre tanto aquella maravillosa mujer tejana estaba allí sentada, bebía una cerveza tras otra, leía un libro y le decía a todo el mundo que hiciera lo que quisiese. El equipo estaba absolutamente entusiasmado. Al final, Bonnie estuvo de acuerdo en poner el dinero que nos permitiría terminar el rodaje de la película allí mismo.

»—La mitad del rollo de cinta para filmar se nos ha estropeado debido al calor en Míkonos —le expliqué.

»—Bueno, pues aquí está el dinero —contestó—. Id a comprar más cinta y esta vez guardadla en la nevera.»

Quienes vieron *Jugada decisiva* en Cannes comentaban que las escenas con la hija de catorce años de Bonnie, Belinda, rivalizaban con cualquier papel que su madre hubiera podido representar jamás. Durante no menos de veinticuatro horas, Susan Jeremiah y Belinda fueron el motivo de todas las conversaciones en Cannes.

Barry Fields, productor de Houston (que ya no está asociado ni con Susan Jeremiah ni con el filme):

«Para empezar, cuando filmamos la película no sabíamos que Belinda tuviera sólo catorce años. Ella rondaba por allí y nos parecía absolutamente arrobadora, y Susan deseaba utilizarla. De todos modos, cualquiera que la etiquete de pornografía infantil es que no ha visto la película. En Cannes nos dedicaron una gran ovación y la gente se puso incluso de pie.»

Hasta la fecha, *Jugada decisiva* no ha sido estrenada en América, y es posible que nunca se estrene.

Joe Holtzer, ejecutivo de la United Theatricals:

«La leyenda de esa película ha alcanzado proporciones inauditas. Si la consideramos la tesis maestra de Susan Jeremiah, podemos ser más realistas. Creo que podemos esperar mejores y más grandes películas de Susan, y es evidente que a medida que el tiempo transcurra serán más adecuadas para el mercado americano. En este momento Susan está haciendo un buen trabajo para nosotros con las películas que realiza para televisión.»

Bonnie en Beverly Hills:

«Lo que más le deseo a Belinda es que tenga una infancia normal, que vaya a la escuela; y pienso protegerla del deslumbramiento y la locura que Hollywood genera. Hay mucho tiempo por delante para que pueda ser una actriz, suponiendo que sea eso lo que quiere.»

Joe Holtzer, ejecutivo de la United Theatricals:

«Lo mejor de todo fue redescubrir a Bonnie. Cuando se corrió la voz en el festival de que Bonnie se alojaba en el Carlton, todo el mundo quiso verla.»

Bonnie en Beverly Hills:

«No me lo esperaba en absoluto, por supuesto que no. Antes me había encontrado con Marty Moreschi en una ocasión. Había venido a Saint Esprit para intentar que yo apareciera en una película americana como camafeo.

»Entonces yo ni siquiera había oído hablar de *Champagne Flight*. Él me explicó que muchas de las grandes estrellas del cine se dedicaban en la actualidad a hacer telenovelas, como él las llamó. Joan Collins era mundialmente famosa por el papel de Alexis en *Dinastía*. Jane Wyman estaba actuando en *Falcon Crest*. Incluso los actores Mel Ferrer, Lana Turner, Rock Hudson y Ali MacGraw habían vuelto a trabajar.»

Marty Moreschi (alto, moreno y recio, pero muy atractivo y con un acento neoyorquino callejero):

«Llamé al estudio y les dije: bajo ningún concepto vais a forzar a Bonnie a hacer una prueba para la pantalla. No me digáis nada. ¡Os lo digo yo! Bonnie es Bonnie. Y la quiero para hacer *Champagne Flight*. Tan pronto como la vieron bajar del avión, en el aeropuerto de Los Ángeles, comprendieron lo que les estaba diciendo.»

Leonardo Gallo, director:

«Todos los reportajes que hablan de que se emborracha y toma pastillas dicen la verdad más absoluta y triste. ¿Por qué habría de negarlo? Las grandes actrices son a menudo muy difíciles, y Bonnie está dotada de grandeza. Así que necesita tomar su cerveza americana, es cierto. Pero Bonnie también es una profesional. Para ella las horas de cóctel no empiezan hasta que ha terminado el trabajo. Y sí, es cierto, esta preciosa mujer intentó quitarse la vida. En más de una ocasión lo único que había entre ella y el ángel de la muerte era yo.»

Daryl:

«Mi hermana nunca ha ocasionado ningún retraso en la producción de una película en toda su vida. Pregúntele a cualquiera que haya trabajado con ella alguna vez. Siempre ha sido puntual y siempre se ha sabido el papel. Solía enseñarles pequeñas técnicas para facilitarles la tarea; por ejemplo, cómo dar en el blanco y ese tipo de cosas. Los niños y las mujeres que formaban parte del equipo eran sus favoritos en el estudio. Después del trabajo, tenía por costumbre invitar, tanto a la libretista como a la peluquera y a la maquilladora, a su caravana a tomar una copa de cerveza o de vino con ella.»

Jill Fleming:

«Aquella vez, en Roma, tenía una neumonía. Estuvo a punto de morir. En cuanto leí los titulares en la prensa, le dije a Trish que teníamos que coger el primer avión. Vamos a ir a ocuparnos de Bonnie. El resto de la basura que escriben en los artículos la ponen para vender más periódicos.»

Liz Harper, publicista de United Theatricals:

«Te explicaré lo que pasó. Decidimos hacer un estudio para averiguar cuánta gente, en la actualidad, se acordaba de la Bonnie de los años sesenta. Después de todo, *Champagne Flight* era nuestro espectáculo más importante para la siguiente temporada, y Bonnie no había aparecido en ninguna de las películas de renombre durante los últimos diez años. Así que enviamos a los encuestadores al campo de trabajo. Les pedimos que parasen a los niños en los grandes almacenes, que hablaran con las señoras a la salida de los supermercados. También hicimos que entrevistaran a una muestra organizada de televidentes en los salones para test de nuestras oficinas.

»Al principio no podíamos creer en los resultados. Se comprobó que *todo el mundo* conocía a Bonnie. Los que no habían visto sus viejas películas de madrugada en televisión, habían visto los anuncios del perfume Saint Esprit o el póster que de ella y los perros había hecho Arlington. Midnight Mink acababa de editar un libro, líder en ventas, con todas sus modelos famosas. Ella estaba en la portada.»

Trish Cody:

«Todo se debía al conocimiento de los negocios que tenía Daryl. Él fue quien dijo que el texto de los anuncios debía ser "Bonnie para Saint Esprit". También hizo que llevase las gafas puestas, ya que éstas eran su marca identificativa. Esos anuncios han aparecido en todas las publicaciones *Condé Nast* durante los últimos tres años. Y todos los pósters de las fotos de Arlington llevan escrito en la esquina de abajo, a la derecha: «Bonnie.» El mismo día hizo todos los demás anuncios. Daryl la hizo famosa para toda una nueva generación de americanos.»

Daryl:

«Se puede encontrar el cartel de Arlington en cualquiera de las tiendas de casi todos los centros existentes en el país. Es un póster de muy buen gusto. Muy artístico. Desde luego el viejo anuncio de Midnight Mink es en la actualidad un póster que está a la venta.»

Jill Fleming:

«Cuando Bonnie les aconsejó que dieran a aquel perfume el nombre de la isla, Saint Esprit, sabía muy bien lo que estaba haciendo. Enseguida fueron a verla los de *House Beautiful*, y poco después los de *Architec-*

tural Digest. Más tarde fueron los de *People*. Ella, el perfume y la isla formaban la santísima trinidad. Además, después los de *Vanity Fair* sacaron aquel artículo sobre Bonnie y el *Harper's Bazaar*, y los de *Redbook* escribieron el artículo feminista que hablaba de su retiro. Eran tantos los grupos de revistas que venían del continente que llegué a perder la cuenta. Parecía que siempre tenía que haber alguien diciendo: "¿Podemos poner este pequeño cojín rosa aquí?", o bien: "¿Qué te parece si ahuecamos este fruncido?" En tales casos lo único que ella hacía era seguir sentada, beberse la cerveza, leer los libros que le gustaban y mirar la televisión. El gel de baño, la loción y los polvos de talco también acabaron llamándose Saint Esprit. Cuando volvió a Estados Unidos, a casa, era más conocida de lo que nunca lo había sido.»

Trish Cody (que en la actualidad vuelve a regentar su floreciente tienda de ropa en Dallas, Tejas):

«Ella y Marty Moreschi hacen una pareja perfecta. Sin la ayuda de nadie, ella ha conseguido situar a *Champagne Flight* en la cima de las series de más audiencia.»

Un vecino no identificado de Beverly Hills:

«Si vas a casarte con un hombre que sea diez años más joven que tú, ¿por qué no elegir a un italiano conquistador y buen mozo, salido de las calles de Nueva York y que es a su vez un número uno en negocios televisivos? Lo único que Marty hace mejor que las producciones de mayor audiencia es hablarle a una mujer.»

Magda Elliot, columnista en revistas del corazón:

«Ese hombre es verdaderamente irresistible. Si le pidieras a la oficina central de selección de actores un gángster con el corazón de oro, te proporcionarían a un hombre como él. Si se encuentra al otro lado de la cámara es por elección personal.»

Jill Fleming (fue socia de Trish Cody):

«¡Le dije a ella que por qué no se vestía como una novia! "¿Acaso no se trata de tu primer matrimonio? Incluso puedes vestirte de blanco si quieres".»

Lauren Dalton, columnista de Hollywood:

«Se pasó tres semanas en el Golden Door; hizo dieta, ejercicios, masaje y todo eso, ya sabes. Cuando bajó del avión en el aeropuerto de Los Ángeles con Marty, la gente no podía creerlo.»

Marty Moreschi:

«Me enamoré de ella desde el momento en que la vi. Y si no la hubiera cazado yo en Cannes, puedes estar seguro de que algún otro lo hubiera hecho. En medio de tantas estrellas como había por todas partes, con la cabeza erguida y deseosas de captar la atención, allí estaba ella: Bonnie, la superestrella.»

Trish Cody:

«Fue una boda al auténtico estilo de Hollywood. Hoy todo el mundo sabe que Marty se ocupará de Bonnie, que la salvará de los tiburones de esa ciudad. En este momento Marty y Bonnie son *Champagne Flight*.»

Blair Sackwell, presidente de Midnight Mink:

«Desde luego que nos decepcionamos al saber que no estaba dispuesta a que creásemos el segundo de

Midnight Mink. La idea que teníamos para la boda era absolutamente insuperable. Nos hubiéramos hecho con todo el mundo.

»Doy por descontado que Moreschi en este caso cometió un error. Ahora él es su representante personal, como ya sabes, y no importa que Bonnie y yo hayamos sido amigos durante años, ni que yo la visitase muy a menudo en Saint Esprit antes de que apareciera Marty.»

Lauren Dalton, columnista de Hollywood:

«Blair Sackwell pensó que podía disponer de ella por el precio que había pagado antes, por supuesto, por regalarle un abrigo blanco de visón. Y no olvides que él quería que ella lo llevase en la boda. Pero todo el mundo quiere a Bonnie. Y en ocasiones los viejos amigos, sencillamente, no lo entienden.»

Marty Moreschi:

«Mi trabajo consiste en proteger a Bonnie. La persiguen por todas partes. Después de todo, *Champagne Flight* es ahora una marca para varios productos en fase de lanzamiento, nos hemos asociado con el perfume Saint Esprit, y la intimidad de Bonnie en este momento resulta indispensable.»

Blair Sackwell, presidente de Midnight Mink:

«Si la serie se desmorona —y todas acaban perdiendo audiencia en un momento u otro—, Bonnie nos llamará, puede estar seguro. A nadie se le ha pedido presentar publicitariamente el Midnight Mink en dos ocasiones.»

Jill:

«Marty es un ángel de la guarda por naturaleza. Es una de esas personas que piensan en todo.»

Trish:

«Nos fuimos a nuestra casa a Dallas, después de que Marty nos asegurara que podía ocuparse de todo. Por primera vez, incluso Daryl estaba satisfecho.»

Jill:

«Bien, todos los hombres de su vida le han ocasionado problemas. Pero Marty es como un padre, un hermano y un amante a la vez. Es la clase de marido que terminará siendo su mejor amigo.»

Trish:

«¡Ah! Pero aquellos días en Saint Esprit eran como estar en el cielo.»

Aunque la United Theatricals no lo ha confirmado, se rumorea que Bonnie está ganando setenta y cinco mil dólares a la semana, por hacer el papel de Bonnie Sinclair, la actriz de cine emigrada que regresa al hogar, para hacerse cargo de la línea aérea propiedad de la familia en *Champagne Flight*.

«Su regreso no la ha cambiado en absoluto —comenta una actriz amiga suya—. Sigue siendo la misma chica dulce de Dallas que siempre fue, y ella y Marty están enamorados de verdad. Para ella es como tener una segunda vida.»

Daryl:

«Gracias a Dios, no le pidieron que hiciese el papel de mala persona como la Alexis de *Dinastía* o el J.R. de *Dallas*. Mi hermana nunca lo hubiera podido representar.

»De hecho, me parece genial que el papel de Bonnie Sinclair esté inspirado en ella misma y que utilicen recortes de sus viejas películas en la serie.»

Liz Harper:

«La noche en que Bonnie le disparó un tiro a Marty fue como una comedia de errores. Allí estaba ella, una mujer acostumbrada a vivir en su isla privada que de pronto se halla sola en una enorme mansión de Beverly Hills mientras se supone que Marty está en Nueva York; y ¡zas!, entra un hombre y Bonnie no tiene tiempo de coger sus gafas.»

Trish:

«Bonnie, no puede ver absolutamente nada si no lleva puestas sus gafas.»

Marty Moreschi:

«Colaboré en la confección de los guiones para ella, repasé el libreto con ella, elegí el guardarropa que iba a utilizar. Incluso compré la maldita pistola para la mesilla de noche, para que se sintiese segura en esta América llena de crímenes y bajezas. Pero no caí en la cuenta de telefonearle aquella noche antes de volver a casa.»

La policía inundó la casa en cinco minutos. Bonnie estaba sollozando:

—Marty, Marty, Marty.

—Es como si un ángel estuviese cuidando de ese par —comentó el productor asistente de *Champagne Flight*, Matt Rubin—. Han sido nueve balas y ninguna le ha causado un daño importante.

Los rumores afirman que él dijo:

—No me metan en esa ambulancia a menos que mi mujer venga conmigo.

Al cabo de una semana Marty y Bonnie organizaron una enorme fiesta.

—Había caviar de beluga y Dom Perignon por doquier —comentó Matt Rubin—. Marty todavía tiene el brazo derecho en cabestrillo.

Naturalmente Bonnie está dispuesta a considerar su participación en una película. Por qué no.

—He descubierto una dimensión de mí misma todo nueva por medio de Bonnie Sinclair. Ella es yo, pero no es yo. Ella puede hacer cosas que nunca había creído que yo pudiera hacer.

Es más probable que haga un papel estelar en la nueva miniserie *Vigilad Moscú*.

—Pero es Marty quien se ocupa de todo eso —dijo ella—. Si Marty dice que lo haga, lo haré.

—Ella es una mujer que no tiene edad, es encantadora, es todo lo que la gente dice que es —comentó Alex Clementine, que recientemente ha hecho el papel de amante de Bonnie Sinclair en un episodio de *Champagne Flight*—. Es una diosa.

FIN DEL LIBRO

El *National Enquirer* dijo que Bonnie apenas prueba bocado, fuma un cigarrillo o bebe un sorbo si no es con la aprobación previa de su marido Marty.

—Los hombres italianos no son unos machos, son

ángeles de la guarda —dice Bonnie. Los diseñadores de los vestidos de Bonnie discuten con Marty los colores, corte y tipo de tela. Marty nunca pierde de vista a Bonnie.

No había ninguna alusión a Belinda o a la escuela a la que se suponía que la habían enviado. En este relumbrante drama, ella era forzosamente una pieza menor. ¿Pero de verdad nadie había notado en qué momento salió ella de escena?

[illegible] de la guarda —dice Bonnie. Los dieciocho [illegible] de Bonnie [illegible] Marty [illegible] de Marty [illegible] Bonnie [illegible]

No había ninguna [illegible] a la [illegible] [illegible]. Pero de verdad nadie había [illegible]

[illegible]

[illegible] por teléfono.

Me refiero a que, en mi opinión, la gente que mien-

22

Durante mucho rato me dediqué a pensar estirado en la cama.

Aprender y absorber requiere de varios estadios. Decididamente lo peor era esto: la respuesta a una pregunta originaba otra, y yo estaba más desconcertado ahora de lo que lo había estado cuando no conocía nada de Belinda. Tenía mucho más miedo ahora por lo que pudiese pasarnos que cuando no sabía nada.

Si yo tenía que ejercer de salvador de ambos, debía tomar la decisión de que ella hablara, y para ello necesitaba saber y comprender todo el asunto. En ese momento no podía volver a casa y fingir. Tampoco podía volver, rodearla con mis brazos y aparentar que no me importaba por qué había abandonado Beverly Hills, la United Theatricals y todo aquello.

Y por lo que se refiere al numerito de la escuela suiza, estaba seguro de que se trataba de una coartada.

Lo esencial ahora era saber más.

Levanté el auricular y llamé a Dan Franklin al Beverly Wilshire, le dejé el número de teléfono del Saint Francis y a continuación, después de pensarlo durante exactamente cinco minutos, decidí ensayar si sabía mentir por teléfono.

Me refiero a que, en mi opinión, la gente que miente por teléfono es gente diferente de la que te puede mirar a los ojos y decirte mentiras. Pensé que valía la pena probar.

Llamé al editor de la biografía de Bonnie a Nueva York y le dije que yo era un agente llamado Alex Flint y que deseaba contratar al autor de la biografía para realizar un libro basado en una celebridad, que era clienta mía en San Francisco. Necesité unos quince minutos y decir un montón de mentiras, pero me proporcionaron el número de teléfono de Nueva York de la autora, a la que llamé acto seguido. Hasta el momento había ido bien.

—¡Ah!, sí, la biografía de Bonnie, pero es una verdadera mierda. Yo puedo hacerlo mucho mejor que en ese libro, he trabajado para *Vanity Fair*, *Vogue* y *Rolling Stone*.

—No está usted siendo justa con el libro, parece muy sólido. Lo único que encuentro a faltar en él es lo concerniente a la hija de Bonnie, Belinda. ¿Qué le ha pasado a esa chiquilla? Parece que va a hacer más películas, ¿no?

—Por lo que respecta a la protección de esa chica, están locos. No estaban dispuestos a darme ni cinco minutos con la diosa, a menos que yo les asegurara que no hablaría de la niña en ningún momento, que no utilizaría ninguna fotografía de *Jugada decisiva*.

—Me está usted hablando de la United Theatricals.

—Sí, e incluso de su propia madre, que por cierto está absolutamente drogada, o por lo menos lo estaba cuando yo fui a visitarla. Me sorprendió que no se pusiera a caminar por la piscina de su jardín.

—Y usted no llegó a ver a la hija.

—En absoluto, me contaron que estaba encerrada en una escuela en Europa. Pero debería haber visto usted la cantidad de material de que yo disponía para recortar y que trataba sobre la chica.

—¿Sí? ¿Qué tipo de cosas?

—Toneladas de papel de los periódicos europeos. ¿Ha visto alguna vez los anuncios que hizo ella con su padre a la edad de ocho años, en los que ambos estaban desnudos en un rompeolas, en Míkonos? Muy atrevidos y picantes. Pero ellos ni siquiera me permitieron que hiciera mención de G.G., su padre. Después, a la edad de trece años tuvo un amorío en París, durante quince días en época navideña, con un príncipe árabe. Los fotógrafos los perseguían por toda la ciudad. Pero lo más jugoso sucedió antes. Era ella la que arrastraba a Bonnie a las salas de emergencia de los hospitales por toda Europa cada vez que Bonnie tomaba una sobredosis. Fue ella la que sacó a su madre de una redada de drogas en Londres a la edad de nueve años. Y el último verano que estuvieron juntas en Saint Esprit, Bonnie trató de que ambas saltaran por un risco.

—Toda una madre.

—Sí, Belinda agarró el volante del coche y lo desvió a un lado de la montaña. Un grupo de turistas que estaba metiendo las narices en unas ruinas griegas lo vio todo. Bonnie corrió hacia el borde del risco e intentó saltar, y no dejaba de gritarle a la chiquilla: «¿Por qué lo has impedido?» El grupo de turistas evitó que saltara. Los periódicos italianos lo publicaron. Después de aquello no se volvió a conceder permiso a los turistas para visitar las ruinas griegas de Saint Esprit.

—No es de extrañar que quieran que esto no se sepa.

—¡Claro! Están haciendo un trabajo de limpieza muy profundo con Bonnie a causa de la serie de máxima audiencia. Pero yo no debí haberles hecho el juego para disponer de cinco asquerosos minutos de entrevista con la zombi. Las respuestas que me dio bien pudo haberlas leído de cualquier guión preparado. Sentí que me habían tomado el pelo.

—¿Cuándo volvió la niña a Suiza?

—No tengo ni idea. ¿En qué consiste ese trabajo

biográfico que quiere que haga? ¿Quién es su cliente?

—¡Ah, sí, claro! Frankie Davis, un domesticador de animales de la época del cine mudo que se muere por contar su historia, que no es más que una dulce y nostálgica historia de su verdad. Está dispuesto a anticipar quinientos dólares y un uno por ciento de derechos de autor.

—Está usted bromeando. Le llamaré más tarde.

Colgó el teléfono.

Mentir resultaba más fácil de lo que yo había pensado.

Inmediatamente después llamé a William Morris de Los Ángeles y le pedí que me informase de si alguien allí representaba a Belinda, la hija de Bonnie.

—Llame usted a la agencia Creative Artists, ellos representan a Bonnie.

Lo hice. Les dije que necesitaba a Belinda para una gran película que se rodaría en Nueva York, el dinero era europeo, se trataba de un asunto importante. La asistente del agente de Bonnie me dijo que lo olvidara. Que Belinda estaba en una escuela en Europa.

—¡Pero si yo hablé con Belinda de esto en Cannes! —le dije—. ¿Cuándo ha decidido volver a la escuela?

—El pasado mes de noviembre. Lo lamentamos mucho, pero ella no tiene planes hechos para la continuación de su carrera.

—Pero yo tengo que encontrarla...

—Lo siento.

¡Clic!

Recorrí rápidamente la biografía. Bonnie le había disparado a Marty el cinco de noviembre del año anterior. Tenía que haber alguna conexión. No era posible que dos acontecimientos como aquéllos —el disparo y la desaparición de la chica— no tuvieran ninguna relación.

Volví a intentar encontrar a Dan. No tuve suerte.

Llamé a Alex Clementine al hotel Clift. Tenía la línea ocupada. Dejé un mensaje.

A continuación, aunque no tenía hambre, tomé un ligero desayuno, y llamé de nuevo a Alex, la línea seguía comunicando, de modo que dejé el hotel.

Las tiendas del vestíbulo acababan de abrir. El sol se reflejaba en los techos de los coches que estaban alineados frente a la puerta de entrada. Volví al quiosco y localicé dos publicaciones más sobre Bonnie. La misma porquería y nada sobre Belinda.

Salí y paseé por Union Square.

Había un precioso vestido de cóctel en el escaparate de Saks; era largo hasta el suelo, de seda blanca ribeteada en plata, mangas largas hasta la muñeca, transparentes, y falda ajustada.

Imaginé que era el tipo de vestido que una muchacha podía ponerse en Cannes. Parecía encajar con la atmósfera del Carlton, con los relucientes cubos de plata para champán, los vasos de cristal, las *suites* repletas de rosas rojas y amarillas, y todo eso.

Me sentía vacío y destrozado. Todo se había estropeado. No importaba mucho si yo lo comprendía o no. El asunto estaba muerto.

Estuve haciendo memoria y recordaba que ella nunca me había mentido. ¿Pero qué importaba ahora? El secreto que ella había guardado era demasiado grande. Aunque fuera el suyo y yo no tuviera ningún derecho a estar enfadado. La verdad era que el tema no funcionaba.

Sin embargo, entré en Saks como un sonámbulo y compré el vestido blanco para ella, como si así pudiese recuperar el pasado de alguna manera.

Cuando lo envolvieron y cerraron la caja me pareció como si estuviesen encerrando un rayo de luz.

Al dejar la tienda eran sólo las once y media. El hotel Clift estaba a menos de cinco calles de distancia. Cogí un taxi y me dirigí allí, subí en el ascensor a la habitación de Alex.

Cuando abrió la puerta estaba completamente vestido: llevaba una gabardina de Burberry's sobre los hombros e incluso se había puesto un sombrero gris antiguo, de los de fieltro de ala ancha y copa hundida.

—¡Vaya, aquí estás, bribón! —me dijo—. Llevo toda la mañana intentando dar contigo. Acabo de llamar al Saint Francis y ya te habías marchado. ¿Qué demonios estabas haciendo allí?

Dos asistentes del hotel le estaban haciendo las maletas en la habitación. Y uno de los hombres más bellos que haya visto nunca estaba arrellanado en el sofá, vestido con un pijama de seda y leyendo una revista que tenía en la portada a Sylvester Stallone.

—Mira, me doy cuenta de que estás enfadado conmigo por haber sido tan misterioso anoche —le dije. El muchacho ni siquiera levantó la mirada—. ¿Hay algún sitio en el que podamos hablar?

—La verdad es que tampoco resultaste muy divertido —repuso Alex—. Pero ven abajo y comeremos algo. Yo también quiero hablar contigo.

Cerró la puerta y me condujo hacia los ascensores.

—Alex, tengo que saber una cosa y tú tienes que mantener en secreto que te lo he preguntado.

—Dios mío, más Raymond Chandler —dijo él. El ascensor iba vacío—. Muy bien, ¿qué quieres?

—Belinda —continué—, ése es el nombre de la hija de Bonnie.

—Ya lo sé, ya lo sé. He conseguido hablar con Nueva York esta mañana, con George Gallagher, pero no ha sido él quien me lo ha dicho.

Me cogió del brazo tan pronto se abrieron las puertas del ascensor y me condujo a través del vestíbulo. Me daba cuenta de que la gente le estaba mirando y le reconocía. Aunque quizá fuese a causa del romántico sombrero y del pañuelo rosa de cachemir que llevaba alrededor del cuello, o por su manera de andar y de llenar todo el espacio a cada paso que daba. Tanto los botones que pasaban como los empleados de mostrador del hotel le saludaban con la cabeza y le dirigían sonrisas respetuosas. El salón Redwood, con sus oscuros pilares de madera y las escasas mesas con su lamparita individual, estaba tan en penumbra y resultaba tan confortable como siempre.

La mesa de Alex ya estaba preparada y al instante nos sirvieron el café en tazas de porcelana. Cuando me miró, me pareció que Alex relumbraba en la oscuridad.

Tan pronto como el camarero se marchó, le pregunté:

—¿Qué te ha dicho George Gallagher de ella? Dime las palabras exactas.

—No demasiado. Pero te voy a decir algo muy extraño, Jeremy. Más que extraño es extraordinario, a menos que el tipo sea un vidente.

—Dime.

Tomó un sorbo de café y continuó:

—Bueno, le estaba contando que un amigo mío y yo estábamos cenando e intentábamos recordar el nombre de su hija, ya sabes, jugábamos a preguntas y respuestas sobre la *beautiful people* y todo eso, hablábamos por hablar, y le he dicho que me sacaría un peso de encima si me decía el nombre de su hija, ¿comprendes? Y entonces G.G. me ha preguntado que quién era el amigo. Y yo le he contestado que un viejo amigo mío, un autor de libros, de literatura para niños, para ser más preciso; y él me ha dicho: ¿Jeremy Walker? Así, como si tal cosa.

Me quedé sin habla.

—¿Todavía estás conmigo, amigo?

—Sí. Quiero beber algo, ¿de acuerdo?

Llamó al camarero.

—Un bloody mary —dije—. Continúa.

—Bien. Le digo: ¿cómo has adivinado que se trata de Jeremy Walker? Y él me responde: porque es el único autor de libros para niños que conozco que vive en San Francisco. Pero agárrate, Jeremy, en ningún momento le he dicho que yo llamaba desde San Francisco. Sé muy bien que no lo he mencionado.

Seguía con la boca abierta.

—Sé que lo único que he dicho ha sido que era Clementine, porque lo que trataba era de parecer natural y todo eso, ya sabes. G.G. me ha estado gustando mucho durante años. De todos modos, me ha contestado que su hija se llama Rumpelstiltskin y se ha echado a reír. Tendrías que conocer a G.G. para comprenderlo. Él es una de esas personas que nunca crecerán. Es el amante de Ollie Boon, ya sabes, el director de Broadway, y ambos son..., bueno, son como ángeles o algo así; me refiero a que los dos son personas de buen corazón. Es la clase de gente que ha sido despedida sin ceremonias por el hecho de ser buena. No hay nada malicioso o desagradable que se pueda decir de ellos. Así que cuando se ríe, resulta más bien encantador. A continuación, y sin más preámbulo, me ha dicho que tenía que marcharse, que lo sentía, que me quiere y que le ha gustado mucho mi papel en *Champagne Flight*, que le diera recuerdos a Bonnie y todo eso. Y acto seguido ha colgado.

Yo seguía sin articular palabra.

Trajeron el bloody mary y me lo bebí. De pronto mis ojos empezaron a humedecerse.

—Te digo que todo esto es mucho más que extraño. De modo que sentí que se había burlado de mí. ¡A esas alturas tenía verdadera curiosidad por saber su nombre! Así que llamé a mi agente a Los Ángeles, en la C.A.A., y se lo pregunté, lo cual, por cierto, debiera haberlo hecho en primer lugar.

—Claro.

—No, si a lo que me refiero es a que la C.A.A. también es agente de Bonnie, ¿sabes? E inmediatamente me contesta: Belinda. Se llama Belinda. Lo sabía de entrada. Y también me ha explicado que lo de la escuela en Suiza es cierto, y que supiera que se había ido en noviembre. Me ha contado que Marty y Bonnie han decidido apartarla de la escena por su propio bien. ¿Y qué te hace pensar todo esto, estando G.G. en Nueva York?

—¿Puedo tomarme otra copa?

—¡Desde luego que sí! —Miró en dirección al bar y señaló mi copa—. Y ahora que lo sabes, ¿a qué te lleva todo esto? Es lo que quiero saber.

—Alex, amigo mío —repuse—. Dime todo lo que sepas sobre esa chica, cualquier detalle. Trato de decirte que esto es muy importante, no tienes ni la más remota idea de cuánto.

—¡Pero, Jeremy! Te estoy hablando muy en serio, ¿por qué?

—Alex, esa información lo es todo para mí. Te lo pido por favor, cualquier cosa sucia, lo que sea. ¿La has visto en Los Ángeles? ¿Has oído hablar de ella en algún sitio? Dímelo aunque se trate de la habladuría más impensable. Me doy cuenta de que te guardas algo. Lo supe desde el momento en que te oí contar a la gente del mundo de la edición, la noche de la fiesta, todas aquellas historias. Te estabas quedando con algo en el tintero en relación a Bonnie y a Marty, todos nos dimos cuenta, había algo en torno al tiroteo que quedó incompleto. Tú sabes algo, Alex, y por encima de todo tienes que decírmelo.

—Cálmate, ¿quieres? Estás hablando ni más ni menos que de mi jefe.

El camarero dejó en la mesa la nueva copa.

—Alex, es estrictamente confidencial. Te lo juro.

—Muy bien, ésta es la bomba, la información que podría dejar en blanco mi cuenta en Hollywood. Y que además haría que me pusiesen en la lista negra de todos los estudios cinematográficos y televisivos de la ciudad. Tienes que asegurarme que sabrás tener la boca cerrada. Trato de que entiendas que aquí estamos hablando de mi carrera, y no me voy a poner enfrente de Moreschi por...

—Lo juro.

—Bien. Los rumores que corren por allí, me refiero a rumores secretos, dicen que Marty Moreschi intentó abusar de la chica. Eso es lo que pasó. Bonnie le pescó y le disparó sin parar.

No dije nada.

—Al día siguiente la enviaron a Suiza, pobre chica. Bonnie estaba sedada; Marty, en cuidados intensivos. El hermano de Bonnie voló desde Tejas, se llevó a la chica al aeropuerto y consiguió apartarla de todo el asunto.

Y Bonnie se arregló con Marty.

—Tenía que hacerlo, hijo.

—Me estás poniendo nervioso.

—Jeremy, no juzgues demasiado rápido a la pareja. Cree lo que yo te digo. Conozco a esa dama desde hace años. Una de esas mujeres bonitas que no son nadie y que cuando se hacen famosas se desmoronan. El dinero no puede hacer nada por ellas. La celebridad sólo empeora las cosas. Podría decirse que Bonnie ha estado legalmente muerta desde los años sesenta. Ella creyó en todo aquello de la Nouvelle Vague en París; es cierto que iba por ahí con libros de Jean-Paul Sartre bajo el brazo. Todos aquellos tipos, Flambeaux y demás, la hicieron sentir que era alguien, que algo estaba sucediendo. Le enseñaron cosas que quizás una mujer como ella nunca debería saber. A continuación, diez años de *spaghetti westerns* y películas épicas de gladiadores la mataron. Me refiero a que ella es una persona normal y corriente, lo bastante bonita para haber sido la esposa de un médico que viviese en una casa de estilo ranchero con cinco habitaciones en un barrio residencial.

»En este momento, Moreschi le bombea el suficiente líquido balsámico para evitar que ella se caiga destrozada al instante. Si revienta el éxito de *Champagne Flight* estará acabada. Pastillas, bebida, una bala, ¿qué importancia tienen? Además ha quemado sus naves. Incluso sus viejos amigos la odian ahora. Blair Sackwell, ya sabes, el de Midnight Mink, que la hizo famosa, y las actrices a las que conoció en Europa nunca consiguen que se ponga al teléfono estos días. De modo que se sientan juntos en el salón de polo y la ponen verde. Esa mujer está viviendo un tiempo de préstamo.

—¿Y qué pasa con Moreschi?

—Si quieres que te sea sincero, él no es tan malo. Es un hombre de una cadena de televisión y chupa lo que puede pero no lo sabe. No es un hombre vicioso. Si he de ser realista, él es mejor que todos los que están a su alrededor, que casi todos los que conozco. Ésa es la razón de que esté en la cima con sólo treinta y cinco años. Lo más probable es que ésa sea la historia de su vida. Ha hecho más esfuerzo a cambio de lo que ha obtenido que cualquier otro que conozca. Esta gente no es como tú y yo, Jeremy.

—¿Qué quieres decir?

—Tú tienes tus pinturas, hijo. Tienes ese universo privado tuyo y esos valores de los que siempre estás hablando. Cuando te miro a los ojos veo a alguien que me devuelve la mirada. En cuanto a mí, soy feliz. Siempre soy feliz. Conozco la manera de serlo. Faye fue quien me lo enseñó, y aunque Faye haya muerto, he sabido reaccionar. Esa gente nunca se ha sentido igual que tú o que yo, no han estado vivos ni se han emocionado una sola vez en toda su vida.

—Ya te entiendo, ya sé de qué me hablas, pero no sabes lo irónico que resulta que me lo cuentes ahora. —Me bebí el bloody mary y sentí cómo volvían a humedecérseme los ojos. El salón Redwood se me antojaba misteriosamente silencioso a nuestro alrededor. Alex sonrió con tristeza a la sombra de su sombrero gris. Se sacó un cigarrillo y dos camareros corrieron a su lado para encenderlo.

—Lo que trato de decirte de Marty —prosiguió— es que quizá fue sólo cosa de cinco minutos de besuqueo con la chiquilla. De pronto ella se daría cuenta de que se trataba de un hombre, no de un muchacho en la parte trasera de un coche, y en ese momento no fue capaz de disuadirle, con lo que sin duda se puso a gritar ¡mamá!, y un hombre puede acabar pagando una cosa así el resto de su vida.

—Puede que él y alguien más —dije yo.

—Jer, no quiero que me torees más. ¿Qué tiene esto que ver contigo? Lo quiero saber ahora.

—Alex, no sabes lo agradecido que te estoy por lo que acabas de decirme —le expliqué—. Me has dado justo lo que necesitaba.

—¿Para qué? Jeremy, te estoy hablando. Respóndeme.

—Te prometo que te lo diré todo, pero tienes que darme algo de tiempo. Además en realidad no quieres saberlo ahora tampoco. Alex, tienes mi palabra como garantía. Si alguien te hace preguntas sobre este tema, podrás decirles que no sabes nada.

—Pero qué demonios...

Me puse en pie.

—Siéntate, Walker —me ordenó—. Siéntate ahora.

Me senté.

—Ahora escúchame. Hemos sido amigos durante muchos años y tú me resultas más querido que casi todo el mundo que conozco.

—Alex...

—Pero hubo un momento muy especial en mi vida, justo después de la muerte de Faye, en que yo te necesité y tú viniste en mi ayuda. Sólo por esa razón, hijo, haría casi cualquier cosa que estuviera en mi mano por ti.

—Alex, nunca me has debido nada por aquello —le dije. Y además era cierto.

Después del funeral de Faye, uno de los amantes de Alex, un joven actor, se había trasladado allí a vivir de él, gastaba muchísimo en bebida y comida, y antes de que Alex se diera cuenta había vendido la mitad de los muebles y recuerdos de valor que poseía éste. Alex, vestido con el batín y el pijama, tuvo que ir a casa de un vecino para llamarme por teléfono, porque todos los teléfonos de la casa habían sido bloqueados con un candado.

Cogí el avión y me presenté allí al momento, entré con mi propio juego de llaves y me libré del tipo con un par de amenazas.

No fue tan terrible como Alex se había imaginado. El chico era un camorrista y un pendenciero, pero también era un cobarde. Y yo me sentí muy honrado de ser el elegido por Alex para ayudarle. Pero el incidente le hizo daño a Alex, le dolió de verdad. Así que nos fuimos a Europa inmediatamente después de eso y nos instalamos en su casa, cerca de Portofino, hasta que él consideró que ya se encontraba bien otra vez y que podía volver al trabajo.

—Alex, aquella vez disfruté jugando a ser un héroe, si es que te hace falta saberlo, y luego en Portofino me trataste como nadie lo ha hecho.

—Estás en peligro, Walker, sé que lo estás.

—No, no lo estoy en absoluto.

—Entonces me dirás quién era la chica joven —insistió—, la encantadora jovencita que ha contestado el teléfono en tu casa esta mañana, cuando yo he llamado.

No respondí.

—Podría tratarse de esa chica, ¿verdad? ¿Esa que todo el mundo piensa que está en una escuela suiza?

—Sí, era Belinda. Y te prometo que un día podré explicártelo todo. Pero por ahora no le hables a nadie de este asunto. Te prometo que te llamaré pronto.

Cogí un taxi frente al hotel.

Todo lo que deseaba en ese momento era estar con ella, tomarla entre mis brazos y decirle que la amaba. Recé para que George Gallagher no la hubiese llamado y alarmado, y para que estuviera todavía en casa cuando yo llegase.

Le confesaría que había estado investigando. Se lo confesaría todo y después le diría que la decisión estaba tomada, que no le haría preguntas nunca más, y que esta vez hablaba en serio. Le diría que íbamos a dejar San Francisco y que nos marcharíamos al sur.

Si ella me comprendía y no tenía en cuenta lo que había hecho, todo acabaría bien.

Pensar en esto de pronto me parecía maravilloso; la furgoneta cargada, el largo trayecto a través del país, cruzar juntos el desierto y las montañas, y por fin emerger en el calor abrasador de Nueva Orleans.

Todos los recuerdos asociados a la casa, a mi madre, a las novelas y a todo aquello carecerían de importancia. Nosotros ahora crearíamos nuestros propios recuerdos en ella, y de paso nos alejaríamos de todo el asunto. Allí nadie iba a encontrarnos nunca.

Mientras el taxi recorría Market Street en dirección al Castro, abrí otra vez la biografía de Bonnie y me quedé mirando la foto de Marty Moreschi: los ojos oscuros que brillaban detrás de los gruesos cristales de las gafas y el espeso cabello negro.

—Gracias, imbécil —dije en voz alta—. Me la has devuelto, me has preparado el terreno para que esté con ella; tú eres mucho peor que yo.

Me parecía que él me estaba mirando desde la página del libro. Y durante un extraño segundo no le odié tanto porque lo reconocí como un hermano. Los dos la encontrábamos irresistible, ¿no? Los dos nos habíamos arriesgado por ella. Pensé en cuánto se hubiera burlado él de mí.

Bien, pues que le jodan.

En aquel momento me sentía demasiado liviano y liberado como para preocuparme de él.

Recordé lo que la autora de la biografía me había dicho, los intentos de suicidio y el coche que estuvo a punto de caer por el precipicio en Saint Esprit.

Sí, todo adquiría sentido; todo explicaba su carácter, la singular precocidad, la extraña dureza casi proletaria y también la elegancia y la sofisticación.

Ella tenía que estar harta incluso antes de llegar a Los Ángeles, y luego van y la exilian a Suiza; ella se larga después de que él la moleste y así *Champagne Flight* puede seguir emitiéndose. Malditos sean. Y le doy gracias a Dios por ellos y por su locura.

Porque nosotros tenemos nuestra propia locura, ella y yo. O acaso no es eso.

Sólo pido que estés ahí todavía cuando yo llegue, querida, por favor no te vayas de mi lado a causa de lo que te haya podido contar George Gallagher. Únicamente te pido que me des una oportunidad.

23

Cuando llegué a casa ella no estaba allí.

Me fui al piso de arriba y entré en su habitación.

Todo su equipaje estaba apilado encima de la cama: las nuevas maletas marrones de piel que yo le había comprado y también la vieja y manida maleta que ella traía consigo del Haight.

Me bastó una mirada al armario para darme cuenta de que lo había metido todo en las maletas. No había dejado nada excepto las lujosas perchas de satén y el olor del jazmín de la bolsita perfumada.

¡Pero el equipaje todavía estaba allí! Incluso su maleta. Y todo estaba cerrado con llave.

Aquello me afectaba de un modo extraño.

Me trajo a la memoria otra visión que tuvo lugar años atrás: el colchón sin cubrir de la cama de mi madre la tarde en que ella murió.

Acababa de regresar de mis clases en Tulane y subí aprisa las escaleras para verla. Creo que pensaba que ella iba a estar para siempre enferma.

En el momento en que vi el colchón sin cubrir comprendí, por supuesto, que ella había muerto mientras yo estaba ausente.

Me enteré después de que habían tenido que dejarla en las instalaciones de la funeraria. Era un verano demasiado caluroso para que pudiese estar en casa hasta que yo regresase.

La enfermera, en cuanto pudo alcanzarme a la entrada del dormitorio, me dijo:

—Dirígete a Magazine Street y la verás. Te están esperando.

Recorrí cinco manzanas, andando por calles tranquilas, con árboles en las aceras, del distrito de Garden. Vi a mamá en la sala refrigerada. Adiós, mi querida Cynthia Walker, te quiero.

Bien, Belinda no se había ido a ninguna parte. ¡Todavía no!

Subí la caja que había traído de Sacks, desplegué el vestido blanco y plateado, y lo colgué con cuidado en el armario, en una de las perchas forradas.

Después fui a la buhardilla y tuve buen cuidado de dejar la puerta abierta para poder oírla si llegaba.

Hice inventario.

Había doce pinturas completas de ella, realizadas en aquel extraño verano de mi vida adulta.

La última pintura terminada era otra versión de *Modelo y artista* que había realizado a partir de una serie de fotografías hechas con el temporizador mientras hacíamos el amor. Me salió mejor ésta que la primera, sin embargo aborrecía pintar mi cuerpo desnudo encima de Belinda. De todos modos el trabajo era espectacular, lo sabía, y ahora mientras lo miraba me daba cuenta. También podía ver la similitud de su perfil con el que tenía en *Jugada decisiva* cuando la mujer la acariciaba. ¿En este cuadro era una niña o una mujer? Dado que no se le podía ver bien la cara aniñada, era una mujer con cabellos de princesa de cuento de hadas, o eso parecía.

Había una tela sin terminar, un estudio de «mujer adulta», *Belinda en el bar de la ópera*, en la que como siempre aparecía desnuda, excepto que en esta ocasión llevaba zapatos de tacón alto y un par de guantes negros. El fondo consistía en espejos relucientes y mesas de coctelería.

Resultaba macabro debido al profundo detalle de la figura, los labios fruncidos como si estuviera a punto de llorar y la mirada firme.

¡Ah!, con sólo mirarla sentía temblores. Cuando eso me sucede, sé que todo, absolutamente todo, va a salir bien.

Pero no tenía tiempo que perder.

Comencé a bajar las telas al sótano, primero llevé las que estaban secas, después las húmedas y a continuación las que tenían la pintura todavía fresca, y las deslicé una a una en la rejilla de metal que había en la furgoneta.

Que se produjera un cierto roce en el mismo borde de los cuadros era inevitable, pero no pasaba de un centímetro a cada lado.

Era algo que podía reparar cuando llegáramos a Nueva Orleans. La rejilla las mantendría seguras, como sucede cuando se transportan cristales, hasta que llegásemos a casa.

Después ya se me ocurriría el siguiente paso en la serie de cuadros. Me vendría a la cabeza cuando estuviésemos en la casa de mi madre. Sabía que así sería.

Por favor ven a casa, Belinda. Entra ahora y deja que te abrace y que hable contigo. Comencemos de nuevo.

Cuando todas las telas y demás utensilios estuvieron cargados, empecé a hacer el equipaje con mis ropas. Deseaba poner en la furgoneta sus maletas también, pero sabía que eso era ir demasiado lejos. Pensé que no había podido marcharse dejando aquellas cosas, ella no haría eso. Es decir, había dejado incluso su pequeña maleta y su saco y...

Cuando terminé, el reloj de carrillón daba las tres y ella todavía no había llegado.

¿Dónde podía ir a buscarla? ¿A quién podía llamar?

Me senté en la cocina y me quedé mirando el teléfono de la pared. ¿Qué pasaría si llamase a George Gallagher y le preguntase...? ¿Y si él no fuese el «más viejo amigo que tenía en el mundo» y no le hubiese dicho nada a ella? ¿Y si lo único que pasaba era que ella simplemente se sentía infeliz por la discusión de anoche? ¿Y si..., y si...?

No, con toda seguridad ha de ser él su viejo amigo, y ha unido los cabos sueltos. Maldita sea, Belinda, ¡ven a casa!

Me dirigí a las ventanas de la fachada para ver si el MG-TD estaba aparcado fuera. ¿Por qué no habría pensado en eso antes? Si se ha llevado el coche, sabré con certeza que va a volver, porque ella no robaría el MG, ¿verdad? Pero allí estaba el coche, aparcado donde ella solía dejarlo, justo al cruzar la calle; no muy lejos de la enorme y larga limusina negra que veía ahora.

Limusina negra, grande y larga.

El pánico me dominó durante un segundo. ¿Acaso habría olvidado alguna presentación a la que tenía que ir a dedicar libros? ¿Habría venido esa limusina a recogerme? Para ser francos, ésta es la única vez que he visto una limusina en la vecindad, a menos que venga a buscarme a mí, en cuyo caso entra por el pasaje de mi casa para recogerme.

Pero ahora eso había terminado, Splendor in the Grass de Berkeley había sido la última, la de la despedida. El conductor de la que había ahora estaba sentado, fumando un cigarrillo. Los cristales de la parte trasera, como es natural, estaban teñidos de oscuro. No podía saber si había alguien dentro ni quién podría ser.

Bueno, pues Belinda no se había llevado el MG. Eso significaba que debía andar por allí cerca y que vendría pronto.

Sonó el teléfono, y eran ya las tres y media. Se trataba de Dan.

—Jeremy, te lo voy a decir otra vez antes de que me hagas callar. Aléjate de ella ahora.

—Voy por delante de ti. Vamos a desaparecer de la vista por un tiempo. No te enviaré correo, pero sabrás de mí por teléfono.

—Escucha, estúpido. La escuela de Saint Margaret en Gstaad recibió una petición el cinco de noviembre para admitir a Belinda Blanchard a pesar de que el curso ya había comenzado, y el once de noviembre les dijeron que aunque así lo habían planificado, ella al final no iría. Ahora no está en esa escuela ni lo ha estado nunca. A pesar de ello, les han pedido que envíen toda la correspondencia que se reciba para ella a una firma legal de Estados Unidos. Se trata, pues, de una coartada.

—Muy buen trabajo, pero eso ya lo sé.

—Y el tiroteo tuvo lugar la noche anterior a la llamada realizada a la escuela de Saint Margaret.

—Muy bien, ¿qué mas?

—¿Qué quieres decir con «qué más»?

—¿Sabes qué conexión existe entre los disparos y la escuela, la has averiguado? ¿Por qué enviaron a Belinda para alejarla?

—No esperes a saberlo. Porque si yo llego a obtener esa información por el simple hecho de llamar a un amigo en Gstaad o por invitar a cenar y ganarme a una de las secretarias de United Theatricals, el *Enquirer* también podrá averiguarlo en algún momento. Tienes que encontrar una cobertura de inmediato.

—Ya lo estoy haciendo, te lo acabo de decir.

—Te digo que lo hagas sin ella. Jer, vete a Europa. ¡Vete a Asia!

—Dan...

—Muy bien, muy bien. Ahora escúchame. Hay más detectives ocupados en esto, no sólo la gente de Sampson.

—Ponme al corriente.

—Daryl Blanchard, el hermano de Bonnie, tiene a sus propios hombres ocupándose del caso; trabajan igual que Sampson. El correo es enviado desde Saint Margaret a su empresa en Dallas. La chica de la United Theatricals dice que es muy pesado. Él y Marty se gritan constantemente por teléfono.

—No me sorprende.

—Pero, Jeremy, sigue pensando. La razón de este montaje: ¿cuál es?

—No puedo más que conjeturar una explicación. Quizá sucedió algo aquella noche entre ella y su padrastro.

—Muy probable.

—De modo que no quieren que llegue a la prensa ni la más mínima insinuación, lo cual también tiene que ver con lo que pensábamos el primer día, la chica podría ser raptada. Es sólo una chiquilla.

—Es posible. Pero deberías analizar lo que estamos observando, Jer. Saint Margaret trata con el tío Daryl de Tejas. Daryl está en contacto directo con Moreschi. No hay pruebas de que Bonnie sepa que su hija no está en la escuela.

—Espera un momento. —Me quedé de piedra. Pensaba que en aquel momento ya estaba preparado para cualquier cosa, pero aquello era demasiado.

—Bonnie ha de ser la razón de que lo hayan encubierto todo. Quieren que ella siga trabajando, no desean bajo ningún concepto que ella sepa que la chica se ha largado.

—Eso sería demasiado feo.

—¿No entiendes lo que significa? Esos tipos apestan y el olor llega hasta el cielo, Jeremy. Si consiguen encontrarte y hacerte algún daño, les podemos machacar a los dos.

¿Qué me había dicho ella aquella noche? ¿Que incluso si nos encontraban no osarían hacer nada contra nosotros? Sí, eso fue lo que dijo.

—Bonnie es la única tutora legal —continuó Dan—. Eso lo he comprobado. Ha estado en el juzgado en innumerables ocasiones para oponerse al padre natural de la criatura, durante años.

—Sí, ya sé, George Gallagher, el peluquero de Nueva York.

—Exacto. Y por cierto que él está loco por esa chiquilla. Tanto Moreschi como Blanchard tendrán que preocuparse mucho más por culpa de él, si esto se llega a saber.

—Veo que tomas nota de todo...

—Desde luego. Pero te digo, amigo mío, que nuestros enemigos no son estos tipos. De quien tengo verdadero miedo es de la prensa. Esta semana, esa mujer está en todos los periódicos sensacionalistas...

—Ya lo sé.

—Y la historia es demasiado jugosa. Está ahí, lista para ser descubierta: hija de superestrella se ha escapado, se oculta con un artista que pinta niñas jóvenes. Lo que digo es que *Champagne Flight* te mantendrá en las portadas durante dos semanas como mínimo.

—¿Pero cómo puede ser Bonnie tan estúpida? ¿Acaso no llama ni siquiera a su hija a la escuela?

—La estupidez no tiene nada que ver con esto. Deja que te explique a lo que te enfrentas en este caso. Se trata de una mujer que durante muchos años no ha contestado una sola llamada telefónica, no ha abierto correo alguno, no ha contratado ni despedido a ningún sirviente y tampoco ha escrito ningún cheque. No sabe lo que significa tratar con un dependiente estúpido ni con un empleado de banca, no ha tenido siquiera que elegir un par de zapatos por sí misma o llamar a un taxi. En su casa no se ha dejado de contratar a empleados internos durante los últimos doce meses. Ahora tiene un peluquero, una masajista, una ayuda de cámara, un cocinero y una secretaria personal. Cada día va al estudio con una limusina. Además Marty Moreschi no la pierde de vista. Se sienta y le da conversación cuando ella toma un baño. Incluso es probable que ella ni sepa quién está ahora en la Casa Blanca. Eso no es nuevo para esta mujer. En Saint Esprit, su hermano, sus agentes y sus camaradas tejanas la mantenían en la misma concha protectora. Y no creas que Belinda no colaboraba. Por lo que se sabe, ella también hacía turnos para vigilarla, para estar presente cada vez que su madre sentía pánico, hacía lo mismo que los demás. Es más, hubo un intento de suicidio que casi le cuesta la vida a Belinda...

—Sí, eso lo conozco. Pero lo que están haciendo es ilegal...

—¡Tú lo has dicho! Y voy a decirte algo más, algo divertido, Jer, muy divertido. ¿Sabes?, si yo me acabase de enterar de esta historia y no supiera que la chica está a salvo contigo, creería que está muerta.

—¿De qué estás hablando?

—Se parece a la ocultación de un asesinato, Jer. Podría muy bien estar enterrada en el jardín o algo parecido. Me estoy refiriendo a la chapuza con la escuela y todo eso. ¿Qué pasaría si Susan Jeremiah se dirigiese al departamento de policía de Los Ángeles y solicitara una investigación? Esos tipos podrían acabar siendo acusados de matar a la chica.

Me reí contra mi voluntad.

—Maravilloso.

—Pero volvamos a lo que nos ocupa. Tenemos una estrategia defensiva si ellos te encuentran. Con la prensa no tenemos ninguna.

Y ahora tengo un problema nuevo. Pensé. Un problema que me pasmaba.

De modo que le dije:

—¿Qué pasaría si tuvieras razón y le están ocultando la verdad a Bonnie, pero Belinda no lo sabe?

—Es muy posible.

—Por lo que sabemos, Bonnie llamaría a la policía, ¿no es cierto? Bonnie llamaría incluso al FBI para encontrar a su hija, ¿verdad? Lo que quiero decir es que tiene que haber algún lazo entre madre e hija, algo que las acerca, que le es más próximo a esa mujer que ninguna otra cosa en su vida.

—Podría ser.

—¿Y no podría ser que Belinda creyese que a su madre no le importa? Te lo digo porque eso explicaría un montón de cosas, Dan. De verdad. Lo que estoy diciendo es que allí estaba la chica, algo malo le sucede con ese tal Marty y todo lo que hacen es intentar apartarla enviándola a Suiza. Y ella... se escapa. A continuación se da cuenta de que su madre ni siquiera la busca, ni tampoco la policía, ni nadie. Eso es muy malo. Ahí está ella haciendo una barbaridad y los tipos se limitan a tacharla del libreto.

—Es posible que sí y es posible que no. Tal vez esté enterada de todo, Jeremy. La chica puede poner dos monedas en una cabina telefónica, ¿no crees? Podría llamar a Bonnie.

¿Acaso no llamaba a George en mitad de la noche?

—¿Tú crees que Bonnie podría ponerse al teléfono?

—Por todos los demonios, ¡podría llamar a Jeremiah! Podría llamar a los vecinos de Beverly Hills, si así lo deseara. ¡Podría llamar a alguien! No. Si quieres saberlo, lo que yo imagino es que tu Belinda está al tanto de todo lo que pasa. Y ha decidio que para ella ya es suficiente, eso es todo.

—Muy bien. Como te he dicho, yo me largo esta noche. Me voy lejos de aquí, y cuando vuelvas a saber de mí será por teléfono.

—Por el amor de Dios, ten cuidado. Ya sabes cómo funciona el *Enquirer*. Te darán alguna explicación estúpida para conseguir una entrevista y acto seguido correrán al piso de arriba y fotografiarán sus ropas en su mismo maldito armario.

—Nadie me entrevista estos días bajo ningún concepto, créeme. Estaré en contacto. ¡Ah!, y gracias, Dan. Te lo digo en serio, has estado fantástico.

—Y tú te estás comportando como un estúpido. Si

esto llega a la prensa, te crucificarán, te lo digo muy en serio; harán que el tío Daryl de Tejas y el padrastro Moreschi aparezcan como santos y encontraran a la chica en las manos del violador.

—Adiós, Dan.

—Se presentarán en el juzgado con las copias de los cheques con que han pagado a los detectives y afirmarán que el encubrimiento se había hecho por el bien de ella.

—Tómatelo con calma.

—Y a ti te caerán diez años por molestarla, maldita sea.

—¿Y qué pasa con Moreschi?

—¿Qué pasa con él? No disponemos de ninguna información que demuestre que trató de tocarla. ¡Ella está viviendo contigo!

—Adiós, Dan, te llamaré.

Repasé y volví a repasar la casa. Todo estaba bien cerrado: las ventanas y las puertas de la terraza de arriba, y había una doble vuelta en el cerrojo de la buhardilla, lo mismo que en el cuarto oscuro del sótano.

Los cuadros, las fotografías, las cámaras y la ropa estaban cargados en la furgoneta. Pero sus maletas se hallaban encima de la colcha blanca de la cama de latón.

Por favor ven a casa, querida, ven por favor.

Se lo explicaré todo de inmediato. Todo lo que sé, incluso que es posible que Bonnie no esté enterada de nada. Luego le diré: mira, no tienes que hablar de esto nunca más, para mí es lo mismo, pero quiero que sepas que estoy de tu lado, y que estoy aquí para protegerte. Si es preciso te protegeré de ellos; al fin estamos en esto juntos, ¿no lo ves?

Estaría de acuerdo. Tendría que estarlo. Aunque es posible que lo único que hiciera fuese coger las maletas, bajarlas y llevarlas al taxi que estaría esperándola fuera, y diría al pasar junto a mí: me has traicionado, me has mentido, has sido falso desde el principio.

Si ella fuera una niña, si sólo fuese una chiquilla, una menor, una cría, entonces todo sería más fácil.

Pero no es ninguna niña. Y tú lo has sabido desde el principio.

Las cuatro y media.

Me senté en la sala de estar y fumé un cigarrillo tras otro. Contemplé todos los juguetes, el caballo de tiovivo y la cantidad de cachivaches que dejábamos atrás.

Debería llamar a Dan y decirle que vendiese todos aquellos chismes, o mejor todavía, que los donase a cualquier escuela u orfanato. No volvería a necesitar aquellas preciosidades.

Lo que había estado sintiendo durante los últimos tres meses era lo que la gente llama felicidad, pura y dulce. De pronto me sorprendió que el sufrimiento de la noche anterior igualara la intensidad de la felicidad que había conocido antes. Tales sentimientos incluían un calor cauterizante opuesto al deseo que sentía por ella. Se trataba de extremos que no había sentido antes de conocerla.

Sin embargo, en mi mente se relacionaban con la juventud, con las horribles tormentas que sentí antes de que el éxito y la soledad se convirtieran en una rutina. No me había dado cuenta de lo mucho que había echado de menos aquella sensación.

Sí, era como volver a ser joven, casi tan malo y quizás igual de mágico. Por un momento me sorprendí a mí mismo pensando en ello desde una distancia inesperada, y me preguntaba si en los años venideros iba a echar de menos todo aquello, la segunda oportunidad de ser feliz y sufrir al mismo tiempo. Me sentía muy vivo en ese momento, lleno de amor y de presagios, y también vivo a causa del temor.

Belinda, vuelve. Regresa.

Cuando el reloj de carillón dio las cinco, ella todavía no había venido a casa. Yo estaba cada vez más amedrentado. La casa estaba oscura y fría, y sin embargo no me atrevía a encender las luces.

Miré al exterior, al tiempo que rogaba y esperaba que ella viniese por la calle desde la salida del metro.

No venía.

La limusina seguía allí. El chófer estaba de pie a su lado, fumaba un cigarrillo como si dispusiera de todo el tiempo del mundo.

Pero ¿qué estaría haciendo aquella cosa allí?

De pronto me pareció de mal agüero. Algo tremendamente siniestro. Es probable que ese tipo de coches siempre lo sea.

Durante toda mi infancia me llevaron a funerales, a veces incluso dos o tres veces al año. Entonces el único significado que poseían para mí era el de muerte. Y siempre me ha parecido irónico que los mismos lujosos y negros monstruos fueran los que me llevasen a las televisiones y a las emisoras de radio, a las oficinas de los periódicos, a las cenas literarias y a las tiendas de libros, es decir a todas las inevitables experiencias de la ruta publicitaria habitual.

No me gusta su aspecto, su pesadez ni su negrura. Por lo silenciosas que son y por ir forradas, se parecen mucho a los ataúdes y a los estuches de joyas.

Dieron las seis de la mañana. Fuera comenzaba a elevarse una luminosidad californiana.

Pensé en esperar una hora más y después buscar a George Gallagher de alguna manera. Él era el único que podía haberla informado en secreto.

En la nevera no había nada decente para comer. Tengo que ir a por un par de filetes. Haremos una última comida juntos antes de coger la carretera. No. Tengo que quedarme aquí. No puedo dejar esta casa hasta que ella venga.

Sonó el teléfono.

—¿Jeremy?

—¡Belinda! La cabeza ha estado a punto de estallarme. ¿Dónde estás, querida mía?

—Estoy bien, Jeremy. —Tenía la voz entrecortada. Se oía ruido a su alrededor, como si estuviese en una cabina telefónica en alguna parte, parecía el sonido arrullador del océano al fondo.

—Belinda, voy a recogerte ahora.

—No, Jeremy, no lo hagas.

—Belinda...

—Jeremy, sé que has mirado en mi armario —se le iba la voz—; sé que has estado viendo mis cintas. Ni siquiera las rebobinaste.

—Sí, es cierto, no voy a negártelo, amor mío.

—Tiraste todas mis cosas por el suelo y...

—Lo sé querida, lo hice, lo hice. Es cierto. Y también he hecho otras cosas, he investigado. Lo admito, Belinda, pero te amo. Te amo y tienes que entender...

—Yo nunca te he dicho mentiras sobre mí, Jeremy...

—Ya sé que no lo has hecho, mi niña. Yo he sido el que ha estado mintiendo. Pero por favor, escúchame. Ahora estaremos bien. Nos podemos ir esta noche a Nueva Orleans, tal como tú querías, amor mío, y nos alejaremos de toda esa gente que anda buscándote. Y lo están haciendo Belinda, créeme.

Siencio. Oí un sonido que me hizo pensar que ella estaba llorando.

—Belinda, mira. Mis cosas están todas empaquetadas, todas las pinturas están en la furgoneta. Sólo tienes que decirme que añada tus maletas y lo haré. Vendré a buscarte. Nos lanzaremos a la carretera ahora mismo.

—Tienes que recapacitar, Jeremy —oí que estaba llorando—. Tienes que estar seguro, porque...

—Estoy bien seguro, amor mío, te quiero. Eres lo único que me importa, Belinda.

—Nunca voy a hablarte de ellos, Jeremy. No quiero tener que explicar nada ni volver a recordarlo para contestar preguntas, no lo haré. Lo digo en serio.

—No, y yo no espero que lo hagas. Te lo juro. Pero por favor, amor mío, date cuenta de que el misterio no podía dividirnos más y por eso he hecho lo que he hecho.

—Todavía debes tomar tu decisión, Jeremy. Tienes que olvidarte de ellos. ¡Tienes que creer en mí!

—La he tomado, querida mía. Creo en nosotros dos, como tú querías. Y nos vamos a marchar adonde ese Moreschi y tu tío Daryl no puedan seguirnos. Si Nueva Orleans no está lo bastante lejos, entonces dejaremos el país y nos iremos al Caribe. Nos marcharemos tan lejos como nos sea posible.

La oí llorar.

—¿Dónde estás, amor mío? Dime.

—Jeremy, piénsalo bien. Debes estar seguro.

—¿Dónde estás? Quiero ir a recogerte.

—Te lo diré, pero no quiero que vengas a por mí hasta mañana. Tienes que prometérmelo. Quiero que estés absolutamente seguro.

—Estás en Carmel, ¿no es cierto? —Aquel sonido era el del océano. Estaba en una de las cabinas de la calle principal, a una manzana de casa.

—Jeremy prométeme que esperarás hasta mañana. Tienes que prometerme que te tomarás ese tiempo para pensarlo.

—Pero querida...

—No, no esta noche. Prométeme que no vendrás esta noche. —Estaba llorando y se sonaba la nariz. Intentaba mantener la calma—. Si todavía sientes lo mismo por la mañana, bueno, entonces podrás venir a buscarme, nos iremos a Nueva Orleans y todo nos irá bien. Todo irá bien.

—Sí, cariño, sí. Cuando amanezca estaré en la puerta. Y estaremos de camino a Nueva Orleans antes del mediodía.

Todavía la oía llorar.

—Te amo, Jeremy. De verdad, de verdad te amo.

—Te amo, Belinda.

—Mantendrás tu promesa.

—Al amanecer.

Colgó el teléfono. Se fue.

Quizá ya estaba saliendo de una de las cabinas de Ocean Avenue, pues la casita que yo utilizaba para recluirme no tenía teléfono.

¡Cómo ansiaba estar con Belinda! Pero todo acabaría saliendo bien.

Me dejé caer pesadamente en una silla frente a la mesa de la cocina y durante un largo rato no hice nada más que dejar que la buena noticia hiciera mella en mí. Pensaba que todo iría bien.

Así que las siguientes horas no serían tan tensas y la batalla estaba ganada, y la maldita guerra también estaba ganada.

Debería dejar de estar aquí sentado, disfrutando de la calma; debería salir y comer algo ahora, eso mataría un poco el tiempo. Me iría pronto a la cama, pondría el despertador a las cuatro de la mañana y podría llegar allí antes de las seis.

Bueno, está bien, amigo mío. Todo está bien.

Al final logré ponerme de pie, cogí el abrigo de lana y me peiné.

El aire de la calle era tonificante. Sentí enseguida la caricia del aire frío.

Acababan de encenderse las luces de la calle y el color del cielo cambiaba de rojo a plateado. Varias luces parpadeaban en las lomas colindantes.

«Coge un buen libro —me dije a mí mismo en un susurro—, porque pueden pasar años antes de que vuelvas aquí.» ¡Y aquello hacía que me sintiera maravillosamente bien!

La limusina seguía allí. Ahora ya comenzaba a parecerme muy extraño. Le eché una mirada mientras me dirigía a Noe Street. El conductor volvía a estar dentro.

¿Podría ser que alguien la hubiese enviado para vigilarla a ella? Pues si es así, has llegado demasiado tarde, hijo de puta, porque ahora ella está a trescientos kilómetros al sur de aquí, y yo me libraré de ti en la autopista en menos de cinco minutos. Vamos, Jeremy, esto es pura paranoia. Nadie se pone a vigilar una casa desde una limusina. Basta.

Pero en el momento de llegar a la esquina de Noe Street, el motor del coche se puso en marcha y el enorme vehículo fue hasta la esquina y se paró.

Mi corazón latía agitado. Aquello era una locura. Era como si el hecho de haberla mirado la hubiese movido.

Crucé Noe Street y caminé hacia Market, sentía una extraña flojera en las rodillas. El viento era más fuerte, lo cual me libró de la fatiga que había comenzado a dominarme mientras estaba esperando en casa. Bien.

La limusina también había cruzado Noe Street y se movía en mi dirección por el carril derecho de la calzada. Empecé a sudar. ¿Qué demonios es esto?

Miré dos veces a las ventanas traseras, aunque sabía perfectamente que no podría ver nada a través del cristal teñido. Recordaba la enorme cantidad de veces que había visto a la gente en la acera, mirando mi limusina y tratando de ver quién había dentro. Era estúpido.

Tendría que seguir por Market Street. Tenía que hacerlo. Era imposible que girase a la izquierda y me siguiese por Castro Street. Además de ser ilegal era torpe y absurdo. Comprar un filete. Llevarlo a casa, asarlo a la parrilla. Tomar un poco de vino. El suficiente para que me entrase sueño. Eso era todo.

Pero me había olvidado de Hartford, de la pequeña calle que cruza la Diecisiete, y que estaba allí al lado. A mi lado. La limusina hizo un giro difícil a la izquierda y siguió por Hartford, parándose justo frente a mí en el momento en que llegué a la esquina.

Me quedé parado mirándola, mirando otra vez el cristal oscuro, y pensando que aquello no tenía ningún sentido. Un estúpido chófer piensa preguntarme por una dirección. Nada más.

¿Y ha estado más de tres horas esperando allí, sólo para preguntármelo personalmente?

El conductor miraba al frente.

Oí el sonido que hace la ventanilla al bajar; era la de atrás. Bajo la luz de las lámparas de la calle vi a una mujer morena que me miraba. Tenía los ojos oscuros tras las enormes gafas de montura de hueso. Había visto la misma mirada implorante bajo esas gafas en una docena de películas, el mismo cabello ondulado peinado hacia atrás dejando la frente al descubierto, los mismos labios rojos. Me resultaba más que familiar.

—¿Señor Walker? —preguntó. Tenía un acento inconfundible de Tejas.

No contesté. Sentía mi propio pulso en los oídos y pensaba en la extraña y confusa calma que reinaba; ella era verdaderamente hermosa, aquella mujer era preciosa. Parecía una estrella de cine.

—Señor Walker, soy Bonnie Blanchard —me dijo—. Me gustaría hablar con usted, si es que no le importa, antes de que mi hija Belinda vuelva.

El chófer estaba saliendo del coche. La dama volvió a esconderse en la oscuridad. Entonces el hombre abrió la puerta de atrás para que yo entrase.

24

No la miré a la cara. No quería ni planteármelo. Estaba demasiado aturdido para ello.

Pero eché un vistazo a su indumentaria y pude ver que llevaba un vestido beige de tela suave y una capelina suelta del mismo color sobre los hombros. Probablemente eran de lana de cachemira, y todas las joyas que llevaba, por cierto, eran de oro; llevaba montones de cadenas de oro alrededor del cuello alto vuelto del vestido y en sus muñecas. Al mirarla de reojo vi que llevaba el pelo suelto. El coche olía a un penetrante perfume suavemente especiado.

La limusina dio la vuenta hacia Market Street y fue en dirección al centro de la ciudad.

—¿Podríamos ir a mi hotel, señor Walker? —me preguntó con educación. Tenía un acento intenso y meloso de Tejas—. Allí estaríamos muy tranquilos.

—Por supuesto, si es lo que desea —contesté. Me di cuenta de que no mostraba ansiedad en la voz y que lo único que se percibía era un cierto tono de sospecha y de rabia. Pero podía sentir la ansiedad en mi cabeza.

La limusina adquirió velocidad, se abría paso a través del perezoso tráfico. Los feos aparcamientos de coches y los edificios despersonalizados de lo alto de Market Street daban paso a los apretados teatros porno, cafés y escaparates de tiendas repletos de restos provenientes del ejército, se oían bramar los aparatos estereofónicos. La iluminación de la calle no ocultaba la basura y la suciedad de las aceras.

—¿Qué desea, señorita Blanchard? —No podía seguir manteniéndome en silencio. Empezaba a sentir pánico. Tenía que evitar que se me notara en la voz.

—Bien, pues a mi hija, por supuesto, señor Walker —repuso, sin arrastrar las palabras de manera tan pronunciada como en sus primeras películas—. Me he enterado de que ha estado viviendo con usted los tres últimos meses o más.

Así que la madre no sabe nada, ¿eh, Dan? ¿Y qué me aconsejarías que hiciera ahora? ¿Aguantar esta situación en silencio? ¿O saltar del coche?

—He oído que usted la ha estado cuidando muy bien —continuó en la misma tonalidad deslustrada, con los ojos fijos en mí, y sin embargo yo seguía sin volverme para mirarla.

—¿Es eso lo que usted ha oído? —le pregunté.

—Lo sé todo sobre usted, señor Walker —dijo con gentileza—. Sé que se ha ocupado de ella muy bien. Y sé quién es usted y lo que hace. He leído sus libros, solía leérselos a ella.

Por supuesto. Cuando ella era una niña. Aunque todavía es una niña, ¿verdad?

—Siempre me ha gustado su trabajo. Sé que es usted una persona excelente.

—Estoy contento de que piense eso, señorita Blanchard.

Ahora el sudor estaba aumentando. Me agobiaba. Deseaba abrir la ventana, pero no lo hice. No me moví.

—Todo el mundo piensa eso de usted, señor Walker —continuó—, sus amigos editores, sus agentes del sur y toda la gente de negocios. Todos coinciden con respecto a usted.

El coche nos llevaba hasta el final de Market Street.

Pude ver la torre gris del hotel Hyatt Regency, que se elevaba a nuestra izquierda. Más adelante veía el vacío nocturno de la plaza de Justin Herman. En aquella zona todo era oscuro y frío.

—Dicen que es usted decente, todos lo dicen. También dicen que nunca ha hecho daño a ninguna alma viviente. Y dicen que es usted un hombre sano, sobrio y buena persona.

—¿Buena persona?

Debió escapársele, ¿no?

—Bueno, señorita Blanchard, ¿está tratando de decirme que no va a llamar a la policía para que me arresten? ¿No va a hacer que recojan a su hija y la lleven a su casa?

—¿Cree que vendría conmigo, señor Walker? —me preguntó—. ¿Cree usted que permanecería en casa si yo consiguiese llevármela?

—No lo sé —contesté. Tengo que parecer tan tranquilo como lo está ella.

El vehículo se deslizaba por el sombrío y cubierto pasadizo del Hyatt. A nuestro alrededor había taxis y más limusinas, una banda sonora tras otra. Avanzamos hasta la curva. Estaba lleno de gente y de porteros moviéndose ajetreados con equipajes.

—No deseo que mi hija regrese, señor Walker.

El coche se paró. Me sorprendí mirándola con atención.

—¿Qué quiere decir? —inquirí.

Se había quitado las gafas y me miraba con la vaga y meditabunda expresión que con frecuencia tienen los miopes. Después se puso unas gafas oscuras, y su boca plena y colorada pareció hacerse más nítida, como si hubiese sido yo el que había estado ciego hasta entonces.

—No quiero que mi hija esté cerca de mí, señor Walker —dijo con voz queda—. Ésa es la razón por la que creo que deberíamos llegar a un acuerdo para que ella se encuentre bien.

El chófer abrió la puerta de su lado, ella se dio la vuelta en dirección contraria a la mía, levantó una capucha sin forma de entre los pliegues de lana y, por encima de sus hombros, se la colocó de forma que le cubriese la cara.

La seguí, en absoluto silencio, hasta el vestíbulo y en dirección a los ascensores, la gente se volvía hacia ella a medida que se abría paso entre la multitud de turistas veraniegos. Me sentí como cuando anduve, unas horas antes, a través de otro vestíbulo con Alex. Ella emanaba el mismo aire radiante e inexplicable.

La capa se balanceaba con gracia desde sus hombros, y cuando apretó el botón del ascensor para que bajase, las pulseras de oro de sus muñecas centellearon bajo la luz mortecina.

En cuestión de segundos nos elevábamos por encima del vestíbulo.

Yo miraba aturdido, a través de los cristales, hacia la mareante extensión de baldosas grises que cubrían el suelo bajo nosotros. El agua surgía de enormes fuentes, había parejas que bailaban suavemente con la música de una pequeña orquesta, y una gran cantidad de terrazas de asfalto se elevaban, como en los fabulados jardines de Babilonia, hacia el cielo enmarcado sobre nuestras cabezas que parecía inalcanzable.

Y en el ascensor de cristal, junto a mí, estaba aquella mujer que se me antojaba tan relumbrante y tan antinatural como el mundo que nos rodeaba. El ascensor se paró. Ella pasó a mi lado moviéndose como un fantasma.

—Venga, señor Walker —me indicó.

Era como una diosa. En comparación, Belinda era pequeña y delicada. Cada detalle de su persona parecía demasiado vívido para formar parte de la vida real: tenía largas manos, piernas bellamente contorneadas y medio cubiertas por los pliegues del manto, y labios grandes y exquisitamente recortados.

—¿Qué significa que no la quiere cerca de usted? —me oí diciendo de pronto, desde el ascensor vacío, del que no me había movido—. ¿Cómo pude decirme eso usted a mí?

—Vamos, señor Walker.

Se me acercó, me tomó del brazo y cerró sus dedos en torno a mi manga, y yo la seguí por el lado de la barandilla de la terraza.

—¡Explíqueme de qué va todo esto!

—Muy bien, señor Walker —dijo, mientras cogía la llave y la introducía en la cerradura.

Se movía con lentitud y elegancia por la salita de estar de techo bajo de la *suite*, y la capa oscilaba con gracia a su alrededor. Se le había caído la capucha y su cabello voluminoso quedó inmóvil creando una ilusión de caída libre. Ninguna mecha estaba fuera de lugar.

El mobiliario era nuevo y sobrio, la moqueta, también nueva, era áspera. El ambiente era de una vaciedad costosa. Por detrás del ventanal, que se abría desde el suelo hasta el techo, se veían los edificios del centro, que formaban una espesa mata carente de diseño y de gracia.

Dejó caer el manto sobre una silla. Sus senos se percibían bajo la lanilla beige pálido y eran increíbles, no sólo por el tamaño sino por la proporción que tenían respecto a su esbelto talle. Sus caderas se balanceaban de un lado a otro con una arrogancia sensual bajo la estrecha falda lisa.

¿Cómo sería vivir día y noche con aquella mujer tan mujer? ¿Cómo podía quedar espacio para alguien más? ¡Ah!, pero Belinda tenía una clase de belleza diferente. ¿Cómo podría explicarlo?

Las comparaciones entre ninfa y diosa, entre capullo y rosa, no podían hacerse.

Se había quitado las gafas oscuras y por un momento sus ojos recorrieron despacio la habitación con la mirada, como si desearan beber de la luz mortecina antes de comenzar el asalto de los temas difíciles. Aparecieron de nuevo las gafas claras. Y cuando me miró, me sorprendió el parecido con su hija. Tenía los mismos pómulos, sí, y la misma separación entre los enormes ojos, incluso la expresión de la cara era similar. Pero con la edad, Belinda no adquiriría aquella afilada nariz, ni aquella boca de lujo en technicolor.

—Entiendo por qué le gusta usted, señor Walker —me dijo con la misma educación embriagadora que rayaba en la dulzura—. Usted no sólo es una buena persona, sino también un hombre muy atractivo.

Cogió un cigarrillo de su bolso, y de modo instintivo yo alcancé una caja de cerillas del hotel que estaba en una mesa y le ofrecí lumbre.

¿Habría visto alguna vez el truco de la caja de cerillas de Belinda? Pensé. No tiene precio.

—Es usted mucho más guapo de lo que se aprecia en las fotografías —me dijo exhalando el humo—. La clase de hombre un poco pasada de moda.

—Lo sé. —Y hablé con frialdad.

Tenía el mismo tono de piel dorado e impecable que ya había notado en Belinda cuando la vi por primera vez; los dientes eran de un blanco radiante. No tenía ni una de esas arrugas que suelen aparecer, ya sea por la edad o por el carácter. Las que Alex ahora sí tenía.

—Vamos, señora Blanchard. Yo amo a su hija, y usted lo sabe. Y ahora dígame qué significa esto.

—Yo también la quiero, señor Walker. Si no fuera así, no habría venido. Y quiero que usted cuide de ella hasta que sea lo bastante mayor para ocuparse de sí misma.

Se sentó en el pequeño sofá rojo y yo cogí una silla. Encendí uno de mis cigarrillos y después me di cuenta de que era de Belinda. Debí haber cogido el paquete inconscientemente antes de salir de casa.

—Usted quiere que yo me ocupe de ella y la cuide —repetí en tono sombrío.

Me estaba recuperando del pasmo y el pánico también empezaba a dejarme. Sin embargo, sentía crecer la rabia.

De pronto me pareció cansada. Algo en sus ojos revelaba que estaba bajo tensión. Quizá nunca lo hubiera visto si no hubiese sido por las gafas. Tampoco tenía arrugas en aquella zona. No parecía de esta tierra en absoluto.

De nuevo me sorprendió su irrefrenable voluptuosidad. El vestido de lana era muy espartano, las joyas eran tan severas como brillantes, y sin embargo ella era un monstruo de la belleza. ¿Cómo sería hacer el amor con ella? ¿Qué debía ser...?

—¿Deseaba tomar algo, señor Walker?

Había botellas en una bandeja sobre una pieza de mobiliario, para la cual yo no encontraba un nombre, bien hubiera podido ser un aparador.

—No. Lo único que quiero es aclarar esto. Qué desea usted y de qué me está hablando. Ustede debe de estar jugando a un tipo de juego extraño.

—Señor Walker, yo soy una de las personas más directas que conozco. Ya se lo he dicho todo. No quiero que mi hija esté cerca de mí. Yo tampoco puedo vivir con ella. Y si se ocupa usted de ella y se encarga de que esté segura y no por ahí, en cualquier parte, en la calle, le dejaré en paz.

—¿Y qué pasa si no lo hago? —le pregunté—. ¿Qué pasa si le hago daño? ¿Y si ella decide irse?

Me observó durante un momento, sin expresión en los ojos, a continuación bajó la mirada. La cabeza se le hundió ligeramente. Después siguió en la misma posición, estaba tan quieta que me ponía nervioso. Durante unos momentos me pareció que se sentía mal.

—Entonces acudiré a la policía —repuso en un tono de voz más bajo— y le entregaré las fotos que le ha hecho a ella, de usted y de ella juntos en la cama; las fotos que tengo de su casa.

Artista y modelo. Las fotos que tomé con el temporizador.

—¡Que usted tiene de mi casa!

Su cabeza permanecía baja, pero me estaba mirando a mí ahora, y aquello suscitaba una sensación de timidez que me enloquecía tanto como su callada voz.

—¿Ha hecho que alguien entre en mi casa?

Me pareció que tragaba saliva, a continuación inspiró.

—Sólo se llevaron los negativos, señor Walker. Y para ser exactos hay treinta y tres. Ninguno de los cuadros que ha hecho de ella han sido tocados. ¿Por qué está usted tan enfadado, señor Walker? Usted tiene a mi hijita en su casa.

»Le daré tres negativos ahora. Y después otro grupo cuando ella tenga dieciocho años. Creo que será dentro de un año y dos meses. No lo he contado pero usted se hace perfectamente la idea. Esté usted con ella hasta que tenga diecinueve años, y en ese momento le daré más. Si usted puede estar con ella hasta que tenga veintiún años le daré el resto. Por supuesto, tampoco hasta entonces puede usted enseñar los cuadros que ha hecho de ella. Aunque bien pensado, si hiciera eso se cortaría a sí mismo el cuello.

—Suponga que la mando a usted al infierno, señorita Blanchard.

—No hará eso, señor Walker. No con las fotos que yo tengo. —Volvió a alejar la mirada, y el labio inferior le sobresalió ligeramente—. Ni con el resto de la información que poseo de usted.

—No creo que tenga esos negativos. Si alguien hubiese entrado en mi casa lo sabría, lo percibiría. Me está mintiendo.

No respondió al momento. Estaba sentada tan alarmantemente quieta como antes, parecía una muñeca mecánica estropeada, una especie de precioso ordenador que estuviese procesando la cuestión.

A continuación se levantó con lentitud y se acercó a la silla en la que había dejado caer su bolso. Lo abrió y vi el borde superior del sobre de papel manila que sacaba. Reconocí en él mi escritura, había anotaciones en la esquina superior derecha. Sacó una pequeña tira de negativos.

—Tres negativos, señor Walker —me dijo, y los puso en mi mano—. Y, por cierto, el tema de las pinturas que usted ha realizado me resulta muy familiar. Conozco todas las cosas que los policías encontrarían en caso de que les enviase para buscar a mi hija. También sé lo que haría la prensa con toda la historia. Pero nadie conocerá jamás lo sucedido, no si llegamos al acuerdo que le he propuesto.

Cogí los negativos y los puse contra la lámpara. Cierto que eran muy incriminativos. Belinda y yo en un abrazo. Belinda y yo en la cama. Yo encima de Belinda.

Y un extraño había entrado en mi casa para cogerlos, un desconocido había penetrado en el cuarto oscuro y en la buhardilla, y se había puesto a registrar todas mis cosas. Pero ¿cuándo había sucedido aquello? ¿Cuál habría sido el día de la violación de mi intimidad? ¿Durante cuánto tiempo habíamos vivido en una falsa sensación de seguridad, tanto Belinda como yo, mientras otra persona nos vigilaba y esperaba la oportunidad de entrar?

Me metí los negativos en el bolsillo. Me senté y comencé a hacer todos esos movimientos nerviosos e imperceptibles que se hacen cuando uno está a punto de explotar. Estaba frotándome los dedos de la mano izquierda, y con el reverso de la otra mano me frotaba la barbilla.

Intenté recordar todo lo que Dan me había dicho. Muy bien, no lo habían encubierto todo a causa de Bonnie. Y sin embargo estaban ocultando lo sucedido.

Ella había regresado al sofá, y yo me alegré de que

no estuviera cerca de mí. No quería que ella me tocase. No deseaba que sus manos tocasen las mías al hacerme entrega de los negativos.

—Señor Walker, puedo darle dinero en cantidades razonables para que se ocupe de ella.

—No necesito dinero. Si usted ha hecho investigaciones sobre mí, sabrá que no lo necesito.

—Sí, eso es cierto. Sin embargo quiero dárselo, porque ella es mi hija y deseo que no le falte nada, por supuesto.

—Y cuánto tiempo ha previsto que dure este chantaje, este pequeño acuerdo de negocios, este...

—No se trata de chantaje —me corrigió frunciendo levemente el ceño, aunque las arrugas producidas desaparecieron al instante, y su cara volvió al estado anterior de insipidez y adquirió la misma falta de vitalidad que su voz—. Y ya le he dicho que lo mejor es que dure hasta que ella tenga veintiún años. Hasta que tenga dieciocho me parece poco menos que imperativo. Hasta entonces será una menor. No me importa que ella piense que puede cuidar de sí misma.

—Ha estado conmigo durante tres meses, señorita Blanchard.

—Sólo falta un año y dos meses para que tenga dieciocho años, señor Walker. Creo que durante ese tiempo le resultará posible. Puede usted mantenerla a ella y esos cuadros que usted tiene en algún lugar donde no se encuentren, creo que nadie va a montar ninguna escena por ello...

Se calló. Algo se estaba tramando en su interior. Sin embargo, ahora era diferente. Pensé que quizás iba a ponerse a llorar. Yo había visto en ocasiones que la cara de Belinda cambiaba de repente y se deshacía mágicamente en lágrimas. Pero esto no sucedió: en cambio, la cara adoptó una expresión apática, como en blanco. Y sus ojos se quedaron nublados. Me estaba mirando, pero hubiese podido jurar que no me veía. Y las lágrimas que vertió salieron tan despacio que sólo formaron una ligera película. Pareció como si su luz interior se apagase.

—Usted es un hombre sano —murmuró arrastrando las palabras—. Es rico, equilibrado y bueno. Nunca le hará daño a ella. Usted la cuidará. Además no desea causarse ningún perjuicio.

—Señorita Blanchard, sólo he vivido con ella durante tres meses. En el momento en que ella se canse se marchará.

—No lo hará. No sé qué es lo que le ha dicho a usted, pero apostaría todo el dinero que tengo a que la vida para ella ha sido un infierno hasta que le ha encontrado. No, ella no volverá a pasar por eso. Tiene lo que siempre ha deseado. Y usted también.

—De modo que ya puede regresar a Los Ángeles y decirse a sí misma que todo le ha salido a pedir de boca, ¿no es así? Que su hija, en mis manos, está a salvo.

Las lágrimas parecieron fijarse como una película en sus ojos, igual que cuando habían comenzado a salir; brillaban tras los cristales de las gafas y su expresión se tornó más lánguida si cabe. Tenía la boca medio abierta. Como si me hubiese olvidado, apartó despacio su mirada de mí. La fijó en la vacuidad de la habitación.

—¿Qué sucedió? —le pregunté—. ¿Por qué se escapó? ¿Y por qué demonios haría usted una cosa así? ¿Lanzarla en los brazos de un hombre al que ni siquiera conoce?

No obtuve respuesta. No se produjo ningún cambio en ella.

—Señorita Blanchard, desde el momento en que puse los ojos en su hija, he venido haciéndome este tipo de preguntas. Me han estado obsesionando noche y día. Anoche mismo miré todas sus pertenencias. Encontré películas que había hecho con usted. Esta mañana he leído su biografía en una de esas ediciones baratas de bolsillo. Me he enterado de todo lo relativo a su matrimonio, al tiroteo, a la serie de televisión...

—Y su abogado —añadió en la misma voz callada—. No se olvide usted de su abogado, el señor Dan Franklin, que ha estado haciendo tantas preguntas en Los Ángeles.

¡Maravilloso! ¿Y no habría de saberse?

—Muy bien —asentí—. También encargué a mi abogado que tratara de averiguar cosas. Pero todavía no sé qué hizo que Belinda se marchase de esa forma. Y si usted cree que me voy a ir de esta habitación sin conocer toda la historia...

—Señor Walker, de verdad que no puede regatear conmigo. Tengo los negativos, ¿se acuerda? Todo lo que he de hacer es coger el teléfono y llamar a la policía.

—Pues hágalo.

Ni se movió.

—Llame a la policía, como hizo cuando ella se largó, señorita Blanchard. Y llame también a la prensa —añadí.

Con una lentitud pasmosa, que parecía imposible, levantó el cigarrillo y se lo acercó a la boca. Las lágrimas se le quedaron presas entre las largas pestañas negras y refulgieron por un instante como cuentas de cristal. Su cara, delicadamente ovalada, pareció adquirir un ligero tono rosado, mientras sus labios temblaban de modo casi imperceptible.

—¿Por qué no lo notificó cuando sucedió? Si su foto hubiese salido en los periódicos podría usted haberla encontrado en menos de una semana. Pero usted la ha dejado vagar por las calles durante nueve meses.

Depositó el cigarrillo en el cenicero con tanta delicadeza como si se hubiese tratado de una bomba a punto de explotar. Entonces sus ojos se dirigieron de nuevo a mí y se quedaron quietos, las lágrimas brillaron, y por un momento sus ojos no fueron otra cosa que un reflejo de luz.

—Pusimos a un montón de personas tras su rastro —me explicó—. Noche tras noche yo misma salía a buscarla, recorría el Hollywood Boulevard y andaba kilómetros, preguntaba a otros jóvenes si la habían visto y les enseñaba su fotografía. Me metí en posadas de mala muerte y apartamentos de hippies que le parecerían increíbles, para encontrarla.

—Pero ahora que la ha encontrado no quiere que vuelva.

—No. No quiero. Nunca he deseado que vuelva. Antes de que se marchase intenté enviarla a una escuela. Ya lo tenía todo preparado, maletas incluidas, para que se marchase, pero no, no quería hacerlo. Según ella no lo necesitaba. Nadie iba a encerrarla en ninguna escuela. Cuando era pequeña no hablaba más que de ir a la escuela y de ser como los otros niños. Pero últimamente no quería ni oír hablar de ello.

—¿Acaso es ése el crimen imperdonable, señorita Blanchard, que ella haya crecido? ¿Que haya crecido lo suficiente para atraer involuntariamente a su marido a hacer algo que no debería haber intentado?

—El crimen imperdonable, señor Walker, si es que quiere usted saberlo, es que ella sedujo a mi marido en mi propia casa. Y yo la encontré con él. E intenté asesinarla por hacerlo. Cogí una pistola, le apunté y mi esposo se puso delante. Encajó cinco balas. De no haberlo hecho, la hubiese matado, como tenía planeado.

Me había llegado el turno de quedarme inmóvil como si hubieran pulsado un interruptor.

El pánico se estaba despertando en mí, el corazón me latía con fuerza y la sangre se me subía a la cabeza.

Ella estaba mirándome. En la cara tenía un poco más de color. Las lágrimas habían desaparecido. Todo lo demás lo guardaba para sí.

—Usted no puede conocer la relación que teníamos ella y yo —empezó a explicarme con voz tranquila y estable—. Ella no sólo era mi hija, era lo más parecido a mí. —Sonrió con amargura—. No me mire acusadoramente, señor Walker. Ella lo hizo. Su Belinda. Estuvo durmiendo con él mucho tiempo. Oía las conversaciones que tenían. Se lo aseguro, peor que estar viéndoles era oír el modo en que se hablaban. Yo ni siquiera entendía las palabras, señor Walker. Me refiero al tono de sus voces. Le hablo de los sonidos que traspasaban aquella puerta. Cogí la pistola de la mesilla de noche, fui a donde estaba y vacié el cargador en aquella cama.

Cogí un pañuelo y me sequé despacio el sudor de la frente y de mi labio superior.

—Parece usted muy segura de que ella lo hizo del modo en que usted está...

—¡Oh!, claro que lo hizo, señor Walker, y también sé por qué lo hizo. Ser una mujer era algo demasiado nuevo para ella —ahora tenía una sonrisa más amplia y más amarga—, ya sabe usted, empezaba a tener esa magia y ese encanto. Bueno, para mí es algo tan viejo como las montañas. Yo he estado vendiendo eso de un modo u otro desde que tengo uso de razón. Incluso antes de ser una actriz de cine, lo vendí para tener una cita para el baile en la universidad. Cuando regresamos del hospital, le dije: «Vete de mi casa. Nunca volverás a vivir bajo el mismo techo que yo. Tú no eres mi hija, tú eres una desconocida. Y te vas a marchar.» Y ella me contestó: «Me iré, pero a donde me dé la gana.»

—Quizá no sucedió como usted piensa.

—Ella lo hizo. —Su sonrisa desapareció, y distanció las palabras, a pesar de que, en efecto, no había hablado con rapidez—. Y sé muy bien en qué estaba pensando y qué estaba sintiendo. Me acuerdo de mí misma cuando era tan joven e igual de estúpida. Recuerdo haber hecho cosas como ésa para averiguar qué pasaría después, cómo ir tras el marido de otra mujer para saber si tenía yo poder sobre él, para hacer que ella pareciera una imbécil. Mi hija se convirtió en una persona extraña, una desconocida a quien en realidad yo comprendía muy bien.

Sacudí la cabeza.

—¿Escuchó usted la versión de ella?

—Me dijo que si yo trataba de enviarla a alguna escuela, ella acudiría a la policía y le diríra que él había intentado abusar de ella. Eso fue lo que me dijo, y también que le enviaría a la cárcel el resto de su vida. Me explicó que ella se marcharía y que era mejor que nadie intentase impedirlo, y añadió que no nos interpusiéramos en su camino porque hablaría con la prensa y se lo contaría así. Que haría lo necesario para arruinarlo todo.

—¿Y si eso fue lo que pasó? ¿Y si es verdad que él trató de abusar de ella?

—No existe ninguna posibilidad, señor Walker. No con mi hija. Tomaba la píldora desde los doce años.

—Pero usted vive con ese hombre después de la participación que él ha tenido en esto. ¿Ella tiene que irse, pero él puede quedarse?

—Sólo es un hombre —repuso—. No hacía más que dos años que le conocía. Pero ella ha vivido toda la vida conmigo. La he tenido en mi vientre. Él no es nada. Se le puede poner en su lugar tocando las teclas adecuadas, él es fácil de olvidar. No tiene importancia.

—Está usted hablando de alguien sin moral. En realidad, de un animal.

—¿Qué es usted, señor Walker? —me preguntó—, ¿En qué estaba usted pensando cuando se la llevó a la cama?

—Yo no estaba casado con su madre —contesté—. No estaba viviendo en la casa de su madre. No estaba intentando convertir a su madre en una perla de una serie de televisión. Y ésa es la clave, ¿verdad, señorita Blanchard?

No hubo respuesta.

—De cualquier modo tenía usted que estar con él —dije yo—. *Champagne Flight* podía despegar o estrellarse. Con eso debía enfrentarse todo el tiempo, ¿no es así?

—Usted no sabe nada, señor Walker —me respondió con toda calma—. Hay millones de lacayos aduladores como Marty Moreschi en Hollywood. Pero sólo hay una Bonnie. Y es Bonnie la que ha hecho *Champagne Flight.* Su idea no es siquiera interesante.

La estuve observando, su aparente honestidad y el modo en que todo adquiría sentido para ella me confundían. No había en sus palabras intención defensiva ni jactancia.

Mientras la miraba, la cara se le dulcificó, convirtiéndose en hermosa simplicidad, como en una fotografía que se hubiese tomado con un filtro, una belleza con fuego contenido. Acto seguido los ojos comenzaron a brillar, y apareció de súbito la mirada implorante que había visto mil veces en sus viejas películas.

—No necesitaba perdonar a Marty —susurró para sí—. Deseaba perdonarle. Lo cual significaba mucho más que tenerle en *Champagne Flight.* Lo que a mí me importaba era mantener una manera de ver las cosas, señor Walker, de preocuparme por ellas. —Entonces calló, y su expresión se hizo más intensa, más punzante—. Significaba desear levantarse por las mañanas otra vez, desear seguir respirando. Y también preocuparse por seguir vivo, señor Walker, por seguir con Marty y estar trabajando en esa serie. Tan pronto como me dio la oportunidad de perdonarle, la aproveché. Me agarré a ella. Y, como ya le he dicho, fue muy fácil.

Me di cuenta, por el movimiento en su garganta, de que tragó saliva. Volví a ver la humedad en sus ojos. La suavidad con que estaban esculpidos sus senos y sus caderas bajo el vestido de lana de cachemir le proporcionaban una apariencia de irresistible vulnerabilidad.

—No me interesa saber quién de los dos fue el responsable —continuó—. No quiero saber de quién era la culpa. No quiero volver a verla nunca.

Se quedó mirando la moqueta. Cruzó los brazos y bajó la cabeza como si le acabaran de pegar.

No le respondí nada, y nada hubiese podido hacerme hablar. Pero entendí lo que trataba de hacerme comprender. Odiaba tener que verlo a su manera, pero ella hizo que así lo considerase. Y no podía decirle ninguna mentira. Sabía muy bien a qué se refería.

Cuando Alex trató de explicármelo, no lo había querido ni oír. Pero ella lo había hecho.

También tenía una fuerte sensación de que con los años, a medida que fuese yo envejeciendo, cuando hubiese perdido más batallas y hubiese menos cosas que tuviesen importancia para mí, llegaría a entenderlo mucho mejor.

A pesar de ello la miré sin concesiones. Mi lealtad hacia Belinda seguía en pie. Dios mío, pensé, tenía quince años cuando sucedió. ¿Qué habría comprendido ella de todo esto?

Traté de no pensarlo. Lo único en que me concentraba era en imaginarme a mí mismo viajando por la autopista en dirección a Carmel y llegando a la casita por la mañana, y en Belinda, que estaría allí.

Sentí miedo por Belinda, pues ahora me parecía que estaba más sola que nunca.

Sentía dolor por ella. Quería protegerla del sufrimiento y la desesperación que reinaban en aquella habitación. Y quizá por primera vez, desde que me había fijado en ella, la comprendí. Lo hice.

Ahora sabía por qué ella no había querido hablar nunca del asunto. Tampoco veía que tuviese importancia saber quién era el culpable o quién había empezado, como había dicho su madre. Era algo desastroso, eso es lo que era, un desastre para madre e hija, y lo más seguro es que las únicas que supieran cuán doloroso era fuesen ellas dos.

Aunque la cosa no había terminado. No, bajo ningún concepto. Hubiese sido excesivamente conveniente que yo saliese en aquel momento del salón. Y me maldeciría a mí mismo si aceptase el juego de aquella dama. Me resultaba tan oscuro y tortuoso como todo lo que la rodeaba.

—¿Qué pasaría si usted hablase con Belinda ahora? —le pregunté.

Me resultaba imposible saber si ella me había oído siquiera.

—Podría hacer que viniera aquí —continué.

—Ya he visto todo lo que quiero ver de ella —contestó.

Un extraño silencio en la habitación llenó el vacío que había entre nosotros. Se podía oír el tráfico lejano. La suave música del vestíbulo del hotel, que oía ahora, debía de haber estado sonado todo el tiempo.

—¡Señorita Blanchard, es su hija!

—No, señor Walker. Usted debe ocuparse de ella. —Levantó la mirada como si despertase de un sueño, y vi que tenía los ojos rojos y tristes.

—¿Y si ella la necesitase de verdad?

—Es demasiado tarde para eso, señor Walker. —Sacudió la cabeza—. Demasiado tarde. —Y su voz silenciosa fue fría y terminante.

—Bien, pues no puedo hacer lo que usted me pide —le dije con un tono ligeramente terminante por mi parte—. No puedo formar parte de este chantaje. No cooperaré con usted.

La miré y estaba de nuevo inmóvil. Silenciosa. Desprotegida.

—¿Qué importa, señor Walker? —dijo por fin, dirigiéndome la mirada—. Nadie acudirá a la policía. Usted lo sabe, ¿no? Si ella se escapa, usted me llamará. Podrá hacer eso, ¿verdad?

—Quizás esté equivocándose en lo referente a este asunto.

—Aléjela, llévesela a alguna parte, señor Walker. A algún sitio en que nadie pueda encontrarla ni encontrar esos cuadros que usted ha estado haciendo con ella. Manténgala fuera de los escenarios. Dos años, tres, no importa. Después de eso, pueden hacer lo que a ambos les plazca. Yo nunca podría utilizar esos negativos contra usted. ¿No se da cuenta?

—Entonces me los llevaré ahora, señorita Blanchard, si no le importa.

Me puse en pie. Ella no se movió. Me miró como si no supiera quién era yo, por no hablar de lo que pensaba hacer.

—Los cogeré yo mismo —le aclaré.

Me dirigí a su bolso. Cogí el sobre. Comprobé el contenido.

Allí estaban, desde luego. Los conté. Entonces puse uno de ellos contra la luz. *Artista y modelo*. Muy bien. Miré dentro del bolso. Había un cepillo, un billetero, tarjetas de crédito y maquillaje. No había nada más que me perteneciese.

—Está usted hecha una buena chantajista, señorita Blanchard —le dije—. ¿Han cogido sus matones alguna otra cosa?

Me estaba mirando con atención. Me pareció verla sonreír, pero no podría asegurarlo. Suceden muchas cosas inapreciables e indescriptibles en una cara inmóvil. De pronto ella se levantó. Por un momento pareció no recordar cuál era su intención. Parecía que estaba perdida.

Traté de alcanzarla y sujetarla. Pero pasó por mi lado, frente al ventanal, en dirección al pupitre, se sentó, se inclinó ligeramente apoyada en su codo izquierdo y escribió algo en el cuaderno de mensajes del hotel.

—Aquí tiene mi dirección y mi teléfono privado —me dijo dándose la vuelta y entregándome el papel—. Si alguna cosa sale mal, si sucede algo malo, llámeme y yo contestaré, no se tratará de ningún empleado del estudio ni de ningún hermano mío que piense que no sé sumar dos y dos. Si ella se va, ya sea de día o de noche, llámeme.

—Hablaré con ella.

—Y por lo que se refiere a mi hermano, tenga cuidado.

—¿Acaso él no sabe dónde está ella?

Sacudió la cabeza.

—Nunca dejará de intentar encontrarla. Quiere que esté encerrada hasta los veintiún años.

—¿Por el bien de ella o por el de usted?

—Por el de ambas, creo yo. Si yo le dejase, también encerraría a Marty.

—Resulta consolador —comenté.

—¿De verdad, señor Walker? ¿Y qué cree que haría con usted?

—Pero, al igual que usted, desea que nada se haga público, ¿no es cierto? Nada de policía y, Dios lo quiera, nada de prensa.

—No puedo decir que sea así —repuso misteriosamente—. Sería capaz de llamar a la legión extranjera, a la NBC y a la CBS si pudiese. Pero sólo hace lo que yo le digo.

—El bueno del hermano Daryl —dije yo.

—La sangre, en mi familia, tiene un significado muy importante, señor Walker. No se traiciona a los que son tuyos. Y él es mi hermano, no el de ella.

—Bueno, pero si usted ha sido capaz de seguirla hasta mi puerta, ¿qúe impediría que él también lo hiciese?

No contestó enseguida. Luego sonrió con aquella sonrisa amarga que le había visto antes.

—Bien, digamos que yo tengo contactos que Daryl no tiene —aclaró.

—¿Como cuál?

No podía ser Alex. Él no me traicionaría por nada del mundo. ¿Y George Gallagher? Por lo que había oído hasta ese momenot, él no defraudaría a Belinda.

—Daryl piensa que ella está en Nueva York —me dijo—. O que ella se ha marchado a Europa para encontrar a una directora de cine llamada Susan Jeremiah y hacer con ella una película. Pero aunque le encontrase a usted, antes de hacer nada hablaría conmigo. Así quedará si usted no enseña sus cuadros. Si lo hace, todo el mundo le irá a ver. Hasta yo tendría que perseguirle.

—¿Incluso después de este breve encuentro? —pregunté—. El intento de chantaje es un crimen, ¿no se lo ha dicho nadie?

Me dedicó otra de sus largas y suaves miradas cautivadoras. A continuación dijo:

—Señor Walker, deje que le diga que, tal como están las cosas, en realidad nadie tiene nada contra nadie.

—No estoy muy seguro de que tenga usted razón, señorita Blanchard —le dije—. Llegados a este punto, es posible que todos tengamos las de ganar.

Me pareció que pensaba en lo que yo acababa de decir, aunque es posible que estuviese sólo haciendo tiempo.

—Cuide muy bien a Belinda —me dijo por fin—. Y haga el favor de no enseñar esos cuadros a nadie.

No deseaba escuchar nada más. Tampoco tenía ninguna otra cosa que decir. Lo único que sabía es que deseaba llegar a Carmel antes del amanecer. Me di la vuelta para marcharme.

—Señor Walker.

—¿Sí?

—Llámeme si sucede algo malo, ya sea de día o de noche. Si sucede alguna cosa, si ella se marcha.

—Por supuesto, señorita Blanchard —dije yo—. ¿Por qué no habría de hacerlo? Como usted ha dicho, soy una buena persona, ¿verdad?

[illegible]

[illegible]

Me [illegible]

[illegible]

Me parece [illegible]

[illegible]

[illegible]

[illegible]

[illegible]

25

Estaba amaneciendo cuando salí de la furgoneta y me dirigí por el camino de gravilla hacia la entrada en mi casita en Carmel. Dentro el aire era cálido y estaba repleto del olor de los leños que humeaban en el hogar. Había una luz blanquecina que se iba haciendo más brillante a medida que pasaba el tiempo y yo contemplaba el suelo de losas iluminado, las confortables sillas antiguas, la rústica mesa y las altas vigas oscuras de madera por encima de mi cabeza.

Subí por la escalera de madera que conducía a la mullida cama. Olí el perfume de Belinda.

Ella estaba acurrucada sobre un ovillo de sábanas de algodón, y el dorado bronceado de sus hombros desnudos se recortaba contra la blancura de aquéllas. Algunos mechones de su cabello se habían pegado a su mejilla y a sus labios húmedos. Los aparté y ella se dio la vuelta estirándose sobre su espalda; la sábana se resbaló y dejó sus senos desnudos al descubierto, la suave piel de sus párpados temblaba.

—Despierta, bella durmiente —le dije. La besé. Su boca al principio carecía de vida, pero se fue abriendo despacio y entonces percibí que su cuerpo se avivaba bajo el mío.

—Jeremy —susurró, y dirigió sus brazos hacia mi

cuello, lo rodeó y me apretó contra sí, casi con desespero.

—Vamos, pequeña —dije yo—. Lo tengo todo en la furgoneta. Anoche llamé a mi ama de llaves de Nueva Orleans. Estará todo preparado para cuando lleguemos. Si nos ponemos en marcha ahora y no dejamos de conducir, llegaremos a la casa de mi madre pasado mañana.

Tenía los ojos vidriosos, pero los abrió y los cerró varias veces para quitarse el sueño de encima.

—¿Me amas? —susurró.

—Te adoro. Ahora ven conmigo abajo. Prepararé el desayuno para los dos. Hay un par de cosas que deseo comentarte, después nos pondremos en marcha de inmediato.

Cogí las provisiones que estaban en la furgoneta, preparé los huevos con beicon y el café, y cuando ella bajó y se sentó en la mesa volví a besarla. Había recogido una buena parte de su largo cabello con el pasador, y le caía por detrás de la espalda como un haz de luz. Se había vestido con los pantalones tejanos blancos y con uno de esos jerséis sueltos de algodón que a mí me gustaban de modo especial. Parecía una flor blanca de tallo largo.

—Siéntate —le pedí cuando me di cuenta de que trataba de ayudarme. Serví la comida en los platos y vertí el café en las tazas—. Tal como te dije, nunca más volveré a hacerte preguntas. —Me senté enfrente de ella—. Pero quiero que sepas lo que he hecho. He leído toda la basura escrita en edición de bolsillo que he podido encontrar, sobre ti y tu madre. He leído todas las revistas que he encontrado. Incluso he enviado a una persona a averiguar cosas al sur. Sé toda la historia. Te lo confieso ahora, cara a cara.

Sus ojos miraban fijamente detrás de mí. Tenía una expresión apática muy parecida a la de su madre. Sin embargo las lágrimas amenazaban con salir.

Alargué mi mano por encima de la mesa y cogí la suya. No opuso resistencia.

La vi más derrotada que nunca.

—Quiero cerrar este capítulo y olvidarlo todo, tal como te prometí —le dije—. No habrá preguntas. Ninguna. Pero hay algunas cosas que debes saber. Susan Jeremiah te ha estado buscando. Quiere que hagas una película con ella.

—Eso ya lo sé —comentó quedamente—. Eso puede esperar.

—¿Estás segura? Si quieres verla, te ayudaré. Pero tu tío Daryl la está vigilando. Imagina que podrá cogerte si lo intentas.

—También lo sé.

—Muy bien. Y ahora la última cosa y la más importante. No quisiera hacerte ningún daño y tampoco querría que me odiaras por ello. Pero tengo que decírtelo. No puede haber ni más misterios ni más mentiras.

En su manera de estar callada y en la solemnidad y vacío de su cara, se parecía mucho a su madre; la noche anterior no había caído en ello, mientras estaba en aquella habitación, sin embargo lo había observado en Belinda infinidad de veces.

Aspiré profundamente.

—Tu madre vino a verme —le expliqué.

No hubo respuesta.

—No sé cómo nos ha encontrado, hasta es posible que mi propio abogado, al meter la nariz para hacer averiguaciones, le haya dado una pista. Pero comoquiera que haya sido, ella vino a verme y a decirme que cuidara de ti. Ella está muy preocupada por ti y no quiere que su hermano te encuentre ni que cree problemas por tu causa. Lo único que desea es que tú estés bien.

Como si no pudiera asimilarlo y no fuese capaz de admitirlo, se quedó mirándome

—Comprendo que esto pueda ser un duro golpe, una desagradable sorpresa, y desearía no tener que hablar de ello, pero creo que debes saberlo. Le dije que te amaba. Le dije que la informaría de vez en cuando de cómo estás.

No podía entender su expresión. ¿Se sentía más triste? ¿Estaría a punto de llorar? Se quedó impasible, y de pronto la vi muy mayor, muy cansada y también muy sola.

—Pues bien, ya está —continúe—. Y si puedes perdonarme por hacer indagaciones, Belinda, comprenderás que lo peor ha pasado ya y que ahora vamos a estar muy bien.

Frunció el ceño, su labio inferior temblaba y, sí, estaba a punto de llorar. Aunque incluso para eso necesitaba más fuerza de la que tenía en aquel momento.

—No lo hagas, cariño, todo está bien, de verdad —le dije—. No habrá más secretos que nos hagan daño, Belinda. Ahora vamos a estar mejor que nunca. Ahora somos de verdad libres.

—Te amo, Jeremy —susurró—. Nunca hubiese dejado que te hiciesen daño. Te lo juro. Es verdad.

La forma en que lo dijo me rompió el corazón, como si en realidad fuese yo al que hubieran de proteger.

—Sí, mi amor —le dije—, y yo tampoco dejaré que te hagan daño. Y ahora nos marcharemos lejos, nos alejaremos de ellos.

26

No puedo precisar cuándo empezaron a surgir las dudas. Pero ciertamente no fue durante aquellas primeras semanas.

Condujimos sin parar durante todo el trayecto, mientras uno de nosotros dormía el otro cogía el volante, de modo que llegamos a Nueva Orleans bien entrada la mañana del segundo día, después de haber dejado California.

Al dar la vuelta para entrar en la avenida Saint Charles, saliendo de la autovía, pensé que estaba exhausto, sin embargo las viejas señales —los gigantescos robles de copa amplia, y también el ocioso y sucio ambiente del aburrido tramo del centro de la ciudad— me devolvieron a la vida de inmediato.

Tuve una extraordinaria sensación de paz cuando circulábamos por el territorio del Garden District, una vez cruzada la avenida Jackson. Hasta el olor del aire caliente estaba surtiendo efecto.

Entonces vi la alta valla de hierro de la vieja casa, que continuaba detrás por la calle lateral. Vi que el jardín crecía más exuberante que nunca y se recortaba contra las blancas columnas corintias y los porches cubiertos. Allí estaba la enredadera Rosa de Montana elevándose hacia las persianas de las altas ventanas. Estaba en casa.

Cuando miss Annie salió a recibirnos y me entregó las llaves, yo me sentía como aturdido. La impresión que me producía cuanto me resultaba familiar era de magia. El torrente de pequeñas sensaciones, que hacía largo tiempo que había olvidado, me abrumaba.

Una vez hubimos entrado en las habitaciones, noté que estaban frescas. Los ventiladores del techo chirriaban y los viejos acondicionadores de aire de las ventanas hacían aquel sonido que, con el tiempo, actuaba de excelente sustituto del silencio. Allí estaba el horrible y viejo retrato de Lafayette, aquel que Alex había mencionado, y la cabeza de pirata seguía al pie de las escaleras, también las alfombras estaban esparcidas aquí y allá. Durante un momento me quedé de pie en la puerta de la biblioteca, miraba la mesa en que había estudiado y los estantes todavía llenos de libros del siglo diecinueve en los que había visto y estudiado, por primera vez, las pinturas y los dibujos de los grandes maestros.

Belinda permanecía quieta y estaba obviamente subyugada. La tomé de la mano y la llevé al segundo piso. Entramos en la habitación que había sido de mi madre. Las persianas estaban cerradas y los listones abiertos, de modo que podían verse las ramas de los árboles del jardín, tal y como lo había visto Alex largo tiempo atrás.

Abrí las puertas cristaleras que daban al porche cubierto. Le expliqué cómo mirábamos la procesión de martes de carnaval desde allí sin ser vistos desde la calle. Ese tipo de porches era algo perteneciente al pasado, en la actualidad la gente los consideraba feos ya que tapaban las bonitas fachadas del período anterior a la guerra civil; sin embargo no había nada en el presente que supliera la sensación de intimidad y de aire fresco que proporcionaban.

Al moverse ella por la habitación, mientras examinaba los muebles de caoba y la gigantesca cama con sus cuatro columnas, me parecía pequeña y frágil.

—¡Ah! Jeremy, éste es un lugar de ensueño —me dijo. Y me dedicó una de sus exquisitas sonrisas.

—¿Te gusta, cariño?

—¿Podemos dormir en esta cama? —me preguntó.

—Claro que podemos —contesté—. Sí, ésta será nuestra habitación.

En las horas más frescas de la noche podríamos cerrar los acondicionadores de aire y dejar las puertas del porche abiertas. Podríamos oír los coches que pasaran por la calle.

Me ayudó a descargar la furgoneta. Lo hicimos por el camino de gravilla, bajo el sofocante calor, hasta que hubimos llevado los doce cuadros al estudio del porche de la parte de atrás, en el que había trabajado durante tantos años.

Ahora el porche estaba cubierto con cristaleras en vez de mamparas. Sin embargo, las viejas persianas enrollables de caña de bambú verde todavía estaban allí, y yo recordaba a Alex Clementine, vestido en su traje de lino blanco, diciendo mientras las bajaba: «Sabes, haré el amor contigo.»

Tanto el banco de trabajo como el caballete y las demás cosas seguían en su sitio. Por no mencionar el camastro, en el que Alex y yo nos sentamos juntos aquella tarde. El jardín había crecido tanto y de forma tan exuberante que la luz apenas podía filtrarse. Las rosas crecían en arcos amenazantes, que se elevaban por encima de los espesos racimos de los bananos y sobre las adelfas blancas y rosas.

Junto al tramo final se elevaba sobre sus altos tallos el malvavisco púrpura. Y la enredadera de campanillas ascendía hasta el mismo tejado.

¡Ah!, nada en California crece como aquí. Tal vez ni siquiera el amor. La Rosa de Montana recorría los hilos del teléfono que se cruzaban con las ramas de la pacana. Los lirios de agua ofrecían sus enormes capullos que sobresalían de los cimientos de ladrillo. Incluso los gladiolos púrpura estaban rodeados de una capa de verde musco como velludillo. Más lejos, entre el césped que había crecido demasiado, se encontraban los muebles de hierro de jardín, medio cubiertos por los hierbajos excesivamente altos que ahora se hallaban medio doblados.

Era el hogar.

Ella me ayudó a subir el equipaje al piso de arriba. La moqueta era tan mullida como si acabase de crecer de los maderos pulidos. Abrí los viejos armarios y olían a polvo, a bolas de naftalina y a cedro.

De pronto se hizo un absoluto silencio. Estábamos los dos de pie al borde de la alfombra de Bruselas.

—Te quiero, amor mío.

Cerré la puerta y la llevé en brazos hasta la cama de mi madre. Ella dejó caer la cabeza mientras le desabrochaba los botones de la camisa. Llevaba cintas entrelazadas con las trenzas.

Bajó la mano hasta la línea de separación entre sus pechos y abrió el corchete del sujetador, de modo que las dos copas quedaron separadas, una a cada lado, como si se tratase de dos conchas blancas. Levantó suavemente las caderas para que pudiese quitarle los pantalones tejanos y después las medias. Tiré de los lazos de las trenzas, recorrí las mismas con los dedos de manera burda y las aflojé, así que se deshicieron, quedando el cabello suelto y ondulado.

Me rodeó con los brazos y comenzó a besarme los hombros y el cuello. Hicimos el amor encima de la misma colcha. Después de lo cual me di la vuelta y caí dormido, en lo que debió de ser el más suave y profundo de los sueños que yo haya conocido.

California simplemente desapareció en la oscuridad. Abandonábamos la barbarie californiana para adentrarnos en la del sur, pensé.

Oí que Alex explicaba frente a una mesa abarrotada de gente:

—Y entonces, ¿quién apareció dentro de su negra limusina, justo enfrente de su casa, sino Bonnie?

No, basta, fin. Despierta. Cambia de marchas. Vete al sur. Aléjate. Bonnie con acento suave de Tejas:

—No me importa quién empezó todo. No me interesa saber quién tiene la culpa. Lo que quiero es no tener que volver a verla.

Se oían los sonidos provenientes del exterior de Nueva Orleans. Eran las cinco en punto.

El aire acondicionado estaba apagado. Las chicharras estaban cantando, desde las ramas de los árboles se oían las canciones que cantaban a coro. ¡Ah!, estoy en casa. Estoy a salvo. Estoy en Nueva Orleans. Se oían los relojes que daban la hora, desde distintos lugares. Mi madre siempre me pedía que pusiera los relojes con treinta segundos de diferencia para que la música de las campanadas no dejara de sonar. Miss Annie debía de haber aprendido el truco.

¡Belinda! Estaba sentada fuera del porche, en la mecedora blanca. La brisa llevaba el olor de la lluvia y del polvo. Sólo llevaba puesta una braguita de seda blanca y tenía los pies descalzos.

—¡Hace un calorcillo tan maravilloso! —comentó. Una suave luz le iluminaba la cara. Llevaba el cabello con raya en medio, de manera que le caía sobre los hombros formando rizos y medio enrollado por las trenzas—. ¡Ah! Jeremy, no nos vayamos nunca de aquí. Si nos ausentamos por algo, volvamos pronto. Hagamos que éste sea nuestro hogar.

—Sí, mi querida niña, para siempre.

Me quedé de pie al lado de la barandilla y miré a través de la maleza de ramas de los robles en dirección a las líneas plateadas que los coches dejaban en la avenida. Cuando se acercaba el martes de carnaval siempre podaban las ramas de modo que las grandes plataformas de cartón piedra pudiesen circular con seguridad bajo los árboles. Me dolía sólo pensar en ello.

En aquel momento el color verde oscuro del césped se mezclaba con el verde de los árboles, y más allá no se veía nada del resplandor del cielo, sólo los colores pardos de las casas más alejadas, y algunos parches crespados de laurel de california rosa que brillaban en la penumbra, junto a magnolias blancas, pedacitos brillantes de cristal y azul translúcido al lado de hierro retorcido. El mundo parecía entretejido en una red. No había ni principio ni fin. Tanto el ocaso como las nubes no eran más que retazos diminutos resplancecientes.

—Esta noche saldremos e iremos al lago —le dije—. A un antiguo lugar del lado oeste del lago. O si prefieres al barrio francés en el centro de la ciudad. ¿Qué me dices?

—Lo que tú quieras.

Había gotitas de humedad que refulgían sobre sus pechos y sobre sus muslos desnudos bajo la orilla de blonda de sus braguitas. Éstas eran preciosas, la blonda de que estaban hechas era muy trabajada y parecía que las hubiesen esculpido a la medida de su contorno. Tenía los pies desnudos sobre el suelo polvoriento.

Pero antes quería hacer las fotografías.

Encendí las lámparas.

—Recuéstate en la cama —le pedí con amabilidad—. Sobre los almohadones bordados. No, no, déjate las braguitas puestas.

—Vaya, ésta es toda una novedad —contestó somnolienta.

No había desempaquetado los trípodes pero podía sujetar la cámara con la suficiente estabilidad. Las fotos me saldrían muy granulosas y la luz sería terrible, pero quedarían bastante bien. El cuadro que haría dentro de muy poco tendría la luz adecuada. Tenía las piernas separadas y la rodilla izquierda levantada hacia un lado, así que los pezones rosa resultaban visibles bajo la tela de seda.

Ella volvió a caer en su trance habitual cuando empezó a sonar el clic del disparador. Pensé en todas las películas en que había participado. Y también en la última, en que había hecho aquellas exquisitas escenas de amor sobre la arena. Pero el presente era lo bastante presente como para pensar en aquello.

Abrí su maleta y saqué uno de sus sujetadores, uno que era de color rosa y llevaba encajes, también saqué las braguitas rosa a juego.

—Ponte éstas, ¿quieres?

La miré mientras se quitaba las que llevaba puestas. El sujetador tenía cierre delantero como el anterior. ¡Ah!, mis dientes se apretaron cuando vi cómo tensaba el clip, y sus pechos quedaban recogidos. A continuación se ajustó las copas, se subió ambos pechos para luego dejarlos caer; los dedos actuaban con naturalidad y soltura. Mientras la contemplaba se me endureció. Luego se puso las braguitas, estiradas y transparentes sobre el bello del pubis. Pude ver cómo la seda se ajustaba sobre los labios secretos. Se produjo un pequeño ¡clac! El vello quedó por debajo como una sombra.

Volvió a sentarse sobre la cama y se echó hacia atrás, hacia los cojines, dejó que el cubrecama quedase arrugado bajo sus talones.

—Perfecto.

Caminé hacia atrás y me quedé de pie, mirándola, queriéndola. Sabíen quién era ella, y nada había cambiado. Pero todo había cambiado. Ahora todo era distinto.

Esa noche la dedicamos a pasear y recorrer el barrio francés. Llegamos a tiempo de oír jazz en la Preservation Hall, nos detuvimos en la zona de las tiendas y en los extravagantes clubes de Bourbon Street, y nos entretuvimos contemplando los lugares históricos como Pirate's Valley, Jackson Square y la catedral.

Me habló con melancolía de las cosas que añoraba de Europa. No precisamente de Saint Esprit. Aquello había sido una prisión. Hablaba de París y de Roma sobre todo.

Roma le había gustado con delirio. Había recorrido toda la ciudad con una Vespa junto a Susan Jeremiah, cuando ésta concluía el trabajo de producción de *Jugade decisiva* en Cinecittà. Susan medía metro ochenta de estatura e iba vestida indefectiblemente con el sombrero y las botas de vaquero. Los italianos la adoraban.

Me comentó que era un lugar de colores indescriptibles. Las paredes estaban pintadas y las calles eran de piedra, los olores en Roma también eran sorprendentes. No se parecían a los de ningún lugar de América que ella hubiese visitado. En realidad, para ella América era Nueva York, Los Ángeles y San Francisco.

Yo la escuchaba sin interrumpirla, percibía el cambio que se producía en ella al poder hablar de su pasado, era como si su vida se extendiese también hacia atrás, al igual que lo hacía hacia delante, con planes y sueños. Todo acabaría saliendo bien. Todo nos iría estupendamente.

Lo que no hacía yo era presionarla. Más tarde, cuando tomamos café en el Café du Monde, le hice preguntas sobre la filmación de *Jugada decisiva.*

—Bueno, como ya sabes, durante toda mi vida he hecho películas —me dijo—, he participado en filmaciones desde que me acuerdo e incluso antes. He visto películas en las que yo sólo era un bebé. Después también estaban los anuncios. Cuando tenía unos quince meses creo que hice un anuncio para un champú de bebés. Las fotos han de estar en alguna parte. Te las enseñaré. Pero cuando nos trasladamos a Saint Esprit todo acabó, todo murió. Bueno, no, eso no es del todo cierto, creo que todavía hicimos otra película. No me acuerdo bien. Saint Esprit era lo más parecido a una prisión.

—Sin embargo, en *Jugada decisiva* tuviste un papel importante.

Asintió con la cabeza. Después la noté incómoda.

—Hay tiempo para eso —comentó—. Me parece bien tener que esperar.

Más tarde, cuando paseábamos de regreso por Canal Street, volvió a hablar del tema:

—Sabes, una cosa que he aprendido de los actores y las actrices, me refiero a las grandes estrellas, es que pueden ser de lo más ignorante si alcanzan la fama cuando son muy jóvenes. Algunas son casi analfabetas. Y emocionalmente son personas que han crecido en el sistema penal. Quiero decir que son incapaces de controlar sus emociones. Yo quiero hacer películas, sé que voy a hacerlas, pero antes de meterme en ello no me molesta nada vivir durante un tiempo un estilo de vida distinto.

—Dos años, amor mío —le dije—. Después nadie podrá hacer nada contra nosotros.

Pensé en Bonnie, que me amenazaba con aquellos negativos; pensé que algún ser sin rostro había penetrado en mi casa cuando no había nadie. ¿Cuándo debió suceder? ¿Pudo haber sido la última vez que nos fuimos a Carmel, y el intruso contempló todas las pinturas con una linterna? La rabia me consumía. Déjalo, Jeremy. Te dio los negativos sin oponer la más mínima resistencia. Esa mujer es trágica. «Deja que el cielo la guíe», como dice el viejo poema.

A las doce de la noche ella ya dormía en la cama de mi madre —nuestra cama— y yo estaba abajo, pintando en mi viejo estudio. Me estaba apresurando mucho, intentaba dar los últimos retoques a los cuadros que había traído. Pensé que al día siguiente iba a obtener los productos de laboratorio, y que como tal utilizaría el baño del servicio que estaba junto a la cocina. Todo sería perfecto.

Cuando hube terminado, salí afuera y percibí el abrazo de la noche inanimada que nunca, nunca, se sentía en San Francisco.

La enorme casa parecía escorar como un barco en la oscuridad, en tanto que la hiedra parecía haberse tragado sus dos chimeneas. Sentía cómo se elevaba el olor de las flores, ese perfume denso y embriagador que allí se huele en todas partes. ¿Por qué me habría marchado? De hecho no había hecho más que trasladar aquel lugar a todas las pinturas que había realizado. Charlotte y Angelica, e incluso la bella durmiente, sí, ésta en especial, bajo su bruma tejida como tela de araña. Aunque ahora todo es diferente. El pasado está vivo. Yo estoy vivo.

Miré hacia arriba. Ella se había acercado a la puerta de rejilla. De nuevo llevaba sólo una braguita. Y la luz de la cocina parecía arder entre sus cabellos.

La que estaba de pie no era una niña, era una mujer.

Al llegar el fin de semana, ella ya conocía toda la ciudad y se desenvolvía muy bien con la furgoneta. Solía ir a las tiendas de bulevares, según ella a empaparse de América en aquellos lugares, lo cual en cierto modo era difícil. También iba al barrio que adoraba, por supuesto. Me informó de que varias películas buenas que todavía no habíamos visto se estaban proyectando en la ciudad. Me dijo que teníamos que ir a verlas. Y entre todo cuanto había inspeccionado, la lista de restaurantes a visitar era interminable.

Yo comencé a trabajar en dos nuevas telas al mismo tiempo, a las que había titulado *Belinda en la cama de mamá.* En una de ellas llevaba braguitas de seda y en la otra sujetador y braguitas. Eran las más eroticas que yo había pintado hasta ese momento.

Sabía que la nueva dirección en mi trabajo se presentaría por sí misma, como había sucedido con el cuadro del café Flore; sin embargo, ahora el misterio era más profundo. Yo era un hombre que despertaba de un sueño.

Me costaba concentrarme cuando pintaba sus senos y las medias. Suspendía el trabajo, salía al jardín y dejaba que el calor del sol me dejara agotado. Septiembre en Nueva Orleans es como si fuese pleno verano.

Pero estaba trabajando maravillosamente bien. Estaba haciendo la continuación de una serie basada en ella como mujer adulta. Y si en California había doblado mi habitual rapidez en el trabajo, aquí iba a la velocidad de un huracán. Volvía a dormir sólo cinco horas por las noches o menos. En ocasiones dormía tres horas.

Sin embargo las tardes eran perfectas para hacer la siesta. Mis Annie acostumbraba dormir a esa hora. Belinda se iba a montar a Audubon Park y tomaba una o dos clases en Tulane. Había comenzado a escribir un diario y en ocasiones se pasaba horas escribiendo en la biblioteca. Yo dormitaba en la cama de mi madre.

Ella estaba ocupada y muy contenta, igual que al principio. Los libros empezaban a formar una buena pila y los nuevos televisores, aparatos de vídeo y cintas comenzaban a proliferar. Lo habíamos instalado todo en la habitación de mi madre, en la habitación de ella junto al salón y en la biblioteca.

El miércoles por la noche ella miraba *Champagne Flight.* Yo me daba un baño. La puerta estaba abierta. Ella no me hablaba sobre la serie. Se limitaba a sentarse en el canapé de mi madre, vestida con unos pantalones cortos y una especie de corpiño rosa (prendas informales que nunca había llevado en San Francisco) y se quedaba mirando la pantalla. Oí hablar a Bonnie. Después a Alex. De nuevo a Bonnie. Aquél debía de ser el episodio en que Alex dejaba paso con elegancia al joven amante punk. Bonnie lloraba. Aborrecía oírla llorar. Ni siquiera deseo volver a verla.

Todavía pasaron unos días antes de que me acordase de Dan. ¡Tenía que llamar a Dan! Todo lo demás iba espléndidamente bien. Había llamado a Nueva York para comprobar las cosas desde un teléfono público del centro de la ciudad.

Rainbow Productions había pagado los quinientos treinta mil dólares por los derechos de Angelica. Mi contable ya había liquidado los impuestos y había hecho las inversiones. Rainbow había solicitado que yo asistiese en Los Ángeles a una comida, pero eso quedaba fuera de discusión. Tampoco pensaba hacerles ninguna llamada. Señores, pueden llevársela, por favor.

Y ahora Dan. Tenía que explicarle el último capítulo, el desafortunado episodio de mi entrevista con aquella mujer en la fría habitación del hotel Hyatt, con ella sosteniendo un cigarrillo como si se tratara de utilería teatral. Sin duda, Dan se estaría volviendo loco. Se merecía una explicación.

Me dirigí a una cabina telefónica que estaba en la esquina de Jackson y Saint Charles Street. Accedí a su contestador automático personal en San Francisco. «Deja un mensaje de la duración que quieras.» Bien, por primera vez en mi vida, podía aprovecharme de aquello. Empecé haciendo recapitulación de todo de forma velada.

—No habían transcurrido ni un par de horas después de llamarte a ti, cuando miré a través de la ventana...

Creo que en ese momento es cuando empezaron. Me refiero a las dudas.

En el preciso instante en que lo estaba contando.

Estaba en la cabina y miraba hacia el exterior, sin fijar la vista en nada, sólo veía el largo tranvía de madera marrón que se deslizaba, con el curvado techo mojado por la lluvia que debía de caer en las afueras, pues aquí no estaba lloviendo.

Así que me oí a mí mismo diciendo:

—No te lo creerás pero me estaban secuestrando en una limusina negra. Alguien había entrado en la casa, había cogido los negativos y...

Fue en ese momento cuando me pareció demasiado descabellado.

—Pues bien, ésa era la cuestión —continué—, pero conseguí que me devolviera los negativos y...

No, me pareció que nada de aquello tenía mucho sentido. Y volví a recordar lo que había soñado la primera tarde que dormí en la cama de mi madre, un sueño en que Alex le estaba contando la historia a todo el mundo. ¿Qué sensación había tenido durante el sueño? No podía creerlo.

—Así que, Dan... —mascullé. Y me di cuenta de que le estaba explicando cómo había comprobado y vuelto a comprobar los cerrojos a mi regreso a casa, en San Francisco. No podía imaginarme cómo había hecho aquel bastardo para encontrar los negativos, y mucho menos cómo los había clasificado y separado del resto y...

—Ya debes saber que esos tipos son profesionales, expertos en reventar cerrojos y puertas, imagino. —¿Será eso cierto?—. Y vete tú a saber hasta dónde son capaces de llegar...

Es mejor acabar con esto.

—Pero, como verás, lo que fuera que sucedió entre ella y su padrastro puso en las pequeñas manos de B. las cartas adecuadas. Lo que quiero decir es que ellos ni siquiera contemplaban la posibilidad de acudir a la policía para que la buscaran, naturalmente...

¡Mmmm!

—Y eso es lo que hay, un castillo de naipes. La razón es que toda la historia tiene un balance muy precario. Ellos me fastidian. La pequeña B. hace lo mismo con ellos. Y todos acabamos en el mismo saco. Nadie va a hacer nada contra nosotros, a menos que yo decida enseñar los cuadros...

¿Le había hablado a Dan de los cuadros?

—Más adelante te contaré lo de las pinturas, amigo mío. Te volveré a llamar.

Estaba contento de haber zanjado el asunto con Dan. Muy satisfecho. No le había contado dónde me hallaba. Nadie debía saberlo.

El teléfono sólo sonaba en la vieja casa cuando Belinda me llamaba o cuando la llamada era para miss Annie; o se trataba de su hijo, el taxista borracho, o de su hermano Eddie, que era al parecer el fantasma de un hombre viejo que clavaba clavos en maderas podridas al lado de la casa.

Bajé al bar del hotel Pontchartrain y me tomé una copa. Tenía que escapar de aquel bochornoso y húmedo clima durante un rato.

Me resultaba muy desagradable tener que desaparecer de aquel modo, incluso por Dan. Sin embargo, no podía dejarle abandonado sin decir palabra, hubiera sido deshonesto.

Aunque aquella historia no tenía ningún sentido, ¿verdad?

27

Sueños poco profundos. Comprobé de nuevo la cerradura del laboratorio de fotografía. Los negativos se hallaban en el archivo metálico que había allí. Es un archivo donde guardo las cosas cuando he terminado. No quiero que se quemen si hay un incendio. ¿Los llegué a guardar allí? Había miles de juegos de negativos metidos en sobres blancos. ¿Qué había marcado en éstos? No me acordaba.

Estaba intentando sacar el cerrojo y la puerta de madera de roble ni siquiera se astillaba. Era como intentar hacer lajas con un cincel sobre piedra. No había marcas en la puerta, ni un mero rasguño.

Me despertaba. Tenía los ojos abiertos. El corazón me latía con fuerza. El sueño había desaparecido. Estaba en la habitación de mi madre, miraba las paredes con el papel dorado, las manchas que a causa de la humedad resplandecían como si se tratase de huellas de caracol a la luz de la luna.

Oí el tranvía que circulaba por la calle. Me llegaba el olor del jazmín a través de las puertas cristaleras. Las luces de la avenida Saint Charles se reflejaban en la habitación.

¿Dónde estaría ella?

Fui a la planta baja. Había luz en la cocina. Oí el sonido de los cubitos de hielo. Ella estaba sentada junto a la mesa blanca de metal y comía helado directamente del envase. Estaba descalza. Y llevaba un camisoncito de muñeca que dejaba ver la V de las braguitas violeta por debajo.

—¿No puedes dormir? —Levantó la cabeza y me miró.

—Prefiero pintar un rato.

—Son las cuatro de la mañana.

—¿Todavía crees que cuando tengas dieciocho años querrás que enseñe los cuadros y no te importará?

—Te amo. Estás loco. Tú nunca hablas como el resto de la gente. Las otras personas tantean rastreramente el terreno antes de decir lo que quieren decir. Tú te limitas a exponerlo. Como si hicieses rayas de tiza blanca sobre una pizarra negra.

—Ya lo sé. Me lo has dicho otras veces. Mis amigos lo llaman *naiveté*. Yo lo llamo estupidez.

—Enseña los cuadros cuanto tú estés preparado. Y para tu información, me importa, y mucho, si quieres saberlo, porque me encantan esos cuadros y no puedo soportar la idea de esperar dos años todavía. Sin embargo, en noviembre, el día siete para ser exactos, cumpliré los diecisiete. Así que sólo será un año a partir de entonces, Jeremy. O antes, si acabas diciendo que quieres dar la cara...

Cogió una enorme cucharada de helado de fresa.

—¿Tú crees que debería?

Me miró un instante con dureza.

—¿Y qué harían ellos, en realidad? —susurró. A continuación sacudió la cabeza, se estremeció y cerró los ojos un segundo—. Puedes dejarles fuera de esto por completo. Tienes que hacer lo que creas que es bueno para ti.

Tomó otra cucharada de helado de fresa. Se encogió como una niña.

—Quiero decir que ya sabes que debes tener cuidado y todo eso —Parecía una quinceañera—. Me refiero a que aquí... —Miró el techo de la cocina—. Es decir, que aquí parece que sólo Dios puede crearte problemas, el resto del mundo es como si no existiese.

—Ya, claro, Dios y los fantasmas, y verdad y arte —dije yo.

—¿Ya vuelves con la tiza en la pizarra? —Soltó una risita y después se puso seria—. Esos dos cuadros *En la cama de mi madre* les van a volver locos.

—¿Qué es lo que tienen de bueno?

—¡Venga! ¿Quieres un poco de helado?

—No.

Siguió hablando con la boca llena:

—Te has dado cuenta de que crezco con cada cuadro, ¿no? Comencé con el camisón de Charlotte, y la primera comunión, y...

—Sí, por supuesto. Pero no eres tú la que está creciendo. Se trata de mí.

Se echó a reír, con una risa suave y sacudiendo la cabeza.

—Estoy viviendo con un hombre que está loco. Y se trata de la única persona cuerda que he conocido en mi vida.

—Eso es una exageración.

Me dirigí al porche cubierto con cristaleras. Encendí la bombilla del techo. Dios mío, qué cuadros. Hay algo... ¿Qué es? Durante los primeros segundos que los miro, siempre les veo algo nuveo. ¿Qué será?

Ella estaba de pie a mi lado. El camisoncito era tan pequeño y transparente que ni siquiera parecía una indumentaria. Las braguitas de color violeta estaban bordadas de puntillas. Me parecía bien que el mundo exterior no pudiera asomarse a la jungla doméstica que nos rodeaba.

—Ya no parezco tan inocente, ¿verdad? —preguntó, mientras contemplaba las telas.

—¿A qué te refieres?

Pero yo lo sabía. Eran aquellas sombras alrededor de sus ojos, las líneas sutiles que aparecían en su cara. La mujer joven estaba madurando como un melocotón bajo el renuevo blanco que se une a la rama apoyada en el árbol desnudo. Incluso los dedos del pie en los dobleces del cobertor tenían atractivo sexual. Casi temblé de miedo. Sin embargo, el pintor que hay en mí estaba despiadadamente encantado.

28

Eran las cuatro de la mañana. Se estaba convirtiendo en algo constante. Y lo que soñaba antes de despertarme cada vez se alargaba más.

Ya no se trataba sólo de que yo fuese a comprobar la puerta del laboratorio de fotografía. También subía a la buhardilla a tratar de forzar la cerradura. ¿O acaso intentaba sellarla de forma que nadie pudiese entrar? No, lo que hacía era comprobar que nadie podía haber entrado allí sin que yo lo notase. Las llaves siempre estaban escondidas. ¿Dónde las habría guardado? En el tarro de las especias que estaba en la estantería de la cocina. Era aquel que estaba hecho de cristal opaco blanco y que llevaba el rótulo de romero.

Aquel bastardo tenía una oportunidad entre un millón de dar con ellas. En el sueño me dedicaba a contar los tarros: romero, tomillo, orégano y así sucesivamente. La mayoría de ellos estaban vacíos. Y sólo uno contenía las llaves del cuarto oscuro y de la buhardilla.

Y yo me había acostumbrado a cerrar siempre todas las puertas. Siempre lo hacía. Por mí, los ladrones podían llevarse las muñecas, los juguetes, los trenes y el resto de chismes. Pero de ninguna manera los cuadros de arriba ni las pinturas del sótano. A ella sí le había mostrado el tarro blanco del romero.

—Aquí están las llaves de recambio. Si hay un incendio no las utilices. Llama a los bomberos y les das las llaves tan pronto lleguen.

—Bueno, pero yo intentaría salvarlas —repuso.

—No, no. Lo único que quiero es que sepas dónde las guardo.

Entonces ella se rió.

—Pero si tú siempre estás aquí. ¿Cuántas veces estoy yo y tú no?

¿Acaso era cierto?

¿Y cuándo estuvo la casa vacía? ¿Cuando nos fuimos a Carmel? Había cerrado todo con llave y lo había vuelto a comprobar. Siempre. ¿Lo habría hecho esa vez también? Quizá fuese la vez en que ella estaba tan impaciente y nos fuimos deprisa. No, lo comprobé.

Eran las cuatro de la madrugada y fui a la planta baja. El viejo teléfono negro se encontraba en la diminuta habitación bajo las escaleras. Ése era el sitio desde el cual se tenía que hablar cuando yo era niño. Había que sentarse junto a la pequeña mesa de mimbre, sostener el cable con la mano derecha y el auricular con la izquierda. Toda la habitación olía como a teléfono. En cambio ahora no olía a nada. Había sólo una de esas cosas lisas, blancas y con botones. Me imaginé a mí mismo llamando a California. Ella respondería con esa lenta voz de Tejas suya, tan sofisticada que resultaba imposible considerarla acento local. Yo le habría dicho: «Sólo quiero saber qué hizo su hombre para entrar en mi casa y cómo encontró los negativos.»

A las cinco de la mañana bajó ella. Yo estaba sentado en la sala de estar.

—¿Qué sucede? —preguntó—. ¿No puedes seguir durmiendo?

—Ven aquí —le pedí. Y se sentó en el sofá junto a mí—. Cuando estás aquí conmigo todo va bien.

Me pareció que ella estaba asustada. Comenzó a acariciarme el cabello apartándolo de mi frente, y yo sentía ligeros escalofríos cada vez que su mano me tocaba.

—Tú no estarás..., no te estarás preocupando otra vez.

—No... Sólo hago pequeños ajustes —contesté—. Mi reloj está averiado. Debo llevar el horario del Pacífico o algo así.

—Salgamos, vayamos al centro. Tomemos algo en aquel café junto al río que está abierto toda la noche. Podemos desayunar allí.

—De acuerdo. Muy bien. Cogeremos el tranvía, ¿te parece bien?

—Pues vamos. —Y tiró de mi mano.

—¿Echas de menos hacer películas? ¿O a Susan?

—No, ahora no. Venga. Vámonos al centro. Hoy voy a cansarte, a dejarte exhausto, y así esta noche podrás dormir.

—Yo podría contarte cómo conseguirlo —le espeté, y puse mi mano entre su piel y el elástico de su braguita. Le rocé los labios junto al pubis con los nudillos y de inmediato se pusieron calientes.

—¿Aquí mismo, en el recibidor?

—¿Y por qué no? —le pregunté. Y la empujé contra los cojines de terciopelo. La luz empezaba a filtrarse por las cortinas de encaje y quedaba atrapada entre las fruslerías de la lámpara de cristal bisealdo—. Artista y modelo —susurré.

Algo en su rostro cambió. Tenía la mirada fija. Toda la expresión en su cara desapareció. Después bajó los párpados.

Mi corazón estaba agitado. Sentí que se me hacía un nudo en el estómago.

Me estaba mirando con una expresión muy fría, como si no tuviera sentimientos. Tenía un enorme parecido con Bonnie. Era como cuando en Carmel se lo expliqué todo y ella me rompió el corazón con su tristeza.

—Bésame —me pidió con una voz profunda y hermosa. Y de nuevo apareció aquella mirada implorante, tan parecida a la de su madre.

¿Me estaré volviendo loco? Ya lo estoy.

La aparté de mi lado sin darme cuenta.

—¿Qué pasa? —me preguntó. Tenía una expresión de rabia en la cara y las mejillas coloradas. Se soltó de mis manos, se apartó de mí y miró enfurecida las marcas blancas que mis dedos habían dejado en su piel morena. El color azul de sus ojos se oscureció y se vio obligada a cerrarlos por el primer sol que penetraba entre las persianas.

—No lo sé. No sé lo que ha pasado, lo siento —respondí.

Hacía una mueca con la boca que demostraba su ira, con el labio inferior un poco adelantado. A continuación la vi triste, herida, como si estuviese a punto de llorar. Parecía desesperada.

—¿Qué pasa?

—Lo lamento, querida mía —contesté—. Lo siento mucho.

—¿Se trata de esta casa, Jeremy? —Estaba tan preocupada y era tan dulce—. No serán todas estas cosas viejas...

—No, amor mío. Estoy bien.

Aquella tarde la llevé a pasear por los barrios más antiguos. Caminamos por las quietas y sombrías calles del Garden District, pasamos frente a las fantásticas mansiones de Greek Revival y cruzamos Magazine Street en dirección al deslucido y superpoblado barrio marinero de Irish-German, en el que mi madre había nacido.

La llevé a visitar las magníficas iglesias que habían

construido los inmigrantes: Saint Alphonsus, de estilo romántico, con sus maravillosas pinturas y los cristales de colores en las ventanas, y las que habían construido los irlandeses, de los cuales descendía la familia de mi madre. Saint Mary's, una iglesia de estilo gótico, más delicado, con espléndida imaginería de madera y con sus magníficos arcos. El estrecho y alto campanario estaba hecho de ladrillo curvado, una artesanía actualmente inexistente. Esta iglesia había sido construida por los alemanes justo enfrente de la gran fachada gris de Saint Alphonsus.

Ambas iglesias eran tesoros que se elevaban en aquellas calles estrechas y sin árboles, y en ellas algunas puertas abiertas mostraban lugares sagrados de formidable belleza.

Le expliqué la rivalidad existente entre los dos grupos y cómo los mismos curas habían hecho construir las dos iglesias.

En un tiempo había habido incluso una iglesia francesa algunas calles más abajo, en Jackson Avenue. Aunque ésta había desaparecido antes de nacer yo.

—Cuando yo era niño, la vieja parroquia estaba desapareciendo —le conté—. Vivía siempre con una sensación de que las cosas pasaban, de que los momentos de gran vitalidad estaban sólo en la memoria.

A pesar de ello se celebraban las procesiones de mayo, desde luego, y también los espléndidos festejos y la liturgia latina, así como las misas diarias en ambas iglesias, a las que podías asistir al despuntar la mañana y permanecer sentado en soledad hasta la hora de la comunión.

En aquella época no había que hablar con los otros católicos. Las mujeres mayores estaban sentadas, repartidas por la enorme nave, y rezaban el rosario moviendo los labios en silencio. A lo lejos se hallaba el altar cubierto de tela blanca, y a su alrededor los jarrones de flores despositados en bancos tenuemente iluminados entre las velas; la diminuta campanilla sonaba en la mano del monaguillo cuando el capellán elevaba la hostia. Podías ir y venir en abosluta intimidad sin que se oyese una sola voz.

Era diferente de ahora con los apretones de mano, el beso con que se deseaba la paz y las canciones de melosas letras en inglés.

Paseamos juntos desandando el camino por las estrechas calles en dirección al río.

También le hablé de mis viejas tías que fueron muriendo durante toda mi infancia. En mi memoria todavía quedaban algunos recuerdos de las estrechísimas casas, de cañón de escopeta las llamábamos, con habitaciones comunicadas, con el candil sobre la mesa de la cocina y el jamón y la col que se cocinaban en una gran olla. Solía haber una pequeña fontana de argamasa pintada, sujeta al marco de la puerta y que contenía agua bendita. Las servilletas no tenían color, habían sido remendadas en sucesivas ocasiones y olían al calor del hierro con que habían sido planchadas.

Sin embargo siempre había gente que se moría. Recuerdo muchos funerales. Había una tía que estaba enferma y permanecía todo el tiempo en una cama de hierro lacado de una habitación alquilada. El olor era insoportable. Mi madre lavaba los platos con paciencia en una pila que había en un rincón. También solía visitarla y sentarse pacientemente junto a la cama de hierro en la sala del hospital de caridad.

Al final sólo quedó mi madre.

—Pero, como puedes imaginar, para nosotros todo fue distinto cuando mi madre se fue del barrio. Lo que digo es que el hecho de que mi madre me llevara de visita nunca fue nada más que una obligación. Ella había dejado todo aquello desde el momento en que fue a estudiar a la escuela nocturna y obtuvo su graduación, luego se casó con un doctor que tenía una casa en Saint Charles Avenue; y aquello era para los familiares de mi madre como la estratosfera. ¿Y las novelas? Su gente iba al centro de la ciudad y se quedaba de pie mirando las pilas de libros que estaban en los grandes almacenes Maison Blanche. Querían que ella firmase con el nombre de Cynthia O'Neill Walker. Pero ella se negó. No le gustaban los tres nombres. Sin embargo nunca conocimos a la familia de los Walker, jamás supimos nada de ellos.

—Y tú te sentías como si en realidad no le pertenecieses a nadie.

—No. Era una vida inventada. Aunque no lo creerás, yo solía soñar que era pobre y que vivía en una de las casitas de aquel barrio. Por Navidad, los niños hablaban constantemente de las fiestas del rey. Existía la costumbre de preparar un pastel al que se le ponía un anillo y el que lo encontraba en su porción tenía que dar la siguiente fiesta. Yo quería formar parte de todo aquello y le dije a mi madre que me gustaría ser lo bastante rico como para vivir en las viviendas del plan gubernamental.

Cuando se ponía el sol paseábamos frente a las casitas blancas, adosadas de modo que los porches estaban divididos por un tabique de madera y sus ocupantes se sentaban a disfrutar de su intimidad y de su tranquilidad. Los jardines estaban invadidos por el dondiego de noche. El pavimento resquebrajado parecía estar vivo por la cantidad de césped y musgo, que por esta zona crece en casi cualquier parte. El cielo estaba cambiando de color hacia un magenta oscuro. Las nubes tenían tiznes dorados.

—Hasta este lugar es bonito en esta ciudad —me dijo mientras me rodeaba con su brazo. Me señaló los blancos y relumbrones aleros de las casas y las largas contraventanas verdes que tapaban las puertas de entrada.

—¿Sabes? Una de las cosas que he querido hacer en pintura era crear una narrativa, como por ejemplo la vida germanoirlandesa que se llevaba aquí. Ya sabes que creo en una pintura narrativa —le dije—. Y no me refiero a las exposiciones en que la gente escribe largas diatribas sobre los fotógrafos o sobre las fotos. Me refiero a aquellos casos en que la narración se encuentra en la misma obra. Siempre he creído que el realismo, o mejor el representativismo, podría abarcar todo esto. Y sin embargo también aportaría una enorme sofisticación.

Asintió con la cabeza y me apretó la mano.

—Lo que intento decir es que cuando miro a los realistas de nuestro tiempo, a los fotorrealistas, por ejemplo, veo un gran desdén por el objeto que reproducen. ¿Por qué elegirán ese camino? ¿Por qué habrán de centrar por fuerza el objeto de su pintura en la vulgaridad y la fealdad? Aunque, por supuesto, en el caso de Hopper, se trate de frialdad, absoluta y terminante frialdad.

Me dijo que sí, que yo siempre lo había percibido de ese modo. Y que incluso con Hockney lo veía así.

—Los artistas americanos se sienten demasiado avergonzados por el estilo de vida americano —comenté—. Son desdeñosos con él en exceso.

—Es como si tuvieran miedo —apuntó ella—. Han de sentirse superiores a lo que representan. Se sienten mal incluso por lo bien que lo hacen.

—¿Por qué? —le pregunté.

—El estilo de vida americano es como un sueño. Puede atemorizarte. Parece como si tuvieras que bromear con él, sin que te importe lo mucho que puede gustarte. Me refiero a que en este país encuentras todo lo que puedas desear. Así que tienes que decir que es horrible.

—Yo quiero disfrutar de la libertad de los pintores primitivos —dije— para poder enfocar con amor lo que entiendo que es naturalmente hermoso. Deseo que sea potente y que inquiete. Sin embargo, también quiero que siempre sea magnífico.

—Y ésa es la razón de que te llamen barroco y romántico, como esa iglesia que hemos visto —comentó con delicadeza—. Cuando he visto las pinturas del techo, he visto en él tu trabajo, tus colores y tu habilidad. Y también tu exceso.

—¡Ah! Bien, pues haré que encuentren palabras más adecuadas cuando muestre los cuadros de Belinda.

Se rió con la más suave y deliciosa de las risas. Su brazo seguía rodeándome y sujetándome.

—Hazme inmortal, Jeremy.

—Sí, cariño mío. Pero tú también tienes cosas que hacer por ti misma, como las películas: tienes papeles por representar.

—Cuando muestres las pinturas tendrás que estar muy seguro de que quieres hacerlo... —me dijo, poniéndose seria de repente—. En un lugar como éste es muy fácil dejarse llevar.

—Sí, eso ya me lo has dicho. Pero ¿acaso no hemos venido aquí por eso? —le pregunté. Entonces me paré, tomé su cara entre mis manos y la besé.

—Ahora ya sabes que lo harás, ¿no? —inquirió—. Ya no tienes más dudas.

—Hace tiempo que no las tengo. Pero si no esperamos a que tú cumplas dieciocho años...

Se le nublaron los ojos. Frunció el ceño, cerró los ojos y abrió ligeramente la boca para que la besase. ¡Ah! Qué maravilla de suavidad y calor.

—Sabes, por lo que se refiere a mí, veo que has cambiado.

—No, amor mío, no, no lo he hecho —protesté.

—No, no te digo que sea para peor —me aseguró—. Lo que intento decir es que antes nunca me habías hablado así.

Era cierto. No se lo confesé, pero lo pensaba.

—¿Por qué dejaste este lugar, Jeremy? ¿Por qué has dejado que la casa se quedara así durante todos estos años?

Seguimos caminando cogidos de la mano. Y entonces empecé a contárselo. El Gran Secreto. Toda la historia.

Le expliqué que había escrito los dos últimos libros en nombre de mi madre, le hablé de los embriagadores días de la última primavera que vivió, la época en que *Martes de carnaval carmesí* fue llevada a la pantalla y yo tuve que desplazarme a Hollywood en su lugar para el estreno.

—Sabes, me resultaba muy extraño saber que yo lo había escrito y que nadie lo sospechaba.

Le conté la fiesta que tuvo lugar a continuación, no la que se celebraba en Chasen, sino la que dio Alex Clementine en su casa, aquella en que me llevó junto a tanta gente importante y me presentó. Ellos me miraban sin verme, quizá pensaban durante décimas de segundo, qué chico tan amable su hijo, y se daban la vuelta.

Ella me observaba en silencio.

—En aquel momento Alex no sabía nada. Pero mi madre se lo contó más tarde, cuando vino a visitarla, y él lo ha sabido siempre. Pero no fue *Martes de carnaval carmesí* lo que me alejó de aquí. Fue lo que sucedió más tarde, cuando se leyó el testamento de mi madre. Me había dejado su nombre. Ella estaba convencida de que seguiría utilizándolo. Ella creía que yo escribiría novelas de Cynthia Walker durante toda mi vida y no veía por qué su muerte había de cambiar las cosas. Incluso en el caso de que llegase a hacerse pública su muerte, había planeado que yo explicase que las novelas habían sido encontradas en archivos, que ella las había dejado escritas antes de padecer la enfermedad que acabaría con su vida y otras cosas parecidas.

—Eso está muy mal —opinó Belinda.

Yo me quedé muy sorprendido por lo que había dicho.

—Bueno, lo dijo con la mejor de las intenciones. Ella pensaba que el dinero me vendría bien. Quería que yo dispusiera de recursos. Incluso había llegado a un acuerdo con el editor y había obtenido las debidas garantías. Los editores conocían toda la historia. Ella les hizo promesas concretas. La verdad es que lo hizo por mí. Ella no sabía nada de pintura. Creo que pensaba que yo viviría en la ruina toda mi vida.

—Así que de eso es de lo que huyen todas las niñas jóvenes de tus dibujos —murmuró—. Y nosotros estamos aquí, en la vieja casa de la que nunca podrán escapar.

—¡Ah!, ¿sí? —le pregunté—. Yo no creo que eso sea cierto en este momento, ¿lo crees tú?

Habíamos llegado a la orilla del río y paseábamos despacio por los raíles desiertos que conducían al embarcadero de carga. Respirábamos la quietud del anochecer. Se oía el sonido de la máquina tragaperras que salía por la puerta abierta de una cantina oscura. Podíamos oler el hachís.

Mi corazón latía deprisa. Apreté su mano con más fuerza entre la mía a medida que nos acercábamos al borde del embarcadero, justo encima del río.

—Yo no creo que lo hiciese con buena intención —me dijo Belinda con amabilidad. Me estaba mirando con expresión casi alarmada—. Yo pienso que ella deseaba ser inmortal, sin importarle lo que eso significaría para ti.

—No, honestamente, no es cierto. Lo que pasaba era que ella creía que yo no haría demasiado por mí mismo. Ella siempre había sentido miedo por mí. Yo era un soñador, imagínatelo, yo era un chaval de esos que siempre tienen la cabeza en otra parte.

—Lo que ella hizo era aniquilador. —Percibí un ligero tono de rabia protectora. Se le había subido el color a las mejillas.

La brisa sopló con fuerza a través del ancho curso que tenía el río y levantó las puntas rizadas de su cabello.

—Eres tan preciosa —dije.

—No escribirías ningún libro más con su nombre, ¿verdad?

—No, por supuesto que no —le contesté—. Pero sabes, al final todo sucedió gracias a ella.

—¿Cómo fue?

—Pues porque su editor vino a San Francisco para protestar y discutir conmigo, ya sabes, para hacer que reconsiderase mi postura, y entonces vio las telas de la bella durmiente. Así que me ofreció un contrato para hacer un libro para niños en aquel preciso instante. Yo jamás había pensado en hacer ningún libro para jóvenes. Lo único que deseaba era ser pintor, un extraño, loco e inclasificable autor de cuadros. Y, sin embargo, me encontré con que mis libros se exponían en todos los escaparates de la Quinta Avenida a finales de aquel mismo año.

Una ligera mueca y una amarga sonrisa le cruzó la cara. Había cierta fragilidad en su expresión.

—Bueno, pues estamos bien emparejados, ¿no?

Y la sonrisa se convirtió en amargura completa, la peor que hubiese visto en su cara hasta entonces.

Se dio la vuelta y miró a la lejanía, hacia el otro lado del río, al enorme barco de acero gris que se deslizaba hacia el Sur, y cuyo rugido no se oía porque lo alejaba el viento.

—¿A qué viene eso, amor mío? —inquirí. Al mismo tiempo sentí que una extraña intensidad me invadía, como si una luz hubiese tocado algo que estuviese muy profundo dentro de mí.

—Nosotros guardamos sus secretos —contestó, mientras miraba cómo avanzaba el barco—. Y también hemos de pagar el precio. —Sus ojos se fijaron en mí con una viveza inusual—. Confío en que llegarás a enseñar los cuadros, Jeremy. Pero no dejes que yo te empuje a hacerlo. Quiero ponerte en guardia. No dejes que yo te haga daño. Hazlo cuando consideres que es bueno para ti.

Yo la estuve mirando largo rato, y el sentimiento de proximidad que tenía hacia ella en ese momento era el mayor que había conocido jamás. Me sentía completo. Era aquello por lo que valía la pena vivir y morir. Y me encontré a mí mismo pensando, como si fuese lo único que me quedara por hacer para siempre, que ella era muy hermosa. La juventud que poseía parecía tan irresistible que aunque hubiese tenido un rostro ordinario seguiría siendo bella, pero no era vulgar; era tanto o más bonita que Bonnie, con su propio estilo personal.

[illegible]

[illegible]

[illegible] que se hallaba en el exterior de la puerta.

Mira perfectamente el cambio que se había ope-

29

Me quedé trabajando hasta las cuatro de la madrugada. Ésta será la manera de engañar al mal sueño, de estar pintando y no durmiendo a la hora que habitualmente lo tengo. Hice un borrador de Belinda de pie en el embarcadero y de espaldas al río. Dibujé su cabello agitado por el viento. Tracé los zapatos blancos que llevaba puestos, la chaquetilla de tejido de algodón rayado y la falda. También dibujé el pequeño lazo de algodón alrededor de su cuello. No hacía nada por recordar los detalles. Me limitaba a mirar hacia arriba y me imaginaba que su fotografía aparecía en el aire. Le decía a mi mano: «Hazlo.» Y a las cuatro en punto allí estaba ella, de pie al borde del embarcadero y mirándome. Y el río era un torrente oscuro de color marrón tras ella, y por encima el cielo era de color gris, entonces ella me decía: «No dejes que yo te haga daño.»

No permitas que yo te haga daño.

Me quedé exhausto y me recosté en el camastro, los relojes de mi madre no dejaban de dar las horas, uno tras otro. Los insectos volaban alrededor de la bombilla sin pantalla que se hallaba en el exterior de la puerta.

Me di perfecta cuenta del cambio que se había operado, de niña a mujer, en los doce cuadros que había realizado, desde la tela en que llevaba el camisón, pasando por la del caballo de tiovivo, hasta llegar a esta figura que estaba de pie al borde del río. La desnudez ya no era importante. Ahora podía pintarla vestida.

Las cuatro y media. Me levanté y me puse a trabajar de nuevo, retoqué el color marrón que formaba el río y también el color gris del cielo.

Cuando el sol comenzó a brillar a través de las hojas verdes ella ya refulgía recortada sobre el río, y las enormes manchas de oscuridad que había tras ella parecían todavía más amenazantes de lo que habían sido las muñecas, los juguetes, el papel pintado y el velo de la comunión.

Miss Annie me trajo café. Oía el rumor del tráfico que pasaba por la avenida.

—Ponga en marcha el aire acondicionado, señor Walker —me decía miss Annie, mientras recorría la habitación y alcanzaba con cuidado los pestillos de las ventanas acristaladas, por detrás de las telas, para cerrarlas. Entonces junto con el soplo de frescor se produjo el silencio. Yo me sequé el sudor de la frente con el reverso de la mano.

Vaya un buen sistema para ahuyentar un mal sueño, pensé, mientras miraba con atención la pintura.

Fuera, sentada en una de las sillas de hierro, sobre el exuberante césped, estaba Belinda escribiendo en su nuevo diario.

—Ven aquí y mira esto —le pedí.

A la noche siguiente volví a tener el mal sueño. Me vi a mí mismo mirando con fijeza el reloj.

Estaba pensando que había cerrado bien la buhardilla y las puertas del laboratorio antes de abandonar el trabajo. Lo había cerrado todo con llave.

Y puesto que usted ha podido seguirla hasta la

puerta de mi casa, realmente ¿qué le impediría a Daryl hacer lo mismo?

Bueno, digamos que yo tengo conexiones y contactos que Daryl no tiene.

¿Y cuáles son?

¿De qué contactos hablaba? ¿Cómo pudo alguien entrar?

¿Habría forzado una de las ventanas? ¿Y cuál de ellas? Las repasé todas otra vez antes de dejar San Francisco. Todas las cerraduras estaban en su sitio y no había señal de haberlas forzado.

Ella dijo que sabía que tenía cuadros en la buhardilla. ¿Cómo lo habría averiguado? Sin embargo, lo peor de todo era lo de los negativos del cuarto oscuro. Por Dios bendito, qué había hecho el intruso, ¿había examinado toda la casa con una lupa?

¿Dónde estás, querida mía?

Estoy en Carmel.

Quiero ir a buscarte.

No, no lo hagas esta noche. Prométeme que no vendrás esta noche.

En el sobre marcado con A y M guardaría los negativos de *Artista y modelo*. No era necesaria ninguna otra indicación. A y M. Y el sobre se guardaba en la carpeta de papel manila marcado con una B. Ella había estado todo el tiempo a mi lado en el laboratorio. Le había enseñado cómo lo hacía. Cómo quedaba todo archivado. La A era para las fotografías de Angelica. La B para las de Belinda. ¿Cómo pudo él encontrarlas? Me refiero a su detective, quienquiera que fuese el extraño que había enviado para entrar en mi casa.

Ella era un extraño.

Prométeme que esperarás hasta mañana por la mañana.

La limusina negra había estado allí fuera, en la curva, durante una, dos y hasta tres horas.

... antes de que vuelva mi hija.

Veía sus ojos cuando tomábamos el desayuno en Carmel, su mirada cuando le dije que su madre había venido a visitarme. Sus ojos. Ni siquiera había parpadeado.

Me levanté, medio dormido, me fui al estudio del porche y comencé a trabajar. Su cara me estaba quedando perfecta.

No permitas que yo te haga daño.

Jamás dejaría que te hiciesen daño, Jeremy.

¿Era aquello lo que me había dicho en Carmel?

Yo no soy una borracha, amigo, no soy ese cliché de Hollywood de mujer pomposa; no tienes que ocuparte de mí, yo seré quien cuide de los dos.

A la noche siguiente, el mal sueño apareció antes. Eran las tres de la madrugada.

Saint Charles Avenue me parecía un decorado. Las luces de la ciudad rodeadas por el abrazo de las ramas de los árboles. Las losas de piedra bajo la luz se tornaban de color púrpura a causa de la lluvia.

Deseo hablar con usted antes de que mi hija vuelva.

La limusina estuvo aparcada justo enfrente de la maldita casa durante tres horas. Belinda la habría visto, si no fuese porque ella...

... un extraño.

Fui a la biblioteca y puse en marcha el televisor. No existía la más mínima posibilidad de que ella lo oyese desde arriba con el aire acondicionado. Una película en blanco y negro era lo que necesitaba. Y estaban emitiendo una que era muy buena, aparecía Cary Grant hablando deprisa y diciendo cosas muy inteligentes. El contraste de luz y sombra era precioso.

Antes de salir de mi casa en San Francisco comprobé el juego de llaves de recambio. Todavía seguían en el tarro de especias, el cual estaba cubierto de polvo. ¿Cómo había sido tan listo el hijo de mala madre?

A primera hora de la mañana, antes de que yo saliera para ir al centro y leyese aquella biografía de Bonnie en edición de bolsillo, ella había bajado al rellano y me había pedido que nos marchásemos; no, mejor aún, me lo había rogado.

Prométeme que no vendrás a Carmel esta noche.

¡Nadie forzó la casa para entrar! ¡Tú lo sabes! ¡Nadie forzó la cerradura de la puerta del laboratorio!

Sentía cada latido en mi cabeza. En la pantalla de televisión la gente estaba de charla. El cabello liso y negro de Cary Grant era igual que el cabello liso y negro de Alex Clementine. La gente no quiere la verdad, quiere mentiras. Ellos creen que quieren la verdad, pero lo que en realidad quieren son mentiras.

Apagué el televisor y subí.

Ella estaba durmiendo profundamente. La luz del pasillo se reflejaba en su cara. La moví. Volví a agitarla. Sus ojos se abrieron.

—Lo hiciste tú, ¿no es cierto?

—¿Cómo dices?

—¡Tú la llamaste! ¡Tú le diste los negativos!

—¿Qué?

Se sentó y se apoyó contra el almohadón. La sábana cubría sus pechos, como si se estuviese escondiendo de mí.

—Tuviste que ser tú —proseguí—. Nadie pudo haberlos encontrado más que tú, nadie pudo entrar en el laboratorio a excepción de ti. Las llaves estaban en el tarro de especias y nadie más que tú sabía que estaban allí. ¡Tú lo hiciste!

Ella estaba agitada. Tenía la boca abierta. No conseguía emitir ningún sonido. Se movió, para alejarse de mí, hacia el otro lado de la cama.

—Lo hiciste tú. ¡Tú le dijiste a tu madre dónde estabas!

Tenía la cara blanca de miedo. Mi voz se oía más que el ruido del aire acondicionado.

—Fuiste tú, contéstame.

—¡Lo hice por ti, Jeremy! —Sus labios temblaban. Aparecieron las lágrimas, sí, lágrimas, por supuesto, le bajaban por las mejillas, y con los brazos se cubría los senos bajo la blusita del pijama.

—¡Por mí! ¡Dios mío!

—¡No dejabas de estar preocupado! ¡No parabas de hacerme preguntas! No hacías más que sentirte culpable todo el tiempo. ¡No tenías confianza en mí! —Los almohadones comenzaron a caerse de la cama, y ella empujaba con los talones el cubrecama arrugado—. ¡Registraste todas mis cosas y averiguaste quién era yo!

—Así que lo hiciste. ¡La llamaste para que fuese allí, a casa, y me dijese aquello!

Salió de la cama y siguió sollozando, después se dirigió hacia las puertas cristaleras.

—¡Maldita seas! ¿Cómo pudiste hacerlo? —Di la vuelta a la cama en dirección a ella.

La cogí por el brazo y gritó.

—Jeremy, ¡suéltame!

—A mí nada me importaba tu relación con ese hombre, su marido. Todo lo que ella me contó me daba igual. ¡Lo único que deseaba era protegerte! Y tú me hiciste esa jugada; aquella mujer y aquellos negativos. ¡Tú organizaste todo el montaje!

—¡Cállate! ¡Déjame! —Ella gritaba tanto que la gente de fuera podía oírla. Daba alaridos. Con la intención de soltarse, me clavaba las uñas en las manos.

—¿Cómo pudiste? —La estaba agitando, la sacudía con fuerza.

—¡Déjame, déjame!

—Pues entonces vete de mi lado —le dije. La empujé contra el tocador. Se oyó un tintineo de botellas. Se vertió no sé qué líquido y otra cosa se partió sobre el mármol. Tropezó, estuvo a punto de caerse. El cabello le cubría la cara, y oí un sonido extraño entre sollozos, como si no pudiese respirar.

—¡Apártate de mí!

Dio la vuelta a la cama y pasó a mi lado en dirección al pasillo.

A continuación se paró en lo alto de las escaleras. Estaba llorando sin control. Vi que se dejaba caer hasta quedar sentada en el último escalón. Después se cayó de lado y se acurrucó contra la pared. Sus sollozos retumbaban por toda la casa, como si se tratase de un fantasma en una casa encantada.

Me quedé mirándola y sin saber qué hacer. El ruido del aire acondicionado parecía un gemido, un horrible y repiqueteante quejido. Yo sentía mi propio cuerpo agitarse y calentarse, el inevitable dolor de cabeza comenzó a atormentarme acompañado del latido de la sangre dentro de mi cráneo. Deseaba moverme, decir algo. Me daba cuenta de que movía la boca, pero no articulaba palabra.

Ella no dejaba de llorar. La vi ponerse de pie, tratando de erguirse; tenía los hombros caídos y el cabello suelto de cualquier manera.

—¡No, no vengas aquí, no te acerques a mí!

—¡Oh, Dios mío! —decía ella, las lágrimas no dejaban de resbalar por sus mejillas.

No me importa quién fue el que lo empezó todo... quién tuvo la culpa, lo que no deseo es volverla a ver siquiera otra vez.

—¡Aléjate de mí!

Pero ella no dejaba de aproximarse.

—Jeremy —susurró—. Jeremy, ¡por favor!

Vi cómo mi mano se soltaba e iba a darle a un lado de la cara; vi cómo ella se inclinaba hacia el marco de la puerta.

—¡Maldita seas, maldita, maldita seas!

Volví a abofetearla. Ella no dejaba de gritar. Estuvo a punto de caerse, pero yo la cogí por el brazo con la mano izquierda y con la derecha le di otra bofetada.

—¿Cómo pudiste mentirme de esa manera?, ¿cómo fuiste capaz? ¿Cómo te atreviste a hacerme esta pasada?, ¿cómo pudiste?

Oí la voz de miss Annie desde el fondo de las escaleras.

—¡Señor Walker!

Belinda trató de soltarse. Dio con la cabeza contra el papel de la pared del pasillo. Se dio la vuelta como si intentase atravesar la pared misma.

—¡Mírame! —gritaba yo—. ¡Contéstame!

Se volvió y me dio patadas con su pie desnudo.

—Déjame —dijo en su sollozo.

—Mentirosa, mentirosa. Mira que hacerme eso. Yo hubiese hecho cualquier cosa por ti, me hubiese ido hasta el fin del mundo por ti, ¡lo único que quería era que me contases la verdad!

Le había vuelto a dar una bofetada y ella cayó de rodillas; miss Annie me estaba sujetando el brazo derecho.

—Señor Walker, basta ya. —Aquella mujer tan pequeña, intentaba sujetarme el puño.

—¡Suélteme!

—Señor Walker, va usted a matarla. ¡Señor Walker, no es más que una chiquilla!

Me di la vuelta, cerré el puño y lo estampé contra el marco de la puerta. Lo volví a estampar contra el enyesado de la pared. Me pareció que el yeso cedía bajo mi puño, por debajo del papel. Se produjo un boquete entre los dibujos de hojas y rosas. Olía a podredumbre. Olía a lluvia, a ratas y a podrido. Miss Annie decía:

—Vamos, querida, vamos.

Oí sus pasos. Belinda tenía arcadas.

Volví a dar un puñetazo contra el marco de la puerta. Vi una mancha de sangre sobre el lacado. A continuación, oí, gracias a Dios, que daban la vuelta al cerrojo de su habitación.

30

La libreta llegó con el correo cinco días después de que ella se marchase.

Después de la pelea intenté hablar con ella. Pero cuando entré en su habitación para decirle que lo sentía y las palabras no salían de mi garganta, fue espantoso. Ella tenía el cuerpo lleno de morados, la cara, los hombros y los tiernos brazos desnudos. Recuerdo haber dicho:

—Nos arreglaremos de algún modo, hablaremos sobre ello. Éste no puede ser el final, no tratándose de nosotros.

Y de ella no obtenía nada más que silencio. El mismo y conocido silencio. Los ojos, sus ojos, eran como los de una persona que estuviese muerta, y ella miraba a través de mí a las hojas de los árboles detrás de los cristales.

Una noche se marchó.

Yo me había quedado despierto tanto tiempo como me fue posible, caminaba arriba y abajo, y sólo venía miss Annie de vez en cuando a decirme que sí, que ella estaba bien. La verdad era que yo tenía miedo de que ella se marchase, de que yo no pudiera impedírselo, de que fuera a quedarme mirando cómo se iba, incapaz de hacer ni decir nada.

Estuve despierto tanto tiempo como pude.

Ni siquiera recuerdo haber ido a acostarme a la cama, sólo recuerdo que cuando me desperté a las tres, ella se había ido. Los armarios estaban vacíos, todas sus cosas habían desaparecido. La lluvia entraba por las ventanas abiertas de su habitación y el suelo estaba mojado.

Recorrí toda la casa en busca de alguna nota que ella me hubiese dejado, pero no encontré ninguna. Al final, bien entrada la mañana, encontré la cinta de *Jugada decisiva*, estaba encima del mármol de la mesilla de noche de mi habitación.

Debió de entrar mientras yo estaba durmiendo y lo debió de poner justo a mi lado. Lamentaba no haberme despertado en aquel momento.

Entonces, cinco días después, una vez que hube llamado a Bonnie y al maldito hijo de puta de Moreschi, y después de llamar a Alex y a George Gallagher en Nueva York, la libretita llegó en el correo.

Me hallaba sentado en el canapé de la habitación de mi madre y estaba pensando en lo horriblemente viejo que era todo aquello y lo difícil que sería restaurarlo. El viento empujaba la lluvia hacia dentro de la habitación a través de las rendijas de las puertas cristaleras del porche. El número privado de Bonnie estaba desconectado. ¿Qué demonios había querido yo de él? Moreschi me había dicho que ahora vivía su vida, que siempre había sido así. No, no pensaban utilizar más detectives. George prometió llamarme si llegaba a saber algo de ella. Alex no dejaba de preguntarme dónde me hallaba, y yo no se lo quise decir. No deseaba que nadie viniese a verme. Lo único que deseaba era estar sentado en una

habitación que se desmoronaba de aquel vestigio de casa y oír la lluvia al caer.

La brisa, a finales de septiembre, ya comenzaba a ser fresca. ¿Y por qué me habría dejado *Jugada decisiva*? ¿Qué sentido tenía? ¿Cómo me habría mirado cuando puso la cinta encima de la mesilla de noche? ¿También lo había hecho entonces con odio?

Miré la cinta una docena de veces. Conocía todos los movimientos, todas las palabras de los diálogos y cada uno de los ángulos de su cara.

Aquella cinta y la lluvia que caían era lo único que me interesaba. Y alguna que otra vez, el whisky en mi vaso.

Fue entonces cuando subió miss Annie con un paquete marrón y plano, y me dijo que lo había traído un mensajero. Ella había firmado el recibo.

En el paquete no había ninguna dirección de remitente ni tampoco un nombre que indicase quién lo enviaba. Pero al instante reconocí su escritura por las viejas notas que me habían dejado: «He venido y me he ido, Belinda.»

Lo abrí impetuosamente y encontré la libreta de espiral, de cincuenta páginas rayadas, llena de su pequeña y cuidadosa escritura. En la etiqueta de la portada estaban las palabras que tanto daño me causaron:

PARA JEREMY, CON AMOR, TODA LA HISTORIA

II

CON LA PARTICIPACIÓN DE BELINDA

Bien, pues para empezar ésta no es una historia triste sobre mi madre. Me refiero al hecho de haber tenido que crecer con una mujer que suele tomar píldoras, beber, estar un poco loca en general y hacer unas cosas y no otras. No estoy todavía preparada para estirarme en el sofá de un psiquiatra y decir que todo esto ha sido malo.

La verdad es que me lo he pasado muy bien. Viajé por toda Europa con mamá, y participé en pequeños papeles en sus películas desde que me acuerdo o antes. Y me alegro de haber estado en el Dorchester de Londres, el Bristol de Viena o el Grande Bretagne de Atenas en lugar de estar en una casa pequeña en Orinda, California. No puedo decir que no esté contenta.

Y también me alegro de no haber ido a la escuela privada de Hockaday en Hollywood High y haber tenido la compañía de los niños en edad escolar que también viajaban con nosotras. Quería mucho a esos chiquillos, venían de todas partes del mundo y tenían una cantidad de energía impresionante. Me dieron más de lo que una escuela me hubiese dado jamás.

Aunque es muy cierto que hacer determinadas cosas no era ninguna fiesta, cosas como limpiar el vómito del suelo, llamar al médico del hotel a las cuatro de la mañana o ponerme en medio de Leonardo Gallo y de mamá, cuando éste le tiraba el whisky por la garganta para emborracharla hasta enloquecerla. Mamá, pese a todos sus problemas, es una persona generosa. Siempre me dio todo lo que le pedía y todo lo que yo podía necesitar.

Sin embargo, Jeremy, para entender todo lo que ha pasado aquí tienes que comprender un poco a mamá. Para mamá, en realidad, no existe nadie más que mamá.

Ella trató de matarse en cinco ocasiones por lo menos, en dos de ellas, que yo sepa, si lo hubiera conseguido también me habría matado a mí. La primera vez fue cuando abrió la llave del gas en la casa de invitados del rancho de Tejas. Yo estaba jugando en el suelo. Ella entró y se quedó medio atontada encima de la cama.

La segunda fue cuando conducía por lo alto de un risco en Saint Esprit e intentó que nos despeñásemos con el coche.

En la primera ocasión apenas reaccioné. Yo era demasiado pequeña. Vino mi tío Daryl, cerró la llave de la cocina y nos sacó de allí. Más tarde comprendí lo que había pasado porque oí todo lo que la gente dijo después, sobre si ella estaba o no deprimida y la necesidad de que la vigilasen. En muchas ocasiones tío Daryl había dicho:

—Y Belinda, Belinda también estaba allí.

Creo que lo almacené en alguna parte para comprenderlo después.

Pero en el caso de Saint Esprit, cuando hubo pasado, me puse muy furiosa: mi madre nos iba a despeñar a las dos desde la cima de la montaña.

En cambio, ella nunca se apercibió de este aspecto del asunto. Nunca dijo una sola palabra sobre que yo hubiese estado en peligro. Incluso más tarde me preguntó:

—¿Por qué me lo has impedido?, ¿por qué has cogido el volante?

En cuanto mi madre te muestra ese aspecto de su carácter, piensas que está loca. Yo lo he visto muchas veces.

Cuando rompió con Leonardo Gallo, yo había estado en la escuela, en Suiza, durante unas dos semanas. Me llamaron desde el hospital. Mamá había tomado una sobredosis, pero se encontraba bien y deseaba que yo estuviese con ella. Eran las cuatro de la mañana, y a pesar de ello les pidió que me despertasen y me llevasen al aeropuerto. Cuando llegué a Roma, ella se había marchado. Había salido del hotel aquella mañana y se había ido a Florencia porque su vieja amiga Trish de Tejas había venido a buscarla. Durante dos días ni siquiera supe dónde se encontraban.

Me estaba volviendo loca en el piso de Roma, con Gallo que llamaba a cada hora y los reporteros que no dejaban de aporrear la puerta.

Pero por encima de todo yo me sentía desconcertada. Me sentí mal cuando los de la escuela llamaron por teléfono y los vecinos vinieron a casa. Me sentí avergonzada de estar allí completamente sola.

Cuando mamá llamó, lo único que se le ocurrió decir fue:

—Belinda, era muy importante que yo no viese a Leonardo, ya sabes cómo me siento.

Nunca olvidaré aquello, el sentirme avergonzada y contarles aquellas mentiras a los adultos, e intentar que creyesen que alguien se estaba ocupando de mí.

Y recuerdo que mamá me dijo:

—Belinda, ya me siento mucho mejor. Trish y Jill se están ocupando de mí. Todo va bien, ¿no te das cuenta?

Bien, me daba perfecta cuenta. E incluso a aquella edad yo sabía muy bien que no había que discutir con mamá. Las peleas aún la confundían más. Se sentía muy herida. Si empujabas lo suficiente a mamá con cualquier asunto, empezaba a llorar desconsolada y se ponía a hablar de la muerte de su propia madre, cuando ella tenía sólo siete años de edad, y te contaba cómo la había enterrado y que ella deseaba haber muerto también en aquel momento. Su madre había muerto alcoholizada y sola en una enorme mansión de Highland Park. Cuando mamá se ponía a hablar de eso, se acababa la discusión y la conversación que estuvieses teniendo. Lo único que podías hacer era cogerle la mano y esperar a que lo sacara todo.

Sin embargo, en algunas ocasiones yo perdía el control. Le gritaba a mamá por ciertas cosas. En esas situaciones ella se quedaba mirándome con sus ojos marrón oscuro, como si fuese yo la que estuviese loca. Y luego yo me sentía muy estúpida por haber olvidado que mamá, en realidad, no podía entender lo que le sucedía.

Después de aquello no quería ni oír hablar de ir a una escuela. De modo que aquélla fue la única vez que probé lo que era ir a la escuela.

A partir de aquello, siempre intenté asegurarme de que tenía dinero en el bolsillo. Tenía un par de miles en cheques de viaje siempre en mi monedero. También solía esconder efectivo en distintos lugares. No deseaba volver a estar sin blanca y sola como en esa ocasión.

Cuando por fin, el año pasado, me decidí a escaparme, tenía por lo menos seis de los grandes conmigo. Y todavía tengo parte de ese dinero, junto con el que me dio mi padre y el que tú también me diste. Atesoro y acumulo dinero. Por las noches me levanto para comprobar que sigue donde lo he dejado. La ropa, las joyas y todas las cosas que se pueden comprar con dinero, para mí no tienen mucha importancia, creo que tú ya sabes eso. Pero el dinero en sí mismo, «por si acaso», he de tenerlo.

Aunque no quisiera anticiparme. Y también deseo volver a repetir que cuando era niña no me sentía desgraciada. Imagino que vivía en medio de una excesiva agitación, eran muchas las cosas que sucedían, y durante los primeros años mamá era siempre muy cariñosa y de talante afectuoso. Más tarde, ese afecto hacia mí se tornó bastante impersonal, e incluso mezquino. Cuando yo era pequeña no era así. Creo que yo debía necesitarlo demasiado.

Incluso cuando nos afincamos en Saint Esprit las cosas nos iban bien. Había mucha gente que venía a visitarnos, como Blair Sackwell de Midnight Mink, una persona maravillosa que es buen amigo mío; también venía Gallo, y Flambeaux, el primer amor verdadero de mamá, por no hablar de los actores y actrices que venían de toda Europa.

Y yo siempre estaba de viaje con Trish o Jill para hacer compras en París, en Roma e incluso en Atenas. Mamá había mandado construir unos establos para los caballos que me compró. Hizo que viniese un instructor de equitación a vivir con nosotras, y también una preciosa señorita inglesa que era a la vez mi profesora y mi amiga, ella fue la que me inculcó la costumbre de leer. También iba de viaje a esquiar, o a Egipto y a Israel. Un par de estudiantes de la Iglesia Metodista del Sur vinieron para instruirme. Lo pasábamos muy bien en Saint Esprit. Tengo que admitir que para ser una prisión, me divertía bastante.

Cuando Trish averiguó que yo me acostaba con un muchacho árabe en París, creo que era un principe saudí —el primer asunto amoroso que tuve—, no se enfadó ni se indignó conmigo. Se limitó a llevarme a un médico a que me recetara la píldora y me recomendó que fuese muy cuidadosa, así que nuestras conversaciones posteriores sobre sexo fueron típicamente Trish y notablemente tejanas.

—Ya sabes, ten cuidado y todo eso, y no me refiero sólo a que te quedes embarazada, sino, ya sabes, cómo te lo diría, el chico debería gustarte, todo eso (risitas, risitas). Y bueno, ya comprenderás, no debes liarte (risitas), lanzarte de entrada.

Fue entonces cuando me explicó la historia de cuando ella y mamá tenían trece años y se fueron a la cama con unos chicos de Tejas, también me contó que ellas no tomaron ninguna precaución para no quedar embarazadas, y que corrieron a la tienda más cercana, compraron Seven-Ups, los agitaron y se lo vertieron dentro para lavarse. ¡Qué empapada general! Nos moríamos de risa mientras me lo contaba.

—Pero, cariño, no te quedes embarazada —dijo.

Creo que para comprender esto tendrías que conocer a las mujeres de Tejas. A las chicas que crecieron como mamá, Trish y Jill. Algunos de los antepasados de mamá habían sido estrictos baptistas lectores de la Biblia, y la actitud en tiempos de los padres de mamá era muy simple: trabajar duro, hacer dinero, que no te cojan haciendo nada prohibido con tu novio y aparentar ser personas amables y correctas. Así que la gente de Dallas que yo conocí nunca se sintió abrumada por ninguna tradición. Era materialista y práctica, y sólo se preocupaba de la apariencia de las cosas. Bien, no se puede dejar de señalar la importancia de esto último. En Tejas es como una religión.

Lo que trato de decir es que tanto Trish como Jill o mamá, cuando estaban en la escuela superior, eran unas salvajes, así se describen, y como ellas mismas aseveran vestían de maravilla, hablaban bien y tenían montones de dinero; sin embargo, sólo bebían en privado, de manera que todo estaba bien. Y he sabido que incluso la madre de mamá no había bebido una sola gota de alcohol fuera de su propia casa. Murió vestida con un salto de cama y zapatillas de seda. Mamá siempre me decía cosas como: «Ella no era una descocada, comprendes, nunca fue a ninguna taberna, mi madre no hacía esas cosas.» Lo importante eran las apariencias y no el pecado.

Y debes saber que éste es el tipo de libertad que yo heredé, y también la forma en que crecí. Mamá era una superestrella antes de nacer yo, de manera que las normas habituales no regían para ella. De este modo yo no desarrollé ningún tipo de sentimiento de culpa en torno a mi cuerpo.

Pero volviendo al relato, en Saint Esprit, Trish y Jill se ocupaban de todo y tanto ellas como mamá podían dejar de beber cerveza cuando querían, sin embargo en numerosas ocasiones, por escuchar aquellas voces tejanas llenas de alcohol, sus risas y su juerga, nunca llegaba la hora de acostarme.

En lo más profundo, yo tenía la sensación de que mamá se iba deteriorando y estaba cada vez más y más lejos de lo que a ella de verdad le gustaba, es decir, de ser una gran estrella otra vez.

Los anuncios que grababa la hacían sentirse mejor. Por no hablar del fantástico póster que realizó Eric Arlington y que se vendió en todo el mundo. Al menos aquello fue algo. De todos modos, a mí los cuidados que Trish y Jill dedicaban a mamá, y la vanidad y el miedo de ésta, me parecían raros. Ellas metían la nariz en nuevas películas en las que no actuaba mamá y trataban de probar una y otra vez, analizando a las protagonistas, que ninguna era tan buena como mamá. También se comportaban como si algo extraordinario estuviese pasando cuando miraban una película de un director al que mamá le hubiera dado calabazas. O sea que a excepción de beber y charlar no sucedía nada digno de mención.

Y si bien, por una parte, se ocupaban de que mamá comiese adecuadamente y se fuese a dormir temprano, por otra, nunca le dijeron la verdad en una sola cosa. Ellas eran aliadas, eso es lo que fueron hasta el final. Y lo que necesitaba mamá, si esperaba regresar por todo lo alto, era algo muy distinto, como te demostraré.

A veces, la sensación de que mamá se iba hundiendo cada vez más me ponía muy nerviosa y tenía que distraerme haciendo alguna cosa. Así que en una ocasión, cuando tenía doce años, me compré una Vespa en

Rodas y me la llevé a casa en el barco. Con ella recorrí toda la isla a ochenta kilómetros por hora, sin dejar de pensar en multitud de necedades, sobre la locura de todo aquello y sobre el hecho de que, como en una obra francesa, Saint Esprit era una trampa para todos nosotros.

Cuando Blair Sackell vino a visitarnos, se mostró muy preocupado por mí, así que se subió a la Vespa conmigo sin quitarse el abrigo Midnight Mink y recorrimos juntos las ruinas del templo de Atenea, que ahora está muy descuidado y con el césped demasiado crecido.

Blair trató de reconfortarme y me dijo que yo era demasiado joven y que pronto me daría cuenta de que Saint Esprit no podía durar siempre. Me aseguró que algún día saldríamos de allí. Blair era un hombre estupendo, pero a mí Saint Esprit comenzaba a ponerme enferma y estuve a punto de escaparme.

Bueno, pues aquello terminó el día que llegó Susan Jeremiah. Estoy segura de que lo que puedo contarte de ella a estas alturas ya lo sabes. También habrás tenido oportunidad de fijarte en todos los pósters que de ella tenía colgados en la habitación.

Susan aterrizó sin autorización en Saint Esprit, seguida de todo el equipo de su película, cosa que habían hecho otros cientos de personas. Pero en este caso, en el momento en que Susan dijo que era de Tejas, mamá le dijo: adelante, estás invitada.

Esta mujer, Susan, era diferente de cualquier otra que yo hubiese conocido antes, y tendrás que convenir conmigo en que he conocido actrices de todas partes desde que nací.

Con Susan me quedé sin respiración. Desde el momento en que la vi me imaginé que las botas y el sombrero de vaquero eran una pose. Como ya sabes, nosotros venimos de Dallas. Yo misma nací allí y había ido en miles de ocasiones al rancho de mi tío Daryl, y sin embargo ninguno de nosotros llevaba jamás aquel atuendo.

Pero al cabo de veinticuatro horas quedó claro que aquélla era la ropa habitual de Susan. Susan se ponía aquellas botas para andar sobre la arena, el agua, el césped o para ir a la montaña. Sólo se vestía con tejanos y camisas. Ni siquiera tenía un vestido.

Cuando por fin, meses después, fuimos a Cannes, no dejé de pensar que en aquella ocasión Susan tendría que vestir trapos de mujer. Pero no fue así. Susan se vistió con ropa de rodeo, es decir, los consabidos camisa y pantalones de seda, ribetes por todas partes y bordados con cristales en imitación de diamantes. Causó sensación. Susan no es una mujer a quien se pueda considerar bella según los parámetros convencionales. Sin embargo, a su manera, es una mujer muy atractiva.

Quiero decir que es alta y delgada, y para mí tiene apariencia de campesina tejana, pues tiene pómulos altos muy juntos y unos ojos muy profundos. Tiene el cabello precioso, parece como si alguien hubiera estado mucho rato peinándolo y dejándoselo bonito, pero no es así.

Ella acostumbra dejar sin respiración a mucha gente. Y su forma de dirigirse a la prensa me pareció sensacional. Mira directamente a la cara a los reporteros y les dice: «Comprendo a qué te refieres», como si ella estuviese en su lugar, pero a continuación dice lo que quiere decir.

Bien. Éstos son sus modales y su apariencia. Pero lo que lleva dentro es todavía más sorprendente. Susan es una persona que cree que puede hacer cualquier cosa. Nada es capaz de pararla. No transcurre más de un minuto entre su decisión de obtener algo y el hecho de alcanzarlo por sí misma.

Tan pronto como llegó a Saint Esprit, se sentó frente a mamá en la terraza y comenzó a describirle su película y a explicarle lo que necesitaba para terminarla; le preguntó a mamá si estaba interesada, si estaría dispuesta a ayudar a una directora de cine de Tejas y todo eso.

Después de aquella película se proponía hacer otra en Brasil y después otra en algún lugar de los Apalaches, en todas las cuales ella era la guionista y la directora.

Tenía mucho dinero de su padre en Tejas, pero se había pasado del presupuesto. Su padre había puesto en remojo ochocientos mil dólares en la historia y no estaba dispuesto a darle ni un céntimo más.

Bien, pues mi madre, como ya sabrás si has leído las revistas, le dio a Susan un cheque en blanco. Mamá entró en *Jugada decisiva* a cambio de un porcentaje, y también fue ella la que consiguió que el film participara en el festival de Cannes.

Aquella misma mañana, antes de irnos de la terraza, mamá hizo que yo actuara en la película por el mero hecho de señalarme y decirle a Susan: «¡Eh!, pon a Belinda en alguna escena si puedes. ¿No te parece preciosa? Es una verdadera preciosidad, ¿no te parece?»

Mamá había hecho que yo saliese en un montón de películas en Europa de la misma manera. «¡Eh! pon a Belinda en esta escena», solía decir en el mismo momento en que estaban filmando. Sin embargo, nunca se le ocurrió pedirles que pusieran mi nombre en los créditos. Así que aparezco en veintidós películas y mi nombre no sale en ninguna. En algunas incluso actué y dije varias líneas, y en una me dispararon y me mataron, pero ni un crédito.

Eso fue así hasta *Jugada decisiva*.

Susan me miró una sola vez y decidió que me utilizaría. Aquella misma noche empezó a escribir mi papel.

Me despertó a las cuatro de la mañana para preguntarme si yo sabía hablar en griego. Le dije que sí, pero que tenía acento. Muy bien. Serán pocas palabras. A la mañana siguiente empezamos a filmar en la playa.

Me gustaría que comprendieses que he trabajado con todo tipo de equipos de cine, pero el método de trabajo de Susan fue como una revelación para mí. El equipo al completo constaba de cinco personas y era la misma Susan la que se ponía tras la cámara. Editaba dentro de su cabeza al tiempo que filmaba, de manera que no hubiese que cortar mucha cinta. Es decir, todo lo que hacía era deliberado. Ninguno de nosotros disponía de un guión. Susan nos explicaba lo que teníamos que hacer antes de cada toma.

Cuando nos metimos en la casita con Sandy Miller, y me metí con ella en la cama, ella se molestó por tener que realizar una escena de amor. Al parecer, aunque yo no lo sabía, ella y Susan eran amantes. De modo que, como Sandy deseaba ser una gran actriz y Susan le dijo que aquélla era una escena muy importante, que tenía que actuar bien y que no debía parecer una farsa, Sandy hizo cuanto Susan le pidió.

Yo no le hice el amor a Sandy en absoluto, ignoro si te habrás dado cuenta de esto. Fue ella la que me hizo el amor a mí. Y por si no te fijaste, es una mujer magnífica.

Sin embargo, he de confesar que más tarde sí hice el amor con una mujer, y por supuesto fue con Susan. Fue una experiencia salvaje para mí. Más tarde pude comprobar que en efecto Sandy y Susan eran inseparables, y a ésta le costó mucho hacer que Sandy no le tuviera en cuenta lo que pasó. En realidad, por aquel entonces yo no sabía que fuesen amantes, así que estuve un tiempo muy enfadada con Susan.

Ella y yo sólo lo hicimos una vez. Si a emplear toda una tarde puede llamársele una vez. Ella se hallaba en la cama en su piso de Roma fumando un cigarrillo, y yo me senté en el lecho junto a ella. Después me di cuenta de que estaba desnuda. Apartó la sábana y siguió fumando el cigarrillo y mirándome. Me fui acercando a ella más y más, y por fin me decidí a tocarla. Como ella no dijo nada, seguí y puse mi mano en su entrepierna.

Aquello fue como tocar una llama y no quemarse. Y yo lo hice. Después le besé los senos. Pienso que para mí, tras la experiencia con Sandy sin tomar parte activa, fue muy importante el hacerlo, y si he de decir la verdad no me hubiese importado ser la amante de Susan, por lo menos durante un tiempo.

Sin embargo, después de la reacción de Sandy no volvió a suceder, y comprendí que no era necesario acostarme con Susan para quererla. Continuamos siendo muy amigas. Teníamos una Vespa, igual que la que yo había dejado en casa, e íbamos juntas a todas partes en ella. Llegamos a ir hacia el sur, conduciendo toda la noche, hasta Pompeya.

Sandy no es el tipo de mujer a la que se pueda llevar en una Vespa. O para ser más clara, a ella no le hubiese gustado que se le despeinara el cabello. Convino en aceptarme siempre y cuando no hubiera más sexo entre Susan y yo.

En realidad, Sandy es igual que mi madre. No sólo es una persona pasiva, sino que ni siquiera utiliza un lenguaje propio. Pude comprobar que Susan, además de ser la única que hablaba, también se ocupaba de expresar las ideas en lugar de Sandy. Ésta es del tipo de mujeres que, como mi madre, no pueden pensar bien por su propia cuenta. No estoy tratando de decir que Sandy sea estúpida, pues no lo es. Pero yo ya he conocido suficientes Sandys. Lo verdaderamente novedoso para mí era Susan.

Por otra parte, a mí no se me ocurrió, hasta que la película fue aceptada en Cannes, que yo también era algo nuevo para Susan. Me veía como su descubrimiento personal y deseaba que yo actuase para ella en otras películas. Para serte franca, yo estaba tan entusiasmada con Susan que no pensaba mucho en cómo pudiera verme ella. Estando junto a Susan siempre reinaba un sentimiento de ligereza y de velocidad, como si uno llevara puestas las botas de las siete leguas del cuento de hadas.

Más tarde, sólo he vuelto a tener esa misma sensación estando contigo. Cuando pintas eres como Susan en la sala de montaje, estás dedicado única y exclusivamente a lo que haces, nadie ni nada puede distraerte, pero cuando dejas de pintar aparece un cierto sentimiento de ligereza que hace creer que eres muy joven y que nada te importa lo que puedan pensar de ti, y hemos podido irnos a hablar a la playa o a cualquier otra parte y no te ha molestado, siempre y cuando en algún momento hayas podido volver a las telas.

El caso de mi madre es todo lo contrario. Mi madre es más profesional como actriz que nadie que yo haya conocido. Todos los que han trabajado con ella la adoran porque se comporta a la perfección en el estudio y no hay nada que le impida hacer su trabajo. Puede repetir perfectamente las líneas que se le hayan asignado, siempre encuentra la posición correcta, puede volver a rodar una toma con la actitud adecuada en cada ocasión. Tal vez a las siete de la tarde esté bebida y medio loca, pero de alguna manera consigue reponerse antes de la medianoche, y siempre llega puntual al rodaje.

Pero mamá siempre ha sido un medio para otras personas. Ella es tan inútil como valiosa. Alguien ha de escribir el guión para ella, dirigirle el foco y decirle lo que tiene que hacer. Sin la energía de los demás, ella no sirve para nada.

En comparación, Susan, no era sólo la directora, también era la productora, la guionista y la financiera. En Cinecitta editaba la película en trozos de doce horas mientras yo la estaba mirando, también elegía nuevos lugares para ir a filmar y los encajaba con la filmación existente. Después se iba al laboratorio para obtener copias perfectas. Utilizó su propio dinero para hacer cuatro copias fantásticas. Y también la banda sonora era obra de Susan porque simplemente no había un buen ingeniero de sonido.

A mi regreso de Roma a Saint Esprit le conté a mi

madre todo lo que se había hablado sobre la película que Susan deseaba hacer en Brasil, y ella me dijo que estaba encantada y que yo podía ir siempre y cuando alguien me acompañase, y que siendo así ella estaba de acuerdo. También se ocupó de decir, con un ligero tono despectivo, que de no encontrar un distribuidor en Cannes, Susan estaría acabada.

Muy bien. Susan lo comprendía, por supuesto. En eso es en lo que consistía Cannes. No se trataba de pasarlo bien en el Carlton o de ganar algún premio únicamente, sino que debía conseguir que los distribuidores cogiesen la película tanto para Europa como para Estados Unidos.

Mi madre también dijo que iría a Cannes, que participaría en una conferencia de prensa con Susan, y que haría todo lo que estuviera en su mano para lanzar la película.

Bueno, yo estaba encantada. Mi madre no había salido de Saint Esprit desde que yo tenía doce años.

Aquello era más de lo que Susan podía pedir, y quizá con la ayuda de mamá y con su respaldo, y teniendo en cuenta que yo era su hija, podríamos por lo menos conseguir un distribuidor independiente en Estados Unidos. Susan no pensaba que el film tuviera el suficiente impacto como para que los estudios quisieran tocarlo, pero un distribuidor independiente estaría muy bien.

Con la película de Brasil las cosas irían mucho mejor. Sandy sería una periodista americana enviada a Brasil para escribir artículos sobre las playas y los biquinis, y yo había de ser una prostituta a quien Sandy conoce, una esclava blanca enviada por barco por una enorme organización del crimen, y Sandy se empeñaría en salvarme y sacarme del país. Por supuesto mi proxeneta sería un gángster muy importante. Susan tenía al tipo que necesitaba para el papel y, te lo aseguro, el tipo estaba enamorado de mí o algo así, o sea que Susan lo estaba pensando todo de forma que fuese tan complicado como *Jugada decisiva*.

Susan no soporta que las cosas puedan ser blancas o negras. Ella cree que si tienes a un malo en una película es que te has equivocado en alguna parte.

De cualquier manera, *Jugada decisiva* iba a ser la película del debut de Susan y *De voluntad y deseo* sería la que la lanzaría a la fama. Susan empezó a escribir noticiarios de prensa sobre nosotras y sobre Cannes y a enviarlos a Estados Unidos.

Los recuerdos más felices que tengo de Saint Esprit son de aquellos últimos días. Bueno, quizá también los de los días anteriores en que estuvimos filmando la película, supongo. Pero por alguna razón, esos últimos días están más vívidos en mi memoria, las cosas las recuerdo más claras, además de que para entonces ya conocía bien a Susan y a Sandy.

Entre Jill, Trish y mamá nada había cambiado. Todavía mantenían las interminables reuniones de carácter juvenil en la terraza y bebían cerveza sin cesar. Susan estaba en su habitación con la puerta abierta y las luces encendidas, y no dejaba de escribir en su ordenador portátil todas aquellas notas de prensa que luego imprimía en su máquina portátil y metía en sobres que posteriormente enviaba.

No recuerdo muy bien a qué me dedicaba yo. Tal vez me cepillaba el cabello frente al espejo procurando parecer una esclava blanca prostituta y proyectar la sensualidad que Susan deseaba, no lo sé muy bien. Tal vez lo que hacía era disfrutar de la energía que reinaba en la casa, de que la gente se lo pasase bien y de que hubiese distintas áreas en que prevalecía la luz y yo podía navegar entre ellas. Y por encima de todo, estaba contenta porque se percibía que nos íbamos a ir, que íbamos a dejar Saint Esprit para ir primero a Cannes y luego a Brasil; y yo me iba por mi cuenta allí, con Susan y Sandy. ¡Oh!, no podía esperar para ir a Brasil.

Bueno, pues déjame que te diga, Jeremy, que nunca llegué a ir a Brasil.

Bien, mi madre tenía que captar la atención de las cámaras para todas nosotras una vez que estuviésemos en Cannes. Pero, al parecer, cuando dijo que lo haría no era muy consciente de sus palabras. Unas dos semanas antes de que fuéramos al festival sucedieron ciertas cosas, y mi madre empezó a darse cuenta de que iba a ir a Cannes.

Primero fue Gallo, su antiguo amante y el director más ferviente admirador de ella, quien envió un telegrama, a continuación su viejo agente europeo le escribió, después fue Blair Sackwell, que había empezado varios años atrás con mi madre aquella campaña de Midnight Mink, quien envió sus habituales rosas blancas junto a una nota que decía: «Te veré en Cannes.» (Por cierto, Blair sabe que para mucha gente las rosas blancas son para los funerales, pero a él no le importa; las flores blancas son su firma y le parece perfecto enviarlas.) Más tarde un par de revistas de París llamaron por teléfono para confirmar la asistencia de mamá, y en último término telefonearon los organizadores mismos del festival, y todos querían saber lo mismo: ¿era cierto que Bonnie iba a salir de su escondite? ¿Haría alguna aparición en público? Había razones para pensar que deseaban ofrecer a mi madre un homenaje especial, parecía ser que iban a pasar una de sus películas de la Nouvelle Vague.

A mi madre de alguna manera le llegó la onda: se suponía que ella tenía que ir a Cannes.

Así que tan pronto estaba mi madre sesteando y bebiendo a su manera habitual, como teníamos que tirar por el desagüe toda la bebida de la casa. Tuvo que ponerse inyecciones de vitaminas, se hizo traer por avión a una masajista, en la mesa no podía haber otra cosa que proteínas, y ella se dedicaba a nadar tres días a la semana.

También había que encontrar un peluquero y hacer

que fuese al Carlton con tiempo suficiente. Ya sabes que papá solía ser el peluquero de mi madre, porque al fin y al cabo es ésa su profesión, es un peluquero muy famoso a quien se conoce en el mundo entero como G.G., pero dos años atrás, antes de que yo fuese a Saint Esprit, habían tenido una pelea de la que yo me sentía culpable. Es una larga historia, pero lo importante aquí es que mamá no tenía peluquero en aquel momento, y eso es algo de vital importancia para una actriz como ella. Te contaré más cosas sobre papá más adelante, pero por ahora aquello constituía una crisis. Por otra parte, mamá también debía comprarse ropa.

Cuando por fin llegamos a París y nos hospedamos en el hotel, ella quería que yo estuviese a su lado todo el tiempo. No le bastaban Trish y Jill. Para entonces no podía comer nada. Estaba como loca. Solía despertarme a las tres y hacer que me sentase junto a ella para no tener que llamar al servicio de habitaciones y que le trajeran una bebida. Me explicó otra vez cuándo y cómo murió su madre, que ella tenía sólo siete años y que le pareció como si la luz del mundo se apagase. Yo intentaba que dejase de hablar de ello, le hablaba e incluso le leía cosas. Entre tanto, no lográbamos encontrarle un peluquero. Y por lo que se refiere a vestidos no había tiempo de que se los hicieran ex profeso.

Bien, al final se solucionaron los problemas de mamá, pero lo que me sucedió a mí fue que no pude separarme de ella el tiempo suficiente para comprar lo que necesitaba. En el último momento, Trish dijo:

—Mira, Bonnie, ella también tiene que comprar algunas cosas, ¡de verdad!

Y mientras mamá se quedaba llorando y diciendo que no podía soportar que yo me fuese por ahí, Trish me llevó hasta la puerta y me dejó ir.

Allí estaba yo, corriendo por todo París una tarde de lluvia e intentando encontrar algunas prendas que llevarme a Cannes.

Honestamente pienso que para cuando subimos al avión, mi madre había olvidado el motivo por el que íbamos. No creo que se acordase siquiera de Susan ni de *Jugada decisiva*. No dejaba de explicarme una y otra vez que los grandes directores americanos estarían allí, y que ahora ellos eran lo más importante.

Habíamos reservado una gran *suite* que daba a la fachada del Carlton y que tenía una vista preciosa sobre el mar y sobre la Croisette. Mi tío Daryl, el hermano de mamá, de quien ya has oído hablar, llenó la habitación de flores, y sin embargo no debió haberse preocupado porque Gallo había enviado cuatro docenas de rosas y Blair Sackwell también había enviado rosas blancas, y además un tal Marty Moreschi de la United Theatricals había enviado por lo menos doce ramos de flores surtidas, o sea, que había flores en todas partes.

Yo no creo que mi madre esperase todo aquello. Incluso con el tema del homenaje creo que se esperaba que le dieran unas palmaditas y nada más. Y como siempre sucede con mamá, tantas atenciones le provocaron más miedo. Trish y Jill tuvieron que encargarse de que comiera algo, pero ella no pudo digerirlo. Comenzaron los vómitos, y yo tuve que estar con ella en el baño hasta que terminó. Luego volvió a intentarlo.

Por fin le dije que yo tenía que encontrar a Susan. Y ella me contestó que no comprendía cómo podía yo pensar en cosas como aquélla en un momento así.

Traté de explicarle que Susan esperaba que nosotras nos pusiéramos en contacto con ella, pero a esas alturas ya estaba llorando, y eso quería decir que se le había estropeado el maquillaje, así que le dijo a Jill que yo estaba cambiando mi actitud hacia ella, que yo ya no era la misma de antes, y Jill le contestó que aquello sólo era cosa de su imaginación y que yo no iba a ir a ninguna parte, ¿verdad que no?

En aquel momento yo ya no sabía qué hacer, pero entonces llamaron a la puerta.

Era Susan. Iba vestida con una camisa de seda de espiguillas plateada y pantalones plateados, y estaba preciosa, pero mamá ni siquiera la miró; volvía a tener vómitos, así que me llevé a Susan al dormitorio y averigüé que la película iba a ser proyectada al día siguiente por la mañana, que después del pase tendría lugar la conferencia de prensa y que era entonces cuando mi madre tenía que hacer su aparición.

Le expliqué a Susan que todo saldría bien. Mi madre se encontraba mal en aquel momento, pero estaría bien por la mañana, que así era como ella se comportaba. Siempre era puntual. En cuanto a mí, iría a verla antes de la proyección, pero ahora no podía marcharme de allí.

Entre tanto, Trish había llevado a mamá a su habitación para que hiciera la siesta. El tío Daryl y un nuevo agente de Hollywood que se llamaba Sally Tracy estaban tomando una copa en la salita de la *suite*, así que entré con Susan y la presenté.

Le dirigieron sendas sonrisas a Susan, pero casi de inmediato le dijeron con mucho tacto que, después de todo, no creían que mamá pudiese asistir a la conferencia de prensa. Al parecer había mucha gente que deseaba entrevistarse con ella. Y que la conferencia de prensa sobre la película de Susan no era el tipo de difusión que le convenía a mi madre en aquel momento. También le dijeron que sin duda ella comprendería que ahora tenían que ocuparse de organizar las cosas.

Bueno, chico, Susan no lo comprendió. La cara se le volvió púrpura al mirar a aquel par. Se dio la vuelta y me miró a mí. Inmediatamente le dije que en cualquier caso yo sí iría a la conferencia de prensa en calidad de hija de Bonnie y que algo podríamos avanzar con ello.

Susan asintió con la cabeza, luego se levantó, dijo con su estilo tejano: «Encantada de haberles conocido» a Daryl y a Sally Tracy, y se marchó. Por lo que se refiere a mí, me quedé perpleja, pero no tanto como para no dirigirme a tío Daryl y recordarle la razón por la que habíamos venido a Cannes.

Pero tanto él como Sally Tracy me explicaron con delicadeza y casi con cierta alegría que el tipo de películas que hacía Susan no podía tener público en América y que lo más inteligente era no profundizar más en ello. Yo repuse que mamá se lo debía a Susan y que ellos lo sabían. Que no había ninguna forma ética de darle esquinazo a Susan. Podía sentir cómo iba sonrojándome.

Lo que yo pensaba era que aquélla también era mi película, maldita sea. Yo aparezco en la película, vaya que sí, y nosotros habíamos venido al festival a darle nuestro apoyo. Sin embargo, lo que impidió que siguiera discutiendo fue que al hacerlo me sentía como mi madre, igual de egoísta que ella. Me quedé en silencio pensando en aquello, en que no deseaba parecerme a mi madre, y entonces el tío Daryl me llevó a un lado y me explicó que multitud de personas de todas clases se habían puesto en contacto con él para hablarle de mi madre. Que seguramente yo lo comprendía.

Sally Tracy me hizo preguntas sobre la película de Susan, sobre si había escenas de amor en las que yo participase. Le expliqué que eran de muy buen gusto, que eran casi revolucionarias porque tenían lugar entre dos mujeres, a lo que ella sacudió negativamente la cabeza y dijo:

—Creo que tenemos un problema.

—¿Cuál? —pregunté yo.

Y entonces Daryl me dijo que yo no asistiría a la conferencia de prensa, no, señor.

—Ya lo creo que sí —dije.

Estaba a punto de irme en dirección a la habitación de Susan, cuando de la otra habitación de la *suite* salió aquel hombre. Ahora te hablo de Marty Moreschi, pero por supuesto en aquel momento yo no le conocía. Voy a explicarte su aparición.

Marty no es un hombre tan guapo como tú. No tiene ni tu actitud ni tu frialdad, y cuando tenga tu edad carecerá de tu encanto. Marty es un hombre que se ha hecho a sí mismo, y lo que podríamos decir bien alto, un vulgar chico de Nueva York en muchas de sus cosas. Sus rasgos son muy comunes y su cabello liso y negro. No hay nada de extraordinario en él, excepto que todo en él parece extraordinario, en especial su voz profunda y rasposa, que le sale del pecho, también debo mencionar sus ojos, que son muy brillantes, como si tuviera fiebre.

Pero al igual que Susan, Marty es muy impresionante y también muy sensual. Es vigoroso y fuerte, uno de esos tipos increíblemente fuertes. Siempre está moreno, está en constante movimiento y es muy hablador. De modo que tienes que reaccionar, tanto ante su forma de llevarte, como de coger tu mano, reír y decirte: «¡Belinda, bonita! ¡La hija de Bonnie, muy bien, esto es sensacional!, ¡ésta es la hija de Bonnie! Ven aquí preciosa, deja que te vea.» Tienes que reaccionar, por eso y por la forma en que te mira. Es un hombre muy ardiente. Lo digo en todos los sentidos. En el caso de Marty no se trata sólo de sexualidad, que en él es algo compulsivo, sino de que él se hace cargo de todo.

Vestía con un traje de tres piezas de color gris plateado y llevaba cosas de oro por todas partes: la correa del reloj era de oro, los anillos también, gemelos de oro en los puños, y la verdad es que a mí me dio muy buena impresión, pero que muy buena. Era lo que se dice un hombre de buen ver. A lo que me refiero es a que la forma de su pecho, lo bien que le sentaban los pantalones y demás, causaban una buena impresión desde el primer momento.

En cualquier caso, él salió con sigilo de la habitación de mi madre y dijo lo que acabo de contarte, e inmediatamente me dirigió esa atención que te atrapa, que suele significar atracción, aunque por supuesto pudo haberse tratado de adulación, de simple y llana adulación. Evidentemente, Marty me juró después que no había sido ése el caso. De cualquier modo, me dijo que mi madre era una mujer sensacional, increíble, irreal y todo eso, y que el haberla conocido era la experiencia de su vida, que ella era una estrella de ensueño, una superestrella, el tipo de estrella que ya no existía y todas esas cosas.

En aquel momento ya estábamos sentados uno junto al otro en el sofá, y él me preguntaba si me gustaría ir a Los Ángeles y ver cómo mi madre se hacía famosa de nuevo, más famosa e importante que ninguna otra actriz. También empezó a soltarme frasecitas como: «¿De qué signo eres? No, no me lo digas, has de ser Escorpión, querida, igual que yo. Yo soy un doble Escorpión. Y he sabido que tú lo eras desde el primer momento, porque eres una persona independiente.»

Al tratar de describirlo me parece cursi y poco hábil, pero había en Marty un inmenso poder de convicción cuando iba diciendo estas cosas. Al momento me estaba cogiendo la mano y yo sentía que algo me llegaba a través de ese contacto. Quiero decir que percibía algo físico en él que me sobrecogía, y me preguntaba cuántas mujeres debían percibir lo mismo al instante, por el mero contacto, igual que me sucedía a mí.

Lo único que yo hice fue mirar su mano, el vello negro de su muñeca que asomaba del impecable puño blanco y la correa del reloj en contacto con el vello. Esas cosas me parecieron ya atractivas. Estaba enloqueciendo.

Podría contarte muchas cosas de ti que me hacen sentir lo mismo, como la forma en que dejas que el pelo te crezca con un estilo salvaje, la expresión de tu cara cuando me miras o el profundo sentimiento que me produce dormir sobre tu pecho.

Sin embargo, lo que trato de explicarte ahora es la forma en que la atracción me asaltó, me electrocutó sin que yo estuviera preparada para aquello.

Marty, al mismo tiempo, sintonizaba con el resto de gente de la sala, diciendo:

«¿Puedes ver su natural independencia, te das cuenta, Sally?»

Y la verdad es que casi no conocía a Sally, la acababa de conocer. Y:

«No les importará que fume, ¿verdad, señoritas? Daryl, ¿qué te parecería ese whisky ahora? ¿Crees tú que a la dama (refiriéndose a mi madre) le importará si tomamos una copa, Daryl? ¡Estupendo!»

Y entonces ya rodeaba a Daryl con el brazo, y éste ya traía las copas.

—Escucha, querida, tú y yo hemos de ser buenos amigos —estaba diciendo—. Y debes permitirme que yo haga que tu madre vuelva a ser importante en América, y quiero decir muy importante, preciosa. ¿Qué puedo hacer por ti mientras estás en Cannes? ¿Qué necesitáis tú y la dama? Llamadme, éste es mi número...

Etcétera, etcétera. Y durante todo el tiempo le brillaban los ojos, como si lo que estuviera sucediendo fuese a desencadenar un terremoto y él hubiera de despegar.

—Yo también lo deseo —repuse. Y me dirigí a la puerta, antes de que pudieran impedírmelo para reunirme con Susan, mientras él se quedaba despidiéndose, besando a Sally Tracy y estrechando las manos a los demás.

Pensé que Susan debía estar histérica por el desplante de mi madre. Pero no lo estaba. Llegué a punto para ensayar la conferencia de prensa. Me enteré de que ella ya había hablado con dos compañías distribuidoras del continente europeo. Era seguro que llevarían la película a Alemania y a Holanda. Y United Theatricals estaba muy interesada, y por supuesto, United Theatricals era una de las mayores distribuidoras de todo el globo. Conseguir que fueran los distribuidores sería un verdadero sueño, y ella tenía la íntima convicción de que querrían la película, pues sabía que ellos habían oído el rumor de que ésta tenía una buena línea narrativa.

Cuando regresé a la habitación me enteré de que habían tenido que sedar a mamá porque no podía dormir. Se sentía mal. Me dirigí a su habitación y la vi estirada en la cama, con todas aquellas flores a su alrededor, y te aseguro que era muy parecido a un funeral. Aquella estatua perfecta de mujer, con el cubrecama de seda y toda la habitación llena de flores. Me pareció verla respirar muy poco, y a mí siempre me daba mucho miedo que estuviera drogada de aquella manera.

El pase de su más famosa película en el Palais des Festivals seguía adelante, con la celebración de una cena a continuación y un reconocimiento público a mi madre, y en todo ello parecía estar involucrada la United Theatricals.

Bueno, ya está, pensé, y Susan tendrá razón. Parece que después de todo conseguiremos que la United Theatricals la distribuya.

A pesar de todo lo que sucedió después, la proyección de *Jugada decisiva*, a la mañana siguiente, fue una experiencia que nunca olvidaré. Cautivamos de verdad a la audiencia. Se podía sentir en el ambiente. Y cuando aparecieron aquellas escenas y vi a la recién estrenada yo (no a la niña que yo había sido en las películas de mamá años y años atrás) en la pantalla, bien, ¿qué puedo decir? Antes ni siquiera había podido ver la película completamente montada. Me quedé estupefacta y llena de agradecimiento hacia Susan por lo bien que nos había hecho quedar a todos.

Cuando el público nos dedicó la ovación, todos en pie, Susan nos tenía cogidas de la mano a Sandy y a mí. Me apretaba con fuerza y me hacía daño, pero al mismo tiempo era maravilloso.

Después tuvo lugar la conferencia de prensa en el vestíbulo del Carlton, donde Susan sacó a colación el tema del sexo, explicando que ésta era la película de una mujer, que versaba sobre mujeres y que el sexo era algo limpio. La idea era que la mujer de la película había tenido una experiencia privada que le hizo darse cuenta del vacío que existía en la agitada vida que llevaba, y todo eso. La banda de Tejas, formada por aquellos contrabandistas de droga, lo había arriesgado todo por lo de la cocaína. Y a pesar de ello, mientras estaban escondidos en la isla, se daban cuenta de que no tenían ni idea de qué hacer con el dinero. La jugada definitiva que representaba aquella operación de droga no iba a cambiar sus vidas ni un ápice. En cambio, para la heroína, el interludio con la otra mujer sí había significado un cambio. El hecho de que pudiera ser considerada una película de homosexuales limitaba su contenido. Trataba de un tipo nuevo de mujer que prueba varias experiencias en su vida y que tiene las presiones y las libertades de un hombre.

De ahí pasó a hablar de las mujeres en el cine. ¿Acaso tenían igual reconocimiento que los hombres? También se habló sobre si ella misma se consideraba una cineasta americana, y por supuesto respondió que sí. Sus contrabandistas de droga eran americanos de Tejas. A continuación Susan comentó el hecho de que Bonnie había contribuido a financiar la película, y que era una situación en la que una mujer ayudaba a otra, igual que Coppola ayudó una vez a su amigo Ballard para que éste pudiese hacer *Black Stallion*, y así siguió hablando.

Aquello dirigió la atención sobre mí, y comenzaron las preguntas sobre la financiación de mi madre. Con lo que yo intenté mantener mi voz en un tono estable mientras explicaba cuánto creía mi madre en el cine con integridad que ella había protagonizado en el pasado.

Después me preguntaron si yo creía que las escenas de amor de la película eran de buen gusto y si tenían relación con las que había hecho mi madre, a lo que yo respondí que sí. ¿Deseaba yo hacer más películas? Dije que sí, que por supuesto. ¿Cómo me sentía yo por tomar parte en un película que no tenía edad para ver en Estados Unidos? En ese momento saltó Susan y explicó que bajo ningún concepto la película iba a ser calificada «X». Les preguntó a los reporteros si habían asistido a la proyección y qué habían visto. No cabía duda de que *Jugada decisiva* iba a obtener una calificación «R» de recomendada para una cierta edad. Después habló de mí y de Sandy como de dos de las actrices más significativas de la escena actual.

Acto seguido le llegó el momento a Sandy, y quizá le sacó tanto o más partido a sus respuestas, en forma de monosílabos, del que cualquier mujer hermosa hubiese sacado nunca. Después de todo, nosotras éramos lo menos importante de cuanto sucedía en Cannes. Nadie esperaba que ganásemos ningún premio. Nadie salió a recibirnos. Y aquél fue nuestro momento glorioso, en el que todo el mundo estaba de nuestro lado.

Por todas partes se oía el rumor de que United Theatricals iba a distribuir nuestra película. Pero Susan no tenía ninguna intención de perder a sus distribuidores en el continente europeo. Se quedó todo el tiempo en la habitación respondiendo al teléfono, pues la expectativa de contar con United Theatricals atraía más y más ofertas.

Los periodistas se abalanzaron sobre nosotras cuando salimos a tomar unas copas. Nos inundaron de preguntas. Sobre si yo tenía ofertas. Sobre si Susan pensaba trabajar en Hollywood. Y nosotras le hablamos a todo el mundo sobre *De voluntad y deseo*, la película que íbamos a rodar en Brasil.

Cuando regresé a la *suite* me sentía flotar, aunque también sentía que algo me amenazaba por dentro. Mamá me había hecho daño como nunca antes. Me puse a pensar en el pasado, en muchas cosas terribles, pero hasta en los peores momentos, mamá siempre había sufrido más.

Sin embargo en esta ocasión ella me hizo daño, y

esta vez su autodestructividad o su descuido no habían tenido nada que ver. ¡Ni siquiera había asistido a la proyección! Y aquello me había dolido más que el hecho de que no hubiese ido a la rueda de prensa. Mi madre no había visto mi película.

Pero al volver a la habitación tampoco me enfurecí al respecto. No me era posible. Volví a sentirme bloqueada por el temor de parecerme a ella si hacía una escena. Conseguiría atraer la atención hacia mí, igual que mi madre había hecho siempre.

Entré y nadie se dio cuenta de que lo hice. Nadie sabía que yo estaba allí. En la *suite* había una enorme confusión. La proyección de la película de mamá se había transformado en una velada especial dedicada a mostrar fragmentos de las mejores películas que ella había protagonizado. Y Leonardo Gallo, que por cierto había filmado mucha basura con ella, iba a ser el responsable de la presentación de la noche. A decir verdad, él tenía necesidad de hacerlo. Incluso era posible que la gente recordase los años en que él era joven, y no la porquería que acabó con la carrera de mamá.

De cualquier manera, mi madre estaba sentada en el sofá con Marty y éste la estaba ayudando a que comiese un poco de pescado frío que había en un plato de porcelana. Mamá estaba maravillosa. Parecía muy frágil y como sin edad. Y Marty la estaba alimentando literalmente, ya que le ponía los trocitos en la boca. Al mismo tiempo le estaba explicando, con voz muy queda, que hacer televisión era incluso más fácil que hacer cine. En aquélla había que rodar un número determinado de páginas en un día y el actor jamás tenía que participar ni en ensayos interminables ni en nuevas tomas. El tipo de profesionalidad de ella era perfecto.

Mi madre intentaba comer. No dejaba de decir que no tenía claro si podría actuar para televisión; algo que, a decir verdad, yo había oído en innumerables ocasiones. La había visto hacer aquello con Gallo en todas las películas, en Alemania y en Dinamarca, y en cada ocasión el director asumía la responsabilidad, movido por la vulnerabilidad y la humildad de ella.

Así que este tipo, Marty, es algo parecido a un director, pensé, y de entre todas las cosas posibles, de televisión. Bueno, mamá, a fin de tener un papel importante en una película americana, hubiese dado cualquier cosa, pero ¿para la televisión? Estuve a punto de reírme a carcajadas. Pobrecito Marty como te llames. Lo mejor que podrías hacer es limpiarte las manos con una servilleta y abandonar.

Me fui a la habitación a ducharme y cambiarme para la cena, y traté de no pensar más en que nadie, ni mamá ni el tío Daryl ni Trish ni Jill, se había dejado ver en la proyección. No dejaba de decirme, no pienses en ello Belinda. Además había un montón de desconocidos que te vitoreaban. Así que ¿qué más me daba a mí que a toda esta pandilla yo no le importase? Sin embargo me iba enfadando más y más hasta que me puse a llorar y dejé que el agua de la ducha corriera y corriera.

Al momento, Trish aporreó la puerta.

—¡Date prisa Belinda! —gritó—. Hay una conferencia de prensa ahora mismo abajo, en el vestíbulo.

La multitud que se había congregado era, por lo menos, cinco veces más numerosa que la de nuestra conferencia. No había la menor posibilidad de comparar. Mamá había conseguido que viniesen todos. Y todo para hacer una declaración de que ella iba a regresar a Estados Unidos para trabajar en una telenovela nocturna para United Theatricals llamada *Champagne Flight*.

He de recordarte, ya que creo que sabes cómo es la gente del cine, Jeremy, que para ellos la televisión es una cosa menor. Si no pregúntale a Alex Clementine. La desdeñan. Así que yo me preguntaba, ¿qué está pasando en Cannes?

Al cabo de unos segundos la respuesta quedó clara.

Mamá era la Brigitte Bardot americana, decía Marty, y la Brigitte Bardot americana regresaba al hogar. En *Champagne Flight* haría el papel de Bonnie Sinclair, una actriz emigrada que volvía para hacerse cargo de las líneas aéreas que habían sido el imperio de su padre, en Florida. Se utilizarían algunos retazos de las películas antiguas de mamá en ciertos episodios de *Champagne Flight*. Fragmentos de Gallo, de Flambeaux y de todos los éxitos que había tenido mamá con la Nouvelle Vague serían utilizados en este flamante y nuevo concepto de serie, se pensaba conseguir una combinación de la fuerza de *Dinastía* y del estilo de los viejos filmes de mamá.

En resumen, Marty había hecho que noticias propias de la televisión se convirtiesen en noticias de cine, y escogió el momento mejor de lo que cualquiera lo hubiese hecho.

Entonces nos dirigimos hacia el lugar donde se iba a celebrar la cena y el homenaje. Yo tenía que encontrar a Susan y a Sandy, suponía que habían sido invitadas. De pronto alguien me cogió del brazo. Se trataba de un hombre joven de la United Theatricals, del que ni recuerdo el nombre ni si me lo habían presentado. Me informó de que era mi escolta y de que yo tenía que ir con él. Hicimos una marcha triunfal saliendo del vestíbulo, y bajo el sonido ambiental, la enormidad de focos y la locura general, estaba aquella voz interior mía que decía: «En la conferencia de prensa de mamá no se ha dicho nada sobre *Jugada decisiva*.»

Aunque sinceramente, al salir de allí comencé a sentirme horrorizada, y no porque no nos mencionasen a nosotras, sino por la cuestión de la televisión. ¿Qué diablos iba a hacer mamá en una serie nocturna?

Pero entonces no comprendía el enorme negocio que estas series que emitían por la noche significaban. Mi mente estaba centrada sólo en las películas. Yo no sabía que en todo el mundo la gente veía *Dallas* o *Di-*

nastía y que las operadoras telefónicas extranjeras reconocían las voces de las estrellas que actuaban en ellas cuando hacían llamadas de larga distancia. No sabía la cantidad de dinero y fama que este tipo de cosa proporcionaba.

Así que pensé: muy bien, si mamá quiere actuar, eso significa que nos vamos a Estados Unidos, lo cual es magnífico, y además, ¿qué cría de mi edad no desearía estar en Estados Unidos actualmente? Cuando estemos allí, mamá conseguirá que la United Theatricals distribuya *Jugada decisiva*. Todo nos va a salir a pedir de boca.

Ni a pedir de boca ni nada que se le pareciera.

Susan no estaba en la cena. Ni Sandy ni Susan. Fue a las once de la noche cuando por fin encontré a Susan en el bar. Jamás he visto un cambio en nadie como el que se operó en ella. Fue peor que el cambio que hubo en ti cuando me pegaste, pues en tu caso aquello fue como el otro lado de la misma moneda. Susan me dijo:

—¿Sabes lo que ha hecho tu madre? Se ha cargado nuestra película. United Theatricals nos ha dicho que no está interesada. No tenemos nada. Todo el mundo en Cannes comenta que la película no puede comercializarse. Todo el mundo se ha retractado.

Le dije que aquello no podía ser cierto. Mi madre, como siempre, seguía encerrada en sí misma, pero jamás habría ido tan lejos como para causarle daño a nadie. Por otra parte, mi corazón me decía que mamá podía dejar que cosas así sucedieran por su causa. Tenía que enterarme de lo que estaba sucediendo.

Corrí a nuestro alojamiento. Dije que tenía que hablar con mi madre y casi le doy un empujón a tío Daryl para apartarlo de mi camino. Pero resultó que la habitación de mamá estaba cerrada con llave. Estaba allí dentro con la agente americana Sally Tracy y con Trish, y no hubo manera de que respondieran cuando llamé a la puerta. Al parecer, estaban ultimando detalles, las pequeñas cosas que debían ser consideradas en profundidad. Tío Daryl me explicó que no había ningún problema con *Champagne Flight* y que la parte económica estaba solventada.

Fue entonces cuando empecé a gritar. ¿Qué pasaba con Susan?, ¿y con nuestra película? Susan, Sandy y yo habíamos recibido una ovación con todo el público en pie en el mismo festival.

—Bueno, ahora tienes que calmarte, Belinda —me decía—. Sabes muy bien que si yo hubiese estado allí, tú nunca habrías actuado en ese tipo de película.

—¿De qué estás hablando? —le espeté—. Mamá ha hecho todo su dinero con «ese tipo de película» y tú lo sabes.

—Cuando lo hizo no tenía catorce años —quiso aclarar.

—Muy bien, pero yo hacía papeles pequeños en ellas desde que tenía cuatro años.

Entonces fue él quien gritó:

—Eso no tiene nada que ver. Ahí dentro estamos haciendo el negocio del siglo, Belinda, y eso es tan bueno para tu madre como para ti, no me cabe en la cabeza que hayas venido aquí y en este momento te hayas...

Creo que ya comprendes lo que seguía.

No tengo ni idea de lo que le hubiese contestado. Me di perfecta cuenta de que yo ya estaba contra la pared. El tío Daryl siempre le ha sido leal a mamá y nunca ha tenido en cuenta lo que otros hayan podido decirle, mamá es su única preocupación. En aquella ocasión en que estuvo a punto de hacer que nos despeñásemos por el risco en Saint Esprit, el tío Daryl me dijo por teléfono, en una llamada a larga distancia: «¿Y por qué la dejabas conducir, Belinda? Por Dios bendito, has estado conduciendo en el rancho desde que tenías doce años. ¿Acaso no sabes cómo se conduce un coche?» Así es tío Daryl. Para él no existe más que una causa, y esa causa es Bonnie, y, cómo te lo diría yo, por supuesto Bonnie y el tío Daryl han hecho muy ricos a Bonnie y a tío Daryl.

Pero volviendo a la historia, no pude decirle nada, porque no tuve oportunidad, pues en aquel momento Marty Moreschi apareció por detrás de él. Y cuando vi a aquel mongol de la United Theatricals, sencillamente me callé.

Me fui a mi habitación y di un portazo.

Tendrás que creerme si te digo que entonces me sentí muy sola. No podía acercarme a mamá, lo que tampoco deseaba mucho, y había perdido a Susan. La manera en que me había mirado Susan antes era muy fría.

Al momento, oí que alguien llamaba a la puerta. Marty Moreschi. Preguntó si podía entrar. Y yo le respondí:

—Más tarde.

A lo que él repuso rogándome:

—Por favor, cariño, déjame entrar.

Muy bien, haz lo que quieras, aniquilador, pensé yo. Pero si empiezas con todas esas tonterías estoy dispuesta a gritar.

En un momento así es cuando la inteligencia de Marty entra en juego.

Al entrar en la habitación puso una cara muy seria.

—He sido yo —me dijo—, yo me he cargado tu película.

Le miré durante un minuto, supongo. A continuación me eché a llorar.

—Comprendo cómo te sientes, querida. Lo entiendo de verdad. Pero tienes que creerme, esa película no habría tenido ningún éxito en Estados Unidos. Y esto, lo que estoy emprendiendo con tu madre, también es para ti.

Ahora, mientras trato de contarte esto, sé positivamente que ni siquiera acierto a explicar cómo ocurrió. La sinceridad de él y la manera en que me miraba. Casi como si también él fuese a echarse a llorar. Como si a él también le doliera todo lo que estaba sucediendo.

Así fue como me encontré sentada en la cama con Marty, mientras él me decía a su emotiva manera que yo debía tener confianza en él, que habría grandes contratos en América también para mí.

Por descontado que me molestó la forma en que lo dijo. Pero así se habla en el cine: contratos. Puedes estar hablando de arte y de belleza, pero lo que cuenta son los contratos. También habría contratos para Susan, me dijo; sí, Susan, no se había olvidado de ella. Decía que era sensacional. Pero que *Jugada decisiva* había de ser sacrificada. Aquél no era modo de hacer mi presentación al público americano, y tampoco la manera de presentar a Susan. A United Theatricals le salía más a cuenta contratar a Susan para hacer una película tras el éxito que la suya había tenido en Cannes, que distribuir ésta en América.

—¿Pero le propondrás un contrato a Susan? —le pregunté.

Y me contestó que así lo tenía pensado. Y prosiguió:

—Susan tiene lo que de verdad hay que tener. Y tú también lo tienes.

Me explicó que una vez el montaje de *Champagne Flight* estuviera concluido, él tendría una posición que le permitiría hacer lo que quisiera. Sólo había que esperar para verlo.

—Tienes que creerme, Belinda —me dijo.

Y mostró mucha franqueza al decirlo. Me había rodeado con los brazos y se me había acercado mucho y supongo que en algún momento me di cuenta de que su presencia física me confundía. Quiero decir que él era muy atractivo y yo no estaba muy segura de que lo supiese siquiera o de que intentase serlo.

De cualquier manera, no dejé que saliera de su apuro. Y no dije nada que le hiciera pensar que yo estaba de acuerdo en todo.

Fui a buscar a Susan. Esta vez la encontré de vuelta en su habitación, muy decaída y deprimida. Estaba dispuesta a marcharse del festival aquella misma noche. Todo había terminado, me dijo.

—Porno juvenil, así es como llaman a mi película. Dicen que ahora no es el momento político adecuado.

—Ahí es donde tú te has equivocado —dijo Sandy—, en haberla utilizado a ella con la edad que tiene.

Pero Susan negó con la cabeza. Dijo que hacían un montón de cine en Estados Unidos en los que se explotaba a las jovencitas. El asunto, ahora, tenía que ver con etiquetas, con la palabra que estaba circulando y con la gente que tenía miedo por alguna cosa. Incluso los más pequeños distribuidores la habían dejado plantada. Aún así, todo el mundo decía que *Jugada decisiva* era una película maravillosa.

Yo me sentía destrozada y me puse a llorar. Pero una cosa estaba clara, ella no se había vuelto contra mí. Me confirmó que seguía adelante con la película brasileña.

—¿Vas a hacerla, Belinda?

—¡Desde luego! —contesté yo. Y a continuación le expliqué lo que Marty me había contado.

—Marty Moreschi sólo puede hablar de televisión —comentó Susan —. Pero creo que a mi regreso a Los Ángeles encontraré la ayuda que necesito, sin que importe mucho que *Jugada decisiva* se quede sin estrenar.

Cuando dejé a Susan sabía que me encontraba demasiado enfadada, decepcionada y confusa como para volver a la *suite.* Me resultaba imposible dormir.

Bajé al vestíbulo y salí al paseo de la Croisette. No sabía muy bien qué dirección tomar, pero el hecho de estar junto a la multitud que llena las calles las veinticuatro horas del día, en medio de la animación de Cannes, podría ayudarme. No podía calmarme fácilmente.

Tenía dinero en el monedero, así que pensé en tomar un bocadillo, o algo parecido, y dar un paseo. La gente se quedaba mirándome. Una persona me reconoció, se me acercó y me sacó una fotografía. Sí, la hija de Bonnie, y de pronto, salido de ninguna parte, apareció mi padre. Mi adorable papá.

Me doy cuenta ahora de que una de las peores cosas que sucedieron durante el período en que no nos sinceramos totalmente, Jeremy, fue que no pude hablarte de mi padre.

Su nombre es George Gallagher, pero como he dicho antes, se le conoce en todo el mundo con el nombre de G.G. En Nueva York es muy importante y tiene uno de los salones más exclusivos. Antes de eso, había tenido uno en París, que es donde conoció a mamá.

Como te he mencionado, entre él y mamá tuvo lugar una gran pelea antes de que yo fuera a la escuela en Gstaad. Yo había pasado mucho tiempo en compañía de G.G.; él siempre ha sido encantador conmigo. G.G. solía volar a una ciudad y esperar durante muchas horas con el único objetivo de poder verme para comer, cenar o dar un paseo conmigo por el parque. Cuando yo era pequeña llegamos a hacer unos cuantos anuncios juntos, el tenía el cabello rubio y yo también, así que hicimos anuncios para champú, y ese tipo de cosas. Incluso hicimos uno en que estábamos los dos desnudos, que salió en las revistas de toda Europa y también en América, pero aquí sólo nos sacaron de hombros para arriba. Eric Arlington fue el que nos hizo aquella foto, el mismo que hace las fotografías exclusivas para Midnight Mink y que más tarde hizo el famoso póster de mamá con los dálmatas.

Bien pues, cuando yo tenía nueve años, nos fuimos a pasar unas vacaciones a Nueva York, y le prometimos a mamá que estaríamos de vuelta en diez días. Hicimos muchas cosas para una línea de productos para el cabello, papá se ocupaba del marketing, y también pasamos unos días maravillosos. Una semana, se convirtió en dos y luego en tres, y cuando nos dimos cuenta había transcurrido un mes. Yo sabía que tenía que haber llamado a mamá para preguntarle si le parecía bien que me quedase más días; debía haber pensado que ella iba a sentirse muy insegura, pero no la llamé porque tenía miedo de que me dijera que volviese a casa. En lugar de eso, lo que hice fue enviarle mensajes por telegrama, y seguir con G.G., que me llevaba a conciertos, al teatro, a excursiones para turistas de fin de semana a Boston, a Washington y ese tipo de cosas.

El resultado fue que mamá estaba aterrorizada ante la posibilidad de perderme, en el supuesto de que yo prefiriese a papá. Se puso histérica. Al final dio conmigo en el Plaza de Nueva York y me dijo que yo era su hija, que G.G. no era mi padre legal, que ella nunca había creído oportuno que yo conociera a G.G. y que éste estaba rompiendo el acuerdo original, por el cual, por cierto, había cobrado. Al final sus palabras ya no eran coherentes, empezó a hablar de la muerte de su madre, de que la vida no tenía ningún sentido y de que si yo no volvía a casa ella se suicidaría.

G.G. y yo nos enfadamos muchísimo, pero lo peor todavía estaba por venir. Cuando salimos del avión al llegar a Roma, G.G. fue atacado con todo tipo de papeleo legal. Mamá le denunció y le llevó a juicio para obligarle a alejarse de mí. Me sentí muy mal por él. Pensé en que debí haber adivinado que mamá reaccionaría de manera parecida. Así que G.G. tuvo que gastar una fortuna en abogados romanos sin siquiera entender lo que le estaba sucediendo. Hubiera querido morirme. Pero no podía dejar a mamá ni un minuto, pues se hallaba en un estado de colapso nervioso. Gallo estaba haciendo una película y se sentía furioso por culpa de los retrasos; a tío Daryl le sucedía lo mismo. Y aunque Blair Sackwell estuviera allí, nada de lo que dijo resultó de ayuda. Yo me sentí culpable todo el tiempo.

Después de aquello, G.G. dejó Europa. Y yo siempre he sospechado que mamá tuvo algo que ver en que él cerrase el salón de París. Aquello sucedió cuando yo tenía escasamente diez años, y recuerdo que no podía mencionar el tema sin que mamá se pusiese a llorar.

Cuando todo acabó nos fuimos a Saint Esprit. En los años siguientes yo empecé a mostrarme más enfadada por lo que se le había hecho a G.G. Por supuesto, él y yo seguimos en contacto. Me enteré, por ejemplo, de que G.G. y Ollie Boon, el director de Broadway, se habían convertido en amantes, y él era muy feliz en Nueva York. A veces, cuando iba a París le llamaba por teléfono, ya que era más fácil hacerlo desde allí que desde Saint Esprit. Sin embargo, seguía sintiéndome culpable por lo que había ocurrido. Y tenía miedo de saber el daño que podía haberle hecho a G.G. toda la historia. G.G. y yo, al final, nos sentimos aliados.

No sé si habrás visto alguna vez los anuncios de champú que él hizo o las enormes fotos para las revistas que hicimos juntos en aquel tiempo. Si los has visto creo que convendrás conmigo en que G.G. es muy guapo, además, pienso que a causa de su nariz respingona y su cabello rubio rizado siempre tendrá la apariencia de un joven. Aunque cambie de estilo de peinado, siempre lleva el cabello muy corto y los rizos en la parte de arriba de la cabeza. En realidad, su imagen es la del típico muchacho americano. Mide casi metro noventa de estatura y tiene los ojos más azules del mundo.

Bueno, pues allí estaba, en la Croisette en Cannes. Ollie Boon le acompañaba, y también Blair Sackwell de Midnight Mink, que siempre ha sido buen amigo de G.G.

Tanto G.G. como Ollie Boon iban vestidos muy elegantemente con camisa almidonada y chaqueta impecable (en un minuto te describiré a Blair) y se dirigían a una fiesta cuando nos cruzamos en la Croisette.

Yo no conocía a Ollie Boon. Resultó ser tan dulce como mi padre. Tiene más de setenta años, pero es encantador y muy guapo también, tiene el cabello blanco y dientes muy bonitos, lleva gafas con montura plateada y la piel dorada por el sol. Por lo que se refiere a Blair, bueno, él es lo que yo llamaría un hombre divinamente elegante, a pesar de que no mide más de metro sesenta, tiene muy poco cabello, una enorme nariz y la voz tan alta que podrías jurar que lleva un micrófono en el pecho. Su traje era del color de la lavanda, la camisa plateada y por supuesto llevaba un manto ribeteado de piel de visón sobre los hombros que hizo que pareciese total y absolutamente fantástico en el momento en que gritó: «¡Belinda, querida!», e hizo que todos nos parásemos allí mismo.

Ya puedes imaginártelo, me regaron a besos, y papá y yo nos abrazamos una y otra vez, momento en el que Blair sugirió que yo debía ir con ellos, pues se dirigían a la fiesta que daba un árabe saudí en un yate y a mí el tipo me iba a gustar muchísimo, así que tenía que ir. Yo estaba llorando y papá también, de modo que seguíamos abrazándonos y abrazándonos hasta que Ollie Boon y Blair decidieron hacernos burla y empezaron a darse abrazos y también a fingir que lloraban.

—¡Ven con nosotros a la fiesta ahora mismo! —dijo papá.

Pero yo no estaba dispuesta a soltarle a él todo mi malestar.

Deprisa y corriendo le conté sólo las cosas buenas. Le hablé de Susan y de la ovación que nos habían dedicado, y de que mamá iba a ser la estrella de la serie *Champagne Flight*.

Papá se sintió muy decepcionado por no haber ido a ver la película.

—Papá, yo no sabía que estarías aquí —le dije.

—Belinda, hubiese venido expresamente a Cannes para verla —contestó.

—¡Bueno, y cómo os creéis que me siento yo por no haberla visto! —gritó Blair—. ¡Lo que tu madre me dijo es que ella iba a ir a Cannes! No me dijo nada de esa película.

Luego resultó que Ollie había oído hablar de ella y era estupenda, así que me felicitó formalmente mientras Blair echaba humo.

A continuación, Blair quiso saber, en serio, por qué mamá no le había explicado nada cuando hablaron por teléfono en París, y en ese momento sucedió algo muy extraño. Yo fui a contestarle, a darle alguna excusa, pero abrí la boca y no salió ningún sonido.

—Venga, Belinda, ven con nosotros a la fiesta —dijo G.G.

Entonces Blair empezó a animarse por lo de *Champagne Flight* de mamá, y se preguntó si estaría bien que ella volviese a anunciar Midnight Mink, y si ella querría volver a hacerlo.

Yo no contesté nada, pero en secreto pensé que ya estaba empezando la locura en torno a *Champagne Flight*.

Mamá había sido la primera mujer que hizo aquel anuncio. Pero durante años, Blair nunca había mencionado la posibilidad de que volviese a hacerlo.

Y luego papá empezó a arrastrarme en dirección al yate.

—No voy vestida adecuadamente, papá —le dije.

A lo que él contestó:

—Belinda, con ese cabello tú siempre vas vestida para una fiesta. Vámonos.

Desde luego el yate era elegante. Las mujeres saudíes, las mismas que en Arabia se cubren con velos, se paseaban por el salón de baile de techo bajo con modernos vestidos que tiraban de espaldas, y los hombres tenían esa mirada profunda y ardiente que te invita a ir con ellos a su tienda del desierto. La comida era fabulosa y el champán también, pero yo estaba demasiado malhumorada para poder disfrutarlos. Trataba de poner buena cara por papá.

Blair no hacía más que hablar de que mamá debía volver a anunciar Midnight Mink, hasta que Ollie Boon le dijo con mucha educación que estaba hablando de negocios y que debía dejarlo. Después papá y yo bailamos juntos, y ésa fue la mejor parte.

La orquesta tocaba música de Gershwin, y papá y yo bailamos juntos despacio, al son de una triste canción. Estuve a punto de llorar pensando en lo que me había sucedido, y entonces, mientras seguía bailando, me di cuenta de que estaba mirando a un hombre, a un lado de la pista de baile, pensando que debía tratarse de otro árabe, y de pronto advertí que no era uno de ellos, sino que era Marty Moreschi de la United Theatricals, y que me estaba mirando.

Tan pronto como la pieza terminó, se dirigió a papá, y cuando me quise dar cuenta estaba bailando con él sin haber tenido oportunidad de decir que no.

—¿Qué demonios estás haciendo aquí? —le pregunté.

—Yo podría preguntarte lo mismo. ¿Acaso nadie cuida de ti? ¿Nadie se ocupa de lo que haces ni de adónde vas?

—Por supuesto que no —le contesté—. Tengo quince años. Puedo ocuparme de mí misma. Además, el hombre con el que estaba bailando es mi padre, si lo quieres saber.

—No me engañes —dijo—. ¿Me estás diciendo que ése es el famoso G.G.? Parece un muchacho que va a la escuela superior.

—Por supuesto —dije yo—, y es un tipo excelente y fantástico.

—¿Y qué pasa conmigo, no piensas que yo soy fantástico?

—Tú estás bien, pero ¿qué haces aquí? ¿Estás preparando una serie de máxima audiencia llamada *Jeques en la Riviera* o qué?

—Aquí hay dinero. ¿No lo hueles? Pero si quieres que te diga la verdad, no hay nadie en la puerta que pida las invitaciones, así que te seguía y entré.

—Bueno, pues ni tienes que seguirme ni estar preocupado por mí —le aclaré.

Pero la química entre nosotros ya había comenzado. Yo sentía algo tan fuerte que me estaba poniendo nerviosa. Es decir, que me parecía tener la cara totalmente colorada.

—Vuelve al hotel conmigo y tomemos una copa —me propuso—. Deseo hablar contigo.

—¿Y dejar a papá? Ni hablar.

Sin embargo, en ese mismo momento me di cuenta de que quería acompañarlo. De modo que cuando la pieza musical terminó, presenté a Marty a papá, a Ollie Boon y a Blair, y de nuevo volví a dar muchos besos y abrazos a papá. También nos juramos que nos veríamos en Los Ángeles.

Papá se quedó bastante destrozado. Mientras nos besábamos me dijo:

—Bueno, no le digas a Bonnie que me has visto, ¿de acuerdo?

—¿Tan mal están las cosas? —le pregunté.

—No deseo explicarte todo lo que está pasando, Belinda, pero voy a ir a verte este verano a Los Ángeles, de eso puedes estar segura.

Ollie estaba bostezando y diciendo que se quería ir en aquel momento. Y entre tanto Blair se había pegado a Marty y le estaba insinuando la idea de utilizar los abrigos de Midnight Mink en la serie *Champagne Flight*. Marty fingió un entusiasmo no comprometido, que después tuve ocasión de ver en Hollywood mil veces.

Besé a papá.

—En Los Ángeles —le recordé.

Al irme con Marty yo estaba muy nerviosa. Ahora, cuando pienso en ello, me doy cuenta de que la atracción física que se siente por una persona puede hacer que creas que algo importante va a suceder. Incluso puede hacerte vivir la ilusión de que nada más en tu vida importa.

Fue el mismo sentimiento que experimenté contigo después. Con la única diferencia de que entonces yo estaba más preparada, y ésa es la razón de mis desapariciones en los primeros días que estuve contigo.

Pero ésta era la primera vez que me pasaba, y yo no sabía lo que estaba sucediéndome, excepto que me gustaba mucho el contacto con aquel hombre. En el camino de regreso al hotel y al subir a la habitación de Marty, ni siquiera hablamos.

Nada más entrar me di cuenta de que aquello era una parte de las oficinas de la United Theatricals en Cannes, era mucho más bonito que la habitación de mamá. En ésta había un bufé con todo tipo de vinos, y la misma enorme cantidad de flores por todas partes. Sin embargo, a excepción de un par de camareros, no había nadie en aquel sitio, así que no nos vieron entrar en la habitación de Marty.

De modo que, pensando en ello, me di cuenta de que algo iba a suceder y que yo iba a dejar que sucediese. A mí las credenciales de aquel individuo no me impresionaban lo más mínimo, supongo que igual que a otras chicas. Es decir, él se había cargado mi película, ¿no? Y además yo no sabía quién o qué era él en realidad. A pesar de ello, le estaba acompañando a su habitación e intentaba parecer distante y fría cuando le dije:

—Muy bien, ¿de qué querías que hablásemos?

Y lo que sucedió es que él empezó a hablar. No se puso a fanfarronear delante de mí. Simplemente habló. Encendió un cigarrillo, me sirvió una copa, se sirvió también una para él, que por cierto ni la probó —la verdad es que los productores que no triunfan nunca beben—, y entonces empezó a preguntarme cosas sobre mí y sobre mi vida en Europa, y también qué pensaba yo de regresar a Estados Unidos; me aclaró que el numerito de Cannes le resultaba muy extraño a él, que había crecido en un quinto piso sin ascensor en el Little Italy de Nueva York. Recorrió toda aquella habitación con la mirada, con el papel de pared damasquinado, los sofás de terciopelo y las sillas, y después dijo:

—No sé, me pregunto dónde estarán las ratas.

No pude menos que reírme, aunque él me fascinaba, me estaba fascinando de verdad, me parecía un comediante de Nueva York que hiciera todo tipo de asociaciones, una tras otra, y hablase de que en realidad Los Ángeles era una «superficie de dedicación», y él se sentía igual que un gorila en aquella *suite* de quinientos dólares, y siguió diciendo que él tenía que desaparecer de vez en cuando e ir a comerse unos *hotdogs* cuando salía de los elegantes restaurantes donde los ejecutivos de la United Theatricals tomaban pequeñas cantidades de alimentos a la hora de comer.

—Te quiero decir que a mí no me parece comida un platito de setas marinadas y una porción de pescadito en Saint Germain. ¿Acaso es eso una comida?

Pensé que la risa me mataría, no podía soportarlo. Es decir, que me parecía que iba a volverme absolutamente histérica por escucharle.

—Tú puedes hacer lo que quieras, ¿no es cierto? —me decía—. A lo que me refiero es a que la porquería que ofrecían en el bufé eran calamares en su tinta, y tú los comiste. Te vi. Y vi que te presentaron a un príncipe o algo así en el yate, y tú simplemente sonreíste. ¿Cómo se siente uno al ser tú? —me preguntó—. Y además estaba ese Blair Sackwell; durante toda mi vida he visto sus anuncios en las revistas, y tú le rodeaste con el brazo y le besaste con toda naturalidad, como si fuerais colegas. ¿Cómo se siente uno al vivir como tú?

De modo que cuando empecé a decirle algunas cosas, o sea, a contestar sus preguntas y a explicarle cómo había yo envidiado siempre a los niños que iban a la escuela en Europa y en América, cómo deseaba formar parte de alguna cosa y todo eso, él me escuchó. Me escuchó de verdad.

Tenía aquel brillo en los ojos, y me hizo una serie de

simples preguntas que demostraban que él se hacía cargo de lo que yo le estaba contando.

Al mismo tiempo, yo me estaba formando también mi imagen de Marty. No es un hombre de Los Ángeles tan atípico. Él no cree que la televisión sea terrible. Lo normal para él es desplazarse por distintos grados de mediocridad. Defiende la televisión diciendo que es de la gente, por la gente y para la gente, igual que lo fue Charles Dickens. Sin embargo, jamás ha leído una página de sus libros. La cima para Marty es lo que él llama «candente». En «candente» todas las cosas están incluidas: como el dinero, el talento, el arte y la popularidad.

He de decir que lo que le proporciona a Marty su fortaleza es esa desesperación de haber vivido la calle en Nueva York y un cierto estilo de gángster. Cuando no está relajado, sólo se expresa con amenazas, ultimátums y pronunciamientos. Por ejemplo:

—Y entonces les dije: «Escuchadme bien, malditos bastardos, o me dais el espacio de las ocho de la tarde o yo me largo», y diez minutos después suena el teléfono y ellos me dicen: «Marty, ya lo tienes», y yo contesto: «Como había de ser.»

Y siempre es igual.

Al mismo tiempo tiene un enorme candor. A lo que me refiero es a que él puede ser encantadoramente crudo porque en realidad es muy sincero. Y tiene mucho éxito por ser así. Sin embargo, sólo puedes actuar de ese modo cuando lo que tienes es miedo, y eso también es una característica de Marty.

Nunca olvidará sus orígenes y, como él dice, no es lo mismo ser pobre en la costa del Pacífico, donde las camareras de Sunset Boulevard hablan un inglés perfecto, y donde conduces por vecindades limpias de clase media, a los que por cierto se las llama gueto, como en San Francisco. No; ser pobre en Nueva York significa ser pobre de verdad.

Creo que lo que trato de decirte, o lo que quiero

que comprendas, es que esta conversación fue el principio de una relación amorosa. Que estuvimos charlando así durante dos horas antes de acostarnos juntos, y que ir a la cama no era lo único que él deseaba. Y si he de decirte la verdad, me estaba odiando un poco a mí misma, por el hecho de que ir a la cama era casi la única cosa que yo deseaba.

De cualquier manera fue bastante excitante. Nunca tuvo el misterio que hubo entre tú y yo, pero estuvo muy bien. Tampoco tenía la misma sensación que contigo, de que aquello era un bello romance que sólo-se-tiene-una-vez-en-la-vida. No era tan bonito.

Pero él me gustaba, me gustaba mucho. Después, tras una hora de charla como la que te he descrito, sucedió una cosa que fue definitiva para inclinar la balanza.

Marty había asistido a la proyección de *Jugada decisiva*.

Aquello era algo que yo no había esperado. Es decir, yo tenía la convicción de que la gente de Hollywood no necesitaba ver una película para cargársela. Pueden comprar los derechos de un libro para hacer una película sin haberlo leído.

Sin embargo Marty había estado en el pase de *Jugada decisiva*.

Así que cuando comenzamos a hablar de ella, él me explicó cosas muy sorprendentes. Me dijo que Susan tenía visión y valor. Opinaba que era una profesional extraordinaria. También que mi papel era pura dinamita, y que le había robado la película a Sandy. Ninguna actriz experimentada hubiese dejado que eso sucediera. En cambio, había una cosa mal en la película, y es que yo era la que parecía más americana de todos. Que yo tenía la nariz respingona de G.G., la boca pequeñita y todo eso.

—¿O sea que esta señora se va a una isla en Grecia y se encuentra con la típica líder estudiantil de una escuela de grado superior? —me preguntó—. No podía funcionar. Los drogadictos de Tejas eran fantásticos y el guión de primera línea. Pero la isla griega y mi imagen...

Era una película extranjera que no lo era. No funcionaría.

Bueno, todavía hoy no sé si eso es verdad. Pero viniendo de él ese tipo de reflexión me sorprendió. Aunque lo que me resultaba todavía más sorprendente era que él dedicase tiempo pensar siquiera en la película.

De cualquier manera, para Susan era mucho mejor que esta primera película suya no se estrenase, repetía. En ese momento fue cuando yo salté y le dije:

—Muy bien, ¿y qué vas a hacer por Susan en Estados Unidos?

—No puedo prometer nada extraordinario —me aclaró—. Pero haré lo posible. —Y acto seguido se levantó y me estrechó la mano—. De modo que así están las cosas, tanto si te quedas como si te vas. ¿Puedo besarte?

—Claro que sí —contesté—, ya era hora.

Hacer el amor con él fue maravilloso. Tenía la brutalidad de un camionero, pero era un camionero fantástico, quizás el mejor que haya existido nunca. ¿Y por qué te cuento todo esto? Porque deseo que sepas y comprendas todo lo que ocurrió. Debes saber que aunque este hombre no tuviese tu habilidad o tu control del tiempo, yo le amé mucho. He de aclarar que, por supuesto, hasta entonces yo no había estado más que con muchachos. A decir verdad, yo no tenía ni idea del sentido que tenía controlar el tiempo.

El hecho de conocerte terminó con el amor que sentía por Marty. Así es como fue. Cuando te conocí eras el hombre de mis sueños; tú eres serio y decente, igual que las personas que conocí en aquellos años en que mamá hacía buenas películas y yo terminaba durmiéndome en la mesa mientras escuchaba discusiones constructivas sobre la vida y el arte. Tú eres elegante y refinado, y además a tu manera desaliñada y facilona, eres muy atractivo. Y también la duración del acto tiene algo que ver, no hay que olvidar eso, la mezcla de sensaciones cuando nos tocamos el uno al otro en la cama, aquellas ocasiones en que tú eras más puramente físico que cualquier otro hombre que haya conocido.

De modo que necesité algo así para terminar con el amor que sentía por Marty. Yo amaba muchísimo a Marty.

Aquella noche en Cannes fue algo muy serio.

Cuando se despertó por la mañana, estaba muy asustado. Empezó a decir que alguien debía andar buscándome. Y cuando le dije que se tranquilizase no me creyó.

—Ocúpate del asunto de Susan —le pedí—. Aunque ésa no sea la razón por la que me he acostado contigo, pues de cualquier manera lo hubiese hecho, es Susan quien me preocupa ahora mismo.

Aunque si he de decirte la verdad, no confiaba en que él tuviera la influencia suficiente dentro de la United Theatricals, en lo que a Susan se refería. Él era de la televisión. De manera que ¿por qué habría de escucharle alguien de la parte de cinematografía? Quiero decir que era fácil que pudiese cargarse una película de cine siendo de televisión, pero... ¿cómo podía él conseguir un contrato para una mujer cuya película se había cargado?

En cambio, yo no me daba cuenta de que United Theatricals, al igual que otros grandes estudios, era propiedad de un grupo que en este caso es la CompuFax. Ellos habían contratado a dos jefes de estudio, Ash Levine y Sidney Templeton, que habían pertenecido a una televisión de veinticuatro horas de emisión en Nueva York. Piensa bien en eso: veinticuatro horas. Y ¿quién creería que ese tipo de gente podía dirigir una compañía cinematográfica? Pero lo estaban haciendo, y eran justamente los antiguos compañeros de Marty en Nueva York, fueron ellos los que pusieron a Marty en el cargo que ostentaba. Marty había trabajado para Sidney Templeton como asistente de producción en Nueva York, y Ash Levine había crecido con Marty. Fue Marty quien contrató a Ash para su primer trabajo.

Creo que debería contarte que circula una historia por Hollywood sobre Marty y Ash Levine, según la cual siendo niños se vieron mezclados en una pelea en Nueva York en lo alto de un tejado, y cuando unos chavales atacaron en grupo a Ash, fue Marty el que agarró a uno de ellos y lo tiró literalmente desde el tejado. El muchacho murió al estrellarse contra el pavimento y el grupito se largó, y ésa es la razón por la que Ash sigue vivo, y quizá también Marty.

No sé si la historia es cierta o no, aunque la he oído en distintos lugares en Hollywood, y es lo que se cuenta cuando se habla de por qué Marty puede conseguir lo que quiera de Ash Levine.

Por la tarde, Marty, Susan y yo estábamos reunidos en la *suite* de United Theatricals con esos tipos, Templeton y Levine. Los tres iban vestidos impecablemente con esos trajes de tres botones, y le estaban dando la típica coba de Hollywood, sobre cuánto talento tenía como directora y qué milagro había sido que la película se presentase, aun cuando mamá le hubiese dado la espalda.

Así pues, Susan estaba allí sentada con su sombrero vaquero, su camisa de seda ablusada por las mangas y los tejanos blancos, limitándose a escuchar a aquellos tipos, y yo pensé: lo sabe, seguro que sabe que son ellos los que se han cargado la película, y que lo ha hecho Marty directamente; yo sé que ella lo sabe y creo que se va a largar. Y entonces sucedió una cosa que me hizo comprender que Susan tendría éxito en Hollywood.

Y por cierto que ya lo ha tenido.

Susan no dijo nada sobre el pasado y se puso a hablar enseguida de la película de Brasil. Les explicó toda la historia por encima, ya sabes a qué me refiero, a lo que esa gente llama «concepto central», uno de los peores términos que jamás se hayan inventado. Una quinceañera americana salvada de las garras de unos esclavizadores brasileños por una valiente reportera americana. Después se puso a contar los detalles, con mucha calma y con habilidad manejó las objeciones que ellos iban poniendo, sin comentar lo estúpidas que pudiesen ser. Es decir, que cogió aquella película en la que habíamos trabajado con inusitada creatividad y se dispuso a hacérsela tragar, a pequeñas cucharadas, a aquellos imbéciles.

Y créeme cuando te digo que esos tipos son imbéciles. Lo son y con ganas. O sea, que le dijeron a Susan cosas como: ¿que vas a hacer para que Río resulte interesante? o ¿qué te hace pensar que puedes escribir el guión sola?

Aunque cuando sentí verdadero miedo fue en el momento en que ellos mencionaron que había que evitar el aspecto del lesbianismo. Pero Susan ni siquiera movió un párpado al respecto.

Se limitó a decir que *De voluntad y deseo* era una película por completo diferente a *Jugada decisiva*, ya que era básicamente puritana. Yo había de representar a una prostituta explotada, y no a un espíritu libre. Todo el sexo que se mostraría en pantalla sería fundamentalmente malo.

Cuando oí que Susan les decía aquello, creí caerme muerta allí mismo. Sin embargo ellos lo comprendieron a la perfección. El enganche moral estaría presente. La periodista americana iba a alejarme del sexo, no se iba a acostar conmigo, luego no habría salidas de tono lesbianas.

Así que ellos movían la cabeza en señal de asentimiento y decían: suena bien, ¿cuándo podemos ver el guión? Quedaron en seguir hablando cuando ella llegase a Los Ángeles.

Al terminar la reunión, ella y yo nos fuimos juntas,

y yo estaba muerta de miedo porque si me preguntaba si me había acostado con Marty no sabría qué decirle. Sin embargo, lo único que hizo fue decir:

—Son unos estúpidos, pero creo que se la hemos vendido. Ahora tengo que moverme y conseguir que *Jugada decisiva* sea distribuida en todos los países posibles.

Susan se fue de Cannes de inmediato. Pero había conseguido impresionar a todo el mundo. Aquella misma noche Ash Levine me pidió que le explicara todo lo que supiese de ella. A Sidney Templeton le había gustado. A Marty también.

Y ella consiguió que *Jugada decisiva* se distribuyese en salas especiales y festivales por toda Europa. Era un destino insignificante, pero le daba al filme un poco de difusión y de vida. Meses después, cuando ya me había escapado, conseguí la película en cinta de vídeo, de una empresa de ventas por correo, gracias a que Susan le había dado aquella vida.

Después de la reunión regresé a nuestra *suite* y mamá me cogió y me besó, al tiempo que me decía que era maravilloso que nos fuéramos a Hollywood y que esta vez la cosa iba en serio, que esta vez nos querían de verdad.

Se comportó como siempre. Me llevó a su habitación y empezó a llorar y a decirme que aquello era como un sueño, que a ella le parecía que no estaba sucediendo; luego se puso a mirar a su alrededor y a ver todas las flores y dijo:

—¿Todo esto es para mí, de verdad?

Yo no respondí nada. Pero ella siguió comportándose como si le hubiese contestado. Continuó explicándome lo maravilloso que era todo, como si yo estuviese respondiendo «sí mamá» todo el tiempo. Y yo no decía ni una palabra. Lo único que hacía era mirarla y pensar que ella no sabía nada de lo que había sucedido con *Jugada decisiva*. No tenía la menor idea. Dentro de mí estaba naciendo un sentimiento nuevo, como si de alguna manera yo estuviese perdiendo interés en ella. La rabia que sintiera antes se había desvanecido, parecía que ella hubiese perdido la habilidad de herirme, y eso fue lo que de verdad aprendí, de una vez por todas. Mamá no iba a cambiar. Era yo la que debía hacerlo. No debía esperar nada que viniese de ella.

No lo había aprendido, estaba equivocada, por descontado. Lo que sucedía era que yo tenía a Marty, y eso me hacía sentirme bien, acompañada, y tan especial que me sentía protegida, eso era todo.

De Cannes nos fuimos a Estados Unidos, y Trish y Jill volvieron a Saint Esprit a cerrar la casa. Marty tenía que empezar a filmar con mamá casi de inmediato, pues había que tenerlo todo preparado para la campaña de otoño. *Champagne Flight* debía ser totalmente rescrita con mamá.

Por otra parte, Marty quería que mamá estuviese un tiempo en el Golden Door de San Diego para que perdiera más peso. Mamá, si deseas saber mi opinión, estaba perfecta, pero no respondía al estándar actual de figura anoréxica.

Así que el tío Daryl se fue a preparar nuestra casa en Beverly Hills, la que habíamos poseído durante tantos años, pero en la que no habíamos vivido; y Marty y yo registramos a mamá en el Golden Door, y cinco minutos después hacíamos el amor en la limusina, en el trayecto de regreso a Los Ángeles.

Durante tres semanas Marty y yo estuvimos siempre juntos, ya fuese en mi habitación del Beverly Wilshire, en su oficina en la United Theatricals o en su apartamento en Beverly Hills. Por supuesto, él no podía creer que nadie estuviese controlando lo que yo hacía, que la única «supervisión» —por utilizar la palabra que él usaba—, que yo tenía era la del tío Daryl, quien tomaba el desayuno conmigo todas las mañanas en el Bev Wilsh y que me decía: «Toma, ve y cómprate algo bonito en Giorgio's.» Sin embargo, así sucedía. Aunque yo usaba algunos trucos para mantener el engaño, tengo que admitirlo, como dejar notas para el tío Daryl sobre citas con el peluquero, que hacían pensar que yo estaba controlada cuando en realidad no era así.

De algún modo, ésos fueron los mejores momentos entre Marty y yo.

Me llevó a conocer la United Theatricals. Tenía un enorme despacho en una esquina, y yo me sentaba durante horas a contemplar como Marty hacía su trabajo.

En el mes de abril ya disponía de dos horas completas de rodaje correspondientes a la presentación de la serie *Champagne Flight*, y en aquel momento se dedicaba a modificarlas y a recomponerlas para mamá, asimismo tenía que hacer que la cadena siguiese funcionando. Como director y productor de la serie tenía una enorme responsabilidad, y como puedes imaginarte era también su vida, así que yo estuve viendo cómo escribía el texto del primer capítulo mientras almorzaba, hablaba por teléfono y le gritaba a su secretaria, todo al mismo tiempo.

A cualquier hora y en cualquier momento, a Marty le apetecía dejarlo todo y estar conmigo.

Si no lo hacíamos en el sofá de cuero de su oficina, lo hacíamos en la limusina o en mi habitación.

Incluso cuando por fin llegó Trish, nada cambió. Aunque debo decir que yo nunca llamé la atención. Si Marty estaba conmigo, yo le escondía en el baño en el caso de que entrase Trish.

El efecto que esta libertad producía en Marty era de extrañeza. Al principio yo pensaba que lo que tenía era miedo de que le cogieran conmigo. Después de un tiempo me pareció que no le gustaba. Que no aprobaba lo que sucedía. Lo que él pensaba era que tío Daryl y Trish eran muy negligentes. En un momento dado me enfrenté con ello. «¡Deja el asunto en paz! ¿De acuerdo?», le dije.

Para nosotros, aquella relación era el verdadero amor, juro que era así. No sé si lo comprenderás, pero no era como quedarse sentado y pensar: este tipo me quiere de verdad y yo le quiero a él. Sencillamente todo sucedía con gran intensidad entre nosotros todo el tiempo. Solíamos hablar mucho sobre mi vida en Europa. Marty se pasaba el tiempo anonadado. Deseaba oír mis relatos sobre cómo conocí a Dirk Bogarde o a Charlotte Rampling a la edad de cuatro años. Quería que le explicase qué se siente cuando se esquía. También estaba muy preocupado sobre sus modales en la mesa. Me pedía que le mirase cuando comía y que le dijese en qué se equivocaba.

Me hablaba mucho de su familia italiana, de cuánto había odiado tener que ir a la escuela; me explicaba que de niño deseó haberse hecho cura, y también que no le gustaba nada tener que volver en ocasiones a Nueva York. «Las cosas aquí no me parecen reales —solía decir estando en California—, pero por Dios, qué reales son allí.»

Me pareció evidente que Marty deseaba analizar las cosas, pero que no sabía cómo. Nunca había asistido a una escuela de grado superior ni tampoco había ido a ningún psiquiatra, pero tenía una habilidad espectacular para deducir las cosas.

Hablar con la mujer de su vida sobre sus más íntimos sentimientos era una verdadera aventura para Marty. Ése fue el dique que rompió en aquellos días. De pronto, el hecho de hablar comenzó a tener un significado para él que no había tenido antes. Y yo me di cuenta de que, aunque no tenía mucha cultura, era muy listo.

Susan ha ido a la Universidad de Tejas y después a la escuela de cinematografía de Los Ángeles. Tú eres un hombre de mucha cultura. Mamá asistió a cursos en la escuela superior. Jill y Trish han hecho los cuatro años de universidad. Pero Marty había tenido que dejar la escuela pública en Nueva York siendo muy joven. Así que Marty en su vida diaria oía citas, referencias de cosas e incluso chistes que no podía comprender.

Por ejemplo, solíamos mirar las emisiones de las viejas películas del «Sábado noche en directo», en la televisión, y él me cogía del brazo y me decía: ¿De qué te estás riendo? ¿Qué es tan divertido? Asimismo, «El circo volador de Monty Python» a Marty le resultaba incomprensible. Por otra parte, podía ir a ver una película como *El año pasado en Marienbad*, poner mucha atención en lo que estaba viendo y, al salir, explicarte de qué iba la película.

Aunque todo eso ahora no es lo importante. Excepto que conocí a Marty y le quise sin que me importase lo que los demás pudiesen opinar de él. Había algo entre nosotros, cosas que quizá nadie pueda comprender jamás.

Pero tan pronto como mamá dejó el Golden Door y nos subimos al avión en el aeropuerto de San Diego en dirección a Los Ángeles, Marty se vio prácticamente obligado a dedicarse a ella. Mamá tomó el control de las cosas, igual que lo había hecho en Cannes.

Marty puso a Trish y a Jill casi de patitas en la calle, por más que mamá las quisiese mucho y desease que se quedaran en la casa de Beverly Hills. Él no lo hizo de forma deliberada, sencillamente tenía más fuerza. Mamá escuchaba a Marty, y Jill y Trish eran sus hermanas, yo misma era como su hermana, pero en el caso de Marty, él era su jefe.

Marty lo supervisó todo desde el principio. Se trasladó a sus habitaciones en la casa de Beverly Hills a los cinco días del regreso de mamá.

Creo que debo describirte la casa. Está en la llanura de Beverly Hills, y es muy vieja y enorme. Tiene la sala de proyección en el sótano, el salón de billar y la piscina de doce metros en el exterior, rodeados por naranjos. La había comprado el tío Daryl en los años sesenta para mamá. Aunque mamá nunca quiso vivir en ella, por lo que tío Daryl la tuvo alquilada todo aquel tiempo. Tuvo la habilidad de negociar como parte de los contratos de alquiler que los inquilinos se ocuparan de enmoquetarla, amueblarla, rehacer la piscina y muchas otras cosas. En consecuencia, mamá es hoy dueña de una mansión de tres millones de dólares de valor en California, con una cocina totalmente equipada, moquetas de pared a pared, vestidores forrados de espejos, grifos de riego automático para el jardín y sensores eléctricos que encienden las luces cuando oscurece.

Sin embargo no es una casa bonita. No tiene la belleza de nuestro apartamento de Roma ni de la villa en Saint Esprit. Y tampoco tiene el encanto de tu casa victoriana de San Francisco. En realidad es una cadena de cubículos decorados con colores de moda, con un grifo especial en la cocina que te proporciona agua hirviendo para hacer café tanto de noche como de día.

Aun así la disfrutábamos. Nos revolcábamos en una mullida comodidad. Descansábamos en el patio, bajo un horrible cielo azul lleno de la polución de Los Ángeles y nos decíamos que se estaba muy bien.

Y aquellas primeras semanas nos lo pasamos bien de verdad.

Cada mañana, Marty llevaba a mamá al rodaje y se quedaba con ella todo el tiempo que duraban las tomas, a menudo rehacía textos para ella allí mismo. Luego solía sentarse con ella a la hora de comer y hacía que se terminase todo el plato. A partir de las ocho era el turno de Trish y de Jill para ocuparse de mamá, la llevaban a la cama para ver la televisión o para charlar un rato, y así asegurarse de que sobre las nueve ya se hubiera dormido.

A esa hora es cuando Marty y yo estábamos juntos, encerrados en su habitación o en la mía. Nos sentábamos juntos en la cama, leíamos los guiones de *Champagne Flight* y comentábamos lo que nos parecía bien o mal.

Marty tenía la garantía de haber terminado por lo menos trece episodios de una hora, y se había propuesto hacer todo lo que estuviese en su mano antes de que se presentase la serie en septiembre. En ocasiones incluso rehizo los guiones él solito.

En el mes de julio yo ya estaba capacitada para ayudarle. Le leía el material en voz alta durante la comida o mientras se afeitaba, y en algunas ocasiones yo misma escribía las escenas. Le asesoraba en pequeños detalles sobre el carácter de la estrella de cine que mamá representaba. Escribí una escena completa para el tercer capítulo de la temporada. No sé si tú lo has visto, pero estuvo muy bien.

Hacia el final, Marty llegó a decirme: «Oye Belinda, convierte esto en dos páginas, ¿quieres?» Y yo me ponía a hacerlo sin que él lo revisara después.

Todo aquello me encantaba. Me gustaba mucho trabajar y aprender a realizar la telenovela. Marty tenía ideas muy claras sobre cómo debían ser ciertas cosas, pero no siempre disponía de vocabulario adecuado para expresarlas. Yo hojeaba revistas y le mostraba cosas que veía, hasta que él me decía: «Sí, eso es lo que yo quiero, así es como ha de ser.» Y cuando encontró al diseñador que quería las cosas empezaron a despegar.

En ocasiones nos íbamos de casa justo después de que mamá cenase. Nos íbamos al estudio juntos y trabajábamos hasta las dos o las tres. Nadie parecía darse mucha cuenta de lo que sucedía entre nosotros, y yo me sentía tan involucrada que no me preocupé demasiado de disimular.

Tienes que entender que sólo habían transcurrido dos meses desde el festival de Cannes, y nosotros estábamos muy ocupados.

Entonces, una tarde, al regresar a casa, vi que Blair

Sackwell estaba allí, llevaba un chándal de color plateado y zapatillas de tenis a juego, en realidad no era una indumentaria extraordinaria para Blair, aunque parecía más bien un mono de organillero, así que al entrar yo se levantó de un salto del sofá y me preguntó por qué me estaba alejando de todo después del éxito que había obtenido como debutante en Cannes.

Trish y Jill se quedaron anonadadas. Aunque no era extraño porque últimamente siempre estaban así.

Blair me dijo que un productor incluso había telefoneado a G.G. en Nueva York, porque estaba desesperado por encontrarme, y que por favor dejara ya de hacer el papel de Greta Garbo, puesto que sólo tenía quince años.

Le dije a Blair que nadie me había ofrecido nada, al menos que yo supiera, de lo que él no dudó en mofarse. Me transmitió que papá me enviaba saludos cariñosos. Papá habría estado allí con él de no ser porque Ollie Boon tenía el estreno de una representación musical.

Sin embargo, la mayor preocupación de Blair era que mi madre volviese a hacer el anuncio para Midnight Mink. Me rogó que hablase con ella para convencerla. Que era la única mujer que haría ese anuncio dos veces en su vida.

Me fui a otra habitación y llamé a Marty al estudio. ¿Sabía él algo de una oferta para que yo hiciese un papel en el cine? Me dijo que no, que él no había oído nada, pero que yo sabía, o debía saber, que mi tío Daryl se había opuesto a que yo actuase en *Champagne Flight*. Insistió en que yo sin duda ya lo sabía. Pensó que yo lo sabría. ¿Acaso yo me sentía desgraciada? ¿Qué estaba pasando? Quería que se lo dijese sin dilación.

«Cálmate, Marty —le respondí—. Sólo te estoy haciendo una pregunta.» A continuación, llamé al tío Daryl, que ya estaba de regreso en Dallas, en su despacho de abogado, y me dijo sin rodeos que la agente de mamá, Sally Tracy, tenía órdenes estrictas de alejar de mí a los productores. Él personalmente le había dado instrucciones a Sally para que Bonnie no fuese molestada por gente que se interesase por mí. Bonnie no tenía tiempo de preocuparse por esas cosas. Y que deseaba que todo el asunto de *Jugada decisiva* se desvaneciese y no se hablase más de ello.

Llamé a Sally Tracy.

—¡Belinda, querida!

—Tú eres mi agente, ¿no? —le pregunté—. ¿Estás desestimando ofertas dirigidas a mí?

—Bueno, bonita, Bonnie no desea que se la moleste por esos asuntos. Además, ¿tienes idea de las ofertas que te están haciendo? Mira, querida, ¿acaso has visto alguna película en que explotan a las quinceañeras?

—Me gustaría estar informada de si alguien llama interesándose por mí. Quiero saber si de verdad tengo un agente. Deseo que se me transmitan todas las cosas que me conciernen.

—Si así lo deseas, bonita, le daré instrucciones a mi secretaria para que te lo comunique todo, desde luego.

Colgué el teléfono y sentí algo muy extraño, una sensación muy fría, pero no sabía lo que tenía que hacer. La verdad era que me sentía feliz trabajando con Marty. No deseaba estar en ningún otro lugar. Pero ellos deberían haberme explicado lo que estaban haciendo. Me sentía enloquecer, y no tenía el más mínimo deseo de volverme loca. Por lo tanto, aquella noche hablé con Marty del tema.

—¿Tú querías que yo hiciera papeles cortos en la serie? —le pregunté.

—Bueno, así fue al principio —me confirmó—, pero ten en cuenta lo que voy a decirte, Belinda. Escúchame atentamente: en este momento estoy trabajando para que tu madre sea importante. ¿Por qué debería malgastarte como decoración? Lo más inteligente es apostar en el momento justo, ver qué éxito tiene la serie y después crear un episodio para ti. —Me daba perfecta cuenta de lo que estaba maquinando a medida que hablaba—. Ya tengo un par de ideas. Pero desearía utilizarlas cuando la temporada esté avanzada, por ejemplo, hacia noviembre; en realidad ya sé lo que quiero hacer entonces.

Como he dicho antes, todo era muy confuso, porque yo estaba contenta trabajando en la parte de producción y, además, no me convencía mucho salir en la telenovela. Me refiero a que lo que de verdad quería era hacer películas. Me sentía muy rara por todo aquello.

Al día siguiente le pregunté a mamá si a ella le importaba que yo hiciese algún papel en la serie. Nos hallábamos en la limusina del estudio, Marty estaba sentado a su lado, con el brazo rodeándola como siempre, y yo estaba frente a ellos en el pequeño asiento abatible que se encontraba junto al televisor que, por cierto, nadie encendía nunca.

—Por supuesto que no, querida —me dijo en su habitual voz adormilada de las mañanas. Tenía la mirada fija en el exterior del vehículo, hacia unas casas de apartamentos con paredes estucadas color pastel, típicas de Los Ángeles, como si no se tratase de una de las más aburridas y feas vistas del mundo—. Marty, haz que Belinda salga en la serie, ¿de acuerdo? —Pero añadió—: Aunque sabes, querida, ahora podrías dedicarte a ir a la escuela durante un tiempo. Siempre has querido hacerlo. Podrías conocer chicos de tu edad. Ahora podrías ir a Hollywood High si quisieses. ¿No es cierto que todo el mundo quiere ir a esa escuela?

—No lo sé, mamá, creo que ya se me ha pasado la edad para eso. Cuando llegue septiembre no sé muy bien lo que haré. Probablemente me apetezca hacer películas, mamá, ¿sabes a qué me refiero?

Pero ella siguió mirando a través de la ventana. Parecía como si aquello no le importase. Ella seguiría adormilada hasta que llegase al escenario del rodaje de *Champagne Flight*.

—Puedes hacer lo que quieras, cariño —me dijo un poco después, como si mi último mensaje acabase de hacérsele patente—. Puedes actuar en *Champagne Flight*, si eso te apetece, a mí me parecerá bien.

Entonces dije: gracias mamá, y Marty se inclinó hacia delante, puso su mano sobre mi pierna y me dio un beso. Y es probable que yo no le hubiese dado más importancia al asunto de no ser porque cuando él se recostó en el asiento yo le dirigí una corta mirada a mamá.

Ella me estaba mirando con gran atención. Pareció como si todo el efecto de las drogas desapareciese durante un segundo. Y cuando yo le sonreí, ella no me devolvió la sonrisa. Me estaba mirando fijamente, como si fuese a decirme algo, acto seguido se giró y miró a Marty, que no se dio cuenta de nada porque me miraba a mí. Después ella volvió a mirar por la ventana.

No me pareció una mirada normal, era como si me estuviese diciendo: no hagas que todo el mundo se preocupe por tu caso, Belinda, sólo porque Marty y tú sois amantes. Deja el asunto en paz. Por otra parte, quizá mamá ni se había dado cuenta, es posible que mientras me miraba estuviese pensando en alguna otra cosa. Bueno, mamá se daba cuenta de muy pocas cosas referentes a mí, ¿no es cierto?

En fin, sólo he de aclarar, que tenía razón en lo primero que pensé.

Un par de días después Susan vino a la ciudad. Llegó haciendo mucho ruido por el pasaje de entrada a la casa de Beverly Hills con el Cadillac blanco convertible en que había venido conduciendo desde Tejas, porque según ella tenía que pensar en la película brasileña y hablar consigo misma en voz alta mientras conducía.

Yo me sentía muy confusa al pensar en la película, pues no quería abandonar a Marty, pero en cuanto me metí en el coche con Susan para ir a Musso and Frank's la idea volvió a atraparme. Tenía claro que debía dejar a

Marty para hacer esta película, no había ninguna duda. Si dejaba de hacerlo, ¿qué era yo?, ¿era una actriz o no era nada? Por descontado, no le hablé a Susan de Marty. Tampoco le conté que el tío Daryl intentaría oponerse. Después de todo, yo estaba segura de que mamá me dejaría ir.

Susan habló de la película durante toda la comida, en el ruidoso Musso and Frank's. Iba a ser fantástica. Ellos estarían de acuerdo en que yo actuase. Yo tenía que representar a la ingenua, y además era la hija de Bonnie. Su mayor problema lo constituía Sandy. Ellos le pedirían que eligiese a una actriz cotizada para hacer el papel inicialmente destinado a Sandy.

—¿Y vas a ceder en eso?

—Tendré que hacerlo. Sandy no podrá incorporarse, y yo lo sé, además sigo teniendo la intención de hacer famosa a Sandy cuando tenga el poder necesario. Y ella lo sabe.

Marty escuchó con paciencia la exposición de Susan aquella misma noche. Le comunicó que organizaría una reunión para ella en la United Theatricals. Y cuando la puerta de la habitación se cerró, él me dijo:

—¿Vas a serme fiel cuando estés en Brasil?

—Sí —contesté yo—. Y tú también vas a serme fiel aquí, en la ciudad de las estrellas, ¿verdad?

—¿Alguna vez se te ha ocurrido tener dudas sobre eso, amor mío?

En aquel momento parecía sincero, y muy cariñoso además, así que yo sentí que estaba de mi lado y que siempre lo había estado.

Pero en la United Theatricals no aceptaron el proyecto de Susan. Dijeron que la película era muy arriesgada. Opinaron que ella era demasiado joven para producir y dirigir al mismo tiempo. Sin embargo, tenían una proposición que hacerle, se trataba de que dirigiese tres películas para la televisión, cuyos guiones se encontraban allí mismo.

Como yo había supuesto, Susan se quedó hecha polvo. Luego fui al hotel Beverly Hills a visitarla y la encontré leyendo los guiones en su habitación, bebiendo té frío, fumando y escribiendo un montón de notas.

—Son historias de recetario —comentó—, pero voy a aceptar. Spielberg, por ejemplo, hizo estas películas de televisión para la Universal. Bueno, seguiré ese camino. Han estado de acuerdo en que Sandy actúe en una de ellas. Así que por ese lado no hay problema. Pero no hay nada adecuado para ti, Belinda, no hay nada decente, nada que siquiera se parezca a lo que yo tenía pensado.

—Esperaré la de Brasil, Susan —dije yo. Y durante un momento se me quedó mirando, parecía que estaba tramando algo, o pensando, o tratando de decirme alguna cosa. Aunque lo único que acabó diciendo fue: de acuerdo.

Marty la llamó más tarde por teléfono y le dijo que había tomado la decisión más inteligente.

—Todo el mundo está pendiente de ella —me comentó a mí—. Cuando tenga una idea de verdad comercial, la escucharán. Lo único que necesita es ir con un poco de cuidado, ya sabes. No hay que gastarse excesivamente en nada hasta que sepas que se trata de absoluta dinamita, y por otra parte las películas que le han dado es como si ya estuviesen hechas.

Mientras todo esto sucedía, yo me había quedado sin habla, y sin embargo tomé nota de cada detalle. A Susan le iría bien con esta gente.

Al mismo tiempo, yo lo estaba pasando bien con Marty y no necesitaba decirle nada a Susan sobre el asunto. Además, todavía era posible que la película brasileña acabase haciéndose.

—No lo olvides, Belinda —me dijo Susan antes de irse—. Haremos esa película.

Le confirmé que podía contar conmigo cuando estuviese a punto. Y si deseaba hacerla rápido y no tenía dinero, bien, yo tenía el suficiente en cheques de viaje, para pagar mi estancia allí. Como respuesta, me dedicó una sonrisa.

—Hay otra cosa que quiero decirte antes de irme —añadió poniéndose seria—. Vigila tu relación con Marty.

Yo me quedé mirándola. Había pensado que me moriría si ella se enteraba de que me acostaba con el hombre que aniquiló nuestra película. ¿Cómo explicarle lo sucedido?

—Recuerda que en Cannes estabas muy enfadada —continuó— y ahora, mira lo que estás haciendo, le preparas el café, le vacías los ceniceros y vas y vuelves del trabajo con él, no dejas de estar a su lado y hasta le buscas un pañuelo si quiere sonarse la nariz.

—Susan, sólo hace dos meses que he llegado aquí. No lo comprendes...

—¿Qué es lo que no comprendo? —me espetó—. ¿Que estás enganchada con ese tipo y que eres su corderito desde Cannes? No te dejo de lado por esa razón, Belinda. Conozco a ese hombre. Seguro que contigo es transparente, sin embargo está cagado de miedo por si tu madre o ese par de hermanitas del colegio que están con ella le pescan contigo. ¡Lo que trato de decirte, Belinda, es que recuerdes quién eres tú! Sí, claro, ahora eres sólo una niña y tienes un montón de tiempo por delante, pero ¿qué quieres hacer con tu vida, Belinda? ¿Deseas ser alguien o la chica de alguien?

Acto seguido se fue zumbando en su Cadillac, clavando las ruedas en la gravilla, a punto estuvo de rozar los postes eléctricos de la verja, y yo me quedé de pie, parada allí mismo y pensando: bien, lo ha sabido desde el principio.

Y hay algo que debo decirte: desde entonces, el único que me ha preguntado qué deseaba hacer con mi vida o qué aspiraciones tenía has sido tú, en San Francisco, cuando cenamos juntos por primera vez en el Palace Hotel. Me miraste a la cara de la misma manera que lo había hecho Susan y me preguntaste qué cosas deseaba para mí misma.

Bien, Susan se había ido, y también el proyecto de Brasil. Yo me lo pasaba bien con Marty, también estaba encantada de vivir en América y, honestamente, me parecía maravilloso no tener que cuidar más de mamá.

En Saint Esprit, Trish y Jill habían sido encantadoras, pero había un montón de decisiones insignificantes que ellas no podían tomar. Se necesitaba que las tres hiciésemos el trabajo de contratar, despedir y manejar al personal de la casa. Una de nosotras tenía que estar siempre con mamá.

Era Marty quien se hacía cargo de ella. Y a medida que él iba adquiriendo más y más responsabilidades, una cosa se me aclaró: Marty era mejor para mi madre de lo que nosotras lo habíamos sido. Por ejemplo, con el tema de la bebida no se trataba de que nosotras la ayudásemos a beber, sino sencillamente de que no podíamos controlarla. En cambio, Marty sí podía. Para imponer sus reglas, disponía de la mejor razón: *Champagne Flight.*

Y hacía que mamá estuviese bonita y la mantenía al margen de la bebida. Cuanto más la mimaba y la controlaba, más florecía ella. Por fin mamá se convirtió en lo que siempre había soñado ser.

Desde luego que una buena parte de este cambio era debido a vivir en California, a la manía de hacer ejercicio, comer de manera saludable, ser vegetariano, meditar y Dios sabe qué más basura con la que supuestamente vives para siempre y te sientes una buena persona mientras haces todo eso. Pero surtió efecto; mamá se convirtió en una reina amazona que soportaba muy bien la presión de trabajar en una serie de televisión, las constantes entrevistas, las apariciones en público y tantas otras cosas que, si quieres saber mi opinión, son peores que trabajar en el cine.

Cuando llegó la fecha de la inauguración de la serie, Marty dominaba la vida de mamá. Se sentaba a su lado mientras ella se bañaba, le leía libros a la hora de dormir, le acercaba el esmalte de las uñas y se quedaba cerca de ella para que las peluqueras no le dieran tirones en el pelo, la vestía por la mañana y la desnudaba por la noche. Trish, Jill y yo no éramos ya necesarias para nada.

A pesar de lo desleal o culpable que yo pudiese sentirme, estaba encantada. Y me sentí muy aliviada de que el año escolar hubiese empezado sin que nadie se diese cuenta. Me lo estaba pasando estupendamente.

No tengo idea de si tú pudiste ver la presentación de *Champagne Flight*, de modo que te explicaré lo que hizo Marty. Consistió, como siempre, en un programa especial de dos horas. En este episodio, Bonnie Sinclair, actriz emigrada, regresa a su hogar, en Miami, para hacerse cargo de la línea aérea propiedad de su padre tras la misteriosa muerte de éste. Un primo joven, tremendamente atractivo, intenta hacerle chantaje con las películas eróticas que ella había hecho en Europa. Ella se comporta como si hubiese picado el anzuelo: se va a la cama con él y le hace creer que la tiene en el bolsillo; y cuando ya han hecho el amor, le pide a él que se vista y la acompañe a la sala de al lado, pues le ha preparado una sorpresa. Bueno, en ella está teniendo lugar una fiesta, y toda la familia se encuentra reunida. También están allí personas importantes de la sociedad internacional.

Entonces Bonnie hace la presentación del atractivo primo a todos los asistentes, tal como él hubiera deseado; a continuación aparece una pantalla, se apagan las luces y todo el mundo toma asiento, se proyectan escenas de las viejas películas eróticas de Bonnie. El primo se queda boquiabierto y destrozado. Concretamente, Bonnie muestra las mismas escenas con que el muchacho pensaba chantajearla. De modo que ella se limita a sonreírle y a decirle que ha sido una velada maravillosa, y que por qué no viene a verla en alguna otra ocasión. Él se marcha sintiéndose como un estúpido.

Mamá representó todo esto con gran talento. Apareció triste y herida, y tan filosófica como siempre, así que en el momento en que el joven ha de marcharse, lleno de vergüenza y turbación, ella se queda mirando a la pantalla, en la que se están proyectando las escenas de amor de sus viejas películas, y el espectador ve cómo se le llenan los ojos de lágrimas. En esto consistió la trama. Termina el episodio con ella al frente de la compañía aérea, habiéndose librado de los chicos malos, primo incluido, y por supuesto intentando averiguar quién es el asesino de su padre.

Muy bien, típicamente televisivo, ya lo sé. Pero por otra parte era perfecto para mamá, y desde luego el presupuesto era enorme, los decorados suntuosos y los vestidos extraordinarios. Incluso la banda sonora era mejor que las que se acostumbra oír.

El enorme éxito de *Corrupción en Miami* tenía una poderosa influencia en Marty. Muy probablemente se sentía celoso de él. Y había jurado hacer *Champagne Flight* con mucho estilo y más sofisticada que cualquier otra telenovela del momento. También deseaba un ritmo policiaco. A este respecto, su modelo era la vieja serie *Kojak*. A decir verdad, Marty hizo lo que se había propuesto. *Champagne Flight* produce una sensación de serie policiaca y tiene la apariencia de vídeo de rock.

De hecho existe una vieja expresión cinematográfica para lo que hizo Marty, aunque juraría que él la desconoce. El término es *filme noir*. Probablemente *Champagne Flight* es la única telenovela de hora punta tipo *filme noir*.

Marty esperó como un maníaco a que se publicaran las audiencias. En cuestión de unas horas supimos que todo el mundo en América había sintonizado la emisora para ver a mamá. *Champagne Flight* era un éxito. Incluso fue noticia en todo el país: Bonnie y las viejas películas de Bonnie.

Después de aquello la prensa nos seguía constantemente. Las revistas del corazón venían a por nosotros como perros de caza. Y de pronto Marty no podía desaparecer de la vista de mamá. Mamá insistió en que él durmiese en la habitación de al lado, por lo que hubo que sacar a Jill de allí, y se despertaba cada noche sin saber dónde se hallaba, a pesar de las pastillas para dormir. A las tres de la mañana él tenía que darle de comer, una especie de pequeño desayuno, y explicarle que todo iba muy bien, y que algunos tendrían que tragarse sus viejas críticas.

Incluso cuando le conseguimos una enfermera para que la cuidase todo el tiempo, la cosa no mejoró. Marty tenía que estar presente. Él era quien tenía que dar las órdenes a la masajista, a la peluquera y a la asistenta que sólo limpiaba la habitación de mamá. En una ocasión, una noche, un reportero europeo saltó la verja electrificada y empezó a hacer fotos con flash a mamá a través de las puertas acristaladas de su habitación. Ella se despertó gritando.

De modo que el tío Daryl tuvo que traerle una pistola de Tejas, aunque todo el mundo le dijo que estaba loca y que no debía utilizar aquella arma. Ella insistió en tenerla en la mesilla de noche.

Naturalmente, durante aquellas primeras semanas siguieron filmando y revisando episodios a medida que se conocían las reacciones del público, y se hacían cambios a lo que ya estaba filmado. Mamá estaba muy bien cuando trabajaba. Se sentía muy bien cuando actuaba y cuando leía el guión. El resto del tiempo estaba como loca. Es una mujer a quien nunca le ha importado tener que trabajar hasta tarde.

Unas tres semanas después de haber comenzado la temporada, me di cuenta de que no había estado a solas con Marty desde el día del estreno. Entonces me levanté pronto por la mañana y vi a Marty de pie junto a mi cama.

—Cierra la puerta con llave —le susurré. Sabía que en cualquier momento mamá podía levantarse y empezar a dar vueltas por la casa en un estado de semiconsciencia.

—Ya lo he hecho —me dijo.

Pero se quedó allí de pie vestido con el pijama y el batín, y no se metió en la cama. Creo que, a pesar de la oscuridad, me di cuenta de que le estaba sucediendo algo terrible. Acto seguido, se sentó en la cama a mi lado y encendió la lámpara de la mesilla. Tenía una cara horrible. Parecía turbado, ido y un poco loco. Yo le dije:

—Se trata de mamá, ¿no es cierto? Te has ido a la cama con mamá.

Tenía la boca desencajada. Parecía que no pudiese hablar. Me dijo, con una voz muy cascada, que cuando una mujer como aquélla deseaba que te acostases con ella, no podías decir simplemente que no.

—¿De qué demonios estás hablando? —pregunté.

—Cariño, no puedo decepcionarla. Nadie que estuviese en mi posición debería hacerlo nunca. ¿No lo entiendes?

Me quedé pasmada mirándole. No podía articular palabra. Se me había ido la voz. Y allí mismo, delante de mí, él empezó a sollozar y a llorar.

—Belinda, no sólo te amo, ¡te necesito! —me susurró con aquella voz lastimera, y a continuación me rodeó con sus brazos y empezó a besarme.

Yo no podía hacerlo. Ni siquiera tenía que pensarlo. Así que salté de la cama y me alejé de él antes de decidir qué debía hacer. Pero él vino tras de mí, me besó y me encontré a mí misma besándole. De nuevo esa cosa química se adueñó de la situación, y el amor, por supuesto, aquel poderoso amor que tal vez no necesitaba ya de la química.

Discutí con él y le dije varias veces que no, pero ya

estábamos juntos en la cama, y lo hicimos, y yo me quedé llorando hasta que me dormí.

Por supuesto que, cuando me levanté, él ya no estaba allí. Estaba otra vez junto a mamá. Y nadie se dio cuenta de que hice la maleta y me marché.

Me fui hacia la zona del Strip, al Château Marmont, pedí un apartamento e hice un par de llamadas. Llamé a Trish para que pagase la factura, le dije que no me preguntase por qué, pero que tenía que estar allí.

—Yo ya sé por qué —me dijo ella—. Sabía que esto iba a suceder. Ten cuidado, Belinda, ¿de acuerdo?

Llamó al Château y se hizo cargo de los gastos. Aquella noche dejó un mensaje por teléfono en que me informaba que lo había hablado con mamá, y ésta le había firmado un cheque espléndido para mi cuenta en el banco.

Y allí estaba yo, sentada en un lado de la cama del Château Marmont pensando que se había terminado la relación con Marty, que Susan estaba en Europa filmando una película para la televisión, y que a mamá, por supuesto, no le importaba lo más mínimo que me hubiese ido de la casa.

Bueno, durante las siguientes semanas me dediqué a hacer locuras. Vagabundeaba todas las noches por la calle, hablaba con los que iban en bici y con muchachos que se habían escapado de sus casas. Llamé por teléfono a las chicas de Beverly Hills, que se habían puesto en contacto conmigo al principio cuando llegué. Fui a visitarlas, asistí a sus fiestas e incluso una tarde me fui a Tijuana con ellas. A veces iba a dar una vuelta por Hollywood High cuando terminaban las clases. Hice el recorrido habitual por la ciudad como una turista, fui a las excursiones organizadas a los estudios, e incluso a Disneylandia y a Knott's Berry Farm. Sencillamente iba por ahí. Cualquier cosa para no estar sola, para no esperar junto al teléfono. Pero me aseguraba de ponerme en contacto con Trish por lo menos una vez cada tarde. Ella me explicaba que mamá estaba bien. Que seguía bien.

Es probable que mamá ni siquiera notase mi ausencia. Y yo empezaba a volverme loca intentando no pensar en Marty, me decía a mí misma que todo debía terminar con él, que ahora yo tenía que decidir qué haría en el futuro.

Hoy, cuando pienso en ello, me pregunto qué habría sucedido si yo hubiese llamado a G.G. a Nueva York. Seguro que a mamá no le hubiese importado que me fuese con G.G. Ella ya no me necesitaba como antes. Aunque la verdad era que yo no podía soportar la idea de perder a Marty. Estaba hundida por el dolor, por un dolor terrible.

Así que lo único que hacía era dar vueltas por la ciudad.

Por supuesto me sucedieron cosas bastante irritantes, y era consciente de que legalmente era una menor.

Por ejemplo, sé conducir desde los doce años, pero en California no podía tener el carnet de conducir hasta los dieciséis. No podía entrar en lugares donde sirviesen alcohol, aunque sólo quisiera tomarme una cocacola y sentarme en una mesa para ver al artista que estuviese actuando. Y por supuesto no podía confiar en los chicos y chicas que conocía. No era como para hablarles de mi relación con Marty.

Además, yo no era como ellos. No tenía el carácter de adulto y niño al mismo tiempo, como ellos; chicos verdaderamente duros de las calles de Los Ángeles por una parte, y bebés por otra. Yo no encajaba.

¿Quiénes habían sido siempre mis amigos? Trish, Jill, Blair Sackwell, papá. Ésos habían sido. No gente joven.

Mantenía relaciones superficiales, por no decir del todo artificiales. Nada me salía bien.

Bueno, naturalmente Marty apareció por el Château Marmont.

Si no lo hubiese hecho, creo que mi fe en la vida hubiese desaparecido. ¿Ni siquiera una pequeña visita para saber qué me había sucedido? En realidad, no sabía muy bien lo que deseaba, excepto que no quería acostarme con él si se acostaba con mi madre. Y te lo digo en serio, no estaba preparada para la escena que Marty montó.

Aquél fue el primer número de ópera italiana que Marty representó para mí.

Se presentó en el apartamento a eso de medianoche. Estaba en un estado indescriptible cuando le vi llegar. Ante todo deseaba saber a qué clase de familia pertenecía yo. ¿No le importaba lo más mínimo que yo estuviese viviendo en Sunset, en un lugar como el Château, sin la más mínima supervisión? Volvió a utilizar aquella palabra y yo me reí.

—Marty, no me vengas con esa mierda —le dije—. No me saques de la cama a medianoche para decirme que a mi familia no le importa un bledo lo que yo haga. Sé eso desde que tenía dos años.

¿Por qué no iba yo a la escuela?, me preguntaba. ¿Qué pasa? ¿A nadie de tu familia le importa si vas a la escuela?

—Si te atreves a sugerir tal cosa, Marty, puedo matarte —le espeté—. Y ahora sal de mi habitación y déjame en paz.

Entonces se sintió muy avergonzado y molesto, y se puso a llorar cuando me dijo que Bonnie preguntaba por mí. Bonnie no entendía por qué yo nunca iba por allí.

—Dímelo tú —le dije.

Yo había empezado a llorar.

Y sin mediar más palabra, estábamos uno en brazos del otro. Le dije que no, desde luego, una y otra y otra vez le dije que no, pero no lo decía en serio y Marty lo sabía. Nos metimos en la cama, y resultó tan maravilloso como siempre.

Supongo, con cierta sensación dulce, que de alguna manera fue mejor, Marty estaba allí a mi lado, estrechándome e intentando decirme que había sido un infierno todo aquel tiempo sin mí.

—Sabes, amor mío, me hace pensar en el viejo refrán: ten cuidado con aquello que pides, pues podrías conseguirlo. Bien, yo lo hice, yo pedí a Bonnie, yo deseé hacer una serie que fuese número uno. Y he conseguido ambos deseos, cariño, y jamás en mi vida me he sentido tan desgraciado.

Yo no contesté nada. Estaba llorando sobre la almohada. Me dedicaba a pensar cosas absurdas, como que podríamos casarnos, huir hacia Tijuana y casarnos, luego volver y decírselo a todos. ¿Qué sucedería entonces? Pero yo sabía que aquello no era posible, y al mismo tiempo sentía una rabia enorme que quemaba todas las palabras que podía haber dicho.

Marty siguió hablando. No dejaba de decir cosas y más cosas, hasta que me di cuenta de lo que estaba pasando. Me estaba diciendo que me necesitaba, que no podía hacer todo aquello sin mí, que tal como estaban las cosas no podía terminar la temporada.

—Tienes que volver Belinda, tienes que hacerlo. Tienes que mirar todo esto bajo una luz diferente.

—¿Estás tratando de pasarte conmigo? ¿Crees que puedo vivir allí mientras tú y mi madre os acostáis, ocultándole a ella que también te acuestas conmigo?

—Belinda, una mujer como tu madre no quiere saber las cosas —me explicaba—. Te lo juro, no quiere. Desea que la cuiden y que le mientan. Desea que la utilicen y al mismo tiempo utilizar a todo el mundo. Belinda, creo que no conoces a tu madre, no como la conozco yo. Belinda, no me hagas esto, te lo pido por favor.

—¡Que no te haga esto a ti!

Si crees que me has visto alguna vez dando un tortazo, tenías que haberme visto entonces. Me levanté de la cama y empecé a golpearle, a gritarle y a decirle que se fuera de allí, que regresara con ella.

—¡Hacerte esto a ti!

Yo no paraba de gritar. Entonces él me agarró, me sacudió y gritó como si estuviese loco.

—¡Belinda!, maldita sea, sólo soy un ser humano, nada más.

—¿Y qué demonios se supone que significa eso? —le pregunté.

Se sentó a un lado de la cama, con los codos sobre las rodillas. Me dijo que la presión estaba creciendo y que si él explotaba, mamá lo haría también.

—Mira, cariño, todos estamos en esto juntos, ¿no lo comprendes? Ella es la fuente de nuestros éxitos, tu dinero es de ella, y eso hemos de aceptarlo en este momento. O sea que te ruego que no te vuelvas contra mí ahora, amor mío, por favor.

No pude por menos que mover la cabeza. Ella es la fuente de nuestros éxitos. ¿Qué podía decir yo?

—Vuelve a casa —me rogó mientras me cogía la mano—. Soporta esto conmigo, Belinda, en serio; el tiempo que comparto contigo es lo único que me queda, de verdad.

A continuación se desmoronó. Lloró y lloró, y yo también lloré, y de pronto llegó la hora, él tenía que marcharse. Si no estaba a su lado cuando ella se despertaba, a las cinco de la mañana, se abriría el infierno y se desatarían los demonios.

Se vistió y luego dijo:

—Sé lo que piensas de mí. Y también sé lo que yo pienso de mí. Pero te juro que no sé qué hacer. Todo lo que sé es que si no regresas yo no podré fingir mucho tiempo, te lo digo de verdad.

—De modo que es mi responsabilidad que todo funcione, ¿eso es lo que estás diciendo? Marty, ¿cuántas veces crees que he sido yo la que ha hecho que todo funcione para mamá? ¿Cuántas veces crees que me he contenido y he hecho lo que fuera necesario para que mamá se sintiese bien?

—Pero estamos en el mismo barco, cariño, se trata de ti, de mí y de ella. ¿No lo ves? Escucha, esas pollitas tejanas van a irse muy pronto. Sé que lo harán. Y en la casa no habrá nadie más que esas criaturas, la enfermera, la masajista y esa loca peluquera, además de ella y yo. De modo que voy a coger el revólver que está en el cajón de la mesilla y me reventaré los sesos o algo parecido. Me estoy volviendo loco.

Yo no tenía nada más que añadir. Esperaba que se marchase. Él iba a llegar tarde y yo estaba pensando en llamar a G.G. y preguntarle si le parecería bien a Ollie Boon que yo me quedase un tiempo con ellos, aunque sabía que no tenía el coraje para hacerlo, no todavía.

Entonces me di cuenta de que Marty no se marchaba. Estaba inmóvil en el quicio de la puerta.

—Amor mío, ella y yo... vamos a casarnos —me dijo.

—¿Qué?

—Una ceremonia multitudinaria junto a la piscina de la casa. La publicidad va a comenzar hoy.

No articulé ni una sola palabra.

Entonces Marty soltó un discurso. En un tono pausado no habitual en él, me largó una conferencia.

—Te amo, Belinda, te quiero como nunca he amado a ninguna otra persona hasta hoy. Puede que seas la chica bonita que no tuve como pareja cuando iba a la escuela. Tal vez seas la atractiva chica rica que no pude alcanzar en Nueva York. Lo único que sé es que te amo, y nunca he estado con nadie que no fuese de mi familia en Nueva York a quien haya amado tanto y en quien tanto haya confiado. Pero la vida ha jugado muy sucio con nosotros dos, Belinda. Porque la dama ha anunciado que desea casarse. Por primera vez en su maldita vida desea contraer matrimonio. Y lo que la señora desea, la señora lo consigue.

Después la puerta se cerró tras él. Se había marchado.

Cuando Trish llegó, creo que yo seguía tumbada en un estado de confusión total. Si sabía que Marty había estado allí, nunca me lo dijo. Me anunció que la boda tendría lugar el sábado, mamá quería que fuese lo antes posible y tío Daryl ya había salido de Dallas, por lo que era probable que llegase aquella tarde.

—Creo que deberías regresar a Europa —me dijo—. Creo que deberías ir al colegio.

—No deseo ir a Europa —repuse yo—. Y no quiero ir a ningún colegio.

Inclinó la cabeza y en un gesto de impotencia me invitó a acompañarla a comprar un vestido para la boda. También me dijo que era mejor que el tío Daryl no supiese lo de mi estancia en el Château Marmont.

Bien, soporté la ceremonia y la semana que la precedió. Le sonreí a todo el mundo. Representé mi papel. Tanto el tío Daryl como los demás estaban demasiado ocupados para preguntarme qué había estado haciendo. Cuando por fin hablé con la gente, ya fuera en la sala de estar o en la recepción, me sorprendí a mí misma diciendo que me estaba preparando para ir a la Universidad de California en breve, que pensaba pasar los exámenes y empezar pronto. Estaba segura de pasármelo bien allí.

La celebración de la boda era lo más novedoso en Beverly Hills. Las revistas del corazón ofrecían una suma de treinta mil dólares a quien pudiese sacar una foto desde el interior de la propiedad. La policía tuvo un enorme trabajo en impedir que la gente bloqueara las calles.

Mamá estaba muy enamorada de Marty. No la había visto así desde la época de Leonardo Gallo. No es que estuviese apoyándose sólo en Marty, o colgada de él, sino que no veía a nadie más que a él. Y aquella tarde ambos estaban radiantes.

Pero he de decirte algo, la boda en sí era una confabulación. El ministro que la ofició era un hippie de los años sesenta demasiado crecido, ya sabes, uno de esos con cincuenta años y pelo largo, que viven en Big Sur o algo así y que probablemente había obtenido sus credenciales por correo. Toda la ceremonia era un poco deslustrada, las copas eran compartidas y todo el mundo llevaba coronas de flores en la cabeza. De haber tenido lugar en el campo hubiese estado bien. Pero con esa gente, cuyos comentarios son siempre «estamos hablando de una operación importante» y «lo que hay que ver es el contenido», rodeados de polución y paseando entre aquellos naranjos, ¡bah!, era un asco. Por no hablar de que tío Daryl me llevó a un lado, inmediatamente después, y me dijo que no debía preocuparme por la parte económica del asunto, pues Marty había firmado un contrato prematrimonial, con lo que la celebración, bueno, se había hecho sólo por la felicidad de mi madre y no podía considerarse legal.

—Simplemente ha perdido la cabeza por ese tipo italiano de Nueva York, ésa es la pura verdad —me aclaró—. Pero tú no debes preocuparte. Él será bueno con ella, yo me ocuparé.

Creía que me moría. Cuando entré en la casa para estar sola un rato, encontré a Trish y a Jill en mi habitación, como si se estuviesen escondiendo de todo el mundo, y Trish me comunicó lo de su regreso a Dallas con Jill, a finales de semana.

—Ella ya no nos necesita —me explicó Jill—. Aquí ya no somos de ninguna utilidad.

—Además ya es hora de que hagamos algo por nuestra cuenta —dijo Trish. Y continuó explicándome que Daryl estaba dispuesto a ayudarlas a montar una tienda de ropa de moda en Dallas. De hecho se la financiaba por completo. Y mamá también estaba de acuerdo en apoyarla con su imagen.

La noticia me dejó hundida. Lo de Saint Esprit se

había terminado hacía ya cierto tiempo, pero cuando ellas se fuesen, todo habría concluido.

Recordé las palabras de Marty acerca de vivir solo en aquella casa, sin ellas. Pero yo no pensaba quedarme. No podía. Estaba fuera de toda duda. A causa de la música proveniente del jardín y de la gente que deambulaba por todas las habitaciones, cual si fuesen zombis y sin hacer ruido al caminar sobre la moqueta que cubría el suelo, no me era posible pensar con detalle lo que haría.

Pero sabía que de alguna manera me alejaría.

—Belinda, ven a Dallas con nosotras —dijo Trish.

—Bonnie jamás la dejaría venir —añadió Jill.

—¡Oh, sí!, sí que lo haría. Ahora es feliz con su nuevo marido. Cariño, ven y pasa un tiempo con nosotras en Dallas.

Yo sabía que no podía hacer aquello. ¿Qué podría hacer yo a ochocientos kilómetros de casa? ¿Ir a centros comerciales, a tiendas de vídeo o asistir a bonitas clases sobre los poetas ingleses en la universidad?

Si bien toda la tarde fue como un mal sueño, lo peor todavía había de llegar.

Cuando Trish y Jill regresaron con el gentío, yo decidí cambiarme y salir de allí.

Entonces entró Marty y cerró la puerta. La gente ya se marchaba, me dijo, y había terminado todo. Acto seguido me abrazó.

—Estréchame, Belinda; abrázame, cariño —me dijo. Y eso es lo que hice durante un momento.

—Es tu noche de bodas, Marty —le dije—. Es algo que yo no puedo soportar, simplemente no puedo soportarlo.

Pero estuve sintiendo todo el tiempo sus abrazos y su pecho contra el mío, y yo le abrazaba tan fuerte como él a mí.

—Cariño, por favor, dame sólo este instante —me pidió. Y después empezó de nuevo, comenzó a besarme..., yo me limité a marcharme con mi vestido largo en una de las limusinas que salían en aquel momento.

De camino hacia el Château le pedí a un atractivo joven que estaba sentado a mi lado, y al parecer era ayudante de Marty, que entrase en una tienda de licores y me trajese una botella de whisky escocés. Cuando estuve de nuevo en el apartamento, me la bebí toda.

Dormí durante doce horas sin interrupción y después me pasé otras veinticuatro enferma con resaca. El miércoles, el teléfono me despertó. Era Trish, y llamaba para decirme que el tío Daryl no dejaba de preguntar por mí.

—Ven a casa hasta que él se marche —me dijo—. Después podrás volver a la montaña.

Llegué a la casa hacia las cuatro de la tarde. No había nadie. Nadie a excepción de mi madre, que en aquel momento les decía al instructor de gimnasia y a la masajista que tenían el resto del día libre. Había estado nadando y se la veía morena y natural; llevaba el cabello suelto y un sencillo vestido blanco. De pronto, aquellos dos se habían marchado y nosotras nos quedamos solas en la habitación. Era todo muy extraño. No creo que mamá y yo nos hubiésemos encontrado así, a solas, en muchísimo tiempo. El color de sus ojos era extraordinariamente claro y se la veía muy descansada; llevaba el pelo suelto y se le veía precioso.

—Hola, cariño. ¿Dónde has estado? —me preguntó. Por la voz parecía drogada, desde luego, pero hablaba con calma y sin vacilación.

—En ninguna parte, no sé —contesté. Me encogí de hombros. Creo que incluso me aparté un poco cuando me di cuenta de que me miraba fijamente. Lo cual en mamá no es lo habitual. Ella suele permanecer cabizbaja. Además, cuando hablas con ella, mira hacia otro lado. Tampoco acostumbra ser muy directa. Sin embargo, me estaba mirando con atención, y con una voz muy calmada me dijo:

—Cariño, él era demasiado viejo para ti.

Durante unos segundos las palabras retumbaron en mis oídos sin que entendiera su significado. Después me percaté de que todavía nos mirábamos la una a la otra. Ella, como la había visto hacer en miles de ocasiones con otras personas, hizo algo extraño con los ojos. Me miró de arriba abajo, despacio, y a continuación, con la misma voz, me dijo:

—Ya eres una chica mayor, ¿no? Pero no tanto.

Me quedé atontada. En aquellos pocos segundos sucedió algo entre mamá y yo que nunca había ocurrido. Me dirigí al vestíbulo y luego a mi habitación. Cerré la puerta y me quedé de pie, apoyada en ella; mi corazón latía con tal fuerza, que podía oír los latidos en mis oídos. Ella lo sabía, pensé, lo había sabido todo el tiempo, lo sabía.

¿Pero cuánto sabía, en realidad? ¿Pensaría que era un amorío, un capricho de jovencita, o que Marty nunca me había correspondido? ¿Podría comprender lo que nos sucedía?

Cuando entré en el comedor para cenar, yo estaba temblando. Ella no me miró ni una sola vez a los ojos. A esa hora ya estaba completamente drogada, murmuraba y miraba sólo su plato, decía que tenía sueño, y resultaba obvio que era incapaz de seguir la conversación que se desarrollaba en la mesa.

Todos le dimos a Daryl un beso de despedida, y yo aproveché para decir que me iba.

Noté la mirada que me dirigió Marty, la más oscura y amarga que yo le había visto. Sin embargo, sonrió y dijo:

—Muy bien querida. Adiós.

Debí haberme dado cuenta de que resultaba demasiado fácil. Estaba llorando en mi habitación del Château y, al cabo de dos horas, llegó Marty. Lloraba él y lloraba yo, era el estilo Marty de ópera italiana, ni siquiera hablamos de ello. Simplemente hicimos el amor.

Sentí que con mi encuentro con mamá algo se había roto dentro de mí. Me había matado. Me había matado por dentro.

Aquélla no era la mujer a la que yo había mirado en el Carlton, y de la que había pensado: ¡bah!, no se entera ni de lo que está haciendo. No sabe nada de nada.

Algo muy distinto había aparecido, para decirte la verdad; lo había visto en otras ocasiones, en otros momentos a través de los años, pero quizás habían sido menos importantes.

Después de un largo rato le conté a Marty lo que ella dijo y cómo me había mirado.

—No, cariño, ella no sabe nada —me aseguró—. Tal vez sospeche de que hay alguna escena tierna o algún toqueteo, pero no sabe nada. Si lo supiera no desearía que volvieses a casa.

—¿Tú crees que ella lo desea, Marty?

Lo confirmó con la cabeza, mientras se levantaba para vestirse. Le había dicho a la enfermera de mamá que salía un momento a un establecimiento de productos varios, de los que tienen abierto toda la noche. Era seguro que mamá se despertaría de un momento a otro y preguntaría por él.

—No hace más que decir: ¿dónde está Belinda? Parece que no comprende por qué no estás tú a su lado como su mano derecha.

No quise discutir con él, pero tenía la oscura sospecha de que mamá lo sabía y, a pesar de ello, deseaba mi regreso, porque estaría convencida de haber alejado a Marty de mí. Quiero decir, que ella era Bonnie, ¿no? Además me había dicho: «Ya eres una chica mayor, pero no tanto.» Se había limitado a reorganizar un poco las cosas de la manera más conveniente para ella. Recordaba la vez que me dijo: «Ahora todo irá bien, Belinda, porque yo me siento muy bien.»

Incluso hoy sigo pensando que entendí la situación.

Cuando Marty se fue me emborraché de verdad.

Había cogido varias botellas de casa y me las había traído al Château. En los días que siguieron, me las bebí todas; no hice más que estar estirada en la cama, llorar por Marty y preguntarme qué podía hacer para acabar con aquella enorme desdicha.

Pensé en Susan. Pensé en G.G. Pero después pensé en Marty y no tuve el coraje de ponerme en contacto con G.G. Me planteé la posibilidad de contarle a otra persona toda la historia, y la sola idea de confiarle a alguien lo sucedido me producía una gran angustia. No quería ni que G.G. me preguntase algo.

Me encontraba fatal, sola, como si estuviera loca. Quizá mamá estuviera en lo cierto, nunca debí enamorarme de Marty, Marty le pertenecía a mi madre. No podía dejar de pensar en ello y pasaba constantemente del sueño a la vigilia, como había visto hacer a mamá durante años en Saint Esprit.

Lo único que terminó con el mal sueño de aquellos días fue una llamada de Blair Sackwell una tarde. Estaba furioso, y me explicó que mamá les había plantado y Marty Moreschi les había echado.

—Estaba dispuesto a poner diez centímetros de visón blanco en las capas de esas muñecas de Bonnie. ¡Con mi marca! Y el hijo de mala madre me ha dicho que les dejara en paz. ¡Ni siquiera me invitaron a la boda! ¿Te das cuenta?

—¡Oh!, no me vengas a mí con ésas, Blair, ¡maldita sea! —le grité.

—¡Vaya, la hija es igual que la madre! —respondió.

Colgué el teléfono. Después me sentí muy mal. Me senté y empecé a llamar a todas partes para hablar con él. Llamé al Bev Wilsh y al Beverly Hills. No estaba allí. Y Blair era mi amigo, mi verdadero amigo.

Una hora después recibí un paquete, dos docenas de rosas blancas en un jarrón y una nota que decía: «Lo lamento, querida. Perdóname, por favor. Te quiere, como siempre, Blair.»

Al día siguiente, cuando Jill llamó para decirme que ella y Trish se marchaban, tenía tal resaca que apenas podía hablar. Me fui a dormir para despejarme y más tarde cogí un taxi y fui a casa para cenar con ellas por última vez.

Mamá estaba un poco drogada pero se encontraba bien. No llegamos a mirarnos a los ojos. Dijo que echaría de menos a Trish y a Jill, pero sabía que le harían visitas con frecuencia. La mayor parte de la conversación versó sobre las muñecas Bonnie y la campaña del perfume Saint Esprit, también se comentó la pelea con Blair Sackwell y las razones de Marty, quien al parecer consideraba que mamá no podía dedicarse más que a los productos *Champagne Flight*.

Intenté defender un poco a Blair. Al fin y al cabo, Midnight Mink es Midnight Mink, por amor de Dios, y Blair era nuestro viejo amigo.

Marty se limitó a descartarlo. Aportar una marca a un producto era lo más importante, etcétera, etcétera. La tienda de moda de Trish y de Jill sería sensacional, además tendría un maniquí con la imagen de mamá en el escaparate. Sin embargo, no hacía más que preguntar por qué no la montaban en Beverly Hills, cuando todo el mundo deseaba tener una tienda en Rodeo Drive, y él podía facilitarles que comenzaran allí, no entendía que no se diesen cuenta. Dallas, ¿quién va a Dallas?

No dejaba de mirarlas, veía la expresión de sus caras. Comprendía cuánto deseaban salir de allí. Además también eran amigas de Blair, después de todo. No, lo que de verdad deseaban era volver a casa.

—Mira, nosotras somos chicas de Dallas —dijo Trish.

Entonces, ella, Jill y mamá se miraron, a continuación se hicieron una especie de señal de la época de la escuela o algo parecido y después se echaron a reír; sin embargo, mamá se puso muy triste.

Llegó el momento de los abrazos y de los besos, el

instante de las despedidas y de los buenos deseos. Entonces mamá se perdió. Se sintió de verdad perdida. Lloró como suele hacerlo antes de infligirse daño a sí misma. Su llanto era horrible. De manera que Marty tuvo que llevarla a la cama antes de la partida de Trish y de Jill. Cuando las hube besado, me fui a su habitación.

—Quédate con ella mientras yo las llevo al aeropuerto, no puedo dejar que se vayan así —dijo Marty.

Mamá estaba llorando sentada en la cama. Y la enfermera vestida con su uniforme blanco se disponía a ponerle una inyección.

Lo de la inyección me dio miedo. Mamá siempre había tomado drogas de todo tipo. ¿Pero por qué con una jeringuilla? No me gustó ver la aguja entrando en el brazo de mamá.

—¿Qué está haciendo? —le pregunté a la mujer, a lo que me respondió con un gesto condescendiente, como diciéndome: no molestes a tu madre. Mamá respondió con una voz arrastrada:

—Cariño, sólo es para el dolor. Aun cuanto no se trate de dolor. —Puso las manos en sus caderas—. Es para la quemazón que siento aquí, ya sabes, donde me lo están haciendo.

—¿Hacer qué? —inquirí.

—¿No te parece que tu mamá está preciosa? —me preguntó la enfermera.

—¿Qué te han hecho, mamá? —quise saber. Sin embargo, pronto lo vi por mí misma. El cuerpo de mamá había cambiado. Tenía las caderas y los muslos mucho más delgados. Le estaban quitando la grasa, eso es lo que le estaban haciendo. A continuación me explicó que se lo hacían en la consulta del médico y que se llamaba liposucción, también me aclaró que no era en absoluto dañino.

Yo estaba horrorizada. Pensé que el mundo creía que mamá era bonita tal como era. ¡Nadie tenía que volver a esculpirla! Esta gente está loca, Marty no está bien de la cabeza si deja que le hagan esto. Ella no llega a hacer una sola comida digna, siempre está drogada, y además ahora le succionan las grasas del cuerpo. Esto es un despropósito.

La enfermera se marchó, y mamá y yo nos quedamos solas. Yo tenía mucho miedo de que sucediera cualquier cosa, que ella volviese a decir algo como la vez anterior. No deseaba quedarme en la habitación con ella. Ni siquiera quería estar a su lado.

Por otra parte, ella estaba demasiado ida para decir nada. La inyección surtía efecto.

Allí sentada, con su camisón, de repente parecía muy triste, tenía un aspecto terrible, como si estuviera perdida. Yo no dejaba de mirarla y tuve un extraño pensamiento. Conozco cada centímetro del cuerpo de esta mujer. He dormido con ella en mil ocasiones desde que era una niña. A veces, incluso dejaba a Leonardo Gallo para deslizarse en mi cama, donde nos arrullábamos en la oscuridad. Conozco el tacto de su cuerpo, qué se siente enroscada entre sus brazos. Sé cómo es su cabello y cómo huele su cuerpo, y también sé de dónde le han quitado la grasa. Sólo acariciándola sabría de dónde la han quitado.

—Mamá, quizá Trish y Jill se quedaran si se lo pidieses —dije de pronto—. Mamá, seguro que volverían.

—No lo creo, Belinda —repuso con dulzura—. No se puede comprar a la gente para siempre. Sólo se le puede comprar durante un tiempo.

Ella miraba al frente y pronunciaba las palabras tan despacio que me asustaba.

—Mamá, ¿es esto lo que quieres?

Se volvió hacia los almohadones, pero estaba vacilante, acariciaba las sábanas con las manos y parecía estar buscando alguna cosa o algo invisible.

La empujé hacia atrás con suavidad, retiré las sábanas hacia abajo y la ayudé a meterse en la cama, acto seguido la abrigué con cuidado.

—Dame las gafas —le dije.

No se movió. Estaba mirando al techo. Le quité las gafas y las puse sobre la mesilla de noche, justo al lado de su teléfono privado.

—¿Dónde está Marty? —gritó de repente. Intentó sentarse. Se puso a mirarme, a intentar verme, pues no podía ver nada sin sus gafas.

—Se ha ido al aeropuerto. Volverá en un instante.

—¿No te irás hasta que él haya vuelto? ¿Te quedarás aquí conmigo?

—Por supuesto. Relájate.

Se dejó caer hacia atrás, como si alguien le hubiese quitado el aire. Alargó su mano para que yo la cogiese. Cerró los ojos. Pensé que se había ido, aunque después volvió a estirar el brazo, para tocar sus gafas y luego el teléfono.

—Están ahí, mamá —dije yo.

En el exterior el día todavía reinaba la claridad californiana. Me senté con mamá hasta que se hubo dormido profundamente. La noté fría. Miré alrededor de la habitación, aquella cámara larga y blanca, con todo el satén y los espejos, también su batín y sus zapatillas, todo estaba confeccionado con la misma tela que el cobertor y las cortinas, y todo me pareció horrible, espantoso. Allí dentro no había nada que fuese personal. Aunque lo peor era ella.

—Mamá, ¿eres feliz? —susurré—. ¿Tienes todo lo que deseas?

Cuando estábamos en Saint Esprit, ella dormitaba un día sí y otro también, estaba en la terraza con su cerveza, sus libros y su televisión. Durante cuatro años había estado así... ¿o habían sido más? ¿Había sido tan malo?

No me oía. Estaba dormida y tenía la mano helada.

Me dirigí a mi habitación, cerré la puerta que daba al vestíbulo y me estiré en la cama. Estuve mirando las puertas que daban al jardín y toda la casa me pareció quieta y tranquila. No creo que en ningún otro momento hubiese estado tan vacía. El personal había desaparecido en las dependencias de atrás. El jardinero no merodeaba por allí. Todo Beverly Hills parecía vacío. Nadie imaginaría la cantidad de porquería de Los Ángeles que se escondía detrás de aquellos naranjos y aquellas paredes.

Me puse a llorar. Todo tipo de malos pensamientos se agolpaban en mi cabeza. ¡Tenía que hacer algo! Tenía que dejar a Marty, no tenía excusa. Tenía que irme con Susan o con G.G., por más difícil que me resultase. Sin embargo, el dolor que sentía era el más fuerte que jamás hubiese experimentado.

Sabía que sólo era una chiquilla, los jóvenes se sobreponen a esas cosas, esto no se supone que sea ni siquiera amor, el amor es algo ilegal para una joven; yo sabía todo eso, claro que sí. Hasta que cumples veintiún años se supone que nada es real. Pero, Dios mío, aquello era terrible. Me sentía tan mal que no podía moverme ni pensar, y tampoco sentía deseos de emborracharme.

Y, por descontado, sabía que Marty estaba llegando. Había oído el coche al entrar por el pasaje y una puerta que se abría. Yo no dejaba de mirar en dirección al jardín, a través de los naranjos, y veía cómo iba cambiando la luz del atardecer de California. El único sonido era mi llanto, sólo eso.

Se fue haciendo cada vez más oscuro, y de pronto me di cuenta de que había alguien de pie al otro lado de las puertas que daban al jardín. Se trataba de Marty, que se disponía a entrar.

Me sentí derrotada. Sabía que no estaba bien permanecer allí sentada, rodearle con mis brazos y besarle, pero no me importaba. En aquel preciso instante no me importaba en absoluto.

También me daba cuenta de que si lo hacía entonces con él, en aquella cama, a no más de diez pasos de mamá, lo seguiría haciendo muchas veces. No me iría con G.G. Sucedería al fin lo que Marty deseaba, que los tres viviésemos bajo el mismo techo.

Pero le besé y dejé que me besase. Le permití que empezara a quitarme la ropa.

—¡Oh! cariño, no me dejes, por favor no me dejes —me decía—. No la dejes a ella, no nos dejes a los dos. Cuando ella dice que quiere que vengas a casa, lo dice en serio.

—No hables —le rogué.

—Ahora somos lo único que le queda, amor mío, tú y yo. ¿Te das cuenta de eso?

—No me hables más de ella, por favor, Marty —insistí.

Y después ya no hablamos, sencillamente estábamos juntos, y yo pensé: no, no seré capaz de dejarlo.

A continuación, oí el ruido más fuerte que haya oído en toda mi vida.

Te digo, que era ensordecedor. Durante un segundo no tuve la más remota idea de lo que había sido. Bien, era una pistola de calibre treinta y ocho, disparada en una habitación de cuatro metros por cinco. Marty me empujó fuera de la cama, me tiró al suelo y gritó:

—Bonnie, cariño, ¡no!

A continuación la pistola disparó, según me pareció a mí, unas veinte veces. Todo se rompía, las botellas del aparador tras de mí, el espejo, el reloj de la mesilla de noche.

En realidad, sólo fueron cinco disparos, y Marty le había cogido la mano y le había quitado la pistola. Él sangraba. Ella rompió el cristal que daba al jardín tratando de librarse de él.

—¡Sal de aquí, Belinda, sal, márchate! —gritó él—. ¡Vete!

Ella no hacía más que gritar:

—Devuélvemelo, deja que termine las balas. Queda sólo una, deja que la utilice contra mí.

Yo no podía moverme. Al momento llegó la enfermera, la cocinera y otras personas a las que yo no conocía. Y Marty vociferó:

—Sacad a Belinda de aquí, ¡ahora! Sacadla de aquí, ¡vamos!

Bueno, me alejé hasta la piscina y escuché. Llamaron a una ambulancia. Me di cuenta de que Marty se encontraba bien y de que mamá estaba sentada a un lado de la cama. Entonces la enfermera vino corriendo hacia mí:

—Marty dice que vayas al Château y que te quedes allí hasta que te llame.

Ella llevaba las llaves del Ferrari de Marty y me condujo allí, me pidió que me agachase y que me quedase así hasta que hubiésemos salido de Beverly Hills.

Y desde luego aquella noche fue un infierno.

La enfermera llamó para decirme que Marty estaba bien, se encontraba en cuidados intensivos, pero probablemente saldría hacia el mediodía, y mamá estaba sedada, no había de qué preocuparse. Pero después empezaron los periodistas. Al principio llamaron por teléfono, pero a continuación vinieron hasta la misma puerta.

Yo estaba frenética. En una ocasión abrí la puerta y me sorprendieron los fogonazos de seis cámaras fotográficas. A continuación oí que echaban a los periodistas de allí. Aunque cinco minutos después alguien daba golpecitos a las ventanas. Miré en aquella dirección y vi a un tipo que trabaja para el *National Enquirer*, un chico a quien yo había echado varias veces de las zonas de rodaje. Estaba sujetando una caja de cerillas que tenía un teléfono escrito. Siempre me daba una y me preguntaba si no me sería útil el dinero, y ese tipo de cosas. De hecho, lo que yo sí hacía siempre era utilizar las cerillas. De modo que bajé las cortinas.

Por fin, a eso de las once de la mañana, oí la voz de tío Daryl al otro lado de la puerta. Le dejé entrar flanqueado por dos tipos de la United Theatricals que comenzaron a meter todo lo que yo poseía en maletas.

Me informó de que ya había pagado la cuenta y me dijo que debía acompañarle. En el pasaje de entrada al hotel se agolpaban los reporteros, pero de alguna manera nos las arreglamos para meternos en la limusina y dirigirnos a casa.

—No sé lo que te está pasando, Belinda —me dijo. Se quitó las gafas y me miró con atención—. Cómo has podido hacerle tanto daño a tu madre. Todo es culpa de esa Susan Jeremiah, si quieres saber mi opinión, por haberte utilizado en esa película X y todo eso.

Yo estaba demasiado disgustada para decirle nada. Le odiaba.

—Ahora vas a escucharme, Belinda —prosiguió—. No le dirás a nadie lo que ha pasado. Bonnie confundió a su marido con un merodeador. Tú ni siquiera estabas allí, ¿lo entiendes? Por lo que respecta a Marty, bien, tiene el brazo y el hombro heridos, pero el jueves ya saldrá de la clínica y se ocupará de la prensa, tú no vas a decir una sola palabra a ninguna alma viviente.

Acto seguido sacó un manojo de papeles y me informó de que había cerrado mi cuenta bancaria y en adelante no dispondría de más crédito en lugares como el Château Marmont.

Al llegar a la casa, me tenía cogida tan fuerte del brazo que incluso me hizo daño al salir del coche.

—No vas a perjudicar a Bonnie nunca más, Belinda —me dijo—. Desde luego que no, no lo harás. Vas a irte a una escuela en Suiza donde no le harás daño a nadie nunca más. Te quedarás allí hasta que yo te diga que puedes volver a casa.

No le respondí. Me limité a mirarle en silencio mientras él cogía el teléfono y llamaba a Trish, que estaba en Dallas, para informarle de que todo iba bien.

—No, Belinda no estaba allí, desde luego que no —decía todo el tiempo.

Yo seguí sin decir una palabra.

Di media vuelta, fui al cuarto de trabajo, me senté y me apreté el vientre con los brazos. Me sentía enferma. Tuve la sensación de estar pensando en todo lo que había sucedido en mi vida entre mamá y yo. Pensé en aquella ocasión en que me abandonó en Roma, y en la vez que en Saint Esprit había pisado el acelerador y se había dirigido al borde del risco. También pensé en el día en que se peleó con Leonardo Gallo y éste quiso vaciar una botella de whisky por su garganta con el fin de emborracharla hasta que perdiese la conciencia. Recuerdo que intenté impedirlo y él se giró y me pegó. Me dio con el pie en el mismo estómago y me quedé sin aire. Permanecí en el suelo pensando que, si no podía respirar, no podía estar viva.

Bueno, pues así es como me sentía ahora. No podía respirar. Me había quedado sin aire. Y si no podía respirar, no podía estar viva. Oí que tío Daryl hablaba con alguien sobre una escuela llamada Saint Margaret, y de mi partida hacia Londres en un vuelo a las cinco en punto.

Esto no es posible, pensaba yo, él no puede hacer que me vaya de aquí, no sin ver a Marty, no sin hablar con Susan, no sin G.G. No puedo permitirlo.

Miré durante un instante mi monedero antes de abrirlo, y de repente estaba revolviéndolo todo y asegurándome de que estuvieran allí mi pasaporte y mis cheques de viaje. Sabía que debía tener por lo menos tres o cuatro mil dólares en cheques. Incluso era probable que tuviera mucho más. Después de todo, los había estado acumulando durante años. Me los había guardado después de todas las excursiones que habíamos hecho a Europa para ir de compras, también había adquirido algunos en Beverly Hills con el dinero que el tío Daryl solía darme para mis gastos.

Estaba cerrando la cremallera de mi bolso cuando mamá entró.

Acababa de regresar del hospital y todavía llevaba puesto el abrigo. Me miró con los mismos ojos extraviados de siempre. Luego me habló con su voz insulsa y arrastrada.

—Belinda, tu tío Daryl te llevará al aeropuerto. Se sentará contigo hasta que llegue la hora de salida de tu vuelo en la Pan Am.

Me puse de pie, la miré con atención y me di cuenta de la dureza de su expresión, a pesar de las drogas que ella había tomado, cuando me devolvió la mirada. Advertí también un odio absoluto. Quiero decir que cuando alguien a quien has amado te mira con un odio semejante, sientes como si te estuviese mirando un extraño desde dentro del cuerpo de esa persona, como si un impostor estuviese en su piel.

Así que es posible que cuando yo contesté, lo hiciera a un extraño; de otro modo creo que no hubiese sido capaz de hablarle de aquella manera a mi madre.

—No voy a ir a ninguna escuela en Suiza —le dije—. Voy a irme a donde me dé la gana.

—Ni te lo imagines —dijo ella con la misma voz aterciopelada—. Tú irás a donde yo te diga. Ya no eres mi hija. Y no vivirás más bajo el mismo techo que yo.

Durante un minuto no pude contestar. No pude hacer nada. Me dedicaba a tragar saliva y a concentrarme en no llorar.

Seguía mirándola y pensando: ésta que habla es mamá. No, no puede ser mi madre.

—Mira, me marcho —conseguí decir por fin—. Me voy ahora. Pero me iré a donde yo quiera. Me iré con Susan Jeremiah y haré una película con ella.

—Si te vas con Susan Jeremiah —prosiguió ella lentamente— me ocuparé de que no trabaje en ningún estudio de esta ciudad. Te aseguro que nadie querrá saber de ella. Nadie invertirá un solo penique en ella ni en ti. —Por la forma en que estaba de pie y por el lento tono de voz, casi como si la arrastrara, parecía una zombi—.

No irás a ver a Susan Jeremiah, puedes creerme, ni le contarás nada de lo que aquí ha sucedido. Y no se te ocurra tampoco pensar en G.G. Conseguí echarle de París y todavía se acuerda. Si me lo propongo también puedo echarle de Nueva York. No irás a ver a esa gente ni a contarles historias sobre Marty. En cambio, te irás a esa escuela de Suiza como ya te he dicho. Eso es lo que vas a hacer.

Me daba cuenta de que mi boca se movía, pero no articulaba ninguna palabra. Luego me oí a mí misma decir:

—Mamá, ¡cómo puedes hacer esto! ¡Cómo puedes hacerme esto a mí!

Por Dios bendito, la cantidad de veces que ella había dicho aquellas mismas palabras a todo el mundo: ¡Cómo puedes hacerme esto!, y ahora era yo quien las decía. ¡Dios mío!, aquello era terrible.

Continuó mirándome como si fuera una zombi, y la voz le salía con la misma lentitud de antes.

—¿Que cómo puedo hacerte esto? —me dijo—. ¿Es eso lo que me preguntas, Belinda? Bueno, cuando naciste pensé que eras la única cosa en este mundo que era mía, mi bebé, salido de mi propio cuerpo. Cuando naciste pensé que eras la única persona que siempre me iba a ser leal. Mi propia madre murió antes de que yo tuviese siete años, no era más que una borracha, eso es lo que era. Vivíamos en una enorme casa preciosa en Highland Park, pero por lo que a mí concierne, bien hubiera podido ser una tabernucha de cerveza. Nunca le importamos lo más mínimo ni Daryl ni yo, nunca le importamos lo suficiente como para que deseara seguir viviendo. Pero yo la amaba. ¡Cuánto la amaba! Si hubiese vivido, le habría dado cualquier cosa, habría fregado suelos por ella, le habría dado todo el dinero que hubiese ganado, habría hecho cualquier cosa con tal de hacerla feliz, con tal de que deseara seguir viviendo. Igual que a ti te lo he dado todo, Belinda, todo lo que me has pedido, incluso cosas que nunca tuviste que pedirme. ¿Cuándo has querido alguna cosa que yo no te haya dado?

Por supuesto, mamá a menudo hablaba de su madre, como ya he dicho antes. Pero en esta ocasión el contenido era un poco distinto.

—Bien, ya no necesitas a tu madre, ¿verdad? —me preguntó—. Ahora ya eres adulta, ¿no? Y la sangre y la familia no significan nada para ti. Muy bien, te diré lo que eres. Eres una ramera, Belinda. Así es como te habríamos llamado en Highland Park. Así es como te habríamos llamado en Denton, Tejas. Tú eres una joven y barata ramera. Y eso no tiene nada que ver con que te entregues a cualquier hombre que te mire, Belinda. Una ramera es una mujer a quien no le importan un rábano ni sus amigos ni su familia. Así eres tú. Y vas a coger ese avión ahora con Daryl o te entregaré a las autoridades de California. Cogeré el teléfono y les diré que no se te puede controlar, así que te llevarán custodiada y te meterán en la cárcel, Belinda, y tendrás que hacer lo que ellos digan.

Me pareció como si, de nuevo, el pie de Gallo me golpeara el estómago. No respiraba, aunque por otra parte sentía una enorme rabia creciendo dentro de mí, como si algo me estuviese llenando hasta más arriba del cuello.

—Si haces eso —le respondí—, yo enviaré a tu marido a San Quintín por violación de menores. Le explicaré a la policía todo lo que ha sucedido entre él y yo. Ha sido una relación sexual con una menor, y si echaron a Roman Polanski de esta ciudad por lo mismo, verás lo que le sucede a Marty. ¡Será una bomba que apartará de la escena tu maldito *Champagne Flight*!

Me sentía morir por dentro. Creía morir. Y sin embargo aquellas cosas se las estaba diciendo a mamá. Ella no dejó de mirarme con sus ojos nublados y a continuación dijo:

—Sal de mi casa, Belinda. Nunca volveremos a vivir bajo el mismo techo.

—¡Desde luego! —respondí.

Llegó el tío Daryl, pasó junto a ella, me cogió por el brazo y me dijo:

—Dame tu pasaporte, Belinda —y me sacó de la habitación.

—No te lo daré. De ninguna manera —repliqué. Me metió en la limusina mientras yo sujetaba mi monedero con las dos manos—. Te lo digo de verdad, ni se te ocurra intentar cogerlo —insistí. Él no respondió, pero no me soltó el brazo en ningún momento.

Cuando salíamos del pasaje miré hacia atrás, a la casa. No pude ver si mamá estaba mirando o no. Luego pensé que ella le contaría a Marty las cosas que yo le había dicho. Y Marty no iba a entender lo que había sucedido, que yo intentase pelearme con tío Daryl y con mamá, cuando yo jamás le haría daño a nadie de esa manera.

Cuando llegamos al aeropuerto yo estaba llorando otra vez. El tío Daryl me hizo salir del coche de un empujón. La gente nos miraba. Estaban sacando del maletero todo lo que yo poseía en este mundo. En mi vida había visto tantas maletas. Debieron haber metido allí lo que había en el Château y lo de casa.

—Pasa —me ordenó él. Yo le seguí, pero no dejaba de sujetar con fuerza mi monedero. No me hará esto, pensaba yo, no pienso meterme en ese avión en dirección a Londres con él. Como siempre dice él: no, no, señor.

La gente no dejaba de mirarme porque yo estaba llorando. Donde él me cogía el brazo yo ya no sentía nada. El chófer de la limusina se estaba haciendo cargo de facturar el equipaje. Entonces dijo que querían ver mi pasaporte. Yo miré a tío Daryl y pensé, ahora o nunca.

—Suéltame —grité. Él siguió apretando con fuerza,

y cuando sentí el dolor que me hacía a pesar de que apenas percibía mi carne, me pasó algo por la cabeza. Me di la vuelta y con los brazos sujetando el monedero, levanté la rodilla y le golpeé entre las piernas con todas mis fuerzas.

Eché a correr por el aeropuerto. Corrí como no había corrido desde que era una niña. Dejé atrás pasillos y puertas, bajé y subí escaleras mecánicas. Por fin salí a la calle y cogí un taxi que tenía la puerta abierta.

—Dése prisa, señor, por favor —gritaba frenética—. Tengo que ir a la estación de Greyhound en Los Ángeles. Mi madre sale de allí. Si la pierdo, no volveré a ver a mamá nunca más.

—Llévela, llévela —dijo el pobre chico que estaba a punto de meterse en el taxi.

Justo antes de tomar la última curva, pude ver que el tío Daryl salía corriendo del aeropuerto en dirección a la parada de taxis; no me había visto. En la estación de autobuses cambié de taxi. Lo volví a hacer en la estación Union de ferrocarriles, y cambié otra vez en la estación de autobuses.

Entonces volví al aeropuerto y cogí el siguiente avión que salía hacia Nueva York.

Había visto la ciudad de Nueva York por última vez más de seis años atrás; cuando llegué estaba cansada, sucia y muy asustada. Iba vestida con tejanos de color blanco y un jersey holgado del mismo color, estaba muy bien para California a principios de noviembre, pero no para Nueva York cuando ya empezaba a helar.

Recordaba que el salón de papá en París se llamaba «G.G.», sin más, pero no aparecía en ningún listín de teléfonos. Bueno, pues en el directorio telefónico de Nueva York tampoco aparecía. No me atrevía a ir a un hotel de los grandes.

Compré una bolsa y algunas cosas para pasar la noche en las tiendas del aeropuerto, y me dirigí al Algonquin, donde me registré con el dinero efectivo que llevaba para no tener que darles mi verdadero nombre. Luego intenté dormir un poco.

Sin embargo, me despertaba una y otra vez pensando que alguien iba a irrumpir en la habitación. Me asustaba pensar que tío Daryl hubiera podido seguirme la pista y que hubiese enviado a la policía. Por otra parte, como es natural, no tenía la menor intención de llevar a cabo mi amenaza de atestiguar en contra de Marty. Aquello había sido una fanfarronada.

Así que también debía ir con mucho cuidado con G.G. cuando le encontrase.

Bueno, eran más de las cinco, hora de Nueva York, cuando decidí abandonar la idea de dormir. Salí en busca de mi padre.

Todo el mundo en Nueva York había oído hablar de G.G., por supuesto, pero ni los porteros ni los taxistas con los que hablé sabían dónde estaba situado el local. Uno me dijo que sólo trabajaba por encargo. Otros, que su salón se hallaba en una casa privada.

Por fin tomé un taxi en dirección al Parker Meridien para cambiar algunos cheques de viaje, regresé al Algonquin y me dispuse a encontrar a Ollie Boon.

Según me había informado Blair Sackwell, el espectáculo de Ollie acababa de estrenarse, de modo que le pregunté al conserje del hotel si sabía algo. Sí, la nueva ópera de Ollie Boon se llamaba *Dolly Rose* y se representaba en la calle Cuarenta y siete, justo a la vuelta de la esquina del hotel.

En la calle Cuarenta y siete había un enjambre de taxis y limusinas cuando llegué. Un montón de gente renunciaba a entrar y se iba andando a los otros teatros que había cerca de allí. Me dirigí corriendo al taquillero y le dije que tenía que ver a Ollie Boon. Le expliqué que yo era su sobrina de Cannes y que se trataba de una emergencia, tenía que ir a avisarle al momento. Cogí uno de los programas de obsequio, rompí una página y escribí: «Soy Belinda. Secreto absoluto. Tengo que encontrar a G.G. Ayuda.»

Casi al instante vino un portero y me llevó a través del teatro hacia una puerta lateral que conducía a la parte posterior del escenario. Ollie hablaba por teléfono desde una habitación repleta de cosas que le servía de camerino y que se hallaba justo debajo de las escaleras. En el musical, él representaba a una especie de maestro de ceremonias, de modo que llevaba un sombrero y un traje de frac, y ya estaba maquillado.

Al momento me dijo:

—G.G. está en casa, preciosa. Toma, habla con él por teléfono.

—Papá, tengo que verte —le solté sin más—. Y tiene que ser en el más absoluto secreto.

—Voy a buscarte, Belinda. Estoy muy contento de verte. Nos encontramos en la Séptima Avenida dentro de quince minutos. Busca el coche de Ollie.

Cuando llegué, la limusina ya estaba allí, y en un instante me encontré en el asiento trasero, segura en los brazos de papá. Durante los quince minutos de trayecto en medio del tráfico neoyorquino, hasta la buhardilla de Ollie en el Soho, no dejamos de abrazarnos y besarnos. Aproveché aquellos minutos para contarle a papá en líneas generales lo que había sucedido, la amenaza de mamá de arruinarle a él, si yo iba a verle, y su historia de que le había echado de París. También le conté que yo me había metido en un lío terrible.

—Me gustaría ver cómo vuelve a hacerlo —repuso. Cuando llegamos al apartamento echaba humo. Y ver a papá enfadado es algo muy extraño. Es tan amable y educado que resulta casi imposible darse cuenta de que está enfadado. Se parece mucho a un chiquillo que hace el papel de enfadado en una obra de teatro escolar—. Lo hizo en París, desde luego, porque era propietaria del establecimiento. Me lo había dado, ya sabes, pero nunca lo puso a mi nombre. Bien, G.G. está en Nueva York, en su propia casa. Y mi libreta de direcciones es lo único que cuenta.

Así fue como confirmé que era cierto que ella le había echado de París, y se me rompió el corazón. Sin embargo papá estaba muy contento de verme y todo era estupendo... Volvimos a besarnos y a abrazarnos como habíamos hecho en Cannes. De nuevo me pareció un hombre maravilloso, aunque quizá también haya algo especial entre nosotros, porque cuando miro los ojos azules de papá y su cabello rubio puedo ver los genes que hay en mí. Aunque si he de decirte la verdad, G.G. le gustaría a casi todo el mundo. Es un hombre muy dulce y muy atento.

El lugar donde vivía con Ollie parecía salido de una revista, había sido un almacén y tenía metros y metros de tuberías y de vigas en el techo que habían sido cuidadosamente pintadas de color dorado; el suelo estaba cubierto de madera y era tan brillante como el cristal. Las habitaciones contenían colecciones de antigüedades sobre alfombras de distintos tamaños y con focos de luz individuales. Las paredes existían sólo para sostener cuadros o espejos, y a veces ambos. Nos sentamos en dos sofás de brocado, situados uno frente al otro delante del fuego del hogar.

—Cuéntame, ¿qué ha sucedido? —dijo papá.

Bien, como he dicho antes, nunca en mi vida había confiado en nadie. Por naturaleza, nunca he sido de las que hacen confidencias. Lo de que mamá bebiese, tomase píldoras o hubiese intentado suicidarse eran cuestiones que formaban parte de mi vida, y se trataba de secretos que había que guardar. Sin embargo, ahora había empezado a hablar y las cosas salían solas.

Explicar todo aquello era una verdadera agonía, pues tenía que repasar mentalmente lo sucedido en Cannes y en Beverly Hills, e intentar resumirlo todo, pero una vez hube comenzado no podía parar.

Empecé a ver las cosas bajo una perspectiva distinta, incluso con todos los altos y paradas, los retrocesos y lamentaciones, e incluso los lloros, me pareció que empezaba a ver una constante muy clara. Sin embargo, no puedo explicarte bien cuánto daño me hacía aquello y cuánto iba contra mi naturaleza.

Es decir, estaba acostumbrada a mentir a los empleados de los hoteles, a los médicos y a los periodistas desde que tenía memoria. Y, desde luego, todos le habíamos mentido siempre a mamá. Tío Daryl, antes de que ella apareciese en una conferencia de prensa en Dallas, solía decirme: «Entra y dile que está preciosa, que está muy bien», cuando en realidad estaba temblando, se la veía terrible y el maquillaje apenas podía esconder las ojeras debidas a la resaca. «Dile a tu mamá que no se preocupe, dile que ya no deseas ir al colegio, dile que vas a estar con ella en Saint Esprit de ahora en adelante.» «No hables del accidente, no digas nada sobre la bebida, no hables de nada con los periodistas, no se te ocurra hablar de la película, todo va a ir estupendamente, todo va a ir bien, va a ir bien, va a ir bien.»

Mentiras, en eso ha consistido siempre todo. ¿Y en mi cabeza? Piezas de un rompecabezas que una vez reunidas nunca encajaban. Y el hecho de estar explicándolo ahora, aunque fuese a mi querido papá, era como la traición final, como romper de manera definitiva con mamá.

Al escribirte ahora, hacer por segunda vez el relato completo no me está resultando más fácil por estar aquí sentada a miles de kilómetros de ti, ni por estar sola en esta habitación vacía.

Volviendo al relato, G.G. no me hizo demasiadas preguntas. Se limitó a escucharme, y cuando acabé, me dijo:

—Odio a ese tipo, a Marty, siento verdadero odio hacia él.

—No, papá, tú no lo comprendes —le dije. Y le rogué que intentara creerme cuando le dije que Marty me amaba, que Marty nunca había tenido la intención de dejar que las cosas fuesen como habían ido.

—Cuando le conocí, creí que era un autostopista árabe —dijo G.G.—. Que tenía la intención de hacer autostop con aquel yate en Cannes. Le odio. Pero está bien, tú dices que él te quiere. Soy capaz de creer que alguien como él pueda quererte, pero no por él, sino por ti.

—Pero, papá, ésa es la cuestión. No puedo cumplir la amenaza que hice. Nunca sería capaz de hablar de Marty a la policía. Y creo que mamá lo sabe. Lo que tengo que hacer es decir mentiras en voz baja.

—Es posible que ella lo sepa, y también que no lo sepa. Y aunque tenga en cuenta tu fanfarronada, quizás haya otras cosas que tú puedas hacer. Lo que me cuentas es una historia de cuidado, Belinda. Y ella lo sabe. En realidad ella siempre sabe lo que sucede a su alrededor.

Sus palabras hicieron que me sintiese confusa, una historia de cuidado. Aunque también estaba asustada por lo que mamá pudiese hacer. Era probable que no pudiera cargarse el negocio de papá en la ciudad de Nueva York, pero ¿qué había de la cuestión de la custodia? Tanto aquí como en California yo seguía siendo una menor. ¿Podría ella acusar a papá de dar cobijo a una menor escapada, o algo por el estilo?

Ollie llegó a casa a medianoche, iba vestido con pantalones tejanos y un suéter abrochado, llevaba un conjunto para después de la representación; papá hizo la cena para todos y comimos sentados en cojines, junto a una mesa redonda que se hallaba frente al fuego del hogar. Acto seguido, G.G. insistió en que le explicásemos toda la historia a Ollie.

—No puedo hacerlo otra vez —le dije.

Pero él insistió en que había estado viviendo con Ollie durante cinco años, dijo que amaba a Ollie y aseguró que éste nunca comentaría nada con ninguna alma viviente.

He de decir que Ollie es dulce y amable como mi padre. Es un hombre alto y nervudo. Había sido bailarín, pero ahora, con setenta años, ya no puede bailar. Sin embargo, todavía tiene gracia y elegancia; tiene el cabello gris, muy abundante, y nunca ha dejado que los cirujanos plásticos toquen su piel, de modo que su cara expresa paciencia y también sabiduría. O por lo menos eso me parecía a mí. Muy bien. Al final accedí: cuéntaselo.

Papá comenzó a hablar utilizando parte de mi propio relato. Con la única diferencia de que empezó por el principio, de la misma manera en que yo he comenzado este relato. Explicó la historia desde que Susan llegó a la isla, pasando por nuestra asistencia al festival de Cannes.

—Toda una historia, ¿no te parece? —le dijo G.G. a Ollie.

Éste estaba sentado y tenía las gafas alzadas. Me miraba con verdadera simpatía. Durante mucho rato permaneció en silencio y luego habló con su voz dramática y quizás un poco teatral.

—De modo que se deshicieron de tu película —comentó—, cortaron tu carrera y después se han cargado tu idilio.

No contesté nada. Como ya he dicho antes, me resulta tan antinatural hablar de mi madre que me sentía desnuda. La comprensión de Ollie me confundía. Creo que nunca seré una persona que haga confidencias. No tengo la confianza necesaria para hablar de las cosas. Sencillamente me va subiendo la tensión.

—A continuación han querido borrarte a ti —continuó—. La escuela en Suiza era la salida definitiva. Y tú te has negado a que te sacaran del guión.

—Así parece, creo que eso es lo que ha sucedido —dije yo.

—Parece como si tu madre se hubiese dado cuenta de que tú representas una competencia para ella y no pudiese soportarlo.

—Puedes estar seguro de eso —dijo G.G.—. Su madre no soporta la competencia.

Yo empecé a protestar:

—Pero no estaba previsto así, señor Boon, de verdad que no. Ella ama a Marty, y eso es todo lo que es capaz de entender.

Entonces Ollie hizo una especie de discurso.

—Tú estás siendo muy buena con ella —dijo—, y te ruego que me llames Ollie. Permite que te diga una cosa de tu madre, aunque nunca he tenido el placer de conocerla. Sé cómo es ese tipo de personas. Me he topado con ellas durante toda mi vida. Consiguen la atención y la simpatía de los demás con su aparente inseguridad. Pero lo que en realidad les mueve es una vanidad tan inmensa que la mayoría de nosotros ni siquiera puede imaginarla. La inseguridad es sólo un disfraz. Por lo que acabas de contar, yo no creo que a ella los hombres le importen mucho. Tú, sus amigas Jill y Trish, un círculo de relaciones deslumbradas, eso es lo que yo sospecho que tu madre ha deseado siempre. De modo que le pareció imprescindible seducir y contraer matrimonio con el señor Moreschi cuando se dio cuenta de que él estaba enamorado de ti.

Aquello me pareció cierto. Era la horrible verdad. Sin embargo, mi lealtad a mamá hizo que me sintiese muy dolida. Pero recordé aquella ocasión en que Marty me besó en la limusina. Recordé la mirada en la cara de mamá. ¿Habría sido aquel beso el redoble de campanas que anuncia la muerte?

Pero yo tuve que protestar. Le dije a Ollie que Marty se había ocupado de mamá como ningún hombre lo había hecho antes. Todavía podía recordar los novios de mamá de los primeros tiempos: pedían la cena, preguntaban dónde estaba su ropa, reclamaban que les diera dinero para comprar bebida y cigarrillos. Mamá había llegado a cocinar durante dos horas para Leonardo Gallo, y luego él se levantaba y tiraba el plato contra la pared. Marty había sido el primer hombre que se había ocupado de mamá.

—Desde luego —dijo Ollie—, y aquellos cuidados hubieran sido suficientes; en cambio tú te convertiste en una amenaza.

Yo empezaba a estar de acuerdo, pero todavía me parecía demasiado feo y complicado.

Entonces papá dijo que, en realidad, lo que había hecho que Bonnie saltara no tenía ninguna importancia, ahora yo estaba allí, podía vivir en Nueva York, junto a él y a Ollie, y él podía enfrentarse a cualquier cosa que Bonnie intentase hacer.

Ollie no contestó, pero dijo en una voz muy dulce:

—Todo eso estaría muy bien si no fuese por un pequeño detalle, G.G. La United Theatricals es mi productora. Han financiado *Dolly Rose*.

Vi que los dos intercambiaban miradas.

Entonces Ollie hizo el siguiente discurso:

—Mira, querida, yo comprendo tu situación. Cuando yo tenía quince años servía mesas en Greenwich Village y hacía pequeños papeles en el escenario cada vez que tenía ocasión. Eres una chica mayor, y no voy a intentar convencerte de lo bueno que es volver a casa y dejar que te envíen empaquetada a una escuela. Pero tampoco quiero engañarte. United Theatricals es la mayor oportunidad que he tenido en los últimos veinte años de intentar ligarlo todo con esparadrapo aquí, en Broadway. No sólo han financiado este musical, que por cierto tampoco les reporta una enorme cantidad de dinero, sino que están hablando de financiar la película. Yo sería el director, y es una oportunidad que deseo fervientemente.

»Por supuesto que lo que no harían sería cerrar *Dolly Rose*. No podrían hacerlo, ¿pero y la película? ¿Y la película que vendría después? Bastaría una palabra de tu madre y de su marido, el ejecutivo del estudio, para que el interés de ellos en Ollie Boon, se esfumase de la noche a la mañana. No cruzaríamos palabras, no habría explicaciones, sólo dirían: "Gracias por llamar, Ollie, nos pondremos en contacto contigo." Y yo no volvería a tener línea directa otra vez, ni con Ash Levine ni con Sidney Templeton.

Después surgió algo que en aquel momento me pareció poco importante, pero que luego iba a significar mucho más. Ollie continuó con su disertación. *Dolly Rose* era una espléndida obra del Nueva Orleans de antes de la guerra civil, una verdadera ópera de Broadway, pero lo que quería convertir en una película musical era *Martes de carnaval carmesí*, un libro escrito por Cynthia Walker, la escritora del Sur, de la cual ¿adivinas quién ostentaba los derechos? United Theatricals. Ésta había realizado la película en los años cincuenta con Alex Clementine, y la miniserie algunos años atrás. *Dolly Rose* era buena para Broadway, pero nunca haría nada fuera de allí. La película iba a ser problemática. Pero ¿*Martes de carnaval carmesí*?, ésa se representaría siempre. Y la película sería un enorme éxito.

Muy bien, les dije que entendía la postura de Ollie. Y la verdad es que la comprendía.

Había crecido en rodajes por toda Europa. Sabía qué significaba perder el respaldo. Recordaba miles de argumentos, de llamadas telefónicas, de sufrimientos para obtener los camiones de comida, los de vestuario y las cámaras, para continuar rodando. Ya iba a levantarme de la mesa, cuando Ollie dijo:

—Siéntate, querida, no he terminado. Te he sido franco explicándote cuál es mi posición. ¿Pero qué me dices de la tuya?

—Me voy, Ollie, voy a vivir por mi cuenta. Serviré las mesas de Greenwich Village. También puedo hacer eso, ¿sabes? Y además tengo dinero.

—¿De verdad quieres vivir huyendo de la policía y de los detectives privados de tu familia? ¿Estás segura de desear eso ahora?

—¡Por supuesto que no quiere eso, Ollie! —dijo papá de repente, y por primera vez me di cuenta de lo enfadado que estaba con Ollie, le estaba mirando enfurecido.

Sin embargo Ollie no parecía tomarse aquello muy en serio. Se limitó a coger a papá de la mano, como para calmarle. Y luego me dijo:

—Pues entonces lo que tienes que hacer, querida, es engañar a esa gente. Engañarle con ganas. Diles que deseas obtener tu libertad aquí y ahora, y que de lo contrario utilizarás esa historia, y cree lo que te digo, es una historia de cuidado que no sólo puedes utilizarla con la policía, sino también con la prensa. Pero cuando lo hagas, no puedes estar en contacto conmigo, querida mía, porque es muy posible que yo pierda los apoyos que tengo ahora, independientemente de quien pierda esa pequeña guerra tuya.

Esta vez, cuando me levanté, no me indicó que me volviese a sentar. Y esto es lo que les dije a ambos, a él y a papá:

—No dejáis de llamarla mi historia. No hacéis más que decir lo importante que es. Me aconsejáis que utilice mi relato. Pero no es mío, ya veis, y ésa es la peor parte. Se trata de la historia de mamá, de Susan y de Marty, yo no puedo hacer daño a toda esa gente. Quiero decir, que podéis estar seguros de que la prensa metería *Jugada decisiva* en todo esto, y después este estudio, este enorme y gran poder ante el cual todos nos doblegamos, también cortaría la carrera de Susan. Yo no puedo hacer nada, ¿no os dais cuenta de eso? No puedo. ¡Es como si yo no tuviera el derecho a mi propia historia!, pues los derechos pertenecen a los adultos que están involucrados.

Ollie estaba muy callado, pero luego dijo que yo

era un caso muy extraño. Le pregunté a qué se refería.

—En realidad no te gusta tener poder sobre otras personas, ¿verdad?

—No, supongo que no —repuse—. Creo que me he pasado la vida mirando cómo la gente jugaba con el poder, desde mamá hasta Gallo, pasando por Marty y otras personas de las que ni siquiera me acuerdo en este momento. Me parece que el poder hace que las personas se comporten de modo vil. Supongo que lo que me gusta es que nadie tenga poder sobre otra persona.

—Pero las situaciones como ésa no existen, querida —me dijo—. Y estás hablando de personas que han utilizado su poder contigo de manera vergonzosa. Han abortado tu carrera, querida, y lo han hecho en un momento clave. Y ¿para qué?, ¿por una telenovela a la hora de máxima audiencia? Si de verdad quieres vivir por tu cuenta, deberías endurecerte antes un poco. Es mejor que estés lista desde el primer momento para utilizar sus propias armas contra ellos.

Bueno, en aquel momento estaba demasiado agotada para decir nada más. Aquella noche había sido para mí una penosa experiencia. El hecho de haber confiado en ellos me dejó con sentimientos muy conflictivos. Estaba exhausta. Creo que G.G. se daba cuenta. Se levantó para coger una chaqueta para mí y también su abrigo.

Entonces él y Ollie se pusieron a hablar por lo bajo, aunque yo les oía porque en aquel lugar no había tabiques de separación. Ollie le recordaba a G.G. cuánto le había costado la última batalla legal contra mamá. Había tenido que salir de Europa en completa bancarrota. G.G. le dijo que al final no le había ido tan mal, puesto que al llegar a Nueva York le inundaron de ofertas para prestar su nombre a un montón de productos.

—Esa mujer podría conseguir que los abogados del estudio trabajasen exclusivamente para ella, con tal de manejar esto a su gusto. Te costaría más de diez mil dólares al mes.

—¡Se trata de mi hija, Ollie! —decía papá—. Y es la única descendencia que puedo tener.

A continuación Ollie se enfureció. Le explicó a papá que durante los últimos cinco años había hecho todo lo que estaba en su mano para hacerle feliz. Papá se echó a reír.

En otras palabras, habían empezado una verdadera pelea. Papá empezó a tomar las riendas, a su manera, con su actitud dulce y amable.

—Ollie, si ya ni siquiera puedo trabajar sin que te enfades por ello. Si no estoy en el teatro antes de que comience la representación, te pones como una fiera.

Aunque tienes que comprender que con estos dos hombres incluso aquello era muy tierno y civilizado, como si no supiesen gritarse y nunca lo hubiesen hecho.

—Mira —decía Ollie—, yo quiero ayudar a tu hija. Es una preciosidad. ¿Pero qué esperas que haga?

Bonitas palabras, pensé para mis adentros, y las dice con el corazón, pero es un hombre inteligente y tiene razón. Además se habían olvidado por completo del hermano de mamá, el tío Daryl era abogado, por amor de Dios.

Lo siguiente que oí fue que papá hacía una llamada telefónica. Después vino a ponerme un abrigo sobre los hombros, una maravilla con el contorno de piel de visón, que Blair Sackwell le había regalado, y me explicó el plan.

—Ahora escúchame bien, Belinda. Tengo una casa en Fire Island. Ahora es invierno y no hay nadie por allí. Pero la casa está bien aislada del frío, tiene un enorme hogar y una buena nevera; podemos enviarte todo lo que te haga falta. Aunque quizá te sientas sola una vez allí. Aquello puede ser un poco desolador, pero podrás permanecer escondida hasta que averigüemos lo que Bonnie está haciendo, si ha llamado a la policía o qué ha hecho.

Ollie estaba muy enfadado. Me dio un gran beso de despedida y papá y yo nos fuimos en la limusina de Ollie de inmediato. Nos pasamos la noche reuniendo cosas que yo pudiese necesitar. Recorrimos todos los mercadillos que están abiertos por la noche y compramos toda la comida necesaria; a continuación, papá tomó nota de mis medidas y me prometió que me traería ropa. Por fin, hacia las tres de la madrugada cruzábamos la oscura sección Astoria de Queens y salíamos de la ciudad de Nueva York en dirección al pueblo donde se cogía el ferry que llevaba a Fire Island; de pronto recordé algo y me incorporé de un brinco.

—¿Qué día es hoy, papá? ¿Es el siete de noviembre?

—¡Claro, Belinda! ¡Hoy es tu cumpleaños! —me dijo él.

—Sí, pero no sé de qué me sirve, sólo tengo dieciséis años.

En el primer ferry de la mañana casi nos quedamos helados. Fire Island parecía fantasmagórica, pues no había un alma viviente por allí, si exceptuamos a los trabajadores que habían llegado con nosotros. El viento del Atlántico ululaba entre las calles, mientras caminábamos por las aceras de madera en dirección a la casa de papá.

Dentro se estaba muy bien. Todavía había muchas cosas en el congelador, todos los radiadores estaban funcionando y había un montón de leña para la chimenea. Incluso la televisión estaba bien. También había un montón de libros en las estanterías y muchos discos y cintas de música. Había una copia de *Martes de carnaval carmesí* junto al hogar, llena de notas de Ollie Boon.

El primer día que pasé allí me resultó divertido. Dormí perfectamente. Al atardecer salí y paseé hasta el final del embarcadero. Contemplé la Luna sobre el negro océano y me sentí segura y contenta de estar sola. Quiero decir que se parecía un poco a estar en Saint Esprit.

Sin embargo, esta felicidad no duró.

Acababa de entrar en uno de los períodos más extraños de mi vida.

Al día siguiente, G.G. trajo un montón de cosas necesarias, como cálidas prendas de invierno para mí, pantalones, suéters, chaquetas y ese tipo de cosas. Aunque también vino con la noticia de que no había nada en los periódicos sobre mi desaparición, y tampoco se habían puesto en contacto con él. Nadie había dicho nada sobre mi escapada.

Cuando me lo explicaba volví a tener aquella sensación de frío dentro de mí. Es decir, debía sentirme contenta de que no se hubiesen puesto a buscarme, ¿verdad? Pero tendría que estar preocupada, o eso creo, de que no estuviesen lo bastante inquietos como para buscarme, ¿no?

¡Ah!, estaba muy confundida. Permanecí tres meses en la casa de Fire Island, con un malestar tremendo a causa de mis dudas y el miedo de que no me estuviesen buscando, y por la pérdida de Marty; me preguntaba asimismo qué le habría explicado mamá, también sentía muchas ganas de volver a ver a Susan.

Cuando en el mes de diciembre se heló la bahía, papá no pudo venir a visitarme. Incluso algunas veces los teléfonos no funcionaban.

Y en aquel mundo extraño de hielo constante, de nieve que caía, de fuegos encendidos y de música disco que sonaba con fuerte volumen, yo me sentía más sola de lo que me había sentido en toda mi vida.

De hecho, me percaté de que nunca antes había estado verdaderamente sola. Incluso en el Château Marmont estaba al menos el hotel a mi alrededor, el mundo de Sunset Boulevard lleno de vida a cualquier hora del día o de la noche. Y antes de eso, el mundo había sido como una matriz que me protegía, estaban mamá, Trish, Jill y los demás.

Ahora ya no era así. Me dedicaba a pasear alrededor

de aquella casa y durante horas hablaba en voz alta conmigo misma. Hacía la vertical. Me ponía a gritar. Por supuesto también leí mucho: novelas, historias, biografías, lo que me traía papá. Leí todos los libretos que se habían escrito para obras de Broadway, puesto que estaban todos en las estanterías; también escuché tanta música de Romberg, Rodgers, Hammerstein y Stephen Sondheim que, después, hubiese podido superar la prueba de los sesenta y cuatro mil dólares sobre musicales de Broadway.

Leí *Martes de carnaval carmesí* dos veces. También leí todos los demás libros de tu madre que Ollie tenía, y, no te lo creerás, pero alguno de tus libros también estaban allí. Hay mucha gente adulta que tiene tus libros, como sin duda tú ya sabrás, pero yo no me di cuenta hasta que los vi en las estanterías de Ollie.

También bebí mucho en Fire Island. Sin embargo, era muy cuidadosa. Cuando papá llamaba por teléfono, no quería que me encontrase bebida, y mucho menos cuando venía a visitarme. De modo que me mantuve a un nivel constante, pero al mismo tiempo me escondía. Me bebí todo lo que papá tenía en el bar de Fire Island. Una semana acabé el whisky, a la siguiente me bebí la ginebra y después el ron. Durante mi estancia allí celebré una buena fiesta, aunque lo extraño era que en esa situación pensaba mucho en mamá. Al hacer lo mismo que ella, beber, escuchar música y bailar, podía comprenderla mejor.

Uno de los primeros recuerdos que tengo de mamá es el de ella en el piso de Roma, bailando con los pies descalzos al ritmo de una banda de música de Dixieland que tocaba *Midnight in Moscow*, y con un vaso en la mano.

Pero volviendo a la historia, también viví una cierta clase de infierno durante mi estancia en Fire Island. Me refiero a que, cuando estás tan solo, te sientes confinado y te pasan un montón de cosas por la cabeza.

Mientras tanto, papá me comunicó que los periódicos informaban de que mamá y Marty eran dos tortolitos, y que nadie, absolutamente nadie, le había llamado desde la Costa Este.

—Uno podía esperar que llamaran para saber, por lo menos, si yo te había visto —me dijo.

A continuación, cuando vio la expresión de mi cara, decidió callarse.

—Vamos, no queremos que me busquen —le recordé.

Un día, papá recibió una llamada enfurecida de Blair Sackwell. Al parecer, lo único que quería Blair, según dijo, era enviarme un regalo de Navidad, por el amor de Dios, y ni le dejaban hablar con Bonnie ni ese cerdo de Moreschi le daba el nombre de la escuela en que yo estaba en Suiza.

—¿Qué es todo esto? —gritaba Blair enfurecido—. Cada año le envío un pequeño detalle a Belinda, como un sombrero de piel, unos guantes forrados de piel, ese tipo de cosas. ¿Acaso están locos? Lo único que me dicen es que ella no vendrá estas Navidades y que no van a darme ninguna dirección.

—Pues creo que sí lo están —le contestó papá—, porque a mí tampoco me dan la dirección.

Cuando llegó Navidad, yo me sentía fatal.

En la ciudad de Nueva York había caído una tremenda nevada, la bahía estaba helada, como he dicho antes, y los teléfonos no funcionaban. Hacía cinco días que no sabía nada de papá.

La víspera de Navidad encendí un gran fuego y me estiré sobre la piel de oso a modo de alfombra que se hallaba junto al hogar, me puse a pensar en todas las Navidades que había pasado en Europa, en la misa del Gallo en París, en las campanas que no dejaban de sonar en el pueblo, situado al pie de las montañas, de Saint Esprit. Te digo de verdad que aquélla fue mi hora más baja. No sabía cuál era el sentido de mi existencia.

Pero a eso de las ocho en punto, ¿quién crees tú que estaba llamando a la puerta? Era papá, que traía un montón de regalos. Había alquilado un jeep para que le llevase a la punta más lejana de la isla y había venido andando por las aceras de madera, soportando el fuerte viento, hasta la casa.

Amaré a papá hasta el día en que me muera por el mero hecho de haber venido a Fire Island aquella noche. Me parecía un hombre maravilloso. Llevaba un sombrero de esquiador, tenía la cara contraída por el frío viento y, cuando le abracé, olía maravillosamente.

Hicimos una fantástica cena de Navidad, servimos el jamón que había traído y las demás exquisiteces, y a continuación escuchamos coros navideños hasta medianoche. Puedo decir que fue una de las mejores Navidades que jamás he pasado.

Sin embargo, me daba cuenta de que algo iba mal entre papá y Ollie, puesto que cuando le pregunté si Ollie le echaría de menos, él me dijo: «Al diablo con Ollie.» Estaba cansado de pasar todos los días de fiesta detrás de un escenario, tanto por la representación matinal como por la de la tarde para que, a fin de cuentas, sólo pudiese beber una copa de vino en el camerino de él. Me explicó que toda su vida, antes de llegar yo, había girado en torno a la de Ollie, y que quizá yo le había hecho un gran favor, y quería que lo supiese.

Pero aquello era una fanfarronada. Papá se sentía desdichado. Él y Ollie se estaban separando.

Cuando llegó febrero, yo ya no podía soportar un día más en Fire Island. Todavía no se sabía nada de mamá y Marty en relación a mí. Todo lo que sabíamos era la perorata que le habían contado sobre la escuela de Suiza, cuando él llamó por Navidad.

Le expliqué a papá que yo tenía que volver a vivir mi vida. Tenía que trasladarme a Nueva York, conseguir un apartamento en el Village, encontrar un trabajo o hacer algo parecido.

Papá, como es evidente, me ayudó. Eligió un sitio adecuado para mí, pagó la enorme suma que hay que soltar para tener un apartamento en Nueva York y después escogió algo de mobiliario y un montón de ropa. Me sentía libre como había esperado, podía pasear por las calles, ir al cine y hacer todo tipo de cosas como un ser humano, pero además de que estaba nevando, yo estaba todo el tiempo aterrorizada con la ciudad. Era más grande, más fea y más peligrosa que ningún otro lugar en el que yo hubiera estado.

Quiero decir que, por ejemplo, Roma es peligrosa, pero yo comprendo la ciudad. París también la conozco muy a fondo. Quizá me engaño a mí misma, pero en estos dos sitios me parece estar segura. En el caso de Nueva York, desconozco las reglas básicas para moverme.

Con todo, las dos primeras semanas estuvieron bien. Papá venía a recogerme siempre para llevarme a espectáculos musicales. Fuimos a todos los que se representaban en la ciudad. Me llevó a ver el salón que tenía instalado en un gran apartamento, el cual me resultó increíble, era como si allí dentro estuviera uno en otro mundo.

Tengo que aclarar que en el fondo a papá no le gusta nada ser peluquero. Lo vuelvo a repetir, no le gusta en absoluto. Y si tú pudieses ver su salón de Nueva York, comprenderías lo que ha hecho allí.

Se diría que es cualquier cosa a excepción de un salón de belleza. Está lleno de carpintería con maderas oscuras, así como de alfombras orientales a juego. Tiene cacatúas y loros en viejas jaulas de bronce, tiene incluso tapicerías procedentes de Europa y aquellos paisajes ensombrecidos pintados por gente a quien nadie parece conocer. Quiero decir que es un lugar que más parecería un club para caballeros. Se trata de una defensa para papá, no sólo por ser peluquero, sino también por ser homosexual.

Debido a su propia caballerosidad y dulzura, papá aborrece ser homosexual. Todos los hombres en la vida de papá, Ollie Boon incluido, son como ese lugar. Mi padre fumaría en pipa si fuese capaz de soportarlo. Ollie sí fuma en pipa.

De cualquier manera, todo lo que había en el salón era auténtico, si exceptuamos la combinación. Las señoras toman té en porcelana china, como la de los viejos hoteles, y servicio de plata, parecida a la que tú utilizas en tu casa de Nueva Orleans. Es un lugar sombrío y encantador al mismo tiempo, donde los otros peluqueros son europeos y las señoras han de pedir hora con seis meses de anticipación.

Sin embargo, allí no había ningún espacio para quedarse a dormir. Hacía tiempo que papá se había organizado para no hacerlo. Y de pronto le oí decir que pensaba coger otro piso en el mismo edificio y sugerir que podríamos vivir los dos juntos en él, entonces me di cuenta de que se quedaba a dormir todos los días en mi apartamento porque Ollie Boon le había echado.

Cuando lo supe, sentí que algo se me rompía por dentro, me pareció que algo se hacía pedazos. Me refiero a que pensé: ¿seré como un veneno? ¿Acaso destruyo a cada adulto con quien me relaciono? Ollie amaba a papá. Yo sabía que le amaba. Papá también amaba a Ollie. Y habían roto por mi causa. La situación me ponía enferma y no sabía qué hacer. Papá fingía sentirse feliz, pero en realidad no era así. Sólo estaba enfadado con Ollie, y además se comportaba con testarudez, nada más.

Entonces fue cuando sucedió. Se presentaron dos hombres en el salón, les enseñaron a los otros peluqueros una foto mía y les preguntaron si me habían visto por allí.

Cuando papá llegó estaba furioso. Aquellos hombres habían dejado un número de teléfono y él les llamó. Les dijo que había reconocido a su hija en aquella foto. ¿Qué demonios estaba sucediendo?

Por la manera en que los describió eran hombres muy ladinos. Se trataba de abogados. Le recordaron a papá que él no tenía ningún derecho sobre mí. Le informaron de que si interfería en su investigación, que por cierto era privada, o si se proponía comentarla con alguien o hacer público que yo estaba desaparecida, se buscaría problemas que le costarían mucho dinero.

—Quédate cerrada en tu apartamento, Belinda —me dijo papá—. No se te ocurra poner el pie en la calle hasta que sepas algo de mí.

Pero el teléfono sonó al momento. En esta ocasión se trataba de Ollie. Los mismos abogados habían ido a verle al teatro. Le explicaron que yo tenía una enfermedad mental, que me había escapado y que era posible que me hiciese daño a mí misma, también le dijeron que no se podía confiar en que G.G. supiera lo que era adecuado para mí. Si se daba el caso de que me viese o supiese algo de mí, debía llamar a Marty Moreschi, y que por cierto, Marty le admiraba mucho. De hecho, tenía previsto volar en breve a Nueva York para hablar con él de la producción prevista de *Martes de carnaval carmesí*. Le dijeron que Marty opinaba que era una elección mejor para una película de lo que lo había sido *Dolly Rose*.

Vaya sarta de mentiras, ¡como si Marty tuviese tiempo de ir a la ciudad de Nueva York para hablar de la producción de una película! Se trataba de una amenaza, Ollie se dio cuenta y yo también.

—Querida, escúchame bien —me dijo Ollie con su voz teatral de siempre—. Amo a G.G. Y si quieres que te diga la verdad como la siento, no creo que pueda vivir sin él. Mi último experimento de estos días me ha salido fatal. Pero este asunto nos sobrepasa a los dos. Esa gente quizá sigue a G.G. Incluso es posible que sepan que se ha visto contigo. Por el amor de Dios, Belinda, no me obligues a hacer este papel. No he hecho el papel de villano en ninguna obra en toda mi vida.

Adiós Nueva York.

¿Y adónde te diriges cuando eres una menor que se ha escapado? ¿Adónde irías si ya estuvieses harto de tanta nieve, del viento helado y de la suciedad de la ciudad de Nueva York? ¿Cuál es el sitio que los chavales llaman paraíso, donde la policía ni se molesta en perseguirte porque los establecimientos de acogida están llenos?

Llamé por teléfono a la compañía aérea de inmediato. Había un vuelo en dirección a San Francisco que salía del aeropuerto de Kennedy en un par de horas.

Llené una sola bolsa, conté el dinero que tenía, cancelé los servicios de teléfono y demás del apartamento y me largué.

No telefoneé a papá hasta que estuve a punto de embarcar. Estaba muy enfadado. Los abogados, o quienesquiera que fuesen, habían ido a la casa de Ollie en el Soho. Se habían puesto a interrogar a los vecinos. Pero cuando le dije que me encontraba en el aeropuerto y que sólo disponía de cinco minutos, pareció como si se derrumbase.

Nunca antes había oído a papá llorar, no le había oído llorar con sentimiento. Y en esa ocasión lo hizo.

Me dijo que vendría a buscarme, que tenía que esperarle. Nos iríamos juntos a Europa, no le importaba un bledo. No tenía intención de perdonar a Ollie por haberme llamado. No le importaba el salón ni nada. Me pareció que se desmoronaba.

—Por favor, papá, basta ya —le dije—. Voy a estar bien, y tú te estás jugando aquí mucho más que la relación con Ollie Boon. Escúchame, te llamaré, te lo prometo, te quiero papá, nunca podré estar lo bastante agradecida contigo. Dile a Ollie que me he ido, papá.

Hazme ese favor. —En ese momento me puse a llorar, ya no podía hablar más. El avión estaba a punto de salir y no quedaba más tiempo que para decir—: Papá, te quiero.

San Francisco fue superior a cuanto hubiera podido soñar.

Quizá me habría parecido distinto si hubiese llegado desde Europa, desde las coloridas calles de París o Roma. Pero al venir de Nueva York, donde era pleno invierno, me pareció la ciudad más bonita que hubiese visto jamás.

Un día estaba en medio de la nieve y del viento y al siguiente me encontraba paseando por aquellas calles cálidas y seguras. Dondequiera que mirase veía casas victorianas de reluciente pintura. Bajé en el tranvía hasta la bahía. Paseé por los húmedos bosques del Golden Gate Park.

Nunca hubiese pensado que existían ciudades como ésta en América. Si la comparaba con Los Ángeles, las calles de ésta me parecían contaminadas y espantosas; por no hablar de lo dura y fría que era Dallas con sus autovías y rascacielos.

De inmediato conocí a otros chicos que me ayudaron. Conseguí la habitación de Page Street la primera noche. Me daba la sensación de que nada en San Francisco podía hacerme el menor daño, lo que por supuesto no era más que una ilusión, y me dispuse a confeccionar mi falsa identidad. Solía deambular por Haight Street para hacer amistad con otros jóvenes escapados y pasear por Polk con dos buscavidas homosexuales que se convirtieron en mis mejores amigos.

El primer sábado conseguimos una jarra de vino y cruzamos la Golden Gate para montar una fiesta en Vista Point. El cielo era clarísimo, el agua azul estaba llena de minúsculas y en apariencia inmóviles embarcaciones, y la ciudad tras la bahía tenía un color blanco prístino. Puedes imaginarte cómo me impresionó. Incluso la niebla encajaba, me parecía que se trataba de humo blanco que salía de las brillantes torres de Golden Gate.

Pero, ya sabes, la felicidad no duró. A las tres semanas de llegar me asaltaron. Cierto tipo me pegó a la entrada de la casa de Page Street e intentó arrebatarme el monedero. Lo mantuve sujeto con las dos manos y no dejé de gritar y gritar, hasta que, gracias a Dios, él se fue corriendo. Todos mis cheques de viaje estaban allí. Me quedé petrificada, así que después de aquello los escondí debajo de los tablones del suelo de mi habitación.

Luego estaban las detenciones a los drogadictos del piso de arriba de Page Street, cuando los policías de narcóticos venían y rompían todo lo que poseían los chavales que vivían allí, me refiero a que rompían y desmantelaban los muebles, tiraban de los cables de la televisión, arrancaban las moquetas y rompían las cerraduras de las puertas, a medida que sacaban a los ocupantes esposados, a quienes no volvíamos a ver más.

Sin embargo, con todas aquellas experiencias yo estaba aprendiendo, y seguía resuelta a vivir por mi cuenta. Aunque una cosa sí debía hacer: adquirir el conocimiento de quién había sido yo. Y fue ésa la razón que me llevó a los almacenes de revistas de segunda mano, donde conseguí ejemplares atrasados que contenían artículos sobre mi madre. Fue en aquellos días también cuando obtuve las cintas de sus viejas películas. Entonces tuve un verdadero golpe de suerte, pues encontré una publicación con cintas de vídeo donde se decía que podían conseguirte cualquier película, incluso aunque no se hubiese estrenado en Estados Unidos. Envié un cupón de pedido para *Jugada decisiva* y me la enviaron. De todas maneras, como ya sabes, yo no tenía ningún aparato de vídeo para verlas. No me importaba. Ahora las tenía conmigo. Tenía parte de mi pasado conmigo, incluso habiendo quitado las etiquetas de manera que no se supiera lo que las cintas contenían.

Una de las cosas que aprendí fue que las chicas de la calle eran muy diferentes de los chicos. Ellas no iban a ninguna parte. Se quedaban embarazadas, se enganchaban a la droga e incluso se convertían en prostitutas. A menudo estaban locas por los chicos que se encontraban. Solían cocinar y fregar para algún músico de rock sin dinero, y luego se dejaban echar a la calle. Sin embargo, ellos eran un poco más listos. Los homosexuales por los que se dejaban comprar los llevaban a sitios bonitos, solían idealizarlos. Los chicos podían, y de hecho lo hacían, utilizar aquellos encuentros para ascender en el mundo social y dejar la calle.

Bien, todo aquello era un pequeño rompecabezas para mí. ¿Cómo podía ser que la calle gastase a las chicas, mientras que los chicos salían de ella indemnes? Por supuesto, no todos eran listos. También los había que vivían al día, y se engañaban a sí mismos con el *glamour* de sus aventuras, aun así disfrutaban de una cierta libertad que las mujeres nunca me pareció que tuvieran.

En cualquier caso, yo decidí actuar como si fuese uno de los chicos. Me consideraba a mí misma un ser especial, algo misterioso, y contaba con que el resto de la gente se interesase. Y me comportaba en consecuencia.

Me di cuenta también de otra cosa. Si dejaba a un lado la indumentaria callejera y el maquillaje punk, y me vestía con un uniforme de escuela católica (se podían conseguir faldas de segunda mano en Haight Street), dondequiera que fuese me trataban bastante bien. A veces tenía que ir a los grandes hoteles. Debía tener una buena apariencia mientras tomaba el desayuno en el Stanford Court o en el Fairmont. Tenía que volver a veces a sitios como aquellos en que había vivido antes. No hacía más que tomar un desayuno completo y leer *Variety* mientras bebía el café, pero cuando me sentaba tranquilamente en el restaurante junto al vestíbulo, me sentía bien y a salvo. Bueno, pues en estas ocasiones vestía siempre el uniforme de escuela católica. También solía ponérmelo cuando recorría los grandes almacenes. Se trataba de ir disfrazada como la hija de alguien.

Entonces, una tarde, al abrir el periódico, vi tu fotografía y el anuncio de una gran fiesta editorial en el centro de la ciudad. He de decir que aunque Ollie no me hubiese hablado de *Martes de carnaval carmesí*, estoy convencida de que hubiese atraído mi atención. Recuerdo haber leído todos tus libros cuando era pequeña.

Sin embargo, tenía el aliciente de haber leído hacía poco la citada obra y haber encontrado todos los viejos libros de ilustraciones en la casa de Fire Island. Sentía curiosidad, y deseaba tener la ocasión de verte. De modo que decidí actuar del modo en que lo hubiese hecho uno de los chicos homosexuales, yendo allí y estableciendo contacto visual, igual que hacían ellos, ya sabes, inspeccionar y dejarse ver.

Cuando vi lo guapo que eras y que no dejabas de flirtear conmigo, decidí llevar la cosa un poco más allá. Oí que hablaban de la celebración en el Saint Francis. Compré un libro y decidí seguir adelante e ir a esperarte allí.

Desde luego, tú sabes muy bien lo que sucedió. Pero debo confesarte que aquélla fue una de las más extrañas experiencias que había tenido desde mi escapada de casa. Tú eras algo así como el príncipe de un cuento, muy fuerte y al mismo tiempo sensible, una especie de amante loco que pintaba preciosos cuadros, además, eso de que tuvieses la casa llena de juguetes, bueno, para mí se situaba al borde de la locura definitiva.

Me resulta difícil de analizar y también creo que quizá sea demasiado pronto. Pienso que eras la persona más independiente que se haya cruzado en mi vida. No había nada que te afectase, excepto tu deseo de que yo te tocara, eso me pareció clarísimo desde el principio. Y como he dicho antes, tú fuiste el primer hombre hecho y derecho con el que hice el amor. Nunca me había encontrado con esa dedicación y paciencia con anterioridad.

A diferencia de lo que hacía toda la gente con quien me había relacionado, que utilizaban su atractivo de manera constante, tú ni siquiera parecías darte cuenta de tu encanto. La ropa que llevabas no te sentaba bien. Llevabas siempre el cabello revuelto. Fue un placer, más tarde, poder transformarte, comprarte nuevos trajes, chaquetas decentes y suéters. Tomarte medidas para todas esas prendas. Y tú sabes muy bien lo que sucedió. No te importaba lo más mínimo, pero estabas tremendamente guapo. Todo el mundo se fijaba en ti cuando salíamos juntos.

Pero creo que estoy adelantándome. Las dos primeras noches me enamoré de ti. Telefoneé a papá desde una cabina en San Francisco y le hablé de ti, sabía entonces que todo iría bien.

Sin embargo, el día que me enseñaste las primeras pinturas de Belinda y me dijiste que nunca las vería nadie, que podrían terminar con tu carrera, pudo haber terminado todo. Cuando me dijiste aquello creía que me volvía loca. Creo que lo recordarás. En aquel momento estaba decidida a alejarme de ti, y quizás hubiese sido mejor para ti que lo hubiese hecho. No se trataba de que yo no comprendiese lo que habías dicho sobre no mostrar jamás las pinturas, sino de que era demasiado parecido a lo que había pasado con *Jugada decisiva*.

Otra vez, pensé. Soy un veneno, ¡un veneno! Pero de todos modos la rabia que sentía, la rabia que tenía contra todo, me estaba destrozando.

Tú ya sabes lo que sucedió después, el asesinato en Page Street y mi llamada, con lo cual volvimos a estar juntos, y fue como con Marty, porque yo te quería y no pensaba dejarte nunca, independientemente de lo que hicieses con los cuadros; bien, era una decisión tuya, eso es lo que yo me decía a cada momento.

Yo era tan feliz por estar contigo, por el hecho de que me amases, que nada más en el mundo tenía importancia para mí.

Una noche llamé a papá a cobro revertido desde tu casa, en esta ocasión le conté quién eras tú y le di el número de teléfono, aunque le advertí que no llamase porque tú siempre estabas en casa. Papá estaba encantado con lo que estaba sucediendo.

Luego me enteré de que conocía a Celia, tu ex mujer, la que trabaja en la ciudad de Nueva York; al parecer iba a menudo al salón de G.G., y él consiguió hacerla hablar sobre ti, de modo que cuando llamé la segunda vez me dijo que tú eras una persona bastante buena, de acuerdo con lo que le había contado Celia. Ella le explicó que el matrimonio no había funcionado porque tú siempre estabas trabajando, que lo único en que tú estabas interesado era en pintar.

Bien, eso a mí me parecía perfecto.

Pero mientras tanto, las cosas a papá no le estaban yendo bien. Ya no vivía con Ollie. En lugar de eso, dormía en un sofá en el mismo salón de belleza. Incluso en la noche de los premios Tony, cuando *Dolly Rose* salió premiada con todo, papá no hizo caso de la llamada de Ollie y no regresó con él.

Además, aquellos abogados seguían molestándole. No dejaban de insistir en que yo me hallaba en Nueva York, y que papá sabía dónde. Luego empezaron a suceder cosas extrañas. Se inició el rumor de que uno de los peluqueros de papá había contraído el sida.

Tú ya sabes lo que es el sida, no puedes contagiarte por un contacto casual. Pero al mismo tiempo a la gente le da miedo, así que papá se encontró con varias cancelaciones. Incluso Blair Sackwell le telefoneó para hablarle de los rumores. Después Blair le ayudó a sofocar todo el asunto.

Pese a todo, papá se sentía optimista. Estaba ganando la batalla. El día anterior había hecho su jugada, como él decía, con los abogados que habían vuelto a la peluquería. «Miren, si ella ha desaparecido deberíamos llamar a la policía y explicárselo», les había dicho en su propia cara, y a continuación se dirigió al teléfono. Incluso llegó a pedirle a la operadora que le pusiese con el departamento de policía, antes de que uno de aquellos tipos cogiera el auricular y lo colgara. «Se lo estoy diciendo en serio —continuó diciéndoles papá—, si les vuelvo a ver por aquí y todavía no la han encontrado, llamaré a la policía sin más preámbulos.»

Cuando escuché a papá contándome la historia, no pude más que echarme a reír. Pero me resultaba espantoso pensar en papá enfrentándose a aquellos desagradables tipos. Aunque él seguía insistiendo en que se sentía feliz:

—Es como el ajedrez, te lo digo de verdad, Belinda, lo único que has de hacer es la jugada correcta en el momento preciso. Y por otra parte, Belinda, lo mejor de todo es que ellos no tienen la más remota idea de dónde estás.

Ahora bien, cuando hice aquellas llamadas telefónicas a papá a cobro revertido y le di tu número de teléfono, no se me ocurrió ni remotamente que nadie pudiese encontrar ese número en los archivos de las llamadas de papá. Pero eso es lo que sucedió. Y así fue como me localizaron en tu casa.

En julio, después de que estuviéramos juntos durante unas seis semanas, Marty apareció en Castro Street, caminaba hacia mí pasando por delante de la tienda Walgreen. Me pidió que subiese con él al coche.

Me quedé anonadada. Estuve a punto de acabar con todo, pues ¿qué habría sucedido si tú hubieses estado conmigo en aquel momento?

En cuestión de segundos nos dirigíamos a toda velocidad hacia el centro de la ciudad, a la *suite* que la United Theatricals tenía en el hotel Hyatt Regency, la misma en que tú te entrevistaste más tarde con mamá.

Bien pues, Marty, antes incluso de llegar allí, estuvo temblando y haciendo una escena de ópera italiana. Sin embargo, yo no estaba preparada para su ataque inmediato, en el momento de cerrarse la puerta de la *suite*. Tuve que pelearme con él para apartarle, y digo bien, pelearme en serio. Pero Marty no es malo, de verdad que no lo es.

Así que cuando se dio cuenta de que no iba a acostarme con él, estuvo a punto de desmoronarse al estilo de Marty, como había hecho en tantas otras ocasiones en el Château Marmont y en Beverly Hills, y acabó contándome todo lo que había estado sucediendo.

Después de que me hube ido, las cosas habían ido de mal en peor, el tío Daryl insistía en contratar a sus propios detectives para encontrarme y Marty seguía la investigación por su cuenta. Mamá pareció volverse loca por el sentimiento de culpa en las semanas que siguieron, le decía a Marty que no me buscase y luego se despertaba gritando que sabía que yo estaba en peligro, que tenía que estar herida.

Trish y Jill habían regresado, así que hubo que explicarles lo de mi desaparición, y resultó muy difícil controlarlas. Jill estaba convencida de que había que llamar a la policía y estaba muy enfadada con Bonnie. Daryl me culpaba a mí de todo lo que sucedía y era partidario de declararme legalmente enferma mental y recluirme en una institución en Tejas tan pronto como se averiguase mi paradero.

Marty no hacía más que insistir en que todo había sido un malentendido y que no había sucedido nada entre él y yo, que mamá lo había imaginado todo. Si no se hubiese precipitado todo el mundo antes de que él regresara del hospital, todo habría ido bien. Pero los tres tejanos, como él les llamaba, creían la versión de mamá de que yo había intentado seducir a Marty, si bien Trish y Jill manifestaron sincera preocupación por mí e insistían en que había que llamar a la policía.

Marty dijo que fue un infierno, un verdadero infierno. Sin embargo lo peor de todo es que ahora mamá estaba autoconvencida de que Marty me tenía escondida en alguna parte. Estaba segura de que yo me hallaba en Los Ángeles y de que Marty y yo seguíamos viéndonos.

La semana anterior, sus imaginaciones habían llegado al punto máximo. Mientras él estaba en Nueva York comprobando mis posibles contactos con G.G., mamá decidió que lo que pasaba era que Marty estaba conmigo. Le había escrito una nota a Daryl explicándoselo así, y después se cortó las venas de las muñecas, estaba desangrándose y casi muerta cuando la encontraron.

Por fortuna Jill vio la nota y la destruyó, y Marty tuvo la oportunidad de hablar con mamá y conseguir que confiase en él de nuevo. Sin embargo, era cada vez más difícil mantener la calma. Si él la dejaba sola, aunque fuese durante una hora, ella se convencía de que él estaba conmigo. Incluso este viaje a San Francisco resultaba arriesgado. Trish creía en él, Jill también, y aceptaron que él seguía con la búsqueda. Con respecto a Daryl, Marty no estaba muy seguro.

Desde luego Marty estaba frenético de preocupación por mí. Se había sentido extremadamente temeroso mientras sus hombres comprobaban a ese artista, así te llamó, y verificaban que era una persona correcta.

—Pero la verdad de todo, Belinda, es que tienes que volver, tienes que darle un beso de despedida a ese tipo y volver conmigo a Los Ángeles ahora. Se está hundiendo, Belinda. Y también tenemos otros problemas allí. Susan Jeremiah se ha ido a Suiza para tratar de localizarte. Está dejando exhausto y sin respiración a todo el mundo. Amor mío, sé lo que piensas de mí, lo sé. Y también sé que tú no quisiste que esto llegase a suceder, pero, por Dios bendito, Belinda, esa mujer va a terminar con su vida, maldita sea. Sólo hay una salida.

Entonces llegó el momento de mi escena de opera italiana. Y la primera cosa que grité fue:

—¿Cómo pudiste intentar arruinar a G.G.? ¿Cómo te atreviste a iniciar los rumores sobre su salón en Nueva York?

Me dijo que era inocente. Él no había hecho tal cosa, no, de ninguna manera. Si alguien lo había hecho, debía tratarse de tío Daryl, etcétera, etcétera. Luego dijo que terminaría con aquellos rumores. Se ocuparía personalmente de que se hiciese, terminaría con ellos. Siempre que yo volviese, desde luego.

—¡Por qué demonios no puedes dejarme en paz! —le espeté—. ¿Cómo puedes pedirme que regrese a sabiendas de que tío Daryl va a encerrarme? ¿Acaso te has escuchado a ti mismo? Lo que me estás diciendo es que, por tu bien y por el de mamá, lo que tengo que hacer es regresar, ¡Dios mío!

Me rogó que me calmara. Me explicó que tenía un plan, me rogó que le escuchase. Haría que Trish y Jill nos vinieran a esperar al aeropuerto, luego iríamos juntos a casa y entonces el impondría la regla de que no habría ninguna institución mental ni ningún convento en Suiza, o dondequiera que fuese, en que encerrarme. Yo sería libre de hacer lo que quisiese. Podría irme a rodar exteriores con Susan a Europa, tal y como yo lo había deseado antes. Ponerme a mí y a Susan en un proyecto televisivo no era ningún problema, aunque Susan estuviese trabajando en algo en ese momento; bien, cambiarlo, muy bien, podía hacerse, sólo tenía que llamar a Ash Levine y hacerlo. O sea que, de qué demonios estábamos hablando aquí, por amor de Dios, ¿acaso no era él el productor de *Champagne Flight*? Bonnie trabajaba para él. Haría valer su posición.

—Estás perdiendo la cabeza, Marty —le aclaré—.

Mamá es *Champagne Flight* y tú lo sabes. ¿Y qué te hace pensar que podrías pararle los pies a tío Daryl? Durante años ha estado comprando tierras por todo Dallas y Fort Worth con el dinero de mamá. No os tiene miedo ni a ti ni a la United Theatricals. ¿Y por qué habría de dejarme mamá hacer lo que yo quisiese con Susan si ella trabaja para ti?

Se puso en pie. Echaba fuego por la boca, igual que le había visto hacer cientos de veces en el estudio, mientras señalaba al intercomunicador que se hallaba sobre su mesa. La única diferencia era que esta vez me señalaba a mí.

—Belinda, ¡confía en mí! Yo te llevaré y te sacaré de allí, te lo digo en serio. Las cosas no pueden seguir de la manera que están ahora.

Yo también me levanté. Entonces suavizó su actitud, dominaba estos cambios.

—No lo ves cariño, yo voy a ocuparme de esto. La tensión que se vive allí está a punto de romper con todo. Y yo la relajaré cuando llegue allí contigo viva y con buena salud. Puedes tener todo lo que desees, un pequeño apartamento en Westwood, cualquier cosa. Yo haré que sea así, lo haré, amor mío, te lo digo yo...

—Marty, voy a quedarme en San Francisco. Estoy donde deseo estar. Y si no dejas en paz a G.G. haré cualquier cosa, todavía no sé qué, pero... —No terminé la frase.

Se puso otra vez a gritar. No quería hacerme daño, la última cosa que haría en el mundo era causarme daño, pero sencillamente yo no podía darle la espalda a todo lo que estaba sucediendo.

En ningún momento dejé de mirarle con atención. Entonces me di cuenta de algo que tenía que haber sabido en el mismo momento en que le vi en Castro Street. No, ya no le amaba, y más que eso, ya no sentía ninguna simpatía por él. Y aunque comprendía lo que estaba pasando, sabía que yo no podía cambiarlo. Lo sabía, de la misma manera que sabía que el mundo giraba a mi alrededor.

Imagínate que yo volviese a Los Ángeles y que mamá volviese a acusarme de vivir con Marty, imagínatelo. Imagina a tío Daryl contratando a doctores que dictaminasen mi reclusión. Yo no conocía las leyes en Tejas, pero conocía bien la jerga legal de las calles de Nueva York y de California. Yo era una menor en peligro de vivir una vida inmoral y disoluta. Una menor que no tenía la supervisión de un adulto. Ya hacía años y años que sabía todo eso.

—No, Marty —le dije—. Quiero a mamá, pero el día después de los disparos sucedió una cosa, algo que tú nunca comprenderás. No voy a volver allí a verla, ni a ella ni a tío Daryl. Y si quieres que te diga la verdad, nada puede alejarme de San Francisco en este preciso momento. No, ni siquiera Susan. Marty, tendrás que apañártelas por tu cuenta.

Me miró y me di cuenta de que se ponía tenso. Su rostro cambió y adquirió una expresión malvada como la de un pendenciero de la calle. Acto seguido hizo su jugada, igual que papá había hecho con los abogados en Nueva York.

—Belinda, si no lo haces, tendré que llamar a la policía para que vaya a buscarte a la casa de Jeremy Walker, en la calle Diecisiete; además, haré que le arresten sobre la base de cualquier cargo moral aplicable al caso que esté en vigor en este estado. Tendrá suficiente para el resto de su vida, Belinda. Lo digo en serio, no quiero hacerte daño, cariño, pero o vienes conmigo ahora o Walker irá a la cárcel esta misma noche.

Con lo que yo también hice mi jugada, aun sin mediar el tiempo necesario para pensarla.

—Si se te ocurre hacer eso, Marty, cometerás el peor error de toda tu carrera. Puesto que no sólo le diré a la policía que me has perseguido, seducido y abusado de mí en repetidas ocasiones, sino que se lo contaré también a la prensa. Les diré que mamá lo sabía, que estaba celosa, que intentó disparar contra mí y que no ha denunciado mi desaparición, y estoy diciendo que se lo contaré a todo el mundo, Marty, desde el *National Enquirer* hasta el *New York Times*. Les diré lo que quieran saber sobre la drogadicción de mamá y la negligencia que ha tenido para conmigo, y que tú estás confabulado con ella. Créeme que os hundiré a todos. Y otra cosa, Marty. No tienes ni la más mínima prueba de que yo me haya ido a la cama con Jeremy Walker, ni la más remota. Pero yo sí estoy dispuesta a testificar en un juicio en cuántas ocasiones he estado contigo.

Me miraba fijamente e intentaba parecer duro, lo intentaba de veras, pero yo podía ver a través de su expresión cuánto estaba sufriendo, y casi no podía soportarlo. Me sentía tan mal como me había sentido con mamá.

—Belinda, ¿cómo puedes decir estas cosas? —inquirió.

Y lo decía con el corazón. Lo sé, porque yo me sentí de la misma manera la última vez con mamá.

—Marty ¡tú nos estás amenazando! ¡A Jeremy y a mí! ¡Y también a G.G.! —le repliqué gritando—. Marty, déjanos en paz.

—Daryl acabará encontrándote, ¡amor mío! —siguió diciéndome—. ¡Acaso no ves que te ofrezco lo que Daryl nunca te dará! Te estoy proporcionando una elección.

—Eso habría que verlo, Marty. Daryl no le hará daño a mamá, de eso puedes estar bien seguro. Puede que esto sea difícil de entender para ti, con todos tus trapicheos y negocios, pero Daryl ama a mamá como tú nunca lo has hecho.

Entonces intenté marcharme de allí al instante. Sin embargo, él no estaba dispuesto a dejar que lo hiciera, de modo que la escena que siguió fue de lo más terrible. No hay que olvidar que habíamos sido amantes ese hombre y yo. De modo que gritamos y lloramos, mientras él intentaba cogerme yo luchaba contra él, y al fin conseguí zafarme y salir de allí; corrí, bajé a saltos todas las escaleras del Hyatt y salí a Market Street.

Pero como puedes imaginarte, Jeremy, yo estaba aterrorizada. Lo único que podía pensar era: Belinda, ¡lo has vuelto a hacer! Vas a arrastrar a Jeremy al fango y a la porquería contigo, igual que has hecho con G.G. y con Ollie Boon. Además, no tienes ni idea de lo que esa gente está dispuesta a hacer.

Ésa fue la noche en que te rogué que nos fuéramos a Carmel. También te pedí que nos marchásemos a Nueva Orleans y que volvieses a abrir la casa de tu madre. Deseaba acompañarte hasta el fin del mundo.

Según recuerdo, salimos hacia Carmel a medianoche. Durante todo el camino estuve mirando por el retrovisor, intentaba ver si alguien nos estaba siguiendo.

Al día siguiente llamé a papá desde una cabina telefónica que encontré en la Ocean Avenue, telefoneé con monedas mías en vez de hacerlo a cobro revertido, para evitar que se pudiese registrar la llamada, y le expliqué a papá cómo había conseguido Marty dar conmigo por medio de las llamadas a cobro revertido listadas en sus archivos.

Papá tenía mucho miedo por lo que podía sucederme.

—No vuelvas, Belinda —me dijo—. Mantente en tu postura. Daryl ha estado aquí. Insiste en que sabe que has estado en la ciudad esta primavera. Pero yo he utilizado la misma maldita fanfarronada que con los abogados, ya sabes, lo de la policía, y chica, no sabes cómo se retractó. Está avergonzado, Belinda. Se siente fatal por no haber llamado a las autoridades, ¿y sabes lo que hizo al final? Me rogó que le explicara si yo me encontraba bien. Me hice el despistado, querida, pero estoy seguro que te encontrará, igual que Marty. Jaque al rey, Belinda. Recuerda que puedes hacerlo. No harán nada que pueda perjudicar a Bonnie. Para ellos la única que importa es Bonnie, para todos ellos.

—Pero ¿qué pasara con tu salón, G.G.? —Yo todavía estaba preocupada por el asunto.

—Puedo encargarme de eso, Belinda —insistió.

Nunca supe, ni he llegado a saber aún, cuán ruinosa le resultó la situación. Durante todo este tiempo me he limitado a confiar en que papá esté bien.

Aquella semana final en Carmel fue la única de verdadera paz que tuve entonces. Nuestros paseos por la playa y las charlas fueron maravillosos. Intenté por todos los medios que no regresáramos. Pero a tu manera cálida y agradable insististe en que volviésemos a San Francisco. Y desde entonces, yo ya no dejé de vigilar cada vez que salía. Sabía que alguien nos estaba espiando. Lo tenía clarísimo. Y, a juzgar por cómo fueron después las cosas, tenía razón.

Entre tanto, la segunda película de televisión de Susan se estrenó a principios de setiembre y obtuvo un porcentaje de audiencia del treinta por ciento según las encuestas, y además era muy buena. Luego *Champagne Flight* comenzó una nueva temporada con tu amigo Alex Clementine, y yo la estuve viendo mientras tú estabas arriba trabajando. No creo que llegases a darte cuenta.

Mamá estaba fantástica. Ella siempre está perfecta frente a la cámara, no importa lo que le suceda en su vida personal. Y cuando hacía escenas dramáticas estaba muy convincente. Sin embargo, resaltaba un aspecto nuevo en ella. Por primera vez mamá aparecía muy delgada. Era el fantasma de sí misma en la pantalla y he de decir que era una intérprete extraordinaria. Y, para serte franca, la serie misma lo era. Por la parte técnica, bien, era incluso más del estilo de un vídeo de rock, con música bastante hipnótica y con un movimiento de cámara enérgico y contundente. De nuevo se detectaba en la serie el estilo del *film noir*.

De pronto, dos días después de aquello, me dijiste que venía Alex Clementine, que era tu amigo y que tú querías que fuese contigo a cenar; te pusiste muy pesado con el asunto, tanto que no parecías tú mismo. Yo conozco a Alex Clementine. Estuve con él en Londres durante el rodaje de una película en que mamá trabajó años atrás. Y lo que es peor, le había visto el año anterior en el festival de Cannes. Estuve a punto de toparme con él en la fiesta editorial, la tarde en que nos conocimos tú y yo. No existía posibilidad alguna de que yo te acompañase. Y si tú le hubieses traído a casa para enseñarle las pinturas, se habría acabado todo allí mismo y en aquel momento.

Yo estaba fuera de mí. Sin embargo tenía la esperanza de que, si no podía convencerte de que fuésemos a Nueva Orleans, quizá pudiera conseguir que nos fuéramos a otra parte.

Entonces Marty volvió a aparecer. Estaba yo cruzando el puente de Golden Gate en dirección a los establos Marin, y tenía la sensación de que alguien me estaba siguiendo, después, cuando ya estaba cabalgando, caí en la cuenta de que había tenido razón.

Bueno, tú ya sabes lo importante que era para mí ir a montar a caballo. Pero me pregunto si te percatabas del enorme desahogo de las preocupaciones que significaba para mí. Cuando estaba sobre mi caballo tenía la impresión de estar lejos de todo el mundo. Uno de mis paseos preferidos, que atravesaba las lomas de Cronkite, era el que bajaba a la playa en Kirby Cove. La mayor parte del tiempo estaba cerrado al tráfico, y con frecuencia yo era la única persona que iba por allí y cabalgaba en el rompiente de las olas; desde allí el paisaje era precioso.

A la izquierda se veía el puente y la ciudad, y a la derecha, al fondo, el océano.

Bien pues, si hubiese sabido que aquella tarde era la última que paseaba a caballo por Kirby Cove, me pregunto cómo me hubiese sentido.

Estaba a medio camino de la bajada cuando vi un Mercedes, tras de mí, en la carretera; enseguida descubrí que se trataba de Marty y traté de escabullirme por uno de los senderos escarpados. Él me siguió hasta los campos que había al final del declive, y yo pensé: bien, muy bien, es estúpido tratar de huir de él. No va a dejarme en paz hasta que hablemos.

Quería que fuese con él al hotel. Le dije que de ninguna manera. Lo que sí hice fue atar el caballo y entrar en el coche con él. Al parecer el caballo le daba miedo. Nunca en su vida había montado.

Me dijo que tenía algo muy desagradable que contarme. Llevaba consigo un sobre de papel manila, y me preguntó si yo imaginaba lo que podía contener.

—¿De qué demonios me estás hablando? —le dije—. ¿Qué es esto?

Si en la última entrevista todavía había algo del amor que había sentido, ahora apenas quedaba nada. El sobre me daba miedo. Y yo sospechaba que iba a derrumbarme.

—Ese novio tuyo que vive en la calle Diecisiete, ¿qué tipo de hombre es, que pinta cuadros por todas partes contigo desnuda?

—¿Pero de qué estás hablando? —le pregunté.

—Querida, he contratado un par de detectives para que te vigilen. Por estricta rutina, se pusieron en el tejado de la casa de al lado. Pudieron ver todas esas telas a través de las ventanas de la buhardilla. Luego volvieron a comprobar lo que habían visto desde el balcón de la casa del otro lado de la calle. Tengo fotografías de toda la galería...

Se dispuso a abrir el sobre.

Yo le dije:

—¡Tú, maldito hijo de puta! Estáte quieto, no sigas.

Sabía que él notaba que yo tenía mucho miedo. Estaba dando en el clavo.

—Oye, no vayas a creerte que me divierto metiendo la nariz en los asuntos ajenos. Pero Bonnie no me dio elección. La semana pasada me dijo que estaba convencida de que tú y yo vivíamos juntos, de manera que volvió a intentarlo, esta vez se tomó unas píldoras, tantas como para matar a una mula. Muy bien, me dije, esta mujer va a morir si yo no lo remedio, y soy la única persona en el mundo que puede impedirlo. Así que le expliqué lo tuyo con Jeremy Walker. Le di su nombre, la dirección y todo lo demás. Le enseñé toda la documentación que tenía sobre él, los recortes de prensa que mis secretarias del estudio habían reunido. Con todo, aún no me creía. ¿Belinda en San Francisco viviendo con un artista? Vamos, ¿acaso yo creía que ella era tan estúpida como el resto del mundo decía? Me dijo que sabía que yo no permitiría que tal cosa sucediera, que yo te ocultaba en algún lugar de Los Ángeles desde el principio. Decía que las mentiras la volvían loca. Por culpa de tantas mentiras no podía dormir por las noches. Muy bien, le dije, voy a demostrártelo. Entonces envié a esos detectives a buscar pruebas. A sacar unas fotos de vosotros dos juntos. Para que os cogieran a los dos andando por la calle, o que se pusieran en una ventana y os pescaran entrando juntos en la casa. Bien, pues esto que tengo aquí es lo que consiguieron, Belinda, trescientos sesenta grados del centro de la pornografía juvenil del oeste. Este material hace que la película de Susan Jeremiah parezca de Disney. Incluso haría que Humbert Humbert se levantara de entre los muertos.

Le dije que se callase. Le expliqué que tú no pensabas enseñar aquellos cuadros. Era un asunto fuera de discusión. Además sería el fin de tu carrera. Le dije que aquellas telas eran un secreto nuestro y que hiciera el favor de quitar a aquellos hombres asquerosos de nuestro entorno.

—No hagas que me enfade más de lo que estoy —me dijo—. ¡Ese tipo te está utilizando, Belinda! Tiene fotografías en que sales desnuda allí arriba, junto a los cuadros. Ahora mismo podría vender esa basura por un montón de dinero a *Penthouse*. Pero no es eso lo que anda buscando. Bonnie le identificó a la primera. Ella ha dicho que Walker tiene un olfato para la publicidad mucho mejor que ese loco estrafalario de Nueva York, Andy Warhol. En el momento que le apetezca va a hacer la gran presentación de los cuadros de la hija de Bonnie desnuda, y se deshará de ti a continuación.

Me volví loca. Empecé a vociferar.

—¡Marty, ni siquiera sabe quién soy! —grité—. ¿Acaso mamá no podría empezar a pensar que esto no tiene nada que ver con ella?

—Ella sabe que sí tiene relación. Y, cariño, yo comparto su opinión. Esto es igual que lo que sucedió con Susan Jeremiah, ¿no te das cuenta? Esa gente te utiliza porque eres la hija de Bonnie.

Yo estaba perdiendo la cabeza. Le hubiese pegado de no tener las manos ocupadas en taparme los oídos. También lloraba. Intentaba decirle que las cosas no eran así, que esto no tenía nada que ver con mamá, maldita sea.

—¿No te das cuenta de lo que ella está haciendo? —le dije—. ¡Está convirtiéndose en el centro de todo! Y Jeremy ni siquiera sabe que ella existe. ¡Oh, Dios mío! ¿Qué estáis haciendo conmigo? Pero ¿qué es lo que queréis!

—Que te crees tú que no la conoce —replicó Marty—. Ha enviado a un abogado llamado Dan Franklin a husmear por todo Los Ángeles; ha perseguido a mis abogados con una foto que ellos distribuyeron por un par de sitios cuando estaban intentando dar contigo. Explica que le ha parecido ver a la de la foto en Haight-Ashbury, escúchame bien, el tipo es el abogado de Walker, se conocen desde hace veinte años. Y está tratando de localizar a Susan Jeremiah. Ha estado poniéndose en contacto con personas de la United Theatricals día y noche.

Él continuó hablando. Siguió y siguió sin parar. Pero yo ya no oía lo que estaba diciendo. Yo conocía el nombre de Dan Franklin. Sabía que era tu abogado. Había visto los sobres con su nombre impreso en tu despacho. También había oído sus mensajes en el contestador automático.

Me quedé allí sentada, destrozada. No podía decir nada más. Aunque, por otra parte, tampoco podía creer lo que Marty estaba diciendo. No era posible que tú estuvieses pensando en utilizar todo el asunto con fines publicitarios, ¡tú no!

Por Dios bendito, tú estabas librando una batalla contigo mismo que ninguno de ellos podría entender.

Al mismo tiempo acudían a mi memoria todo tipo de cosas. Tú mismo habías dicho, «Te estoy utilizando», habías usado esas mismas palabras. Además, estaba aquella extraña conversación que tuvimos, la tarde misma en que yo me instalé en tu casa, cuando me dijiste que deseabas destruir tu carrera.

Pero nadie podía llegar a ser tan complicado, no podía ser. Y tú menos que nadie.

Al final le dije que tú no podías saber lo de mi madre, que de alguna manera Marty se había confundido. Le expliqué que tú nunca enseñarías aquellos cuadros, ganabas miles de dólares con tus libros, tal vez millones. ¿Por qué habrías de enseñar las pinturas?

De pronto me callé. Tú sí querías enseñarlas. Yo sabía eso.

Marty volvió a hablar.

—He hecho toda clase de averiguaciones sobre ese tipo. No es peligroso, pero es muy extraño, muy raro. Tiene una casa en Nueva Orleans, ¿sabías eso?, y nadie ha vivido en ella durante años, a excepción de un ama de llaves. Todo lo que pertenecía a su madre sigue como ella lo dejó y en la misma habitación. El cepillo, el peine, las botellas de perfume y todo lo demás. Igual que en aquella novela, la de Charles Dickens, ya sabes, la que menciona Wiliam Holden en la película *Sunset Boulevard*, donde aquella mujer llamada miss Havisham, o algo parecido, está allí sentada y año tras año nada de lo que es suyo se modifica o se altera. También te diré otra cosa. Walker es rico, muy rico. Nunca toca el dinero que su madre le dejó. Vive de los intereses, del capital que él mismo ha acumulado, así es. Sí, creo que estaría interesado en mostrar esos cuadros. Pienso que lo haría. Me he puesto a leer todas las entrevistas que le han hecho, la carpeta de prensa que hemos confeccionado sobre él, y es un estúpido artista, dice cosas muy raras.

Escuchar todo esto era como ver nuestro mundo, el tuyo y el mío, reflejado en un espejo deformante. No podía soportarlo más. Le dije a Marty que estaba loco. Se lo dije de todas las formas posibles.

—No, cariño, te está utilizando. ¿Y sabes lo que está haciendo ese abogado? Está averiguando el trasfondo de todo. Está empezando a atar cabos sobre tu fuga, sobre lo que sucedió, ya sabes, todas esas cosas. ¿Por qué otra razón estaría buscando a Susan Jeremiah? No, ese artista tuyo está más loco que una cabra. Y tu madre tiene razón. Enseñará los cuadros, nos pasará la porquería a nosotros, a fin de que no podamos hacer nada con la suya, y naturalmente, cuando eso suceda, tú no harás nada contra él, ¿verdad? No le acusarás de nada igual que no lo hiciste conmigo. Y a Bonnie y a mí nos tocará contestar todas las preguntas: ¿cómo pudimos dejar que sucediera?, ¿tenemos algo que esconder?

Le dije que no pensaba escuchar nada más. Tú no sabías nada. Intenté salir del coche.

Él me cogió del brazo y volvió a meterme en el vehículo.

—Belinda, deberías preguntarte por qué te digo todo esto. Estoy tratando de protegerte. Bonnie es partidaria de sacar a relucir todo lo de ese hombre. Dice que si la policía va a buscarte a su domicilio, nadie escuchará lo que tú digas sobre mí. Es partidaria de llamar a Daryl. Quiere actuar de inmediato.

—¡Por mí puedes quemarte en el infierno, maldito hijo de puta! —le espeté—. Y puedes decirle a Bonnie que tengo el número de teléfono del periodista del *National Enquirer* en mi bolsillo. Siempre lo he tenido, lo conseguí en el Sunset Strip. Y sabes muy bien que escuchará lo que tenga que decirle sobre vosotros dos. Tanto él como los asistentes sociales y el juez de asuntos de menores me escucharán. Si le haces daño a Jeremy, irás a la cárcel.

En un momento yo ya estaba fuera del coche y corría por la carretera.

Marty me siguió. Me asió y me sujetó, me di la vuelta y le pegué, pero no mejoré las cosas.

Estaba sucediendo algo horrible. Nunca había visto a Marty de aquella manera. No es que estuviese sólo enfadado, como lo estabas tú la noche de nuestra terrible y última pelea. Era algo más, algo diferente que sólo les sucede a los hombres, algo que no creo que ninguna mujer puede entender.

Me empujó y me tiró al suelo, bajo los pinos e intentó sacarme la ropa. Yo gritaba y le daba patadas, pero no había un alma en los alrededores que pudiera vernos u oírnos. Él lloraba y me decía cosas terribles, me llamó prostituta y me dijo que ya no podía soportarlo más, que ya había tenido bastante. Entonces me puse a gritar y a emitir sonidos de los que ni yo me creía capaz. Le arañé y le tiré del pelo. Y la simple realidad fue que no pudo hacer lo que se había propuesto. No podía a menos que me diese puñetazos o algo peor. Lo que sucedió fue que armamos un tremendo alboroto y, de pronto, le hice perder el equilibrio y le tiré de espaldas. Huí de él a toda velocidad y me puse a correr otra vez, sólo me detuve para subirme la cremallera de los tejanos y montar en el caballo.

Cabalgué para salir de allí como si estuviera en una película del Oeste. De hecho cometí un grave error. Corrí por el borde de los senderos de la montaña, a sabiendas de que era malo para el caballo. Podía haberse caído y romperse una pata, o algo peor.

Pero lo conseguimos. Logramos zafarnos. Volvimos al establo mucho antes de que llegara Marty, si es que todavía nos seguía, y estuve a punto de romper el cambio de marchas del MG-TD de camino al Golden Gate.

Cuando llegué a casa, me metí en el baño. Tenía morados en los brazos y en la espalda pero no en la cara. Menos mal, ya que pensé que en la oscuridad no los llegarías a ver.

Luego me fui a tu despacho para hacer comprobaciones. Los sobres de Dan Franklin estaban allí. No cabía duda de que era tu abogado, de modo que esa parte era cierta, bien.

Me senté abatida, no sabía qué pensar ni a quién creer, luego me dirigí a mi habitación. Comprobé que ni las cintas ni las revistas habían sido tocadas, o al menos no me lo pareció. Pero ¿qué había en todas las paredes? Susan Jeremiah. En aquel momento ya había cinco pósters, los había hecho con fotos que recorté, a lo largo del año, de las revistas. ¿Acaso no era lo más natural que pensases que yo tenía alguna relación con Susan? Es decir, yo era consciente de que tú querías saber quién era yo.

En ese momento oí que entrabas. Habías ido a comprar cosas para cenar, habías traído un precioso ramillete de flores amarillas, subiste y las pusiste en mis brazos. Nunca olvidaré tu expresión en aquel momento. Tendré aquella imagen grabada toda mi vida en la cabeza, estabas tan guapo.... Al mismo tiempo inspirabas honestidad y también inocencia. Probablemente ni siquiera te acordarás, pero yo te pregunté si me amabas, te reíste de la manera más natural y me dijiste que ya sabía yo que sí.

Entonces pensé, éste es el hombre más especial y amable que jamás haya conocido. Nunca le ha hecho daño a nadie. Lo único que desea es saber quién soy y Marty le ha cambiado el sentido a todo el asunto.

Subí contigo y miré a través de las ventanas al tejado de la casa de apartamentos junto a la tuya, también miré al balcón del otro lado de la calle Diecisiete, al último piso. En aquel momento allí no había nadie. Pero en las altas montañas desde tu casa y la calle Veinticuatro, cualquiera pudo haber sacado fotos de nosotros a través de las ventanas. No podíamos ocultarnos de miles de puntos de mira.

Me pregunto si recordarás aquella noche. Fue la última noche feliz que pasamos en la casa. Aquella noche me pareciste maravilloso, estabas distraído, perdido entre tus pinturas y te olvidaste de la cena, y por cierto, como era habitual, no se oía ningún sonido en la buhardilla excepto el de tu pincel al tocar la paleta y luego acto seguido la tela, y al mismo tiempo un susurro de algo que te decías a ti mismo.

Se hizo de noche y estaba cada vez más oscuro. No se podía ver nada a través del cristal. A nuestro alrededor sólo había pinturas. No me pareció posible que un hombre hubiese podido hacer las fotos y obtener buenas reproducciones del complicado y detallado modo de hacer tuyo.

Sabía que tú no tenías ni idea de quién era yo. Lo sabía mi corazón. Y tenía que protegerte de mamá y de Marty, aunque eso significase protegerte de mí misma.

Tu mundo era diferente del suyo. ¿Qué sabían ellos del significado de tus pinturas?

Lo único que necesitábamos era un año y dos meses, no con Marty, mamá y el tío Daryl, por no hablar también de ti en aquel momento. Sí, tú y Dan Franklin os habíais convertido en enemigos de nosotros dos.

Bueno, la noche siguiente todo aquello se acabó.

Nunca fui al concierto de rock que motivó aquella pelea. Me dirigí a una cabina telefónica y me pasé varias horas tratando de ponerme en contacto con G.G. para hablar con él y preguntarle qué era lo que yo debía hacer.

«Llama a Bonnie —me dijo—. Hazle saber que si ella le hace daño a Jeremy Walker, tú se lo harás a Marty. Dile que llamarás al teléfono del *National Enquirer*. Es ajedrez, Belinda, y tú todavía puedes hacer tu jugada.»

Pero hubo algo durante aquella cena con Alex Clementine que te proporcionó alguna idea. Quizá te ayudó a establecer alguna conexión entre Susan Jeremiah y yo. La causa podría haber sido cualquier comentario sobre la película de Susan en Cannes y la chica que actuó en ella.

Yo no sé lo que sucedió. De lo único que me enteré fue de que aquella noche nos peleamos como nunca lo habíamos hecho.

Mientras nos peleábamos volví a comprender que tú no eras el hombre cuya imagen se habían formado Marty y mamá. Tú eras mi Jeremy, inocente y atormentado, el que intentaba que yo le explicase mi historia para que todo nos fuese bien en adelante.

¿Cómo demonios podía yo explicarlo todo, de manera que en adelante todo fuese bien? Por lo menos deja que haga esa llamada a mamá, pensaba yo, déjame intentar el último jaque al rey, después es posible, sólo posible, que pueda contarte alguna cosa.

Pero no llegué a comprender lo lejos que habían ido las cosas hasta la mañana siguiente, cuando después de que te fuiste de casa vi todas las cintas de vídeo en el suelo del armario. Las revistas estaban todas mezcladas y habías dejado abierta la de *Newsweek*. Sí, tenías algunas respuestas, o por lo menos eso pensabas tú, además querías que yo lo supiera.

Ya no había manera alguna de retroceder en silencio.

Después de irte tú, estuve una hora sentada frente a la mesa de la cocina, tratando de decidir lo que debía hacer.

G.G. me había indicado que llamase a Bonnie. Jaque al rey. Ollie Boon me había dicho que utilizase mi poder con ellos, igual que ellos usaban el suyo contra mí.

Pero aunque yo pudiese mantenerlos alejados, ¿qué pasaría contigo? ¿Qué sucedería con tu futuro y tus pinturas? ¿Qué sería de nosotros dos?

Para mí no había ninguna duda de que no podía arrastrarte conmigo tal como estaban las cosas, igual que había hecho con G.G. y con Ollie Boon. Ellos habían vivido juntos durante cinco años hasta que yo los separé. Todavía me atormentaba pensar en el enfrentamiento de G.G. contra aquellos abogados. En tu caso hubiese sido todavía peor. Después de todo, él era mi padre, ¿no? Te habías metido en esto de forma inocente y sin recelos, y jamás me habías mostrado otra cosa que no fuese el más puro amor. Y lo peor de lo peor habría sido que me hubieses pedido que volviese con ellos, pues tu mismo abogado te hubiera aconsejado hacer eso exactamente.

Aunque he de admitir que también me sentía bastante enfadada contigo. Me irritaba no ser suficiente para ti, que tuvieses que conocer mi pasado, saber que a mis espaldas habías enviado a tu abogado al sur para hacer averiguaciones sobre mí y que no dejabas el asunto en paz.

¿Pero qué querías hacer? ¿Decidir en mi lugar si yo tenía derecho a escaparme de casa? Sí, estaba enfadada. Tengo que admitirlo. Estaba escamada y atemorizada.

Por otra parte tampoco quería perderte. Que lo nuestro sucedía una-sola-vez-en-la-vida era algo que no se me iba de la cabeza. Algún día, de alguna manera, deseaba hacer lo que tú habías hecho con tus cuadros. *¡Deseaba ser como tú!*

¿Puedes entenderlo? ¿Sabes lo que significa, no sólo amar a una persona, sino querer ser como ella? Tú eras alguien a quien merecía la pena amar. Además, no podía imaginar una vida sin ti.

Bueno, de alguna manera yo tenía que librarnos a los dos de este meollo. Tenía que haber algo que yo pudiera hacer.

Me vinieron a la cabeza un montón de cosas, las complicaciones que me había buscado, mi huida de tío Daryl, mi escapada por la salida de emergencia del hotel en Europa cuando la productora de cine nos dejó en la estacada con la factura sin pagar. La redada de los policías contra la droga en Londres, cuando yo me quedé en la puerta de la habitación del hotel, tratando de contener a los polis con todas las explicaciones que me vinieron a la cabeza, mientras mamá tiraba por el desagüe toda la hierba. Y luego aquella vez en España, cuando se desmayó en la escalera del Palace Hotel y tuve que convencer al personal de que no llamase a una ambulancia puesto que sólo estaba mareada a causa de su medicina y que por favor me ayudasen a subirla a su habitación. Sí, tenía que haber una forma de salir de aquello, debía haberla, y en la cabeza seguían dándome vueltas las palabras de Ollie Boon, lo que dijo sobre el poder.

Pero yo no tenía ningún poder, en eso radicaba el problema. Tenía en jaque al rey, pero no tenía el poder. ¿Quién ostentaba el poder? ¿Quién podía sujetar a los perros en este momento?

Bien, sólo había una persona que pudiese hacerlo, y ella siempre había sido el centro del universo, ¿no es cierto? Sí, ella era la diosa, la superestrella. En efecto, ella tenía en su mano que todos la obedecieran.

Cogí el teléfono y llamé a un número que guardaba en mi bolso desde el día en que me escapé. Era el número de teléfono del aparato que se encontraba junto a la cama de mamá.

Eran las seis y media. Mamá debía estar allí. Seguro que no se había levantado todavía, que no había salido hacia el estudio. Después de tres timbrazos oí su voz baja y pausada, casi sin entonación, contestando a la llamada.

—Mamá, soy Belinda —le dije.

—Belinda —susurró, como si tuviese miedo de que alguien la oyese.

—Mamá, te necesito —continué—. Te necesito de una manera en que jamás en mi vida te he necesitado.

No respondió.

—Mamá, estoy viviendo con un hombre en San Francisco y le amo, es muy buena persona y muy agradable, y te necesito para que todo salga bien.

—Jeremy Walker, ¿de él es de quien me estás hablando? —me preguntó.

—Sí, mamá, de él. —Respiré lo más profundamente que pude—. Pero no tiene nada que ver con lo que Marty te contó. Hasta ayer, puedo jurarte que este hombre no sabía quién era yo. Puede ser que haya sospechado algo, pero no lo sabía con certeza. Ahora ya lo sabe y es muy desgraciado, muy infeliz, mamá. Se siente confuso y no sabe qué hacer, y yo necesito tu ayuda.

—¿Así que tú no estás... viviendo con Marty?

—No, mamá. No tengo nada que ver con él desde que me marché.

—¿Y qué pasa con los cuadros, Belinda, con todos esos cuadros que ha pintado?

—Son muy bonitos, mamá —le expliqué.

A continuación venía una difícil aclaración, pero tenía que intentarla. Y proseguí:

—Son como las películas que Flameaux hizo contigo en París. Se trata de arte, mamá, eso es lo que son de verdad, te lo digo con sinceridad. —Traté de mantenerme calmada en los silencios—. Transcurrirá mucho tiempo antes de que nadie los vea, mamá. No son los cuadros lo que me preocupa ahora.

Permaneció en silencio. Acto seguido, jugué la partida más difícil de toda mi vida.

—Mamá, me lo debes —le dije con extremada suavidad—. Te hablo de Belinda a Bonnie. E insisto, me lo debes. Y tú lo sabes.

Esperé. Sin embargo ella siguió sin contestar. Me sentía en el mismo borde del precipicio. Si cometía un error me encontraría cayendo en él.

—Mamá, ayúdame. Por favor, ayúdame. Te necesito, mamá.

Entonces la oí llorar. Y me dijo con una voz suave y entrecortada:

—Belinda, ¿qué quieres que haga?

—Mamá, ¿podrías venir a San Francisco ahora?

A las once de la mañana aterrizó el avión del estudio, y cuando la vi saliendo por la puerta me pareció ver a un cadáver. Estaba más delgada de lo que la había visto jamás y tenía la cara como una máscara, todas las arrugas habían sido alisadas.

Como siempre, tenía la cabeza gacha. En ningún momento me miró a los ojos.

Durante todo el trayecto hasta la ciudad le hablé de ti, le expliqué cómo eran las pinturas, le pregunté si las fotografías que le habían dado le daban alguna idea de lo buenos que eran los cuadros.

—Conozco la obra del señor Walker —me aclaró—. Solía leerte sus libros, ¿no lo recuerdas? Los teníamos todos. Cuando íbamos a Londres siempre buscábamos los últimos que había publicado. También hacíamos que Trish nos los enviara desde casa.

Al oírle decir aquello, sentí como si me traspasara una daga. Podía recordar muy bien los momentos en que las dos nos estirábamos juntas y ella me leía. Los recuerdos correspondían tanto a París o Madrid como a Viena. Siempre había una cama doble y una lamparilla de noche. Y ella aparecía siempre con la misma imagen.

—Pero estás mintiendo —me dijo— cuando me cuentas que nunca le has hablado de mí.

—No, mamá, nunca lo he hecho. Nunca le he explicado nada, en absoluto.

—Le has contado cosas terribles, ¿no es cierto? Le has explicado cosas de mí y de Marty, y le has dicho lo que ocurrió. Sé que lo has hecho.

De nuevo le repliqué que no lo había hecho. A continuación le expliqué cómo habían ido las cosas. Cuántas veces tú me habías hecho preguntas, las veces que te hice prometer que no lo hicieses, y que era muy posible que tú hubieses enviado a tu abogado a hacer averiguaciones sobre Susan, ya que yo tenía tantos pósters de ella en mi habitación.

No podía saber si me estaba creyendo. Continué con mi exposición y le dije lo que deseaba que hiciese. Que quería que hablase contigo, que te dijese que aceptaba que estuviésemos juntos y que no nos molestarían más. No tenía más que interrumpir el trabajo de los abogados y de los detectives. Dile a tío Daryl que abandone y dejadnos en paz. A lo que ella contestó:

—¿Cómo sé que te quedarás con ese hombre?

—Porque le amo, mamá. Es una de esas cosas que a algunas personas les pasa una vez en la vida y a otras no llega a sucederles jamás. Yo no me iré de su lado a menos que él me abandone. Pero si tú hablas con él, no hará tal cosa. Continuará pintando sus cuadros y será feliz. Los dos estaremos bien.

—¿Y qué pasará cuando exponga todas esas pinturas?

—Antes de que él lo haga transcurrirá mucho tiempo, mamá. Mucho, mucho tiempo. Y el mundo del arte está a miles de años luz de nuestro mundo. ¿Quién podría establecer conexión alguna entre esos cuadros y la hija de Bonnie? Y aunque así fuese, ¿a quién le importaría? Yo no soy famosa como tú. *Jugada decisiva* no se ha estrenado en este país. Bonnie es la estrella famosa, ¿y qué habría de importarle a ella?

En ese momento girábamos hacia la calle Diecisiete, pasábamos por delante de la casa, pues ella había mostrado interés en verla, después seguimos subiendo la montaña. Aparcamos el coche en el mirador de Sánchez Street, desde el que se ven todos los edificios del centro de la ciudad.

Entonces ella me preguntó si yo había visto a Marty desde el día en que me fui de Los Ángeles. Le contesté que sólo cuando él vino a hacer averiguaciones, en cuyo momento lo único que hicimos fue hablar. Ahora Marty era su marido.

Ella permaneció largo tiempo callada. Después me dijo con suavidad que no podía hacerlo, le resultaba imposible hacer lo que yo le pedía.

—Pero ¿por qué no puedes? —le dije en tono de súplica—. ¿Por qué no puedes decirle que te parece bien?

—¿Qué pensaría él de lo que yo estaría haciendo? ¡Le estaría entregando a mi hija! Además, él podría contarle a alguien que te habría entregado a él. ¿Y si tú le dejases plantado mañana? Supón que él tomase la decisión de enseñar los cuadros que ha hecho. ¿Qué sucedería si le dijese a todo el mundo que yo había ido y le había dado a mi hija diciéndole, tómela, como si yo estuviese entregándola igual que si de un proxeneta en medio de la calle se tratase?

—Mamá, ¡él nunca haría tal cosa! —insistí con vehemencia.

—¡Claro!, pero podría hacerlo. Y tendría algo que utilizar contra mí durante toda mi vida. Seguro que su abogado sabe ya un montón de cosas. Ya sabe que nadie cogió el teléfono para avisar a la policía de Los Ángeles cuando te escapaste. Sabe que sucedió algo entre tú y

Marty. Incluso es posible que tú les hayas explicado a ellos mucho más que eso.

Le rogué que me creyese, pero me daba cuenta de que no servía de nada. Fue entonces cuando se me ocurrió. ¿Y si pudiese ella tener algo como compensación a lo que estaba haciendo? ¿Qué pasaría si creyese que llevaba todos los triunfos en la mano? Pensé en los cuadros de *Modelo y artista*. Conocía aquellos cuadros y me gustaban. Había visto todas las fotografías que habías hecho una docena de veces. También sabía que ni una sola servía para probar nada. En ellas no podía verse si yo era yo. Tampoco era posible ver con claridad quién eras tú. Eran fotografías muy borrosas, granuladas y con una luz deplorable.

¿Pero acaso mamá iba a darse cuenta de eso? Mamá, incluso con sus gafas puestas, apenas podía ver nada cuando estaba drogada.

Decidí que era la mejor oportunidad que tenía. Me escuchó atentamente cuando se las describí.

—Podrías decirle que tus detectives las encontraron en la casa cuando me siguieron. Te guardarías las fotografías y lo harías por mi seguridad, ya sabes, y se las devolverías cuando yo tuviese dieciocho años. Para entonces ya no tendrá importancia si yo vivo o no vivo con él, o si él enseña o no enseña los cuadros. Todo será parte del pasado. Él nunca te odiaría por eso, mamá, más bien supondría que tu intención es protegerme.

El coche me volvió a traer al cruce de la Diecisiete y Sánchez y yo me dirigí a la casa. Rogaba y esperaba no encontrarte a ti allí todavía. Sonó el teléfono y entre todas las posibilidades, se trataba de Dan Franklin nada menos. Me dio un susto de muerte.

Estuve a punto de llevarle las copias de *Modelo y artista*, pero al mismo tiempo pensé que ella se daría cuenta de que no probaban nada. De modo que cogí los negativos de tu archivo del sótano, y cuando estaba a punto de salir, volvió a sonar el teléfono. Esta vez era

Alex Clementine. Pensé que mi suerte iba de mal en peor.

Pero entonces logré irme. Por fin, después de repasar la cuestión una y otra vez, mamá comprendió el plan y se lo grabó bien en la cabeza. Yo me marcharía a Carmel y ella te esperaría y utilizaría los argumentos que habíamos acordado para hacerte prometer que cuidarías de mí. Sin embargo, ella sufrió un cambio repentino. Bajó la capucha de su capa por primera vez y me miró a la cara.

—Tú amas a ese hombre, ¿verdad, Belinda? Y aun así me das estas fotos. Le pones sencillamente la soga al cuello, como consecuencia de tus mediocres esquemas.

Mientras lo decía se reía, con una de esas sonrisas agrias y feas que la gente pone para empeorar las cosas.

Sentí que me faltaba el aire. Estábamos de vuelta al primer cuadro del tablero. Entonces dije con muchísima cautela:

—Mamá, en realidad tú sabes muy bien que jamás podrás utilizar esas fotos. Porque si se te ocurriese hacerlo, yo enviaría a Marty a la cárcel.

—Y tú le harías eso a mi marido, ¿verdad que sí? —me preguntó mirándome con gran intesidad, como si tratase de ver algo muy importante para ella.

Antes de contestar, pensé bien lo que le iba a decir, creía saber lo que ella deseaba en aquel momento, y le dije:

—Sí, por Jeremy Walker haría eso. Lo haría sin miramientos.

—Tú eres una pequeña zorra, Belinda —dijo ella—. Tienes a estos dos hombres cogidos por las pelotas, ¿no es cierto? En Tejas te hubiésemos llamado tramposa.

Tuve una enorme sensación de injusticia al oír sus palabras, y me puse a llorar. Pero había sucedido algo importante, me di cuenta por su mirada de que había dicho lo adecuado. Marty no tenía nada que ver con lo que yo estaba haciendo. Al final se convenció.

Sin embargo, seguía mirándome a la cara, y había una cierta sensación en el ambiente de creciente peligro. Pensé que me iba a soltar otro de sus discursos. Y tenía razón.

—Mírate a ti misma —me dijo en un voz tan baja que apenas podía oír—. Todas esas noches que he llorado por ti, preguntándome dónde estabas, cuestionándome si estaba equivocada al pensar que te hallabas con Marty o que quizás estabas por ahí sola. Creo que no hacía más que acusar a Marty de mentirme porque no podía enfrentarme a que estuvieras extraviada y acaso herida. Pero eso no era así, en absoluto, ¿verdad, Belinda? Has estado todo el tiempo en esta bonita casa con ese millonario señor Walker. Sí, la palabra que mejor te describe es tramposa.

Me quedé callada. Pensaba: Belinda, si se le ocurre decir que el cielo es verde dile que tiene razón. Tienes que hacerlo. Eso es lo que todo el mundo ha hecho siempre con ella.

—Ni siquiera te pareces físicamente a mí, ¿no es cierto? —me preguntó con la misma voz ausente de entonación—. Tú eres igual que G.G. Hablas igual que G.G. Es como si yo no hubiese tenido nada que ver contigo. Y aquí estás rogando por tus intereses igual que G.G. ha hecho siempre, por lo menos desde que tenía doce años.

Seguí callada. No dejaba de pensar, había oído hablar así a Bonnie antes. Solía decir frases sueltas cuando le hablaba a Gallo o cuando les explicaba a Trish o a Jill que alguien estaba siendo malo con ella. Pero a mí, sólo me había mostrado aquel aspecto suyo en una ocasión. Me daba escalofríos verla sonreír y oír las truculencias que estaba diciendo. Sin embargo, pensé: Belinda, deja el trabajo terminado.

—¿Acaso G.G. nunca te ha contado cómo empezó, persiguiendo a viejos homosexuales por dinero, para poder ascender socialmente? —preguntó. Sin esperar respuesta, prosiguió—: ¿Te ha dicho alguna vez cómo miente a esas viejas señoras a las que les riza el pelo? Eso es lo que eres tú, una mentirosa igual que G.G. Y te has propuesto cazar al señor Walker, ¿eh? Quieres atarle con cintas y lazos. Fui una estúpida al no pensar que la sangre de G.G. también corría por tus venas.

Yo me sentía hirviendo por dentro. Creo que miraba por la ventana. No estoy muy segura. Mi mente deambulaba, eso sí lo recuerdo. Ella seguía hablando y yo apenas podía oír lo que me estaba diciendo. Pensaba que no había ninguna esperanza, que no podía hacer nada. La verdad nunca saldrá a la superficie. Durante toda mi vida he tenido que sufrir toda esta confusión, todas las cosas han estado siempre liadas, y una y mil veces he acabado abandonando la posibilidad de ser comprendida.

Después de esto, estaba convencida de que ella y yo no volveríamos a vernos nunca. Ella regresaría a Hollywood para vivir entre drogas y mentiras, hasta que por fin consiguiera acabar consigo con una pistola o con pastillas, se iría sin saber lo que nos había separado. ¿Se acordaría siquiera de Susan o del nombre de nuestra película? ¿Alguien le haría ver alguna vez que en aquellas ocasiones había intentado matarme a mí, mientras quería quitarse ella la vida?

Entonces un terrible pensamiento vino a mi cabeza. ¿Había yo intentado alguna vez decirle a ella la verdad? ¿Había intentado, en beneficio de ella, hacerle ver las cosas, aunque fuese durante un instante, bajo una luz diferente? Desde que yo me acuerdo, todo el mundo le había dicho mentiras. ¿No me habría dejado llevar por mis propios intereses?

Ella era mi madre. E íbamos a seguir nuestros caminos separados odiándonos. ¿Podía yo dejar que las cosas fuesen así, sin hacer un esfuerzo por aclarar lo que había estado sucediendo? Dios mío, ¿cómo podía dejarla así? Era como una niña, en realidad. ¿No podría yo intentarlo?

Volví a mirarla y descubrí que ella seguía mirándome. Aquella horrible sonrisa seguía allí. Belinda, dile algo. Di algo, y si acaba todo mal y pierdes a Jeremy... Pero fue ella la que habló.

—¿Y qué harás tú, pequeña bruja, si no le hago chantaje al señor Walker? Dime qué piensas hacernos a todos nosotros. ¿Destruirnos?

Me quedé mirándola. Me estaba conteniendo y estaba petrificada; me sentía como si me hubiese pegado. Entonces le dije:

—No, mamá. Estás muy equivocada en lo que a mí se refiere, estás en un completo error. Durante toda mi vida te he protegido, no he dejado de cuidar de ti. Todavía lo estoy haciendo. Pero si nos haces daño a Jeremy Walker y a mí, yo seré la que se defienda por los dos.

Salí del coche y me quedé allí de pie con la puerta abierta. Al cabo de un rato me asomé al interior del coche. Yo estaba llorando y le dije:

—Haz este último papel por mí, Bonnie. Y yo te prometo que nunca llamaré de nuevo a tu puerta.

La expresión de su cara en aquel momento era tremenda. Era como si se le hubiese partido el corazón. Exactamente igual. Y con la voz más cansada y sin ninguna maldad, me dijo:

—Muy bien, cariño. Muy bien. Lo intentaré.

Después de aquello sólo he hablado una vez con ella. Era casi medianoche, me dirigí a una cabina de teléfono en Carmel y la llamé a su línea privada, tal como habíamos acordado.

En esta ocasión era ella la que estaba llorando. Balbuceaba y se repetía de tal manera que apenas podía comprender lo que me estaba diciendo. Me explicó algo así como que le quitaste los negativos y que ella no se había resistido. Pero que lo que más le dolía era que había intentado volverte en contra de mí. Me confesó que no lo había hecho a propósito, que no había sido su intención, pero que tú no dejabas de hacerle preguntas y ella no pudo por menos que decir cosas malvadas de mí, de Marty y de lo sucedido.

—No te preocupes, mamá —le decía yo—. Si después de esto me sigue queriendo, entonces es que todo irá bien.

En ese momento Marty cogió el teléfono.

—En resumen, querida, él sabe ahora que le tenemos controlado. Si tiene cerebro, se guardará muy mucho de enseñar esos cuadros.

No me molesté en contestarle, sencillamente le dije:

—Dile a mamá que la quiero. Díselo ahora para que pueda oírte.

Lo hizo. A continuación le oí decir:

—Ella también te quiere, cariño, me pide que te diga que te quiere.

Entonces colgué.

De este modo, después de dejar la cabina telefónica, me fui a pasear por la playa, dejé que el viento me calara hasta los huesos. El recuerdo del momento en que me dijo: «Muy bien, cariño, muy bien. Lo intentaré», no me abandonaba. Deseaba rebobinar la cinta hasta aquel instante, pararla y poder estrechar a mi madre entre mis brazos.

—¡Mamá! —ansiaba decirle—. Soy yo, Belinda. Te quiero, mamá. Te quiero muchísimo.

Sin embargo, aquel momento ya no volvería. Nunca volvería a tocarla ni a abrazarla. Incluso es posible que nunca vuelva a oír su voz hablándome. Y así desaparecían todos los años que habíamos estado en Europa y en Saint Esprit.

Aunque seguías estando tú, Jeremy. Y yo te quería con todo mi corazón. Te quería tanto como tú no puedes imaginarte. Rogué y volví a rogar que tú decidieses venir. Le pedí a Dios que no volvieses a preguntarme nada nunca más, porque si lo hacías, podría ser que yo lo confesase todo, y después de hacerlo me sería imposible no odiarte por haberme obligado a contártelo.

Por favor, Jeremy, ven, no pido nada más. Ésta era mi plegaria. La cruda verdad era que había perdido a mamá hacía ya mucho tiempo. Pero tú y yo íbamos a estar siempre juntos, Jeremy. Lo nuestro sólo sucedía una vez en la vida. Y los cuadros, a diferencia de lo que había ocurrido con la película de Susan, vivirían siempre. Los cuadros eran tuyos, y algún día, cuando adquirieses el coraje necesario, los mostrarías a todo el mundo.

Bueno, pues ahora ya lo sabes, Jeremy. Hemos llegado al final. La historia ha sido contada. He estado escribiendo en esta libreta durante dos días sin moverme, he llenado todas las páginas por ambas caras. Me siento cansada y tan desgraciada como sabía que iba a sentirme cuando todos los secretos fuesen revelados.

Pero tú ahora tienes lo que siempre habías deseado, todos los hechos de mi vida pasada están frente a ti, ahora puedes emitir por ti mismo el juicio que nunca confiaste que yo podía emitir.

¿Y qué has decidido? ¿Acaso traicioné a Susan cuando me fui a la cama con Marty la misma noche que él se cargó su película? ¿Estaba yo loca al desear su amor? ¿Y qué piensas de mamá en esas semanas cruciales en Los Ángeles? Durante toda mi vida me había ocupado de ella, pero ahora estaba tan enamorada de Marty que me limitaba a estar por allí sin hacer nada por ella, mientras se iba demacrando, recurría a los medicamentos, a la cirugía plástica y a todas aquellas cosas que convirtieron su vida en un montón de noches sin dormir, llenas de pesadillas. ¿Debía haberla sacado de allí y haberla llevado a algún lugar en el que ella pudiera recuperarse y decidir lo que más le convenía? ¿Acaso yo había sido todo el tiempo culpable de una traición peor, consistente en no haber intentado romper el juego que todos jugábamos por su bien y por el mío?

La noche en que me pegaste me llamaste mentirosa. Tenías razón, lo soy. Sin embargo ahora puedes comprobar que miento desde que tengo uso de razón. Mentir, mantener secretos, proteger, en eso había consistido la vida con mamá.

¿Y qué me dices de papá? ¿Crees que tenía derecho a acudir a él y separarle de Ollie Boon? Papá perdió a Ollie tras cinco años de estar con él. Papá amaba a Ollie. Y Ollie amaba a papá.

Decídelo tú. ¿Les he hecho daño a todos los adultos con los que he estado en contacto desde el día en que Susan vino a Saint Esprit? ¿O tal vez he sido yo la víctima todo el tiempo?

Quizá yo tenía cierto derecho a enfadarme por lo de *Jugada decisiva*. Que yo amaba a Marty es algo que nunca negaré. ¿Tenía derecho a esperar que el tío Daryl y mamá se preocupasen de mi vida y de lo que me sucedía? Después de todo yo era la hija de mamá. Cuando no lo hicieron, ¿tenía yo derecho a huir de ellos, y decir: «Nadie me va a enviar a Europa, yo me iré por mi cuenta a donde me dé la gana»?

Si yo hubiese sabido las respuestas a todas esas preguntas, tal vez te lo hubiese explicado todo antes. Pero no conozco las respuestas. Nunca las he sabido. Y ésa es la razón por la que te hice daño con el estúpido truco del chantaje. Bien sabe Dios que aquello fue un completo error.

Lo supe mucho antes de que tú sospechases lo que había sucedido. Me convencí de ello cuando telefoneé a G.G. desde Nueva Orleans y no pude explicárselo, cuando vi que no podía contarle cómo habían ido las cosas. Me sentía demasiado avergonzada por lo que había hecho.

Al mismo tiempo, éramos los dos tan felices, Jeremy. Las semanas que pasamos en Nueva Orleans fueron lo mejor. Todo hacía pensar que había valido la pena. Durante las últimas semanas comprendí que tú habías ganado tu lucha interna. Y yo me decía a mí misma que el truco del chantaje nos había salvado a los dos.

Bueno. Es una historia de cuidado, ¿no te parece?, tal y como habían dicho G.G. y Ollie. De igual modo, como yo afirmé, no era una historia que me correspondiese a mí explicar. Los derechos existen sólo para los adultos. Y tú eres uno de ellos. En lo que se refiere a esto, nunca habrá una oportunidad para mí en un juzgado. La única opción que tenía antes era la de escaparme. Y lo único que puedo hacer ahora es seguir escapando.

Y lo que tú tienes que hacer, además de comprender todo esto, es perdonarlo. Porque tú sabes que has tenido tu propio secreto terrible, tu propia historia, que tú pensabas que pertenecía a otra persona y que durante mucho tiempo no pudiste explicar.

No te enfades conmigo si te digo esto, pero tu secreto no era que tú escribiste las últimas novelas de tu madre. El secreto era que no deseaste escribir más novelas con su nombre después de su muerte. Al dejarte su nombre en su testamento, Jeremy, no sólo hizo eso sino que te pidió que le proporcionaras vida eterna, y eso era algo que tú no podías darle. Tú sabes que es verdad.

Entonces, huiste de ella lleno de sentimientos de culpa y de miedo, dejaste la casa como una tumba de tiempos pasados, no tocaste ni una sola cosa por nimia que fuese que le perteneciese a ella. Sin embargo, no pudiste alejarte por completo. Pintabas la casa en cada ilustración de cada libro. Pintabas tu propio espíritu corriendo por toda la casa en un intento de librarte de tu madre y de sus manos que trataban de cogerte aun estando ella muerta.

Y si en todo esto tengo razón, ahora ya estás fuera de la vieja casa. Has pintado una figura que te ha liberado. Me abriste la puerta de tu secreto mundo con amor y con valentía. No sólo me dejaste entrar en tu corazón si no también en tu imaginación y en tus cuadros.

Me has dado más de lo que yo jamás podré darte. Me erigiste en símbolo de tu batalla, y debes seguir siendo el triunfador en ella, no ha de importarte lo que ahora pienses de mí.

Pero ¿podrás perdonarme por guardar los secretos de mi madre? ¿No podrías perdonarme por estar perdida en mi propia casa oscura, de la que no puedo salir? No he creado nada artístico que pueda servirme de billete de entrada hacia mi libertad. Desde el día en que *Jugada decisiva* se malvendió, yo no he sido más que un fantasma, si me comparo con las imágenes que has pintado de mí; no soy más que una sombra.

Aunque no siempre será así. En este momento ya estoy a más de tres mil kilómetros de ti, me hallo en un mundo que entiendo, y es posible que no nos volvamos a ver. Pero estaré bien. No volveré a cometer los errores del pasado, no volveré a vivir entre gente marginal. Utilizaré el dinero que tengo y las muchas cosas que me diste, y emplearé bien mi tiempo esperando el momento en que nadie pueda hacerme daño, ni a mí ni a las personas que quiero a través de mí. Después volveré a ser Belinda. Recogeré los pedazos y seré alguien, no la niña de alguien. Intentaré ser como tú y como Susan. Igual que vosotros, me dedicaré a hacer cosas.

Sin embargo, Jeremy, y ésta es la parte más importante. ¿Qué va a pasar con los cuadros?

Deseo con tanto fervor que los enseñes, por mi bien, que debes ser precavido con lo que voy a decirte. Pero escúchame con atención.

¡Sé fiel a esas pinturas! Sin que te importe cuánto me desprecias, debes ser leal con tu propio trabajo. Los cuadros son tuyos, podrás mostrarlos cuando lo creas oportuno, y también es tuya la verdad de lo que ha sucedido entre tú y yo.

Lo que trato de decirte es que no me debes ningún secreto ni tampoco silencio alguno. Cuando llegue el momento de tomar tu decisión, nada ni nadie debe interponerse en tu camino. Entonces tendrás que utilizar tu poder, haz como Ollie me indicó que debía hacer. Todo lo que ha sucedido lo has convertido en arte. Y te has ganado el derecho a utilizar la verdad del modo en que te apetezca.

Nadie conseguirá que yo te haga daño, de eso puedes estar seguro. Ya sea este año, el próximo o el siguiente, cuando tengas que hacer tu jugada, podrás contar con mi lealtad. Tú sabes muy bien lo buena que soy en eso de mantenerme callada.

Cuando me fui de Nueva Orleans, me dije a mí misma que ya no te amaba. Había visto el odio en tus ojos y pensé que yo también te odiaba. Pensaba que iba a terminar esta carta diciéndote que te odio todavía más porque has hecho que te contase toda la verdad.

Pero tú sabes que yo te quiero, Jeremy. Y siempre te amaré. La verdad es que lo nuestro sucede sólo-una-vez-en-la-vida. Así ha sido, y tus cuadros han hecho que este amor dure para siempre. La comunión, Jeremy. Nos has dado una vida eterna a ti y a mí.

INTERMEZZO

Estaba lloviendo. Era una lluvia intensa que caía a rachas. Golpeaba las contraventanas con tanta fuerza que éstas cedían y dejaban entrar el agua que se filtraba entre los tablones de madera del suelo. También salpicaba las patas de la mecedora; de hecho toda la habitación estaba llena de gotas de agua. Las flores de la alfombra empezaban a empaparse. ¿Se oían voces en el piso de abajo? No.

Yo estaba estirado en la cama con la botella de whisky en la mesilla de noche, justo al lado del teléfono. Había estado bebido desde la visita de Rhinegold, desde que terminé el nuevo *Artista y modelo*. Estaría borracho hasta el sábado. Después volvería a ponerme a trabajar. El sábado era la fecha límite para terminar con esta locura. Pero hasta entonces tendría el whisky y la lluvia.

De vez en cuando venía miss Annie con una sopa y tostadas.

—Coma señor Walker.

Se veía el destello de un rayo, le seguía el ruido ensordecedor de los truenos. Luego sonaba el eco de la tormenta, al mismo tiempo que el tranvía circulaba bajo la tempestad. El agua empezaba a filtrarse bajo el papel de la pared de la esquina superior. Sin embargo, los cuadros se hallaban a salvo. Así me lo había asegurado miss Annie.

¿Se oían los pasos de alguien? Sólo eran las viejas tablas que crujían. Miss Annie no llamaría a ningún médico. No sería capaz de hacerme una cosa así.

Lo había hecho bastante bien hasta terminar el nuevo *Artista y modelo*: ella y yo nos estábamos peleando, yo la abofeteaba, ella caía contra la pared. Pero después empecé a abandonarme; una copa, dos, no importaba mucho, sólo me quedaba el fondo para considerar acabado el cuadro. El teléfono no sonaba. Yo era el único que hacía llamadas: Marty, Susan, G.G., ¡que alguien la encuentre! Mi ex mujer, Celia, había dicho:

«¡Esto es horrible, Jeremy, no se lo digas a nadie!»

La línea privada de Bonnie había sido desconectada:

«¡Déjeme en paz! Le digo que no me importa, ¡que no me importa!»

En realidad cuando Rhinegold se fue yo ya estaba bebido. Él quería empezar el transporte de los cuadros de inmediato. «No», respondí. Debía tenerlos todos juntos hasta que terminase el trabajo. Él iba a regresar una semana después, el siguiente sábado. Yo disponía de una semana para hacer el último, escribir las notas para el programa y pelearme por los últimos arreglos. Tenía que estar sobrio el sábado o antes, debía empezar.

Belinda, llama; danos otra oportunidad. Sólo-una-vez-en-la-vida, ¿recuerdas? «Ya estoy a más de tres mil kilómetros de ti.» ¿Dónde? ¿Al otro lado del Atlántico? «En un lugar que comprendo.»

Belinda en «Jugada decisiva» estaba terminado. Su perfil y el de Sandy habían quedado perfectos. Como Susan Jeremiah habría dicho, no había trampa ni engaño. Y vaya preciosa voz que tenía la mujer, con su dejo tejano duro y suave al mismo tiempo. Desde París, por teléfono, me había dicho:

«No te muevas de donde estás, amigo, la encontraremos. No es un caso perdido como su mamá. De ningún modo va a hacernos esto.»

Bien, Sandy y Belinda estaba terminado. Y la más importante, *Belinda, regresa*, también estaba acabado, lo había hecho en los mismos colores sombríos que el resto. *Artista y modelo* sólo necesitaba algo más de sombra, había que darle un poco más de profundidad. Has de poner el piloto automático, o mejor, el control del alma, y seguir trabajando, amigo mío, y acaba de una vez la mano que le da la bofetada en la cara justo antes de que ella se caiga al suelo.

—¿Qué más tienes que hacer? —me preguntó Rhinegold exigente—. *Belinda, regresa* es la tela que cierra la serie. ¿Acaso no te das cuenta?

Allí estaba él, con su traje negro, inclinado hacía mí y mirándome a través de sus gafas espesas como la base de una botella de coca-cola, el especialista en declaraciones rotundas.

Le cogí por la manga cuando ya se iba y le pregunté:

—Muy bien, has estado de acuerdo en todo, pero ¿qué piensas en realidad?

Las telas estaban todas alineadas en el vestíbulo, en el rellano de la escalera y en la sala de estar.

—Tú sabes muy bien lo que has hecho —contestó—. ¿Crees que estaría de acuerdo en esta locura si no se tratase de perfección?

Cuando quise darme cuenta ya se había ido. Había cogido un vuelo a San Francisco para buscar un almacén en Folsom Street. Había estado despotricando y diciendo que era una locura.

—San Francisco es una ciudad a la que vas para comprar bicicletas de montaña o zapatillas de deporte. ¡Con una exposición como ésta deberíamos estar en la 57 Oeste o en el Soho! ¡Vas a acabar conmigo!

El artista sufre por Belinda. Ése era el cuadro que quedaba por hacer. La tela estaba en blanco. Y en un imperdonable estado de estupor me dediqué durante horas a pintarlo en mi mente, allí estirado, con whisky o sin él. El artista con una antorcha en la mano, mientras los juguetes —los trenes, las muñecas, las ventanas con diminutas cortinas de encaje— hacían destellos. El fin del mundo.

Muy bien. Puedes disfrutar de tu indolente desdicha hasta el sábado. Ya sabes que el teléfono no va a sonar.

—Escucha, idiota, ¿quieres escuchar mi consejo? —me había dicho Marty, y me recordó lo que ella había mencionado sobre su sinceridad—. ¡Olvídate de ella! Yo lo hice. Hazlo tú también. De ésta has salido bien parado, estúpido, ¿acaso no te das cuenta? Su madre estuvo a punto de colgarte por donde ya sabes.

El ruido del trueno era tan tenue que apenas lo percibía. Los dioses parecían estar moviendo muebles de madera en su enorme cocina allí arriba. El roble rascaba la pared exterior de la casa; todo estaba en movimiento: las hojas, las ramas, la luz metálica.

G.G. con su voz suave y algo aniñada me decía por teléfono, desde Nueva York: «Jeremy, no está haciendo ninguna locura. Si no estuviese bien, sé que me llamaría.»

¿Había llegado el momento de las alucinaciones?

¡Podría jurar que acababa de oír la voz de Alex Clementine en la casa! Al parecer hablaba con otro hombre, y no podía ser Rhinegold porque éste se había ido hacía pocos días a San Francisco, tal y como habíamos acordado. El otro hombre hablaba muy bajito. Miss Annie también hablaba con ellos.

Tenía que ser una alucinación. Me había negado a darle a Alex mi número de teléfono, a pesar de lo bebido que estaba. «Te veré en San Francisco» —le dije—. Estaré bien, perfectamente bien.»

La historia completa sólo se la conté a G.G., a Alex y a Dan: les hablé de su carta, de Bonnie, del intento de chantaje y de cuánto le había pegado y vuelto a pegar.

También les conté que Marty y Bonnie habían decidido no seguir buscándola.

Belinda, regresa. Éste no es el fin de nuestra historia, no puede serlo.

Dan se mostró muy enfadado.

«¿Dónde demonios estás? ¡Estás bebido, voy a ir a buscarte!» No, Dan. No, Alex.

Un nuevo relámpago. Todo se volvió admirablemente claro durante una fracción de segundo. Desde el canapé hasta los cojines de *petit-point*, pasando por la cubierta enmarcada de *Martes de carnaval carmesí*, cuyas letras se veían borrosas a causa de las gotas de agua que había sobre el cristal. Aquel whisky escocés era de lo más suave. Después de beber vino blanco o cerveza, durante años, el efecto era el de un narcótico. Es decir, que todos los muebles se estaban moviendo.

Entonces miss Annie dijo con firmeza:

—Por favor, ¡permítanme que le diga al señor Walker que están ustedes aquí!

Una ráfaga de finísimas gotas de lluvia me alcanzó la cara y las manos. Por un segundo el arco del auricular del teléfono relumbró. Llama, Belinda. Por favor, cariño. Va a pasar demasiado tiempo. Todavía faltan dos semanas para que pueda marcharme de aquí, luego he de llevarlos a través de todo el país, y lo demás todavía tiene que hacerse. Todavía te quiero, Belinda. Siempre te amaré.

Maldita sea, ésa era la voz de Alex.

La lluvia agitó las contraventanas. Durante un momento el viento fue muy frío, como si algo en casa estuviera abierto de par en par. Las ramas del roble parecían moverse con fuerza allí fuera. Me recordaba los huracanes que había visto, cuando los magnolios se levantaban y los techos de latón de los garajes volaban y se agitaban como si se tratase de cubiertas de libros. Pinta el huracán. ¡Píntalo! Ahora puedes pintar todo lo que se te antoje, ¿no lo sabías?

Me parecía haber visto una imagen fija de *Jugada decisiva* en la pantalla del televisor. Pero eso había sido hacía algunas horas, ¿no? Y cuando dejas una imagen fija durante más de cinco minutos, el televisor se apaga.

—Déjeme a mí, estimada señora —decía Alex—. Él lo comprenderá.

—Señor Walker, aquí está el señor Alex Clementine de Hollywood. Insistió en subir. Y también el señor George Gallagher de Nueva York.

Y allí estaba Alex. Así de simple. Se le veía fantástico, enorme y tan espléndido como siempre. Se acercaba dando grandes zancadas hacia la fría y húmeda penumbra. Justo detrás de él, se encontraba un hombre alto de porte aniñado, con los ojos de Belinda, el cabello rubio de Belinda y la boca de Belinda.

—¡Por Dios bendito, estáis los dos aquí! —dije yo.

Intenté incorporarme y sentarme. El vaso se había caído sobre la mesilla de noche y el whisky se estaba derramando. Entonces G.G., aquel hombre de metro noventa de estatura, de cabello rubio y aspecto juvenil, aquel dios, aquel ángel o lo que quiera que fuese, se acercó, cogió el vaso y secó el whisky que se había vertido con su pañuelo. Pero qué sonrisa más comunicativa.

—Hola, Jeremy, soy yo, G.G. Supongo que te sorprenderá.

—Eres igual que ella, de verdad, ¡igual!

Iba vestido de color blanco, incluyendo la correa del reloj y los zapatos de piel.

—Por Dios, Jeremy —dijo Alex, mientras se paseaba de arriba abajo, mirando las paredes, el techo y el alto cabezal de madera de la cama—, pon en marcha el aire acondicionado de esta habitación y cierra esas malditas puertas.

—¿Y perderme esta maravillosa brisa? ¿Cómo me has encontrado, Alex?

De nuevo se oyó la tormenta. Se oyó con violencia por encima del tejado de la casa.

—No me gusta esto —dijo G.G. sobresaltado.

—No es nada, no significa nada —le aclaré—. ¿Cómo demonios me habéis...?

—Cuando se me mete en la cabeza, puedo encontrar a quien quiera, Jeremy —repuso Alex con solemnidad—. ¿Recuerdas la sarta de locuras que me contaste por teléfono? Llamé a G.G. y él me dijo que el código telefónico del área era 504. Por lo visto confías a G.G. tu número de teléfono, mientras que no se lo proporcionas a tus más viejos amigos.

—No deseaba que vinieses, Alex. Le di el número de teléfono por si Belinda le llamaba, sólo era eso. Belinda no ha llamado, ¿o si lo ha hecho, G.G.?

—Entonces hemos llegado al aeropuerto, y he dicho que quería un taxista con una larga experiencia, alguien que hubiera conducido por aquí al menos durante un par de décadas, y al final he conseguido que me trajeran a un hombre de color, ya sabes, un cuarentón criollo de esos que tienen la piel del color del caramelo y el pelo gris, al que le he dicho: «¿Recuerda usted a Cynthia Walker, la mujer que escribió *Martes de carnaval carmesí*? Tenía una casa en la Saint Charles, con la pintura desconchada y las persianas cerradas, aunque es posible que la hayan cambiado.» «Le llevaré allí, no la han cambiado en absoluto.» Ha sido bien simple.

—Tenías que haberle visto en acción —comentó G.G. con suavidad—. Nos ha rodeado una multitud.

—Jeremy, esto es enfermizo —afirmó Alex—. Es peor que lo que sucedió cuando Faye murió.

—No, Alex, las apariencias te engañan. He llegado a un acuerdo conmigo mismo y todo está bajo control. Sólo estoy descansando, acumulando energía para el cuadro final.

Alex sacó un cigarrillo. Vi cómo brillaba el encendedor de oro de G.G.

—Gracias, hijo.

—De nada, Alex.

Traté de coger el vaso, pero no podía alcanzarlo.

Alex me miraba con atención, como si yo llevase una venda en los ojos y no pudiese verla; podía darme cuenta por la mirada que echó a mis ropas, al whisky y a la cama. Había manchas oscuras, a causa de la lluvia, en su sombrero de fieltro de ala ancha; en esta ocasión el pañuelo de lana de cachemira era de color blanco y le colgaba por delante a lo largo del Burberry.

—¿Dónde está esa señora? ¡Miss Annie! ¿Puede prepararle algo de comer a este caballero?

—Hasta el sábado nada, maldita sea, Alex, te he dicho que lo tengo todo previsto.

—Por supuesto que puedo, pero ¿puede usted hacer que coma, señor Clementine? Yo no consigo que coma nada.

—Se lo daré yo mismo si es necesario. Traiga café también, señora, traiga una jarra de café.

Intenté volver a coger el vaso. G.G. se ocupó de llenármelo.

—Gracias.

—No le des eso, hijo —dijo Alex—. Jeremy, este sitio está igual que hace veinticinco años. En el escritorio hay una carta abierta, el matasellos es de 1961, ¿te has dado cuenta de eso? Y también hay un ejemplar del *New York Times* del mismo año en esta mesilla.

—Alex, te estás poniendo nervioso sin motivo. ¿Has visto los cuadros? Dime qué piensas.

—Son preciosos —dijo G.G.—. Me gustan todos.

—¿Qué has pensado, Alex? Dime.

—¿Qué te ha dicho Rhinegold? ¿Que irías directo a la cárcel por hacer estas cosas? ¿O sólo le preocupa hacer dinero con ellos?

—No tienes intención de hacerlo, ¿verdad? —preguntó G.G.

—Jeremy, te estás haciendo el haraquiri. ¿Qué tipo de hombre es ese Rhinegold? Coge el teléfono. Anúlalo todo.

—Ella no te ha llamado, ¿verdad, G.G.? Me lo habrías dicho en cuanto entraste.

—Claro que lo habría hecho, Jeremy. Pero no te preocupes. Ella está bien. En cuanto las cosas se le pusiesen demasiado feas me llamaría. Y siempre hay alguien junto al teléfono, de noche o de día.

—Hablando de teléfonos, ¿te has dado cuenta de que hace un par de noches llamaste a Blair Sackwell a las dos de la madrugada? —bramó Alex—. Y se lo contaste todo.

—También hay gente en mi casa, por si ella pasase por allí —añadió G.G.—. La están esperando.

—No se lo he contado todo, Alex —aclaré yo—. Sólo le dije quién era ella y quién era yo, y que ella se había escapado y yo le había hecho daño. No necesito explicarlo todo. No tengo por qué colgar a nadie. Pero la verdad ha de salir a relucir, Alex. Maldita sea, ella existe, tiene un nombre y un pasado, y esos cuadros son suyos. La amo.

—Sí —dijo G.G. suavemente.

—Y ésa es la razón por la que llamé a Susan Jeremiah a París, y también a Ollie Boon. Llamé a la mujer que escribió la biografía de Bonnie. He llamado a mis esposas. También a Marty a la United Theatricals después de que Bonnie desconectase su línea privada. Llamé a mi editor y a mi responsable de publicidad, también a mi agente de Hollywood, a todos les he explicado lo que estaba ocurriendo. He llamado a Andy Blatky, mi amigo escultor, y a mi vecina Sheilla. También he llamado a todos mis amigos escritores que trabajan para periódicos.

Y ya debía tener preparados todos los cuadros, debía haber terminado el último cuadro y redactado las notas para el programa. Si lo hubiese hecho, ya estaría lejos de allí.

—¡Llamar a Blair Sackwell es como llamar al noticiario de la CBS, Walker! —dijo Alex—. ¿Qué significa eso de que has llamado a tus amigos que trabajan en periódicos? ¿En cuáles? ¿Acaso crees que podrás controlar lo que va a pasar?

—Sí, eso es cierto —murmuró G.G. mientras agitaba la cabeza—, eso es muy cierto de Blair, además de que a estas alturas ya está furioso.

—¡Por qué no te habrás limitado a coger una maldita pistola, igual que hizo Bonnie! —gritó Alex.

—Debías haber oído hablar a Blair del asunto de Marty —aclaró G.G. con una expresión de desagrado, como la de un niño que probase las zanahorias por primera vez—. Blair suele llamarlo la «horrible estadística» o bien la «fea realidad», y también el «hecho atroz».

—Clementine, voy a encontrarla, ¡no eres capaz de entender el mensaje! No me importa lo que pase, voy a hacer que vuelva para que estemos juntos, de eso se trata. A menos que ella haya cometido alguna locura por ahí.

—A Blair se ha metido en la cabeza que va a encontrarla —dijo G.G.—. Tiene la fantástica idea de que ella va a hacer Midnight Mink para él. Dice que piensa pagarle cien de los grandes.

—¿Qué demonios te dijo Moreschi? —preguntó Alex. Se acercó a mí con toda su imponente estatura, el cabello se le estaba rizando bajo el sombrero a causa de la humedad, me miraba con ojos encolerizados en la penumbra—. ¿Esos amigos de los periódicos son amigos tuyos de verdad?

—Blair nunca le ha pagado a nadie por los anuncios —comentó G.G.—. Sólo les da el abrigo de visón.

—Lo que dijera Marty no tiene importancia. Sólo le hice una advertencia de caballero. Es un tipo que podría salirse de sus casillas.

—¡Ah, fantástico! Es como darle un aviso a Drácula —afirmó Alex.

—¡Oye, yo no tengo intención de colgar a Marty, ni a ninguna otra persona! ¡Esto lo hago por Belinda y por mí! Marty tiene que entenderlo, es como la comunión. Yo nunca he utilizado a Belinda. Marty ha estado siempre equivocado sobre este asunto.

—¿Tú, utilizando a Belinda? —preguntó Alex con autoridad—. ¿Tú que estás a punto de tirar tu vida por la ventana para encontrarla y que...?

—No, no. Nadie está haciendo nada parecido, ¿no te das cuenta? —repuse yo—. Y en eso radica la belleza de todo el asunto, no puede verse desde ningún simple punto de vista...

—Jeremy, pienso llevarte conmigo a California ahora mismo —dijo Alex—. Encontraré a ese personaje de Rhinegold por teléfono y enviaré los cuadros a algún lugar seguro. A Berlín, por ejemplo. Ése sí que es un sitio seguro.

—No tienes ni la más remota posibilidad, Alex.

—Entonces tú y yo nos iremos a Portofino, como hemos hecho anteriormente, y hablaremos de esto con tranquilidad. Es posible que G.G. también quiera venir.

—Sería maravilloso, pero este mismo sábado empiezo a trabajar otra vez, y tengo sólo dos semanas para terminar la última tela. Y en lo que a la casa de Portofino se refiere, aceptaré que me la prestes para la luna de miel.

—¿De verdad vas a casarte? —preguntó G.G.—. ¡Ésa sí que es buena!

—Tenía que habérselo pedido a ella tan pronto como llegamos aquí —dije yo—. Nos podíamos haber ido a Misisipí y hacerlo allí con los límites de edad que ellos tienen. Nadie podría habernos tocado.

—¿Dónde está esa mujer con la comida? —inquirió Alex—. G.G., prepárale un baño, ¿quieres, hijo? Esta casa tiene agua caliente y fría, ¿no es cierto, Jeremy? ¡Esas patas que parecen garras deben pertenecer a una bañera!

—La amo. Una-sola-vez-en-la-vida, eso dijo ella.

—Yo puedo dar mi consentimiento, ¿sabes? —dijo

G.G. y se dirigió al baño—. Mi nombre está en su certificado de nacimiento. Sé exáctamente donde está.

—Procura que el agua esté caliente —dijo Alex.

—Basta ya, Alex, me baño cada noche antes de irme a la cama, tal como mamá me enseñó. No voy a ir a ninguna parte hasta que vuelva Rhinegold y se haga cargo de todo. Así lo hemos acordado.

El vapor empezaba a ascender del baño. Se oía el agua del grifo por encima del sonido de la lluvia.

—¿Qué te hace pensar que ella querrá casarse contigo después de que la pegaras de tal modo? —preguntó Alex—. ¿Acaso te crees que eso va a gustarle a la prensa? Aparte de que tú tienes cuarenta y cuatro años y ella dieciséis.

—Tú no has leído su historia...

—Bueno, pero tú me la contaste palabra por palabra...

—Ella se casará conmigo, sé que lo hará.

—A ella no podrán hacerle nada una vez que esté legalmente casada —dijo G.G.

—Jeremy, no eres responsable de tus actos —afirmó Alex—. Hay que pararte los pies. ¿Es que no hay aire acondicionado en esta habitación?

Se puso a cerrar las puertas.

—No hagas eso, Alex —le pedí—. Deja las puertas abiertas. Me encargaré de que miss Annie prepare las habitaciones de atrás para vosotros. Ahora cálmate.

Miss Annie entró en aquel momento con una bandeja de humeantes platos. Olía a sopa. La habitación de pronto se quedó en silencio. Amainaba. Los relámpagos ya no se oían. G.G., de pie en el umbral del baño, parecía el fantasma de un típico chico americano entre el vapor que le rodeaba. Dios mío, qué hombre tan guapo era.

—Voy a traerle ropa limpia, señor Walker —dijo miss Annie. Abrió cajones que olían a alcanfor.

Alex se había sentado a mi lado.

—Jeremy, llama a Rhinegold. Dile que has decidido cancelarlo todo.

—¿Quieres azúcar en el café? —preguntó G.G.

—Walker, estamos hablando de delito mayor, prisión, quizá secuestro e incluso difamación.

—Alex, para oír esas cosas ya pago a mi abogado. Puedo asegurarte que no deseo oírlas gratis.

—Eso es lo que Marty decía a gritos —comentó G.G.—. Difamación. ¿Sabías que Blair llamó a Ollie y se lo contó todo?

—Yo mismo llamé a Ollie y se lo conté —le aclaré—. Soy el propietario de los derechos de representación de *Martes de carnaval carmesí*. United Theatricals no es la propietaria, nunca lo fue.

G.G. se rió.

—No hables nunca de negocios cuando hayas bebido, Jeremy, ni siquiera con Ollie —me dijo.

—Sólo los derechos de emisión, amigo mío, sólo los de emisión —le dije—. Y en el caso de *Martes de carnaval carmesí* se los cedo.

—Bueno, deja que sean tus abogados los que se ocupen de ello —sugirió Alex—. Ahora bébete esto, toma esta sopa. ¿De qué es? ¿Te gusta? Toma café. Siéntate. Por cierto, ¿dónde está tu abogado?

—Estoy sentado. Y tú lo estás malinterpretando todo. Hasta el sábado, ya te lo he dicho, esto es un interludio de borrachera que había previsto. Y mi abogado está en San Francisco, donde debe estar, gracias. No se te ocurra decirle que venga aquí.

—Ollie me explicó que en Sardi's todo el mundo habla de Belinda, de Marty, de Bonnie y de toda la historia —dijo G.G.

—Dios mío —se quejó Alex. Sacó un pañuelo de su bolsillo y se secó la frente.

—Yo no he dicho nada en contra de Marty o de Bonnie —aclaré—. Ni siquiera contra Susan Jeremiah. Pero maldita sea, ella está sola por ahí, y esas personas me hicieron algo a mí, me lo hicieron sus detectives con sus cámaras, sus teleobjetivos y su maldita presión sobre ella, y no me importa lo más mínimo que sufran daño. Vamos a salir de ésta con todas las consecuencias.

—G.G., ya puedes cerrar el agua del baño. Jeremy, ¡tú no vas a hacer más llamadas telefónicas!

—Yo iré a cerrar el agua —se ofreció miss Annie—. Señor Walker, por favor, tómese la sopa. Voy a poner esta ropa limpia en el baño para que se la ponga, la colgaré tras la puerta.

—Alex, desde la última vez que hablamos he terminado dos cuadros. Ahora me he propuesto beber hasta el sábado, y sólo entonces me levantaré y lo completaré todo. Todo va como lo he previsto.

—Jeremy, sé que esto va a dolerte bastante —dijo Alex con gravedad—, pero ya va siendo hora de que te lo diga. ¡Hoy es sábado! Lo es desde que anoche dieron las doce.

—¡Oh, Dios mío!, no lo dirás en serio.

—Es cierto, señor Walker —confirmó Annie.

—Sí, sí lo es —añadió G.G.—. Hoy es sábado. De hecho son las dos en punto.

—Quitaos de mi camino, tengo trabajo que hacer. Tengo que lavarme. Miss Annie, arregle las habitaciones de atrás para mis invitados. ¿Qué hora es?, ¿las dos en punto, has dicho?

Me levanté de la cama y me caí al suelo. La habitación parecía moverse. Alex me sujetó por un brazo y miss Annie me cogió por el otro. Yo sentía que iba a vomitar.

—G.G., creo que esto va a ir para largo —dijo Alex, mientras me estaba enderezando—. Señora, no la molestaremos con lo de arreglar las habitaciones, lo que haremos será llamar al hotel Pontchartrain que está en la esquina y pediremos una bonita *suite*. ¿Te importa acompañarme, G.G.?

—¡Claro!, me encantaría, Alex —repuso G.G. al

instante—. Jeremy, no te molesta que nos quedemos aquí unos días, ¿verdad? Sólo hasta que te encuentres bien.

—De ninguna manera —contesté. Volvía a estar derecho otra vez, caminaba—. Quedaos hasta que haya terminado y entonces nos iremos juntos a la costa. Podéis hacerme compañía mientras pinto. —Tenía la mano en el tirador de la puerta. La cabeza me daba vueltas—. Voy a alquilar un avión para que lleve las pinturas. Espero que no se estrelle. Sería terrible.

—No, si tú no vas en ese vuelo —repuso Alex.

Miss Annie estaba desabrochándome la camisa. El baño olía a sales de menta. No es que fuese a devolver, es que me estaba muriendo.

Alex miraba a G.G.

—¿Una habitación o dos, G.G.?

Se dirigió al teléfono.

—Lo que tú digas, Alex —le contestó G.G.—. Yo me haré cargo de la comida, tú puedes hacer lo mismo con las habitaciones. Llevaremos a Jeremy a cenar a Antoine's, a desayunar a Brennan's y al Court of Two Sisters a comer. Después iremos a Arnaud's, a Manale's, a K-Paul's y a...

—No cuenten conmigo, caballeros —les dije. El agua estaba caliente, muy caliente—. Estaré trabajando en el estudio cuando regreséis a tomar el café y el coñac.

Miss Annie me habría bajado la cremallera de los pantalones si no se lo hubiera impedido.

Alex me hizo un guiño cuando vio que la empujaba con suavidad hacia la puerta.

—Por lo menos esto va bastante bien, ¿no es cierto? —le dijo a G.G. con una sonrisa—. Yo me ocuparé de todo, hijo, gracias. Y deja que te diga que eres un educado y encantador chico yanqui.

CHAMPAGNE FLIGHT

1

La historia salió en el *San Francisco Chronicle* la semana anterior a la inauguración de la muestra.

«Jeremy Walker, el "dorado" escritor de libros para niños y creador de la indómita serie *Sábado por la mañana con Charlotte*, Charlotte de las matinales del sábado, puede llegar a sorprender a sus cuarenta millones de fieles lectores con una exposición individual en San Francisco, consistente exclusivamente en estudios de desnudos de una adolescente. Más extraño que la anunciada transformación de Walker de saludable artista para niños en autor de retratos eróticos, son los rumores en torno a su modelo de ojos azules, ya que al parecer se trata nada menos que de Belinda Blanchard, la hija de dieciséis años de la superestrella Bonnie, protagonista de la serie *Champagne Flight*; una adolescente que se escapó de casa y que no ha sido vista en la millonaria casa de su madre de Beverly Hills desde hace un año.»

Otro artículo relataba lo siguiente:

«La copia del catálogo de Walker explica que Belinda llegó a su vida rodeada de misterio, él ignoró su identidad hasta que los cuadros estaban casi terminados, y que en una discusión de la que se avergüenza le hizo daño a Belinda y la ahuyentó de su lado. Esta exhibición se realiza en honor de Belinda y es además una declaración, según Walker; "de su libertad artística".

»¿Encontrará obscenos estos cuadros el público? Las fotografías en color de nueve por doce, que aparecen en el elegante catálogo de la exposición, no dejan nada para la imaginación. Se trata de arte figurativo en su expresión más literal. Los encantos de la muchacha no podrían ser mejor revelados por ninguna cámara. El público tendrá la oportunidad de juzgar por sí mismo, dentro de una semana, cuando la exposición abra sus puertas en dos galerías de Folsom Street que han sido elegantemente remodeladas para esta ocasión por el tratante de arte de Nueva York, Arthur Rhinegold.»

Dan estaba fuera de sí. ¿Por qué demonios no le dejaba contratar los servicios de un abogado criminalista de inmediato?

Alex alzó los brazos y dijo:

—Mientras podamos, vayámonos a cenar al Trader Vic's.

Cuando nos sentamos alrededor de la mesa de la cocina a tomar café, leímos el artículo. El único que sonreía era G.G.

—Tan pronto como esto llegue al servicio cablegráfico de noticias —dijo—, ella lo verá y llamará, Jeremy.

—Tal vez sí o tal vez no —comenté yo. Me parecía estar viéndola pasear por una calle de París barrida por el viento y sin pararse a mirar los periódicos de los quioscos. Sin embargo, el corazón me palpitaba agitado. ¡La cosa había empezado!

Una hora más tarde llamó Rhienegold. La prensa le estaba volviendo loco con su insistencia por echar un primer vistazo a las obras. Pero antes del domingo por la noche en que, tal como habíamos acordado, la gente del museo vería el trabajo, nadie iba a cruzar aquella puerta. Acababan de entrar en el almacén diez mil copias del catálogo. La librería del museo de Arte Moderno había llamado hacía un momento para hacer un pedido. Íbamos a vender el catálogo, ¿no? Me preguntó si podía yo reconsiderar el ponerle un precio.

—¡Nos ayudará a imprimir más copias! —Insistió Rhinegols—. Jeremy, sé razonable.

—Muy bien —accedí—. Pero sigue enviándolos por correo. No dejes de regalarlos a quien sea necesario.

Después del mediodía supimos que los periódicos de Los Ángeles habían publicado sus propias versiones de la historia, habían añadido material sobre la «supresión» de *Jugada decisiva*. A mí se me nombraba como el Rembrandt de la ilustración de libros infantiles. Proclamaban que *Sábado por la mañana con Charlotte* era un oasis en el desierto de la televisión para niños. El periodista que había visto el debut de Belinda en Cannes consideraba que en su primera aparición resultaba «hipnotizante». En otra historia se comentaba sólo la decisión tomada en Cannes por Marty, Bonnie y la United Theatricals de no distribuir *Jugada decisiva*.

«El catálogo ilustrado de la exposición de Walker es, en todo, tan pesado como lo son sus libros para niños —decía un comentarista de *Los Angeles Herald-Examiner*—, y sólo cuando se lo compara con las primeras aventuras de Charlotte o de Bettina se puede comprender la absoluta obscenidad de esta obra. Belinda es la heroían sin ropa de Walker. ¿Podría Bonnie haber permitido tal explotación de su hija de haberlo sabido? ¿Dónde está Belinda ahora?»

El teléfono empezó a sonar.

Desde la una en punto hasta las seis no hice más que contestar preguntas de periodistas. Sí, he vivido con ella. Sí, estaba desesperado por encontrarla. No, según mis noticias, Marty y Bonnie ya no la estaban buscando. Sí, sabía que las pinturas podían perjudicar mi reputación, pero tenía que seguir adelante con esta obra. Las pinturas eran mi trabajo más significativo e importante hasta la fecha. No, mis editores no había hecho comentarios. No, no estaba preocupado por las posibles reacciones negativas. Un artista ha de ser fiel a sus obsesiones. Yo siempre me había comportado según este razonamiento.

Dan se hartó y decidió ir a su despacho para encargarse de que su secretaria, Bárbara, viniese a verme y se ocupase de todas las llamadas.

Alex empezaba a cansarse de la casa, tal como yo ya me había imaginado, debido a mi habilidad culinaria y a que sólo hubiese un baño. ¿Seguro que yo no me ofendería si él alquilaba una *suite* en el hotel Clift?

—Por supuesto que no, Alex, adelante. Tampoco te acusaría de nada si decidieses quedarte al margen de esto, ya te lo dije, a ti y a G.G., a los dos.

—Eso no vamos ni a discutirlo —murmuró Alex—. Si me necesitas estaré a menos de cinco minutos, llámame y dime lo que vaya pasando. ¡Yo no podría hablar contigo con la cantidad de llamadas que recibes!

G.G. también estaba preocupado por lo del teléfono. Hacia las siete, ya sonaba sin parar. Las operadoras interferían mi conversación si se producían emergencias.

—Voy a irme con Alex —dijo G.G.—. Llamaré a Nueva York y les daré el teléfono de la habitación del hotel, de este modo si ella no consigue ponerse en contacto por teléfono contigo, podrá hacerlo conmigo.

Después de cenar, mi ex esposa Celia llamó desde Nueva York. Estaba histérica. Hacía una hora y media que intentaba hablar conmigo sin conseguirlo. Había leído los periódicos: WALKER ABANDONA A SUS JÓVENES ADMIRADORAS.

—Celia, ya te lo dije, te expliqué que no pensaba hacer más libros para niños aunque me encadenaran, me encerraran en una mazmorra y me dijeran que no podría salir jamás.

—Jeremy, ¡eso me suena a libro para niños! ¿Qué tiene esa chica para que estés tan colgado de ella? Jeremy, necesitas ayuda.

—¡Celia, desde el momento en que la vi, supe que era para mí!

El martes por la mañana los periódicos de Dallas se llenaron con artículos sobre el asunto, aunque se centraban en la chica de la ciudad: Bonnie. Tanto ella como Belinda habían sido fotografiadas juntas, hacía cinco años, en la última conferencia de prensa en Dallas. ¿Alguna desavenencia secreta había separado a madre e hija por un año?

En lo que a Walker se refiere, el hombre que clama haber vivido con la adolescente, todas las librerías de la ciudad tienen sus libros a la venta. En su última aparición en Fort Worth, en 1982, se congregó una multitud en torno a él y se vendieron dos mil libros.

Entonces supimos por una llamada desde Houston que el *Chronicle* y el *Post* de allí habían publicado la noticia y se habían concentrado en Jeremiah. Aparecía una nota que informaba: «Existen indicios de un escándalo del tamaño de Tejas en este asunto.»

Había una foto de Susan con su sombrero vaquero de rigor. «Durante un año he intentado encontrarla para hacer una película —había explicado Susan al periódico en una llamada a larga distancia desde Los Ángeles—. Me decían una y otra vez que ella estaba muy lejos, en una escuela. Ahora resulta que estaba en San Francisco viviendo con Jeremy. Me parece muy tranquilizador que alguien se estuviese ocupando de ella.»

Se citaba a su padre diciendo que estaba orgulloso de su papel en *Jugada decisiva*. Al parecer, habían intentado exhibir la película en un festival en Houston y se había encontrado con unas sospechosas dificultades.

«Me refiero a que la United Theatricals acabó con esta película por razones de índole muy personal. Creo que nos hallamos frente a un caso de ego y de temperamento, el de una *prima donna* al viejo estilo de Hollywood, que no deseaba la competencia de una ingenua, que era, nada más y nada menos, su propia hija. Hay un montón de cuestiones en torno a este asunto que nos confunden.

»Y puedo decir que cuando encuentre a Belinda, si la encuentro, pienso ofrecerle el papel estelar de mi próxima película —añadía Susan—. Es muy bonito que haya sido el modelo de los dieciocho retratos de Jeremy Walker, pero su propia carrera ha estado en fase de congelación durante demasiado tiempo.»

Jeremiah había cancelado sus acuerdos con la United Theatricals. Galaxy Pictures iba a ser la que financiara su nueva aventura filmográfica, *De voluntad y deseo*, e iba a poner especial atención en distribuirla por todo el mundo.

Muy bien, Susan, acepta la oferta y sigue adelante, cariño. Todo va a salir bien.

Los muchachos del *National Enquirrer*, con su habitual acento británico, deseaban hablar conmigo. Se sorprendieron mucho cuando no puse ninguna objeción.

—Yo la amo. Me peleé con ella porque no podía comprender todas las cosas que le habían sucedido. Ella había protagonizado una película maravillosa que, sin embargo, no había sido distribuida. Pregunten a Susan Jeremiah. En Hollywood había vivido un trágico romance. Cuando se fugó de casa estaba en muy malas condiciones. Se hallaba en Nueva York cuando los detectives comenzaron a buscarla. Entonces vino a San Francisco y nos conocimos. Pero, sabe, lo más importante ahora es que logre encontrarla. Ella está por ahí, en alguna parte, sola.

Los corresponsales locales del *Globe* y del *Star* vinieron hasta mi casa. De hecho, cuando salí a abrirles la puerta, me encontré con que había un montón de gente. Tan pronto puse el pie en el porche se disparó el flash de una cámara. En la esquina, mi vecina Sheila estaba hablando con un hombre.

—¡Muy bien hecho, Jeremy! —grito Sheila. Agitaba una copia del catálogo. Los reporteros intentaban entrar en casa.

—No hay nadie dentro —les dije—. Vamos a ver, ¿qué desean ustedes saber?

Todavía estábamos hablando cuando se presentó otro reportero local de la revista *People*. Me pidió que le dejase entrar, que así podría vender su artículo. Me dijo que necesitaba el dinero. Me negué. Me di cuenta de que en un balcón del edificio de apartamentos, al otro lado de la calle, había un tipo con una cámara sacando fotos con una lente telemétrica.

G.G. llamó desde el Clift a las once y media.

—Tu línea telefónica es una calamidad. Es casi imposible contactar contigo, ¿cómo se las arreglará Belinda, si lo intenta?

—Dan se está ocupando de ese asunto. La compañía telefónica intentará poner otra línea. Pero dado el número de llamadas, no creo que eso ayude mucho.

—Bueno, he recibido la llamada de unos amigos de Boston. Allí, la historia también sale en los periódicos, y también apareció en el *Washington Post*.

—Y Belinda no ha llamado —le dije afligido.

—Ten paciencia, Jeremy —repuso G.G.—. Por cierto, Alex ha ido a visitarte para tomarse el último trago contigo.

—¿Quién va a irse a la cama después de la última copa? —pregunté—. Yo no pienso moverme del teléfono.

—Bueno, yo tampoco.

Pero cuando G.G., a la mañana siguiente, me hablaba a gritos a través del contestador automático, yo estaba profundamente dormido en el suelo del estudio.

—Jeremy, despiértate. *USA Today* acaba de publicarlo. También *The New York Times* lo ha hecho. Eso significa que la noticia va a llegar a Europa. El *Herald Tribune* ya lo habrá publicado.

Hacia el miércoles por la tarde, las emisoras locales de radio explicaban cosas sobre nosotros de manera constante. Nos estaban llegando llamadas de Aspen, en Atlanta, y hasta de Portland, Maine.

Entonces vino Dan con el periódico *Los Angeles Times*. Marty Moreschi y Bonnie habían hecho unas declaraciones en las que negaban conocer el paradero de Belinda o sus actividades durante el último año. «Bonnie está atormentada y horrorizada por la noticia de esa extraña exposición de pinturas en San Francisco. Bonnie ha estado buscando día y noche a su hija Belinda, desde que desapareció, por medio de agencias privadas de detectives. La primera y única preocupación de Bonnie en este momento es que su hija esté sana y salva. Bonnie está a punto de sufrir un colapso nervioso.»

La Cable News Network, una hora después, pasó un programa especial, directo, de Marty y de Bonnie a las puertas de las oficinas de un abogado en Wilshire Boulevard, rodeados de multitud de reporteros. Marty iba vestido con un ajustado traje de tres piezas de color gris, con su reluciente correa de oro del reloj y señalando a los reporteros:

—¡Están ustedes hablando de su hija! ¿Cómo creen que se siente ella? ¡Y hemos sabido que ha estado viviendo con ese pintor estrafalario de San Francisco!

Pudo verse brevemente a Bonnie, con las gafas oscuras y la cabeza hundida, mientras pasaba por las puertas de cristal hacia el interior del edificio, seguida por Marty.

De pronto, la Charlotte de los sábados por la mañana me estaba mirando desde la pantalla.

Recibí la primera llamada telefónica de odio hacia las tres de la tarde. El auricular estaba en marcha, así que Dan también pudo oírla.

—¡Violador de niños! ¿Le gusta pintar adolescentes desnudas? ¡Vaya autor de libros infantiles es usted!

¡Clic!

Me recorrió un escalofrío. Dan apagó su cigarrillo y salió de la habitación. Después de aquello, una de cada cinco llamadas era una declaración de odio.

Hacia las cuatro de la tarde decidí que ya era hora de comprobar la casa de Carmel. Tenía miedo de ir allí, temía encontrarla vacía y fría, pero ¿y si por algún extraño milagro Belinda estaba allí?

Recogí a G.G. en el Clift y nos dirijimos en coche hacia el sur en el MG-TD con la capota bajada. El viento nos sentaba bien.

A través de la radio supimos que el eminente abogado de Dallas, Daryl Blanchard, hermano de la estrella de *Champagne Flight*, Bonnie, se dirigía a Hollywood para ver a su hermana y hablar de la desaparición de Belinda. Daryl se había negado a hacer declaraciones a la prensa.

No me sorprendió lo más mínimo que en Carmel todo siguiera tal como Belinda y yo lo habíamos dejado, incluida la cama del altillo con todas las sábanas revueltas; no había ninguna evidencia de que ella hubiese regresado sola.

Me angustiaba haber vuelto a aquella casita.

Me senté y escribí una larga nota para ella, la dejé encima de la mesa de la cocina. G.G. también escribió una nota, le daba el número de su hotel. Después puse unos cientos de dólares en un sobre y lo dejé bajo la almohada de la cama del altillo.

La niebla empezaba a instalarse. Carmel parecía fantasmagórico. Sentí un poco de miedo. Me quedé un rato de pie a la puerta de la pequeña casa, miraba las prímulas esparcidas por el arenoso jardín, las ramas retorcidas del ciprés de Monterey se elevaban majestuosas hacia el cielo gris. La niebla iba ocultando la calle.

—Dios mío, espero que ella esté bien, G.G. —susurré.

Él puso su brazo alrededor de mi hombro, aunque no dijo ni una palabra. Durante la última semana transcurrida en Nueva Orleans, su actitud había sido animosa y optimista. Pero yo sabía que él siempre consideraba que su obligación era animar a los demás. Yo ya me había dado cuenta de este rasgo con Belinda. Ellos solían sonreír para que los demás estuvieran contentos, y siempre decían las cosas que pudieran animar a los otros. Me preguntaba cuánto habría que hurgar para saber cómo se sentía él en realidad.

Cuando en ese momento le miré, me dirigió una de sus sutiles sonrisas protectoras.

—Todo va a ir bien, Jeremy, de verdad. Sólo tienes que darle tiempo para que sepa lo que está pasando.

—Dices eso como si lo creyeses —le dije—. ¿No estarás tratando de que parezca que todo va bien?

—Jeremy, cuando vi los cuadros supe que todo saldría bien. Vamos, dame las llaves, si estás cansado yo conduciré a la vuelta.

Cuando regresamos, cenamos en la mesa de la cocina con Alex y con Dan. Alex había comprado una botella de Cabernet Sauvignon y unos excelentes filetes, de esos que apenas pueden encontrarse en los mercados, y también trajo langosta fría para tomar como ensalada. G.G. y yo fuimos los cocineros.

Comimos en silencio, el contestador automático estaba puesto y podíamos oír una voz tras otra, en la habitación de al lado:

—Jeremy, soy Andy Blatky. ¿Has leído la *Berkeley Gazette*? Yo te la leeré, chico, escucha: «Si bien para emitir un juicio hay que esperar a ver las telas, existen muy pocas dudas, a la vista del catálogo, de que estas pinturas constituyen el intento más ambicioso de Walker hasta la fecha.»

—A la gente como usted deberían procesarla, ¿sabe?

¿O es que se ha creído que por el hecho de llamarse a sí mismo artista puede salirse con la suya y pintar cochinos retratos de una jovencita impunemente?

—Escúcheme, usted no me conoce. Me gustaban mucho sus libros, ¿pero cómo pudo hacer esto? ¿Cómo pudo hacer algo tan sucio? ¿Cómo se ha atrevido a hacernos esto?

—¡Apaga esa máquina! —exclamó Alex.

La prensa de Nueva Orleans no publicó nada de la historia hasta el jueves, siendo sus comentarios bastante educados. Los titulares preguntaban: ¿EN LA MÁS PURA TRADICIÓN GÓTICA DEL SUR? Estaba escrito sobre unas fotografías granuladas, como suelen salir en los periódicos, que representaban la mitad superior de *Belinda con una casa de muñecas* y *Belinda ataviada para la comunión*. «Los niños que vayan a ver estos retratos de Belinda desnuda, resueltos con un realismo notable, deberían ir acompañados por adultos.»

El *Miami Herald* del jueves decía que la exposición destruiría mi reputación para siempre. «Esto es obsceno, o como se quiera llamar, y la insensatez con que estos mal llamados catálogos fueron enviados a la prensa refleja un cinismo que dejaría petrificados a los mismísimos mercachifles de pornografía infantil de las grandes ciudades.»

Un comentarista local de una de las cadenas de televisión de San Francisco vino a decir lo mismo.

Los reportajes de los noticiarios de las televisiones mostraban a un enorme y robusto Daryl Blanchard, vestido con traje gris, descendiendo del avión en el aeropuerto de Los Ángeles frente a una multitud de micrófonos y preguntas. «Desde la desaparición de mi sobrina hemos estado enfermos de preocupación. No sé nada de ese hombre de San Francisco. Ahora, caballeros, por favor, si pueden excusarme...»

Mi ex esposa Andrea me llamó muy tarde aquella noche. Se mostró también sarcástica y particularmente preocupada. ¿Había visto yo los periódicos de San José? Siempre había deseado destruirme a mí mismo. ¿Era feliz ahora? ¿Me daba cuenta de lo que les había hecho a Celia y a ella? La prensa de San José había publicado fotografías de tres cuadros de Belinda con los siguientes titulares: CUADROS PARA UNA EXPOSICIÓN. UNA CONFESIÓN EMBARAZOSA.

Una feminista local, Charlotta Greenway, había denigrado la obra tratándola de «explotación de la adolescente Belinda Blanchard», y decía que la exhibición, que aún no había abierto sus puertas, debería anularse.

El viernes, Andy Blatky volvió a llamar desde Berkeley para contarme que *Oakland Trib* había mostrado una fotografía de una presentación de libros en la librería Splendor in the Grass de Solano Avenue, con una nota al pie que afirmaba que la sesión de dedicatorias, celebrada allí dos meses atrás, bien podría ser mi última aparición pública como autor para niños.

—¡Sigue así, amigo! —me dijo Andy.

Hacia el final de la semana, el periódico que había ido más lejos era el *New York Post*, que citaba textualmente al presidente de Midnight Mink, el señor Blair Sackwell, que no había dejado de despotricar en torno al «escándalo Belinda» en todas y cada una de las emisoras de radio y televisión a las que podía asistir. Había descalificado públicamente a Marty Moreschi y a la United Theatricals por ocultar la desaparición de Belinda y tratar de arruinar el famoso salón de Nueva York de G.G.

«Un peluquero no te contagia el sida —se comentaba que decía Blair—, y los empleados de G.G. no lo tienen ni lo han tenido nunca.»

G.G. había cerrado sus puertas de manera oficial tres semanas atrás. Se mencionaba a una cliente, la señora Harrison Blanks Philips, diciendo que era una atrocidad absoluta lo que le habían hecho a G.G. Decía que durante un solo día había recibido cuatro llamadas anónimas advirtiéndola que no utilizase sus servicios. Sostenía que G.G. tenía que llevarles a los tribunales.

«Por supuesto, la United Theatricals no hará ningún comentario —había tronado Blair en una reciente entrevista telefónica—. ¿Qué demonios puede decir? Y en primer lugar, ¿por qué nadie quiere saber la razón por la que esa chica huyó de casa? ¡Cuando acabó con Jeremy Walker no tenía, al parecer, muchas opciones!»

Blair había «agitado» el catálogo ante las cámaras de televisión en el programa de David Letterman.

«Por supuesto que son pinturas maravillosas. Ella es preciosa, él tiene un enorme talento, ¿qué esperaría usted? Y le voy a decir algo más, también resulta muy refrescante ver una pintura que ningún crío manchará con tomates y huevos. Lo que trato de decirle es que ese tipo sabe pintar.»

En el programa de Larry King, Blair se había dedicado a criticar a Marty y a Bonnie. Belinda desapareció la noche después del tiroteo. Blair deseaba saber lo que había sucedido en aquella casa. Decía que los cuadros no eran pornográficos: «Aquí no se está hablando de *Penthouse* ni de *Playboy*, ¿no es cierto? Ese hombre es un artista. Y hablando de cuadros, voy a hacer una oferta que pienso mantener: le pagaré cien mil dólares a Belinda si se presta a hacer el anuncio de Midnight Mink. Y si Eric Arlington no saca la foto, la haré yo mismo. Tengo una Hassalblad y un trípode. Durante años le he estado diciendo a Eric cómo ha de hacer esas fotografías, soy yo quien le dice: vale, adelante, así está bien, dispara. Lo único que él hace es apretar el botón de la cámara. Bueno, maldita sea, eso lo puedo hacer yo mismo.»

Las columnas suministradas por las agencias de noticias del país habían empezado a hablar de la exposición en todas partes. Jody, mi publicista, llamó desde Nueva York para informarme de que los periódicos de Los Ángeles había sacado un extenso artículo sobre Susan Jeremiah y la película que fue «censurada» por la United Theatricals.

Mi agente de Los Ángeles dejó dos mensajes en el contestador automático, pero no hizo ningún comentario. Mi editor en Nueva York hizo lo mismo.

A las siete de la tarde del domingo me senté frente a la mesa con un vaso del whisky escocés. Ésa era mi cena.

Sabía que la gente de los museos estaba a punto de entrar en la galería de Folsom Street. Rhinegold les había enviado una nota, hacía un mes, para decirles que se haría una reunión especial para enseñarles los cuadros. Fue después cuando envió los catálogos a todo el mundo, como habíamos acordado.

Los primeros que echarían un vistazo a la obra serían los del Whitney, los del Tate, los del Pompidou Centre, los del Metropolitan, los del museo de Arte Moderno de Nueva York y los de una docena de centros más.

Esa noche también asistirían otras dos docenas de personas que no he mencionado, éstos eran los mayores mecenas del arte, los millonarios de Londres, París y Milán, cuyas compras conllevaban casi tanta distinción como las de los museos, puesto que sus colecciones eran, por lo menos, igual de importantes. Se trataba de las personas a quienes todos los tratantes en arte deseaban impresionar.

Ésa era la gente que tenía importancia para Rhinegold. Y eran las personas que lo significaban todo para mí. Aunque cualquiera podría comprar uno de los retratos de Belinda, esas personas tenían el privilegio de elegir primero.

¿Pero había alguna posibilidad de que acudiesen a una galería sin nombre de Folsom Street, en San Francisco, aunque fuese por Rhinegold, el hombre que les había invitado a tomar los mejores vinos y las mejores cenas en los lugares adecuados, tanto de Berlín como de Nueva York?

Me apoyé en el respaldo de la silla con los brazos cruzados, pensaba en los años en que yo sólo había deseado ser un pintor, simplemente un pintor; cuando tenía el estudio en el Haight-Ashbury. Odiaba a esta gente, las galerías, los museos. Los odiaba a todos.

Tenía la boca seca, como si estuviese a punto de ser fusilado. Oía el tic tac del reloj. Belinda no llamaba por teléfono. La operadora no interrumpía el fluido constante de voces del contestador automático para decir: «Es una emergencia, una llamada de Belinda Blanchard, ¿pueden dejar libre la línea?»

Cuando Rhinegold entró ya era muy tarde. Presentaba un aspecto amenazador. Se secó la cara con el pañuelo, como si estuviese pasando un calor insoportable. Sin embargo, no se había sacado el abrigo negro. Se sentó acurrucado en la silla y miró el vaso de whisky.

Yo no dije nada. Fuera, el viento no dejaba de agitar los álamos. La voz que hablaba por el contestador automático era tan baja que apenas podía oírla: «... debería usted llamarme por la mañana, yo fui la que organizó su recorrido por Minneapolis y me gustaría hacerle algunas preguntas...»

Miré a Rhinegold. Si no empezaba a hablar de inmediato, me iba a morir. Sin embargo, no pensaba preguntarle nada.

Hizo un gesto con la cara refiriéndose al whisky escocés.

—¿Deseas alguna cosa más?

—Muy amable por tu parte —dijo en tono socarrón. Me parecía que estaba temblando. Pero por qué sería, ¿por rabia?

Saqué el vino blanco del refrigerador, llené un vaso para él y se lo puse en la mesa.

—Durante toda mi vida —empezó a decir lentamente— he insistido en que la gente ha de mirar el arte de manera desapasionada para evaluar la habilidad y la calidad del resultado. He intentado no precipitarme hablando de ventas y compradores con cierto nivel; no he querido situar las obras en función de la moda ni de nada por el estilo. Mira, es lo que les digo a mis clientes. Mira la pintura, considérala por sí misma.

Me senté frente a él y crucé las manos por encima de la misma. Él seguía mirando el vaso.

—No he soportado los trucos publicitarios ni los malabarismos —continuó diciendo—. He aborrecido las manipulaciones de los artistas menores para conseguir publicidad para sus trabajos.

—No te culpo —le dije en voz baja.

—Y ahora voy y me encuentro en medio de este escándalo. —Se sonrojó. Me miró a través de aquellos cristales increíblemente gruesos—. Los representantes de todos los museos del mundo han estado allí, ¡te lo juro! Nunca he visto tanta asistencia, ni en Nueva York ni en Berlín.

El cabello de la nuca se me empezaba a erizar.

Cogió el vaso de vino como si se dispusiese a tirármelo a mí.

—¿Y qué puede uno esperar de una situación semejante? —preguntó. Sus ojos llameantes me recordaron a los de un pez mirando a través del grueso cristal del acuario—. ¿Te das cuenta del peligro?

—Desde que esto comenzó no has dejado de avisarme del riesgo que corríamos —le contesté—. Estoy rodeado de gente que me previene de casi todo. Belinda solía prevenirme, tres veces a la semana, por lo menos.

»Y entonces, ¿qué demonios ha sucedido? ¿Han escupido a las telas? ¿Se han burlado al marcharse? ¿Les han dicho a los periodistas de la esquina que se trataba de una porquería?

Dejé que el whisky me calentara. De pronto me sentí triste, inmensamente triste. Durante un segundo me pareció que Belinda y yo estábamos allí, yo arriba, solo en el estudio, la radio emitiendo música de Vivaldi, yo estaba pintando y ella estirada en el suelo, con la cabeza sobre un almohadón y leyendo *French Vogue*; el final de este sufrimiento se vería algún día.

Algún día. Yo había estado en aquella habitación durante cinco días. Eso no es mucho tiempo. De hecho es poco, pero me parecía que había estado así siempre. ¿Dónde estaría ella?

Aunque el volumen del contestador automático estaba bajo, pude oír una voz fuerte y rota que decía:

«Jeremy, soy Blair Sackwell, estoy en el Stanford Court, en San Francisco. Quiero verte. Ven aquí ahora.»

Cogí el lápiz y escribí: Stanford Court. Al parecer, Rhinegold ni siquiera se dio cuenta, me pareció que no había oído nada. Siguió con la mirada fija en el vaso.

Miré la pantalla de la televisión apagada que estaba en una esquina. Me preguntaba si en las noticias de las once dirían que los expertos habían empleado la palabra porquería. Miré a Rhinegold. Estaba observando el vaso con los ojos entrecerrados y le sobresalía el labio inferior.

—Les ha encantado —dijo.

—¿A quién? —le pregunté incrédulo.

—A todos —repuso. Levantó la mirada y volvió a sonrojarse. La blanda piel de sus mejillas temblaba ligeramente—. La sala estaba cargada de electricidad. ¡Estaban los del Centro Pompidou, los que compraron tu último cuadro! También han ido los del Whitney que jamás se han dignado mirar tu trabajo. El conde Solosky de Viena, que una vez me dijo que tú eras un ilustrador y no un pintor, no deseaba ni que le mencionara a los ilustradores. Hoy me ha mirado a los ojos y me ha dicho: «Quiero comprar *La comunión*. También quiero *El tríptico del caballo de tiovivo*.» Así me lo ha dicho, tal como suena. ¡El conde Solosky es el coleccionista más importante de toda Europa!

Estaba muy furioso. Había cerrado la mano que tenía junto al vaso, en un puño.

—¿Y por eso te sientes tan infeliz?

—Yo no he dicho que me sintiera así —me aclaró, mientras se sentaba más erguido, se ajustaba las solapas del abrigo y entrecerraba los ojos—. Me parece que puedo afirmar que, a pesar de todos tus esfuerzos para destruir mi integridad y mi reputación, esta exposición va a ser un éxito. Ahora, si me perdonas, voy a volver a mi hotel.

2

Cuando llegué al Stanford Court, Blair estaba en el vestíbulo rodeado de periodistas. Todo el mundo escribía deprisa. Los flashes viejos empezaban a dejar de funcionar.

Durante un segundo quedé deslumbrado. Después pude ver a G.G. levantándose de una silla que se hallaba junto a Blair. G.G. estaba resplandeciente con su cuello cisne de seda blanca y su chaquetón marrón de terciopelo, pero aun con su enorme estatura, no conseguía eclipsar a Blair.

Cuando Belinda me describió a ese hombre, no exageró en lo más mínimo. Debía de tener un metro sesenta escaso de estatura, su rostro era muy moreno, con la nariz prominente, sólo le quedaba un poco de cabello gris y llevaba gruesas gafas de carey. Iba vestido con un traje que le sentaba muy bien, recubierto de lentejuelas plateadas. Incluso llevaba lentejuelas en la corbata. La gabardina que le colgaba de los hombros estaba forrada de piel de visón de color blanco. Fumaba un cigarro puro con el mismo estilo que George Burns, bebía whisky con hielo y les estaba diciendo a todos con una voz ronca y estentórea que no tenía forma de verificar si Belinda había tenido relaciones con Marty, eso estaba claro, y que si se creían que él era una especie de Peeping Tom. Por otra parte, les instaba a que preguntaran a Bonnie por qué había disparado contra su marido y por qué no había llamado al departamento de policía de Los Ángeles cuando Belinda se escapó.

Yo me quedé de piedra. De modo que las conclusiones se iban cerrando hasta ese punto, y de una manera tan rápida. ¡Oh, Belinda!, pensé, yo traté que esto fuera algo limpio.

—¡Jeremy! —Cynthia Lawrence, del *Chronicle*, apareció de pronto frente a mí—. ¿Te dijo Belinda alguna vez si ella y Moreschi habían tenido relaciones?

Mientras yo trataba de sortear a Cynthia, oí a Blair que me gritaba:

—¡Cien mil dólares por vuestra foto de boda, si os ponéis un Midnight Mink!

Se oyeron carcajadas y risitas de los reporteros, tanto de los que eran conocidos como de los que no.

—Si a Belinda le parece bien, por mí adelante —le contesté—. Nos podemos casar vestidos con uno de ésos, ¿por qué no? ¿Pero qué tal doscientos mil dólares, si vamos a ser dos en vez de uno?

Volvieron a oírse las risas.

—Cuando dos personas se casan se supone que se convierten en una sola —gritó Blair, señalándome con el cigarro.

Sin dejar de reír, los periodistas seguían haciendo preguntas.

—¿Así que tiene usted la intención de casarse con Belinda?

—¿Bonnie toma drogas? —preguntó Cynthia.

—¡De eso no sabemos nada! —dijo G.G. con impaciencia. Me di cuenta de que empezaba a encontrar la reunión tan desagradable como yo. De hecho, parecía casi furioso.

—¡Vaya si lo sabemos! —dijo Blair, poniéndose de pie, cubriéndose con la gabardina y dejando caer la ceniza sobre la alfombra—. Lo único que tenéis que hacer es ir a Los Ángeles, tomar una copa en el Polo Lounge y escuchar las habladurías. Va tan llena de drogas, que no podría hablar y masticar un chicle al mismo tiempo sin asfixiarse.

—¿Se casará usted con Belinda?

—¡Pero no son más que habladurías! —dijo G.G.

—Sí, deseo casarme con Belinda —respondí—, de hecho debería habérselo preguntado antes.

A causa de los destellos de los flashes todavía no podía ver nada frente a mí. Oía más preguntas. No me era posible seguirlas.

—Salgamos de aquí —me susurró G.G. al oído—. A Belinda no le gustaría todo esto. Blair está ido.

—Jeremy, ¿está usted contento con la reacción que han causado los cuadros?

—Jeremy, ¿asistió usted a la reunión previa a la inauguración?

Blair me cogió del brazo. Para ser tan pequeño me pareció un hombre muy fuerte.

—¿Fue muy larga la relación entre Marty y Belinda?

A esto contestó Blair diciendo:

—En Hollywood era como si los hubieran pegado con cola. Pregúntenle a Marty.

—G.G., ¿los que le arruinaron el negocio fueron Bonnie y Marty?

—Nadie ha arruinado mi negocio, ya se lo he dicho. Lo que pasa es que he decidido irme de Nueva York.

—Eso es una maldita mentira —dijo Blair—. Hicieron correr rumores por toda la ciudad.

—G.G., ¿les demandará usted?

—Yo no voy por la vida poniendo demandas contra la gente. Blair, por favor...

—¡Diles lo que pasó, maldita sea! —rugió Blair, mientras cogía a G.G. por un brazo y a mí por el otro e intentaba llevarnos a través del vestíbulo en dirección al ascensor. Me parecía tan ridículo que casi me eché a reír. Los periodistas nos seguían como si fuesen insectos alrededor de una bombilla.

—Los rumores en torno al salón comenzaron cuando los investigadores se pusieron a buscarla en Nueva York —explicó G.G. con enorme dificultad—. Pero cuando vendí el negocio el asunto ya estaba dominado. Conseguí un buen precio por el negocio, ya deben saberlo...

—Te echaron de Nueva York —dijo Blair.

—¿Y en qué consistieron los rumores?

—¿Sabía usted que Belinda estaba viviendo con Jeremy Walker?

—Sabía que eran amigos, que él era bueno con ella y que le hacía retratos. Sí, lo sabía.

—Jeremy. —Cynthia casi tropieza conmigo—. ¿Te contó alguna vez Belinda que Marty había tenido una estrecha relación con ella?

—Mira —le dije—. Lo que a mí me importa es que la exposición se inaugura mañana. Eso es lo que tanto Belinda como yo deseamos, y confío en que dondequiera que esté se entere. Arruinaron su película *Jugada decisiva*, pero nadie va a impedir que yo muestre los retratos que hice de ella.

Llegamos a los ascensores y G.G. me empujó hacia el interior después de Blair. Luego se ocupó de mantener fuera de las puertas a los reporteros cuando aquéllas se cerraban.

—¡Ajá! —exclamó Blair. Sujetó el cigarro entre los dientes y se frotó las manos.

—¡Estás hablando demasiado! —le dijo G.G.—. Te estás pasando de la raya. Te lo digo en serio. —Incluso enfadado como estaba, mantenía el tono de voz calmado, y en su cara podía apreciarse por igual, la preocupación y la rabia.

—¡Sí! Eso es lo que me dijo tía Margaret cuando le compré la pequeña compañía de pieles e hice el primer anuncio con Bonnie, el que apareció en *Vogue*. No te pongas pálido Walker. Pienso crucificar a ese italianito de Hollywood, el de la «horrible estadística», el del «hecho atroz».

Cuando las puertas se abrieron, encontramos otros periodistas esperándonos.

—¡Venga, muchachos, salid de aquí!— les dijo Blair mientras nos conducía a través de ellos—, si no, llamaré a recepción. —Echaba humo del cigarro y caminaba por delante de nosotros, parecía una pequeña locomotora.

—Jeremy, ¿es cierto que la familia sabía que ella estaba con usted? ¿Es cierto que Bonnie vino aquí en persona?

¿Qué?, ¿había oído bien? Me di la vuelta y traté de identificar al periodista que había hecho la pregunta. Yo no le había revelado a nadie esa parte de la historia, a nadie excepto a los más íntimos, G.G., Alex y Susan. Pero ellos nunca lo hubiesen contado.

El reportero era un chico joven que llevaba un chaquetón deportivo y tejanos, una persona indefinida, con su cuaderno de notas de taquigrafía, su bolígrafo y una pequeña grabadora colgada del cinturón. Me estaba mirando con atención y me pareció que se daba cuenta de que me subía la sangre a la cara.

Volvió a preguntar:

—¿Es cierto que se encontró usted con Bonnie en el Hyatt Regency de San Francisco?

—Oiga, déjenos en paz, por favor —le dijo G.G. muy educadamente. Blair me miraba con intensidad.

—¿Es eso cierto? —preguntó.

—¡Escuche esto! —dijo el muchacho, situándose entre la puerta de la habitación y yo. Se puso a hojear el cuaderno de notas. Me di cuenta de que la pequeña grabadora estaba funcionando. Tenía la luz roja encendida.

Un montón de caras inquisitivas nos estaban mirando, pero yo no podía verlas. No se registró nada.

—Tengo aquí la manifestación de un conductor de

limusinas que dice que el día 10 de septiembre llevó a Bonnie y a Belinda a las inmediaciones de su casa; después de que ésta bajase del coche, Bonnie se quedó esperando durante tres horas frente a su casa en la calle Diecisiete, hasta que usted salió. Después le recogió en...

—¡Sin comentarios! —le dije—. Pero Blair, ¿es que no tienes la llave de esta maldita puerta?

—¡Entonces ella sabía que usted estaba viviendo con Belinda!

—¡Bonnie sabía dónde se encontraba Belinda!

—¿Qué significa eso de sin comentarios? —gritó Blair—. Contesta a sus preguntas. ¿Acaso Bonnie lo supo todo el tiempo?

—¿Sabía Bonnie lo de los retratos?

—Abre la puerta, Blair —dijo G.G. Le arrebató la llave a Blair y abrió la puerta.

Yo entré detrás de Blair. G.G. cerró la puerta. Se le veía tan exhausto como a mí. Pero Blair pareció despertarse a la vida de inmediato.

Se quitó la gabardina forrada de visón, pataleó, y volvió a frotarse las manos, entre tanto el cigarro seguía entre sus dientes apretados.

—¡Ajá, perfecto! Y tú no me has contado que ella estuvo aquí. ¿De qué lado estás tú, Rembrandt?

—Si se te ocurre alentar esto, Blair, ellos te denunciarán —le dijo G.G.—. Te van a arruinar, igual que, como tú dices a todo el mundo, me arruinaron a mí.

—¡Ellos te arruinaron, claro! ¿Y de qué demonios estas tú hablando?

—No, no lo hicieron. —G.G. estaba exasperado. La sangre afluía a sus mejillas. Pero ni aun así, llegaba a elevar la voz—. Estoy aquí porque eso es lo que quiero. Para mí Nueva York había terminado, Blair; me marché porque todo había acabado. Y lo peor es que Belinda no sabe nada de eso. Incluso puede que ella crea que es todo por su culpa. Pero si tú no te callas, esa gente irá a por ti con sus revólveres.

—Que lo intenten. Mi dinero está en francos suizos. Nunca conseguirán ni un penique. Igual puedo vender pieles desde Luxemburgo que desde la Gran Manzana. Ya tengo setenta y dos años. Tengo cáncer. Soy viudo. ¿Qué pueden hacerme?

—Sabes bien que no puedes vivir en ninguna parte que no sea Nueva York —le explicó G.G. con paciencia—. Y tu cáncer está en fase de remisión desde hace diez años. Cálmate, Blair, por el amor de Dios.

—Escucha G.G., esto se está desmadrando —dije yo—. Si han conseguido hablar con ese conductor de limusinas...

—Tú lo has dicho —dijo Blair de inmediato. Levantó el auricular del teléfono, presionó un solo botón y ordenó, con su potente voz, que desalojasen el vestíbulo frente a su habitación en aquel mismo instante.

Pasó por mi lado, a toda velocidad, en dirección al baño, miró en la ducha y volvió a salir:

—Mira debajo de la cama, sí, tú, robusto bobalicón —le dijo a G.G.

—No hay nadie debajo de la cama. —Le aclaró G.G.—. Ya estás como siempre, dramatizándolo todo.

—¿Ah, sí? —Blair se agachó y levantó la colcha—. ¡Muy bien, no hay nadie! —Se levantó—. Ahora cuéntame todo eso de la reunión con Bonnie. ¿Qué es lo que ella sabía?

—Blair, no tengo intención de añadir más porquería —le expliqué—. Ya he dicho todo lo que había que decir.

—¡Qué carácter! ¿Acaso nadie te ha dicho que todos los pintores son unos pelmazos? Si no, mira a Caravaggio, un verdadero bastardo, y también Gauguin, un pelma, te lo digo yo, un pelmazo de primera categoría.

—Blair, estás hablando tan alto que van a oírte desde el pasillo —comentó G.G.

—¡Eso espero! —gritó en dirección a la puerta—.

Muy bien. Olvidemos a Bonnie por el momento. ¿Qué has hecho con la carta que te escribió Belinda con toda la historia? —me preguntó Blair en tono exigente.

—Está en una caja fuerte de un banco en Nueva Orleans. Y la llave está en otra.

—¿Y las fotografías que hiciste? —inquirió Blair.

—Las quemé todas. Mi abogado insistió bastante en ello. Quemar aquellas fotografías fue muy penoso. Y sin embargo, siempre supe que llegaría el momento. Si la policía encontrase las fotografías, éstas llegarían a manos de la prensa, y con las fotografías todo sería muy distinto. Los cuadros eran otra cosa.

Blair se quedó pensando.

—De modo que estás seguro de que las convertiste en cenizas.

—Sí, y los trozos que no se quemaron, los tiré al triturador de basuras. Ni siquiera el FBI podría poner sus manos sobre las fotos.

G.G. sonrió con cierta tristeza y sacudió la cabeza. Me había ayudado a quemar las fotos y a deshacerme de ellas, y como a mí le había parecido algo odioso.

—¡Vaya, no seas tan arrogante, guapo! —le gritó Blair—. ¿Es que nadie te ha dicho que cruzar con una menor la frontera del estado con propósitos ilegales es un delito federal?

—Estás loco, Blair —dijo G.G. con calma.

—No, no lo estoy. Escucha, Rembrandt, estoy de tu lado. Y tú fuiste lo bastante listo como para quemar esos negativos y esas fotos. ¿Has oído hablar alguna vez de Daryl, el hermano de Bonnie? Lo tendrás pisándote los talones en menos que canta un gallo. La United Theatricals ya está recibiendo llamadas telefónicas de la Moral Majority...

—¿Tienes evidencia de ello? —le pregunté.

—¡Me lo dijo el mismo Marty! —me aclaró—. Me lo contó entre imprecaciones gitanas y amenazas mafiosas. Me dijo que recibían llamadas de los afiliados locales de la Bible Belt*. Están preguntando si es cierto que Bonnie dejó que su hija se escapase de casa. Tendrás que ir a tu casa y comprobar que nada te relaciona con ella, que no sea arte y todos esos disparates románticos que pusiste en el catálogo.

—Eso ya lo he hecho. Pero creo que G.G. tiene razón. Tú no estás actuando con suficiente precaución en lo personal.

—¡Vaya!, eres una persona encantadora, de verdad que sí. —Se puso a caminar con las manos en los bolsillos y el cigarro entre los dientes. Después se lo sacó de la boca—. Sin embargo, quiero decirte una cosa, yo quiero a esa jovencita. No, no me mires así, y no me digas lo que tienes en la punta de la lengua. Tú crees que odio a Bonnie porque ella me rechazó. Pues tienes razón, pero odiar a Bonnie es como odiar al mal tiempo. Yo quiero a esa chiquilla. La vi crecer. La tuve en mis brazos cuando todavía era un bebé. Es dulce y amable igual que su padre, de hecho siempre lo fue. La porquería que la rodeaba nunca influyó en ella. Y quiero decirte otra cosa. Ha habido momentos en mi vida en que todos los contactos que yo tenía consistían en basura, mentiras, negocios, mierda y exageraciones, ¡porquería de verdad! ¿Sabes lo que solía hacer? Cogía el teléfono y la llamaba. Sí, a Belinda. Era sólo una niña, pero era una persona, una persona de verdad. En Saint Esprit salíamos a veces los dos juntos y nos íbamos en su maldita motocicleta. Charlábamos. Esos imbéciles le hicieron daño, lo cual era prácticamente inevitable. ¡Alguien debía haber cuidado de ella!

Blair aspiró el humo del cigarro con intensidad, lo soltó y después se hundió en una pequeña silla que había junto a la ventana y puso el talón de su zapatilla de tenis plateada sobre el terciopelo de otra silla que tenía

* Término empleado para referirse al puritarismo de algunas regiones del sur de Estados Unidos. *(N. de la T.)*

frente a él. Durante un momento se perdió en sus pensamientos. Yo no dije nada. Volvió a invadirme la tristeza, la misma que había sentido con tanta intensidad en la cocina de mi casa y en la pequeña casita blanca de Carmel. La echaba mucho de menos. Tenía miedo de que le sucediese algo malo. La exposición era un éxito, ésa era la palabra que utilizó el más cauto de los hombres, un triunfo, y ¿dónde estaba ella para compartirlo conmigo? ¿Qué maldito significado tendría todo para mí, si ella no estaba conmigo?

Detrás de una nube de humo, Blair me estaba mirando.

—¿Me vas a contar ahora qué sucedió cuando Bonnie vino aquí? —dijo en tono inquisitivo—. ¿Me vas a contar toda esa porquería o no?

De pronto se oyó un fuerte golpe en la puerta. Después otro golpe y todavía otro, como si hubiese más de una persona allí fuera.

—No, Jeremy —me dijo G.G. mirándome a los ojos—, no lo hagas.

Le miré y volví a ver a Belinda. Vi que aquel muchacho demasiado crecido me hablaba muy en serio.

Los golpes en la puerta eran cada vez más fuertes. Blair hizo caso omiso de ellos. Continuó mirándome fijamente.

—Blair, ¿no lo ves? —inquirí—. Eso ya lo doy por terminado. No tengo por qué contarle nada más a nadie. Y vosotros tampoco.

—Abre esa condenada puerta, G.G., ¡maldita sea! —dijo Blair.

Los periodistas agolpados en el pasillo sostenían los periódicos de la mañana en alto. Llevaban en la mano las nuevas ediciones de *The World This Week*, la edición matinal de *Los Angeles Times* y el periódico sensacionalista de Nueva York, *News Bulletin*.

—¿Ha leído usted lo que dicen? ¿Tiene usted algo que comentar?

LA ENFERMERA LO CUENTA TODO. BONNIE, SU MARIDO Y SU HIJA EN UN TRIÁNGULO AMOROSO. RETRATOS DE PURA PORNOGRAFÍA INFANTIL DE LA HIJA DE BONNIE. LA HIJA DE BONNIE HUYE DE SU PADRASTRO PARA REUNIRSE CON UN PINTOR DE SAN FRANCISCO. BONNIE, LA ESTRELLA DE *CHAMPAGNE FLIGHT*, ABANDONA A SU HIJA POR SU MARIDO, EL PRODUCTOR. BELINDA TODAVIA SE HALLA DESAPARECIDA.

—Bien, Rembrandt —dijo Blair elevando su voz sobre el tumulto—. Creo que tienes alguna cosa en tu favor.

3

Durante toda la mañana, a medida que se formaba una cola de gente que cubría dos manzanas para entrar en la galería de Folsom Street, estuvieron llegando noticias, tanto por televisión, como por radio y mediante telegramas que me entregaban en la puerta principal. Recibí llamadas de George y de Alex por una línea privada que acababa de ser instalada.

Además de ésta, habían añadido tres líneas más a mi número habitual, pero ahora que la prensa sensacionalista había publicado la historia, la situación estaba empeorando y nuevas llamadas de gente que manifestaba su odio llegaban de sitios tan alejados como Nova Scotia. Barbara, la secretaria de Dan, se pasaba en casa todo el tiempo, y contestaba tan rápido como el contestador automático.

Empezaba a saberse todo. Enfermeras, asistentes, un chófer que había sido despedido por Marty, dos de mis vecinos que habían visto a Belinda conmigo; en apariencia, tanto ellos como otros habían vendido sus relatos. Los críticos cinematográficos habían desenterrado sus notas del festival de Cannes en relación a la proyección de *Jugada decisiva*. Los de las cadenas de televisión y de las emisoras de radio eran muy cautos a la hora de citar literalmente a la prensa del corazón, pero cada medio alimentaba a otro con mayor confianza a medida que pasaba el tiempo. Aunque, como era lógico, seguía habiendo noticias sobre fuegos, inundaciones y acontecimientos políticos, nosotros constituíamos el escándalo del momento.

Las noticias de la mañana mostraron en directo entrevistas con ejecutivos de la United Theatricals en Los Ángeles, en que desmentían haber tenido conocimiento de la indicada desaparición de la hija de Bonnie, Belinda, e insistían en que no sabían nada de la distribución de *Jugada decisiva*.

El portavoz de la cadena de televisión comentó que *Champagne Flight* se emitiría esa semana, como estaba previsto. No hubo ningún comentario sobre la desconexión de los asociados del sur cuando se emitía el programa.

Aparecían detalles de los cuadros, una y otra vez, en la pantalla: ya fuese la cabeza de Belinda con el velo de comunión o el maquillaje punk de Belinda en el caballo de tiovivo, y también Belinda con trenzas, bailando.

Las cámaras de televisión bloquearon la marcha del coche de tío Daryl cuando éste intentaba abandonar el hotel Beverly Hills. Abrió la ventanilla del coche y dijo: «Lo que sí puedo decirles ahora, y pongo a Dios por testigo, es que mi hermana no sabía nada de la mencionada convivencia de su hija con ese hombre de San Francisco. No comprendo por qué la exposición no ha sido clausurada.»

La última edición de la mañana del *Chronicle* publicaba una foto de G.G. y de Blair conmigo, que habían hecho en el vestíbulo del hotel Stanford Court. ¿CONOCíA BONNIE LOS RETRATOS DE WALKER? Dos adolescentes del Haight decían que habían conocido a Belinda, la llamaban «salvaje, loca, muy divertida, un espíritu verdaderamente hermoso», y dijeron que había desaparecido de la calle en junio.

Cuando el Canal 5 emitió las noticias del mediodía y pude ver mi propia casa en la pantalla, decidí levantarme y mirar por la ventana. Allí estaban las cámaras de vídeo. Cuando regresé a la cocina, habían cambiado de imagen y mostraban el Clift en el centro de la ciudad, donde el presentador comentaba el cierre del salón de G.G. en Nueva York.

Cambié de canal. En directo desde Los Ángeles, las inconfundibles cara y voz de Marty Moreschi aparecían otra vez. Se dirigía a los periodistas con los ojos entornados a causa del fuerte sol del sur de California, en lo que parecía ser un aparcamiento.

Subí el volumen porque estaba sonando el timbre de la puerta.

«¡Escuchen! ¿Quieren saber lo que he de decir? —les decía con su habitual dejo neoyorquino y callejero—. Deseo saber dónde se encuentra ella, eso es lo que quiero saber. Tenemos dieciocho retratos donde ella sale desnuda, se están vendiendo a medio millón cada uno, pero ¿dónde está Belinda? No, no hace falta que me lo digan ustedes, ¡yo se lo diré! —Señalaba a los periodistas con el dedo índice como si fuese una pistola del calibre treinta y ocho—. Hemos pedido a varios detectives que la busquen por todo el país. Hemos estado enfermos de preocupación por ella. Bonnie no tenía la menor idea de dónde se encontraba su hija. Y ahora ese payaso de San Francisco viene diciendo que ella ha estado viviendo con él. Y además que ella estaba de acuerdo en que le hiciese esos retratos. ¡Quién se lo cree!»

—Sabía que iba a actuar así —dijo Dan.

Acababa de entrar en la cocina. No se había afeitado y su camisa estaba hecha un asco. Habíamos dormido vestidos, tratando de escuchar las llamadas del contestador y la radio. Sin embargo, ahora ya no parecía enfadado. En vez de eso, se concentraba en la que debía ser nuestra estrategia.

«¿Teníamos que haber publicado que ella había desaparecido? —gritaba Marty—. ¿Y provocar así que alguien la secuestrase? Y ahora nos encontramos con que ese mundialmente famoso ilustrador para niños estaba muy ocupado pintando todos los detalles de su anatomía. ¿Alguien puede creer que no sabía quién era ella?»

—Es un embaucador, es listo y muy hábil —dijo Dan.

—Trata de desafiar —le aclaré—. Desde el principio, todo ha sido una sarta de provocaciones.

Marty se acababa de meter en el coche y estaba cerrando la ventanilla. La limusina se abría camino entre los micrófonos plateados y las cabezas bajadas.

Volví a apretar el mando a distancia del televisor; allí estaba la presentadora habitual del Canal 4:

"... del departamento de policía de Los Ángeles acaba de confirmar que no se ha presentado ninguna denuncia de persona desaparecida en relación a la chica de quince años Belinda Blanchard. Aunque en estos momentos Belinda ya tiene diecisiete años y todavía se desconoce su paradero. Su padre, el internacionalmente famoso estilista de peluquería, George Gallagher, nos ha confirmado esta mañana que no sabe dónde se halla, y que es su deseo encontrarla.»

En ese momento el timbre de la puerta ya sonaba sin parar. También llamaban con los nudillos.

—¿Qué te parece si no abrimos? —dijo Dan.

—¿Y si ella está ahí fuera? —pregunté yo.

Me dirigí a las cortinas de blonda. Las escaleras estaban repletas de periodistas, y justo detrás estaban los de las cámaras.

Abrí la puerta. Cynthia Walker sostenía una copia de la revista *Time*, había llegado a los quioscos hacía una hora escasa. ¿Había visto yo el artículo?

Se lo quité de las manos. En ese momento resultaba imposible leerlo. No cesaban de hacerme preguntas, tanto ella como los que estaban más abajo de la escalera e incluso en la acera. Recorrí con la vista toda la escena, había una multitud al otro lado de la calle, algunos adolescentes estaban en la esquina, y también había gente en los balcones de la casa de apartamentos de enfrente. Junto a la cabina telefónica de al lado de la tienda de ultramarinos había un par de hombres vestidos con traje. ¿Serían policías? Era posible.

—No, no se ha puesto en contacto conmigo —dije, en respuesta a una pregunta que apenas había oído—. No tengo ni idea de dónde puede encontrarse. —Contesté que no a otra pregunta—. Sí, sí que lo haría, puedo asegurar que ella estaba de acuerdo con que le hiciera esos retratos y le gustaban mucho.

Cerré la puerta. Cynthia podía comprarse otra revista. Decidí no hacer caso de los timbrazos y los golpes en la puerta y me puse a leer el artículo de *Time*. Publicaban fotos a todo color de *El tríptico del caballo del tiovivo*, y de la que a mí secretamente me gustaba más, Belinda en traje de baño, de pie, de espaldas al río, y que había titulado *Belinda, mi amor.*

«¿Por qué este hombre, que es conocido en los hogares de todo el mundo, arriesgaría su reputación de artista admirado por los niños con una exposición semejante? —preguntaba el reportero—. Pocas cosas son más inquietantes que el franco erotismo de estos cuadros, que han sido reproducidos, en fotografías a todo color, en el lujoso catálogo de la exposición. Cada uno de ellos constituye una narrativa que representa la profunda locura con que Belinda se somete a las más extrañas fantasías del autor: *Belinda con muñecas*, *Belinda en ropas de montar*, *Belinda en el caballo de tiovivo*, para transformarse luego en la más seductora de las mujeres en *Belinda en la cama de mamá*, y ser víctima de una sorprendente violencia en el exquisitamente detallado *Artista y modelo*, donde el autor abofetea a su musa con crueldad y hace que se estrelle contra una pared cubierta de papel roto y manchado. Así pues, no se trata sólo del intento de suicidio público por parte de un autor para niños, tampoco es el mero tributo a la belleza de una mujer, sino más bien una crónica autoincriminatoria de un asunto espeluznante y trágico. El hecho de saber que cuando estos cuadros fueron pintados la adolescente Belinda Blanchard era en realidad una muchacha que se había escapado de casa; el hecho de saber ahora que todavía se desconoce su paradero, convierte las especulaciones que se están produciendo en un asunto para ser tratado por las autoridades, y no por críticos de arte.»

Cerré la revista. Dan bajaba en ese momento al vestíbulo. Llevaba en la mano una humeante taza de café.

—Rhinegold ha llamado por teléfono, me ha explicado que cuatro tipos del departamento de policía han estado visitando la exposición.

—¿Cómo sabe él que eran policías? Lo más seguro es que no le enseñasen sus identificaciones...

—Eso es exactamente lo que hicieron. No deseaban hacer cola como el resto de la gente.

—Maldita mierda —dije yo.

—Sí, puedes decirlo —replicó—. He llamado a un abogado criminalista, David Alexander, que vendrá en un par de horas. No quiero volver a oírte decir nada en contra de esta decisión.

Me encogí de hombros y le enseñé el artículo de *Time*.

—¿Crees que este tipo dice lo que yo creo que está diciendo?

Me dirigí a la línea privada que tenía en la cocina y llamé a Alex:

—Quiero que te vayas de aquí ahora. Regresa a Los Ángeles. La situación ya se está poniendo demasiado fea.

—Que te crees tú eso —repuso—. Acabo de hablar con las chicas de *Entertainment Tonight*. Les he contado que te conozco desde que eras un chaval. Mira,

George y yo te llevaremos algo para cenar hacia las seis en punto. No intentes salir. Te arruinarán la digestión. Por cierto, G.G. está ahora abajo, en el vestíbulo, hablando con unas personas. Esta mañana ha venido uno de los abogados de Marty en persona, y tengo que decirte que G.G. es un hombre dulce pero en absoluto tonto; se ha comportado de un modo muy hábil, como si se tratase de una pluma mecida por el viento. Jamás he visto a nadie tan evasivo. Oye, espera. Muy bien, ha venido un chico muy guapo que me ha conseguido cigarrillos y otras cosas. Me dice que cree que los tipos que están abajo hablando con G.G. son policías vestidos de paisano. He llamado a mi abogado a Los Ángeles para que venga a echarle una mano a G.G.

Tan pronto como colgué el auricular volvió a sonar el teléfono. Fue Dan el que lo cogió, lo único que pude oír fueron síes, noes y palabras sueltas durante diez minutos.

El timbre de la puerta volvió a sonar. Miré de nuevo a través de las cortinas. Toda la zona estaba llena de adolescentes, algunos de ellos eran vecinos que yo había visto en la tienda de la esquina, y también en mis paseos por Castro o Market Street. Una manzana más abajo había un par de chicos punk que había visto en el café Flore, uno llevaba el pelo rosa y el otro como el de un indio mohawk. Pero a Belinda no se la veía por ninguna parte.

Vi pasar a mi vecina Sheila, que me saludaba con la mano. Luego vi que alguien se le acercaba.

Ella intentaba apartarse con naturalidad, pero había otras personas que le hacían preguntas. Se encogió de hombros, trató de apartarse, estuvo a punto de caerse de bruces. Acto seguido salió corriendo en dirección a Castro Street.

¿Qué aspecto tendría Belinda si intentase entrar en casa?

Regresé a la cocina. Dan había colgado el teléfono.

—Escucha, el tío Daryl acaba de llamar a la oficina del fiscal del distrito —me explicó—. Los del departamento de policía de San Francisco desean hablar contigo, y estoy intentando mantenerles a raya hasta que Alexander esté informado al detalle del caso. Ahora el tío Daryl ha tomado un avión en Los Ángeles y viene hacia aquí, además Bonnie acaba de ingresar en un hospital.

—Puedo atender a la policía en cualquier momento —le dije—. No deseo contratar a ningún abogado criminalista, Dan, ya te lo dije.

—Por lo que a esto se refiere, paso de tus reglas —comentó con tono paciente—. Tan pronto como llegue Alexander veremos lo que nos conviene.

Bajé las escaleras de atrás en dirección al garaje, arranqué el coche y salí por la calle Diecisiete en dirección a Sánchez antes de que la multitud se diese cuenta de lo que estaba sucediendo.

Cuando llegué al Clift, la policía acababa de marcharse. G.G. estaba sentado en el sofá de la *suite* con los codos apoyados en las rodillas. Se le veía cansado y confundido, no había cambiado casi nada respecto de la noche anterior. Alex estaba vestido con su maravilloso batín de satén y nos servía un par de bebidas a los dos, también había pedido al servicio de habitaciones que nos trajesen algo para comer.

—Lo he estado valorando de la siguiente manera, —comentó G.G. con serenidad—. Yo no estaba bajo juramento, de manera que no tenía que decir toda la verdad, sólo tenía que decir la verdad, no sé si me entiendes. De modo que les expliqué que vino a Nueva York y que la escondí un tiempo en Fire Island, también les expliqué el desagradable comportamiento de los tipos que habían enviado desde Hollywood, pero no les he dicho nada de lo que ella me contó. Les he dicho que ella decidió irse a San Francisco y que cuando me llamó para explicarme su relación contigo estaba muy contenta, también les he explicado que a ella le encantaron los retratos. Que le gustaban de verdad.

Calló un momento, bebió un poco del vino que Alex le había servido y a continuación añadió:

—Pero lo que de verdad me preocupa, Jeremy, es que no han dejado de preguntarme cuándo fue la última vez que supe algo de ella; insistían en saber si yo estaba seguro de que la llamada de Nueva Orleans era la última. Parecía que tuvieran una idea fija. ¿Tú crees que ellos saben dónde está?

Cuando regresé, la multitud que se agolpaba frente a la casa era todavía mayor. Tuve que tocar el claxon para entrar por la puerta del garaje. Me vi obligado a empujarles hacia la calle para cerrar la puerta, y también tuve que pedirles que fueran hacia la parte delantera para que no bloquearan el jardín de atrás.

—Jeremy, ¿es cierto que usted encontró a Belinda en un apartamento hippie de Page Street? —gritó alguien—. ¿Le dijo usted a un policía de San Francisco que era el padre de Belinda? Oiga, Jeremy, ¿ha visto ya la película *Jugada decisiva*?

Cerré la puerta delantera.

Dan bajó al vestíbulo. Se había afeitado y lavado, pero la expresión de su cara me ponía nervioso.

—La policía está presionándome —me comentó—. Alexander hace esfuerzos por mantenerles alejados, pero tarde o temprano tendrás que acabar hablando con ellos, y Alexander cree que lo mejor es hacerlo voluntariamente.

De pronto me pregunté si podría pintar en la cárcel. Era un pensamiento estúpido. ¿Cómo podría protegerla yo si me encerraban en prisión? No, las cosas no debían ir tan aprisa.

Cuando entré en la oficina de la parte de atrás, Bárbara me entregó un telegrama abierto. Tenía ante sí otros, estaban llegando casi sin interrupción. El contestador automático atendía las llamadas que se producían con el volumen bajo. Creo que oí a alguien que susurró:

—¡Pervertido!

Cogí el telegrama.

FELICIDADES POR LA NUEVA EXPOSICIÓN. HE VISTO EL CATÁLOGO. SORPRENDENTE. ESTARÍA AHÍ SI PUDIERA. VOY DE CAMINO A ROMA PARA HACER UN DUPLICADO POSITIVADO DE *JUGADA DECISIVA*. HABLARÉ POR TELÉFONO CONTIGO A MI REGRESO SI ENCUENTRO LA LÍNEA DESOCUPADA. SUSAN JEREMIAH.

—¡Ah!, maravilloso —susurré—. Eso quiere decir que va a hacer más copias de la película. ¿Cuándo llegó esto?

—Lo más seguro es que fuese ayer —repuso Barbara—. Aquí debe de haber unos cincuenta. Esta mañana nos han traído veinte más. Los voy leyendo tan deprisa como me es posible.

—Bueno, en este momento es la mejor manera de comunicarnos —dije yo—, de modo que puedes dejar que el contestador atienda las llamadas mientras compruebas los telegramas.

—Intenta averiguar el número de teléfono desde el cual enviaron este telegrama —le pidió Dan—. Es un número de Los Ángeles. Trata de saber si podremos contactar con Jeremiah más adelante.

—Tengo más noticias para ti —dijo Barbara—. Son de Rhinegold. Mientras estabas fuera ha pasado por aquí. Un multimillonario de Fort Worth que se llama Joe Travis Buckner estaba furioso porque los museos tienen preferencia para comprar los cuadros. Quiere dos ahora mismo. Pero el representante del museo de Dallas ha hecho la primera oferta, sin posibilidad de retracción: quinientos mil dólares por *Belinda con muñe-*

cas. Rhinegold les ha pedido dos semanas para evaluar la oferta. ¡Ah, sí!, ese otro tipo —se paró para mirar en el cuaderno de notas—, el conde Solosky, ¿se pronuncia así?, ¿es Solosky? Bueno, como sea, uno de Viena, ha cerrado un trato por cuatro de los cuadros, ya ha pagado. ¿Sabes de cuánto dinero estamos hablando? Por lo que Rhinegold dice, es tan importante como un museo. Es fantástico, ¿verdad?

Se quedó mirándome, y a mí me pareció que debía decir algo, que debía decirle algo educado, pues era una persona excelente y estaba trabajando mucho. Pero no dije nada. No pude.

Regresé a la cocina y me senté en la silla de siempre.

De modo que el conde Solosky había estampado su firma en un cheque. Sólo se trataba del coleccionista que Rhinegold había estado cortejando durante tres décadas, era el hombre que él consideraba el más importante coleccionista de arte del mundo en el momento actual. Y esto además de mi primera venta a un museo de Estados Unidos. Era fantástico. Por lo menos así se lo parecía a la persona que yo había sido seis meses atrás; a aquel tipo que un fin de semana memorable, cuando la encontró en la convención de libreros, había dicho: «Si no salto por encima del risco, nunca seré nadie.» Recuerdo que ella se rió.

Me hubiese resultado imposible explicarlo. Incluso a mí me parecía difícil comprender la situación. Era como si todo se estuviese moviendo, como el paisaje pintado por un impresionista: color, trazo, simetría, todo se mezclaba de modo indistinto; tenía más relación con la luz que con las cosas sólidas.

—Esto no va a ser de ninguna ayuda, ¿sabes? —me dijo Dan.

[illegible]

[illegible] a mí me recordó que [illegible]

[illegible]

Vestido con un [illegible]

[illegible]

4

Habíamos quedado con la policía a las nueve y media de la mañana del martes. Unas dos horas antes llegó David Alexander. Era un hombre delgado con cabello rubio, de unos cincuenta años; era de constitución delicada, llevaba unas gafas como las de los aviadores, con la montura dorada, y tenía los ojos de un frío color azul. Estuvo escuchando con las manos en gesto de plegaria, a mí me recordó que había leído algo sobre ese clase de amaneramiento: al parecer, indicaba sentimientos de superioridad, aunque por otra parte a mí eso me daba igual.

Yo no tenía ganas de hablar con él. Pensaba en Belinda, en cuanto me había dicho sobre lo que sintió al explicarle toda la historia a Ollie Boon. Pero Alexander era mi abogado, y Dan insistió en que se lo contase todo. Bien. Deja los sentimientos a un lado como si fuesen un sobre de cheques cancelados sobre la mesa.

Las noticias de la mañana parecían recién llegadas del infierno. G.G. y Alex, que vinieron a desayunar a casa, se negaron a verlas. Tomaron el café solos en la sala de estar.

Vestido con un sombrío traje de color gris carbón, Daryl había leído una declaración a los periodistas de la emisora la noche anterior:

—Mi hermana, Bonnie, se halla al borde del colapso. Un año de preocupaciones y de búsqueda se ha cobrado al fin su precio. En referencia a la exposición de cuadros en San Francisco, he de decir que nos encontramos ante un hombre muy desequilibrado y ante un serio problema policial, al mismo tiempo que estamos afrontando la desaparición de una chica, una joven que es menor de edad y que a su vez puede sufrir trastornos mentales. Es muy posible que esos retratos se hayan hecho sin su consentimiento, además de sin su previo conocimiento, y es sin duda cierto que se hicieron sin la autorización del único tutor de la chica, mi hermana Bonnie Blanchard, la cual desconocía la existencia de esas pinturas.

A continuación entrevistaron a la «portavoz de las feministas en contra de la pornografía», Cheryl Wheeler, una joven abogada de Nueva York que habló de la obscenidad de mi trabajo. Manifestó su punto de vista sin levantar ni siquiera un poco la voz.

—Esa exposición es una violación, simple y llana. Si Belinda Blanchard llegó a vivir con ese hombre, lo cual, por cierto, todavía no ha sido probado, nos hallaríamos ante una de las cada vez más abundantes víctimas del abuso infantil en este país. Lo que sí sabemos con certeza es que tanto su nombre como su imagen han sido violentamente explotados por Walker, tal vez sin el consentimiento de ella.

—Pero si Belinda estuvo de acuerdo en que se realizara la mencionada exhibición, si ella dio su consentimiento, según afirma Walker...

—Al tratarse de una chica de dieciséis años no puede hablarse propiamente de consentimiento cuando nos referimos a este tipo de explotación, así como tampoco lo haríamos si hablásemos del acto sexual. Belinda Blanchard será una menor hasta que cumpla los dieciocho años.

El programa de la televisión terminó con un señuelo: varios niños en la ciudad de Reading, en Alabama, dirigidos por un animador local, quemaban mis libros en público.

Me quedé mirando aquello en un estado de sorpresa e incredulidad. No se había visto nada parecido desde los años sesenta, cuando quemaron los discos de John Lennon por considerarlo más famoso que Jesucristo. Por supuesto, también los nazis habían quemado libros en el transcurso de la Segunda Guerra Mundial. No sé por qué, pero no me enfadé. Por alguna razón, me parecía que aquello le estaba sucediendo a otra persona. Seguía viendo cómo ardían los libros en aquella pequeña plaza frente a la biblioteca de Reading. Los niños seguían llegando y echando los libros a las llamas.

David Alexander no mostró ninguna reacción. Le quedé muy agradecido a Dan porque no dijo aquello, que hubiese sido tan fácil, de «ya te lo dije». Se limitó a seguir tal como estaba, sentado, tomando notas.

De pronto se oyó el timbre de la puerta y entró G.G. al salón para decir que había llegado la policía.

Se trataba de dos caballeros vestidos con ropa de calle, bastante altos y que llevaban trajes oscuros y gabardinas, alabaron con educación y amabilidad a Alex diciendo que habían visto todas sus películas y que también le habían visto en *Champagne Flight*. Todo el mundo se rió con buen humor de aquel comentario, incluidos Alexander y Dan, aunque yo me daba cuenta de que éste se sentía derrotado.

Entonces el mayor de los dos hombres, el teniente Connery, le pidió a Alex que le firmase un autógrafo para su señora. El otro policía no dejaba de observar todos los juguetes de la sala, igual que si los estuviese inventariando. Sobre todo se fijó en las muñecas. Le vi coger una que estaba rota y pasar el dedo por la porcelana resquebrajada de la mejilla.

Les invité a entrar en la cocina. Dan sirvió tazas de

café a todo el mundo. Connery dijo que prefería hablar conmigo a solas, sin los dos abogados, pero Alexander le dirigió una sonrisa y sacudió la cabeza, con lo que de nuevo todos volvieron a sonreír.

Connery era un hombre de estructura pesada y cara cuadrada, tenía el cabello y los ojos grises, y a excepción de una sonrisa atractiva y una voz agradable no tenía otras características destacables. Tenía ese acento que en San Francisco llamamos de mercado del sur y que se parece al acento callejero irlandés-alemán de Boston o de Nueva York. El otro hombre pareció difuminarse en el fondo en cuanto comenzamos a hablar.

—Ahora, Jeremy, está usted hablando conmigo por su propia y libre voluntad —dijo Connery, mientras empujaba la grabadora en dirección a mí. Yo repuse que sí—. Y sabe que no hay ningún cargo contra usted. —Volví a responder que sí—. En cambio es posible que existan cargos más adelante. Y si acabamos tomando una decisión en este sentido, entonces le leeremos sus derechos.

—No es necesario, sé cuáles son mis derechos.

Alexander volvió a juntar las manos como si estuviese rezando. La cara de Dan estaba completamente blanca.

—Puede usted pedirnos que nos vayamos cuando lo desee —me aseguró Connery. Yo sonreí. En ese momento me recordaba a los policías y bomberos de mi familia en Nueva Orleans, todos eran hombres grandes con el mismo tipo de cabello blanco que Spencer Tracy.

—Sí, comprendo lo que usted me dice, relájese, teniente —le pedí—. Este asunto ha de parecer muy misterioso, desde su punto de vista.

—Jeremy, ¿por qué no te limitas a contestar algunas preguntas? —dijo Dan en un tono de voz airado. Con aquel asunto lo estaba pasando muy mal. Alexander parecía una momia hecha con cera.

—Bien, Jeremy, he de decirle... —empezó Connery,

mientras sacaba un paquete de Raleighs del bolsillo de su abrigo—. No les molestará que fume, ¿verdad? Muy bien, gracias, hoy en día nunca se sabe si los demás te permiten o no fumar. Se supone que si fumas tienes que irte a otra parte. Cuando voy a mi restaurante preferido, intento fumarme el cigarrillo de después de la cena y siempre me dicen que no. Bien, lo que más nos preocupa ahora es encontrar a Belinda Blanchard. De modo que mi primera pregunta, Jeremy, es si sabe usted dónde está.

—Rotundamente no. No tengo ni idea. En la carta que me envió a Nueva Orleans decía que estaba a más de tres mil kilómetros de allí, lo cual igual podría significar la Costa Oeste, Nueva York o tal vez Europa. Hace unas cuatro semanas cumplió diecisiete años, el día siete para ser más exactos. Llevaba un montón de dinero consigo cuando se fue, y también ropa bonita. Si yo supiera dónde se encuentra, iría a buscarla le pediría que se casase conmigo, porque la amo y porque creo que es lo mejor para nosotros en este momento.

—¿Cree usted que ella accedería, Jeremy?

Pronunció aquellas palabras con una extraña lentitud.

—No lo sé. Pero eso es lo que deseo —repuse.

—¿Por qué no nos lo cuenta todo?

Durante un momento me quedé pensando en lo que había dicho G.G.: que a él le parecía que ellos tenían una idea fija sobre Belinda. Luego pensé en todos los consejos de Dan.

Empecé a explicar cómo la conocí, lo que pasó en la Page Street, la decisión de que viniese a vivir conmigo. Sí, la afirmación del policía era correcta; sí, dije que era mi hija. Deseaba ayudarla. La traje aquí. Pero yo no sabía quién era ella, y una de las condiciones que ella me puso fue que yo no se lo preguntase. Continué hablando de las pinturas. Habíamos vivido juntos durante tres meses. Todo era normal...

—Y entonces fue cuando Bonnie apareció —dijo Connery—. Llegó al aeropuerto internacional de San Francisco en un avión privado a las once cuarenta y cinco de la mañana del día 10 de septiembre, y su hija se encontró aquí con ella, ¿es así?

Le dije que de aquello no tenía conocimiento preciso. Le expliqué cómo averigüé quién era Belinda, a partir de la cinta de *Jugada decisiva* y todo lo demás. Le describí lo que sucedió cuando vino Bonnie, que fuimos al Hyatt y que me pidió que me ocupase de Belinda.

—Para ser exactos, intentó hacerle chantaje, ¿no es cierto?

—¿Qué le hace a usted pensar eso?

—La declaración del conductor de la limusina, que oyó cómo llegaban a dicho acuerdo madre e hija. Habían aparcado el coche y, según él, el cristal de separación entre su asiento y la parte trasera del coche no estaba del todo cerrado, de modo que pudo oír lo que ellas decían.

—Así que usted sabe que todo es una farsa. Además, antes de irme del Hyatt había recuperado todas las fotos.

Entonces pude relajarme, él sabía la peor parte. Yo no tuve que contársela. En aquel momento, y por vez primera, pude explicarme a mí mismo por qué Belinda y yo nos habíamos peleado, con la mente algo clara.

Le conté que nos peleamos, que Belinda se fue, que me envió una carta cinco días después y la razón por la que decidí hacer públicas las pinturas de inmediato.

—En ese momento sincronizábamos completamente —le expliqué—. Sus deseos y los míos habían llegado a ser los mismos. Yo siempre había deseado mostrar los cuadros. Cuando nos fuimos al sur, ya no me engañaba a mí mismo al respecto. Así que ahora la exposición también la beneficiará a ella, sacaría así a la luz la verdad sobre su identidad, ya que era el único modo de que ella pudiera dejar de correr y de esconderse, y tal vez de esa manera ella podría también perdonarme por haberle pegado y alejado de mí.

Connery me estaba observando. El Raleigh ya había ido a parar al cenicero.

—¿Me dejaría ver usted el documento que Belinda le envió?

—No. Es de Belinda, y además no lo tengo aquí. Está en un lugar del que nadie puede sacarlo. Yo no puedo hacerlo público puesto que es suyo.

Él reflexionó un momento. Entonces empezó a hacerme preguntas sobre todo tipo de cosas: sobre la librería donde vi a Belinda por primera vez, la casa de mi madre en Nueva Orleans, miss Annie y los vecinos, los restaurantes en que habíamos comido en San Francisco, cómo se vestía Belinda cuando estábamos en Nueva Orleans o cuántas maletas poseía ella.

De modo general me fui dando cuenta de que ciertas preguntas las repetía una y otra vez, sobre todo a propósito de la noche en que Belinda se marchó y de si ella se había llevado consigo todas sus pertenencias, también quería saber si yo había oído algo o no había oído nada, y otra vez me preguntaba si ella había posado voluntariamente para las fotografías y por qué las había destruido.

—Mire, ya hemos hablado y vuelto a hablar de todo esto —le dije—. ¿Qué es lo que quiere? Por supuesto que destruí las fotos, eso ya se lo he explicado. ¿Qué hubiera hecho usted en mi lugar?

Al instante, Connery se volvió conciliatorio.

—Mire, Jeremy, apreciamos mucho su cooperación —repuso él—. Pero ¿sabe?, la familia está muy preocupada por esta muchacha.

—Yo también lo estoy.

—Su tío Daryl está aquí ahora. Él cree que es posible que Belinda haya tomado drogas en la calle, que esté muy desequilibrada y que no sea capaz de cuidar de sí misma.

—¿Qué ha dicho su padre al respecto?

—Explíquemelo otra vez, usted se fue a dormir hacia las siete en punto. ¿Estaba ella en su habitación hasta ese momento? Y el ama de llaves, miss Annie, ¿le había subido algo para cenar?

Moví la cabeza afirmativamente.

—Y cuando yo me desperté, ella ya se había ido. La cinta de *Jugada decisiva* estaba sobre la mesilla de noche, como le he dicho. Me di cuenta de que ella deseaba que yo la tuviera, que aquello tenía un significado especial, aunque nunca supe muy bien cuál. Quizás ella me estaba diciendo: «Muestra los cuadros.» Eso es lo que dijo en la carta cinco días después.

—Y la carta...

—¡Está en una caja fuerte!

Connery miró al otro detective. Después miró su reloj.

—Escúcheme, Jeremy, aprecio de veras su cooperación, no intentaremos robarle demasiado tiempo, pero si pudiera excusar al teniente Berger...

Berger se levantó y se dirigió a la puerta de entrada, vi que Alexander le hacía un gesto a Dan para que fuera con él. Connery prosiguió:

—Y usted dice, Jeremy, que miss Annie no vio a Belinda cuando se fue de la casa.

—Exacto. —Oí que se abría la puerta de entrada.

Dan había regresado y le hacía un gesto a Alexander. Salieron los dos.

—¿Qué sucede? —pregunté.

Ambos estaban de pie en el descansillo y leían un par de papeles grapados, entonces Connery se levantó y se unió a ellos, Dan volvió a mi lado y me dijo:

—Tienen una orden muy detallada y perfectamente legal para inspeccionar la casa.

—Pues dejémosles —me levanté—. No era necesario que obtuvieran una orden judicial.

Dan estaba preocupado.

—De la manera que ese papel está redactado, pueden hasta levantar el maldito parqué —me dijo casi sin respiración.

—Oiga, voy a ir arriba con ustedes —le dije a Connery. Pero él me dijo que no, que no era necesario; él se encargaría de que los hombres fueran cuidadosos—. Vayan pues, la buhardilla no está cerrada.

La cara que puso David Alexander cuando miró a Dan era enigmática y yo lamenté su actitud. Si se suponía que yo tenía que pagarle a aquel tipo, prefería que me contara los secretos a mí.

En ese momento la casa estaba llena a rebosar de detectives. Había dos hombres en la sala de estar, donde G.G. y Alex se habían puesto de pie y a los que se veía extraños en medio de la casa de muñecas, el caballo de tiovivo, los trenes y todo lo demás; también se oían los pasos de otros agentes que subían las escaleras sin moqueta de la buhardilla.

Cuando me dirigí al pie de las escaleras, Connery estaba bajándolas. Otro detective llevaba un par de bolsas de plástico, en una de ellas había un suéter, uno que pertenecía a Belinda y que yo no sabía que todavía estaba allí.

—Por favor, no se lleve eso —le dije.

—Pero ¿por qué, Jeremy? —me preguntó.

—Porque es de Belinda —repuse yo. Empujé al otro hombre a un lado y subí para ver lo que estaban haciendo.

Lo estaban revisando absolutamente todo. Oí el disparador de una cámara en la buhardilla y llegué a ver la luz plateada del flash reflejada en las paredes. Debajo de la cama de latón habían encontrado un cepillo para el pelo que le pertenecía a ella, también se lo llevaron. Ver todo aquello, cómo abrían mi armario, cómo daban la vuelta a la colcha, me ponía enfermo.

Volví al piso de abajo. Connery estaba mirando la casa de muñecas. Alex estaba sentado en el sofá, le miraba pacientemente. G.G. estaba de pie junto a la ventana, detrás de Connery.

—Oiga, Connery, esto no tiene ningún sentido —le dije—. Ya le he explicado que ella estuvo aquí. ¿Por qué necesita encontrar pruebas de ello?

Sonó el timbre de la puerta, y uno de los detectives se dirigió a ver quién era. Se trataba de dos policías uniformados que estaban en el porche y traían dos enormes perros, fieros pastores alemanes de color marrón.

—Jeremy —me dijo Connery en el mismo tono amable mientras me rodeaba los hombros con su brazo, tal como lo hubiese hecho Alex—. ¿Le importa si metemos los perros para que recorran la casa?

Oí que Dan murmuraba que así estaba escrito en la maldita orden judicial, de todos modos.

G.G. miraba a los perros como si fueran peligrosos, y Alex se limitaba a fumar su cigarrillo con una decepcionada y serena expresión en la cara, sin decir nada.

—Pero ¿para qué necesitan los perros? ¡Por Dios! —exclamé—. Belinda no está aquí.

La situación comenzaba a ser una locura, y yo me daba cuenta de que estaba empezando a acobardarme. Fuera de la casa parecía haber una multitud. No quería asomarme a la ventana para asegurarme.

Me quedé de pie mirando cómo los perros pasaban por encima de los viejos trenes Lionel. Les vi olfatear las muñecas francesas y alemanas que estaban apiladas en el sofá, junto a Alex. También fueron a oler los pies de Alex, él se limitó a sonreír y el oficial los apartó de inmediato.

Contemplé en silencio cómo recorrían todas las habitaciones del piso de abajo y luego subían las escaleras. Vi que Alexander les seguía hasta arriba.

Otro policía de paisano bajaba con una bolsa de plástico. De pronto me di cuenta de que en ella llevaba el velo de comunión, la corona y también el rosario de mamá y el misal nacarado.

—Espere, no puede llevarse eso —le dije a Connery—. Ese libro y ese rosario pertenecieron a mi madre. ¿Qué están haciendo ustedes? ¿Quiere alguien explicármelo?

Connery me rodeó de nuevo con el brazo:

—Lo cuidaremos todo bien, Jeremy.

Entonces vi que dos hombres que entraban en el salón, desde la cocina, se llevaban todos mis archivos fotográficos del sótano.

—Ahí no hay ninguna foto de ella —les dije—. Eso es material viejo en su totalidad. ¿Qué está pasando?

Connery me estaba estudiando. No me dio ninguna respuesta. Dan miraba cómo se llevaban todas aquellas cosas fuera de la casa y las bajaban por las escaleras de la entrada.

Barbara entró en el vestíbulo desde la cocina, dijo que la llamada telefónica era para Connery y le rogó que la acompañase.

—Dan, ¿qué demonios están haciendo? —susurré.

Era obvio que Dan estaba enfurecido.

—Mira, no les digas nada más —repuso en voz muy baja.

G.G. se había dirigido hacia la ventana y miraba al exterior. Yo me puse a su lado. Los policías que llevaban el velo de comunión estaban hablando con los reporteros de fuera. El camión del Canal 5 lo estaba filmando todo. Tuve ganas de acuchillar a aquel tipo. Vi que también llevaba otro saco con algo dentro. Se trataba de la chaquetilla de montar de Belinda y sus botas de cuero.

Connery volvió de la cocina.

—Bien, Jeremy, deseo comunicarle que la policía de Nueva Orleans ha completado la inspección legal de la casa de su madre. Se ha hecho todo de la manera más correcta, con el permiso del juez, como debe ser; yo creo que lo ha de saber usted.

Miró en dirección a las escaleras, los perros ya estaban saliendo de la casa. Vi que Connery miraba al hombre uniformado que conducía a los animales, se dirigió a él y estuvieron hablando un minuto en voz baja; entre tanto Alexander pasó a su lado y entró en la sala de estar.

Connery regresó.

—Bueno, charlemos un poco más, Jeremy —me dijo. Sin embargo, ninguno de los dos hizo un movimiento para sentarse. Ni Alex, ni G.G. se movieron para marcharse. Connery echó una mirada a su alrededor y sonrió a todo el mundo.

—¿Desea que hablemos en privado, Jeremy?

—En realidad, no. ¿Es que hay algo más de qué hablar?

—Muy bien, Jeremy —me dijo con un tono condescendiente—. ¿Se le ocurre alguna razón por la que Belinda no se haya puesto en contacto con usted todavía?

Alexander nos estaba mirando con mucha atención. A Dan le llamaron desde la cocina, quizá para contestar el teléfono.

—Bien, es posible que ella no sepa lo que está sucediendo. Puede que esté demasiado lejos para enterarse. Puede que tenga miedo de su familia. Y ¿quién sabe?, es posible que no desee regresar.

Connery sopesó mi explicación durante unos segundos.

—Pero ¿acaso hay alguna razón por la que ella no se haya podido enterar, o por la que no le sea posible regresar?

—No le entiendo —repuse.

Alexander se acercó sin hacer ruido.

—Escuche, mi cliente ha cooperado tanto como podía esperarse o más —dijo en un tono de voz bajo y frío—. Usted no querrá que cursemos una orden judicial basándonos en el acoso, y eso es exactamente lo que...

Connery le interrumpió, y con igual educación dijo tranquilamente:

—Y ustedes, caballeros, no desean que reunamos al gran jurado e iniciemos un auto de acusación inmediato, ¿no es cierto?

—¿Y en qué se basarían ustedes para hacer tal cosa? —inquirió Alexander con frialdad—. Ustedes no tienen nada. Los perros no han encontrado nada, ¿no es cierto?

—¿Encontrar qué? —pregunté yo.

Dan había regresado y estaba en el salón con Alexander.

Antes de contestar, Alexander se humedeció los labios reflexivamente. Su voz era tan baja y tan equilibrada como siempre.

—Estos perros conocían el olor de Belinda antes de venir aquí —me explicó—. Lo han hecho con prendas que ha traído su tío. Y si Belinda se hubiese encontrado en una situación extraña en este lugar, los perros habrían detectado el lugar aproximado en que el cuerpo había sido dejado. Los perros pueden oler la muerte.

—¡Por Dios bendito! ¿Creen ustedes que yo la he matado?

Miré con atención a Connery y noté que él me estaba escrutando tan clínicamente como había hecho antes.

—Así que los perros de Nueva Orleans tampoco han dado ninguna señal, ¿verdad? —prosiguió Alexander—. De modo que ustedes no tienen ninguna prueba de homicidio.

—¡Por Dios! Esto es horrible —susurré.

Me dirigí al sillón y me senté. Levanté los ojos y sin ninguna intención, me quedé mirando a Alex. Él estaba sentado en el sofá limitándose a contemplar lo que sucedía, y su cara era una máscara complaciente que no mostraba sus sentimientos. Con mucho disimulo me hizo un gesto con la mano que indicaba que me lo tomase con calma.

—Si ustedes hablan de esto con la prensa —dije—, lo destruirán todo. Arruinarán todo el esfuerzo que he hecho.

—¿Y eso por qué, Jeremy? —inquirió Connery.

—¡Por Dios!, ¿es que no lo ve? Se supone que los cuadros son una celebración. Su razón de ser es la belleza y el atractivo. Se suponía que eran un tributo a su sexualidad y al amor que nos profesábamos y que me ha salvado. Esta joven ha sido mi musa. Me despertó de todo esto, ¡maldita sea! —Miré en dirección a los juguetes. Le di un patada al tren cuando me puse de pie—. Ella trajo la vida a este lugar, a esta misma sala. No era una muñeca, no era un dibujo animado, era una mujer joven, ¡maldita sea!

—Eso le debe haber dado mucho miedo, Jeremy —dijo Connery con suavidad.

—No, no, señor, nada de eso. Y si quiere decir que yo la he matado, entonces convierte usted todo esto en algo sucio y retorcido, como otros miles de historias aberrantes (como si la gente no pudiese romper las reglas y amarse), pero en este caso no ha habido nada violento ni malo. ¡No hay nada malvado o violento!

Tenía la sensación de que Alexander me estudiaba con la misma intensidad que Connery. Dan lo estaba observando todo, pero al mismo tiempo asentía ligeramente con la cabeza, como si mis palabras fueran las adecuadas. Le quedé muy agradecido por aquel asentimiento, y deseaba poder decírselo, deseaba acordarme de decírselo.

—¡El propósito de la exposición era el de ser el final perfecto y el principio perfecto! —le dije. Pasé a su lado hacia la zona del comedor. Miré las muñecas que estaban encima del piano. Sentí deseos de aplastarlas, de destrozar toda porquería—. ¿Es que no se da cuenta? Iba a ser el final de su ocultación. Y también de la mía. —Me di la vuelta para mirar a Connery—. Íbamos a salir de esto como gente normal, ¿es que no lo ve?

—Teniente —dijo Alexander con voz suave—. Tengo que rogarle que se vaya.

—Yo no la maté, teniente —le dije, andando hacia él—. Usted no puede salir de aquí y decir que lo he hecho. Usted no puede convertir esto en algo horrible, así, de ese modo, ¿me oye? Usted no puede presentarme como un monstruo.

Connery puso la mano en el bolsillo de su gabardina y sacó una copia plegada del catálogo de la exposición.

—Jeremy, mire, usted ha pintado esto, ¿no es cierto? —Me enseñaba el cuadro de equitación, con las botas, el látigo y el sombrero.

—Sí, pero qué tendrá eso que ver con asesinar, por Dios bendito.

Alexander trató de intervenir otra vez. G.G. y Alex seguían contemplando la escena en silencio, aunque G.G. se había alejado más en dirección a la ventana y yo distinguí el miedo en sus ojos. ¡No, G.G., no te creas esto!

—Bien, ¿no diría usted que es bastante retorcido, Jeremy?

—Bueno, podría llegar a parecerlo, ¡y qué! —contesté.

—Y mire este otro, Jeremy, el título de este cuadro es *El artista está afligido por Belinda*. Ésa es la expresión elegida por usted, Jeremy, «estar afligido», ¿no es cierto?

—¡Oh, Dios!

—Jeremy, he de advertirle que vamos a ponerle bajo vigilancia; si intenta usted irse de San Francisco, será arrestado al instante.

—¡No me haga reír! —le espeté—. Ande, lárguese de mi casa. Vaya ahí fuera y suélteles sus sucias sospechas a los reporteros. Dígales que un artista que ama a una adolescente tiene que matarla, y no acepte que un hombre y una mujer pueden simple y llanamente sentir algo bueno y normal.

—Yo que usted no haría tal cosa, teniente —dijo Dan—. De hecho, si yo fuera usted, no mencionaría la sospecha de homicidio hasta que hablase con Daryl Blanchard.

—¿A qué se refiere, Dan? —dijo Connery con mucha educación.

—¿Daryl sabe algo de ella? —pregunté.

—Acabamos de recibir una llamada —aclaró Dan—. Daryl es ahora el tutor oficial de su sobrina y el departamento de policía de Los Ángeles acaba de hacer un comunicado oficial para que se la arreste sobre la base de que es una menor con un comportamiento inmoral y una vida disoluta, que no tiene la adecuada supervisión.

Connery no pudo ocultar su malestar.

—¡Ah, eso es fantástico! —dije yo—. Si ella intenta acercarse a mí, quedará arrestada. Malditos hijos de puta, también queréis encerrarla a ella en la cárcel.

—Lo que quiero decir, teniente —siguió Dan—, es que si hace tal acusación, bueno, un comunicado para arrestar a una persona asesinada, sería algo que...

Alexander terminó la frase:

—Resultaría exculpatorio.

—Correcto, exacto —dijo Dan—, de modo que difícilmente puede acusar a un hombre de homicidio e intentar al mismo tiempo arrestar a la...

—Entiendo su mensaje, consejero —dijo Connery haciendo un extraño gesto de asentimiento.

Se dio la vuelta, como si fuese a marcharse, pero volvió a mirarme a mí.

—Jeremy —dijo con sinceridad—, ¿por qué no me dice lo que le sucedió a la chica?

—¡Dios mío, ya se lo he dicho! Aquella noche se fue de Nueva Orleans. Ahora dígame una cosa...

—Eso es todo, teniente —dijo Alexander.

—¡No, quiero saberlo! —insistí—. ¿De verdad cree usted que yo pude hacerle a ella algo parecido?

Connery volvió a abrir el catálogo. Sostuvo la página de *Modelo y artista* frente a mí. Yo abofeteaba a Belinda.

—Quizá se sentiría usted mejor, Jeremy, si hablara con claridad de lo sucedido.

—Escuche, maldito hijo de puta —repuse—. Belinda está viva. Y vendrá cuando se entere de todo esto, si su orden de arresto no la asusta. Y ahora, arrésteme o lárguese de inmediato de mi casa.

Se estiró, puso el catálogo de nuevo en el bolsillo y con la misma expresión amable que había tenido todo el tiempo, dijo:

—Jeremy, se le acusa de homicidio en relación con la desaparición de Belinda Blanchard, y debo recordarle que tiene derecho a permanecer en silencio y a que un abogado esté presente cuando se le interrogue; desde ahora todo lo que diga puede ser utilizado contra usted.

A lo largo de los minutos siguientes no sucedió nada digno de mención, excepto que Connery se había ido, Dan y Alexander estaban en la cocina y deseaban que me uniera a ellos, y yo me había dejado caer en el sillón otra vez.

Levanté la mirada. Alex se había marchado, y también G.G.

Por un momento sentí algo muy próximo al pánico, algo que no había sentido en toda mi vida.

En ese instante apareció G.G. junto al brazo del sillón con una taza de café en la mano.

Me la pasó.

Oía la voz clara de Alex que hablaba desde el porche. Estaba con los reporteros:

—Sí, hace muchos años que le conozco. Jeremy es uno de mis mejores amigos. Le conozco desde que era un muchacho en Nueva Orleans. Es una de las mejores personas que he conocido en mi vida.

Me levanté y me dirigí al despacho de la parte de

atrás, apagué el contestador automático y grabé un nuevo mensaje.

—Soy Jeremy Walker. Belinda, si me llamas por teléfono, cariño, déjame que te diga que te quiero y que estás en peligro. Se ha emitido una orden de arresto contra ti y mi casa está bajo vigilancia. Esta línea puede estar intervenida. Sigue adelante, amor mío, pero ten cuidado. Yo reconoceré tu voz.

5

El martes, a eso de las once, todas las cadenas de televisión del país emitían una foto suya. Se habían enviado comunicados en busca de ella a Nueva York, a Tejas y también a California. Todos los periódicos de la tarde, desde Nueva York hasta San Diego, llevaban en la cubierta una preciosa y enorme fotografía de ella que había sido tomada en la conferencia de prensa de Cannes. El tío Daryl había llegado a ofrecer cincuenta mil dólares de recompensa por cualquier información que pudiera conducir al arresto de Belinda.

A los periodistas que cubrían la historia no se les escapaba que quizás una vez encontrada Belinda, si la encontraban, a tío Daryl se le concediera su custodia. Las autoridades podían meterla en la cárcel. En otras palabras, para tener a Belinda, Daryl había puesto el destino de ella en manos de los juzgados.

Una vez que el juzgado la tuviera bajo su custodia, si así lo deseaba, podían encarcelarla, no sólo hasta que tuviese dieciocho años, sino incluso hasta que alcanzase los veintiuno.

Daryl era el responsable. Daryl había convertido a Belinda en una criminal. Y no dejaba de vilipendiarla en cuanto tenía ocasión, mencionaba lo que según él eran varios agentes privados de investigación, insistía en que

Belinda «se había relacionado íntimamente con personas disolutas e inmorales, no disponía de medios visibles para mantenerse, había cometido abusos con drogas y con alcohol, y podía haber sufrido grandes daños, tal vez irreparables, a causa de las drogas, que tuvo a su alcance en el Greenwich Village de Nueva York, o en el infame barrio del Haight en San Francisco».

Entre tanto, las «tórridas escenas» de *Jugada decisiva* daban más y más que hablar. Un periódico *underground* de Los Ángeles había publicado fotos de ciertas escenas de la película junto con algunos de mis cuadros. Los canales de televisión las mostraron. Estaba previsto el estreno de *Jugada decisiva* para el día siguiente en el cine Westwood de Los Ángeles, con una permanencia en pantalla garantizada de dos semanas.

La situación del teléfono empeoró. El número privado que me habían puesto se había hecho público, de modo que también ése sonaba sin descanso. Durante las largas horas de la noche del martes recibí tantas llamadas de declaraciones de odio contra Belinda como contra mí.

—Esa pequeña bruja, ¿pero quién se ha creído que es? —decía una voz sibilante de mujer en el teléfono.

—Espero que cuando la encuentren hagan que se ponga algo de ropa.

Todas eran de ese estilo.

Para la imaginación del público tenía la misma fuerza la imagen de Belinda, tentadora adolescente que la de Belinda víctima, asesinada por mí.

Tanto el departamento de policía de San Francisco como el mismo Marty Moreschi habían proporcionado a la prensa todo lo necesario para situar a Belinda en una tumba cavada por el extraño artista de San Francisco.

¿ESTÁ BELINDA MUERTA O VIVA?, preguntaba el *San Francisco Examiner* en su última edición. La policía de San Francisco había indicado que existía una «colección secreta de cuadros sinuosos y horribles», guardada en la buhardilla de mi casa, obras llenas de «insectos y roedores que constituían la clara creación de una mente enferma». Describían la casa como «el lugar de recreo de un loco». Y además de las fotografías de *El artista está afligido por Belinda* y *Artista y modelo*, se mostraban fotografías de artículos que la policía se había llevado consigo, como los elementos que sirvieron para el cuadro de la comunión y las botas y el látigo de equitación.

En las noticias del miércoles por la mañana, Marty habló a los reporteros agradeciéndoles su atención, fuera de las oficinas de la policía de Los Ángeles, donde había sido interrogado acerca de Belinda:

—Bonnie tiene miedo de no volver a ver a su hija otra vez.

Por lo que se refiere a su permiso de ausencia de su puesto de trabajo, pagado con dos millones de dólares al año, como vicepresidente a cargo de la producción televisiva del estudio, nada tenía que ver con la cancelación de *Champagne Flight*, que de hecho había sido anunciada la noche anterior. Más bien al contrario, pues él había pedido un permiso para dedicarse por completo a Bonnie.

—Al principio lo único que deseábamos era dar con Belinda —prosiguió—, pero ahora tenemos miedo de lo que nos podamos encontrar.

Después de esto volvió la espalda a las cámaras y se puso a llorar.

A pesar de ello, la prensa no hacía más que vilipendiarnos a todos. Bonnie había abandonado a su hija. Marty era la causa más probable de tal acción. La superestrella de *Champagne Flight* se había convertido en la malvada reina de *Blancanieves*. Cuando intentaban que las acusaciones se centraran en mí, éstas les volvían a ellos como un bumerán.

Aunque Dan no dejaba de insistir en que las notificaciones de busca y captura que pesaban sobre Belinda hacían poco menos que imposible que el gran jurado formulara una acusación formal contra mí, yo podía darme cuenta, por los periódicos del miércoles, de que algo muy insidioso estaba sucediendo.

Los dos conceptos que se barajaban sobre Belinda, el de criminal que se esconde y el de víctima de asesinato, no eran contradictorios. Más bien al contrario, se estaban entrelazando, y el conjunto empezaba a adquirir una fuerza nueva.

Belinda era una chica mala que consiguió que la mataran por ello. Belinda era una pequeña reina del sexo que se había ganado lo que se merecía.

Incluso un artículo largo y digno de la edición nacional del *New York Times* adoptaba dicho enfoque. La niña actriz, Belinda Blanchard, hija única de la superestrella Bonnie y del famoso peluquero G.G., ha podido conseguir su verdadero estrellato en un papel erótico cuyo clímax se halla en la muerte. El mismo planteamiento lo hacía *Los Angeles Times*: ¿No habría seducido a la muerte la belleza sensual de su boquita de bebé en *Jugada decisiva* con la misma facilidad con que había seducido a la audiencia de Cannes?

A medida que seguía el proceso me sentía más horrorizado. Dan estaba más preocupado de lo que quería admitir. Incluso G.G. parecía aplastado.

Pero Alex no estaba ni enfadado ni sorprendido.

Mantenía su campaña de lealtad con valentía, llamaba a la gente de la prensa de toda la nación para realizar declaraciones voluntarias sobre nuestra amistad y estaba satisfecho de contribuir a crear historias con sus noticias: ALEX CLEMENTINE JUNTO A SU VIEJO AMIGO, decían los periódicos de Los Ángeles, y CLEMENTINE DEFIENDE A WALKER, se decía en el *Chronicle* de aquí.

Cuando vino el miércoles por la noche con la cena, consistente en ternera, pasta y otras exquisiteces, nos sentamos por fin a hablar y me dijo con toda calma que no estaba sorprendido en lo más mínimo por el aspecto que estaba tomando el asunto, lo de «chica mala obtiene lo que merece». Me recordó con mucho tacto y gentileza la discusión que mantuvimos frente al Stanford Court algunos meses atrás, en la cual él me advirtió que la gente no era más tolerante en la actualidad con los escándalos de lo que lo había sido siempre.

—Ha de ser la suficiente porquería en la medida adecuada —volvió a decir—. Y no me importa cuántas películas de sexo pongan en marcha cada día en Tinseltown; tú tienes cuarenta y cinco años y has hecho el amor con una adolescente, y no vas a decir que lo sientes, además tus malditas pinturas se están vendiendo bien, eso es lo que les vuelve locos. Tienen que pensar que alguien lo lamenta, alguien ha de pagar por ello, de modo que les encanta la idea de que ella esté muerta.

—Pues que se vayan al infierno —declaré—. Y además quiero decirte otra cosa, Clementine: no todos los votos han sido emitidos todavía.

—Jeremy, escucha. Lo que trato de decirte es que debes tomarte este asunto con más calma. Esta relación entre el sexo y la muerte, bueno, demonios, es tan americano como el pastel de manzana. Durante años, todas las películas que han hecho sobre sexo entre homosexuales, o sobre cualquier tipo de relación sexual que les parezca extraña, lo mismo da, han terminado en suicidio o con alguno de los protagonistas asesinado. Acuérdate de *Lolita*. Humbert Humbert dispara a Quilty, entonces él y Lolita acaban también muertos. América te hace pagar de ese modo que hayas prescindido de las reglas. Se trata de una fórmula. Las series de policías tratan de este tema constantemente.

—Espera un momento, Alex —le interrumpí—. Cuando todo esté dicho y hecho, ¡ya veremos quién tendrá la razón sobre el sexo, el escándalo, el dinero y la muerte!

—Por favor, dejad de hablar de la muerte —dijo G.G.—. Ella está bien y saldrá de ésta.

—Sí —admitió Dan—, ¿pero cómo?

Alex asintió con la cabeza.

—Mira lo que está pasando ahí fuera —me dijo—. Esos tipos vestidos de paisano están haciendo preguntas a todas las chicas jóvenes que pasan frente a la casa. Hacen que se paren y les piden la documentación. Cuando entré los vi. ¿No podrías pedir que esos tipos se apartasen un poco? Por cierto, he de decirte otra cosa que he oído. En la United Theatricals se comenta que reciben llamadas de chicas que dicen que son Belinda. Mi agente me lo ha dicho esta mañana. Y yo me pregunto, ¿cómo podrán reconocer las secretarias a la verdadera Belinda si llama?

—Pero ¿qué pasa con Susan Jeremiah? —preguntó G.G.—. ¿Alguien sabe algo de ella? ¡Quizá Belinda pueda comunicarse a través de ella!

Dan movió la cabeza.

—Ha alquilado una casa en Benedict Canyon Drive en Los Ángeles, pero el tipo que contestó al teléfono allí esta tarde me dijo que ella todavía está camino de vuelta desde Roma. Se suponía que aterrizaba esta mañana en Nueva York y que antes de ir a su casa pasaría por Chicago.

—¿Por qué no intentamos llamar otra vez por teléfono? —pregunté.

—Acabo de hacerlo. Tenía el contestador automático. El chico ha salido a cenar. Volveré a intentarlo más tarde.

Bueno, Susan estaba ocupada, ¿quién podía reprochárselo?

Jugada decisiva se había estrenado al mediodía en el Westwood de Los Ángeles ante una multitud que había agotado las localidades. Se vendían pósters de Belinda montando a caballo y llevando sólo un bikini en el Sunset Boulevard.

Todavía no había terminado mi cena cuando mi agente en Los Ángeles me llamó por la línea privada para decirme que cuando Belinda apareciese tendría una carrera que la estaría esperando, sin necesidad de que moviera un dedo.

—Debes estar bromeando, Clair, ¿has hecho que la operadora interfiriese la línea telefónica para decirme esto? —Yo estaba furioso.

—Puedes estar seguro, y además me ha costado bastante convencer a la compañía de que lo hicieran más de treinta malditos minutos. He tenido que convencer al supervisor de que realmente era un asunto de vida o muerte. ¿Acaso todo el mundo que vive en este continente tiene tu número? Mira, lo único que te digo, Jeremy, es que la encuentres, que te cases con ella y después le das mi mensaje. ¿De acuerdo? Yo la representaré, puedo llegar a un acuerdo de un millón de dólares con la Century International Pictures en dos segundos. Es decir, si..., bueno si...

—¡Si qué!

—¡Si no termina en la cárcel!

—Tengo que dejarte, Clair.

—Jeremy, no te apresures tanto. ¿Has oído hablar alguna vez del concepto de coacción pública? ¡Libertad para Belinda y Jeremy, libertad para la pareja de San Francisco!, y todo eso.

—Imprímelo en una pegatina, Clair. Podemos necesitarlo. Has tenido una buena idea.

—Oye, debes saber que tus editores están muy mal, ¿no? ¡Las librerías están devolviendo todos tus libros! Déjame que cierre algún trato por el catálogo de la exposición, Jeremy, ahí tienes una de tus mejores bazas en este momento.

—Adiós, Clair. Te quiero. Eres la persona más optimista con quien he hablado hoy.

Me moría de ganas de contarle a Alex lo que había dicho Clair, que quizá los dos teníamos razón cuando discutíamos sobre sexo, muerte y dinero. Pero eso hubiese sido prematuro. Más adelante, Clementine, me decía a mí mismo. Porque yo sé que ella está bien, que viene hacia aquí, sé que lo está haciendo, ella está bien. ¡Y que devuelvan mis libros si quieren!

En ese momento se estaba emitiendo *Entertainment Tonight*, en él anunciaban la cancelación definitiva de *Champagne Flight*. El departamento de policía de Los Ángeles volvía a interrogar a Marty Moreschi con respecto a la relación que mantenía con la desaparecida adolescente, Belinda Blanchard.

Por lo que a Jeremy Walker se refiere, el museo de Arte Moderno de Nueva York acababa de anunciar que se proponía hacer una oferta para comprar *Belinda en la cama de latón*, una tela de tres por cuatro, dividida en seis paneles.

El comité de dirección del museo no tenía intención de hacer ninguna declaración referente al escándalo que rodeaba la obra.

La cadena televisiva que emitía *Sábado por la mañana con Charlotte* todavía negaba los rumores de que la emisión iba a ser cancelada, aunque admitía que el programa había perdido a su mayor patrocinador, Crackerpot Cereal. «Millones de niños, que no han oído nunca hablar de Jeremy Walker, miran el programa», comentaba el portavoz de la cadena. Charlotte en la actualidad tenía una vida separada de su creador, y ellos no podían decepcionar a los millones de niños que esperaban verla cada sábado por la mañana a su hora habitual, las nueve en punto.

Rainbow Productions también seguía adelante con el desarrollo de la serie de *Angelica*, creada por Jeremy Walker, aunque todos los niños de la zona de Bible Belt estuvieran quemando los ejemplares que tenían de los libros de la protagonista. Rainbow confiaba en que la tormenta acabaría desapareciendo. Sin embargo, estaban considerando la posibilidad de hacer *Angelica* con actores reales, en vez de como un dibujo animado según habían previsto.

—Creo que podemos conseguir una historia bastante fantasmagórica —decía el vicepresidente de Rainbow—, algo así como la historia de un jardín secreto, en la que una adolescente vive en una vieja casa. Se darán ustedes cuenta de que con los dibujos hemos adquirido un tema y un relato.

Y hablando de actores reales, *Entertainment Tonight* estaba en vivo, frente al cine Westwood, para recoger las reacciones que tuviera el público asistente al pase de *Jugada decisiva*. Casi todo el mundo opinaba que la película era excelente. ¿Y Belinda? «Encantadora.» «Preciosa.» «Se comprende perfectamente todo el lío que se ha organizado.»

«Muy pronto la audiencia de la Gran Manzana tendrá la oportunidad de ver el controvertido film —decía una comentarista bastante atractiva—. *Jugada decisiva* se estrena mañana en Nueva York en el Cinema I.»

—Bien por Susan. Bien por Belinda —comenté.

Hacia las ocho y media llegó David Alexander. Se había pasado la tarde con el fiscal del distrito.

—Mira, en lo esencial no tienen nada contra ti —me aseguró—. No han encontrado ni una sola prueba en esta casa que pueda confirmar el abuso sexual. Comprobaron un poco de sangre que había en una sábana, y que resultó ser de la menstruación. De modo que vivió aquí. Eso ya lo sabían. Pero la coacción pública va en aumento. Y la presión de Daryl Blanchard también aumenta.

»Éste es el acuerdo que ofrecen en este momento. Te confesarás culpable de determinados cargos menores, como relación sexual ilegal y contribución a la delincuencia de una menor, están de acuerdo en enviarte a Chino durante sesenta días para hacerte un test psicológico, y después el público quedará satisfecho. Tenemos una pequeña posibilidad de negociar estos cargos, pero no hay ninguna garantía sobre la posible sentencia.

—Eso no me gusta —dijo Dan—. ¡Esos psicólogos están locos! Si se te ocurre hacer un dibujo de ella con un lápiz negro, te dirán que el lápiz negro representa la muerte. No tienen ni idea de lo que hacen. Tal vez nunca podamos sacarte de allí.

—Ésta es la alternativa —explicó David Alexander con frialdad—. Reunirán al gran jurado y pedirán una acusación por homicidio, y el gran jurado te pedirá la carta de Belinda. Y cuando tú te niegues a enseñarla, se te arrestará por desacatar la ley.

—Antes de darle esa carta a alguien, la destruiría.

—No se te ocurra pensar así. Esa carta es crucial. Si no encuentran viva a tu pequeña...

—No lo digas.

—Además —dijo Dan—, no puedes destruir la carta. La carta está en una caja de seguridad en Nueva Orleans, ¿verdad? Tú no puedes salir de California. Si lo intentas te arrestarán y utilizarán el testimonio del policía a quien mentiste cuando te fuiste con Belinda aquella noche en Page Street.

—Por desgracia, eso es cierto —dijo Alexander—. Y a continuación empezarán a amontonar cargos. Tienen una declaración jurada de tu ama de llaves en Nueva Orleans en la que se afirma que Belinda durmió en tu cama. Y un antiguo camarero del café Flore insiste en que le diste vino a sabiendas de que ella era menor de edad. Además, existe una ley sobre pornografía infantil que tiene relación con la venta del catálogo en librerías locales; el catálogo, me oyes, no los cuadros. ¡Bien!, la lista no tiene fin. Pero el hecho sigue siendo el mismo, y yo no puedo dejar de poner el énfasis necesario en ello, sin tener a Belinda para testificar contra ti, o sin su cuerpo para concluir que ha sido asesinada, no tienen nada que se sostenga.

—¿Cuándo has de darles una respuesta? —inquirí.

—Mañana al mediodía. Desean tenerte bajo custodia hacia las seis de la tarde. Pero la presión está subiendo. Se habla de ellos en los medios de comunicación nacionales. Tienen que hacer algo.

—Manténlos quietos —dijo Dan—. No harán ningún movimiento para arrestar a Jeremy sin avisar...

—No. Nuestras líneas de comunicación son buenas. A menos, por supuesto, que algo cambie de modo espectacular las cosas.

—¿Qué demonios podría cambiarlas espectacularmente? —quise saber.

—Bueno, podrían encontrar su cuerpo, desde luego.

Me quedé mirándole con atención.

—Ella no está muerta —afirmé.

A las once, el empleado que hacía las entregas de la Western Union volvía a estar allí, en esta ocasión traía una docena de telegramas o más. Los revisé todos deprisa. Había uno de Susan, enviado desde Nueva York.

ESTOY INTENTANDO HABLAR CONTIGO SIN CONSEGUIRLO, WALKER. TENGO NOTICIAS IMPORTANTES. LAS OPERADORAS NO INTERFIEREN TUS LLAMADAS. MARCA ESTE NÚMERO DE LOS ÁNGELES. SALDRÉ PARA SAN FRANCISCO MAÑANA POR LA NOCHE. TEN CUIDADO. SUSAN.

Me dirigí al teléfono. Antes de que una voz soñolienta con acento tejano se oyera al otro lado, el teléfono debió de sonar unas diez veces.

—Muy bien, hombre, ha llamado desde el aeropuerto Kennedy hace un par de horas. Dice que tiene buenas noticias para ti y que todo le va muy bien. También me ha pedido que te diga que ha intentado por todos los medios hablar contigo.

—¿Pero de qué noticias habla, qué más ha dicho?

—Ha dicho que tengas cuidado, que lo más seguro es que estén grabando las conversaciones.

—Te llamo desde una cabina telefónica dentro de cinco minutos.

—No es necesario. Lo único que sé es lo que acabo de decirte. Ella va camino de Chicago para llegar a un acuerdo con *Jugada decisiva*. A continuación vendrá aquí. Ha intentado de veras contactar contigo, y yo también lo he hecho.

—Escucha, dale los siguientes nombres —le dije—. Blair Sackwell, Stanford Court Hotel, San Francisco, y G.G. (es el padre de Belinda, George Gallagher) que está en el Clift. Puede llamarles y ellos me darán el mensaje.

Cuando colgué el teléfono me sentía muy contento. Alex y G.G. estaban de camino desde el Clift con las maletas de G.G. Éste iba a instalarse en la habitación de arriba de Belinda, porque ahora estaba claro que la policía le tenía vigilado y que cogerían a Belinda si ella aparecía por el Clift. De hecho, se habían dedicado a parar a todas las chicas jóvenes y a pedir su identificación, hasta que el hotel se quejó de ello.

Yo sabía que Alex no iba a durar mucho fuera de un hotel de cinco estrellas, pero él sólo venía a hacer cortas visitas y a tomar un par de copas, habían encargado a un chico amable del hotel que cogiese un taxi enseguida y viniera a mi casa si Belinda llamaba.

—No te animes demasiado con todo eso —me dijo Alex cuando le enseñé el telegrama de Susan—. Quizá se está refiriendo a su película, recuerda que ella es la directora y está teniendo una buena entrada en las distribuidoras nacionales, si no no habría ido a Roma.

—Por todos los demonios, ella ha hablado de noticias. Buenas noticias —insistí.

Tan pronto como conseguí algunas mantas para G.G., llamé a Blair al Stanford Court y se lo conté. Él se entusiasmó. Me dijo que no se movería del teléfono.

Hacia medianoche, mi vecina Sheila llamó a la puerta para contarme que el mensaje que yo había grabado en el contestador automático para Belinda se retransmitía por las emisoras de música rock de toda la bahía. Al parecer alguien le había añadido un poco de música como acompañamiento de fondo.

—Toma, Jer —me dijo—, en mi pueblo cuando hay un funeral o sucede alguna gran tragedia la gente acostumbra a llevar cosas. Bien, ya sé que esto no es ningún funeral y tampoco es ninguna salida al campo, pero pensé que te gustaría que te trajese una hornada de galletas, las he hecho yo misma.

—Sheila, vendrás a visitarme a la cárcel, ¿verdad? —le pregunté.

Me fijé en que la policía la paró en la esquina. Se lo dije a Dan.

—¡Qué forma de hostigar! —dijo—. No pueden cercarte de esta manera. Lo mejor es esperar el momento más adecuado para utilizar esto.

A las tres de la madrugada del jueves yo estaba estirado en el suelo del estudio de la buhardilla, tenía la cabeza sobre una almohada y la única iluminación provenía de las luces de la ciudad y de la radio que tenía junto a mí.

Me fumé un cigarrillo; era de ella. Había encontrado a mi regreso un paquete sin abrir en el baño. Recuerdo que su perfume todavía se olía en su armario. Bajo la colcha, sobre la almohada, aún quedaban algunos cabellos rubios.

Sonó el timbre amortiguado del teléfono. Por el altavoz se oía el sonido del contestador al descolgar:

«Mi nombre es Rita Mendleson, yo soy..., bueno, no importa quién soy. Creo que puedo ayudarle a encontrar a la chica desaparecida. Puedo ver un campo lleno de flores. Veo una cinta para el pelo. Veo que alguien se cae, sangre... Si desea más información, puede llamarme a este número. No cobro nada por mis servicios, pero una modesta donación, cualquier cantidad que su conciencia le dicte...»

La radio seguía hablando. Un comentarista de la CBS, que provenía de alguna parte de la Costa Este.

«¿Acaso hablan las crónicas del deterioro de una mente y de una conciencia cuando se refieren a un asunto amoroso que ha salido mal? Belinda comienza su andadura con bastante inocencia, a pesar de su desnudez, lo que se aprecia en la forma en que nos mira desde los cuadros, los cuales resultan muy familiares para los lectores de los libros de Walker. ¿Pero qué le sucede al artista infantil cuando su modelo madura ante sus propios ojos? A ese talento considerable —y no debemos equivocarnos porque de lo que hablamos es de piezas maestras, pues estos cuadros sobrevivirán a las más crudas revelaciones que se produzcan—, ¿qué le sucedió cuando ya no pudo confinar a la muchacha en la sala de juegos, y ella emerge como la joven mujer que lleva sujetador y braguitas, y se arrellana perezosa y lasciva en la cama del artista? ¿Acaso las dos últimas pinturas de esta obsesiva y preciosa exhibición representan el pánico de Walker y el dolor que siente por la indómita joven a quien se vio abocado a destruir?»

Me quedé dormido y soñé.

Me hallaba en una casa enorme que me resultaba familiar. Era la casa de mi madre y mi casa de San Francisco, o más probablemente una mezcla de ambas. Conocía todos los pasillos y habitaciones. Sin embargo vi una puerta que no había visto antes. Y cuando la abrí, me encontré ante un gran corredor, decorado con gusto exquisito. Una puerta tras otra se abrían ante habitaciones que yo no había visitado antes. El descubrimiento me hacía muy feliz.

—Y es todo mío —dije. Sentía una felicidad indescriptible. Mientras iba de una habitación a otra tenía una extraordinaria sensación de elasticidad y vigor.

Eran las cinco y media cuando me desperté, a través de la membrana gris sin textura del cielo brillaba una luz de pálida y rosada incandescencia. Olía a San Francisco de madrugada, ese olor de mar que viene del océano. Todas las impurezas ya eliminadas.

El sueño persistía, junto con la felicidad que había experimentado. ¡Ah!, aquellas nuevas habitaciones eran preciosas. Era la tercera vez en mi vida que tenía ese sueño.

Recordé que años atrás, siendo niño en Nueva Orleans, cuando bajé a desayunar le conté a mi madre, que todavía no estaba enferma, un sueño semejante.

—Es un sueño de nuevos descubrimientos —me dijo ella—, de nuevas posibilidades. Un sueño maravilloso.

La noche antes de mi partida de Nueva Orleans con todos los cuadros de Belinda, la última noche que dormí en la habitación de mi madre antes de venir a San Francisco, tuve el mismo sueño por segunda vez en mi vida. Me desperté a causa del golpeteo de la lluvia contra las ventanas. Había tenido la sensación de que mi madre se hallaba junto a mí, volvía a decirme que era un sueño maravilloso. Ésa fue la única ocasión en que percibí la presencia de mi madre en aquella casa desde mi regreso.

Imaginé un montón de cuadros en ese momento, cuadros completos que yo iba a hacer en cuanto Belinda y yo estuviésemos de nuevo juntos. Los sentía de una manera íntima y maravillosa, se trataba de una nueva serie de escenas que nacían a la vida de manera natural, como si no fuera posible impedirlo.

Las telas eran enormes y magníficas, como las habitaciones que había visto en el sueño. Representaban los paisajes y la gente de mi infancia, y tenían el poder y la cualidad de ser cuadros históricos, aunque no lo eran. «Pinturas de la memoria», me dije a mí mismo la última noche en Nueva Orleans, saliendo al porche y dejando que la lluvia me limpiase. La atmósfera de las viejas calles irlandesas del canal volvió a mi mente, Belinda y yo paseábamos, la enorme extensión del río de pronto se hallaba a mis pies.

En estas pinturas podía ver las antiguas iglesias parroquiales, y también la gente que vivía en las viejas calles. *La procesión de mayo* había de ser el primero de estos cuadros, eso era muy cierto, con todos los niños de blanco, las mujeres con vestidos floreados y sombreros de paja negra caminando por las aceras con sus rosarios, y las estrechas casitas alineadas detrás de ellas con sus vivaces aleros. Mamá también podría salir en este cuadro. Sería una gran pintura, intensa, que representaría a la muchedumbre; quitaría la respiración por ser tan grotesca. Las caras de la gente normal que yo había conocido reflejarían su antigua brutalidad, el conjunto sería recargado y sórdido, sin dejar de ser tierno por el detalle de las manos de las niñas con sus rosarios de perlas y sus blondas. Mamá también llevaría sus guantes negros y su rosario. El cielo sería rojo como la sangre, desde luego, como lo había sido con tanta frecuencia sobre el río; también es probable que cayese la lluvia intempestiva, con un sesgo plateado, desde las nubes que descendían.

El segundo cuadro se llamaría *El martes de carnaval*. Y allí mismo, en San Francisco, estirado en el suelo como estaba, podía verlo con total claridad, igual que lo había visto aquella noche tormentosa en la casa de Nueva Orleans. Los hombres empujaban las enormes y brillantes carrozas de cartón piedra bajo las ramas de los árboles, y los portadores de las antorchas iban borrachos y bailaban al ritmo de los tambores, sin dejar de beber de los frascos de sus bolsillos. Una de las antorchas había caído sobre una carroza atestada de juerguistas vestidos de satén. El fuego y el humo se elevaban cual reproducción gráfica de un rugido que saliese de una enorme boca.

La luz de la mañana empezaba a ser más luminosa sobre San Francisco, pero como la niebla todavía era muy espesa, el color gris circundaba las ventanas del estudio. Todo estaba bañado por una luz fría y luminosa. Los viejos cuadros de ratas y cucarachas parecían ventanas oscuras que daban a otro mundo.

Me dolía el alma y también el corazón. Y sin embargo sentía un enorme bienestar, una felicidad que emanaba de los cuadros que todavía tenía que hacer. Deseaba con todas mis fuerzas volver a pintar. Me miré las manos. Hacía varios días que no pintaba y no quedaba en ellas ningún resto de pintura. Los pinceles estaban esperando y aquella luz invitadora seguía filtrándose hacia el interior.

—¿Pero qué sentido tiene todo esto sin ti, Belinda? —susurré—. ¿Dónde estás, amor mío? ¿Estás furiosa y no deseas perdonar, o es que no puedes contactar conmigo por culpa de las llamadas que bloquean la línea? La comunión, Belinda. Vuelve a mi lado.

[illegible] el fuego y el humo se [illegible]
[illegible]
[illegible] boca.

[illegible]
[illegible]
[illegible]
[illegible]
[illegible]
[illegible] quedaba [illegible] cero muerto.

[illegible]
[illegible]
[illegible] de las [illegible] que [illegible]
[illegible]
[illegible]
[illegible]
[illegible]
[illegible] infección.

[illegible]
[illegible]
[illegible]
[illegible]

[illegible]

[illegible]
[illegible]
[illegible]
[illegible]
[illegible]

«[illegible]
[illegible]
la moral [illegible]
[illegible]

6

Las noticias matinales de la televisión por cable mostraron algunas escenas desde el exterior del cine que proyectaba *Jugada decisiva* en Nueva York. *The New York Times* ya se había deshecho en elogios de la película.

«En lo que a la mismísima ingenua se refiere, posee un atractivo indómito. Una vez que aparece en escena, uno olvida automáticamente la desagradable publicidad que la rodea. El observador se ve obligado a preguntarse por las ironías y contradicciones de un sistema legal que debe acusar a esta bien dotada y sofisticada joven actriz de delincuente infantil.»

En la cadena de televisión Cable News apareció un portavoz del museo de Arte Moderno de Nueva York. Parecía un hombre muy circunspecto, calvo y miope, que leía con gafas de gruesos cristales una declaración que tenía preparada. Cuando calló unos segundos para respirar, dirigió su mirada a un punto distante en las alturas, como si tratase de detectar una estrella determinada.

«En cuanto a la adquisición de los cuadros de Belinda, el museo no reconoce obligación alguna a juzgar la moral personal o pública del artista. El museo opina que los cuadros merecen ser adquiridos. Los directivos de esta institución están de acuerdo en calificar positivamente los indudables méritos de la obra.»

Después apareció el crítico de Nueva York, Garrik Samuels, un hombre a quien yo detestaba:

«En raras ocasiones podemos ver a un artista volcarse así en su trabajo, con tanta fuerza y calor —explicaba—. La obra de Walker muestra la habilidad de aquellos a quien nosotros llamamos "viejos maestros", y sin embargo sus cuadros son típicamente contemporáneos. Su obra es un entramado de saber hacer y de inspiración. ¿Y cuán a menudo podemos ver algo así? ¿Una vez en cien años?»

Gracias, Samuels, todavía te aborrezco. Conviene tener la mente despierta en todo momento.

Bajé al vestíbulo y miré al exterior a través de las ventanas: la misma multitud, las mismas caras y en el mismo sitio. Sin embargo había algo diferente. Un autobús se había detenido. Era el mismo autobús que pasaba siempre en dirección a Castro para que los turistas vieran a los homosexuales, y que esta vez se había parado. ¿Acaso los del interior miraban mi casa?

Hacia la una, Bárbara me despertó de un incómodo sesteo al que yo me había entregado en el sofá de la sala de estar.

—Un chico acaba de venir hasta la puerta con un mensaje de Blair Sackwell. Ruega que le llames de inmediato a este número desde una cabina.

Al salir por la puerta de casa, todavía me sentía un poco adormecido, y cuando los reporteros me abordaron me resultó muy difícil ser educado. Al momento, vi a los dos tipos en ropa de paisano salir de su Oldsmobile gris.

Les miré durante un segundo, les saludé agitando la mano y señalé la cabina telefónica, junto a la tienda de la esquina.

Disminuyeron la marcha de inmediato y asintieron con la cabeza.

—¿Quiénes son esos tipos, Jeremy?

—Jeremy, ¿le ha llamado Belinda?

Los periodistas me siguieron a través de Noe Street y la calle Diecisiete.

—Sólo es mi equipo de guardaespaldas —les dije—. ¿Alguno de vosotros tiene una moneda de veinticinco?

Inmediatamente había cinco manos abiertas con una moneda cada una. Cogí dos de ellas, di las gracias a los muchachos y cerré la puerta de la cabina.

—¡Te ha costado un buen rato llamarme!— dijo Blair al ponerse al teléfono—. ¿Dónde está G.G.?

—Está durmiendo, esta noche ha contribuido a atender el teléfono sin descanso.

—El hombre que trabaja para Jeremiah en Los Ángeles acaba de ponerse en contacto conmigo. Me ha explicado que Susan le llamó cuando iba de camino hacia Chicago, hace aproximadamente una hora. No ha querido hablar conmigo por la línea telefónica del Stanford Court y me ha dicho que fuese a llamarle desde cualquier lugar de la calle. Es a ese lugar al que me estás llamando en este momento. Ahora escucha. Susan está convencida de que Belinda ha estado hospedada en el hotel Savoy de Florencia hasta hace dos días.

—¡Por Dios! ¿Es eso cierto?

—Cuando Jeremiah estuvo en Roma, algunos amigos le dijeron que Belinda había estado trabajando en Cinecittà. Habían comido con ella unas dos semanas atrás en el Via Veneto. Se encontraba perfectamente.

—¡Gracias a Dios!

—Bueno, haz el favor de no desahogarte conmigo. Escucha. Esas personas dijeron que Belinda había estado viviendo en Florencia y que iba a trabajar allí algunos días a la semana. Jeremiah encargó a la secretaria personal de su padre en Houston que se ocupara de averiguarlo. La mujer llamó a todas las personas que Susan conocía en Florencia, amigos de Belinda, de Bonnie, a los de siempre. Obtuvo confirmación de sus sospechas ayer por la tarde. Averiguó que Belinda había dejado el Savoy el martes, el mismo día que Susan partió de Roma. Al parecer ella se había registrado con su propio nombre, había pagado la factura utilizando cheques de viaje y había informado al conserje de que se dirigía al aeropuerto de Pisa para volver a Estados Unidos.

Me desplomé contra la pared de la cabina. Si no conseguía reprimirme, podía ponerme a gritar y llorar como un chiquillo.

—¿Rembrandt? ¿Todavía estás ahí?

—Blair, creo que yo mismo había empezado a creérmelo —le dije. Cogí un pañuelo y me sequé la cara—. Te lo juro, empezaba a creer que ella estaba muerta.

Sin importarme lo que él pudiera pensar, guardé silencio y cerré los ojos durante un minuto. Me sentía demasiado aliviado para pensar con claridad. Sentí un impulso irrefrenable de abrir la maldita puerta de la cabina y gritar a los periodistas: «¡Belinda está viva! ¡Está viva!» Imaginaba que ellos saltarían y gritarían conmigo: «¡Está viva!»

Pero no lo hice. Me quedé como estaba, de pie, aprisionado entre el llanto y la risa. Después me serené e intenté razonar las cosas.

—Bien, no podemos llamar a la TWA ni a la Pan Am para solicitar la lista de pasajeros —dijo Blair—. Es demasiado arriesgado. De todas formas, hasta ayer no tuvo tiempo de llegar ni por el aeropuerto de Kennedy ni por el de Los Ángeles. Y para entonces ya aparecía en las portadas de todos los periódicos.

—Blair, hay miles de personas que cruzan las aduanas. Es posible que haya llegado por Dallas o por Miami, o por cualquier otro donde no estuviera...

—También se ha podido ir a la Luna, ¿quién sabe? Pero la realidad es que puede que ya esté en California y que ya se haya desesperado con los malditos teléfonos. Es de suponer que si yo no puedo hablar contigo y Jeremiah tampoco pudo, es que nadie puede. Por cierto, no te habrás perdido lo de Moreschi esta mañana, cuando ha salido recogiendo a Bonnie en el hospital y ha explicado a la prensa que están recibiendo un sinfín de llamadas crueles y chifladas de muchachas que afirman ser Belinda...

—¡Mierda!

—Sí, tú lo has dicho, ese Marty piensa en todo. También ha afirmado que tanto el estudio como las emisoras locales de radio están recibiendo llamadas del mismo estilo.

—¡Por Dios! La está cercando. ¿Es que no se da cuenta?

—¿Y qué harías tú si estuvieras en su lugar? ¿Vendrías directamente aquí?

—Escucha, Blair, tengo una casa en Carmel. Nadie, quiero decir nadie en absoluto, conoce su existencia excepto G.G., Belinda y yo. Él y yo estuvimos allí la semana pasada. Le dejamos una nota a Belinda y dinero. Es posible que se haya dirigido allí. Si yo fuese ella eso es lo que habría hecho, al menos para decidir los próximos pasos y dormir un poco. Y si G.G. o yo intentamos ahora ir hacia allí en el coche, todos estos policías de paisano nos seguirán...

—Dime la dirección —dijo Blair.

Rápidamente le describí el lugar, la calle, el giro que había que dar, que las casas no tenían numeración y todo eso.

—Déjamelo a mí, Rembrandt. Midnight Mink es un artículo importante en Carmel. Conozco a la persona perfecta para enviar allí, además no tiene que saber siquiera la razón por la que lo hace. Me debe una desde la vez que le llevé personalmente, y a tiempo para la Navidad, un abrigo largo para una vieja y desgastada reina del cine que, mientras envejece, vive en reclusión justo al norte de donde tú dices, en Pebble Beach. Me pasé la noche de Navidad de 1984 a ocho mil metros de altura gracias a ese hijo de su madre. Hará lo que yo le diga. ¿Qué hora es, la una y cuarto? Llámame a este mismo número a las cuatro, si antes no recibes noticias mías.

A mi regreso, Dan y David Alexander llegaban a mi casa en un taxi. Entramos todos juntos.

—Desean que te entregues sin falta a las seis de la tarde —dijo Alexander—. Daryl Blanchard acaba de hacer una declaración a la prensa en Nueva Orleans. Después de haber hablado con tu ama de llaves y con los policías que la interrogaron, afirma estar convencido de que su sobrina está muerta. Bonnie hizo una afirmación similar en Los Ángeles cuando le dieron el alta en el hospital. Nos proponen llegar a un acuerdo por los cargos menores. Una vez te encuentres bajo custodia, el público no notará la diferencia. Si les hacemos caso serán flexibles.

—Antes tenéis que escucharme. Puede ser que ella ya esté viniendo hacia aquí. —Les expliqué todo lo que Blair me había contado y lo de las «llamadas de las jóvenes chifladas». Y también les hablé de mi escondite en Carmel.

David Alexander se sentó junto a la mesa del comedor e hizo su gesto habitual de juntar las manos bajo los labios fruncidos. Las motas de polvo flotaban en los rayos de sol que traspasaban las cortinas de encaje por detrás de él. Me pareció otra vez que estaba rezando.

—Que jueguen sus cartas, ésa es mi opinión —dijo Dan muy serio—. Necesitarán tiempo para reunir al gran jurado, y más aún para requerir legalmente la carta que te envió.

—Si lo hacemos así perderemos la posibilidad de negociar los cargos menores —dijo Alexander.

—Tenéis que mantenerme fuera de la cárcel hasta que pueda contactar con ella —les dije.

—¿Pero cómo te propones contactar, y qué esperas si lo haces?

—Escucha, Jeremy nos pide que le mantengamos alejado de la cárcel tanto tiempo como nos sea posible —aclaró Dan.

—Gracias, Dan —dije yo.

Alexander conservaba un semblante inexpresivo, escondía sus verdaderos pensamientos a la perfección. De pronto, su rostro cambió, parecía haber llegado a una conclusión.

—De acuerdo —nos dijo—. Informaremos al fiscal comisionado del distrito de que disponemos de nueva información sobre el paradero de Belinda. Le diré que necesitamos tiempo para investigar. Les echaré en cara que el auto de búsqueda de Belinda que han emitido puede estar asustándola e intimidándola, y que como consecuencia la posición de nuestro cliente queda afectada negativamente. Trataremos de posponer la fecha en que hayas de entregarte, tanto como podamos.

A las tres en punto un conserje del Stanford Court llamó al timbre y me dio un nuevo número para llamar a Blair. Me rogó que le llamase tan pronto como pudiese.

—Escucha, ¡Belinda ha estado en la casa de Carmel hoy mismo! Tenemos pruebas irrefutables. Había periódicos abiertos sobre la mesa de la cocina con la fecha de hoy. También había una taza de café medio vacía y un cenicero lleno de esos caprichosos cigarrillos extranjeros a medio fumar.

—Eso concuerda. ¡Ha sido Belinda!

—No hay ni equipaje ni ropas. ¿Y a que no adivinas lo que mi hombre ha encontrado en el baño? Dos botellas vacías de Clariol Loving Care.

—¿Y qué demonios es Clariol Loving Care?

—Un tinte para el cabello, Rembrandt, un tinte para el cabello. El color era castaño oscuro.

—¡Belinda está en marcha! Eso es maravilloso.

Los reporteros de la esquina me oyeron gritar y empezaron a correr hacia mí. Les hice un gesto para que se quedaran donde estaban.

—¡Y que lo digas, Rembrandt! Porque Loving Care es un tinte que se va cuando te lavas el pelo. ¿Cómo podría hacer yo la foto de bodas con el Midnight Mink, si su bonito cabello se quedase teñido de color castaño oscuro?

A pesar de mí mismo, me reí. Me sentía demasiado feliz para no hacerlo. Blair continuó hablando.

—Escucha, aunque mi hombre ha dejado notas escritas por toda la casa, no creo que ella vuelva por allí. Por otra parte, han intervenido mi línea telefónica y la de G.G. en el Clift. De modo que, ¿quién podrá impedir que los policías la cojan, sea cual fuere el color de su pelo, si ella se dirije a la puerta de tu casa?

—Ella no es tan tonta, Belinda no, ya sabes que no lo es. Por cierto, ahora que mencionas a G.G., tengo que contarles todo esto a él y a Alex. Se han ido al café Ryan, está a dos manzanas de aquí. Te llamaré al hotel a mi regreso.

Colgué el teléfono y me abrí paso a través de los periodistas.

No podía decir por qué había gritado, ni por qué me reía. A ver chicos, salid de aquí, ¡por favor, ahora no! Envié un saludo amistoso con la mano a los policías en traje de paisano y comencé a subir deprisa por la pendiente de Castro Street.

Hasta que hube cruzado la calle Hartford, no me di cuenta de que los periodistas venían tras de mí, al menos seis se hallaban a una distancia de menos de un metro. Detrás de ellos venían los policías.

Entonces empecé a enfadarme en serio.

—¡Eh, chicos! —comencé a gritar—, ¡dejadme en

paz! —Se quedaron todos juntos y me miraron como si dijesen, aquí no hay nadie más que nosotros, unos gallinas. Pensé que me iba a volver loco. Uno de ellos me hizo una foto con una minúscula cámara automática. Finalmente elevé los brazos, los dejé caer y aceleré el paso.

Al dar la vuelta a la esquina, encontré a Alex cubierto con su sombrero de felpa y su gabardina y a G.G. con un chaquetón cruzado de dril de algodón; estaban los dos de pie y parecían un par de modelos de la revista *Esquire*. Se encontraban frente al cine Castro y miraban la cartelera.

—¡Jeremy! —gritó G.G. cuando me vio, al tiempo que me indicaba con un gesto que me acercase a ellos rápidamente.

En aquel instante acababa de darme cuenta de la marquesina que se hallaba sobre sus cabezas. Un hombre, en lo alto de una escalera larga, estaba terminando de situar las letras negras en el lugar apropiado:

SESIÓN DE MEDIANOCHE
EL DIRECTOR DE LA PELICULA EN PERSONA
BELINDA EN *JUGADA DECISIVA*

—Jeremy, saca tu esmoquin, y si no tienes ninguno, yo te lo compraré —dijo G.G. cogiéndome del brazo—. Esta noche estaremos todos en el estreno. Vamos a estar en primera línea, maldita sea, aunque tengamos que hacer que esos tipos de las porras entren con nosotros. Esta vez no pienso perderme el debut de mi hija.

—¡Es posible que llegues a verla incluso en carne y hueso! —le dije.

Me aseguré de dar la espalda al pequeño grupo de policías y reporteros para poder contarles a Alex y a G.G. lo que el hombre de Blair había averiguado.

—Ahora, y durante las próximas veinticuatro horas —concluí—, todo lo que tengo que hacer es permanecer lo bastante alejado de esos tipos. Sé que ella se dirige hacia aquí. Sé que está a menos de trescientos kilómetros.

—Sí —suspiró Alex—, no has de hacer nada más; a menos que ella se haya dado media vuelta y se haya ido, excepto que se esté alejando de nosotros cuanto le sea posible.

Acto seguido, hizo señas a los reporteros para que se acercasen y les dije:

—Vengan, señoras y caballeros, vamos todos al bar Twin Peaks, les invito a una ronda.

7

A las doce menos cuarto, aquella noche, llegó la limusina alargada, un enorme Cadillac blanco que se situó con dificultad en el estrecho pasaje de mi casa. Los reporteros no tardaron en rodear el vehículo y disparar sin cesar sus cámaras, mientras Susan salía por la puerta trasera y sonreía bajo el sombrero escarlata de estilo tejano. Se volvió hacia la casa y envió un saludo con la mano hacia las ventanas de la sala de estar.

G.G., Alex y yo nos abrimos paso por las escaleras para recibirla. Nos habíamos vestido todos con esmoquin y camisa blanca de etiqueta, sin olvidar la inevitable faja ancha, los zapatos negros de charol y todo lo demás.

—Señoras y caballeros, si no se dan prisa van ustedes a perderse la película —dijo Alex jovial—. Vayámonos, ¿todo el mundo tiene pase de prensa? ¿A quién le falta el dichoso pase?

Dan cruzó la calle y se dirigió a los policías de paisano del Oldsmobile —no había necesidad de que nadie se pusiera nervioso—, y les hizo entrega de cuatro pases que le había dado Susan para ellos con un saludo. A continuación, ya estábamos listos para salir, subir por Sánchez Street, girar a la derecha, bajar por la calle Dieciocho hasta Castro, volver a girar a la derecha, y bajar hasta el cine. Era necesario dar toda aquella vuelta, cuando éste se encontraba sólo a una manzana de mi casa.

A mí me parecía que todo transcurría con naturalidad, pero Dan me señaló que él iría con los policías.

—¿Te lo puedes creer? —murmuró G.G.—. ¿Acaso esperan que no se mueva? ¿O le van a dar una paliza con una porra si hacemos algún movimiento extraño?

—Muévete, hijo, y sigue sonriendo —dijo Alex.

Uno tras otro nos metimos en el coche tapizado de terciopelo azul. Blair ya estaba dentro, se había vestido con el esmoquin de color lavanda que Belinda me había descrito en su carta, y llevaba la capa ribeteada de visón blanco. Fumaba un cigarro y ocupaba el asiento plegable situado frente a Susan. El coche ya estaba lleno de humo.

Susan me rodeó inmediatamente con el brazo y me rozó con su suave mejilla.

—Vaya hijo de su madre, tú sí que sabes lo que hay que hacer para lanzar una película, Walker —me dijo con su lenta y melodiosa voz de Tejas.

Llevaba una blusa roja de rodeo confeccionada en seda, que tenía un fleco de tres dedos de ancho y una densa capa de bordados multicolores, entrelazados con un montón de perlas y cristalitos de color. Me pareció que tanto los pantalones de satén como las botas también eran rojos. El habitual sombrero de vaquero reposaba sobre su rodilla izquierda.

Sin embargo, aquella mujer eclipsaba el brillo de semejante vestuario. Su piel oscura irradiaba una luz natural y la nitidez de su estructura ósea y de su línea hacían pensar en una mezcla perfecta de sangre india. Sus cabellos negros, a pesar de estar recogidos, eran voluptuosos. Belinda había mencionado estos rasgos en su carta, pero había dejado de explicar mucho de lo que se veía. La mujer era muy atractiva. Tenía un encanto convencional, la boca muy sensual y unos pechos grandes.

—Blair te lo habrá contado todo, ¿no? —pregunté.

Aunque todavía nos estábamos estrechando las manos y besándonos, la limusina había empezado a moverse.

Susan asintió:

—Tienes tiempo hasta las seis de la mañana para entregarte.

—Exacto. Ése ha sido el plazo máximo que hemos conseguido. Pudimos haber obtenido más si, esta misma tarde, Bonnie y Marty no se hubiesen puesto de acuerdo con Daryl en Nueva Orleans para apoyar personalmente la propuesta de la policía de cavar el jardín que rodea la casa de mi madre.

—Esos mentirosos apestan —dijo Susan—. ¿Por qué no les pones entre la espada y la pared, Walker? Entrega la carta de Belinda, pero no a la policía, sino a la prensa.

—No puedo hacerlo, Susan. Belinda no desea tal cosa —respondí.

La limusina se dirigía a Sánchez Street. Me di cuenta de que había un coche con policías vestidos de paisano delante y otro detrás de nosotros.

—Así que, ¿cuál va a ser nuestra estrategia? —dijo Blair—. Nadie sabe nada de ella, aunque no resulta demasiado sorprendente a tenor de las circunstancias. Es posible que su mejor opción sea aparecer esta noche en la ceremonia del estreno de la película.

—Eso es justo lo que espero que haga —dije yo—. El periódico de la tarde, el *Examiner*, ha anunciado el estreno para hoy.

—Así es, pero también ha sido anunciado en las emisoras de radio de música rock y hemos repartido folletos por los barrios de Castro y de Haight —dijo Susan.

—Muy bien, entonces puede que aparezca, y si es así ¿qué haremos? —preguntó G.G.

Acabábamos de girar por la calle Dieciocho y empezábamos a ir más despacio. De hecho, cuando llegábamos a Castro Street nos encontramos con un embotellamiento. Se respiraba la típica atmósfera de fiesta nocturna en el ambiente.

La música sonaba en los bares y en los altavoces del guitarrista callejero situado en la esquina, por no mencionar la que provenía de las ventanas de la tienda de discos del piso de arriba.

—La pregunta es: ¿qué piensas hacer tú? —inquirió Blair, inclinándose hacia delante y mirándome a los ojos.

—Muy bien, de eso hemos estado hablando este hombre y yo —dijo Susan señalando a Blair—. Ahora estamos en la recta final y a ti te espera la cárcel de madrugada. Así que, si resultase necesario, ¿estás dispuesto a jugártela, Walker?

—Mira, durante las últimas cinco horas, sentado en la sala de estar de mi casa, no he hecho más que pensar en lo que me preguntas. Y la respuesta es muy simple. Igual que con la exposición, mis deseos y los de Belinda coinciden. Tenemos que encontrarnos y salir juntos de aquí a toda prisa. Si más tarde desea el divorcio yo no me opondré, pero en este momento ella me necesita tanto a mí como yo a ella.

Me fijé en que Susan y Blair se lanzaban miradas de complicidad.

Alex, que se había sentado en el otro asiento abatible frente a mí, también les estaba observando.

Aunque me resultase extraño, me estaba poniendo nervioso y empezaba a sentirme incómodo. Me daba cuenta de que me temblaba la mano. Los latidos de mi corazón se aceleraban. No estaba muy seguro de por qué me sucedía aquello en aquel momento.

—¿Tienes algo que decir, Alex? —preguntó G.G. con cierta timidez—. Llevo el certificado de nacimiento de Belinda en el bolsillo. Tiene mi nombre escrito y estoy dispuesto a hacer lo que Jeremy quiera.

—Nada que decir, hijo —respondió Alex—. En Nueva Orleans me di cuenta de que en este asunto Jeremy estaba dispuesto a todo. A mi modo de ver, desaparecer el tiempo suficiente para casarse con Belinda es la única salida que le queda. Creo que esos abogados también lo admitirían, si uno no tuviera la sangre tan fría y el otro no tuviese tanto miedo.

»Lo único que no sé es cómo podrás hacerlo —prosiguió dirigiéndose a mí—. Si necesitas cualquier cosa de mí cuenta con ello. Yo saldré bien de esto pase lo que pase. A estas alturas soy el único relacionado con este asunto que siendo casi el más famoso no deja de ser un observador inocente.

—Alex, si algo de esto termina por hacerte daño... —comencé a decir.

—Hasta ahora no ha sido así —dijo Susan espontáneamente—. En Tinseltown todo el mundo habla de Alex. Se está convirtiendo en un héroe sin tacha. Ya sabes el viejo dicho: «Mientras sepan escribir bien mi nombre...»

Alex asintió con modestia, pero yo me seguía preguntando si de verdad todo era tan sencillo.

—Te quiero mucho, Alex —dije emocionado. En realidad, estaba a punto de desmoronarme de repente y no sabía bien por qué.

—Jeremy, deja de hablar como si fuéramos a un funeral —dijo Alex. Acto seguido, alargó el brazo y me tocó el hombro con la mano para darme su apoyo—. En realidad, nos dirigimos a un estreno.

—Escúchame un momento —irrumpió Susan—. Sé cómo se siente. Va a tener que entrar en prisión a las seis de la mañana. —Entonces me miró a mí—: ¿Qué te parecería largarte de aquí esta noche, tanto si Belinda aparece como si no?

—Haría cualquier cosa para encontrar a Belinda —repuse.

Blair se recostó en el asiento, cruzó piernas y brazos, y le dirigió la misma mirada cómplice a Susan que yo había notado antes. Susan estaba recostada hacia atrás, con las piernas estiradas tan lejos como le era posible en el espacio trasero de la limusina, y se limitó a encogerse de hombros y a devolverle una sonrisa.

—Ahora lo único que necesitamos es a Belinda —comentó.

—Sí, y también tenemos policías a nuestra derecha y a nuestra izquierda —dijo Alex, como por casualidad—. Y en el teatro también los tendremos enfrente y detrás de nosotros.

Acabábamos de girar y entramos en Castro. Desde allí se podían ver las tres o cuatro filas de la cola, que partía del teatro y llegaba hasta la calle Dieciocho.

Un par de potentes focos de cine, situados frente al teatro, se movían de un lado a otro dirigiendo sus pálidos haces azules hacia el cielo. Volví a leer el cartel, me fijé en las lucecitas que titilaban alrededor del nombre del cine, Castro, y en el mismo momento pensé que si ella no estaba por allí en alguna parte se me rompería el corazón.

La limusina avanzaba muy despacio en dirección a la entrada del teatro, se encaminaba al pasaje que habían formado con cordones, a la izquierda de la taquilla y que terminaba en la misma entrada del edificio.

La multitud era numerosa y hacía tanto barullo como si de un estreno en el mismísimo Grauman's Chinese Theatre se tratase. El paso de la limusina atrajo la atención de algunos presentes. Como es obvio, la gente intentaba ver quién se escondía tras los cristales oscuros. Me di cuenta de que G.G. escrutaba a la multitud. En cambio Susan permanecía sentada e impasible como si le hubiesen ordenado estarse quieta.

—¡Oh, Belinda! —susurré—. Amor mío, tienes que estar aquí por tu propio bien. Deseo que veas esto.

Yo me estaba desmoronando. La tensión estaba acabando conmigo. Hasta ese instante todo me había resultado soportable, había conseguido superar un momento tras otro, pero después de tantos días encerrado en el cascarón de mi casa, aquel espectáculo me afectaba como una balada sentimental. Me estaba quedando destrozado.

Susan levantó el teléfono y se dirigió al conductor:

—Escuche, aguarde en la entrada del local hasta que salgamos de la representación. Estacione en doble fila, pague la multa, haga lo que sea, cualquier cosa... Muy bien, muy bien, lo que haga falta, mientras esté delante de las puertas cuando las crucemos al salir.

Acto seguido colgó y comentó:

—Ésta sí es una escena en olor de multitud.

—¿Más que en Nueva York?

—Por supuesto, juzga tú mismo, mira.

Vi lo que quería decir. La acera opuesta al teatro estaba repleta de gente. Los vehículos que intentaban circular no se movían en absoluto. Más allá de donde nosotros nos encontrábamos un par de policías trataban de deshacer el atasco. Otros dos intentaban mantener el cruce despejado. Por todas partes veía caras que me resultaban familiares, desde los camareros que trabajaban en restaurantes del barrio hasta los vendedores de las tiendas e incluso vecinos que solían saludarme cuando pasaban a mi lado. Por algún sitio debían andar Andy Blatky, Sheila y un montón de viejos amigos a los que había telefoneado por la tarde. De hecho todos mis conocidos tenían que estar allí.

Nos íbamos acercando centímetro a centímetro. En la limusina no quedaba ni una pizca de aire. Me daba cuenta de que podía ponerme a gritar de un momento a otro. Al mismo tiempo, tenía la certeza de que todavía estaba por llegar lo peor, en especial el momento en que Belinda apareciese en la pantalla, si antes no se presentaba delante de mí en carne y hueso.

Y todo aquello estaba sucediendo en el Castro, de todos los posibles lugares, estaba pasando en el escenario de nuestra vecindad, en el elegante y viejo teatro donde ella y yo habíamos visto tantas películas juntos, en el mismo sitio donde nos encogíamos y abrazábamos en la oscuridad, sintiéndonos a salvo como dos personas anónimas en las noches tranquilas de los días laborables.

La limusina había conseguido entrar en el pasaje, la multitud se estaba volcando sobre los cordones rojos de terciopelo. En la taquilla, un cartel anunciaba: AGOTADAS LAS LOCALIDADES. Las cadenas de televisión locales habían sido autorizadas a situar sus cámaras en la entrada. Un grupito de gente discutía frente a la entrada de la derecha, la más alejada de donde estábamos nosotros, bajo un cartel que indicaba: SÓLO PRENSA. De pronto una persona se puso a gritar. Al parecer estaban echando a una mujer que llevaba zapatos de tacones finos y un horrible chaquetón de piel de leopardo, y en efecto se había formado una ruidosa pelea.

La gente miraba con extrañeza a los policías vestidos de paisano que salían del coche que iba delante de nosotros, y se dirigían a la puerta del vestíbulo. Dan se hallaba justo detrás de ellos. Se dio la vuelta cuando llegó a la altura de las cámaras de vídeo, y se quedó mirándonos mientras nuestro conductor salía del coche y lo rodeaba para abrirnos la puerta.

Alex le dijo a Susan:

—Sal tú primero, querida, es tu público.

Susan se puso el sombrero rojo de vaquero. La ayudamos a pasar por encima de nosotros y salió del coche.

La multitud de jóvenes que se hallaban a ambos lados de los cordones elevó un clamor nada más verla. Las felicitaciones provenían de todas partes, desde el cruce de calles y desde ambas aceras. El lugar fue invadido por los fogonazos de las cámaras fotográficas.

Susan se quedó de pie bajo la brillante luz que provenía de la marquesina y saludó a todo el mundo con la mano, a continuación me hizo un gesto para que saliese del coche. Las potentes luces de las cámaras me cegaban un poco. Se oyó un nuevo clamor que provenía de todas partes. A nuestro alrededor, un sinnúmero de jóvenes aplaudía sin cesar.

Un coro de gente se puso a gritar:

«¡Jeremy, estamos contigo!» «¡Sigue así, Jeremy!» Con una plegaria silenciosa agradecí la existencia de todos los liberales y locos, y la amabilidad de los extravagantes y gente corriente y tolerante que constituían en su conjunto la población de San Francisco. En esta ciudad nadie había quemado mis libros.

De todas partes provenían gritos y silbidos. G.G. también obtuvo su ronda de aplausos cuando salió del vehículo.

De pronto se oyó una voz chillona:

—¡*Signora* Jeremiah! ¡Eh, *Signora* Jeremiah!

La voz provenía de nuestra derecha. Y con aquel agudo acento italiano continuó:

—¡Acuérdese de Cinecittà, de Roma! ¡Usted me prometió un pase para el estreno!

De pronto algo explotó en el interior de mi cabeza. Cinecittà, Roma. Miré a derecha e izquierda intentando localizar dónde provenía la voz. El chaquetón, aquel horrible chaquetón que acababa de ver, ¡era el de Belinda! Aquellos tacones de aguja eran de los zapatos de Belinda. Con acento italiano o sin él, ¡aquélla era la voz de Belinda!

A continuación la mano de G.G. me sujetó el brazo.

—Jeremy, ¡no te muevas! —me susurró al oído.

¡Pero dónde esta ella!

—¡*Signora* Jeremiah! ¡No me dejan entrar en el teatro!

¡En la puerta de entrada para la prensa! Me miraba fijamente a través de las gafas de montura negra iguales a las de Bonnie, con el pelo recién teñido de castaño oscuro, que había recogido en un moño y que le dejaba la cara despejada. Y no me había equivocado, desde luego se trataba de su espantoso chaquetón. Dos hombres intentaban impedir que se acercara a nosotros y ella comenzó a lanzarles improperios en italiano. Ellos a su vez trataban de empujarla hacia detrás de la zona acordonada.

—¡Eh, ustedes! ¡Esperen un momento! —comenzó a gritar Susan—. Conozco a esa muchacha, está bien, un poco de calma, sí, todo perfecto, la conozco.

De nuevo la multitud prorrumpió en un renovado clamor de vítores y gritos. Blair estaba saliendo de la limusina con los brazos levantados. Más silbidos y alaridos.

Susan trataba de abrirse paso a empellones en dirección a los hombres que estaban apartando a Belinda.

G.G. me sujetaba con más fuerza.

—¡No mires, Jeremy! —volvió a susurrar en mi oído.

—¡No te muevas, Jeremy! —insistió Blair a media voz.

Blair se movía a derecha e izquierda para que la multitud tuviera una buena visión de su esmoquin color lavanda, lo conseguía.

Por fin, Susan alcanzó la escena del tumulto. Los hombres habían soltado a Belinda. Ésta llevaba un cuaderno de taquigrafía en la mano y una cámara fotográfica colgada al cuello. Hablaba agitadamente con Susan en italiano y yo me preguntaba si Susan entendía algo. Los policías vestidos de paisano del coche que había venido detrás de nosotros estaban mirando por encima de la gente y trataban de unirse a los que nos habían precedido, éstos se hallaban justo detrás de las cámaras de televisión junto a la puerta. Dan se quedó mirando a Belinda. Con otro repertorio de palabras vociferadas en italiano, Belinda expresó lo que era obviamente una queja contra los empleados de la puerta de entrada para la prensa. Susan asentía con la cabeza, mientras la rodeaba con el brazo en un intento evidente de calmarla.

—Ve dentro, muévete —susurró G.G. entre dientes—. Si no dejas de mirarlas los policías se acercarán y la cogerán. Anda, ve hacia delante.

Yo intenté obedecerle, intenté poner un pie delante del otro. Susan estaba con ella y sabría manejar el asunto de la manera más adecuada. Pero vi los ojos de Belinda otra vez, me miraba con atención a través del grupo de gente que la rodeaba.

Volví a contemplar su boquita de bebé. De repente me sonrió.

Me quedé paralizado. G.G. pasó justo a mi lado. Blair que no terminaba de lanzar besos a la multitud, dio un último giro sobre sí mismo mostrando su capa y se adelantó también.

—Faltan cinco minutos para la medianoche, señoras y caballeros, el momento adecuado para ponerse su mejor Midnight Mink.

Un renuevo de silbidos, alaridos y gritos llegó hasta nosotros. Blair hizo un gesto para que le siguiéramos.

—Jeremy, dirígete a la puerta de inmediato —insistió G.G. con voz casi inaudible.

La multitud volvió a clamar cuando Alex salió del vehículo. Al instante se produjo un tremendo aplauso, continuado y respetuoso, que iniciaron los que se hallaban junto a los cordones y al que se unió el resto de gente situada en las aceras de ambos lados de la calle.

Alex saludó con la cabeza en todas direcciones en muestra de agradecimiento e hizo una larga reverencia. A continuación me cogió el brazo con la mano y muy amablemente me empujó hacia delante a medida que saludaba a los que nos rodeaban.

—No, querida, yo no salgo en la película, sólo estoy aquí para ver un buen filme. Sí, encanto, estoy muy contento de verte. —Se paró para firmar un autógrafo—. Sí, querida, gracias, gracias, sí, y ¿quieres que te diga un secreto? Ésa también fue mi película preferida, claro que sí.

Los policías vestidos de paisano nos estaban mirando. No la miraban a ella sino a nosotros. Dos de ellos se dieron la vuelta y se dirigieron al vestíbulo. Dan permaneció donde estaba.

Belinda y Susan se hallaban en la entrada reservada para la prensa. Belinda le dio un beso rápido a Susan en el cuello y acto seguido entró.

Muy bien, ¡por fin había logrado entrar! Dejé que G.G. me empujase hacia el vestíbulo. Dan y los dos policías que quedaban nos siguieron.

Me sentía más cerca de un ataque al corazón de lo que lo había estado en mi vida. El vestíbulo también estaba abarrotado de gente y, como en el exterior, habían puesto cordones para marcar el pasillo que debíamos seguir hasta la puerta de la sala de exhibición. Desde allí no se podía divisar el otro lado del vestíbulo por el que Belinda había accedido al local.

En cuestión de segundos estuvimos dentro de la sala. Nada más entrar pude ver que la última fila de la sección central había sido reservada para nosotros. Los policías vestidos de paisano se sentaron al otro lado del pasillo en la fila de atrás de la sección lateral. Dan fue a sentarse con ellos. Las tres filas de asientos por delante de la nuestra, justo en el centro de la sala, ya estaban llenas de periodistas. Entre ellos reconocí algunos de los que habían estado frente a mi casa. Habían venido columnistas de todos los periódicos locales, algunos de los cuales resultaron ser encantadores. También había acudido un sinnúmero de escritores de otro tipo y gente conectada con las actividades artísticas locales, que nos saludaban con la cabeza o con las manos. Tanto Andy Blatky como Sheila, a quienes habíamos hecho llegar pases especiales, estaban sentados más adelante. Sheila me lanzó un beso. Andy levantó el puño a modo de saludo animoso.

Y allí estaba Belinda, sentada en el lado derecho, masticaba chicle y hacía atropellados borrones en su cuaderno de taquigrafía. Levantó la cabeza, entrecerró los ojos para poder ver a través de sus gafas y vino hacia nosotros por la fila vacía de asientos que frente a la nuestra estaba protegida con un cordón.

—Señor Walker, ¡déme su autógrafo, por favor! —gritó sin abandonar el acento italiano. Todo el mundo la estaba mirando. Yo estaba petrificado.

Ya está, pensé. Ahora se me parará el corazón.

Alex y Blair utilizaban sendos asientos situados delante del mío. G.G., que les había seguido, no le quitaba la vista de encima a Belinda, estapa pálido y con seguridad tenía tanto miedo y estaba tan alarmado como yo. Susan se había quedado de pie en el pasillo con los pulgares metidos en el cinturón.

Belinda vino hacia mí y, sin dejar de masticar el chicle deprisa, me plantó el catálogo de la exposición en las manos junto con un bolígrafo.

Durante unos segundos, no pude hacer nada más que mirarla pasmado, me quedé absorto con sus ojos azules que brillaban por debajo de las pestañas de color castaño oscuro y las cejas del mismo color.

Intenté respirar, moverme, coger el bolígrafo, pero no lo conseguí.

Ella estaba sonriendo. ¡Oh, preciosa Belinda, mi Belinda! De pronto sentí que mis labios se movían y que podía volver a sonreír. El mundo entero podía irse al infierno si es que me estaba mirando.

En ese instante oí que Susan decía:

—Haz el favor de firmarle ese autógrafo a la muchacha, Walker. Date prisa, antes de que dejen entrar a la muchedumbre alborotada.

Bajé la vista y miré el catálogo, allí estaba la fotografía a todo color que reproducía el cuadro *Belinda, regresa* rodeada por un círculo rojo. Un texto que inequívocamente había sido escrito por ella decía: «Te quiero.»

Cogí el bolígrafo que sostenía ella todavía, con la

mano tan temblorosa que apenas podía sujetarlo, y escribí: «¿Quieres casarte conmigo?» Con la pluma arañaba el papel igual que si hubiese sido un patín sobre el hielo.

Ella asintió, me hizo un guiño y a continuación se fue a hablar con Susan otra vez en italiano. Los policías ni siquiera la estaban mirando. ¿De qué demonios estaría hablando?

De improviso Susan se rió. Echó la cabeza hacia atrás y soltó una carcajada emotiva y estrepitosa, al tiempo que cerraba el puño y dirigiéndolo contra mi brazo, me decía:

—¡Siéntate, Walker!

En ese instante se dispusieron a abrir las puertas del vestíbulo. Me cambié de sitio y me senté junto a G.G., dejando sitio para Susan a mi lado en el asiento que daba al pasillo. Belinda fue a sentarse al otro lado de éste en la misma fila, justo delante de donde se hallaban los policías, y con total indiferencia hacia ellos me dedicó una amplia sonrisa.

—¡Susan! —susurré lleno de pánico.

—Cállate —respondió ella a media voz.

La multitud había comenzado a descender por los cuatro pasillos con mucho alboroto.

Mi corazón latía con tal fuerza que me preguntaba si los policías podrían oírlo. Entre las personas que se atropellaban por el pasillo vi que Belinda volvía a escribir en la libretita.

—¿Y ahora qué hacemos? —murmuró G.G. en mi oído.

—¿Cómo demonios esperas que yo lo sepa? —le contesté.

No pude comprobar si Alex la había reconocido o no, pues no dejaba de hablar con unas damas que se hallaban frente a él, también Blair mantenía una conversación con un joven reportero que reconocí haber visto en el Stanford Court.

En cuanto a Susan, se había sentado sin quitarse el sombrero, tenía sus largos dedos estirados sobre las rodillas y se limitaba a observar el río de gente que se adentraba en la sala.

No transcurrió mucho tiempo hasta que la sala se llenó. Muy pronto sólo quedaron algunas personas que recorrían el lugar tratando de hallar asientos contiguos y que acababan optando por sentarse en los sitios libres que quedaban al final de las filas de butacas.

Los haces de luz disminuyeron su intensidad. Vino alguien y le dio una palmadita a Susan en el hombro, entonces ella se levantó y descendió por el pasillo central hasta el escenario.

Belinda tenía la mirada fija en mí, sin embargo yo no me atrevía a mirarla abiertamente. G.G. sí que la estaba mirando y ella le saludó con una ligera inclinación de cabeza.

Me dirigí a G.G. y le susurré:

—G.G., ¡ella no sabe que detrás tiene sentados a los policías!

—La policía está por todas partes, Jeremy. Trata de mantener la calma —me contestó.

En ese momento, Belinda se dio la vuelta y le preguntó en voz muy alta a uno de los policías si se podía fumar en el cine. Él le dijo que no. Ella levantó la mano en señal de exasperación, y oí que él se adelantaba para decirle algo en italiano, me pareció que empleaba un cierto tono de disculpa.

De pronto ella entabló conversación con él en italiano y él le contestaba en el mismo idioma.

—¡Por Dios bendito! G.G., el maldito policía es italiano —dije en voz baja.

—No dejes de respirar profundamente, Jeremy —respondió G.G.—. Deja que ella maneje la situación. Es una actriz, ¿no te acuerdas? Está tratando de obtener el premio de la Academia.

Lo único que reconocía de la conversación eran

nombres de ciudades: Florencia, Siena, sí, sí. North Beach. ¡North Beach! Pensé que se me iba la cabeza.

Miré al escenario y vi que Susan subía a él por la escalerita. Un foco de luz se situó sobre ella y su preciosa indumentaria roja de satén pareció encenderse. La audiencia de todo el teatro adquirió nueva vida con un aplauso entusiasta.

Susan sonrió, se quitó el sombrero, recibió una nueva oleada de silbidos y aplausos, y con un gesto rogó a los asistentes que permanecieran callados.

—Gracias a todo el mundo por estar aquí esta noche —comenzó a decir—. Este estreno de *Jugada decisiva* en San Francisco tiene un significado especial para todos nosotros, y sé bien que todos desearíamos que ella pudiera encontrarse aquí y pudiera ver la proyección.

La multitud aplaudió embravecida. Todo el mundo aplaudía, incluso los de la prensa sentados delante de nosotros. Todo los asistentes a excepción de los policías y de Belinda. Ella escribía otra vez en su libretita.

—Bien, estoy aquí para recordaros lo que creo que en el fondo todos vosotros ya sabéis..., es decir, que muchas personas han participado en la realización de esta película, que un montón de gente ha contribuido a que trabajar en ella fuese una experiencia muy especial. Entre ellos debo de resaltar la colaboración de la actriz Sandy Miller pues en realidad ella es la estrella.

El público volvió a aplaudir, y Susan prosiguió:

—Sandy se hubiese unido a nosotros en esta ocasión con gusto, de no hallarse en Brasil localizando exteriores para una nueva película. Tengo la certeza de hablar también en nombre de ella cuando os doy las más expresivas gracias por vuestros calurosos aplausos. Ahora me gustaría pediros que leáis con atención los créditos, ya que en ellos podréis ver a los que con su buen hacer contribuyeron al resultado final. No puedo dejar este micrófono sin antes agradecer a la madre de Belinda, la señora Bonnie Blanchard, su aportación a la financiación del film, pues sin su colaboración éste no habría podido realizarse.

Abandonó el escenario inmediatamente y no esperó la reacción de la muchedumbre ante este último agradecimiento. Así que tras unos instantes de vacilación, la multitud volvió a prorrumpir en aplausos.

Antes de que Susan pudiese alcanzar su butaca, las luces se apagaron. El teatro se quedó en el más absoluto silencio. *Jugada decisiva* había empezado a proyectarse en la pantalla.

Apenas pude ver las primeras escenas, o siquiera oírlas. Sudaba tanto a causa de la camisa y de la calurosa chaqueta del esmoquin, que apoyé la cabeza en las manos.

Al momento, Blair me sobresaltó al empujarme tratando de salir de la fila de butacas, y mientras lo hacía me susurró:

—Quédate donde estás.

Susan esperó unos instantes y después salió tras él.

Belinda cogió sus cigarrillos y su encendedor y, manteniéndolos a la vista, miró al policía mientras se encogía de hombros, y se dirigió asimismo hacia el vestíbulo.

—Me parece que nos vamos a quedar aquí sentados como dos pajaritos en la rama de un árbol —murmuró G.G.

Me concentré en mirar la película para no empezar a gritar como un loco. Enseguida volvió Susan.

En cambio Blair y Belinda no volvieron.

—¿Qué está pasando? —le pregunté en voz baja.

Me hizo un gesto para indicarme que permaneciera callado.

Cuando ya habían transcurrido los primeros cuarenta y cinco minutos de película, dos cosas estaban claras. Blair y Belinda se habían marchado definitivamente. Y la película demostraba ser un éxito comercial.

Como es natural, yo conocía todas y cada una de las palabras que decían puesto que la había visto una y otra vez durante los días en que estuve bebido en Nueva Orleans, justo antes de que G.G. y Alex vinieran a visitarme. A pesar de ello, ninguna cinta de vídeo resulta ser un sustituto adecuado a la experiencia en una sala de cine. En efecto, era allí donde se apreciaba el ritmo, la respuesta de la audiencia, las pausas y el considerable humor, y que la película funcionaba.

Cuando al final del filme apareció Belinda montando a caballo, la audiencia se volcó en un aplauso espontáneo.

El silencio volvió a inundar la sala durante la escena de amor que se desarrollaba en la blanca habitación de la pequeña casa. Sentí que un temblor me recorría el cuerpo cuando llegó aquel instante, aquel momento que yo había pintado, la cabeza de Belinda inclinada hacia atrás y los labios de Sandy sobre su barbilla.

Nada más terminar la escena, el público rompió de nuevo el silencio con sus aplausos.

En ese momento me levanté y me dirigí al vestíbulo. No podía soportarlo más. Al menos necesitaba levantarme y mover las piernas. Y maldita sea, Susan tenía que abandonar aquella butaca y venir a decirme algo. Si no lo hacía, yo mismo iría a sacarla de su asiento.

Me dirigí al pequeño bar del vestíbulo y pedí palomitas de maíz. El grupo de personas que había estado hablando en lo alto de las escaleras se calló de repente.

Dos de los policías vestidos de paisano pasaron por mi lado y se quedaron junto al cenicero que había en la entrada de los lavabos de caballeros.

—La casa te invita, Jeremy —me dijo la muchacha que estaba tras el mostrador.

—¿Te acuerdas de Belinda? —le pregunté—. ¿Recuerdas las veces que veníamos juntos?

La muchacha asintió.

—Espero que todo acabe bien.

—Muchas gracias, encanto —repuse.

Susan acababa de salir. Se dirigió a la única puerta que permanecía abierta a la calle y se quedó allí de pie mirando hacia fuera. Llevaba el sombrero bien calado y tenía los pulgares enganchados a la cintura de los pantalones por la parte de atrás.

Me acerqué a ella. Me di cuenta de que la limusina estaba allí fuera. Uno de los policías se mostraba muy tenso, como si temiera que nos fuésemos a ir corriendo.

—Señora, la felicito por la película, va a ser un éxito —le dije—. Deberían haberla estrenado mucho tiempo atrás.

Me dirigió una sonrisa y asintió con la cabeza. Por lo menos era tan alta como yo. La altura de nuestros ojos casi coincidía, aunque bien mirado ella llevaba las consabidas botas tejanas con un buen tacón.

A continuación casi sin mover los labios, me dijo:

—Reno o el arresto, ¿de acuerdo?

Un escalofrío me recorrió la espalda.

—Tan pronto como tú me des la señal.

Otra vez dirigió la mirada hacia la calle. Le ofrecí palomitasπaíz. Se puso unas cuantas en la mano y se las comió.

—¿Estás seguro? —inquirió en voz baja—. ¡Belinda quiere que estés completamente seguro! Me pidió que te dijera: la comunión y ¿estás seguro?

Sonreí y miré la limusina que brillaba como si se tratase de un enorme ópalo blanco iluminado por las luces de la marquesina. Me acordé de mi casa, que estaba a una manzana de allí, de aquella fortaleza que había sido para mí en las dos últimas décadas, repleta como estaba de muñecas, juguetes, relojes y otras cosas, que durante años no habían significado nada para mí. Pensé en Belinda que me sonreía bajo aquel encantador disfraz.

—Querida, no puedes imaginarte lo seguro que estoy —le contesté—. Tal como ella ha dicho, la comunión. Reno o la cárcel.

Se quedó satisfecha. Dio la vuelta para regresar al interior de la sala. Acto seguido con un tono de voz normal, me dijo:

—Estará muy bien sentarse en la última fila. Por lo menos, por una vez, podré dejarme el sombrero puesto.

De pronto, Dan apareció a mi lado.

Por lo visto ya había encendido un cigarrillo, lo sostenía entre los dedos anular y corazón, y le temblaba como una hoja; dio unos golpecitos al cenicero que se hallaba sobre la alfombra. Los policías seguían junto al cenicero, muy cerca de nosotros y sin dejar de mirarnos.

—Sigue siendo el privilegio del cliente con su abogado —le dije.

—Así ha sido siempre —repuso él.

Su voz sonaba como si ya no le quedaran fuerzas. Apoyó el hombro en la puerta.

—Eres uno de mis amigos más íntimos, ¿lo sabes, no? —le pregunté.

—¿Deseas mi opinión sobre alguna cosa? —quiso saber—. ¿O acaso me estás diciendo adiós?

Me di cuenta de que se mordía el labio.

Antes de contestar me tomé un poco de tiempo. Comí unas cuantas palomitas. De hecho, comprobé que no había dejado de comerlas desde que las había comprado. Debía de ser la única cosa que había comido con placer en varios días. Estuve a punto de soltar una carcajada.

—Dan, deseo que hagas algo por mí.

Me miró inquisitivamente, como preguntándome ¿y ahora qué? Pero al momento me dirigió una mirada amable acompañada de una cálida y cansada sonrisa.

—Regala todos mis juguetes a un orfanato, a una escuela o lo que se te ocurra —le rogué—. No es necesario que expliques de dónde provienen. Sólo tienes que asegurarte de que estarán en un lugar donde los niños podrán disfrutarlos, ¿de acuerdo?

El labio no paraba de temblarle y levantó los hombros como si fuera a ponerse a gritar. Pero no lo hizo. Volvió a dar una calada al cigarrillo y miró hacia fuera a través de la puerta que permanecía abierta.

—También está la escultura de Andy, tienes que sacarla del patio trasero de mi casa y llevarla a algún lugar donde la gente pueda verla.

Asintió.

—Me ocuparé de ello.

De pronto sus ojos se quedaron fríos.

—Dan, por lo que a ti se refiere, lamento de verdad todo lo que está ocurriendo.

—Jer, ahórrate las palabras por lo menos hasta que recibas mi factura.

Volvió a dedicarme otra de sus escasas, pero cálidas y amables sonrisas. Fue tan rápido que es probable que nadie más que yo se hubiese dado cuenta. Miró otra vez a través de la puerta y dijo:

—Sólo espero que lo consigas.

8

Dos segundos después de que terminase la última escena, cuando todo el mundo se puso a aplaudir, Susan ya estaba saliendo por la puerta seguida de G.G. y de mí. Luchamos por abrirnos paso a través del vestíbulo y de la acera en dirección a la limusina.

Alex no venía con nosotros y comprendí que había sido una decisión deliberada. En cambio los policías sí nos seguían, nada más entrar por la puerta trasera de la limusina después de G.G., los vi salir acompañados de la multitud.

Hasta que el motor estuvo en marcha, creo que no me di cuenta de que el conductor se había ido y que era Susan la que estaba al volante. Las calles estaban relativamente desiertas, a pesar de que los bares de Castro todavía no habían cerrado, y la limusina pudo salir a toda velocidad dando un rodeo al vehículo policial aparcado frente a nosotros. Como si nos estuviésemos dirigiendo a casa, giró despacio hacia la calle Diecisiete.

Miré hacia atrás. Los policías todavía no habían llegado a abrir las puertas de su coche. Dan estaba hablando con el que llevaba las llaves en la mano.

Al momento los perdí de vista, pasamos por Hartford corriendo a toda marcha, G.G. y yo nos habíamos abalanzado hacia delante, pero la limusina siguió ganando velocidad sin respetar el stop de Noe Street, pasando frente a mi casa y chirriando al girar a la izquierda Sánchez Street.

—¡Jesús! Susan, vas a matarnos —dijo G.G. dando un suspiro.

Las sirenas empezaron a sonar detrás de nosotros, miré hacia atrás y divisé las luces parpadeantes del vehículo de la policía.

—¡Maldita sea! —murmuró Susan. Presionó el pedal del freno, giró de modo súbito en el cruce y casi atropella a un hombre mayor que estaba cruzando la calle y que la obligó a frenar en seco. El transeúnte se dio la vuelta, vociferó de forma ininteligible e hizo un gesto soez con el dedo. El coche de la policía corría como un rayo a través de Noe Street.

Susan volvió a cambiar de dirección hacia la izquierda de nuevo por Sánchez Street, y aceleró todavía más.

—Esos estúpidos nos han visto girar, maldita sea, van a ver —volvió a decir Susan.

Así que giró de nuevo a la izquierda por Market, y luego hacia la derecha; las ruedas chirriaron otra vez. Por encima de nosotros se encontraban las luces del motel Golden Bear y sus balcones. Había dado una enorme vuelta para devolvernos al sitio de origen y se había parado en un aparcamiento cubierto.

—¡Venga, moveos, los dos, vamos! —nos ordenó.

Las sirenas se estaban multiplicando. Las oí pasar a toda velocidad bajando por Sánchez Street. No habían girado Market Street.

Un enorme Lincoln Continental plateado se había puesto en marcha a nuestra derecha por detrás de nosotros; Susan abrió la puerta trasera. G.G. y yo nos apresuramos a entrar en la parte trasera. El conductor era Blair, que se había puesto una gorra de béisbol que le cubría la calva.

—Agachaos todos —nos dijo con su habitual voz estentórea.

Ahora las sirenas sonaban en Market Street, frente a nosotros.

No podía ver nada, pero notaba que el vehículo se movía suavemente al salir por el pasaje del aparcamiento, como si tuviésemos todo el tiempo del mundo. Nos dirigimos hacia Castro Street.

Oía un coche patrulla justo a nuestro lado. No me atreví a mirar pero me pareció que se iba hacia la izquierda.

—Hasta ahora todo está saliendo bien —comentó Blair. Acto seguido me preguntó—: Y ahora Walker, dime cómo demonios puedo llegar hasta el cruce de la Quinta con Mission. ¡Rápido!

Miré con atención por encima del respaldo del asiento y vi un montón de coches patrulla en Castro Street. La muchedumbre todavía estaba saliendo del teatro.

—Salgamos de aquí a toda prisa —dije yo —. Ve directamente hacia lo alto de la loma por la calle Diecisiete.

En ese momento se oían tantas sirenas que parecía que se hubiese declarado un fuego en la zona.

Pero Blair, sin inmutarse, se movió de acuerdo con mis indicaciones con la misma tranquilidad que si nos fuéramos de excursión, hasta que le dije que fuera hacia la derecha para coger Market Street otra vez y subir por la calle Quince.

En cuestión de minutos llegamos a la luz intensa y molesta del desolado centro de la ciudad, lejos de las sirenas y lejos de Castro Street; no nos habían seguido. Nadie había visto a Susan entrar en el motel.

Cuando dimos la vuelta en Mission Street y entramos en el aparcamiento de varios pisos, que se hallaba frente al edificio del Chronicle, Blair nos dijo:

—Estad atentos que vamos a hacer otro cambio.

En esta ocasión nos apilamos en una cómoda furgoneta grande de color plateado, de esas que tienen la tapicería tosca y los cristales teñidos de oscuro. Susan fue la que se puso al volante y Blair se situó a su lado. Yo abrí la puerta lateral de la furgoneta y vi allí dentro a Belinda. Me faltó tiempo para precipitarme al interior y abrazarla.

La estreché con tal fuerza que al empezar a moverse la furgoneta temí hacerle daño. Fueron unos segundos en los que nada me importaba, que nos estuvieran persiguiendo, que nos buscasen, nada de eso tenía importancia. Estaba con ella. La besaba: su boca, sus ojos; sus besos eran tan apasionados y locos como los míos. Me hubiese atrevido a desafiar al mundo entero a que nos separase.

La furgoneta salió y volvimos a encontrarnos en Mission Street. Volví a oír las sirenas, pero ahora estaban bastante lejos.

Me costó mucho dejar de estrecharla para que se volviera y abrazase a G.G. Estaba sobrecogido, ansioso, y al mismo tiempo me sentía muy feliz. Me arrellané en el asiento trasero para deleitarme viendo cómo ella y G.G. se abrazaban. Más que padre e hija, parecían hermanos gemelos, ambos disfrutaban con sus sentimientos, similares a los que a mí me embargaban en ese momento.

—Muy bien, chicos —dijo Susan—, todavía no estamos libres y en casa. ¿Por dónde podemos llegar al Bay Bridge? Por cierto que si veis un coche patrulla o cualquier otro vehículo extraño, ¡hacedme el favor de agacharos!

En ese momento la miré y me di cuenta de que se había quitado el sombrero vaquero; de hecho, se había puesto una gorra roja de béisbol igual a la de Blair. Constituían la viva imagen de una pareja que estuviera de vacaciones. A nosotros, nadie podía vernos a causa de los cristales oscuros.

—Tal como vas, Susan, sigue recto, ya verás que está señalizado y que hay una señal al final del East Bay Terminal —le explicó Belinda.

En ese momento, tirando de ella hacia mí le rogué:

—Por favor, habla conmigo. Di algo, cualquier cosa, háblame.

—Jeremy, ¡qué loco estás! —me dijo—. Te amo, ¡chiflado mío! Lo has hecho. De verdad lo has hecho...

La cogí entre mis brazos y me dije que no iba a dejar que se escapara nunca más. Le sujeté la cara con las manos y la besé en la boca con tanta fuerza que estaba convencido de que le hacía daño; sin embargo, a ella no pareció importarle. Después me puse a quitarle las horquillas que le sujetaban el cabello que ahora era color castaño. Cuando terminé ella agitó la cabeza para soltárselo más. Después puso sus manos en mis mejillas y me pareció que estaba a punto de llorar.

Entre tanto, G.G. estiró las piernas, las puso sobre el asiento de enfrente, encendió un cigarrillo y entornó los ojos.

—Muy bien, chicos, dentro de cuatro horas estaremos en Reno —dijo Susan. Ya estábamos subiendo por la rampa del puente—. Y cuando lleguemos a la autovía, haré que esta furgoneta vuele.

—Bueno, muy bien, pero haz una parada en el primer autoservicio que encuentres después de Oakland —le rogó G.G.—. Necesito tomarme una copa aunque para ello tenga que asaltar una tienda.

Todo el mundo se echó a reír. De pronto me sentía como si estuviese drogado. Tal era mi felicidad con Belinda a mi lado y con su brazo que me rodeaba. Me sentía flotar.

Me puse a mirar por la ventana y vi los cables plateados del Bay Bridge por encima de nosotros. La furgoneta daba pequeños saltitos y se balanceaba a medida que pasaba por encima de las juntas del puente. Viajábamos solos, era de madrugada y no había más coches que el nuestro.

Todo me resultaba extraño, igual que la primera vez que fui a California. Recuerdo que yo era muy joven, que llevaba todo lo que me importaba en una maleta y que mi cabeza estaba llena de sueños con los cuadros que había de pintar.

Sueños de pinturas. Sólo con cerrar los ojos los habría visto todavía frescos en mi mente.

Por la radio se oía la música muy bajito, se trataba de una canción de estilo *country*, del Oeste; la cantaba una mujer y tenía una de esas letras tan absurdas que al punto me entró la risa. Decía algo así como: después de que me abandonaste, la lavadora hizo lo mismo, se estropeó. Tenía el cuerpo cansado y, al mismo tiempo, lo sentía ligero y lleno de energía como no lo había sentido desde que Belinda se marchó.

Belinda se acurrucó más entre mis brazos. Se puso a mirarme con intensidad y sus ojos me parecieron aún más azules a causa de las pestañas oscuras. El cabello que le había soltado reposaba sobre sus hombros cubriendo el cuello del horrible chaquetón de leopardo. Me di cuenta de que detrás de nosotros había unas maletas apiladas, al fijarme más comprobé que era una enorme cantidad de equipaje, junto con cajas, trípodes y cámaras en sus contenedores negros, entre muchas otras cosas.

—Son abrigos de visón —me aclaró al intuir mi sorpresa—. No te importará casarte con uno de ellos puesto, ¿verdad?

—¡Será mejor que no te importe! —dijo Blair por encima del hombro.

Susan no pudo reprimir una sonora carcajada.

—Me encantará —repuse yo.

—¡Estás tan loco! —añadió—. Has hecho lo correcto. ¿Cómo te sientes al darte cuenta de que has hecho lo que había que hacer?

Bajé la cabeza, la miré y vi que tenía miedo.

—Me parece que piensas que no me daba cuenta cuando lo hacía —le dije.

—Están quemando tus libros, Jeremy —me dijo con la voz contenida—. En todo el país la gente saca tus libros de los estantes para quemarlos en las plazas de los pueblos.

—Sí, muy bien, y también están colgando sus cuadros en el museo de Arte Moderno de Nueva York, ¿no es cierto? —gritó Blair—. ¿Qué demonios quieres?

—Tómatelo con calma, Blair —dijo G.G., cuya voz reflejaba exactamente el estado de ánimo que yo percibía en la expresión de Belinda.

—Tengo miedo por ti, Jeremy —continuó diciendo Belinda—. Durante el trayecto de regreso de Roma, en el avión, he tenido miedo por ti. Todo el tiempo transcurrido hasta que te he visto esta noche he sentido miedo por ti y ahora todavía lo siento. Tengo miedo, muchísimo miedo. He intentado llamarte desde todas las cabinas que he encontrado desde mi llegada al país hasta Los Ángeles, lo sabías, ¿no? Nunca creí que llegaras a hacerlo, Jeremy, en realidad no me lo esperaba, no sabes el miedo que he sentido desde el momento en que leí la noticia.

—Belinda, éste es el día más feliz de mi vida. Éste es el día más feliz de entre todos los que recuerdo. Podría echarme a reír y no parar nunca —le dije.

—No hubieras hecho lo que has hecho si yo no me hubiera apartado de tu lado.

—¡Belinda, ya es tarde para todas esas tonterías! —dijo Blair.

—Calladito estás mejor, Blair —dijo G.G.

—Belinda, ¿qué podría decirte yo para que desapareciera esa expresión de tu cara? Cariño, he hecho todo esto en beneficio de nosotros dos. De los dos, ¿no te das cuenta? Ahora te pido que me creas, quiero que nunca olvides lo que acabo de decirte. La primera vez que te pinté, sabía que te estaba utilizando. Recordarás que te lo dije. ¿Y qué crees tú que ha cambiado ahora? ¿El hecho de que también tú me necesites a mí?

Creo que mi sonrisa hizo que se fuera convenciendo. Mi actitud la estaba convenciendo, especialmente por mantener la calma allí sentado a su lado, por estrecharla con fuerza contra mí y porque le supe transmitir que debía apartar la ansiedad que la embargaba.

A pesar de todo me daba cuenta de que ella no lograba entenderlo. No le resultaba fácil aceptar que yo sabía lo que estaba haciendo y diciendo, y que además me sentía bien. Por otra parte, bien podía ser que ella estuviera demasiado atemorizada.

—Todavía hay una cosa que me preocupa —le dije. Le aparté el cabello de la cara y me di cuenta de que no le sentaba mal aquel color castaño. En realidad, aunque no podía esperar hasta el momento en que recuperase su color natural, me parecía preciosa.

—¿De qué se trata? —quiso saber.

—El hecho de que les estén haciendo tanto daño a Marty y a Bonnie. La prensa del corazón los está crucificando, el programa ha sido cancelado. G.G. no quería verlos arruinados, pero yo tampoco.

—Estás ido, Rembrandt —bramó Blair—. No puedo seguir escuchando tantas estupideces y tanta locura. Sube la radio, Susan.

—Haz el favor de tranquilizarte, Blair —le instó G.G.—. Susan, nos quedan diez minutos para encontrar un establecimiento donde vendan alcohol. Todos cierran a las dos de la madrugada.

—Muy bien, chicos, ni siquiera hemos salido de la maldita área de la bahía y ya estoy haciendo una parada para comprar licor, ¿podéis creerlo?

Salió de la autovía en dirección al centro de Oakland, o lo que parecía el centro de Oakland. Al momento nos paramos frente a un pequeño establecimiento muy sucio, y G.G. se dirigió a él.

—Belinda, quiero que sepas que he explicado quién eres tú y quién soy yo, he contado nuestra historia tan bien como he sabido, y lo he hecho sin mencionarlos a ellos, sin esparcir ninguna clase de porquería —le aclaré.

La vi sorprenderse, quedarse atónita. No la había visto nunca tan desconcertada.

G.G. salió de aquel sitio con una bolsa llena de botellas y algunos vasos de plástico. Entró en la furgoneta y volvió a sentarse en el asiento de en medio.

—Despega —dijo Blair.

Volvimos a coger la carretera 580 para llegar a la autovía y salir de Oakland.

Mientras esperaba educadamente a que G.G. abriese aquellas botellas, cualquiera que fuera su contenido, me arrellané en el asiento y respiré con profundidad. Belinda todavía me estaba mirando y aún se la veía anonadada.

—Jeremy, hay algo que quiero decirte —repuso finalmente—. Ayer, al bajar del avión en el aeropuerto de Los Ángeles, el primer periódico que cogí llevaba mi fotografía en la portada y también la noticia de que mamá estaba en el hospital. Así que pensé, ¿cuál será la causa esta vez, más píldoras, un tiro o una cuchilla de afeitar? Me precipité a un teléfono, Jeremy, no pensé en otra cosa que en llamarle. Incluso antes de llamarte a ti, la llamé a ella. Me puse en contacto con Sally Tracy, la agente de mamá, y conseguí que ella llamase al hospital y que me conectasen con su habitación. Entonces le dije: «Mamá, soy Belinda, estoy viva, mamá, estoy bien.» Y ¿sabes lo que me dijo, Jeremy? Pues me dijo: «Quienquiera que seas, no eres mi hija» y colgó el teléfono. Ella sabía que quien llamaba era yo, Jeremy. Sé que se dio cuenta. Ella me reconoció. Y sin embargo a la mañana siguiente, cuando le dieron de alta, les dijo a los periodistas que creía que su hija estaba muerta.

Nadie dijo una palabra. En medio del silencio, Susan hizo un sonido casi inaudible como el de un suspiro de disgusto. Blair se sonrió con ironía y G.G. hizo una mueca amarga y nos miró a Belinda y a mí.

Nos hallábamos fuera de Oakland, nos dirigíamos hacia el norte a través de las hermosas colinas del condado de Contra Costa, bajo un cielo oscuro y nublado.

G.G. se inclinó hacia delante y besó a Belinda.

—Te quiero, nenita —susurró.

—¿Quieres hacer el favor de abrir una de esas botellas, G.G.? —dijo Blair.

—Enseguida. Jeremy, sujeta tú el vaso por mí —me rogó. Acto seguido, cogió una de las botellas de la bolsa y añadió—: Creo que para este vuelo se necesita un poco de champán.

9

Cuando llegamos a Reno eran las seis de la madrugada, y, excepto Susan que estaba sobria y despierta, todos estábamos bebidos y dormidos. Ella se pasó el viaje pisando el acelerador y tarareando las melodías *country* que emitían por la radio.

Blair se encargó de instalarnos en el hotel MGM Grand, reservando una *suite* de dos habitaciones. También se ocupó de que tuviera las paredes pintadas del color adecuado para hacernos las fotos, una vez que Belinda se quitase el tinte del cabello.

G.G. se fue a ayudar a Belinda de inmediato con el lavado y el aclarado, y Blair comenzó a disponer su cámara Hasselblad sobre el trípode y a cubrir todos los objetos de la habitación con sábanas para conseguir la luz más adecuada.

Belinda necesitó lavarse el cabello cinco veces para poder quitarse el color castaño oscuro, y cuando lo hubo conseguido G.G. se puso a trabajar como loco con el secador para acabar cuanto antes. Después, los dos nos pusimos nuestros abrigos largos de visón blanco, y Blair se aprestó a disparar el primer rollo de película sobre un fondo oscuro perfecto.

Yo me sentía ridículo, sin embargo, Blair me aseguró que el simple hecho de estar allí de pie, con la cara pálida, exhausto y un poco preocupado, producía el efecto que él deseaba. Antes de hacer las fotos tuvo que llamar en dos ocasiones al fotógrafo Eric Arlington (el responsable de haber tomado todas las fotografías de la publicidad de Midnight Mink) a su casa de Montauk, a fin de que le diera algunos consejos.

Mientras tanto, Susan hablaba por teléfono con su padre que estaba en Houston, trataba de asegurarse de que el *Learjet* estuviera de camino. Su padre solía volar muy a menudo entre Las Vegas y Reno, y su piloto conocía el trayecto muy bien. Al parecer, el avión iba a aterrizar de un momento a otro en el aeropuerto de esta ciudad.

Después, G.G. llamó por teléfono a Alex a Los Ángeles. Alex había permanecido en mi casa de San Francisco, hasta que Dan le aseguró que la policía ya no me estaba buscando a la desesperada y que según todos los indicios yo ya había salido de la zona de San Francisco sin incidentes; sólo entonces se dispuso Alex a tomar el avión para ir a su casa. Alex le dijo que habían conseguido una orden de arresto contra mí y que por lo tanto teníamos que casarnos en aquel mismo instante; luego nos invitó a ir a su casa en el sur.

Cuando me enteré de que habían obtenido aquella orden, estuve de acuerdo con Alex, teníamos que salir de aquella habitación y casarnos de inmediato.

La boda fue muy divertida.

Se hizo evidente que la hermosa damita de la capilla que estaba abierta las veinticuatro horas y su marido no habían oído hablar de nosotros; a pesar de que aparecíamos en la portada de todos los periódicos en los quioscos de aquella misma calle. Muy amablemente, la señora opinó que G.G. parecía demasiado joven para ser el padre de Belinda. Por suerte, G.G. llevaba consigo el certificado de nacimiento que lo demostraba.

Una vez hechas las comprobaciones oportunas, la señora y su marido se mostraron encantados de celebrar la boda, y consiguieron flores y un músico para el órgano en menos de veinte minutos. Ya sólo teníamos que entrar en la capilla.

Entonces tuvimos una pequeña sorpresa. En el servicio no sólo podían incluir un bonito lote de fotografías polaroid de la ceremonia, sino que por noventa dólares más nos filmarían un vídeo como recordatorio. Además podían entregarnos tantas copias del mismo como estuviéramos dispuestos a comprar. Decidimos pedir diez.

De modo que nos filmaron a Belinda y a mí vestidos de visón blanco hasta las orejas, y Blair siguió sacando fotografías con la Hasselblad.

Cuando llegó el instante de intercambiarnos los votos, todo el mundo pareció esfumarse a nuestro alrededor, la pequeña capilla se desvaneció, no veíamos ni a Blair ni a Susan, incluso G.G. desapareció. Las horribles luces artificiales ya no existían. Tampoco aquel hombrecito que leía la Biblia frente a nosotros estaba allí, ni la señora que disparaba su cámara polaroid, con los extraños ruidos y silbidos de las fotografías al salir.

En aquel momento, los únicos que estábamos allí de pie éramos Belinda y yo, nos sentíamos tan unidos como lo habíamos estado en el altillo de Carmel, con el sol filtrándose a través del cielo azul por la ventana del techo, e igual que lo habíamos estado en Nueva Orleans, con la lluvia del verano traspasando las persianas, mientras estábamos tumbados sobre la cama de mamá. El cansancio hacía que sus ojos tuvieran un brillo especial y daba a su semblante una apariencia trágica. También estaba presente la tristeza de la separación, tristeza y violencia producidas por los malentendidos, todo se hallaba entretejido en aquel instante, todo contribuía a crear una lentitud y suavidad que mezclaban la felicidad con el dolor.

Cuando llegó el momento de besarnos, nos miramos en silencio el uno al otro. Ella tenía el cabello suelto y esparcido sobre el visón blanco, su cara estaba sin maquillar y su belleza era indescriptible; sus pestañas relucían con el mismo color dorado de su cabello.

—La comunión, Jeremy —susurró ella.

Yo respondí:

—La comunión, Belinda.

Y cuando ella cerró los ojos, se puso de puntillas y entreabrió los labios para besarme, yo la cogí en mis brazos, la estreché cuanto pude junto con aquellas blancas pieles de visón y el mundo entero desapareció. Se desvaneció.

Y de ese modo lo hicimos. Ahora ella era Belinda Walker y juntos éramos Belinda y Jeremy Walker. Nadie la podría apartar de mi lado.

Entonces me di cuenta de que G.G. estaba llorando. Incluso Blair parecía afectado. La única que sonreía era Susan, lo hacía con una hermosa y comprensiva sonrisa de complicidad.

—Muy bien, ya está hecho —dijo ella de pronto—. Ahora, tenemos que salir de aquí. Todos necesitáis a un director, ¿lo sabíais? Y este director, se está muriendo de hambre.

Mientras nos hacían copias de la cinta de vídeo, nos fuimos a desayunar unos fantásticos huevos con beicon en un enorme y reluciente restaurante típicamente americano; después, nos acercamos a la oficina de Correos y enviamos las cintas por mensajero a las tres cadenas de televisión de Los Ángeles y a las cadenas locales de Nueva York, San Francisco y Los Ángeles. Belinda envió una cinta a la casa de Bonnie, en Beverly Hills, y otra a Dallas, a la secretaria privada del tío Daryl. Enviamos también las fotografías polaroid a los periódicos de las tres importantes ciudades. Yo quise hacer un envío de una copia de la cinta junto con una fotografía al teniente Connery en San Francisco, e incluí una nota muy breve en la que le rogaba me disculpase por todas las inconveniencias, y aprovechaba la ocasión para manifestarle que pensaba de él que era una buena persona.

Sabíamos que todos esos envíos iban a necesitar unas cuantas horas para llegar a sus respectivos destinos, de modo que no quedaban muchas más cosas por hacer.

Compramos una botella de Dom Pérignon y regresamos al MGM Grand.

Antes de decidir dónde íbamos a ir y qué debíamos hacer a continuación, G.G. se quedó dormido. Con la copa vacía todavía en la mano, se quedó inconsciente en el sofá.

La siguiente en desaparecer fue Susan. En un instante la vi ir de un lado a otro de la habitación con el teléfono en la mano, dando instrucciones para que una copia de *Jugada decisiva* llegase al cine previsto de Chicago, y al siguiente, cuando volví a mirarla, la vi tumbada en el suelo sobre la moqueta con un almohadón enrollado bajo la cabeza.

Blair se puso de pie, empezó a recoger y empaquetar todas sus cosas y nos indicó que nos quedásemos el tiempo que quisiéramos en el hotel, invitados por él. Ninguno de los empleados se había dado cuenta siquiera de nuestra presencia. Nos pidió que nos quedáramos tranquilos. En cuanto a él, tenía mucha prisa, porque ¡ya era hora de que estuviese en Nueva York, en el cuarto de revelado, junto a Eric Arlington!

Le ayudé a apilar sus cosas en el pasillo, para que las recogiese el encargado de los equipajes del hotel, sin necesidad de que entrase en la habitación. Después volvió sobre sus pasos un momento para darle un beso de despedida a Belinda.

—¿Dónde están mis cien mil dólares? —le preguntó ella amablemente.

Él se quedó parado.

—¿Dónde está mi talonario?
—Al infierno con tu talonario, ¡hasta la vista!
Ella le rodeó con los brazos y le dio un beso.
—Te quiero, nenita —dijo él.
Cogió la película de fotos y se marchó.
—¿Significa eso que no nos va a pagar? —pregunté yo.
—Tenemos los abrigos, ¿no es cierto? —repuso. Acto seguido se encogió, se envolvió mejor con el abrigo y se rió como una niña—. Además, tenemos el Dom Pérignon. Y me apuesto lo que quieras a que Marty va a firmar un abultado contrato para *Champagne Flight* con los de la televisión por cable: «La historia continúa, sin censura..., bla, bla, bla.»
—¿Eso piensas, en serio?
Ella asintió:
—Espera y verás.
Al instante sin embargo, su rostro se ensombreció. Me pareció que una nube planeaba sobre su alma.
—Ven aquí —le rogué.
Nos levantamos al mismo tiempo, cogimos el champán y un par de vasos, nos dirigimos a la habitación y cerramos la puerta con llave.
Yo corrí las pesadas cortinas hasta que sólo quedó un fino rayo de luz y Belinda puso el champán sobre la mesita de noche. Allí dentro todo parecía puro y callado. No se oía ningún ruido proveniente de la calle.
A continuación, ella dejó caer el blanco abrigo de visón en el suelo.
—No, estíralo sobre la cama —pedí cariñosamente.
Entonces yo puse el mío junto al de ella. La cama quedó cubierta por el suave y blanco pelaje.
Después, nos quitamos la ropa y nos estiramos desnudos sobre la blanca cama.
La besé despacio, abriéndole los labios, ella acercó sus caderas hacia mí, podía sentir las caricias del blanco visón y las de sus manos sobre todo mi cuerpo, su cabe-

llo acariciaba mi brazo. Abrió la boca y percibí la dureza y la tersura de sus labios al mismo tiempo.

Le besé los senos, oculté mi cara en ellos y los rocé con mi dura barba sin afeitar, sentí que su cuerpo se acercaba al mío aún más, ella arqueaba la espalda y me empujaba, el reducido vello bajo de su sexo sobre mi muslo estaba húmedo e invitador, y entonces la penetré.

Creo que nunca antes habíamos hecho el amor con tanta rapidez, nunca el calor que sentíamos había alcanzado tal ardor, ni siquiera la primera vez. Tan pronto comenzó a mecerse debajo de mí sentí que iba a alcanzar el orgasmo, y entonces pensé: «Ésta es mi Belinda.» Cuando quise darme cuenta todo había terminado y estábamos entrelazados, su cara contra mi pecho, su cabello estirado sobre su espalda. Aunque podíamos oír a lo lejos el murmullo de la ciudad de Reno, en aquella silenciosa habitación nos quedamos profundamente dormidos.

Cuando Susan llamó a la puerta con los nudillos, ya era bien entrada la tarde. Había llegado el momento de abandonar la ciudad. Las cadenas de televisión habían comenzado a emitir la cinta de la boda.

La única ropa de que yo disponía era el esmoquin y la arrugada camisa de tablillas, de modo que volví a vestirme con aquellas prendas y salí a la salita de estar de la *suite*. Belinda salió detrás de mí, cómodamente vestida con tejanos y un suéter, y tan hermosa como debía estarlo una novia bien atendida.

G.G., que estaba hablando por teléfono con Alex, colgó en cuanto nos vio entrar.

Susan nos explicó que el avión de su padre estaba listo para llevarnos a Tejas. Estaba convencida de que era el lugar más seguro al que podíamos dirigirnos. Una vez allí, podríamos esperar a que volviera la calma; nadie se presentaría en el rancho de los Jeremiah para molestarnos.

Miré a Belinda y me di cuenta de que aquello no era lo que ella quería hacer. Se estaba mordiendo una uña y volvía a tener aquella expresión sombría. De nuevo parecía preocupada.

—¿Tenemos que huir otra vez? ¿Tenemos que escondernos en Tejas? Susan, tú tienes que seleccionar los actores para una película en Los Ángeles. También tienes que encontrar un buen distribuidor para *Jugada decisiva*. ¿Y estás diciendo que nos esperemos en Tejas? ¿Para qué?

—La boda es legal —dije yo—. Y en este momento ya lo sabe todo el mundo. Además, cuando yo desaparecí todavía no existía ninguna orden de detención, vosotros lo sabéis, eso es así. No hay ninguna necesidad de ayuda ni de encubrimiento.

—Aunque sería muy interesante saber cuáles son sus próximas intenciones —comentó Belinda.

—En realidad, podemos ir a Los Ángeles —exclamó G.G.—. Alex nos está esperando. Me ha dicho que tiene tu habitación dispuesta para ti y para Belinda. Ya conocéis a Alex, invitará a la policía y a los periodistas a su casa, les servirá queso tierno con tostadas y un buen Pinot Chardonnay. Ha insistido en que podemos quedarnos en Beverly Hills para siempre, si es que así lo deseamos.

—Se hará lo que más os apetezca a vosotros —dijo Susan—. Tenemos un *Learjet* a nuestra disposición. Y yo tengo un montón de trabajo que hacer en Los Ángeles.

Belinda se dirigió a mí, me miró y con una voz frágil, llena de aquel mismo miedo que yo había visto antes, me preguntó:

—¿Dónde quieres ir tú, Jeremy? ¿Dónde quieres que nos quedemos?

La expresión de sus ojos me hacía mucho daño.

—Amor mío, para mí cualquier lugar estará bien —repuse—. Si puedo comprar unas telas y unos tubos de pintura al óleo Windsor and Newton, y puedo disponer de un rincón para trabajar, me da lo mismo si estamos en Río de Janeiro, en una isla griega o en un satélite en medio del espacio.

—¡Entonces vámonos, Walker! —dijo Susan—. Salgamos de aquí y vayamos a Los Ángeles.

En medio de las nubes, cuando el avión alcanzó la altura y velocidad de crucero, me quedé medio dormido. Estaba cómodamente sentado en un asiento reclinado forrado de piel, y me había puesto a soñar y a pensar en nuevos cuadros. Se desarrollaban uno tras otro en mi mente como si se tratase de fotografías revelándose en el cuarto oscuro. Eran escenas de toda mi vida que se sucedían una tras otra.

Belinda le explicaba a G.G. con una voz muy suave que se había sentido muy sola al estar en Roma de nuevo, pero que trabajar en Cinecittà le había sentado bien. Tenía una bonita habitación en Florencia, a no más de dos manzanas de la galería de los Uffizi, y había ido a visitarla casi cada día. Le contó que había paseado por el Ponte Vecchio y al pasar frente a las tiendas de guantes había pensado en él y en el primer par de guantes blancos que había tenido y que él le había regalado.

Al rato oí que G.G. le aseguraba que el haber tenido que cerrar su salón de Nueva York no tenía la más mínima importancia. Según le decía, podía haberse quedado y peleado, y probablemente hubiese ganado. No tenía ni la más remota idea de cómo ni dónde habían comenzado los rumores. Seguramente no fue el mismo Marty, sino sus hombres. También le contaba que había algo entre él y Alex, algo que parecía más prometedor que lo que había sentido con Ollie, y que G.G. abriría un salón en Rodeo Drive.

—Sabes, Belinda, ya tengo cuarenta años —le dijo—. No puedo seguir siendo el niño pequeño de alguien, durante toda mi vida. Hace tiempo que mi suerte debería haberse acabado. Pero te digo una cosa, es maravilloso tener una última oportunidad de intentarlo de nuevo, con Alex Clementine, con el hombre a quien más me gustaba ver en la pantalla cuando tenía doce años.

—Me alegro por ti, papá.

No me pareció nada descabellado, un salón de peluquería de G.G. en Beverly Hills, ¿por qué no? En efecto, él ya había agotado su deseo de estar en Nueva York, con rumores o sin ellos. Si se decidía a vender su casa de la Fire Island, dispondría de una pequeña fortuna.

—Aunque... Bueno, ya sabes —soltó una carcajada—, si abro un salón G.G. en Rodeo Drive, eso sí que le va a encantar a Bonnie.

En el exterior del avión las nubes parecían formar una enorme sábana. El sol del atardecer reverberaba en ellas formando un abanico de ardientes rayos dorados. Algunos de ellos entraban por la ventana e iluminaban a Belinda y a G.G., creando un áureo reflejo que no permitía adivinar dónde comenzaban los cabellos de uno y terminaban los del otro.

Yo seguía soñando a medias. Veía mi casa de San Francisco como si fuese un barco a la deriva. Me despedía de los juguetes, las muñecas, los trenes, la casa de muñecas, decía adiós a los cuadros de ratas y cucarachas, a la porcelana y a la cubertería de plata, decía adiós al reloj de carrillón y a las cartas, a tantas cartas recibidas de mis jóvenes admiradoras.

Me sentía fatal al pensar en las chiquillas a quienes habría hecho daño, no soportaba pensar que las estuviera decepcionando. Por favor, que no tengan un oscuro sentimiento de traición e inmoralidad, que puedan llegar a comprender que hice los cuadros de Belinda en representación del amor y la luz, pensé.

Me esforcé en pensar en algo de mi casa que pudiera echar de menos en adelante. Y no encontraba nada. Los cuadros de Belinda estaban viajando a todos los rincones del mundo. Los únicos que no irían a parar a un museo estarían con el augusto conde Solosky, lo cual, a fin de cuentas, era casi lo mismo.

No había nada más en mi casa de San Francisco que me llamara la atención. Ni siquiera la maravillosa escultura de Andy, puesto que estaba convencido de que Dan se la llevaría al lugar adecuado. Cabía la posibilidad de que Rhinegold se la llevara consigo de regreso a su casa de la calle 57 Oeste. Ésa sí me pareció una idea extraordinaria. Recuerdo que ni siquiera le había enseñado la escultura. Había sido inexcusablemente egoísta al no hacerlo.

En aquel estado de semiconsciencia, todavía medio dormido, pensé en los cuadros; mi mente deseaba concentrarse sólo en ellos. *La procesión de mayo*, *El martes de carnaval*, volví a verlos como si los tuviera delante. Distinguía todos los detalles. Así era, pero también veía nuevas obras. Recordaba los enormes perros desgreñados que husmeaban entre las muñecas. *Los perros y las muñecas*. Alex aparecía con su gabardina y su sombrero de felpa, paseando por el vestíbulo de la casa de mamá, mirando la pared con el papel despegado.

—¡Jeremy, termina pronto, hijo, a ver si podemos irnos ya de esta casa!

Un día tenía que pintar a Alex, era muy importante que lo hiciese, Alex que había aparecido en cientos de películas y a quien nunca habían pintado bien. Los perros se convertirían en hombres lobo, y olisquearían las muñecas de porcelana, y sí, desde luego, en esa pintura tendría que volver a reproducir la oscuridad, pero al mismo tiempo haría que irradiase una intensa sensación. Haría un cuadro con Alex paseando por la casa de mamá, sí, muy bien. Aunque en el caso de Alex, era importante sacarle de aquella casa oscura. Pintaría a Alex en la puerta del jardín, reproduciría la escena de aquella mañana, veinticinco años atrás, en que al irse me dijo: «Cuando vengas al oeste, te quedarás en mi casa.»

IV

LA JUGADA DECISIVA

El largo fin de semana en la tranquila, grande e irregular casa de Alex, situada en un desfiladero en Beverly Hills, transcurrió despacio y como en un sueño. Belinda y yo hicimos el amor con frecuencia, aprovechando el inalterado silencio de nuestra habitación. Incluso llegué a dormir doce horas de una tirada, más profundamente de lo que había dormido nunca desde que era un niño. El eterno sol sureño de California se filtraba por entre las muchas ventanas francesas, desde las que podía contemplarse un precioso jardín con un césped que parecía moqueta y que estaba tan bien cuidado como las habitaciones interiores. La inmensa paz apenas quedaba turbada por el ruido de algún coche que ocasionalmente circulaba por la distante carretera del desfiladero. El avión de Susan nos había traído hasta Los Ángeles sin incidentes. Las primeras veinticuatro horas por lo menos las pasamos sin que nadie supiera que estábamos allí.

El lunes por la mañana, la prensa del corazón ya publicaba la historia: LA HIJA DE BONNIE SE CASA CON EL PINTOR: JEREMY Y BELINDA SE CASAN EN RENO. BELINDA ESTÁ VIVA, BIEN Y CASADA. En miles de quioscos modernos de todo el mundo ya estaba a la venta la cinta de vídeo de la ceremonia.

Aunque la noticia local más importante era el anuncio de Blair Sackwell, a página entera, en el *San Francisco Chronicle* y en la edición nacional del *New York Times*: BELINDA Y JEREMY SE CASAN ATAVIADOS CON UN MIDNIGHT MINK.

Debió de tratarse de una de las primeras tomas que hizo Blair. Yo aparecía sin afeitar, con el cabello revuelto y tenía una expresión de sorpresa; Belinda, a su vez, tenía los ojos muy abiertos, apretaba su boquita de bebé y tenía la seriedad inconsciente de una niña. Lo único que se veía eran dos caras, arropadas con pieles blancas. La lente que había utilizado con la Hasselblad, y el tipo de negativo, proporcionaban a la fotografía una sorprendente cualidad granulada, en la que resaltaban todos los poros y donde cada cabello ofrecía un contraste. Tal como Blair se había propuesto. Ése era el tipo de foto que Eric Arlington le entregaba siempre.

La foto superaba la realidad misma. Se nos veía más reales que en vivo.

Como en otra ocasión, Blair sabía que ya no necesitaba gastar más para difundir aquella foto. Todos los periódicos de la tarde del país la habían reproducido y era inevitable que las revistas semanales también la incluyesen. Todo el mundo iba a ver la marca de Blair. Midnight Mink era noticia igual que lo había sido años atrás, cuando Bonnie posó como su primera modelo llevando el abrigo medio abierto y mostrando su pierna derecha cuan larga era.

Estaba previsto que el anuncio apareciese, en su momento, en las páginas de *Vogue* y en las de *Harper's Bazaar*, como sin duda lo haría también en un sinnúmero de otras revistas. Tal era siempre el destino de todos los que posaban para Midnight Mink.

El lunes por la tarde empezaron a llegar docenas de rosas blancas de larguísimos tallos. A media tarde la casa estaba llena. Y estaba claro que era Blair quien las había enviado.

Todas las noticias que nos iban llegando resultaban reconfortantes. El departamento de policía de Los Ángeles había retirado el mandamiento judicial de busca y captura de Belinda. Daryl Blanchard declaró «estar muy aliviado» de saber que su sobrina se encontraba bien. No tenía intención de impugnar la autorización de G.G. para la celebración de la boda. Aquel sencillo y ciertamente perplejo hombre de Tejas reconoció el viejo y conocido poder del ritual del matrimonio. Bonnie vertió lágrimas desconsoladas en todas las cadenas de televisión y Marty volvió a derrumbarse.

La policía de San Francisco decidió anular la orden de detención que tenía contra mí, ya que hubiera resultado imposible imputarme crímenes contra una menor que en el momento presente era mi esposa. Por otra parte, cuando me marché de San Francisco no me hallaba bajo arresto y no había forma de acusar a Susan por contribuir a mi escapada.

Seguían formándose colas de gente para entrar a la exposición de mis pinturas en Folsom Street. Rhinegold me comunicó que la totalidad de los cuadros habían sido vendidos. Además de los cuatro que había adquirido el conde Solosky, dos habían ido a París, uno a Berlín, otro a Nueva York, uno a Dallas y ya había perdido la cuenta de dónde acabarían yendo todos los demás.

Time y *Newsweek* llegaron a los quioscos el lunes por la tarde y sus páginas iban llenas de comentarios desagradables, y ahora fuera de lugar, sobre la «desaparición» y el «posible asesinato». Por otro lado, ambas hacían un amplio reportaje sobre mi exposición en el que sus críticos de arte ensalzaban mis pinturas de mala gana.

El mismo lunes por la tarde, Susan encontró un distribuidor nacional para *Jugada decisiva*, Limelight. De inmediato, sus laboratorios se pusieron a trabajar haciendo un buen número de horas extraordinarias, para realizar copias suficientes de la película. Susan se había unido a este esfuerzo, asegurándose de que las cintas destinadas a Chicago, Boston y Washington fueran verdaderas joyas. La prensa ya disponía de los anuncios del estreno, que iba a tener lugar en unas mil salas de cine de todo el país.

Susan había conseguido también que Galaxy Pictures le diera la aprobación definitiva para filmar *De voluntad y deseo*, estaban de acuerdo en que ella hiciera el guión y en la participación de Belinda. Sólo quedaba pendiente que Belinda diera su confirmación y revisar el informe sobre posibles localizaciones para el rodaje que había traído Sandy Miller de Río. A principios de año Susan estaría lista para ir a Brasil.

En cuanto a Alex, tal como había dicho él mismo, era más famoso que nunca. Los anuncios televisivos de champán seguían emitiéndose y directivos del medio le pedían hacer algo basado en su autobiografía con renovado interés. «¿Le gustaría representarse a sí mismo en una obra?», le preguntaban los productores. Recibía múltiples invitaciones de programas de entrevistas y tenía ofertas para participar en otras dos series.

Susan también quería a Alex para *De voluntad y deseo* e intentaba por todos los medios que el estudio estuviera dispuesto a pagar sus honorarios, que eran muy altos.

Por su parte, él prometía no aceptar las ofertas televisivas para hacer una verdadera película, siempre y cuando los respectivos agentes llegasen a un acuerdo.

Aunque, en aquel momento, lo único que a Alex le apetecía era tumbarse al sol en la terraza enladrillada y ponerse moreno y más moreno, mientras conversaba con G.G. Éste, a su vez, no dejaba de repetir que se lo estaba pasando mejor que nunca y que, en su opinión, las complicaciones de abrir el salón de peluquería en Beverly Hills se presentarían muy pronto.

Cuando llegó al conocimiento de los amigos de

Alex que G.G. pensaba abrir un salón en Beverly Hills, no pararon de recibirse llamadas solicitando los servicios de G.G. a domicilio.

La única nota discordante en aquel paraíso era Belinda.

No había dicho todavía si estaba conforme en actuar en la película y Susan se estaba poniendo nerviosa. Todo indicaba que Belinda no estaba contenta.

Se mostraba dubitativa en todas sus acciones y tenía la mirada nublada y huidiza. En ocasiones, me recordaba extrañamente a Bonnie y los momentos que pasé con ella en la habitación del Hyatt Regency.

Me preguntaba a todas horas si yo estaba seguro de sentirme bien. Pero yo me daba cuenta, cada vez que le decía que sí, de que quien estaba insegura y tensa era ella. A mi modo de ver, no podía respirar con tranquilidad.

Leía todos los artículos del periódico que hablaban de su madre.

En los noticiarios de la noche contemplaba en silencio cómo Marty y Bonnie se revolvían para limpiar sus respectivas reputaciones y comportamientos.

La prensa del corazón todavía se metía con Bonnie y con Marty. Al mismo tiempo, se oían comentarios sobre la posible emisión de *Champagne Flight* en la televisión por cable.

Por otra parte, Belinda había hablado por teléfono con su tío Daryl el domingo por la tarde. La conversación no había sido demasiado agradable. Entre otras cosas, cuando ella le dijo que días atrás había llamado a su madre al hospital, el hombre no la creyó.

Cuando me di cuenta de lo que estaba pasando, cogí el teléfono y le expliqué a Daryl que Belinda estaba bien, que nos habíamos casado y que quizás era mejor dejar pasar un tiempo para que las cosas se calmasen. Daryl se quedó confuso. Resultaba obvio que Bonnie le había mentido en todo y que Marty había hecho lo mismo. Entonces me explicó que fue él quien insistió en que se emitiera una orden de búsqueda de Belinda, en un intento desesperado de encontrar a su sobrina y averiguar si estaba viva, también mencionó que ni Marty ni Bonnie habían estado de acuerdo. Ahora no sabía muy bien lo que tenía que hacer. Deseaba ver a Belinda pero ella se negaba a verle. Quedamos en que ella le escribiría y que él también lo haría. La conversación terminó con frases de despedida amables pero forzadas.

Tras la conversación ella se aisló en silencio. No parecía sentirse nada bien.

Aquella noche cuando nos sentamos alrededor de la mesa para cenar y Susan se puso a describir las escenas de *De voluntad y deseo*, ella parecía algo más contenta. La amante de Susan, Sandy Miller, estaba todo el tiempo a su lado y nos divertía con anécdotas sobre su alocada estancia en Río. Me fijé en ella, era una joven muy atractiva y tan seductora como aparecía en la pantalla.

Tuve que admitir que la película que iban a rodar en Río sería fantástica. La relación entre la prostituta adolescente que debía interpretar Belinda y la periodista que la rescata, encarnada por Sandy, era muy buena. Me atraía mucho la idea de unirme a ellas durante el rodaje. Comenzaba a acariciar la posibilidad de ver la majestuosa bahía de Río de Janeiro, pasear por las extrañas y peligrosas calles de aquella vieja ciudad y pintar cuadros bajo la luz brasileña.

Aunque la decisión debía tomarla Belinda. Y por el momento era obvio que Belinda no la podía tomar ya que no dejaba de decir que tenía que pensarlo. Así es que me quedé esperando y observando, intentando adivinar qué le impedía aceptar.

Una posible respuesta era bastante obvia: la razón por la que Belinda no se decidía era Bonnie.

El martes por la noche nos apilamos todos en el

Mercedes negro de Alex y bajamos a cenar a Le Dome en Sunset. Susan se había vestido con un elegante traje de rodeo de satén de color negro. Sandy Miller iba maravillosamente envuelta en seda blanca y era la estrella perfecta.

Belinda se había puesto el clásico vestido negro y las perlas, había cogido el abrigo blanco de visón largo hasta el suelo, que le había regalado Blair y se lo había puesto sobre los hombros; no se lo quitó en toda la noche y durante la cena le caía de la silla como si fuera un poncho.

Alex y G.G. volvieron a vestirse de etiqueta porque la única ropa decente que yo tenía, además de tejanos y jerséis que me había comprado Alex, era el esmoquin, y tanto él como G.G. se habían empeñado en que debíamos ir conjuntados.

Llegamos a Le Dome y nos dejamos envolver por la romántica y suave penumbra del lugar. Bebimos mucho vino y la cena fue deliciosa, la presentación de los platos era exquisita. A pesar de que mucha gente nos miraba, nadie nos interrumpió ni nos molestó. Y Belinda, que estaba radiante y triste a la vez, con el visón cayendo por el suelo y el cabello como una nube de oro que le rodease la carita angustiada, se limitó a picotear la comida. Su estado de ánimo no parecía mejorar, más bien al contrario.

No podía hacerse otra cosa que esperar.

El miércoles, cuando me desperté temprano y salí a respirar el aire fresco del jardín, vi a Belinda nadando en la piscina rectangular sobre el agua limpia y azul. Llevaba puesto el biquini negro más pequeño del mundo occidental —un regalo que le había traído Sandy Miller de Río— y se había recogido el pelo en un moño alto. Estar allí de pie mirando el pequeño trasero y los sedosos muslos que se deslizaban sobre el agua me resultó casi imposible de soportar. Di gracias a Dios porque Alex fuese homosexual.

No sabía si la típica polución de Los Ángeles estaba presente puesto que ni la percibía ni la olía. Lo único que me llegaba era el olor de las rosas, limones y naranjas que crecían todo el año en el jardín de Alex.

Llegué a la cabaña del jardín paseando, era un lugar amplio y fresco, construido con madera de secoya y con cristales blanquecinos. Alex había llevado allí mi caballete, el mismo que dejé en su casa veinticinco años atrás, y se había ocupado de que su asistente, Orlando, recorriese Los Ángeles para encontrar telas tensadas e imprimadas adecuadamente, muchos pinceles, trementina, aceite de linaza y pinturas. Alex, también había reunido platitos de porcelana china para que yo los utilizase a modo de paleta y me había dado viejos cuchillos de plata, que yo había estropeado con el triturador de basura, para que los utilizara como quisiera.

Me pareció que nunca un artista había disfrutado de semejante bienestar. El único problema era la musa que, sin quejarse y de manera reservada, se sentía desgraciada. Pero aquella situación no podía durar, tenía que cambiar.

Hacía dos días que había comenzado a pintar *El martes de carnaval* en una enorme tela de más de dos metros por tres.

Había terminado ya los grandiosos robles sombríos y dos de los relucientes palios de cartón piedra repletos de parrandistas.

Ahora tenía que pintar al portador de antorchas negro, completamente borracho, con el candelabro inclinado hacia delante, vertiendo aceite sobre las guirnaldas de flores de papel y salpicando el suelo del palio.

Tener la posibilidad de volver a pintar me hacía sentirme bien. En esta ocasión estaba explorando un terreno nuevo y diferente, dibujaba cosas sencillas y normales que nunca antes había reproducido; como por ejemplo caras de hombres, algo que jamás había pintado. Era como si de pronto la vida circulara por partes de mi cerebro que no había sentido antes.

La luz apenas se filtraba por los paneles blanquecinos de cristal que formaban el techo y caía sobre las flores; los pocos geranios y lirios que, aun en los meses de invierno, daban a este lugar un olor de frescura y de tierra. También iluminaba la tela blanca y calentaba mis manos.

A través de las puertas abiertas, divisaba el tejado inclinado de la irregular casa blanca y me invadía esa sensación reconfortante que se tiene cuando otras personas del entorno hablan entre sí y pasean con placidez. En ese preciso instante salía G.G. para nadar con Belinda. Susan Jeremiah, que se había instalado en su casa de Benedict Canyon Road, había venido de visita. Llevaba unos tejanos viejos, blusa azul de trabajo, un sombrero blanco polvoriento y las desgastadas botas de piel de serpiente, que solían componer su indumentaria.

Me puse a trabajar. Empecé con grandes pinceladas rápidas de tierra siena tostada para hacer la cabeza y la espalda del portador de la antorcha. De pronto sentí aquel control absoluto de mis facultades, la confianza plena en el hombre que podía pintar a una jovencita a la perfección, y que por lo tanto también podría reproducir el brazo musculoso y la mano nudosa de un hombre adulto.

Pero a medida que avanzaba, otra pintura que se había formado en mi mente, durante la noche, empezó a obsesionarme. Se trataba de un retrato oscuro de Blair Sackwell con el esmoquin de color lavanda, sentado en el asiento abatible de la limusina y con los brazos y las piernas cruzados. Blair resplandecería si yo era capaz de llevar a la pintura aquella mezcla de vulgaridad y compasión, aquel revoltijo de temeridad... y de magia. ¡Era el mismísimo Rumpelstiltskin! No había duda. Y en esta ocasión había salvado a la criatura.

Tenía que hacer multitud de cuadros. Muchos. Alex era el primero a quien tenía que pintar, incluso antes que a Blair, de eso estaba seguro. Después haría el de *Los perros y las muñecas*, ese cuadro me perseguiría hasta que me entregase a pintarlo, tendría que trasladarme mentalmente a la casa victoriana durante el tiempo necesario.

Pero ahora tenía que concentrarme en el portador de la antorcha y en el pálido fulgor de las llamas recortadas sobre los árboles.

No recuerdo haberme distraído del trabajo hasta dos horas después. La piscina estaba vacía, de eso ya hacía un buen rato. Alex venía hacia mí y, a pesar de que sonreía, se le notaba en la cara que algo le rondaba por la cabeza.

—Siento venir a molestarte, Jeremy —dijo—, pero creo que ha llegado el momento de que tengas una conversación con Belinda.

Cuando entré en la sala de estar y vi la cara de Belinda, supe que sucedía algo malo. Se había vestido con un jersey de tenis y una faldita corta y estaba sentada sin mirar a nadie, abstraída, con las manos apoyadas en sus rodillas desnudas. Se había hecho trenzas como a mí tanto me gustaba, pero le dejaban la cara especialmente indefensa. Parecía que alguien la hubiese tocado con un fino soplo de viento entre los ojos. Con aquella expresión absorta e inmóvil se parecía a Bonnie. G.G. estaba sentado a su lado y le cogía una mano entre las suyas.

—Ash Levine y Marty vienen hacia aquí —dijo Alex—. Marty quiere hacerle una proposición a Belinda, ya te la puedes imaginar, desea que ella arregle la situación en que se han quedado Bonnie y él mismo. Ya sabes.

¿Lo sabía? Creo que incluso yo estaba demasiado aturdido para reaccionar. No sólo por lo que Alex acababa de decir, era por la manera en que parecía tomárselo. ¿Acaso todo el mundo sabía que esto iba a suceder? Porque yo no.

Me di la vuelta y miré a Belinda. G.G. parecía sentirse tan desgraciado como ella, pero para mi sorpresa dijo:

—Belinda, acepta. Entrevístate con él. Averigua qué es lo que tiene que decir, hazlo por ti misma.

Lo que G.G. quería decir me pareció comprensible.

Ash Levine y Marty llegaron al cabo de quince minutos.

Belinda me pidió que me quedara en la misma habitación. Pero G.G. y Alex se esfumaron.

Era la primera vez que Marty y yo nos veíamos cara a cara, y creo que yo no estaba preparado para la seguridad y firmeza con que estrechó mi mano y me sonrió.

—Me alegro de conocerte, Jeremy.

¿Había dicho eso? Parecía un político en busca de votos en vez de un hombre que intenta conservar su trabajo. Iba ataviado como me habían dicho, con un traje gris plateado y muchas joyas de oro, y, en efecto, tenía el cabello negro y unos ojos penetrantes y vivos que te miran con la fiebre de un drogadicto. Uno puede sentir su presencia aun cuando él está lejos.

—¡Hola, cariño! —le dijo a Belinda con la misma espontánea afectación—. ¡Qué feliz me siento de verte, bonita!

A continuación se sentó a su lado y puso el brazo sobre el respaldo del sofá por detrás de ella. Y yo me di cuenta de que no la tocó.

Ash Levine, que era un hombre moreno por el sol, llevaba un traje azul marino, tenía el pelo demasiado canoso para su edad y un cuerpo tenso y delgado, se sentó en el sillón de cuero de la mesa de despacho de Alex. Fue él, con una sonrisa que mostraba unos dientes relucientes, quien comenzó a hablar.

—Bueno, Jeremy, lo más importante en este momento es que todo el mundo salga de esto oliendo como una rosa. Ésa es la razón de que estemos aquí, ¿de acuerdo? Tú ya sabes cuánto admiro a Alex. Todos adoramos a Alex. Me refiero a que Alex es Hollywood, ya no hay actores como él, ¿no es cierto? Pero es gracias a *Champagne Flight* que Alex puede disfrutar de una vuelta al mundo del espectáculo muy emocionante y satisfactoria, y creo que no me equivoco al decir que Alex sería el primero en estar de acuerdo en que lo que es bueno para *Champagne Flight* es bueno para todos los que estamos aquí, ¿verdad?

Mientras él seguía hablando de esta manera, yo miré a Belinda y ella levantó la cabeza para mirarme; me pareció ver un asomo de sonrisa en la comisura de sus labios, que de inmediato desapareció. No creo que se sintiera mejor a causa de Marty, quien en ese momento nos miraba a uno y a otro con rápidos movimientos de los ojos.

—Nos gustaría incluir a Alex y a Belinda en un par de episodios de *Champagne Flight* —decía Ash Levine—. Después de todo lo que ha pasado, estoy convencido de que la publicidad sería fabulosa para Alex y también para Belinda. Para ella sería maravilloso, desde luego. El público ha oído hablar de ella, la ha visto en fotografía y ahora podría verla en escena, y no en una película extranjera con una filmación granulada ni en un relumbrón anuncio de visones, sino en la hora de máxima audiencia. Ella sería el centro de atención. Estamos hablando de la serie más vista en todo el país, la número uno, y cuando volvamos a emitirla, vamos a romper todos los récords. Quiero que sepáis que se han recibido montones de cartas de seguidores de la serie, una correspondencia sin precedentes, y todas ellas muestran su indignación porque *Champagne Flight* se dejara de emitir, todos manifiestan estar disgustados. Os estoy diciendo que si no se cometen errores en esto, bueno, que las cadenas de televisión por cable, las independientes, nos están haciendo ofertas, incluso podemos crear tranquilamente nuestra propia cadena sólo con la serie... Alex y Belinda en el mismo episodio, les devolveríamos al hombre que echan de menos y ¡a Belinda! Ya no hablaríamos de la serie de más audiencia sino de un verdadero acontecimiento nacional.

La cara de Belinda estaba cambiando. No sonreía, pero su mirada estaba recuperando la serenidad que yo recordaba. Miró a Ash, se quedó mirándole largo tiempo y después volvió la vista lentamente hacia mí. Me pareció volver a ver aquel indicio de sonrisa. ¿De amargura? No, más bien de franca diversión. ¿Acaso iba a ponerse a gritar?

—¡Escucha, Ash! —le dijo Marty haciendo gestos para que se callase—. ¡Oye! No es necesario que le hagas estas consideraciones a Jeremy; escucha, Belinda es una chica inteligente, ¿no es cierto, cariño? Belinda sabe muy bien de lo que estás hablando.

Su voz cambió de repente al pronunciar la última frase. Se volvió hacia Belinda. Hubo un repentino silencio. Nadie decía nada y Ash seguía sentado con los dedos cruzados en torno a su rodilla. Yo me limitaba a mirarles sin abrir la boca.

—Hazlo por Bonnie, querida —le rogó—. Sólo te pido eso. Podemos acabar con todo lo que se está diciendo por ahí, cariño. Enderezar este entuerto está en tus manos.

Belinda no le contestó. La expresión de sorpresa había desaparecido de su cara. Estaba mirando a través de las ventanas cristaleras, quizás al invernadero. Parecía como si no hubiera oído las palabras de Marty. Era como si estuviese sola en la habitación.

Marty me miraba a mí. No tenía una expresión concreta, sólo me miraba, tenía la cara sorprendentemente tranquila en comparación con el cuerpo que parecía el de un animal dispuesto a saltar.

—Marty, quiero hablar un momento con Jeremy, a solas —dijo Belinda. Entonces se levantó y yo la seguí hasta el vestíbulo. Pero una vez allí no me dijo nada, se quedó mirándome como si esperase que hablase yo y así lo hice.

Puse las manos sobre sus hombros.

—¿Recuerdas que en tu carta me escribiste algo que te había dicho Ollie sobre tu poder? —le pregunté—. ¿Recuerdas lo que te dijo?

Asintió. La expresión aturdida se había ido definitivamente, aunque sus ojos, que se movían con rapidez, mostraban una cierta preocupación. Esperó a que yo continuase.

—Cariño, Ollie tenía razón —proseguí—. A ti no te gusta tener poder sobre otras personas. Tú no deseas tener que usarlo.

Asintió otra vez, pero no me transmitió lo que estaba pensando. Con la cara despejada y el pelo recogido con aquellas ocho trenzas, me estaba observando, y como siempre, su expresión era una mezcla de inocencia y de determinación.

—Éste es uno de esos momentos en que tienes que luchar contra ese sentimiento y utilizar tu poder —seguí diciendo.

Ella permanecía en silencio, así que continué:

—Sé lo que estás pensando. Estás pensando en G.G. y en los rumores. Piensas en la llamada que le hiciste a tu madre cuando volviste.

—Y también en ti, Jeremy —dijo por fin—. En lo que intentaron hacer contra ti.

—Ya lo sé. Decidas lo que decidas nadie va a culparte. Pero lo que yo te digo es que si haces lo que te piden y contribuyes a que las aguas vuelvan a su cauce, y si actúas en esos dos episodios de ese *Champagne Flight* de marras, bien, si lo haces podrás vivir tu vida con la tranquilidad de haberles sacado del atolladero y sabiendo que lo que les suceda a continuación será sólo asunto suyo.

Una sonrisa sutil asomó en su cara visiblemente radiante. Era como si el sol llenase poco a poco de luz una habitación en sombra.

—¿Me estás diciendo que acepte? —preguntó sorprendida como noches atrás cuando salimos de San Francisco en la furgoneta.

—Sí, eso parece. Ayúdales en esto y podrás volver la espalda para seguir tu propio camino.

Levantó los ojos y me miró, parecía dudar y estaba confundida.

—Yo pensaba que tú no querrías que yo aceptase —me explicó—. Creía que tú no lo entenderías y que nunca me perdonarías.

—Mira, tal como yo veo las cosas, todavía existe la posibilidad de que todos salgamos airosos de ésta, de que todos podamos ser libres.

—¡Oh, Jeremy! —susurró. Se puso de puntillas y me besó—. Gracias a Dios.

Y por primera vez desde su regreso, volví a ver el esplendor de mi Belinda.

Las sombras y la ansiedad estaban a punto de desaparecer.

Bonnie esperaba dentro de la limusina situada en el interior de la verja. Cuando nosotros salimos de la casa vimos a Alex con ella. La puerta del coche estaba abierta y ambos conversaban en el asiento de atrás, en aquel momento él se disponía a salir y le oímos decir:

—Hasta luego, querida.

Marty y Belinda se dirigieron al coche, y yo me quedé junto a Ash. Marty se metió en él. Alex se unió a nosotros y saludó a Ash, le comentó que Bonnie estaba preciosa, que era como una visión, y Ash le dijo que era un placer saludarle, que siempre era un placer estar con él.

En ese momento Marty salió del coche y miró a Belinda que se había quedado fuera esperando, el cabello recogido con trenzas le caía sobre los hombros y tenía la cabeza un poco agachada. Él la cogió por el brazo.

—Entra y habla con ella, cariño —le dijo.

Cuando la vi entrar en el coche me puse muy tenso. Bajé por el camino de gravilla hasta que alcancé a oír su voz y aunque hablaba muy bajo podía distinguirla con claridad.

—Hola, mamá.

—Hola, querida.

—¿Ya te encuentras mejor, mamá?

—Sí, cariño, gracias. Estoy muy contenta de verte tan bien.

—Mamá, te parecería bien que para suavizar un poco las cosas..., ya sabes, ¿te gustaría que yo actuara en uno de los episodios?

—Desde luego, querida, eso estaría bien, me gustaría mucho.

—Nada serio, sólo un pequeño papel. Están hablando de que aparezca con Alex Clementine...

—Por supuesto, bonita, lo que tú quieras.

Otro coche, un relumbrante y pequeño BMW, aparecía en ese momento por el camino. Se paró justo al otro lado de la puerta abierta de la verja y Marty les hizo señales a los hombres que lo ocupaban. Salieron tres de ellos. Eran fotógrafos, uno llevaba una vieja cámara fotográfica de acordeón y los otros sendas Nikon y Canon, que les colgaban del cuello.

Entonces Marty les pidió a Bonnie y a Belinda que salieran de la limusina. Belinda fue la primera en bajar y a continuación ayudó a Bonnie, que a causa del fuerte sol parpadeó y bajó la cabeza.

En efecto, era como una visión, incluso su palidez agudizada por el vívido color rojo del traje sastre que llevaba era exquisita. Su cabello era como una lisa madeja de seda negra que se ondulaba sobre los hombros. Cuando rodeó con el brazo la cintura de Belinda, vi que tras los gruesos cristales oscuros de sus gafas parecía mirar más allá de nosotros como si no viera nada. Belinda a su vez rodeó con el brazo a su madre e inclinó la cabeza con suavidad hacia ella. Los fotógrafos comenzaron a trabajar.

En el jardín de la entrada no se oía nada a excepción de los clics de las cámaras. La sesión no duró más de tres minutos y los tres hombres regresaron a su vehículo, el BMW hizo un giro en forma de U y se alejó.

Belinda ayudó a su madre a entrar en el coche y acto seguido se sentó a su lado.

Yo seguía de pie, miré a Marty y me di cuenta de que estábamos muy juntos, tal vez a menos de un metro de distancia.

Él tenía el brazo apoyado encima de la limusina. Noté que me estaba mirando, debía de hacer un buen rato que lo hacía. Su mirada era seria y distante, tenía sus negros ojos fijos en mí pero bastante relajados.

—Adiós, mamá, me he alegrado de verte —dijo Belinda.

—Adiós, querida.

No podría asegurar si Marty se había molestado en escucharlas.

Cuando Belinda salió del coche él seguía mirándome y noté que asentía ligeramente con la cabeza. No entendí lo que quiso decir y tal vez nunca lo sepa. Pero cuando se acercó para estrechar mi mano, traté de reaccionar lo mejor que pude. Nos miramos, nos dimos la mano y eso fue todo. No dijimos nada.

—Gracias, cariño —le dijo a Belinda, después la señaló con el dedo y continuó—: En una ocasión te dije que escribiría un fabuloso episodio para ti, ¿recuerdas? Bien, pues espera y verás.

—No hagas que sea demasiado bueno, Marty —le contestó ella en voz baja—. Quiero irme pronto a Río. No quiero ser una estrella de televisión.

Él le dirigió una sonrisa franca y desahogada, después se inclinó y la besó en la mejilla.

A continuación la limusina salió por la puerta de la verja, bajó por la angosta carretera entre las sombras y el sol, y se perdió de vista. Rodeé a Belinda con el brazo, sentí su cuerpo apoyado en el mío y su cabeza contra mi mejilla; ella no había dejado de mirar a las ventanas oscuras del coche, esas que no dejan ver quién viaja en él. De pronto levantó la mano como si hubiera visto a alguien, que por supuesto no vio, y la agitó en señal de despedida.

El coche ya se había ido. Entonces ella se dio la vuelta y vi de nuevo a mi anterior Belinda que me estaba mirando.

—Oye, Jeremy, tenemos que hacer lo de Río —dijo inesperadamente—. Me refiero a que vendrás con nosotros, ¿verdad? Voy a llamar a Susan, porque la película está en marcha, ¿no? ¡Vamos a ir!

—Puedes apostar lo que quieras, querida mía —respondí.

Se volvió y subió la cuesta. Vi que hacía de todo menos bailar; chascaba los dedos y movía las trenzas.

—Quiero decir que, después de ese par de episodios con Marty y con mamá, nos iremos de inmediato.

Al momento desapareció entre las sombras de la casa.

Aquella misma tarde tuvo lugar la obligada conferencia de prensa. El acuerdo debía de darse a conocer, ¿no? Acompañada de G.G., ella tuvo que estar presente en la cabaña y emitir un comunicado frente a las inevitables cámaras y focos. Los reporteros hicieron tantas preguntas sobre la apertura del nuevo salón de G.G. en Beverly Hills como sobre la serie de televisión.

Susan y Sandy Miller habían venido «para ver el espectáculo». Alex se sentó con ellas en las baldosas junto a la piscina. Llena de perlas y con un vestido veraniego de encaje, Sandy estaba tranquilamente sentada y cogida del brazo de Susan. Un tomatito, ¿era así como la había descrito Belinda? Sandy era un jugoso tomate, desde luego. Y parecía estar tan absorta como Alex. Susan miraba cuanto sucedía ante sus ojos con sonrisa complaciente.

Alex se lo estaba pasando muy bien contándole anécdotas a Susan y ésta le regañaba en justa compensación por hacer subir su presupuesto más de lo normal con sus demandas por actuar en *De voluntad y deseo.* Él a su vez le tomaba el pelo diciéndole que no llevaba el tiempo suficiente en este negocio para conseguir que él firmara un contrato en una mesa junto a la piscina de su propio jardín, sin la presencia de su agente.

—¿Acaso quieres ser recordado por *Champagne Flight*? Te estoy ofreciendo una película, Clementine, un filme honesto como los que se hacían antes, acuérdate, con una trama, carácter, estilo y con sentido, una hora y cuarenta y cinco minutos sin interrupciones de anuncios, ¿comprendes lo que quiero decir?

Me dirigí a la sala de estar y estuve largo rato mirando el retrato de Faye Clementine que había pintado veinticinco años atrás.

Seguía colgado donde yo lo había dejado el último día, antes de irme a San Francisco, sobre la chimenea. Después de tantos años todavía me sentía atormentado por los pequeños errores de perspectiva que cometí al pintarlo. Pero el retrato me seguía gustando. Estaba contento de haberlo hecho, siempre lo estuve.

En aquel momento, mientras lo estaba estudiando —el hoyo de la mejilla de Faye y su bien moldeada mano que reposaba sobre la tela rosa del vestido— sentía una satisfacción interior que nadie en la casa necesitaba saber, ni podría comprender. Aquél no era un cuadro bueno. No producía la misma emoción alucinadora de los retratos de Belinda. Pero había sido un buen comienzo, lo comprendí después del largo camino recorrido hasta volver a mirarlo ese día.

No oí a Alex llegar y situarse detrás de mí. De pronto sentí su mano sobre mi hombro y me volví, él sonrió.

—Vamos, dilo —me pidió—. Di aquello de ya te lo dije yo. Tienes todo el derecho del mundo.

—¿Te refieres a nuestra antigua discusión? ¿A la conversación que tuvimos sobre arte y dinero, vida y muerte?

—No te olvides de la palabra mágica, Walker: verdad. Cuando no utilizas la palabra verdad en una de cada dos frases me da mucho miedo.

—De acuerdo, hablamos sobre el arte, el dinero, la vida, la muerte y la verdad. Y ahora tú dices que yo tenía razón.

—Desde luego yo no pensaba que tú estuvieses tan seguro de que todo iría como ha ido.

—¿Seguro? ¿Quién, yo? Yo no estaba seguro de nada.

—No te creo —respondió—. Acaba de llamar tu agente, Clair Clarke, he tenido que hablar con ella porque según ha dicho tú no atiendes sus llamadas...

—En efecto, es que ahora no necesito sus llamadas.

—Sabes muy bien lo que ella quiere, ¿no es cierto?

—Desea que Belinda sea su cliente. Belinda ya lo sabe. Clair tendrá que esperar a que ella tome una decisión.

—No, amigo mío, aunque si puede es muy probable que ella quiera incluir eso en el mismo paquete. Está recibiendo ofertas de todas partes por tu historia y quiere saber si tú estás de acuerdo en ceder los derechos.

—¡Por mi historia!

—La tuya y la de Belinda, por el conjunto. Desea que lo pienses con detenimiento. No quiere que nadie se apodere de ella ahora que sois noticia, ya sabes lo de la típica película de televisión improvisada. Puede que la hagan y hasta que utilicen vuestros nombres verdaderos. Quiere impedirlo mediante la firma de un contrato con alguien importante, ha hablado de negociar una cifra con seis ceros.

Me eché a reír, de hecho me partí de risa.

Tuve que sentarme. No es que fueran verdaderas carcajadas sino algo diferente. Era una risa que nacía en mis entrañas y que iba a hacerme llorar. Me quedé allí sentado mirando a Alex. Él me hacía muecas, tenía las manos en los bolsillos de sus pantalones azules, llevaba un suéter de cachemira rosa atado a los hombros y me miraba con ojos maliciosos y llenos de satisfacción.

—Habla de esto con tu mujer, Walker —me sugirió—. Ya sabes, es la norma en Tinseltown. Antes de decir que no a un negocio de siete cifras es mejor que lo consultes con tu mujer.

—Es natural, también es su historia —le contesté tan pronto recuperé el aliento—. Puedes estar seguro de que le consultaré. Ya lo verás.

—Ha funcionado tal y como tú habías dicho, tengo que darte la razón. Debe de haber sido la porquería adecuada en el momento preciso, ¿no lo crees así? —me dijo.

Pero a continuación se le oscureció el semblante. Tenía la mirada de preocupación que me había parecido ver otras veces.

—Jeremy, ¿estás seguro de que todo va bien?

—Alex, deja de preocuparte por mí, con un contrato de siete cifras o sin él estoy de maravilla.

—Ya sé que siempre contestas eso mismo, Jeremy, pero yo me limito a comprobar que todo esté bien, ¿de acuerdo? Sin duda recordarás a Oscar Wilde cuando se rodeó de jóvenes buscavidas en Londres, lo llamó «salir de juerga con panteras». Te acuerdas, ¿verdad? Bien, ¿pues sabes lo que es esta ciudad, Jeremy? «Panteras que te llaman por teléfono, salir a comer con panteras, tomar copas con ellas, y panteras que te dicen luego nos vemos.» Tienes que tener mucho cuidado.

30

La libreta llegó con el correo cinco días después de que ella se marchase.

Después de la pelea intenté hablar con ella. Pero cuando entré en su habitación para decirle que lo sentía y las palabras no salían de mi garganta, fue espantoso. Ella tenía el cuerpo lleno de morados, la cara, los hombros y los tiernos brazos desnudos. Recuerdo haber dicho:

—Nos arreglaremos de algún modo, hablaremos sobre ello. Éste no puede ser el final, no tratándose de nosotros.

Y de ella no obtenía nada más que silencio. El mismo y conocido silencio. Los ojos, sus ojos, eran como los de una persona que estuviese muerta, y ella miraba a través de mí a las hojas de los árboles detrás de los cristales.

Una noche se marchó.

Yo me había quedado despierto tanto tiempo como me fue posible, caminaba arriba y abajo, y sólo venía miss Annie de vez en cuando a decirme que sí, que ella estaba bien. La verdad era que yo tenía miedo de que ella se marchase, de que yo no pudiera impedírselo, de que fuera a quedarme mirando cómo se iba, incapaz de hacer ni decir nada.

Estuve despierto tanto tiempo como pude.

Ni siquiera recuerdo haber ido a acostarme a la cama, sólo recuerdo que cuando me desperté a las tres, ella se había ido. Los armarios estaban vacíos, todas sus cosas habían desaparecido. La lluvia entraba por las ventanas abiertas de su habitación y el suelo estaba mojado.

Recorrí toda la casa en busca de alguna nota que ella me hubiese dejado, pero no encontré ninguna. Al final, bien entrada la mañana, encontré la cinta de *Jugada decisiva*, estaba encima del mármol de la mesilla de noche de mi habitación.

Debió de entrar mientras yo estaba durmiendo y lo debió de poner justo a mi lado. Lamentaba no haberme despertado en aquel momento.

Entonces, cinco días después, una vez que hube llamado a Bonnie y al maldito hijo de puta de Moreschi, y después de llamar a Alex y a George Gallagher en Nueva York, la libretita llegó en el correo.

Me hallaba sentado en el canapé de la habitación de mi madre y estaba pensando en lo horriblemente viejo que era todo aquello y lo difícil que sería restaurarlo. El viento empujaba la lluvia hacia dentro de la habitación a través de las rendijas de las puertas cristaleras del porche. El número privado de Bonnie estaba desconectado. ¿Qué demonios había querido yo de él? Moreschi me había dicho que ahora vivía su vida, que siempre había sido así. No, no pensaban utilizar más detectives. George prometió llamarme si llegaba a saber algo de ella. Alex no dejaba de preguntarme dónde me hallaba, y yo no se lo quise decir. No deseaba que nadie viniese a verme. Lo único que deseaba era estar sentado en una habitación que se desmoronaba de aquel vestigio de casa y oír la lluvia al caer.

La brisa, a finales de septiembre, ya comenzaba a ser fresca. ¿Y por qué me habría dejado *Jugada decisiva*? ¿Qué sentido tenía? ¿Cómo me habría mirado cuando puso la cinta encima de la mesilla de noche? ¿También lo había hecho entonces con odio?

Miré la cinta una docena de veces. Conocía todos los movimientos, todas las palabras de los diálogos y cada uno de los ángulos de su cara.

Aquella cinta y la lluvia que caían era lo único que me interesaba. Y alguna que otra vez, el whisky en mi vaso.

Fue entonces cuando subió miss Annie con un paquete marrón y plano, y me dijo que lo había traído un mensajero. Ella había firmado el recibo.

En el paquete no había ninguna dirección de remitente ni tampoco un nombre que indicase quién lo enviaba. Pero al instante reconocí su escritura por las viejas notas que me habían dejado: «He venido y me he ido, Belinda.»

Lo abrí impetuosamente y encontré la libreta de espiral, de cincuenta páginas rayadas, llena de su pequeña y cuidadosa escritura. En la etiqueta de la portada estaban las palabras que tanto daño me causaron:

PARA JEREMY, CON AMOR, TODA LA HISTORIA